눈물을 마시는 새
3

이영도 판타지 장편소설

눈물을 마시는 새

3

불을 다루는 도깨비

황금가지

차례

11장 **침수**(浸水)　7

12장 **땅의 울음**　155

13장 **파국으로의 수렴**　271

14장 **혈루**(血淚)　385

제 11 장

지배자, 상인, ······ 등 ······의 권능을 소원하는 많은 이들이 분명히 ······해야 하는 사실이 있다. 용인들 중에는 영웅이나 위인은커녕 이름이 좀 알려진 ······조차 없다. 용인의 권능은 타인을 지배하거나 타인이 소유한 정보를 얻어내는 데 ······이 되지 않는 것이다. 오히려 ······에게 지배당할 위험에 노출되게 만드는 것이 용인의 능력이다.

　　······들은, 둔감함이라는 것이 얼마나 강력한 ······인지 알지 못하고 있다. 그리고 ······는 이 사실에서 사람들의 마음이 역시 ······으로 가득하다는 사실을 확인할 수 있다.

　　―많은 부분들이 훼손되어 안타까움을 일으키고
　　　상상력을 자극하는 「카시다 암각문」 중 일부.

침수(侵水)

사흘을 퍼붓던 비는 기력을 소진한 듯 간헐적인 헐떡임으로 바뀌어 있었다. 그러나 금방이라도 끊어질 듯한 빗줄기는 정오가 지난 지금까지 계속되고 있었다. 끈질긴 빗줄기 아래로 광대한 엔거 평원은 축축하고 질척하고 찰박거렸다. 종아리에 닿을락말락하는 엷은 안개층이 평원의 지면을 뒤덮고 있었고, 그 아래에는 재와 뒤섞인 보기 흉한 진흙이 끝없이 펼쳐져 있었다.

평원 한 귀퉁이, 언덕 위에 의자를 가져다놓고 앉아 있던 괄하이드 규리하는 무심한 손길로 이마를 닦아내었다. 날씨는 온화했다. 비를 쏟아붓는 것과 동시에 적들은 엔거 평원의 기온을 상당히 높여놓았다. 그들로서는 키보렌과 비슷한 온도까지 올려놓고 싶었겠지만, 그런 고온을 실현하기 위해서는 비를 포기해야 했을 것이다. 결과적으로 기온은 피아 모두에게 크게 불편하지 않을 정도에 머물렀다.

괄하이드는 대도에 씌워둔 덮개를 만지작거렸다. 널리 쓰이는 작살검 대신 괄하이드는 자신의 대도를 고집했고, 아무도 노무사의 고집에 이의를 제기하지 않았다. 그 대도는 작살검 수십 자루가 해낼 일을 홀로 해내곤 했기 때문이다.

덮개 아래로 느껴지는 대도의 믿음직한 감촉이 노무사에게 향수와도 같고 설레임과도 같은 감정을 불러일으켰다. 그것은 절대

9

로 익숙해지지 않는 감정이다. 괄하이드는 씩 웃었다.

"녀석. 보채지 마라. 오늘도 포식할 거다."

언덕 위에 있던 다른 장수들도 난폭한 미소를 지어보였다. 하지만 괄하이드의 말에 맞장구를 치거나 재치 있는 말 한 마디를 보태는 등의 행동을 하는 자는 없었다. 괄하이드는 그 사실에 만족하면서도 한편으로는 아릿한 슬픔을 느꼈다. 밝은 청년들, 젊음의 단점이자 특권이기도 한 밝은 성품을 주체하지 못하던 젊은 이들이 너무 많이 사라졌다는 반증이기 때문이다. 괄하이드는 그의 골칫거리였던 그 사랑스러운 젊은이들의 이름을 모두 기억하고 있었다. 사마귀 페세다, 난폭자 그리몰스, 상사병자 디구르, 난쟁이 고하, 자러 나온 귀하츠…….

귀하츠의 별명을 되새긴 괄하이드는 우수 어린 미소를 지었다.

'자러 나온 귀하츠라.'

슈라도스에서 온 귀하츠 신뷰레는 독특한 전쟁관을 피력하곤 했다. 그 잘생긴 젊은이는 침대가 자신의 전장(戰場)이며 다른 사람들이 말하는 전장에는 모자란 잠을 보충하러 나온다고 설명하여 전우들을 당황하게 했다. 진격 나팔 소리를 들으며 '취침 나팔이 울렸군. 달콤한 꿈의 시간인가.'라고 중얼거리던 귀하츠의 모습은 뻣뻣하게 긴장해 있던 동료 장수들을 웃게 만들었고 다가올 공포에 위축되어 있던 병사들을 감탄하게 했다. 전장에서 쓰러뜨린 적보다 침대에서 상대한 여자가 더 많은 것 아니냐는 짓궂은 질문에 대해 귀하츠가 확실한 대답을 한 적은 없었다. 그리고 그 대답은 절대로 들을 수 없게 되었다. 귀하츠는 그의 표현대로 자러 나온 전장에서 영원히 잠들었다.

하지만 괄하이드는 귀하츠가 침대를 전장이라고 부른 진짜 이유를 알고 있었다. 그 생각 깊은 귀하츠는 살을 파먹고 뼈를 부수는 것 같은 악몽 때문에 제대로 잘 수 없음을 고백하느니 막돼먹은 호색한으로 남는 쪽을 택했다. 그 편이 부하들을 안심시키기 때문이다.

'이제 더 이상 악몽을 꿀 일은 없겠지. 편히 쉬게. 귀하츠.'

빗줄기를 보며 괄하이드는 무거운 한숨을 내쉬었다. 지나치게 많은 젊은이들이 죽었다. 탐스러운 열매를 보장할 아름다운 꽃들이 참혹한 폭우에 떨어졌다. 그리고 그들의 무덤 앞에 살아남은 노병이 바칠 수 있는 것은 아무것도 없었다. 긴 시간 동안 괄하이드의 능력은 위대한 승리의 쟁취보다는 몰살을 전력 도주로 바꾸는 쪽에서 주로 발휘되고 있었다. 물론 살아서 도망친 자들에겐 그것은 무엇보다 고마운 재능이었다. 하지만 괄하이드 규리하는 페서다, 그리몰스, 디구르, 고하, 그리고 귀하츠가 그렇게 말해 줄 거라고 감히 믿을 수 없었다.

그리고 그가 지키지 못한 도시들도.

슈라도스의 아름다움은 이제 옛노래 속에서나 가늠할 수 있을 것이다. 자보로의 전설적인 성벽은 끝내 그 시민들의 신뢰를 배신하고 말았다. 상고토(上古土)의 위대한 도시들 중에서도 으뜸이던 판사이의 육형제 탑이 영원히 수면 아래로 잠겨버렸을 때 베미온 마립간은 미쳐버렸다. 그는 지금까지도 탑들이 익사하며 내지르는 비명을 듣고 있었고, 레콘보다 더 심한 공수증을 보이고 있었다.

'나를 용서해 다오. 위대한 도시들이여.'

고통스러운 회한에 빠져 있던 괄하이드의 눈에 빗줄기 저편에서 언덕을 달려올라오는 사람의 모습이 들어왔다.

찰박거리며 달려오는 병사를 보며 괄하이드는 우려를 느꼈다. '저렇게 달리다간 넘어지고 말 텐데.' 아니나 다를까, 달려오던 병사는 보기 좋게 미끄러졌다. 안개층에 얼굴을 들이박는 병사를 보며 괄하이드는 혀를 찼다. 하지만 병사는 곧 씩씩하게 일어나 괄하이드를 향해 달려왔다. 괄하이드의 앞에 멈춰선 병사는 우렁차게 외쳤다.

"원수부로부터의 전갈을 가지고 왔습니다! 대장군님!"

"얼굴이나 좀 닦고 말하게."

병사는 얼굴에서 1킬로그램은 됨직한 진흙을 닦아내었고 그러자 그 아래에서 빨갛게 변한 소녀의 얼굴이 나타났다. 쓰디쓴 추억에 빠져 있던 괄하이드 대장군도 부지불식간에 미소를 짓고 말았다. 대장군의 미소를 본 소녀 병사는 외워온 말을 떠올리기 위해 그렇잖아도 붉은 두 뺨을 더욱 빨갛게 물들였다. 그렇게 어려운 말도 아니었는데도.

"기상이 곧 변할 겁니다! 대장군님! 곧 사열이 있을 겁니다! 대장군님!"

"알았다. 그리고 데오늬. 땅이 이 모양일 때는 좀 천천히 달리는 편이 어떨까."

"천천히 달리겠습니다! 대장군님!"

"자네만 있다면 내가 대장군이라는 거 잊어먹을 일은 없겠군. 돌아가봐."

"돌아가겠습니다! 대장군님!"

데오늬 달비는 몸을 돌렸고, 천천히 달려갔다. 너무 천천히 달렸다. 결과적으로 데오늬는 중심을 잃고 요란한 동작으로 진흙탕에 처박히고 말았다. 하지만 괄하이드가 예상하고 그 광경을 본 모든 사람이 그러리라 짐작했던 것처럼 데오늬 달비는 벌떡 일어나서는 아무 일도 없었다는 듯이 씩씩하게 달려갔다. 데오늬 달비에 대한 중론은 그녀가 곰굴에 던져져도 난처하다는 듯 얼굴만 조금 붉힌 다음 씩씩하게 달려나올 것이라는 쪽에 쏠려 있다. 그리고 당황한 곰이 그녀를 따라 영문도 모르고 달릴 거라는, 많은 이들의 동의를 얻어낸 부연도 따른다. 괄하이드는 헛웃음을 지으며 몸을 일으켰다.

괄하이드는 빗줄기 저편을 노려보았다.

'사라져간 영웅들이여. 무너진 도시들이여. 그대들을 위해 슬퍼하지만, 그러나 미래는 저 데오늬 달비의 것이겠구나.'

노무사는 다시 대도의 덮개를 만지작거렸다. 상대방의 살을 파헤치는, 가장 극단적인 친선의 도구. 괄하이드는 입술을 깨물었다.

'언젠가 당신들 곁으로 가 함께 웃고 함께 노래할 수 있을 것이다. 희망 속에 그 날이 오기를 기다리겠다. 그때까지, 나는 저 무릎 성할 날이 없는 소녀를 위해 싸우겠다.'

장수들을 향해 몸을 돌렸을 때 괄하이드는 더 이상 웃지 않았다. 그리고 회한에 젖어 있지도 않았다. 싸워야 할 이유가 있었고, 싸워야 할 적도 있었다.

싸워야 할 시간이다.

건물 안으로 누군가가 들어오는 것을 느낀 바우 머리돌은 고개를 그쪽으로 돌렸고, 다음 순간 비명을 내지르고 말았다.

"진흙 마귀다!"

하지만 라수 규리하는 들여다보던 지도에서 눈을 떼지도 않은 채 말했다.

"아니, 그건 데오늬 달비요."

곧 명쾌한 동의의 목소리가 터져나왔다.

"그렇습니다! 상장군님! 명령을 전달하고 돌아왔습니다! 상장
군님!"

우렁찬 고함에 생각의 가닥을 놓쳐버린 라수 규리하는 결국 지
도에서 눈을 들어 데오늬 달비를 바라보아야 했다. 그리고 기겁
했다. 바우 머리돌 성주의 표현은 절대로 과장이 아니었다. 라수
규리하는 문가에 서서 진흙을 뚝뚝 떨어뜨리고 있는 그 기괴한
생명체가 자신이 보낸 전령이 맞는지 확신할 수 없었다.

"도대체 전령 노릇을 어떻게 하면 그렇게 되는 거냐? 아니, 됐
어. 대답하지 않아도 좋다. 나가보거라."

"알겠습니다! 상장군님!"

데오늬가 씩씩한 동작으로 달려나가자 바우와 라수는 자신도
모르게 한숨을 내쉬었다. 다시 지도를 들여다볼 생각이 사라져버
린 라수 규리하는 바우 머리돌에게 말했다.

"그래, 시우쇠 님은 좀 어떻습니까?"

"많이 지쳐 있소."

"예? 넉 달 가까이 쉬었잖습니까?"

"휴식에 지쳐 있다는 거요. 지금 기세가 어찌나 살벌하고 악랄
한지 나도 가까이 가기 어렵군요."

라수는 혀를 내둘렀다.

"대단하군요. 그렇다면 오늘 대활약을 기대해도 되겠군요."

바우 머리돌은 불편한 신음을 흘렸다. 그는 라수가 말하는 대
활약이 무슨 의미인지 잘 알고 있었다.

"마호가니 군단 쪽에서 당신 예상대로 준비하고 있다면야. 물론 당신 예상은 틀린 적이 없지만."

"틀림없을 겁니다. 지난 넉 달 동안 우리는 다섯 번 대패했습니다. 저 놈들은 절대로 시우쇠 님이 여기 있다는 생각을 못할 겁니다. 포위를 갖춰 우리를 이곳에 몰아넣은 것만 봐도 확실합니다."

"다섯 번 대패하면서 몇 명이 죽었소?"

"글쎄요. 1만 5000명쯤 될 겁니다."

바우 머리돌은 눈을 붉게 물들였다. 흥분 때문이었다.

"나는 때론 나가들보다 당신이 더 무섭소. 그 1만 5000명은 당신 자신이 죽인 셈 아니오?"

라수 규리하는 상대방이 자신을 미워하는 것은 아랑곳하지 않았다. 하지만 전투 직전의 이런 상황에서 완벽히 쓸모없는 이야기를 꺼내는 것에는 개탄을 금할 수 없었다. 하지만 바우 머리돌은 도깨비였다. 라수 규리하는, 혐오하는 행위였지만 변명을 할 필요를 느꼈다.

"예. 동의합니다. 하지만 저는 그 1만 5000명을 죽였다고 생각하느니 다른 4만 명을 살렸다고 생각할 겁니다."

"이 전투에서 이긴다면 그렇게 말할 수 있을지도……."

"이길 겁니다. 상장군."

바우 상장군은 비딱한 시선으로 라수를 바라보다가 천천히 고개를 돌렸다. 그의 시선이 향하는 곳에는 륜 페이가 무표정한 얼굴로 탁자를 내려다보고 있었다.

방심하고 있는 것 같은 모습이었지만, 지금 륜 페이는 사방 수 킬로미터 내에서 이루어지는 물의 움직임을 모두 추적하고 있었다. 조만간 비가 그칠 거라고 예상한 것 또한 류이었다. 류이 추적하고 있는 범위를 생각한 바우 상장군은 현기증을 느꼈다. 그 것은 2차원이 아니라 3차원적인 범위였는데, 왜냐하면 류은 직경 수 킬로미터의 지면과 그 위쪽 수 킬로미터 상공, 그리고 지하 수 킬로미터까지——언젠가 적들이 지하수를 용출시켜 기병들을 공격한 이후로 류은 지표면 아래쪽까지도 자신의 감시 범위에 포함시켰다.——관찰하고 있었기 때문이다. 따라서 류의 감시 범위는 직경 수 킬로미터의 거대한 구(球)였다.

류 페이가 말했다.

"곧 떠나셔야겠습니다. 바우 상장군님."

바우는 큰 몸을 부르르 떨었다. 류 페이는 여전히 탁자를 내려다보고 있었지만 실제로는 바우를 보고 있는 것이나 다름없었다. 그가 아는 가장 기괴한 자를 찾아보라면 바우는 주저없이 류을 꼽았을 것이다. 어쨌든 바우 머리돌은 상대방의 체액까지 포착하여 눈 감고도 상대를 '보는' 자를 사람이라고 생각하기 어려웠다. 그것은 다른 나가들마저 경악하는 능력이었다. 포로로 붙잡힌 적들은 류의 그런 능력을 절대로 믿으려 하지 않았다. 하지만 그들이 아무리 공포 속에 격렬히 부정한다 해도 류은 그럴 수 있었으며, 실제로 그렇게 했다.

"얼마 있지 않아 하늘이 갤 겁니다. 수호자들은 이미 엔거 평원의 날씨를 바꿔놓았습니다. 지금은 자연스럽게 개도록 내버려두고 있는 것입니다. 다가오는 전투에 대비해서 힘을 아껴두려고 그러는 것 같습니다. 그러니 도깨비들을 데리고 떠나십시오."

"알았소. 공작."

공작이라는 말에 류은 얼굴을 약간 찡그렸다. 물론 류이 공작이 아닌 것은 아니다. 위대한 아라짓의 왕령을 따른다면 륜 페이는 존엄한 하텐그라쥬 공인 것이다.

사람들은 그것을 륜의 정체에 대한 바람직한 해답으로 받아들였다. 널리 알려진 사실들을 따른다면, 륜은 하텐그라쥬에서 발생한 공작 계승의 투쟁에서 밀려나 북부로 도망쳐와서는 때마침 북쪽에 돌아온 왕을 돕고 있는 망명 귀족인 것이다. 나가 사회에 대해 아는 자들이 있었다면 실소를 금할 수 없는 설명이었겠지만 보통의 북부인들에게 그것은 친숙함을 불러일으키는 설명이 되었다.

자신의 정체에 대한 황당하기까지 한 설명을 떠올리며 륜은 자신들에게 허위가 너무도 많다는 생각을 지울 수 없었다. 물론 그 허위의 정점은 북부인들을 지배하는 왕의 정체일 것이다. 륜은 고개를 들었다. 2층에 있는 사람을, 륜은 시각으로 볼 수는 없었지만 능력으로 볼 수는 있었다.

바우 머리돌은 의자에서 일어나 인사를 한 다음 물러갔다. 그는 이곳을 나가는 것이 행복한 듯했다. 그들이 있는 곳은 괄하이드와 병사들이 있는 들판에서 조금 떨어진 곳에 있는 2층짜리 농가의 1층이었다. 다른 사람들은 적절한 위치에 있는 그 건물에 크게 기꺼워했지만 바우만큼은 그 건물을 달가워할 수 없었다. 살해당한 농부 가족들의 시체는 없었지만 벽과 바닥에 핏자국은 선명하게 남아 있었기 때문이다. 병사들이 핏자국을 모두 지운 후에야 바우 머리돌은 그 안으로 들어오는 것을 승낙했고, 그리고 건물 안에 있는 동안 내내 언짢아했다.

륜은 문득 의문을 느꼈다.

"이 집을 왜 남겨둔 걸까요?"

감투를 썼다. 라수는 세 남자의 모습이 온데간데 없이 사라지는 모습을 보며 흡족한 표정을 지었다. 그러나 그때 륜이 말했다.

"토카리 부위. 멈추십시오. 그러다가 코네도 교위에게 부딪힙니다. 감투 망가지겠어요."

륜의 지적이 내포한 뜻을 이해한 라수는 곧 실망을 느꼈다. 그리고 차례로 나타난 토카리와 그룸도 실망이 역력한 표정을 짓고 있었다. 마지막으로 감투를 벗은 코네도 빌파가 탁자에 그것을 내려놓으며 말했다.

"보이지 않는다고 하셨잖습니까?"

"보이진 않습니다. 하지만 여러분들의 몸 속엔 물이 있습니다."

어리둥절해하던 코네도와 그룸과는 달리 토카리는 당장 륜의 말을 알아들었다.

"아아! 무슨 말씀이신지 알겠습니다. 그럼 역시 다른 나가에겐 안 보이는 겁니까?"

"예. 드디어 성공이군요. 체온까지 감춰버리다니, 대단합니다."

라수와 토카리는 안도했다. 그리고 토카리는 형과 아버지를 위해 설명을 했다.

"이건 나가의 눈에도 보이지 않습니다. 하지만 공작님께서는 지하수까지 간파하시는 능력으로 우리 몸 속의 물을 보신 겁니다. 음, 그럼 공작님. 혹 적들이, 물론 공작님만 한 능력을 가진 자는 없습니다만, 공작님보다 좀 못한 능력으로도 우리를 알아차릴 수 있을까요?"

"어려울 거라고 생각합니다. 저 갈로텍 대장군 이외에 저와 비슷한 능력을 가진 자가 등장했다는 이야기는 들은 적이 없습니다. 만에 하나 저와 비슷한 능력을 가진 자가 출현했다 하더라도 전쟁터같이 사람이 많은 곳에서는 절대로 불가능할 겁니다."

그룸과 코네도도 마침내 희희낙락한 얼굴이 되었다. 코네도는 왼손으로 오른손의 철퇴를 만지작거리며 말했다.

"그렇다면 됐습니다! 오늘 이 놈을 한 번 신나게 써먹을 수 있겠군요."

라수는 고개를 가로저었다.

"너무 신나게 써먹는 건 자제하게. 적들도 우리가 도깨비 감투를 개량하고 있다는 것은 알고 있어. 꼭 필요할 때만……, 이런, 발케네 남자들에게 쓸데없는 주의를 주고 있었군."

코네도, 그룸, 그리고 토카리는 사나운 미소로 라수의 실수를 용서해 주었다. 발케네 남자인 그들은 당연히 참을성을 가지고 있었다. 도둑의 필요 자질이기 때문이다. 그때 그룸이 계단 쪽을 곁눈질하며 말했다.

"저, 보늬인지 나늬인지 알려면 두 사람은 있어야 하지 않습니까? 확실히 안 보이는지 알려면 폐하께서 확인해 주시는 것이……."

그룸은 말끝을 흐리고 말았다. 륜을 제외한 세 남자가 어이없다는 표정으로 그를 노려보았기 때문이다. 라수 규리하는 말도 하기 싫다는 표정으로 코네도를 바라보았고 코네도는 라수에게 머리를 숙여 보인 다음 첫째 아들의 정강이를 사정없이 걷어찼다. 그룸은 비명을 지르며 다리를 붙잡았다. 그런 그의 정수리를 향해 코네도의 불호령이 쏟아졌다.

"이 멍청한 녀석아, 폐하께서 어떻게 확인하시냐!"

그룸은 그제야 자신의 실수가 무엇인지 깨달았다.

"아, 아니죠! 절대로 확인하실 수 없습니다!"

"그럼 조금 전의 그건 무슨 소리냐?"

"제가 잠시 미쳤나 봅니다!"

라수는 고개를 가로저었다.

"다시는 미치지 말게. 그룸 부위."

그룸 빌파의 얼굴이 화끈 달아올랐다. 라수는 저 용맹하지만 주의력은 좀 부족한 사내를 전선에서 떼어놔야 하는 것이 아닌가 하는 고민을 잠시 해보았다. 하지만 곧 그런 생각을 거두고 간단한 주의만 주기로 했다.

"그리고 코네도 교위와 토카리 부위는 그룸 부위가 또 미치지 않도록 애정으로 보살피게."

그룸은 아버지와 동생의 따가운 시선을 피하기 위해 농가의 바닥을 노려보아야 했다.

라수 규리하는 헛기침을 한 다음 말했다.

"자네들은 출발하도록 하게. 알고 있겠지만 모두 충분한 거리를 두고 흩어져야 해. 우리들도 자네들을 볼 수 없으니까. 그 다음에는 어떻게 해야 하는지 잘 알고 있겠지?"

빌파 삼부자는 물론이라고 대답한 다음 떠났다. 라수는 륜을 돌아보았다.

"공작님. 폐하께서 사열을 하셔야 하는데, 제가 갈까요?"

"제가 가겠습니다."

륜은 계단을 올라 2층에 도달했다. 왼쪽 방으로 다가간 륜은 방문을 두드렸다. 반복된 연습으로 이제는 익숙해진, 그리고 완전히 무의미한 동작이었다.

〈륜입니다. 들어가도 되겠습니까?〉

방 안에서도 익숙한 대답이 돌아왔다.

"누구인가?"

"륜 페이입니다."

"들어오시오. 공작."

방 안은 휑뎅그렁했다. 간소한 침대 하나와 옷장이 전부였다. 사모 페이는 침대에 걸터앉아 있었다. 그녀는 이미 갑옷을 갖춰 입고 있었고 손에는 가면을 든 채 그것을 내려다보고 있었다. 륜은 잠시 제자리에 서서 사모를 바라보았다.

사모는 가면을 내려다보며 닐렀다.

〈준비가 끝난 거야?〉

〈그렇습니다. 라수 상장군이 어떻게 흥분을 가라앉히고 있는지 모르겠습니다.〉

〈넉 달 동안 1만 5000명을 죽이며 오늘을 준비해 온 사람이니까.〉

륜은 고개를 끄덕였다. 사모는 천장 쪽을 잠시 바라보다가 닐렀다.

〈그동안 적들은 얼마나 죽었지?〉

〈200명쯤 될 겁니다.〉

사모는 침묵했다.

〈우리 병사들이 사기를 유지하고 있다는 것이 기적 같구나.〉

〈대장군과 장수들의 노력이 컸습니다.〉

사모는 또 침묵했다가 닐렀다.

〈자러 나온 귀하츠, 기억나니?〉

〈악몽을 꾸던 청년 말씀이십니까?〉

〈요즘 내가 그렇구나.〉

〈네?〉

〈요즘 계속해서 꿈 때문에 잠을 설치곤 해. 며칠에 한 번씩은 꼭 꾸는 것 같은데, 형태는 매번 조금씩 달라. 하지만 결과는 항상 똑같아. 나는, 어떤 이유에서인가 내 병사들 앞에 서게 돼. 사열, 연설, 추모, 포상……. 이유는 매번 달라. 어쨌든 나는 병사들을 내려다보는 위치에 서지. 그때 누군가가 갑자기 내게 다가와. 그게 누군지 모르겠어. 아는 사람인지 모르는 사람인지조차도 모르는 어떤 사람이야. 아니, 사람인지도 모르겠어. 어쨌든 그 자는 내게 다가와 내 가면을 벗겨버리지. 그럴 거라는 것을 알고 있지만, 나는 매번 막지 못해. 그리고 내 얼굴이 장병들 앞에 드러나게 되는 거지.〉

사모는 희미하게 웃었다.

〈그 다음이 정말 궁금해. 꼭 그 지점에서 깨어나거든.〉

〈가면의 부담감 때문에 그런 꿈을 꾸시는 것이겠지요.〉

〈륜. 침대에 누워봐.〉

〈네?〉

〈여기, 침대에 누워봐.〉

륜은 어리둥절해하며 침대로 다가갔다. 사모는 침대에서 일어난 다음 옆으로 비켜섰다. 륜은 그다지 매끄럽지 못한 동작으로 침대에 누웠다.

륜은 탄성을 질렀다.

천장에 글이 적혀 있었다. 침대에 누웠을 때만 보이도록 서까래들의 특별한 위치에 먹을 발라서 이루어진 글이었다. 사모는 고개를 끄덕이며 닐렀다.

〈그래. 저 자들은 이 집을 비워두면 우리가 들어오리라는 것, 그리고 이 방에 내가 묵을 거라는 것을 짐작했지. 그냥 서신을

보내는 것보다는 훨씬 위협적이고 충격적인 방법이잖아?〉

류은 사모의 니름에 동감하며 글을 읽었다. 기상천외한 내용이
있는 것은 아니었다. 항복을 권하는 간단한 문장이었다. 하지만
그 조건이 예사롭지 않았다. 류은 일어나 침대 옆에 섰다.

〈무장을 해제하고 항복하면 자치 지역을 내주겠다는 건가요?
라수 상장군이 보면 좋아하겠군요. 우리가 저런 조건을 받아들일
만큼 약화되었다고 판단한 것일 테니까.〉

〈불신자들을 한 자리에 모아놓고 50년쯤 후에 한 번에 몰살하
려는 것이겠지. 하지만 내 주의를 끄는 것은, 저것이 나가 뿐만
아니라 불신자들에 대해서도 알고 있는 자가 생각해 낼 법한 제
안이라는 거야. 역시 그들에게 협력하는 불신자가 있는 걸까? 그
렇잖으면, 나가들은 이제 불신자들에 대해 익숙해진 걸까?〉

사모는 잠시 멈췄다가 닐렀다.

〈그들이 불신자들에게 익숙해진 거라면, 이제 불신자들도 나가
에 대해 익숙해져 있을까?〉

〈……그래도 나가가 자신의 왕이라는 것을 알면 경악할 겁니
다.〉

사모는 한숨을 내쉬었다.

〈그래. 그렇겠지.〉

류은 쓸쓸한 표정으로 사모를 바라보았다. 사모는 모호한 방향
을 향해 웃은 다음 가면을 썼다.

아름다우면서도 무시무시한 가면이었다.

구름이 서서히 흩어져 맑은 하늘이 그 틈에서 드러났다. 엔거
평원을 뒤덮고 있던 안개도 사라져 흙탕물로 뒤덮인 땅이 지평선

"지고 돌아오는 것은 백 번이라도 용서하겠지만, 이기고 죽어 버리는 것은 용서하지 않겠다."

류 페이는 라수 규리하가 한숨을 내쉬는 것을 목격했다. 라수 상장군은 단 한 번만이라도 '짐을 사랑한다면 나가서 적을 도륙하라!'라고 말해 달라고 왕에게 졸랐지만 왕은 요지부동이었다. 언젠가 왕은 라수 규리하를 거의 자포자기 상태로까지 몰아넣은 다음 진지하게 질문한 적이 있었다. '짐이 자네에게 그렇게 말한다면 어쩔 텐가?' 라수는 코방귀를 뀌었다. '왕보다는 제 목숨을 더 사랑한다고 대답할 겁니다.' 류와 다른 이들은 라수의 뻔뻔함에 질려버렸지만 왕은 싱긋 웃으며 라수의 무례를 용서했다. 그리고 라수의 요청도 묵살했다.

류도 왕의 고집을 이해할 수 없었다. 전투를 앞두고 병사들의 예기(銳氣)를 북돋자는 라수 상장군의 요청은 류에게도 당연한 상식으로 생각되었다. 하지만 왕은 '승리'도, '명예와 자존심'도, '죽음을 두려워하지 않는 용기'도 말하지 않았다. 왕은 언제나 '살아 돌아오라'는 말만 했다.

'그걸 원하지 않는 병사가 어디 있다고?'

류이 잠시 상념에 빠져 있는 사이 왕은 바위에서 내려와 금군과 함께 물러났다. 전투 배치 신호가 울렸고 장군들은 자신의 군단을 움직였다. 군기들이 움직이고 나팔과 호각 소리가 소란을 떨었다. 교위들의 함성이 들려왔고 그보다 더 난폭한 부위들의 욕지거리들도 들려왔다.

전투는 이미 시작되고 있었다. 비록 왕이 맥빠지는 소리를 했지만, 병사들은 자신이 어디에 있는지 잘 알고 있었다. 지휘관들은 그들을 죽음과 삶을 가르는 가느다란 선 위에 올려놓고 있었다.

추하고 희미한, 비정함으로 가득한 선이었다.

지난 사흘 동안 엔거 평원을 뒤덮고 있던 구름이 마침내 소멸했다. 그 사이로 드러난 맑은 하늘을 바라보며 마호가니 군단의 군단장 그로스는 자신이 이룩한 일이라도 되는 양 의기양양해했다.

사실, 그가 해낸 일이다.

그로스는 주위를 둘러보며 더욱 자신만만해졌다. 저 멀리 있는 코끼리 부대의 모습이 특히 그를 즐겁게 했다. 나가 보병들을 짓밟아대는 적군 기병들에 대한 대비책으로 제안된 코끼리 부대는 예상을 뛰어넘는 맹활약을 보여주었다. 빼어난 정신 억압자 수디 가리브를 주축으로 한 정신 억압자 무리는 이제 자신들의 코끼리와 완전히 한 몸이 되어 움직이고 있었고, 실제로 다른 병사들 또한 그것을 나가의 두뇌와 코끼리의 육체가 결합된 하나의 생물로 여기고 있었다. 실로 파괴적인 생물이었다. 그로스는 지난번 전투에서 적 기병의 말을 짓밟고 그 기수를 코끼리의 상아에 꿴 채 전장을 누비고 다니던 수디 가리브의 모습을 생생하게 기억할 수 있었다.

2만에 달하는 마호가니 군단의 보병들의 모습 또한 장려했다. 비록 그로스의 야심찬 계획, 즉 적군의 작살검에 대비하여 군단병 전원을 중장갑으로 무장시킨다는 계획은 실현 가능성이 없다는 이유로 폐기되었지만——나가에겐 좋은 대장장이들이 부족했다.——사이커를 움켜쥔 보병들의 위엄 있는 모습은 그런 약점따위를 잊게 만들었다.

흡족해하고 있는 그로스에게 부관이 다가왔다.

〈군단장님. 마지막으로 닐러드리겠습니다. 정말 전투를 시작하실 생각이십니까?〉

그로스는 좋던 기분이 싹 사라지는 것을 느끼며 부관을 돌아보았다. 하지만 그로스는 곧 자신을 회복했다. 어쨌든 그의 부관은 여자였다. 그리고 남자 지휘관들을 더 이상 부정하지 않게 된 여인들도 남자들의 지휘에 대해 트집을 잡을 권리까지는 포기하지 않았다. 그로스는 부관을 설득하기로 마음먹었다.

〈그래. 부관. 전투를 시작할 생각이네. 대호왕(大虎王)은 내 항복 권고를 거부했어.〉

〈사흘만 더 비를 뿌리시며 기다리면 갈로텍 대장군께서 도착하실 텐데요.〉

〈그리고 우리 수호 장군들은 지쳐빠지겠지. 무의미한 일이야.〉

〈하지만 대장군께서는 자신의 도착을 기다리라고 하셨습니다.〉

〈모든 전투에 참여하려는 대장군의 그런 태도 때문에 전선의 확장이 늦어지고 있어. 가끔은 믿고 군단장들에게 맡겨야 되는데, 그러지 못하고 있지. 그리고 대장군의 그런 태도는 당연해. 모든 장군들이 실수를 무서워해서 독자적인 판단을 거부하기 때문이야. 하지만 대장군 혼자 이 넓은 전선을 감당할 수는 없어. 이제는 우리 능력을 보여줘야 해.〉

〈나름 옳습니다만 저곳에는 그들의 왕이 있잖습니까? 게다가 류 페이도 있습니다. 군단장님께서는 우리 군단의 수호 장군들만으로도 류 페이를 충분히 상대할 수 있다고 하셨고 저 또한 그 판단을 믿습니다. 하지만 그 경우 병사들은 수호 장군들의 지원을 받지 못하는 상태에서 적군들과 상대해야 합니다.〉

〈그리고 그들을 도륙할 걸세. 기병은 수디가 제거할 테고 우리 보병들은 홀로 불신자 열 명이라도 쓰러뜨릴 수 있어. 뭐가 문제인가?〉

부관은 솔직히 문제를 제시할 수 없었다. 그들의 군단은 2만 명의 보병과 500기의 코끼리병으로 이루어져 있었고 그 숫자는 확실히 4만의 적병을 제압할 수 있는 숫자였다. 하지만 부관은 꺼림직한 기분을 느꼈다. 그리고 오랜 시간의 전투 경험이 그 느낌을 지지하고 있었다. 좋지 않았다.

그녀가 자신의 기분을 설명할 니름을 떠올리기 전에 그로스가 준엄하게 닐렀다.

〈나는 그들의 왕에게 항복을 제안했고 그들은 살아날 기회를 포기했어. 이제 우리는 그들을 도륙하기만 하면 되네. 부관.〉

부관은 마지막 갈등을 느꼈다. 결정을 내릴 시간은 길지 않았다.

〈알겠습니다. 군단장님. 하지만 제가 이 전투를 반대했다는 것을 분명히 해두고 싶습니다.〉

그로스의 얼굴이 일그러졌다. 이런 고집을! 그로스는 날카롭게 닐렀다.

〈좋아. 자네는 반대했어. 비아스 마케로우!〉

〈감사합니다.〉

비아스는 완전히 무감각한 니름으로 대꾸한 다음 뒤로 물러났다. 그로스는 그녀를 잠시 노려보다가 다시 앞을 쳐다보았다. 그로스는 진격을 명령했다.

횃불이 크게 움직였다. 코끼리들과 병사들은 전장을 향해 걸어갔다.

전쟁터에 도달한 그로스는 엔거 평원의 북쪽을 바라보았고 적군이 이미 배치를 끝냈음을 깨달았다. 그로스는 그것이 누구의 솜씨인지 알고 있었고, 그래서 괄하이드 대장군에 대한 아낌없는 찬사를 보내었다. 하지만 그로스는 서두르지 않고 진형을 갖추었다. 괄하이드는 기다려줄 것이다. 과거 나가들이 진형을 갖추느라 어수선한 척하며 괄하이드를 유인한 적이 있었다. 돌격해 온 괄하이드는 지하수의 분출과 강력한 진눈깨비에 노출되고 말았다. 류 페이가 나서지 않았다면 괄하이드는 돌이킬 수 없는 패배를 당했을 것이다. 그 이후로 괄하이드 규리하는 경의를 가지고 나가들이 진형을 다 갖추기를 기다렸다. 그로스는 그런 괄하이드를 자극하기 위해 일부러 늑장을 부리리라 마음먹었다.

잠시 후, 그로스는 의아함을 느꼈다.

불신자들의 부대가 갑자기 움직이기 시작했다. 그로스는 그 사실에 놀랐지만 당황하지는 않았다. 그로스가 보내는 강력한 니름에 의해 전선 곳곳에 펼쳐져 있는 수호 장군들은 준비를 갖추었다. 다른 장수들이 수력을 통제할 준비를 갖추었다는 것을 확인한 그로스는 적군을 관찰하며 태연하게 병력 배치를 계속했다.

그로스의 예상대로 적군은 돌격할 생각이 없는 듯했다. 전방에 배치된 보병들이 좌우로 갈라설 뿐이었다. 그로스는 북부군이 왜 그런 움직임을 취하는지 알 수 없었다. 좌우로 움직이는 보병들은 결과적으로 기병들의 앞을 가로막게 되었고, 그 때문에 기병들은 당장은 돌진할 수 없게 되었다. 왜 저런 쓸모없는 짓을?

문득 불길한 예감이 그로스를 엄습했다. 그로스는 적군을 뚫어지게 관찰했다. 그때 같은 의심을 하고 있었던 듯 곁에 있던 비아스가 닐렀다.

〈도깨비불은 아니군요. 진짜 병사들입니다. 왜 저런 움직임을 취하는 걸까요?〉

그로스는 짧게 고민했다.

〈뭔가 새로운 진형을 시험해 볼 것인지를 놓고 조금 전까지 고민하다가 방금 결심했나 보군. 괄하이드답지 않은 일인데. 필사적인 심경인 모양이군.〉

〈괄하이드는 노련한 전략가입니다. 무슨 꿍꿍이가 있을 겁니다.〉

그로스는 비아스의 니름에 대해 뭔가 대답하려 했다. 그러나 곧 그 대답을 잊어먹고 말았다.

좌우로 갈라진 보병 사이로 걸어나온 것을 본 순간 그로스는 모든 것을 깨달았다. 왜 괄하이드가 기다려주지 않았는지, 왜 보병들이 좌우로 갈라졌는지.

그리고 왜 그들이 항복하지 않았는지.

그것은 도깨비의 모습을 지니고 있었다. 그러니까, 다른 모든 존재들보다는 도깨비를 더 닮아 있다는 뜻이다. 그 피부는 달아오른 쇳덩이처럼 빛나고 있었고 관절 부위마다 연기가 피어오르고 있었다. 눈은 있었지만 눈알은 없었으며, 이마 아래에 있는 그 두 개의 구멍에서 볼 수 있는 것이라고는 작렬하는 화염뿐이었다. 똑같은 화염이 콧구멍에서도, 입 안에서도, 그리고 온몸의 털이 나 있어야 하는 곳마다 솟구치고 있었다. 그것은 실로 백열하는 불덩이에 도깨비의 피부를 씌워놓은 존재였으며, 대파멸의 요구에 대한 가장 확실한 대답이었다. 그로스는 비늘을 부딪치며 절규했다.

〈시우쇠!〉

에게 욕설을 퍼부어주려던 칼릭은, 그제야 자신의 아래턱이 떨어 져나갔음을 깨달았다. 턱을 만지려던 손길로 입천장을 만지게 된 칼릭은 피와 침이 뒤섞인 괴이한 비명을 내질렀다.

칼릭은 단검을 뽑아들며 짐보리의 가슴에 쓰러졌다. 마치 서로 를 애무하는 연인과 같은 모습이었다. 하지만 짐보리 투나의 입 술에 날아든 것은 단검이었다. 짐보리의 입에 단검을 쑤셔넣은 칼릭은 악착같이 그 아래턱을 도려내기 시작했다. 짐보리는 정신 적 비명을 내지르며 사이커로 칼릭의 옆구리를 난도질했다. 하지 만 아래턱을 도려내는 단검의 움직임은 멈추지 않았다.

그런 두 사람의 등 위로 코끼리의 거대한 앞발이 떨어졌다. 대 지의 종기가 터지듯 피와 체액이 비산했다.

코끼리에겐 이름이 없었다. 켄테롭 평야에서 16년을 살아오는 동안 이름이 없어서 불편했던 적은 없었다. 그 거수가 기억하는 마지막 기억은 코를 휘둘러 아카시아 가지를 휘감던 기억이었다. 아카시아 가지는 의외로 단단했고 코끼리는 더 힘을 주려 하고 있었다. 그리고 끝. 아무것도 남지 않았다. 물론 코끼리는 그 이 후에 일어난 모든 일을 알고 있었다. 하지만 아무것도 모르고 있 었다. 두 앞발로 적들을 짓밟고 코를 휘둘러 주위를 텅 비워버리 는 그 순간에도 코끼리는 자신이 처한 상황을 모두 알면서 그 상 황과 자신 사이의 관련성은 느끼지 못했다. 객관성이라는 말은 그 코끼리를 위해 발명된 것 같았다.

카시다에서 온 주라타는 낙천적인 사내였다. 조부모는 있으되 부모는 없는 아이라는 것이 정상적인 일이 아니라는 것을 알게 된 이후로 한번도 변하지 않은 그 낙천성은 언제나 주라타의 최 고 재산이었다. 눈물 짓는 것을 손자에게 들키지 않으려 애쓰는 조부모를 보면서도 주라타는 슬퍼하지 않았다. '젠장. 근친상간을 벌이고 마을 사람들에게 맞아죽은 남매의 자식이라는 것이 어쨌다고? 쌍이다!' 작살검을 거꾸로 쥐고 미친 듯이 날뛰는 코끼리를 향해 달려들 때도 주라타는 한없이 낙천적이었다.

"요 덩치 큰 바보야, 즈믄누리제 가시 하나 꽂아주마!"

코끼리의 등 위에 있던 수디 가리브는 두통에 시달리고 있었다. 언젠가 소드락을 복용한 비에나가에게 어처구니 없는 공격을 당한 이후로 그녀를 괴롭혀온 두통은 때론 격렬하게, 때론 미약하게 계속되었고 절대로 멎지는 않았다. 그리고 그 순간 두통은 꽤 심한 편이었다. 자신을 향해 달려오는 주라타를 발견한 수디는 왈칵 화를 내며 개념을 코끼리에게 전달했다. 코끼리는 주저없이 코를 휘둘렀다.

주라타는 코와 입, 그리고 귀로 피를 뿌리며 쓰러졌다. 선혈과 함께 그의 영원한 반려였던 낙천성도 흘러나왔다. 그런 주라타의 머리 위에 다시 코끼리의 발이 떨어졌다. 주라타의 투구는 사체의 두개골을 보존하는 데 별 도움이 되지 못했다. 수디의 희망에도 불구하고 그것은 분풀이가 되지 못했고, 그리고 수디는 가일층 격화되는 두통에 비늘을 세웠다. 수디의 분노가 그대로 전달된 듯 코끼리는 충혈된 눈으로 다음 희생자를 찾아 두리번거렸다.

그러나 코끼리의 다음 상대는 위쪽에 있었다. 살아 있기에 느낄 수밖에 없는 죽음의 예감에 수디 가리브와 그녀의 코끼리는 황급히 고개를 들었다.

하고토(下古土) 출신의 즈라더는 레콘이었고, 그 사실에 좀 지나칠 정도로 만족하고 있었다. 그는 평소 자신의 벼슬이 근사하다고 믿었고 자신의 부리가 멋지다고 생각했다. 그러나 그날 엔

오래 전에 잿더미로 바뀌었을 것이다. 시우쇠는 화산을 폭발시키거나 지상에 별을 떨어뜨리지는 않았다. 단지 페시론 섬과 아킨스로우 협곡의 재난을 '침착하게' 구사할 수 있을 뿐이었다. 자신을 죽이는 신이 가진 신성(神性)의 증명은 그런 식으로 이루어지고 있었다.

하늘과 땅으로부터 시우쇠에게 퍼부어줄 물을 짜내며 그로스가 터무니없이 감사를 느낀 까닭은 바로 그 때문이다. '저런 행패를 부릴 수 있는 놈들 중에서 저런 행패를 실제로 시도하는 녀석이 하나뿐이라는 사실에 감사하나이다, 여신이여.' 마호가니 군단의 수호 장군들은 모두 스무 명 정도였고 그들이 활용할 수 있는 수력은 시우쇠를 억류하는 것으로 이미 고갈된 상태였다. 그 시점에서 그 지긋지긋한 류 페이가 나타난다면 그로스와 수호 장군들은 대처할 방법이 없었다.

하지만 전선의 어느 지점에서도 류 페이는 나타나지 않았다. 그로스는 괄하이드가 왜 류을 내보내지 않는지 의아하게 여겼다.

그로스의 의문에 대한 답은 그 시점에 이미 제시되고 있었다. 그로스는 답을 발견하지 못하고 있었을 뿐이다. 인생의 거의 대부분의 문제들이 그렇듯이.

코네도 빌파는 자신의 행동에 해학을 부여하는 감각이 부족한 사내였다. 하지만 해학에 관한 한 둘째가라면 웃어버릴 도깨비들의 작품은 코네도 빌파 같은 사납고 잔인한 사내에게서도 희극적 감각을 이끌어내었다. 어쨌든 코네도는 상대방의 정면에 서서 오른손을 흔들어대며 "지금부터 네 면상을 이걸로 쓰다듬어 주겠다."라고 말해 줄 수 있다는 것이 대단히 즐거웠다.

모처럼 고무된 희극적 감각은 코네도로 하여금 한 마디 말을 덧붙이게끔 했다. "대답이 없으면 동의하는 것으로 알겠다." 물론 상대는 아무 대답도 하지 않았다. 코네도는 경의 어린 동작으로 고개를 끄덕인 다음 수호자의 턱을 겨냥하여 오른손을 세심하게 날렸다.

수호자의 얼굴이 단박에 으스러졌다.

코네도는 휘파람을 불며 왼손으로 허리춤을 더듬었다. 약간 떨어진 곳에서는 그의 장남 그룹 빌파가 도살장의 돼지와 접전이 예상되는 목소리로 노래를 부르고 있었다. "신부를 감금한 신랑은 천하에 둘도 없는 개새끼야." 어쩌고 하는 퇴폐적이고 몰지각하기 짝이 없는 노래였다. 또 다른 방향에서 코네도의 차남 토카리 빌파가 형의 소름끼치는 노래 실력에 대해 야유를 보내었다. 빌파 삼부자는 그렇게 제멋대로 떠들며 수호자들의 얼굴을 뭉개어놓았다. 서로의 위치를 파악한다는 것보다 현실적인 이유가 있긴 했지만, 삼부자가 그렇게 떠들어대는 것에는 책임질 필요가 없는 악담을 즐기는 못된 성벽이 더 크게 작용하는 듯했다. 정면에서 혀를 날름거려도 보지 못하고, 턱을 빠개어주겠노라고 외쳐주어도 듣지 못하고, 잘 죽지 않기 때문에 사정도 볼 필요가 없는 자들을 대상으로 한 폭력이었다. 폭력의 강도를 낮출 수 있는 완충 기제는 존재하지도 않았다. 혹 있다 하더라도 삼부자는 신경쓰지 않았을 것이다.

허리춤에서 쇠못을 꺼낸 코네도는 쓰러진 수호자를 내려다보며 잔인하게 웃었다. 그의 오른손은 망치를 쥘 수 없었지만, 그 자체로도 망치가 부럽지 않았기에 아무런 문제가 되지 않았다.

시우쇠에게 쏟아지고 있던 진눈깨비가 줄어들기 시작했다.

시우쇠가 뿜어올리는 불길이 진눈깨비를 꿰뚫고 치솟아올랐다. 그로스는 기겁하며 다른 수호 장군들을 돌아보았다. 그리고 당황해 버렸다. 어처구니 없게도 수호 장군들은 땅에 누워 있었다.

〈프리앗! 키베인! 맙소사, 그루이스! 도대체 어떻게들 된 거야! 이봐, 코키타!〉

100미터쯤 떨어져 있는 곳에 있던 수호 장군 코키타가 당황하여 그로스를 돌아보았다. 그로스는 손짓을 하며 수호 장군들이 왜 땅에 누워 있는지 물어보았다. 코키타 또한 당황이 역력한 기세로 주위를 둘러보았다.

그때 그로스는 비늘 서는 장면을 보았다.

코키타의 얼굴이 갑자기 뭉개어졌다. 눈에 보이지 않는 망치가 그의 얼굴을 후려친 것 같았다. 코키타는 허공으로 떠올랐고 기절한 다음에 땅에 떨어졌다. 그로스는 입을 쩍 벌린 채 코키타를 바라보았다.

그때 코키타의 복부 근처의 허공에서 불꽃이 튕겨져나왔다. 믿을 수 없는 광경이었다. 불꽃이 튄 허공에서 쇠못이 출현했다. 그 쇠못은 코키타의 복부를 관통하여 땅에 꽂혀 있었다. 그로스는 다시 땅에 누워 있는 수호 장군들을 돌아보았고, 그제야 그들의 뭉개진 얼굴과 복부를 꿰뚫고 있는 쇠못을 확인할 수 있었다.

그로스가 가진 나가의 정신은 미신적 공포를 이겨낼 만큼 냉정했다. 그래서 그로스는 불가해한 공포에 휩싸이는 대신 분노하여 닐렀다.

〈도깨비 감투! 그렇게 발달했나!〉

그의 곁에 있던 비아스 또한 비늘을 부딪치며 닐렀다.

〈후퇴해야 합니다!〉

그로스는 비아스를 돌아보지도 않은 채 닐렀다.

〈너는 그 니름밖에 할 줄 모르나! 비아스 마케로우! 지금 병사들을 후퇴시키면 시우쇠가 병사들을 다 불태울 거다!〉

비아스는 어처구니 없는 얼굴로 그로스의 뒤통수를 바라보았다. 그로스는 이곳에 감투를 쓴 암살자들이 있는 이상 시우쇠가 함부로 불을 사용할 수 없다는 당연한 사실을 모르고 있었다. 그로스의 등을 노려보던 비아스는 곧 주저없이 몸을 돌렸다. 잠시 후 비아스의 모습은 언덕 위에서 사라졌다.

보병들을 전선에 먼저 보낸 채 초조하게 기다리고 있던 기병들의 앞쪽에서, 괄하이드 규리하는 시우쇠의 머리 위로 쏟아지고 있는 진눈깨비를 유심히 관찰했다. 진눈깨비의 기세가 조금씩 줄어들고 있음을 확인한 대장군의 입에서 날카로운 고함이 터져나왔다. 기병들은 환호를 지르며 창을 똑바로 세워들었다.

대장군의 두 번째 명령이 떨어지자 전선 전체에서 놀랍도록 장대한 움직임이 펼쳐졌다.

시우쇠는 갑자기 몸을 돌렸다. 그리고 오랜 시간 참고 기다려왔다는 듯이 맹폭한 동작으로 두 팔을 좌우로 펼쳤다. 그러자 그의 팔을 따라 난폭한 불의 벽이 일어났다. 땅에서 솟아오르듯 형성된 불의 벽은 번개 같은 속도로 동서 방향을 향해 뻗어나갔다. 불길에 휘말린 나가들은 무슨 일이 일어난 건지 깨닫지도 못한 채 탄화되고 말았다.

거대한 불의 벽이 엔거 평원을 동서 방향으로 가로지르는 순간 나가의 군대는 남북으로 동강났다.

불의 벽 남쪽에는 시우쇠와 나가 보병대의 절반이 남게 되었다. 시우쇠를 억제할 수호 장군들이 모두 공격을 당한 이후인지라 보병대는 아무런 보호도 받을 수 없었다. 그런 나가들을 상대로 시우쇠는 만행이라고밖에 표현할 수 없는 폭력을 휘둘렀다. 그저 달리기만 해도 주위가 불타버렸지만, 시우쇠는 거기에 덧붙여 화염의 검으로 나가들을 자르고 화염의 채찍으로 그들을 후려쳐 쓰러뜨린 다음 화염의 수의를 입혀주었다. 그러나 도망을 선택할 수 있었던 남쪽의 나가들은 차라리 형편이 나은 편이었다.

전장 북쪽의 형편은 끔찍했다. 먼저, 거꾸로 된 쐐기 모양이던 북부군의 보병들이 좌우로 갈라졌다. 둘로 나뉜 보병들은 동서 방향에서 나가들을 압박해 들어갔다. 그러자 보병들이 좌우로 갈라진 틈에서 저수지가 무너진 형상으로 나가들이 쏟아져 나왔다. 그 지점을 향해 기병들이 장려한 나팔 소리와 함께 돌격해 들어갔다. 기병들을 상대해야 할 코끼리들은 이미 레콘에 의해 처리된 후였다. 무서운 속도로 질주하는 기병들을 가로막을 것은 어디에도 없었다.

불의 벽에 의해 구분된 전장 북쪽에서, 동강난 마호가니 군단의 1만 명 남짓한 부대는 4만 명에 달하는 북부군에게 완전 포위되고 말았다. 남쪽에는 불의 벽이 퇴로를 막고 있었고 동쪽과 서쪽에서는 보병대가 그들을 압박했다. 그리고 북쪽에서는 기병들이 나가 병사들을 짓밟고 들어왔다. 동서남북 어디로도 도망칠 길은 없었다.

물론 그럴 능력도 없었지만, 그들은 위쪽으로도 도망칠 수 없었다.

"용이 날아온다!"

동쪽 보병대를 지휘하고 있던 무펀토 장군이 먼저 기성을 올렸다. 그러자 서쪽에 있던 세미쿼 장군 또한 지지 않겠다는 듯이 외쳤다. "용이 날아온다!" 뒤이어 보병들도 환호를 올렸다. 전쟁터 전체에서 희열에 들뜬 외침이 폭발처럼 일어났다.

"뇌룡공(雷龍公)이 온다!"

라수 규리하가 구상한 포위 작전의 마지막 병력이 등장한 것이다. 물론 라수 규리하는 극한의 상황에 처한 나가들이 갑자기 비상의 재주를 터득할지도 모른다는 기우를 한 것은 아니다. 하늘에서부터 등장한 북부군의 다섯 번째 병력은 포위보다는 소각에 주안점을 두고 있었다. 어디로도 도망칠 수 없이 한 자리에 억류된 나가들은 공포에 미쳐버릴 것 같은 눈으로 하늘을 올려다보았다.

북쪽 하늘에서 나타난 아스화리탈이 포위된 나가의 머리 위로 날아들고 있었다. 그 목에 저 저주스러운 용인 류 페이를 태운 채.

길지만 강력한 힘에 의해 뻗은 아스화리탈의 목은 천공의 극점을 가리키는 지남철 같다. 가슴에서 마치 터럭인 양 뻗어 나온 무수한 뿔은 그 길이와 크기가 천차만별이지만 모두 앞쪽을 향해 굽어 있었다. 길고 거대한 날개의 모양은 뚜렷하지 않다. 날개 가닥들 사이에서 끊임없이 번개가 으르렁거리고 있었기에 차라리 번개로 이루어진 날개인 듯하다. 동체 뒤편에서 춤추는 다섯 가닥의 꼬리 끝에서도, 그리고 등에서 수직으로 돋아 있는 세 번째 날개에서도 규모가 조금 작지만 형태는 유사한 번개를 찾아볼 수 있었다.

갑자기 어두워지는 하늘 아래로 번갯불을 흩뿌리며 날아든 아스화리탈은 나가의 머리 위에서 천천히 선회했다. 나가들은 모두

아스화리탈의 목에 타고 있는 륜 페이의 모습을 볼 수 있었다. 륜은 아래를 내려다보지 않으려 애쓰며 아스화리탈의 목을 두드렸다. 그러자 아스화리탈은 가볍게 번개를 뿌리며 허공에 멈췄다. 아스화리탈의 양쪽 뺨——다른 적당한 이름이 없기에 그렇게 부를 수밖에 없는——에는 상어의 아가미를 연상시키는 다섯 줄의 홈이 비스듬하게 나 있었다. 하지만 뒤를 향해 열리는 상어의 아가미와 달리 그것들은 앞으로 열렸으며, 상어보다 훨씬 넓게 벌어졌다.

륜의 어깨에 앉기를 좋아하던 조그맣던 시절 아스화리탈은 꼬리를 이용하여 자신이 뿜어낸 기체에 불을 붙이곤 했다. 하지만 그 점화 기제는 이제 아스화리탈의 뺨 속으로 옮겨져 있었다. 따라서 다음 순간, 도합 열 개의 홈에서 쏟아져나온 것은 열 줄기의 불꽃이었다.

폭발적으로 커지는 불길이 눈을 향해 정면으로 날아오는 순간 거의 모든 나가들은 눈을 감았다. 그중 많은 수의 나가들이 다시는 눈을 뜨지 못했다.

키베인은 전투가 끝난 시점을 명확히 알 수 없었다.

그의 입장에서 전투는 끝났다고 니르기 어려웠다. 키베인이 아닌 다른 사람이라도 전투 후의 씁쓸함이나 비장함, 시체들 사이를 맴도는 음습한 슬픔 따위를 감지하기 위해서는 여러 가지 조건이 필요하다. 그러니까, 복부를 관통하고 있는 70센티미터 길이의 쇠못 같은 요소는 배제되는 편이 적절하다.

피는 그다지 배어나오지 않았다. 못이 빠르게 관통했기 때문이다. 땅이 부드러운 탓도 있겠지만 쇠못을 때려박은 자의 완력이 상당했다. 보이지 않는 상대는 단 네 번의 못질로 못대가리를 키베인의 배에 밀착시켰다. 그 때문에 조직의 파괴가 적었고 피의 유출이 적은 것 또한 그 때문이었다. 키베인은 그 쇠못을 제거하려는 시도를 이미 오래 전에 포기했다. 못대가리와 자신의 배 사이에 손가락을 집어넣는 것만으로도 키베인은 머릿속이 불타는 것 같은 고통을 느껴야 했다.

〈이건 별로 재미없군.〉

키베인은 수호자였다. 다른 신분도 가지고 있었지만 마호가니 군단 내에서 그의 위치는 수호 장군이었고 다른 수호 장군들과 똑같이 행동했다. 그 말은 그가 언제나 전선 뒤쪽의 비교적 조용한 위치에 머문 채 전장의 습기를 통제해 왔다는 의미다. 그것이 수호 장군 키베인의 전투였다. 그리고 키베인은 별 생각 없이 자신의 전투가 몸에 이미 작살검을 꽂은 채 두 번째 작살검을 꽂아넣으려 광분하는 상대에게 사이커를 내찔러야 하는 보병의 전투와 같은 것이라고 믿었다. 특별히 기대했던 것은 아니지만, 키베인 또한 때가 오면 자신 또한 작살검을 몸에 꽂은 채 영광에 찬 전투를 벌일 수 있을 거라 자신했다.

오후의 대기를 물씬 적시는 피내음을 맡으며 키베인은 그것이 자기 과신이었음을 인정했다.

〈하지만 좀 다른 방법으로 확인되었어도 좋았을 텐데.〉

재가 거대한 까마귀 떼처럼 날아올랐다. 하늘은 분명 맑을 테지만 키베인의 눈에 들어오는 하늘은 끔찍했다. 나가의 눈이 아닌 다른 눈으로 하늘을 보는 사람들도 그 하늘을 마음에 들어하긴 어려울 것이다. 연기로 뒤덮인 하늘 아래로 재와 흙먼지가 우울하게 부유했다.

〈예. 저도 이 풍경이 마음에 들진 않는군요.〉

누군가가 니름을 보내어왔다. 키베인은 살아 있다는 사실에 고통받으며 고개를 돌렸다.

어떤 나가가 그를 내려다보고 있었다. 하지만 키베인은 그 나가보다 그 뒤에 있는 초월적 존재를 응시할 수밖에 없었다. 거대한 용이 그를 내려다보고 있었다. 낭떠러지를 올려다보는 기분을 느끼게 하는 모습에 키베인은 압도될 수밖에 없었다. '지독하게 크군.' 용은 날개를 접고 번개의 성장(盛裝) 또한 흩어버린 모습이었지만 그 크기만으로도 점유하고 있는 공간 내에서 현실성을 추방하기에 충분했다.

키베인은 힘겹게 눈길을 내렸다.

용 때문에 터무니없이 작게 보이는 젊은 나가 남자가 그를 내려다보고 있었다. 이름을 물어볼 필요는 없었고, 그래서 키베인은 다른 질문을 던졌다.

〈소문대로 정신을 읽는 건가?〉

〈그냥 날카로운 감각을 가졌을 뿐입니다. 당신도 꼭 물어보거나 독심술을 하지 않아도 친구의 기분 정도는 알 수 있을 텐데요. 남달리 눈치가 좋은 사람에 대해서도 들어보셨을 테고. 그것과 비슷한 겁니다.〉

〈용인은 눈치의 달인이라는 니름인가, 뇌룡공?〉

〈물론 당신에게 현재의 풍경이 만족스럽지 않을 거라는 것을 짐작하는 데는 용인의 예민함까지 필요하지는 않습니다만. 이름이 뭡니까?〉

키베인은 감히 지체할 엄두를 내지 못했다. 상대방의 날카로움은 비늘 설 정도였다. 그래서 키베인은 곧장 닐렀다.

〈키베인.〉

키베인은 안도했다. 용인은 별다른 것을 느끼지 못한 듯했다. 아직 북부군에는 키베인이라는 이름이 의미하는 바가 알려지지 않은 것이다. 륜은 담담하게 닐렀다.

〈항복하겠습니까, 키베인?〉

〈항복하면 어떤 이점이 있지?〉

〈항복한 것을 후회할 권리를 얻으실 겁니다.〉

〈실로 매력적인 제안이군. 륜 페이.〉

키베인의 니름은 비꿈이 아니었다. 예민한 륜은 그것을 잘 알 수 있었다. 키베인은 담담하게 감탄하고 있는 것이었다.

〈고마운 제안이군. 하지만 모래로 밧줄을 꿀 수는 없는 법이야. 나를 묶을 다른 밧줄은 없나?〉

〈스스로 꼬아보시는 것은 어떨까요. 그럴 각오도 되어 있으신 것 같은데.〉

〈역시 날카로운 용인이군.〉

륜은 씁쓸한 미소에 해당하는 니름을 보내었다.

〈부러워하실 필요는 없습니다. 키베인. 기회가 된다면 당신에게 어느 정도의 둔감함이 얼마나 큰 축복인지 가르쳐드리고 싶군요. 꼭 알고 싶지 않은데도 사람들의 기분이나 심리를 바로 깨달아버린다는 것이 어떤 고통인지도.〉

키베인은 그것을 이해할 수 없었고 이해하고 싶지도 않았다. 륜의 등 뒤에 있는 거대한 재앙을 바라보며 키베인은 힘겹게 닐렀다.

〈한 가지 더 물어보지.〉

〈용이 나가를 태운다는 것이 그렇게 놀랄 일은 아닙니다. 나가가 용을 싫어한다는 사실에 대해 용이 신경쓸 거라고 믿는 것은 나가의 오만입니다. 그리고 용근에 대해서는, 용은 큰 관심이 없습니다. 씨를 보호하는 식물은 없습니다. 그리고 그 용근 또한 먹히는 것이 싫었다면 발아하지 않았을 겁니다. 용근은 저에게 먹히길 수락하고 발아한 거죠.〉

키베인은 정신을 닫았다. 류은 고개를 가로저었다.

〈아니, 날카로운 것일 뿐입니다.〉

〈쳇. 그렇게 날카롭다면 내가 니르기도──〉

〈──전에 당신 질문에 대답해 버리는 것이 당신을 당혹시킨다는 것도 알고 있습니다. 하지만 당신에겐 시간이 많지 않습니다. 저는 당신과 비슷한 곤경에 빠져 있는 다른 수호자들에게도 찾아가봐야 합니다. 그러니 당신 자신과 당신 동료들을 위해 대화를 좀 빠르게 진행시켰으면 합니다. 어쩌실 겁니까?〉

〈역시──〉

〈──항복할 수밖에 없는 거지요. 훌륭한 판단이십니다. 정신을 여세요.〉

〈뭐?〉

〈정신을 여세요. 키베인. 당신 속에서 당신의 신명을 결박해야 하니까.〉

키베인은 비늘을 부딪쳤다. 그리고 곧 그것을 후회했다. 미칠 것 같은 고통이 찾아들었기 때문이다. 복부를 부여잡은 채 숨도 제대로 내쉬지 못하는 키베인을 내려다보며 류은 담담하게 닐렀다.

〈이해할 수 있으실 겁니다. 키베인. 신명을 가지고 있게 놔둘 수는 없잖습니까. 저는 당신의 신명을 지울 수도 있습니다.〉

〈신명──〉

〈——도 지울 수 있습니다. 완전히 잊어버린 기억 같은 것을 생각해 보세요.〉

〈그런——〉

〈——것을 받아들일 수는 없겠지요. 그래서 당신의 신명을 잠시 묶어두겠다는 겁니다. 예. 저는 그렇게 할 수 있습니다. 언젠가 제 친구가 제게 그렇게 했지요. 그는 제 마음속에서 제 죄책감을 묶어버렸습니다. 저는 그의 모든 추억을 떠올릴 수 있지만, 그의 죽음에 대한 죄책감은 느끼지 못합니다. 그리고 이미 죽어버린 제 친구는 그것을 풀어줄 수도 없습니다.〉

〈내가——〉

〈——잃는 것은 신명을 통해 구현되는 수력의 통제력뿐입니다. 여신에 대한 사랑이나 존경심 같은 것을 잃지는 않습니다. 아니, 믿어도 됩니다. 제 니름은 사실입니다. 속일 이유가 없지요. 굳이 당신을 속여서 신명을 지워버릴 바엔 제 등 뒤에 있는 친구에게 당신을 건네주는 편이 훨씬 속편한 방법이라고 생각되지 않습니까?〉

키베인은 그것이 훨씬 끔찍한 방법이라고 생각했다.

〈그렇다면——〉

〈——때가 되면, 여건이 되면 저는 당신 정신 속의 결박을 풀고 신명을 돌려드리겠습니다.〉

합리적인 나가답게 키베인은 류의 제안이 받아들일 만한 것이라는 사실을 인정했다. 의견 조정을 시도할 만한 여건은 아니었고 그리고 싶지도 않았다. 키베인은 한 가지 약속에 만족하기로 했다. 물론 류는 그가 니르기도 전에 대답했다.

〈여신의 이름에 걸고 맹세하겠습니다. 그런데 뭘 잃는 것에 당

황하는 겁니까?〉

〈뭐?〉

〈당신은 당황하고 두려워하고 있군요. 여신의 이름을 잃을지도 모른다는 것에 대해서. 그런데 그 외에 또 다른 무엇인가를 상실할지도 모른다고 생각하고 있군요? 그게 무엇입니까?〉

키베인은 비명을 지를 뻔했다. 그러나 그가 뭔가 변명이나 설명을 하기도 전에 륜이 닐렀다.

〈니르고 싶지 않다면, 됐습니다. 당신은 그것을 잃는 것에 대해 크게 두려워하는 것 같지는 않군요. 그러니 저도 구태여 묻지 않겠습니다. 당신의 신명을 결박해도 되겠습니까?〉

〈묶어.〉

고통 속에서 키베인은 륜을 향해 정신을 열었다. 그리고 상실의 공포를 억누르려 애썼다. 륜은 키베인을 내려다보았다.

〈당신은 역시 나가군요.〉

〈무슨 니름이지?〉

〈아니, 아닙니다.〉

륜의 정신이 부드럽게 키베인의 안으로 파고들었다.

무지막지한 고통이나 정신을 뒤흔드는 혼란 같은 것은 없었다. 인식할 수 있는 느낌은 조금도 없었다. 키베인은 의아한 표정으로 륜을 바라보았다. 그러나 다음 순간 키베인은 자신의 신명이 기억나지 않는다는 사실을 깨달았다. 키베인은 신명을 알 수 없었다. 지나치게 오래 전에 보았던 책의 뒤표지처럼, 혹은 그 날 아침 잠에서 깨어 처음 맡았던 냄새처럼. 륜은 차분하게 닐렀다.

〈묶었습니다. 아니, 연상은 소용이 없습니다. 우회한다고 해서 그걸 떠올리지는 못할 겁니다.〉

56

〈그렇군. 그렇다면 ──〉

〈── 기꺼이 그 못을 뽑아드릴 겁니다. 저는 다른 분께 가봐야 하니 저기 오는 불신자들이 그 못을 뽑아줄 겁니다. 그들의 명령을 따르십시오. 청각에 집중하십시오.〉

류은 어디론가로 손짓을 보낸 다음 몸을 돌렸다. 그러자 아스화리탈이 그 뒤를 따라 걸었다. 청각에 주의를 기울이고 있었기에 키베인은 아스화리탈이 일으키는 엄청난 소음을 들을 수 있었다. 현실 감각을 앗아가는 용의 뒷모습을 보느니 쇠못을 뽑아줄 구원자를 보는 쪽이 낫겠다는 판단을 내린 키베인은 류이 손짓을 보낸 방향을 돌아보았다.

몇 명의 불신자들이 걸어오고 있었다. 불신자들은 쇠못을 뽑아낼 도구 같은 것은 가져오지 않았다. 그리고 키베인은 그 사실에 낙담하지 않았다. 선두에 있는 자가 레콘이었기 때문이다. 큼직한 걸음으로 걸어오는 레콘의 뒤로는 인간 사내 몇 명이 따르고 있었다.

레콘은 키베인의 곁에 도달하자 장중한 음성으로 말했다.

"못을 뽑을 테니 서툰 짓은 하지 마."

"하지 않을 테니 빨리 뽑으시죠."

불신자들 중 일부가 뚜렷한 동요를 보였다. 의아해하고 있는 키베인을 무시하며 한 인간이 다른 인간에게 말했다.

"내 말이 맞지?"

"뭐? 그렇게 말할 거라고 생각하지 않았는데."

"저 정도면 똑같잖아?"

"똑같긴 뭐가 똑같아. 우리 폐하의 옥음에 비하면 저건 변비 걸린 까마귀 힘주는 소리구먼. 완전히 달라."

"야야. 까마귀는 좀 심했다. 멋진 목소리잖아."

"공통점이 전혀 없다는 의미야."

"음. 뇌룡공의 목소리와 비슷한 것 같은데."

"그건 당연하잖아! 같은 나가니까."

키베인은 불신자들이 목소리에 관련된 어떤 토론을 하고 있다는 것까지는 깨달았지만 그 이상은 알고 싶지 않았다. 수호자는 약간 언성을 높였다.

"이봐요들. 보편 상식의 이름으로 요구하겠는데, 배에 못을 꽂고 있는 자를 앞에 두고 토론을 벌이는 짓은 좀 삼가주면 안 되겠습니까? 정 어렵다면 못을 제거한 다음으로 연기해 주는 것으로도 만족하겠습니다."

사내들은 키베인을 돌아보더니 낄낄거렸다. 키베인의 예상대로 레콘이 가까이 다가왔다. 거북할 정도로 거대한 신장을 구부린 레콘은 키베인의 옆에 무릎을 꿇고는 못을 움켜쥐었다.

"각오 단단히 하라고. 나가."

"저는 심장도 뽑았습니다. 가지고 태어난 것도 아닌 그까짓 못쯤이야 아무것도 아니죠."

불신자들은 다시 사나운 미소를 지어보였다. 레콘은 못을 쑥 잡아뽑았다.

북부군 병사들은 키베인이 어떤 비명도, 심지어 신음조차 흘리지 않았다는 사실에 감탄했다. 그리고 키베인은 자신이 머리가 터져라 정신적 비명을 내질렀다는 사실을 알려주지는 않았다.

륜은 모두 다섯 명의 수호 장군들을 구할 수 있었다. 빌파 삼부자는 그보다 더 많은 수의 수호 장군들을 못 박았지만 도주하던 나가 병사들이 구출해 가거나 불운하게도 시우쇠와 맞닥뜨린 수호 장군들도 많았기에 포로로 잡을 수 있었던 숫자는 그 정도였다.

그리고 그 다섯 명은 모두 류의 제안에 동의했다.

완전히 탄화된 여섯 번째 수호 장군을 내려다보던 류은 가까이 다가오는 시우쇠를 느꼈다. 여신의 힘으로 느낀 것은 아니었다. 시우쇠는 그 몸에 물기라곤 가지고 있지 않았고, 따라서 엔거 평원에 있는 자들 중 류이 제대로 추적하기 힘든 유일한 존재이기도 했다. 그러나 용인의 날카로운 감각은 시우쇠의 접근에 따라 뜨거워지는 온도를 느꼈다.

고개를 돌린 류은 그를 내려다보는 화염의 눈을 발견했다. 시우쇠는 아스화리탈을 흘끔 올려다보곤 말했다.

"몇이나 구웠어?"

류은 울컥하는 기분을 억누르며 최대한 공손하게 말했다.

"굽는다고 하셨습니까? 제 친구 중에 사람을 대상으로 썬다느니 하는 말을 사용하는 이가 있었지요. 그 자의 어투와 비슷하시군요."

"그래서, 얼마나 구웠냐고?"

"모르겠습니다. 족히 몇 천 명은 될 것 같군요."

"흐음. 나도 그 정도 구운 것 같군."

류은 더 참지 못했다.

"제 동족입니다. 시우쇠 님."

시우쇠는 고개를 갸웃했다.

"이봐. 갇힌 여신의 신랑. 골육상잔의 비극에 사로잡혀 있다는 것을 강조하고 싶은 거냐? 태우기로 작정했으면 그런 건 집어치우지 그래?"

"당신은 독자(獨者)의 화신이지만 저는 그렇지 못합니다. 잔학한 운명 때문에 동족을 땔감 삼아 희망의 불을 지펴야 하는 처지에 빠져 있지만, 그것에 무감각해지기는 어렵습니다."

용인의 예민함으로도 시우쇠의 다음 말을 예측하기는 어려웠다. 상대는 사람의 예민함으로는 판단하기 어려운 존재였다. 시우쇠는 빙긋 웃더니 발을 뒤로 당겼다.

그리고 탄화된 수호 장군을 걷어찼다.

먼지와 재가 뒤섞여 작은 구름이 일어났다. 륜은 입을 가리며 뒤로 물러났다. 하지만 시우쇠는 물러나지 않았다. 사체의 재구름 속에서 시우쇠는 남쪽 하늘을 바라보았다.

"그렇게 어려운 것 아니야."

"예?"

"너절한 단어로 처지 골치 아프게 만들지 말라고. 가로막으니까 태우는 거야. 살을 지지고 뼈를 녹이고 골수가 끓어오를 때까지 태워버려. 잿더미 위에 네 발자국을 남기며 걸어가. 그러면 돼."

"뭐가 어떻게 된다는 겁니까?"

"겸허함을 알게 되지."

"네?"

시우쇠는 반복하지 않았다. 그리고 부연하지도 않았다. 시우쇠는 그대로 륜과 아스화리탈을 남겨둔 채 그 언덕을 떠났다. 화신은 떠나며 말했다.

"대호왕에게 전해라. 이 주위에 숨어 있는 놈들 몇 명 더 태우고 돌아가겠다고."

떠올랐던 재와 먼지가 서서히 가라앉았다. 화신의 뒷모습을 바라보던 용과 용인은 잠시 후 몸을 돌려 화신의 반대편으로 걸어갔다.

원수부에서는 모처럼의 대승에 고무된 장수들이 열기를 잔뜩 뿜어대고 있었다. 평소 류이 근처에 다가오는 것조차 꺼림칙해하던 많은 장수들이 반갑게 류을 맞이했다. 물론 그들 중 몇 명은 나가 앞에서 무수한 나가를 살해한 일을 즐거워해도 되는 건가 의심했다. 류은 눈치 빠르게 그것을 깨달았고 웃음으로써 그들을 안심시켰다. 그리고 그들과 자신 양쪽을 괴롭히는 대신 필요한 말만 전달한 다음 조용히 원수부를 떠나왔다.

원수부를 떠나온 류은 자신의 천막으로 돌아와 갑옷을 벗었다. 그의 천막 옆에는 아스화리탈이 거대한 몸을 누이고 있었고, 따라서 북부군의 진지 전체에서 가장 한적한 곳이기도 했다. 류은 의자 하나를 가지고 천막 밖으로 나왔다. 그리고 아스화리탈의 머리 옆에 의자를 놓고 앉았다.

해는 기울고 있었고 진지 곳곳에서 불이 켜지고 있었다. 류의 천막 주위는 승전 후의 진지를 채우고 있는 흥분된 기류에서도 자유로웠다.

어두운 하늘로 잔인한 새들이 날고 있었다. 유사 이래 모든 전투의 승리자들인, 사체의 내장을 탐내는 새들이다. 밤이 다가오고 있었지만 류은 그 활기찬 불덩이 같은 뜨거운 새들의 모습을 잘 볼 수 있었다. 땅 위를 오가는 온기들을 보던 류은 갑자기 구토할 뻔했다.

가까스로 메슥거림을 억누른 류은 등 뒤에 있는 자를 향해 말했다.

"그래. 와도 된다. 베미온."

류의 등 뒤 어둠 속에서 한 인간 남자가 걸어나왔다.

머리카락은 뒤엉킨 철사 같고 뻣뻣한 수염은 고슴도치에 필적할 지경이다. 그나마 체모가 적은 눈 아래나 이마 같은 부분도 시커먼 땟국물에 덮여 있었다. 구부정한 허리는 그때까지 쌓아온 고통을 암시했고 기이하게 떨리는 팔다리의 움직임은 죽을 때까지 가져가야 할 공포를 드러내고 있다. 남자라는 대명사보다는 수컷이라는 표현이 적합할, 아니, 생명이 가져야 할 최소한의 품위조차 잃어버려 차라리 한 물체라 불러야 할 '그것'에겐 놀랍게도 지성의 흔적을 읽을 수 있는 두 눈이 달려 있었다. 그 눈이 류을 바라보았다.

"저, 젖었어요."

류은 억지로 미소지으며 그 남자의 발을 바라보았다. 잠시 후 남자의 발에 묻어 있던 물기가 주위의 땅 속으로 스며들었다. 남자는 몇 번이나 바닥을 만져본 다음 그곳에 털썩 주저앉았다. 그리고 칭얼거렸다.

"나, 나를, 나를 씻기려고 해."

그럴 사람은 아무도 없다는 것을 알고 있었지만 류은 질문했다.

"누가?"

"데오늬. 데오늬 달비."

류은 어찌된 일인지 알 수 있었다.

"그 애가 물을 튀기며 달렸나 보구나."

"씻기려고 했어요! 혼내줘요!"

류은 그럴 생각이 없었다. 그 착한 소녀에게 베미온의 고발을 전해 주면 죄책감에 몸부림치며 어딘가로 달려갈 것이다. 하지만 류은 고개를 끄덕였다.

"혼내줄게."

베미온 굴도하는 환하게 웃었다. 그리고 류을 놀라게 했다.

"너무 혼내지는 마. 착한 아이야. 내 딸의 친구가 될 수 있을 텐데……."

류은 가까스로 자신을 억눌렀다. 놀란 나머지 급히 대응하는 바람에 몇 번이나 상황을 악화시켰던 기억이 충동적으로 움직이려는 그의 몸을 붙잡았다. 호흡을 고른 다음, 류은 베미온 굴도하가 당황하지 않도록 천천히 고개를 돌렸다. 그리고 지나가는 투로 말했다.

"베미온 마립간?"

베미온은 바닥을 보며 뭐라 중얼거렸다. 류의 말을 알아들은 기색은 없었다. 류은 조심스럽게 한 번 더 불렀다.

"베미온 마립간?"

베미온 굴도하의 상체가 기이하게 움직였다.

다음 순간 베미온은 땅에 얼굴을 부딪치며 통곡했다. 류은 황급히 의자에서 일어나 베미온의 어깨를 부여잡았다. 하지만 베미온은 놀라운 힘으로 류을 뿌리치며 계속 땅에 이마를 부딪쳤다.

"탑이 빠져죽는다! 탑이 빠져죽는다!"

류은 베미온의 팔을 잡아뽑듯이 잡아당겼다. 그래서 베미온이 갑자기 방향을 바꿔 들이받는 기세로 안겨왔을 땐 류은 숨이 막힐 뻔했다. 류은 가까스로 함께 쓰러지는 대신 베미온을 끌어안았다. 베미온은 류에게 안긴 채 목을 놓아 울었다.

상고토의 맹주이자 판사이의 마립간이었던 사내는 짐승 같은 소리로 통곡했다. 그를 끌어안은 채 다독이던 류의 눈에서도 어느새 은루가 흘러나오고 있었다.

어디선가 명랑한 목소리가 들려왔다.

"태우라고. 류 페이."

류은 비늘을 세우며 고개를 들었다. 저편에서 황혼을 등진 채 시우쇠가 걸어오고 있었다. 아스화리탈이 고개를 들었고 그 간단한 동작 끝에 용은 무려 15미터 높이에서 시우쇠를 쏘아보게 되었다. 시우쇠는 용에게도, 나가에게도, 정신 나간 인간에게도 적합한 기묘한 거리에 멈춰서서는 팔짱을 낀 채 류을 바라보았다.

"태워. 그렇게 해줘."

류은 비늘을 사납게 부딪쳤다.

"이 분은 나으실 겁니다."

"넌 그 녀석에 대해서만 생각할 뿐 너 자신에 대해서는 생각지 않는군."

"네?"

어떤 암흑 속에서도 놓칠 수 없는 시우쇠의 시선이 류을 뚫어지게 바라보았다.

"베미온이 왜 너를 따른다고 생각하나? 아마도 용인인 네가 어머니가 자식에게 베풀 수 있을 정도의 예민함으로 그를 보살필 수 있기 때문이라고 착각하고 있겠지? 그렇지 않아. 베미온은 정신이 나갔지만 생물의 마지막 감각은 잃지 않았어. 죽음을 찾아내는 감각 말이야. 북부군 전체를 통틀어 가장 죽음에 가까운 것은 너와 나뿐이지. 호흡과도 같은 자연스러움으로 죽음을 행사할 수 있는 자들은 우리 둘뿐이라고."

류은 흠칫했다. 시우쇠의 눈에서 불길이 앞으로 흘러넘치고 있었다.

"그래. 그래서 베미온은 너를 따르는 거야. 우두머리 코끼리가 대호를 향해 걸어가는 그 감각으로 그는 네게 다가가는 거지. 그를 왕으로 만들어줘. 류 페이. 가장 가련한 자에서 가장 위대한 자로 재탄생하게 해줘."

"재탄생? 재탄생은 없습니다. 잿더미가 남을 뿐이죠!"

"신의 제안을 무시하려는 건가?"

"당신은 신이 아니라 화신입니다!"

"발음의 차이 외의 다른 차이를 지적해 보겠나?"

류은 침묵했다. 그리고 두 팔로는 베미온 굴도하를 더욱 세차게 끌어안았다. 시우쇠는 빙긋 웃었다.

자신을 죽이는 신의 화신은 작별 인사 없이 떠났다.

시우쇠의 모습이 충분히 멀어진 다음에야 류은 베미온을 끌어안고 있던 팔을 풀었다. 그리고 베미온 마립간의 검은 얼굴을 내려다보았다. 눈물로 젖어 있는 얼굴을 본 류은 베미온이 그것을 깨닫기 전에 재빨리 물기를 증발시켰다.

"베미온. 너는 살고 싶지?"

베미온은 콧소리를 심하게 내며 말했다.

"탑이 빠져 죽고 있어."

"그래. 너는 나을 거야."

"탑이 빠져 죽고 있어."

"나는 오늘 6,000명을 태워죽였어."

"탑이 빠져죽고 있어."

"손 한 번 놀려서 그렇게 했어. 용인의 예민함 따위 도깨비나 줘버리라지. 평원 저편의 풀잎 위로 이슬 한 방울이 구르는 것까지 깨달을 수 있는 예민함이라는 것이 무슨 의미인지 저들은 정

되어 신음하고 있었다. 고통과 분노, 비탄의 니름들 때문에 그곳은 니름을 들을 수 있는 자들에겐 혼이 빠져나갈 것 같은 아수라장이었다. 갈로텍은 주먹을 움켜쥐었다.

그때 비아스가 질문했다.

〈그런데 어떻게 이렇게 빨리 도착하셨습니까?〉

〈뭐라고?〉

〈어떻게 이렇게 빨리 도착할 수 있으셨던 건지 질문했습니다. 사흘 후에 오실 줄 알고 있었습니다만.〉

〈시우쇠가 엔거 쪽에 있다는 것을 알게 되었다. 그래서 혼자말을 타고 왔다.〉

〈말? 아, 네. 승마술을 가진 분이 있으신가 보군요. 아쉽군요. 몇 시간만 기다렸으면 좋았을 텐데.〉

갈로텍은 믿을 수 없었다.

〈잠깐. 아쉽다고 했나, 마케로우 장군?〉

〈네.〉

〈그걸 니름이라고 하는 건가! 1만 8000명이 학살당했는데 하는 니름이 고작 아쉽다는 건가!〉

비아스 마케로우는 대답하지 않았다. 하지만 그녀는 의미가 되기 직전의 무의미들을 연속적으로 흘려보냈다. 갈로텍은 비아스가 니르고 싶은 바를 간단히 깨달았다. 갈로텍은 분노했다.

〈내가 뭘 놓치고 있다는 건지 닐러보겠나?〉

〈닐러드려도 되겠습니까?〉

〈닐러!〉

〈지금껏 적들은 시우쇠의 정확한 위치를 노출시키지 않는 방법으로 북부의 불신자들을 보호해 왔습니다. 그에 대한 대책으로 우리는 시우쇠가 있는 곳을 피했습니다. 그리고 우리가 원하는 곳에 시우쇠가 있도록 하기 위해 노력했습니다. 그 탓에 북부군과 우리는 지루한 심리전을 벌여왔습니다. 우리가 한 지역을 공격하면 그들은 일단 판단을 해야 합니다. 우리의 공격이 진짜 공격인지, 그렇지 않으면 시우쇠를 유인해 놓고 다른 곳을 치기 위한 위장 공격인지.〉

갈로텍은 어이 없다는 듯이 닐렀다.

〈전략의 창안자에게 전략의 개요를 설명해 줄 필요는 없다고 보는데.〉

〈죄송합니다만 제가 원하는 방법으로 닐러드리도록 해주십시오.〉

〈계속해.〉

〈그런 유인은 성공할 때도 있었고 실패할 때도 있었습니다. 하지만 그건 우리가 항상 이기는 계책입니다. 시우쇠가 우리의 유인에 넘어오면 그를 내버려두고 다른 지역을 공격하면 그만이었습니다. 넘어오지 않으면 그냥 물러나면 됩니다. 가장 나쁜 경우라고 해봐야 우리가 진짜 공격하려고 마음먹고 대규모 병력을 집중시킨 장소에 시우쇠가 나타나는 경우입니다만, 이 경우에도 우리는 수호자들로 하여금 시우쇠를 묶어두게 하고는 도망치면 그만이었습니다. 오늘 그로스 군단장은 그렇게 하지 못했습니다만.〉

〈지금 생사가 불확실한 자네 상관을 헐뜯으려는 건가?〉

〈아닙니다. 그들이 시우쇠를 노출시킬 수 없었던 이유를 설명하고 있었습니다. 그들은 시우쇠를 노출시킬 수 없습니다. 그렇게 하면 우리가 다른 지역을 공격하니까.〉

〈무슨 니름인가?〉

〈오늘, 그들은 시우쇠를 노출시켰습니다. 그 덕분에 그들은 1만 8000명이나 되는 아군을 살해할 수 있었습니다. 하지만 그들이 만족하기엔 적은 숫자가 아닐까요? 제가 그 숫자에 큰 감흥을 느끼지 못하는 것도 그 때문입니다.〉

갈로텍은 정신적 신음을 흘렸다. 그는 비아스가 무슨 니름을 하는 건지 깨달았다.

〈예. 시우쇠가 이곳에 나타난 이상 우리는 내일이나 모레쯤 이 곳에서 먼 지역에서 불신자들을 18만 명이라도 죽일 수 있습니다. 그런데 왜 그들은 시우쇠를 노출시켰을까요?〉

농가의 내부는 환희로 가득했다. 피와 땀을 채 닦아내지 못한 험상궂은 모습으로 앉아 있었지만 북부군의 장수들은 승리에 배불러 있었고, 완벽하게 만족한 얼굴로 라수의 말을 기다리고 있었다. 그리고 라수가 꺼내놓은 서두는 그들을 더욱 만족시켰다. 라수 규리하는 차분하게 말했다.

"우리는 이곳으로 쫓겨오긴 했습니다만, 그것은 저들의 착각과 달리 우리의 선택입니다."

괄하이드 규리하는 고개를 한번 끄덕였다. 입소문이나 짐작으로 약간씩 알고 있던, 하지만 아직은 그 전모를 깨닫지는 못했던 전략에 대한 설명에 북부군의 다른 장수들은 집중했다. 라수는 벽에 붙여놓은 지도를 가리키며 말했다.

"지난 몇 달 동안의 패배를 통해 우리는 나가 수뇌부로 하여금 이곳에 시우쇠 님이 없다고 믿게 만들었습니다. 나가들은 다른 어딘가에 있을 시우쇠 님을 감지하기 위한 노력을 경주했고 그동안 우리는 이곳까지 큰 경계를 받지 않고 다가올 수 있었습니다.

적들이 엔거 평원을 전장으로 선택하리라는 것은 자명했습니다. 그들은 폐하와 우리를 한꺼번에 붙잡길 원할 것이고, 이곳으로 우리를 몰아넣으면 흑단 군단, 마호가니 군단, 대나무 군단의 3개 군단이 우리를 대포위할 수 있으니까요. 그리고 마호가니 군단이 나설 것 또한 분명했습니다. 어르신들의 보고를 따른다면 마호가니 군단이 보유한 수호자가 가장 많고, 따라서 하텐그라쥬 공작을 상대하기 위한 최적의 부대였습니다."

라수는 잠깐 멈춘 다음 말했다.

"그리고 오늘 우리는 마침내 마호가니 군단을 패주시켰습니다."

아직 가시지 않은 승전의 흥취에 자제력을 잃은 젊은 장수들에게서 짧은 함성이 터져나왔다. 라수는 엄격한 얼굴로 그들을 침묵시키고서 말을 이었다.

"여러분들의 즐거움은 이해합니다만 승리는 패배할 기회를 한 번 더 얻은 것에 불과하다는 사실을 강조해 두고 싶습니다. 예. 우리는 오늘 마호가니 군단을 패퇴시킴으로써 그들에게 짓밟혔던 슈라도스 사람들의 복수를 달성했습니다. 적들은 꽤 화가 나겠지요. 하지만 그 이성적인 나가들은 곧 이 지점에서 우리가 시우쇠 님을 노출시켰다는 사실에 의아해할 겁니다. 왜냐하면 시우쇠 님의 모습이 확실히 노출된 지금, 그들은 북부의 다른 지역을 초토화할 수 있으니까요."

장수들은 창백해졌다. 북부군 최고의 지략가가 내놓은 예측은 정확했다. 나가들이 전장을 북부 전체로 넓히지 않는 것은 본질적으로 북부군이 시우쇠의 위치를 계속 모호하게 유지해 왔다는 것에 기인한다. 시우쇠의 정확한 위치를 알 수 없었기에 나가의 수호자들은 기후 조절에 마냥 매달릴 수 없었고, 기후가 바뀌지 않기에 나가들은 어느 정도 이상 북진할 수 없었으며, 나가들이 북진할 수 없기에 시우쇠는 전선 배후의 넓은 북부 지역을 통해 쉽게 이동하며 이곳 저곳에 출몰했다. 나가들에겐 분통 터지는 악순환이었다.

그러나 북부군이 가진 가장 빠른 연락 수단인 어르신 전령도 동시 대화가 가능한 나가들의 뱀단지에 비하면 도저히 빠르다 할 수 없었다. 나가들은 시우쇠가 출현할 때마다 수백 킬로미터 저편에서 기온을 대규모로 변화시켜 북진하곤 했다. 그 때문에 북부군 또한 시우쇠의 모습을 함부로 노출시킬 수 없었다. 장수들은 걱정에 잠겨 서로를 바라보다가, 그래도 라수 규리하라면 뭔가 생각이 있었을 거라 믿는 눈으로 북부군의 두뇌를 바라보았다.

라수는 고개를 숙였다. 그리곤 갑자기 엉뚱한 말을 꺼냈다.

"햇수로 4년째입니다."

장수들은 어리둥절했다. 그에 상관하지 않은 채 라수는 회상하는 어조로 말했다.

"여기 계신 많은 분들이 3년 전의 세퀴라도 공방전을 기억하시겠지요. 저는 그 날을 절대로 잊을 수 없을 것 같습니다. 바로 그날 시우쇠 님께서 우리에게 오셨지요. 하지만 그 분이 도착하기 직전 우리들은 이미 패배를 받아들이고 있었습니다. 예. 24일 밤낮에 걸친 공방전의 마지막 날, 싸우다 죽기 위해 성문을 열고 돌격하기로 결정하셨던 여러분들의 곁에, 대호왕 폐하와 하텐그 라쥬 공작, 아스화리탈, 그리고 두억시니들까지 있었지만, 저는 없었습니다. 나중에 괄하이드 대장군은 여러분들이 저를 비난하지 않았다고 제게 알려주셨습니다. 감사합니다. 이제야 고백합니다만 저는 그때 성벽 위에 있었습니다. 그곳에서 몸에 기름을 붓고 있었지요."

세퀴라도에 있었던 장수들 중 일부가 신음을 흘렸다. 라수는 싱긋 웃었다.

"여러분과 같은 무용이 없는 저로서는 돌격을 시도해 봤자 적한 놈 잡지 못하고 죽을 것이 뻔하다고 판단했습니다. 그건 섭섭하더군요. 어차피 죽을 수밖에 없는 처지이긴 했지만 적한 놈 잡지 못하고 죽는다고 생각하니 화가 치밀더군요. 예. 저도 별볼 일 없는 규리하 사내였던 모양입니다. 그래서 기름통을 들고성벽 위로 올라갔습니다. 나가들이 성 안으로 들어오면, 어느 놈이 지휘자인지 알아낸 다음 몸에 불을 붙이고 뛰어내릴 작정이었습니다. 그리고 뜨겁게 안아줄 계획이었지요."

지코마 상장군이 더듬거리며 말했다.

"그렇다면, 우물에 숨어 있었던 거라는 말씀은……?"

라수는 냉정하게 대답했다.

"시우쇠 님 앞에 나가려면 기름은 일단 씻어야 했으니까요. 그분 근처에 가면 타죽을 것이 뻔했습니다. 그래서 기름을 대충 씻어내고서야 나설 수 있었던 겁니다."

"하긴 좀 의심스러웠습니다. 아무리 당황하셨다 하더라도 우물속에 숨거나 하실 분은 아니라고 생각했었지요. 그러면 왜 숨었던 거라고 말씀하셨습니까?"

"글쎄요. 그런 분신 특공을 하려 했다고 말하려니 좀 부끄럽더군요. 그리고 그때 그렇게 말했다면 변명처럼 들리지 않았겠습니까? 그래서 그렇게 말했습니다."

오래된 오해가 풀리는 것을 느끼며 장수들은 한숨과 웃음을 지어보였다. 라수는 천장을 바라보며 말했다.

"그리고, 3년이 지난 지금에 와서 그 사실을 고백하는 것 또한 변명을 위한 것은 아닙니다. 제가 이 말씀을 드리는 것은 그 날 그 성벽 위에서, 몸에서 나는 지독한 기름 냄새마저 잊은 채 제가 했던 생각을 들려드리기 위해서입니다. 여러분들은 어떠했는지 모르겠습니다만, 그날 저는 우리를 구하기 위해 달려오는 화신을 바라보면서 이제 살았다고 생각하지는 않았습니다. 대신 죽었다고 생각하기로 했습니다. 도깨비의 영처럼 말입니다."

라수는 갑자기 불타는 눈으로 장수들을 바라보았다.

"시우쇠 님께서 우리에게 오신 지 3년이 지났습니다. 그동안 우리는 나가들을 기만하며 그들의 북진을 늦추어왔고 그 파상적인 공격에서 간신히 건져낸 자투리 병력들을 조금씩 규합하여 겨우 여왕 폐하의 군대를 만들 수 있었습니다. 그리고 이곳 엔거에서 마침내 4년만에 대승까지 거뒀습니다."

장수들이 다시 기뻐할 준비를 갖췄다. 하지만 라수는 빠르게 말했다.

"여러분들은 제게 속으셨습니다."

장수들이 당황했다. 세미쿼 장군이 외치듯 말했다.

"속다니오? 무슨 말이오, 라수 상장군님?"

"오늘의 승리를 기뻐하시는 여러분들에게 이런 말씀을 드리는 것이 가슴 아픕니다만, 이 승리에 의해 우리는 돌아갈 수 없는 길로 접어들었습니다."

이번엔 무핀토 장군이 이맛살을 찡그렸다.

"돌아갈 수 없다니, 무슨 말이오? 우리가 돌아갈 곳이라도 있었소? 즈믄누리를 말씀하시는 거라면……."

"아니요. 그런 말이 아닙니다. 오늘 시우쇠 님은 이곳 엔거에서 노출되었습니다. 저는 조금 전 이곳을 선택했다고 말씀드렸습니다. 엔거에서 남쪽으로 뭐가 있는지 아십니까? 차례로 말씀드리면 페로그라쥬, 악타그라쥬, 시모그라쥬가 나옵니다. 익숙지 않은 지명이겠지만 뭔가 연상되는 것은 있으시겠지요. 예. 나가들의 도시입니다. 그 다음에는 뭐가 나오는지 아십니까?"

라수는 갑자기 몸을 돌려 지도를 짚었다. 그 손가락 끝은 상당히 남쪽에 있었고 그 위치가 시사하는 바를 깨달은 장수들은 전율을 느꼈다. 라수는 지도에 씌어 있는 글자를 음미하듯 말했다.

"하텐그라쥬. 침묵의 도시. 우리는 그곳으로 진군해야 합니다."

갈로텍은 비명처럼 닐렀다.

〈하텐그라쥬라고!〉

비아스는 고개를 끄덕였다.

〈다른 이유가 있을 리 없습니다. 시우쇠를 노출시키면 북부의 다른 지역이 초토화된다는 것을 꽐하이드 규리하가 모를 리 없습니다. 그런 그가 이곳에서 시우쇠를 노출시켰다는 것은 지금부터 한계선 이남으로 내려가겠다고 선언한 것이나 다름없습니다. 잘 생각해 보십시오. 엔거에서 남쪽으로 무엇이 있는지. 그들은 석 달 안에 하텐그라쥬에 도달할 수 있습니다.〉

갈로텍은 비아스의 니름을 받아들이고 싶지 않았다. 냉혹의 도시가 공격 대상이 될 수 있다는 사실을 받아들이기 힘들었기 때문이다. 유사 이래로 한 번도 없던 일이다. 한계선에 가까운 나가의 도시들 중에는 대확장 전쟁 당시 아라짓 전사들이나 키탈저 사냥꾼의 습격을 겪었던 도시도 있지만 냉혹의 도시에는 그런 역사가 없었다.

갈로텍은 부정하려 했다. 하지만 비아스는 차분하게 닐렀다.

〈그들은 그렇게 할 겁니다. 우리가 취할 수 있는 대책은 두 가지입니다. 그들이 키보렌에 들어가도록 내버려두고 그 대신 군 전체에 대공격령을 내려 북부의 전지역을 파괴하는 방법과, 그렇잖으면 지금 당장 군 전체를 이곳으로 집중시켜 그들이 하텐그라쥬로 다가가기 전에 물리치는 방법.〉

갈로텍은 주퀘도 사르마크를 위해 대화 방법을 바꿨다.

"육성으로 말하게. 만약 우리가 북부군을 저지하지 않는다면 그들은 하텐그라쥬를 공략할 수 있을 거라고 보나?"

"그건 모르겠습니다. 하지만 시우쇠가 그곳에 있고 륜 페이도 있습니다."

"하지만 그들이 하텐그라쥬에 도달하려면 페로그라쥬, 악타그라쥬, 시모그라쥬를 거쳐야 할 텐데?"

"그게 무슨 상관입니까? 우리 도시들은 생활 공간이 곧 전투 공간인 불신자들의 도시와는 다릅니다. 한계선 남쪽을 다 뒤져봐도 성벽이나 전투 요새 같은 것은 없잖습니까."

"키보렌이 바로 우리의 성벽이고 요새다. 그렇잖은가?"

"몇 년 전까지는 그랬을 겁니다. 인간의 말은 우리 숲 속에서 아무 소용이 없고 그 빽빽한 숲 속에서 대규모 부대는 오히려 방해만 될 뿐이니까요. 하지만 그들에겐 륜 페이가 있습니다. 물을 감지할 수 있는 여신의 능력에 용인의 예민함이 더해진 그 괴물에게 숲은 장애가 되지 않습니다. 륜은 평원에 있는 것처럼 접근하는 나가들을 볼 겁니다. 그리고 시우쇠는, 아마도 단지 걸어가는 것으로 키보렌에 대로를 만들 수 있을 겁니다."

갈로텍은 욕설을 중얼거렸다. 비아스의 지적대로였다. 결국 주
퀘도 사르마크가 못말리겠다는 듯이 전면으로 나섰다.

"주퀘도 사르마크다. 비록 내가 훌륭한 교사라고 말하긴 어렵
겠지만, 갈로텍 이 녀석도 가능성 풍부한 제자라고 하긴 어렵겠
군. 이봐, 마케로우 장군."

비아스의 얼굴에 짧게 경계심과 불안 같은 것이 드러났다. 하
지만 짧은 시간 동안이었을 뿐 비아스는 곧 침착하게 말했다.

"예. 주퀘도 사르마크 상장군님."

"자네 추측은 정확하다. 그들이 이곳에서 시우쇠를 노출시킨
이유를 다른 것으로 생각하기 어렵지. 그렇다면 이 점도 설명할
수 있겠나? 괄하이드 규리하는 왜 그런 의도를 노출시켰을까? 정
말로 하텐그라쥬를 칠 계획이었다면 시우쇠를 아예 노출시키지
않은 채 키보렌에 잠입하는 쪽이 낫지 않을까?"

비아스는 불만스러운 기분으로 이 시험에 응했다.

"그들이 키보렌에 들어가면 북부에는 우리와 싸울 병력이 남지
않게 됩니다. 그래서 위험한 선택을 할 수밖에 없는 거지요. 우
리들로 하여금 북부에서 분탕질을 치는 대신 황급히 그들을 따라
가게 하고 싶은 거지요."

"비밀리에 잠입한 다음 하텐그라쥬를 잡는 편이 나을 텐데?"

비아스는 웃었다. 최소한 웃음처럼 보이는 표정을 지어보였다.

지코마 상장군이 고개를 가로저었다.

"모순입니다. 정말 하텐그라쥬를 칠 계획이시라면 왜 시우쇠
님을 노출시킨 겁니까? 아예 키보렌으로 들어간 다음, 아니, 하
텐그라쥬에 도달하고나서 노출시키는 편이 훨씬 낫잖습니까?"

라수는 대답했다.

"말씀하신대로입니다. 하지만 우리의 의도를 뚜렷이 함으로써 당장 북부의 다른 사람들을 나가의 손길에서 해방시킬 수 있습니다. 넉 달 동안 준비된 이 전투는 사실 거대한 공갈입니다. 당장 이쪽으로 오라고 외친 셈이지요. 나가들은 우리를 저지하기 위해 북부를 짓밟는 것을 그만두고 우리를 뒤쫓아와야 할 겁니다."

"하지만, 우리가 정말로 저지당한다면 아무 소용이 없잖습니까?"

"우리 처지가 패배를 상정한 전략을 검토해 볼 정도로 여유 있는 처지라고 생각되진 않습니다. 지금 당장 북부의 모든 사람들을 구할 수 있는 다른 방도가 있다면 고려해 보겠습니다."

"하지만, 만약 그들이 우리를 뒤쫓지 않고 내버려두면 어쩐단 말입니까?"

다른 장수들도 걱정스러운 낯빛으로 라수를 바라보았다. 라수는 서늘한 얼굴로 말했다.

"물론 나가들은 그런 시도를 할 수도 있습니다. 북부를 닥치는 대로 유린함으로써 우리가 어쩔 수 없이 회군하게 되기를 바랄 수도 있습니다. 따라서 우리는 그들에게 그런 선택을 하게끔 내버려둘 수 없습니다. 어쩔 수 없이 우리를 따라오게 만들어야지요."

"어떻게 그럴 작정입니까?"

라수는 다시 몸을 돌려 지도를 가리켰다.

"이미 말씀드린대로 하텐그라쥬에 도달하기 위해서 우리는 페로그라쥬, 악타그라쥬, 시모그라쥬를 거쳐야 합니다. 모두 나가의 도시들이지요. 그리고 나가의 도시에는 공통적으로 존재하는 건물이 있습니다."

"심장탑!"

지코마 상장군이 넋나간 표정으로 외쳤다. 라수는 살짝 고개를 끄덕였다.

"예. 뇌룡공께서는 우리에게 심장파괴라는 것을 알려주셨습니다. 우리는 나가가 자랑하는 불사성 그 자체를 공격할 겁니다. 그들은 자신들의 불사를 위해 행한 심장 적출이 다시 없는 무서운 무기가 되어 그들에게 돌아왔음을 깨닫게 되겠지요. 그리고 무슨 수를 써서든 우리를 막기 위해 되돌아올 겁니다. 세 도시의 심장탑을 파괴해도 나가들이 쫓아오지 않는다면, 한계선 남쪽의 심장탑을 모조리 파괴해 버릴 각오임을 보여줘야 할 겁니다. 어쨌든 그들은 우리를 뒤쫓게 될 겁니다……. 그리고 우리는 필사적인 각오로 우리를 뒤쫓아오는 나가들을 꼬리에 매단 채 하텐그라쥬로 진격할 겁니다. 그리고 침묵의 도시에서 여신을 구출할 겁니다. 그러면 세계의 기온은 정상으로 돌아갈 테고, 우리를 뒤쫓아온 나가들은 다시 한계선 이북으로 되돌아갈 수 없게 되었다는 것을 깨닫게 될 겁니다."

라수는 경악한 장수들을 향해 옅은 미소를 지어보였다.

"그것이 제 작전입니다."

장수들은 얼이 빠진 채 라수의 말을 곱씹었다. 그때 사람들이 만들어내는 그림자들이 중첩되어 쌓여 있는 곳에서 한 목소리가 들려왔다.

"결말을 말씀해 주시지 않는군요. 상장군님. 고의적으로 누락하시는 겁니까?"

장수들은 목소리의 주인공이 누구냐는 듯이 고개를 돌렸다. 하지만 라수는 그 목소리를, 정확히 말하자면 그 목소리에 낙인처럼 찍혀 있는 슬픔을 알고 있었다. 그래서 라수는 상대방의 얼굴을 확인하지 않은 채 대답했다.

"내가 누락시켰다고 짐작한 내용을 말해 보겠나, 자보로 장군?"

장수들의 뒤편에서 키타타 자보로가 몸을 일으켰다.

그곳에 있는 장수들 중 흉터나 해묵은 상처쯤 가지고 있지 않은 무사는 드물었다. 오른팔이 통째로 잘린 코네도 빌파——전쟁 때문에 잘린 것은 아니지만——같은 자가 평범하게 보이는 북부군 장수들 사이에서 키타타 자보로의 정갈한 모습은 오히려 이질적이었다. 그러나 잘 기능하는 뼈와 살과 체액이 사람의 모든 구성 요소라고 주장할 만큼 과격한 자는 없을 것이며, 그런 견지에서 보자면 키타타 자보로는 그곳에 있는 장수들 중 가장 많은 것을 잃은 장수 중 하나였다. 물론 자보로 성벽의 낙성과 자보로 씨족의 멸망 중 어느 것이 키타타 자보로를 더 파괴했는지 가늠해 보는 것은 불가능할 것이다.

그 키타타 자보로가 차분하게 말했다.

"그 전략이 성공한다는 전제 하에, 그 진격의 끝에서 우리가 보게 될 것은 분노한 나가들에게 포위당한 채 키보렌 한가운데서 고립된 우리 자신의 모습이겠군요. 한계선 이북으로 돌아갈 수 없다는 사실, 그들의 심장탑을 파괴했다는 사실, 그리고 한번도 외침을 당하지 않았던 그들의 가장 소중한 도시를 파괴당했다는 사실 등에 화가 머리 끝까지 치밀어오른 살인귀들 사이에 말입니다."

라수는 눈을 감았다. 조금 후 눈을 다시 떴지만, 어느 곳도 바라보지 않은 채 라수는 말했다.

"그래. 자보로 장군. 더 간단히 말해 주지. 우리는 돌아올 수 없어. 내가 이곳에서 시우쇠 님을 노출시킨 근본적인 이유는 우리의 그런 의도를 적이 이해해 주기를 바라기 때문이야."

천둥 같은 침묵이 장수들을 엄습했다. 라수는 확신이 담긴 어조로 말했다.

"다시 말하지만, 우리가 돌아올 가능성은 거의 없어. 하지만 시우쇠 님이나 하텐그라쥬 공작 두 분 중 한 명을 하텐그라쥬에 도달시키기만 한다면 우리 작전은 성공이야. 그리고 우리 모두가 돌아오지 않을 각오를 한다면 그 작전이 성공할 가능성은 충분하지."

누군가가 목이 메인 목소리로 말했다.

"단지 그 두 분 중 한 분이 침묵의 도시에 도달할 수 있도록 해주기 위해 우리 4만 명 모두가 희생해야 하는 겁니까?"

"그렇다."

누군지 모를 사람의 질문에 대답하면서도 라수는 여전히 키타타를 바라보았다. 강대한 씨족의 마지막 생존자는 무표정하게 말했다.

"저는 그렇지 않습니다만, 누군가는 받아들이기 어려운 작전이겠군요."

라수는 속으로 안도의 한숨을 내쉬었다.

"고맙다. 자보로 장군. 앉도록."

키타타는 다시 앉았다. 라수는 벽난로가로 걸어갔다. 어딘가에 기대고 싶었지만 그런 모습은 나약하게 보일 것이다. 라수는 다만 고개를 조금 들어올려 천장을 향해 말했다.

"키타타 자보로 장군이 지적한대로 이 작전은 받아들이기 쉬운 것이 아닙니다. 교활함을 발휘한다면 저는 여러분들이 승리에 도취된 지금 결정을 내리라고 말할 테고, 그로써 많은 동의를 얻어낼 수도 있겠지요. 하지만 제 교활함은 언제나 나가들을 위한 것입니다. 그러니 뜨거운 가슴 대신 차가운 머리로 생각해 보시도록 하룻밤의 시간을 드리겠습니다. 더 이상은 드릴 수 없습니다. 시우쇠 님이 노출된 이상 더 시간을 끌 수 없으며, 따라서 우리는 당장이라도 남쪽으로 출발해야 하기 때문입니다. 오늘 밤 동안 생각해 보길 바랍니다. 돌아올 수 없는 길에 동참하고 싶지 않은 분들은 내일 의사 표시를 하십시오. 도깨비들과 어르신들이 즈믄누리로 안내할 겁니다."

라수는 그 밤이 영원히 계속되기를 바라며 마지막 말을 꺼냈다.

"해산하십시오."

주퀘도는 진지하게 고개를 끄덕였다.

"훌륭하군. 마케로우 장군. 그렇다면 우리가 취해야 할 조처도 제시해 볼 수 있겠나?"

"별다른 방법이 있을 리 없잖습니까? 페로그라쥬, 혹은 악타그라쥬, 최악의 경우라도 시모그라쥬에서 그들을 막아야 합니다. 절대로 하텐그라쥬에 접근시키면 안됩니다. 키보렌이 불신자들에겐 필멸의 땅임을 보여줘야 합니다. 그들이 원하는 대로 해줘야 합니다. 나가의 모든 군단과 모든 수호 장군과 수호자들을 소환해야 합니다. 오히려 좋은 기회라고 할 수 있습니다. 바로 우리의 땅에서 우리의 유일한 골칫거리를 처치할 수 있게 되었으니까요."

"좋다. 마케로우 군단장. 지금 즉시 하텐그라쥬로 떠나라."

"예?"

"못 알아듣겠나? 너를 마호가니 군단의 군단장으로 임명한다. 당장 휘하의 병사들을 이끌고 냉혹의 도시로 떠나라. 그곳에서 마호가니 군단을 재편한 다음 하텐그라쥬 방어 계획을 수립하도록. 그리고 뱀단지를 통해 다음 지시를 내릴 때까지 대기하라."

비아스는 눈을 빛냈다. 주퀘도의 내부에서 듣고 있던 갈로텍이 입을 움직였다.

"잠깐, 주퀘도. 군단장은 수호 장군이어야 합니다."

"그 멍청한 규칙은 더 이상 효용이 없음이 밝혀졌잖나, 갈로텍? 수호 장군들은 물을 마음대로 다룰 수 있고 수호 장군들의 효용 또한 거기까지야. 물을 통제한다는 것은 군단을 지휘하는 것과 아무런 관련이 없어. 오늘 마호가니 군단의 대패에서 이미 증명되지 않았나? 그로스는 자신의 군단을 잡아먹었어."

"하지만 규칙은 규칙입니다. 형평성 문제도 있거니와 수호자들의 사기 저하도 고려해야……."

"그만, 됐어. 더 듣고 싶지 않아. 비아스 마케로우가 마호가니 군단의 차기 군단장이야. 하텐그라쥬 방어는 그녀가 책임진다. 그 사실에 대해 더 불평하겠다면 나는 자네에게 작별 인사하고 저 아래에 처박히겠어."

갈로텍은 입의 지배를 포기했다. 주퀘도는 많은 것을 요구한 적이 없었고, 따라서 갈로텍은 그가 요구하는 것은 반드시 들어주기로 결심하고 있었다. 주퀘도는 입이 자유로워진 것을 느끼곤 웃었다. 그때 주퀘도는 비아스가 뭔가 할 말이 있다는 표정으로 바라보는 것을 느꼈다.

"뭔가? 더 할 말이라도?"

비아스는 고개를 끄덕였다.

"예. 마호가니 군단에는 수호 장군 키베인이 복무하고 있었습니다."

갈로텍이 대경실색했다. 그는 다시 입을 움직였다.

"아뿔싸, 그렇군! 키베인이 여기 있었군. 그는 어떻게 되었지?"

"알지 못합니다."

갈로텍은 비늘을 세게 부딪치며 머리를 감싸쥐려 했다. 하지만 그의 두 팔은 머리로 향하는 대신 주퀘도의 지배에 따라 팔짱을 끼게 되었다. 주퀘도는 느긋한 어조로 말했다.

"키베인이 여기 있었단 말이지. 시우쇠에게 당했다면 어쩔 수 없고, 살아 있다면 아마도 즈믄누리로 옮겨지겠군. 북부군은 키베인이 누구인지 알지 못할 테니. 좋아. 그 구출은 내가 맡는다." "당신이 맡는다고요?" "그래. 가까운 곳에 흑단 군단과 대나무 군단이 있지?" "그렇습니다." "그렇다면 됐어."

혼자서 묻고 대답하는 갈로텍의 모습을 보며 비아스는 비늘 서는 기분을 약간 느꼈다. 주퀘도가 말했다.

"마케로우 군단장. 휘하의 병사들 중 나를 흑단 군단이나 대나무 군단으로 안내할 자를 찾아오도록."

"알겠습니다."

비아스는 몸을 돌려 떠나갔다. 주퀘도는 웃었고, 그것은 당연히 갈로텍에게 발각되었다. 갈로텍은 얼굴을 불안한 표정으로 바꾸며 말했다.

"뭐가 즐거우신 겁니까?"

"마호가니 군단에 가장 많은 수호 장군이 있다는 이유로 거기에 키베인을 배치하자고 주장한 건 너였지? 그리고 나는 거기에 반대했고."

갈로텍은 성난 어조로 말했다.

"'내가 뭐라고 그랬어?' 류의 저속한 자랑을 좋아하시는 줄은 몰랐군요. 좋습니다. 그건 실수였어요. 하지만 그들이 가장 상대하기 어려운 군단을 택하리라고 어떻게 상상할 수 있었겠습니까?"

"괄하이드는 똑똑해. 수호 장군들은 현재 보급할 수 없는 병력이지. 가장 많은 수호 장군을 보유한 마호가니 군단을 쓰러뜨림으로써 그는 우리에게 상당한 타격을 준 셈이지."

갈로텍은 침통한 심정으로 동의했다. 여신이 봉인된 이후로 더 이상 새로운 수호자의 탄생은 불가능했다. 그들에게 신명을 부여해야 할 여신이 감금되어 있기 때문이다. 주퀘도는 계곡의 살풍경한 모습을 보며 말했다.

"키베인이 전사했다고 주장해 볼 생각은 없나, 갈로텍? 어차피 종군을 고집한 것은 키베인이었어. 그가 전사했다면 지도그라쥬에서 뭐라고 하겠나?"

"매력적인 제안이긴 합니다만, 안 됩니다. 키베인이 살아 있다면 지도그라쥬의 심장탑에 있는 그의 심장이 뛰고 있을 겁니다."

"아차! 맞아. 그렇군."

주퀘도는 자신의 머리를 두드렸다. 갈로텍은 그다지 품위 있다고 볼 수는 없는 그 동작이 마음에 들지 않았다. 그래서 손을 억지로 내리며 말했다.

"키베인이 살아 있는데도 구출하지 않는다면 지도그라쥬에서 가만히 있지 않을 겁니다. 반드시 구출해야 합니다."

주쾌도는 웃으며 갈로텍에게 동의했다. 그는 키보렌의 대수호자를 구출하는 것이 그렇게 어려운 일일 거라고 생각하지는 않았다.

키보렌의 대수호자는 사지를 마구 팽개친 자세로 드러누워 있었다.

그의 신분에 어울리지 않는 몸가짐이었지만, 그의 주위에 있는 다른 나가들은 크게 개탄하지는 않을 것이다. 무릇 배에 구멍이 난 자라면 그가 세계의 폭압성과 만연한 야수성에 당황하여 울음을 터뜨린다 하더라도 용납받을 수 있을 것이다. 하지만 키보렌의 대수호자는 울지 않았고, 그것만으로도 충분히 그 신분에 어울리는 품위를 보여주고 있다 할 것이다. 그래서 키베인은, 주위에 있는 다른 네 명의 나가와 마찬가지로, 자신의 배에 난 구멍에 대해 신경쓰면서도 자신의 위엄에 대해서는 조금도 고민하지 않았다.

그러나 키보렌의 대수호자가 원래 위엄에 신경을 쓰는 위인이었냐고 묻는다면 대수호자는 아마도 딴청을 피울 것이다. 키베인은 복잡한 외교적 이전 투구의 결과로 누구도 만지기 싫어하는 벌집이 된 채 여기저기로 떠넘겨지다가 엉겁결에 자신에게 오게 된 키보렌의 대수호자라는 지위에 큰 애착을 가지고 있지는 않았다. 뇌룡공 륜 페이는 용인다운 날카로움으로 정확히 꿰뚫어본 것이다. 키베인은 신명을 봉인당함으로써 키보렌의 대수호자라는 지위까지 잃게 될지도 모른다는 것에 대해 크게 두려워하고 있지는 않았다.

대수호자라는 해괴한 지위는, 근본적으로 하텐그라쥬의 수호자들이 자신의 위업에 지나치게 도취되었다는 사실 때문에 탄생하게 되었다.

하텐그라쥬의 수호자들은 기나긴 시간과 많은 노력을 기울여 여신을 봉인했다. 그 때문에 그들은 자신이 우주를 움직이는 자가 되었다고 생각하게 되었다. 과장된 맛이 없진 않지만, 꼭 무가치한 착각으로 치부해 버릴 수만도 없는 생각이었다. 그것은 정말 대단한 일이었다. 따라서 그들이 자신의 위업에 대해 타인에게 존중과 찬사를 요구했다면 다른 자들은 거리낌없이 응했을 것이다.

하지만 그들은 그 이상의 것을 원했고, 그 순간 하텐그라쥬의 수호자들은 자신들이 큰 실수를 저질렀다는 것을 알게 되었다. 그들은 여신의 힘을 얻는 것에 급급한 나머지 그 힘이 그들에게만 귀속되는 것은 아니라는 사실을 간과하고 말았다. 뇌룡공 륜페이가 가장 뚜렷한 예였다. 하텐그라쥬의 수호자들은 자신들이 얻은 힘과 똑같은 힘을 적에게도 주고 말았다. 더군다나 용근을 먹은 뇌룡공은 수호자들이 감히 꿈에서조차 상상하기 힘들 정도의 수준에서 그 힘을 자유자재로 다루었다. 실로 재난이 아닐 수 없었다.

그리고 그 시점에서 다른 도시의 수호자들은 자신들 또한 뇌룡공의 예를 본받을 수 있다는 점을 깨달았다.

내란이라는 니름은 거의 형체를 지닐 뻔했다. 여신의 힘을 휘두르는 수호자들을 전면에 내세운 나가 도시들간의 전쟁. 생각만 해도 비늘 서는 일이 아닐 수 없었다. 하텐그라쥬의 수호자들은 공통의 적인 불신자들 앞에 나가들의 대단결이 이루어질 거라는 막연한 희망을 품었지만, 그것은 동족의 특성을 간과한 지나치게 낙관적인 전망이었다. 나가는 냉정하다. 한계선 이북과 이남 중 어느 곳이 더 정복하기 쉬운 땅인지 고려해 보는 것을 부도덕하다고 거부하지 않을 정도로.

그러나 또한 냉정한 그들이기에 나가들은 서로를 향해 언제든 칼을 뽑아들 수 있는 인간을 답습하지는 않았다. 서로를 향해 겨누어진 사이커는 결국 공멸을 불러올 것임이 분명했다. 그 시점에서 한계선 이남 전체를 대표하는 지도자가 필요하다는 의견이 등장했다. 그 어처구니 없는 니름은 놀랍게도 차차 동의를 얻었다.

〈우리는 왜 왕을 가지면 안 되는가? 왕이라는 것이 비록 우리가 가져본 적이 없는 낯선 것이긴 하지만 그렇다고 해서 가져선 안 될 까닭은 없다. 최소한 불신자들과의 전쟁이 기정 사실이 된 현재 나가의 역량을 결집시킬 구심점 역할을 할 자는 필요하다.〉

괜찮은 니름이었다.

그 시점에서 하텐그라쥬의 수호자들은 두 번째 패착을 던지고 말았다. 그들은 세리스마를 내세웠다. 어리석기 짝이 없는 일이다. 가장 먼저 행동을 시작했기에 이미 병권의 대다수는 하텐그라쥬가 쥐고 있었다. 당연히 다른 도시 출신의 수호자를 내세워야 했다. 하텐그라쥬가 모든 것을 가지게 될지도 모른다는 사실은 다른 도시의 수호자들을 불편하게 했다.

결국 강대한 지도그라쥬가 언짢은 심기를 드러내었다. 지도그라쥬는 하텐그라쥬에게 엄숙하게 경고했다. 그 경고는 하텐그라쥬의 수호자들을 얼어붙게 만들었다.

〈우리는 나가들의 정신적 고향인 성지 하텐그라쥬에 모든 경의를 보내지만, 그 경의가 나가들의 여신에 대해 죄를 지은 하텐그라쥬의 수호자들에게도 해당하는 것은 아니다. 또한 그들이 그 죄에 대해 동료들에게 사과하지도 않은 채 더 많은 것을 얻기 바란다면 그것은 참기 어려운 교만이다.〉

여신에 대해 죄를 지은 자들…… 반향은 엄청났다.

하텐그라쥬의 수호자들은 자신이 직면하게 된 상황의 심각성을 깨달을 정도의 냉정함은 가지고 있었다. 세리스마를 추대하는 의견은 이슬이 마르는 것보다 빠르게 사라졌다. 지루하고 복잡한 토론이 오갔고, 그보다 더 많은 시간 동안 추잡한 비난이 오갔다.

그리고 등장하게 된 것이 키베인이었다. 키보렌의 모든 의지가 지원하는 대수호자의 등장이었다. 키베인은 자신이 키보렌의 대수호자로 추대될 만큼 멍청하다는 사실을 쓴웃음으로 받아들였다.

키베인이 일어나 앉자 곁에 있던 수호자가 닐렀다.

〈대수호자님?〉

키베인은 쇠사슬을 무릎 주위까지 끌어당겨 자세의 여유를 확보했다.

〈괜찮습니다. 그냥 누워 있으려니 지루해서 일어나 앉았습니다.〉

〈네.〉

키베인이 결점 없는 인격과 과감한 통치력과 고귀한 신앙심을 가졌기 때문에 대수호자가 되었다고 믿는 사람들이 혹 있을지 몰라도, 키베인 자신은 그런 사람들에 포함되지 않았다. 키베인은 자신이 대수호자가 된 이유를 잘 알고 있었다. '위험하지 않기 때문이지.' 키베인은 자신의 역할이 다른 누군가를 위해 대수호자라는 새의자에 걸레질을 해두는 것 정도임을 꿰뚫어보고 있었다. 그의 뒤를 이을 자는 더 이상 대수호자라는——역사적 근거도 사회적 동의도 없는 기괴한——지위에 낯설어하지 않게 된 나가들을 지배할 것이다. 아직 누가 그 자가 될지는 알 수 없지만, 아마도 하텐그라쥬나 지도그라쥬의 누군가일 것이다.

키베인은 다른 자들이 어떤 멍청이를 공동의 장난감 삼아 재미를 보는 것에 유감은 없었다. 하지만 키베인은 그 멍청이도 재미를 좀 느껴야겠다고 생각했다. 그래서 키보렌의 대수호자는 종군을 천명했다. 효과는 강렬했다. 그의 명목상 지지 세력인 지도그라쥬는 크게 당황했다. 병권은 모두 하텐그라쥬 출신의 수호자들이 장악하고 있으므로 키베인이 종군한다는 것은 그 스스로가 하텐그라쥬의 영향력 안으로 들어간다는 의미였다. 그러나 하텐그라쥬 또한 당혹하지 않을 수 없었다. 전쟁 통에 키베인이 혹 화라도 입는다면 지도그라쥬는 당장 하텐그라쥬를 공박할 것이기 때문이다.

그렇게 키베인은 자신을 적당한 타협안으로 취급한 하텐그라쥬와 지도그라쥬 양자 모두를 당황시키는 데 성공했다. 그리고 그 결과로 배에 뚫린 구멍을 붕대로 틀어막은 초라한 모습으로 즈믄누리로 끌려갈 처지에 처해 있었다.

'그러니까 매우 고전적인 사회 이론이 증명된 것이지. 은혜는 보통 반도 돌아오기 힘들지만 앙화는 항상 두 배로 돌아온다는 거지.'

키베인은 웃으며 쇠사슬을 만지작거렸다. 그들 다섯 명은 모두 발목에 족쇄를 매달고 있었고 그 족쇄는 근처의 굵직한 나무에 연결되어 있었다. 불신자들은 영리했다. 어차피 그들이 그 거목을 어떻게 할 수도 없겠지만 혹 그럴 방도가 있다 하더라도 수호자들은 나무를 해치지는 않을 것이다. 키베인은 다른 수호자들이 자신과 마찬가지로 자신의 몸보다 나무가 상하지 않도록 주의하며 조심스럽게 쇠사슬을 다루는 것을 확인할 수 있었다.

'아마도 갈로텍 대장군 또한 이 나무를 보면 고민할지도 모르겠군.'

키베인은 갈로텍 대장군이 그를 구하러 올 것임을 확신하고 있었다. 대수호자가 불신자들에게 포획되었음이 알려진다면 지도그라쥬는 하텐그라쥬를 공박할 두 번째이자 결정적인 빌미를 손에 넣게 되는 것이다. '여신에게 죄를 지었을 뿐만 아니라 대수호자마저 적에게 넘겨준 하텐그라쥬'라는 비늘 서는 고발을 피하기 위해서라면 갈로텍은 반드시 올 것이다. 키베인은 불신자들에게 그들이 치명적인 벌집을 가지고 있다는 사실을 알려주면 어떨까 하는 생각을 해보았다. 그것은 어쩌면 재미있을지도 모른다.

그때 키베인은 누군가가 달려오는 모습을 목격했다.

키베인은 감탄했다.

밤을 달려오는 더운 피 생물의 몸 주위에서 열기가 춤추고 있었다. 인간 여자였다. 그리고 경쾌하기 짝이 없는 달리기였다. 제자리에 멈춰서서 흐르는 세상이 자신을 침식하는 것을 바라보며 울어야 하는 생물의 비애는 그녀와는 관계가 없어보였다. 춤추는 열기를 몸에 두른 채 냉기와 반목과 의심의 세계를 수치스럽게 만들며, 그녀는 오히려 세상을 추월하여 달리고 있었다. 땅바닥에 주저앉아 한가롭게 재미의 주사위를 던지던 키베인은 비늘이 서는 것을 느꼈다. 그 열인(熱人)이 자신 앞에 멈춰섰을 때 키베인은 두 손을 들고 항복이라도 외쳐버리고 싶어졌다.

다른 수호자들은 모두 경계하며 일어나 앉았다. 그녀는 키베인을 내려다보며 가만히 서 있었다. 그녀가 손으로 귀를 가리켜보였을 때 키베인은 비로소 그녀가 뭔가 말을 하고 있다는 것을 깨달았다.

대수호자는 청력에 주의를 기울였다.

"이제 듣고 있습니다. 말씀하시지요."

"아, 네. 안녕하세요! 북부군 부위 데오늬 달비입니다."

"마호가니 군단의 수호 장군 키베인입니다."

키베인은 말 놓으시라고 말하려다가, 수호 장군으로서 부위에게 약간의 경의를 받는 것도 괜찮겠다고 생각했다. 데오늬는 씩씩하게 말했다.

"저는 여러분들의 형편을 살피고 몇 가지 말씀드리기 위해 왔습니다. 수호 장군님. 몸은 괜찮으신가요?"

키베인은 아무래도 자신이 대표자로 낙점된 모양이라고 생각했다. 다른 자들이 대답할 기색이 없다는 것을 확인한 키베인은 천천히 말했다.

"배에 구멍이 난 사소한 문제 이외엔 별 문제 없습니다."

데오늬는 고개를 갸웃했다.

"죄송합니다만 농담인지 진담인지 이해할 수가 없습니다. 수호 장군님. 나가라서 그 정도는 정말 사소하다고 느끼는 겁니까? 아니면 비꼬는 투로 말씀하신 겁니까?"

데오늬의 질문을 듣자 키베인까지 혼란을 일으키고 말았다. 키베인은 자신이 무슨 의미로 그렇게 말했는지 알 수 없었다. 키베인의 대답이 늦어지자 데오늬는 다시 말했다.

"제가 도움이 되어드릴 수 있도록 상태를 알기 쉽게 말씀해 주시면 감사하겠습니다. 수호 장군님."

"예……, 못이 깔끔하게 움직여서 내장이 쏟아지거나 하지는 않았습니다. 지금은 아물고 있습니다."〈혹 특별히 불편한 분 계십니까?〉 "소드락 한 알 먹고 쉬면 괜찮을 것 같습니다만 그건 안 되겠지요?"

"소드락은 안 되겠습니다. 수호 장군님. 저희들의 약도 도움이 안 될 텐데, 뭔가 도움이 되어드릴 방법이 없겠습니까? 혹 따뜻하게 해드리면 되겠습니까, 수호 장군님?"

"그러면 좋겠지만……, 잠깐만요!"

이미 몸을 돌려 달려가던 데오늬는 급히 멈추느라 넘어질 뻔했다. 데오늬가 용케 균형을 잡는 것을 보며 키베인은 안도의 한숨을 내쉬었다. 키베인은 의아한 표정을 지은 채 달려오는 소녀에게 말했다.

"혹 나무를 태울 생각이시라면 사양하겠습니다."

"어떻게 아셨습니까? 용인이십니까, 수호 장군님?"

"불을 피우는 데 나무가 사용된다는 것을 추측하는 데 용인의 감각까지는 필요하지 않을 것 같습니다."

"장작을 가져올 생각이었습니다. 수호 장군님. 장작은 이미 죽은 나무입니다."

"알고 있습니다만 그래도 나무가 타는 것을 보고 있노라면 몸이 더 아플 것 같습니다. 사양하겠습니다."

키베인은 다른 수호 장군들을 바라보았고 그들이 모두 같은 의견임을 확인했다. 데오늬는 달리느라 흐트러진 머리를 쓸어넘기고는 생각에 잠겼다. 그리고 생각의 늪에서 빠져나오지 못한 목소리로 중얼거렸다.

"그러면, 음. 나무를 태우지 않으면 되는 거죠?"

"예? 예. 그렇습니다."

데오늬는 다시 씩씩하게 외쳤다.

"알겠습니다! 수호 장군님!"

그리고 데오늬는 키베인이 말릴 틈도 없이 달려갔다. 불신자들의 밤눈이 그리 밝지 못하다는 것을 알고 있는 키베인은 어두운 밤에 그렇게 앞뒤 없이 달려선 안 될 거라고 경고하려 했다. 그러나 곧 경고를 포기했다. 땅에 넘어진 다음 대수롭지 않다는 듯 다시 일어나 달려가는 데오늬를 목격했기 때문이다. 그의 곁에 있던 수호 장군 하나가 배에 감긴 붕대를 쓰다듬으며 닐렀다.

〈왜 그런지 모르겠습니다만, 저 소녀가 풀을 한 움큼 들고와서 자랑스럽게 내보인다 해도 크게 놀랄 것 같지는 않군요.〉

키베인은 다른 사람들에게도 데오늬의 인상이 비슷하게 남겨졌음을 알게 되었다. 그리고 얼마 후, 그들 다섯 명은 자신들의 헛된 선입견을 탓하게 되었다. 데오늬는 자신이 해야 할 일이 뭔지 정확히 알고 있었다.

그래서 다섯 수호 장군들은 꽤나 아슬아슬한 묘기를 보게 되었다.

데오늬는 작살검 두 자루를 쥔 채 달려오고 있었다. 그 작살검 끝에는 쇠투구가 꽂혀 있었고 그 쇠투구 안에는 도깨비불이 넘실거리고 있었다. 그런 주제에 데오늬는 '달려오고' 있었다. 키베인은 '조심하세요, 불 쏟겠습니다!'라는 말도 안 되는 경고가 튀어나오려는 것을 느끼곤 당황했다. 실제로 데오늬는 걸음을 헛디뎌 수호 장군들을 질겁하게 했다. 용케 쓰러지지 않은 데오늬는 안도의 한숨을 내쉬었고 다섯 수호 장군들도 한숨을 내쉬었다. 하지만 데오늬는 다시 달리기 시작했고 수호 장군들은 불안감에 비늘을 곤두세웠다.

수호 장군들 앞에 도달한 데오늬는 쇠투구 두 개를 자랑스럽게 내밀며 외쳤다.

"불 가져왔습니다. 수호 장군님!"

"가, 감사합니다. 도깨비가 만들어준 건가요?"

"시우쇠 님이 만들어주셨습니다. 수호 장군님."

두 개의 쇠투구를 가장 적절한 위치에 내려놓기 위해 고심하던 데오늬는 잠시 후에야 만족할 만한 위치에 그것들을 내려놓았다. 그리고 데오늬는 키베인을 바라보고는, 고개를 갸웃했다.

"무슨 하실 말씀이 있으십니까, 수호 장군님?"

키베인은 충격에서 채 헤어나오지 못한 목소리로 말했다.

"정말 시우쇠가 이걸 만들었습니까?"

"그렇습니다. 수호 장군님."

"제가 알기로 당신들도 저 무서운 시우쇠에게 접근하기 어려워한다고 들었습니다. 아닙니까?"

데오늬는 경쾌하게 고개를 가로저었다.

"잘못 아신 겁니다. 수호 장군님. 그 분은 자상한 분입니다. 수호 장군님."

키베인은 정말 자신이 잘못 알고 있는 것인지, 그렇잖으면 데오늬가 뭘 잘못 알고 있는 것인지를 놓고 고민하지 않을 수 없었다. 어쨌든 키베인은 자상한 불이라는 표현이 수사적 은유가 아닌 객관적 서술이 될 수 있다고 생각하기 어려웠다.

수호자의 침묵이 길어지자 데오늬는 땅에 내려놓은 투구들을 가리키며 말했다.

"더 가까이 놓아드릴까요, 수호 장군님?"

"네? 아뇨. 됐습니다. 좋습니다. 따스해지니 벌써 낫는 것 같군요."

데오늬는 방긋 웃었다.

"시우쇠 님이 좋아하실 겁니다. 수호 장군님. 더 필요하신 것
은 없으십니까?"

"없습니다."

"알겠습니다. 수호 장군님. 그럼 다른 것을 말씀드리겠습니다.
혹 자발적으로 북부군에게 협력하실 생각이 있으신 분 있습니
까?"

키베인은 어깨를 으쓱이며 동료들을 돌아보았다. 그리고 그렇
게 돌아보는 것이 바로 모욕이라며 거세게 항의하는 동료들에게
사과한 다음 말했다.

"제 동료들은 그걸 거부할 경우 어떻게 되는지 알고 싶어하는
군요."

수호 장군들은 키베인의 뻔뻔함에 질렸다는 표정을 지었다. 나
가의 표정에 익숙하지 않은 데오늬는 별로 신경쓰지 않은 채 말
했다.

"보통의 경우엔 하텐그라쥬 공작께서 심문하십니다. 수호 장군
님. 그 분은 어떤 거짓말도 꿰뚫어보시고 침묵을 들으면서도 모
든 것을 알아내십니다. 수호 장군님."

조금 전 시우쇠에 대해 내린 데오늬의 인평은 의심했지만, 키
베인은 류 페이에 대한 데오늬의 설명은 의심할 수 없었다. 류의
날카로움은 이미 그 자신이 경험했었다. '그 자라면 내가 한 단
어만 이야기해도 내가 열다섯 살 되던 날 아침에 먹은 쥐의 성별
까지 알아맞출 텐데.' 키베인은 긴장하여 데오늬의 말을 들었다.

"하지만 이번에는 그런 일이 없을 겁니다. 수호 장군님. 협조

하실 분이 없으시다면 여러분들 모두는 내일 이곳을 떠나게 될 겁니다."

"내일?"

"그렇습니다. 수호 장군님. 그래서 여러분들이 장거리 여행을 감수할 만한 상황인지 알아보기 위해 제가 온 것입니다."

"만약 우리 중 누군가가 그럴 만한 처지가 아니라면 어떻게 됩니까?"

"그건 제가 결정할 일이 아닙니다. 수호 장군님. 그런 분이 있으신지 알아보는 것이 제 임무입니다. 수호 장군님."

"즈믄누리로 가게 되는 겁니까?"

"그 또한 제가 결정하는 일이 아닙니다. 수호 장군님. 하지만 지금까지 다른 곳으로 보내어진 포로는 없었습니다. 그러니 아마도 그곳일 거라고 짐작됩니다. 수호 장군님."

키베인은 동료들과 빠르게 니름을 나눈 다음 말했다.

"걸어가는 일이라면 별 문제가 없을 것 같습니다."

"알겠습니다. 수호 장군님! 그럼 편안한 밤 되시길 바랍니다. 수호 장군님들!"

그리고 데오늬는 다시 달려갔다. 밤의 옷깃 사이로 사라지는 열의 잔영을 보던 키베인은 다른 수호자들을 돌아보았다.

〈즈믄누리로 가게 되었군요.〉

〈시우쇠와 류 페이가 없는 곳이라면 어디든 좋다는 심정입니다.〉

풀죽은 투로 니르던 수호 장군은 새삼스럽게 투구에 담긴 불을 돌아보며 비늘을 부딪쳤다.

〈저게 '자상한' 시우쇠가 만들어준 거라고요? 그 소녀가 우리

를 놀린 걸까요?〉

〈그런 것 같지는 않더군요. 그 소녀는 진심으로 말하는 것 같더군요.〉

〈불이 자상할 수 있습니까?〉

〈인간을 보살피는 어디에도 없는 신의 힘은 바람이지요. 물의 힘을 다루는 우리에게 난폭한 저 불도 바람에겐 자상할지도 모르지요.〉

두 개의 도깨비불에서 흘러나오는 온기는 배에 구멍이 뚫려 의기소침해 있던 그들에게 잡담을 나눌 정도의 기력을 불어넣었다. 그래서 수호자들은 그날의 패배와 그들을 구출하러 올 군사에 대한 니름을 나눴다. 잠시 후 그들의 논의는 대나무 군단과 흑단 군단 중 어느 군단이 구출을 맡을 것인지에 대한 것으로 흘러갔다. 키베인은 그들의 대화에 적당히 참가하다가 곧 빠져나와서 자신의 생각에 잠겼다.

기묘한 밤이 주위로 흘러가도록 내버려둔 채 키베인은 그들에게 불을 만들어 보내준 자가 바로 그 능력으로 수많은 나가를 학살했다는 사실에 대해 생각해 보았다. 살아 움직이는 육신을 순식간에 가벼운 재 무더기로 바꾸는 불에 희생된 것도 나가였고, 쇠투구에 담긴 깜찍한 불에 위안을 얻는 것도 나가들이다.

어쨌든 살아 있는 쪽이 낫다. 그리고 오늘 죽은 자들의 경우엔 한결 더 불행하다. 그들은 여신께 가지 못하므로. 여신은 하텐그라쥬에 봉인되어 있다.

억압되어 있는 여신을 불러보려던 키베인은 자신의 신명 또한 묶여 있다는 사실을 깨달았다.

재미 없는 일이었다.

대장군 괄하이드 규리하는 모닥불에 땔감을 던져넣었다.

불티가 튀어올라 주름진 노장군의 얼굴에 기묘한 그림자를 만들었다. 발소리가 들려왔을 때 노장군은 눈을 들어 바라보았다. 저쪽에서 라수가 걸어오고 있었다. 피로에 지친 얼굴로 걸어온 라수는 괄하이드의 앞쪽에 무너지듯 주저앉았다.

괄하이드는 사촌동생을 바라보았다.

라수 규리하의 얼굴은 초췌했다. 사선을 넘나드는 4년을 보내었건만 그 혀는 여전히 매웠고 모든 것을 깔보는 눈빛 또한 여전했다. 하지만 라수 규리하라는 사내를 구성하는 다른 요소들에서는 농도 짙은 피로와 절망감, 그리고 어쩔 도리가 없는 우울이 가득 배어 있었다. 괄하이드는 사촌동생을 잘 알고 있었다. 라수는 노학자는 될 수 있을지언정 노병은 될 수 없는 사람이었다.

괄하이드는 조용히 입을 열었다.

"사람마다 자신의 별을 가지고 있다는 우스꽝스러운 이야기가 있지."

라수는 고개를 들어 사촌형을 바라보았다.

"전쟁터를 떠돌아본 병사라면 그런 이야기 절대로 믿지 않아. 오늘 엔거 평원에서 2만 명 가까운 나가들이 불타 죽었지. 눈을 들어 하늘을 봐. 라수. 하늘에서 2만 개의 별이 사라졌는지 확인해 봐. 네 시력에 이상이 없다면 하늘이 그대로라는 것을 발견할 수 있겠지. 그렇다면 결론은 두 가지 중 하나야. 나가들에겐 별이 없다거나, 혹은 별과 사람은 아무런 관계가 없다는 것. 나는 후자를 지지한다. 왜냐하면 그동안 북부에서 죽어간 수천만 명의 사람들을 생각하지 않을 수 없으니까."

라수는 짜증스럽게 대답했다.

"이 세계가 개인에게 무관심하다는 것은, 최소한의 지성만 가지고 있다면 얼마든지 간파할 수 있는 사실이라고 보는데."

"그래. 라수. 숱한 전투를 치뤘지만, 나는 별은커녕 낙엽 한 장 떨어지는 꼴을 못 봤다."

"알아. 알고 있어. 그런데 무슨 말을 하고 싶은 거지?"

"하지만 노병은 칼을 들고, 때가 되면 죽어가지."

모닥불에서 피어오르는 연기가 매웠다. 라수는 눈을 문지르며 뒤로 조금 물러났다. 하지만 그 자신에게서 흘러나오는 피비린내로부터 도망칠 수는 없었다. 라수는 자신이 마지막으로 핏물을 씻어낸 것이 언제인지 떠올릴 수 없었다. 물을 마음대로 다루는 적들과 싸우면서 북부군은 물 속에 마음 편히 몸을 담그기도 어려웠다.

괄하이드는 어둠 속으로 손을 뻗어 술병을 집어들었다. 한 모금을 마신 괄하이드는 술병을 라수에게 건네며 말했다.

"네가 생각해 낼 수 있는 최선의 길이 우리 북부군을 몰살시키는 거라면, 병사들은 그렇게 할 거다. 별이 그들을 위해 슬퍼하며 떨어지지 않더라도."

라수는 받아든 술병을 입가로 가져가는 대신 만지작거렸다.

"더 이상 병력을 늘릴 수 없어. 충원할 수가 없어. 이 병력으로 어떻게든 끝장을 봐야 해. 그리고 이 병력으로 할 수 있는 일은 그것뿐이야. 나가들과 치고 박으며 조금씩 소진되다가 사라지는 것은 아무런 의미가 없어."

"그래. 맞아."

"수십 년 후 그때까지 기적적으로 살아남았던 마지막 북부인이 나가들에게 발각되어 살해당하게 할 수는 없는 거 아냐."

"동감이야."

"그들은 이해하지 못할 거야."

"이해할 거다. 라수."

라수는 술병을 들어올렸다. 그리고 벌컥거리며 마셨다. 입가로 흘러내리는 술이 웃옷을 적셨다. 술병을 내려놓은 라수는 일그러진 얼굴로 불길을 응시했다.

"이해하지 못해. 나도 이해할 수 없어."

"그렇다면 이해라는 말은 관두지. 그들도 너처럼 이해하지는 못해도 느끼기는 할 거다. 내일 아침, 그들은 손질해 둔 작살검을 집어들 테고, 네가 이끄는 대로 죽음을 향해 걸어갈 거다. 왜 그래야 하는지 이해하지 못했더라도 말이야. 왜 그런 줄 알아?"

"어째서 그렇지?"

"개좆 같은 적들이 저기 있기 때문이야."

얼빠진 얼굴로 사촌형을 바라보던 북부군의 두뇌는 잠시 후 숨이 막히도록 웃기 시작했다. 온몸으로 호흡 곤란을 호소하던 라수는 한참 후에야 헐떡이며 동의했다.

"맞아, 정말 그래."

그리고 라수 규리하는, 그가 저술했던 그 어떤 책에서도 사용할 수 없었던 단어들을 사용하여 나가들을 묘사했다. 그런 그에게 괄하이드는 거의 완벽한 협조를 보여주었다. 대부분 폭발적인 웃음으로 점철된 그들의 따사로운 토론은 그 이후로도 계속 이어졌지만, 그 토론 전체는 대화의 마지막에 눈물이 그렁해진 라수가 비명처럼 외친 한 문장으로 요약될 수 있을 것이다.

"가자고, 제기랄! 가서 저 씹어먹을 놈의 새끼들 찢어죽이자고!"

북부의 왕은 눈을 뜨기 전부터 뭔가가 잘못되었다는 것을 느꼈다. 그리고 그것을 대면하기 싫다는, 모호한 불쾌감 속에서 눈을 떴다.

대호왕 사모 페이가 발견한 첫 번째 문제점은 방 안이 지나치게 밝다는 사실이었다.

사모가 늦잠을 잤다는 결론을 내리는 데 있어 어떤 심원한 지혜까지 필요하지는 않았다. 그리고 늦잠을 잔 이유를 파악하는 데는 고개를 한 번 돌리는 것으로 충분했다. 그녀의 몸을 덮고 있어야 할 흑사자 모피는 침대 옆의 의자에 걸려 있었다. 사모는 흑사자 모피를 끌어당겨 차가운 몸을 덮으면서 의아해했다. '누가?' 사모는 옷을 갖춰입고 가면을 집어든 다음 문쪽으로 걸어갔다.

문 앞에 선 사모는 두 번째 문제를 발견했다. 륜 페이의 니름이 들려오지 않았다.

벽이건 천장이건 닥치는 대로 꿰뚫어보는 그녀의 동생은 언제나 주의력의 일부를 그녀에게 할애해 왔다. 따라서 그녀는 사람들 앞에 모습을 드러내기에 앞서 륜의 조언을 들을 수 있었다. 하지만 사모가 방문 앞에 섰음에도 불구하고 륜의 니름은 들려오지 않았다. 사모는 의아해하며 다시 뒤로 한 발자국 물러났다. 잠시 고민하던 사모는 가면을 착용한 다음 허리에 찬 쉬크톨의 위치를 점검했다. 그리고 조심스럽게 문을 열었다.

계단을 내려온 사모는 1층에서 기다리고 있는 세 번째 문제에 직면했다. 데오늬 달비가 처량한 표정으로 앉아 있었다. 잔뜩 주눅이 든 표정으로 앉아 있던 데오늬 달비는 계단에서 들려오는 소리에 고개를 돌렸다가 칼에 찔린 사람마냥 튕겨져 올랐다.

"대호왕 폐하!"

"달비 부위. 여기서 뭘 하고 있는 건가? 다른 사람들은 어디에 있는 거지?"

가엾은 데오늬 달비에게는 대호왕의 질문이 '다른 사람들을 다 살해하고 여기 서 있는 거냐'는 추궁처럼 들렸다. 그녀는 비명을 내질렀다.

"잠시만 기다려주십시오, 폐하!"

그리고 데오늬는 문을 향해 달려갔다. 사모는 혀를 찼고, 문 앞에 도달한 데오늬가 몸을 돌려 다시 달려왔을 때는 고개를 가로저었다.

"잠시 물러남을 허락해 주시겠습니까?"

"허락한다."

데오늬는 감사하며 뒤로 달려갔다. 당연한 결과로 뒤통수를 문에 쾅 부딪힌 다음, 데오늬는 그런 일쯤은 숨쉬는 것만큼이나 자연스럽다는 듯한 태도로 밖으로 나갔다.

사모는 소란스러운 아침이 막 끝난 것인지, 그렇잖으면 이제 시작된 것인지를 고민하며 의자에 앉았다.

조금 후 문이 열렸다. 데오늬가 돌아온 것으로 생각한 사모는 문을 바라보았다. 하지만 들어선 것은 희끗희끗한 백발을 머리에 얹은 거무튀튀한 얼굴의 인간 남자였다. 그는 사모의 앞에 도달한 다음 한쪽 무릎을 꿇었다.

"폐하. 교위 바르사 돌입니다."

사모는 그를 물끄러미 바라보다가 한숨처럼 말했다.

"돌 교위. 뭔가 설명 들을 일이 많은 것 같군. 간단명료하게 해주게."

바르사 돌은 그렇게 했다. 그의 설명을 들은 사모는 믿을 수 없다는 듯이 말했다.

"떠났다고?"

"예. 폐하."

"짐을 내버려두고 모두 떠났다는 말인가?"

"저와 200명의 병사, 그리고 스물두 명의 금군은 남아 있습니다. 폐하. 저는 포로를 데리러 온 도깨비들과 합류하여 폐하를 즈믄누리로 모시라는 명령을 받았습니다."

"하텐그라쥬 공작은!"

"함께 떠나셨습니다. 폐하의 망토를 치운 것은 그 분입니다."

"일어나라, 돌 교위! 새로운 명령을 내린다. 우리는 지금 당장 수호자들을 풀어주고 북부군을 뒤쫓아간다!"

바르사 돌은 일어났다. 하지만 왕의 명령을 따르지는 않았다.

"그 전에 제 말을 들어주시겠습니까?"

"안 돼!"

"부탁드립니다. 사모 페이."

사모는 깜짝 놀라서 바르사를 바라보았다. 바르사는 어떤 경고도 담기지 않은 평온한 눈으로 그녀를 바라보고 있었다. 사모가 아무런 대답도 하지 않자 바르사는 약간 어렵게 서두를 꺼냈다.

"수탐자들이 첫 번째 화신을 발견하여 우리들에게 보낸 이후로 3년이 지났습니다. 아직 수탐자들에게선 아무런 연락도 없습니다. 더 이상 두 번째 화신의 도래를 기다릴 여력이 없습니다. 시우쇠 님의 행방을 묘연하게 하는 방법으로 나가들의 진군을 막는 것도 한계가 있습니다. 그래서 라수 규리하 상장군님께서는 공격을 결정하신 겁니다. 그것은 결사적인 공격이며, 그렇기에 돌아올 수 없는 공격입니다. 어쩌면 빈사에 빠진 북부가 마지막으로 보이는 발작에 지나지 않는지도 모릅니다. 하지만 희망은 남겨두어야 합니다. 만약 그들이 아무것도 성취하지 못하고 실패할 경우, 폐하께서는 두 번째 북부군을 결성하셔야 합니다. 물론 거의 불가능한 일입니다. 하지만 폐하 이외의 다른 자에겐 시도할 엄두도 낼 수 없는 일입니다. 폐하께선 북부의 왕이시니까요."

바르사는 스스로의 말에 압도되는 기색을 약간 보였다. 어쨌든 연설은 그의 취향이 아닌 듯했다. 하지만 마지막 말을 꺼내놓는 교위의 표정은 침착했다.

"따라서 폐하께서는 북부의 씨앗이 되셔야 합니다."

사모는 분노를 억누르며 말했다.

"씨앗이라고? 날개를 펼칠 날이 다가올 때까지 땅 속에 숨어 기다리는 용의 종자가 되라는 말인가?"

"그렇습니다."

사모 페이는 바르사를 노려보았다.

"바르사 돌 교위. 내 이름을 어떻게 알고 있지?"

"저는 하인샤 대사원에 있었습니다. 변경백님을 모시고 있었지요."

"괄하이드 규리하의 부하였나?"

"그렇습니다."

"얼마 동안 그를 섬겼지?"

"이번 전쟁이 그 분의 지휘 하에 종군한 여섯 번째 전쟁입니다."

사모 페이는 바르사 돌이 어떤 인물인지 알 것 같았다. 괄하이드는 평생을 함께 싸운 전우라고 해도 무방한 부하를 남겨놓고 떠난 것이다.

"그런 자네가 보기에, 라수 규리하의 판단이 옳다고 보는가? 자네가 평생 섬겨온 규리하의 수장을 사지로 끌고 가는 그 결정이?"

바르사 돌은 아랫입술을 깨물었다.

"다른 대안이 없습니다."

"옳은가, 그른가!"

"그 결정에 동의합니다."

사모는 쉬크톨을 움켜쥐었다. 하지만 바르사는 엄숙한 표정으로 왕을 바라볼 뿐 꼼짝도 하지 않았다. 이미 설득할 수 없다는 느낌을 받았지만 사모는 입을 열어 말했다.

"바르사 돌 교위. 북부군의 최고 명령권자가 누구냐?"

이미 그녀를 '사모 페이'라고 불렀던 상대에게 내미는 무기로 서는 빈약하기 짝이 없다. 하지만 바르사는 그녀를 창피하게 만들지 않았다.

"폐하. 무슨 말씀이신지 알겠습니다만, 따를 수 없습니다. 반역의 죄를 물어 저를 죽이실 수는 있습니다만 그 전에 제 말을 들어주시기 바랍니다."

"무슨 말이냐?"

"폐하의 말씀대로 우리는 지금 당장 이곳을 떠나야 합니다. 하지만 그 방향은 북쪽이어야 합니다."

"어째서지?"

바르사는 쓸쓸한 만족감을 얼핏 비추며 말했다.

"조금 전 어르신의 보고가 있었습니다. 대나무 군단으로 추정되는 나가 군대가 엔거 평원 남쪽에 출현했습니다. 그들은 곧장 이곳으로 오고 있습니다. 포로들을 데려가기 위해 왔던 도깨비들이 평원 전체에 도깨비불을 풀어놓고 그들을 유혹하고 있습니다만, 오래가지는 못할 겁니다. 그들 중에 있는 한 수호 장군이 닥치는 대로 도깨비불을 파괴하고 있기 때문입니다."

"수호 장군이……."

"도깨비들과 어르신들은 그 수호 장군이 갈로텍일 가능성이 대단히 높다고 했습니다."

탄실 구마리는 어르신이었다. 따라서 나가들의 군단 한가운데로 날아드는 그녀를 보면서도 나가들은 그녀가 도깨비불을 휘두를까봐 걱정하지는 않았다. 대신 그들은 성을 내었고, 어떤 자들은 쓸모없는 행동임을 알면서도 그녀에게 사이커를 휘둘렀다. 탄실은 웃으며 사이커를 휘두른 나가에게 입맞춤을 해주었다. 나가는 질겁했다. 물론 입술이 닿는 일은 없었다. 탄실은 소리 높이 웃으며 몸을 뒤집었다.

발바닥을 하늘로 향한 모습으로 날아가던 탄실은 곧 목표했던 지점에 도달했다.

도깨비들을 좌절로 몰아넣고 있는 수호 장군이 거기 있었다. 도깨비들은 딱정벌레에 탄 채 엔거 평원의 하늘을 날아다니며 그들의 상상력이 가득 담긴 환영들을 펼쳐보이고 있었지만, 그 수호 장군은 환영의 취약점을 용케 찾아내어 그곳에 수력을 집중시키는 효율적이면서도 간단한 방법으로 환영을 쳐부수고 있었다. 그리고 알려진 나가들 중에서 그 정도의 수력 통제력을 발휘하는 나가는 하텐그라쥬 공작 륜 페이 이외에 오직 한 사람, 대장군 갈로텍뿐이다.

탄실이 그를 발견했을 때도 갈로텍은 평원에 출현한 머리 셋 달린 용을 쳐부수고 있었다. 갈로텍이 파괴하기 전까지 환상적인 삼중창을 부르고 있던 그 용은 실로 대단한 작품이었고, 그 때문에 탄실은 예술품의 소멸을 보는 듯한 아쉬움마저 느꼈다. 그리고 탄실은 갈로텍의 능력에 새삼 경탄을 느꼈다. 탄실 구마리는 언젠가 하텐그라쥬 공작이 갈로텍에 대해 내놓은 가설을 떠올렸다. 류 페이는 그에 버금가는 수력 통제력을 갖춘 갈로텍이 혹 용인이 아닐까 의심했다. 그러나 류 페이는 곧 그럴 가능성이 없다고 말했다. 갈로텍이 용인이 되려면 용근을 먹었어야 할 텐데, 용화가 피어났다면 용인인 류이 당연히 느꼈어야 했기 때문이다.

그리고 노회한 탄실은 노련하게 말을 다루는 갈로텍의 모습에서 어떤 의심을 느꼈다.

전쟁은 4년째로 접어들고 있었다. 따라서 갈로텍에겐 말이라는 동물에게 익숙해질 수 있는 시간이 4년 정도 있었던 셈이다. 그리고 그것은 도깨비들의 사고 방식이 아니다. 물론 도깨비의 어르신이 노회하긴 하지만, 그런 노회함도 도깨비다운 비약을 기반으로 한 채 구현된다. 따라서 뒤집힌 모습으로 날아가던 탄실은 갈로텍의 얼굴 바로 앞쪽에 거꾸로 된 얼굴을 내밀며 크게 외쳤다.

"이봐! 거기 도깨비는 없냐?"

깜짝 놀란 갈로텍은 노기 하수언이 곁으로 뛰쳐나오는 것을 미처 막지 못했다.

"예. 어르신. 노기 하수언이라고 합니다."

"역시 내 예상대로였어! 군령자였구나! 말을 탈 줄 아는 것 보고 짐작했지. 그런데 노기라고? 대장장이 노기 하수언?"

"제가 말을 타고 있어요?"

노기는 기겁하며 곧장 뒤편으로 사라졌다. 갈로텍은 분노하여 허리춤을 움켜쥐려 했지만 손을 담당하고 있던 주퀘도가 그 시도를 거부했다. 그리고 주퀘도는 갈로텍에게 다른 자를 전면에 내세우게끔 했다. 갈로텍의 요청에 의해 레콘 그라쉐가 전면에 나섰다. 그리고 그라쉐는 해묵은 고사(古事)를 재연해 보였다.

"꺼—져—라—!"

그 옛날 수수깨비가 그러했던 것처럼 탄실 구마리는 태풍에 휘말린 낙엽 마냥 날아가버렸다. 갈로텍은 기뻐하며 그라쉐와 자리를 바꿔 앞으로 나섰다. 물론 말을 다루는 몸의 움직임은 주퀘도에게 맡겨둔 채. 그러나 극연왕의 부탁을 받아 수수깨비 퇴치에 나섰던 레누카와 갈로텍의 부탁에 의해 나선 그라쉐 사이에는 기나긴 시간 이외에도 어쩔 수 없는 차이가 있었다. 탄실 구마리는 다시 날아들며 말했다.

"이런, 이런. 반사적으로 도망쳐버리고 말았단 말이야. 나가의 목을 통해 나온 계명성이라 별 볼 일 없는 것인데도."

갈로텍은 비늘을 부딪쳤고 주퀘도는 아쉬움을 삼켰다. 탄실은 웃으며—이번에는 옆으로 누운 모습으로 날며—말을 걸었다.

"어르신 놀라게 하는 법도 알고 있군. 꽤 해묵은 군령인가 본데."

갈로텍은 결국 입을 열어 말했다.

"계속 귀찮게 굴면 두 번째 구축법(驅逐法)을 쓰겠다."

탄실은 갈로텍의 허리춤을 보고는 겁을 집어먹은 얼굴이 되었다. 하지만 갈로텍은 탄실이 두려워한다고 생각하기 어려웠다. 탄실은 몸을 없애버리고 머리만 남겨둔 모습으로 그의 주위를 맴

돌았다.

"무서워서 몸이 오그라들 지경이네!"

갈로텍은 결국 상대하지 말자는 결론을 내렸다. 탄실은 갈로텍이 그런 결정을 내렸다는 것을 깨달았고, 그리고 그 의도를 무시했다. 여전히 머리만 남겨둔 모습으로 날아다니며 탄실은 말했다.

"도깨비도 있고, 말 타는 법을 아니 킴도 있는 것이고, 게다가 레콘도 있군. 그런 자네가 어떻게 북부인을 다 죽이려고 들 수 있는 건가? 대답을 해봐."

이미 어르신을 물러나게 하는 세 번째 구축법을 쓰기로 결심하고 있던 갈로텍은 아무 대답도 하지 않았다. 탄실은 씩 웃고는 말의 눈으로 날아들었다. 기겁한 말은 껑충 뛰어올랐고 낙마할 뻔한 갈로텍은 화가 머리 끝까지 치밀어서 외쳤다.

"제기랄, 저리 꺼져!"

"대답해 주게. 젊은이. 옳은 일이라고 생각하나? 어째서 자네 속에 있는 군령들은 동족을 죽이는 일이 벌어지는데도 잠잠한 거지?"

"멍청한 도깨비 같으니, 그걸 질문이라고! 노새의 동족은 누구냐!"

탄실은 탄성을 질렀다.

"오호, 너는 영적 잡종인 게로구나!"

갈로텍은 탄실을 매섭게 노려보았다.

"마음대로 떠들 수 있을 정도로 네게 허용된 시간이 길다고 착각하나 본데, 슬슬 도깨비의 육이 그립지 않으냐?"

갈로텍의 지적은 정확했다. 탄실은 장황한 고별사를 남긴 다음 자신의 모습을 불덩이로 바꿨다. 하늘로 치솟듯 사라지는 어르신의 모습을 보던 갈로텍은 복잡해진 심사를 가누기 위해 애썼다. 그러나 지나치게 현실적이어서 무미건조하기까지 한 평원의 풍경을 눈이 휘둥그레질 몽환의 전시장으로 바꾸어놓는 도깨비들의 시도는 계속되었고, 그래서 갈로텍은 분노 속에서 그 예술을 규탄하고 핍박했다.

그가 한꺼번에 다섯 개의 환영을 터뜨려버렸을 때 결국 주퀘도가 말을 걸어왔다.

"이봐. 갈로텍. 힘을 너무 빼는 것 아닌가? 저 환영들은 그냥 지나쳐도 무방한 것들인데."

"불덩이를 어떻게 그냥 지나칩니까!"

"물론 상당히 뜨겁긴 하지만, 가까이 다가가면 도깨비들은 틀림없이 없애버릴 거야. 자기 도깨비불로 누군가를 태워죽일 정도로 배짱 좋은 도깨비는 아무도 없어. 물론 시우쇠는 그럴 수 있지만 그는 화신이니 논외지."

그 자신이 생각해 냈어야 하는 것이었기에 갈로텍은 더 큰 분노를 느꼈다. 가까스로 자신을 가다듬은 갈로텍은 강렬한 니름을 토해 내었다.

〈저 도깨비들은 포기라는 것을 모르는군. 무시하고 진군한다!〉

피부로 느낄 수 있을 정도의 반감이 돌아왔다. 사람을 태워죽일 정도로 배짱 좋은 도깨비가 없는 것과 마찬가지로 눈 앞에 있는 불에 몸을 던질 정도로 강단이 있는 사람 또한 드물 것이다. 대나무 군단의 군단장 보라크가 황급히 다가오려는 몸짓을 보였지만 갈로텍은 손을 내저으며 닐렀다.

〈우리에겐 심장이 없다! 하지만 저 얼간이 도깨비들에겐 그것이 있다. 그 심장을 얼어붙게 해주자!〉

갈로텍의 니름을 이해한 나가들은 탐탁잖은 표정으로 행군했다.

주퀘도의 예상대로였다. 엔거의 하늘을 날아다니던 도깨비들은 나가들이 무작정 걸어오자 황급히 도깨비불을 소멸시켰다. 그중 어떤 도깨비는 환영을 유지한 채 온도를 낮추어 나가들을 속여보려는 시도를 했지만, 열을 보는 나가의 눈에는 그 낮은 온도의 도깨비불이 아무런 해를 끼칠 수 없다는 사실이 뚜렷했다. 나가들은 점점 대담하게 도깨비불을 향해 진군했다.

도깨비들은 낭패한 심정으로 서로를 쳐다보며 수화를 나누었다. 잠시 후 평원의 도깨비불이 모두 사라졌고 하늘에서는 딱정벌레들이 물러났다. 나가들은 환호를—물론 소리는 없었다.—올리며 활기차게 진군했다.

그러나 분노의 대상을 잃은 갈로텍은 그다지 즐겁지 못했다.

"잠시 앞으로 나와주십시오. 주퀘도."

주퀘도는 갈로텍의 요구에 응했다. 의식의 뒤로 물러난 갈로텍은 잠시 아래로 가라앉았다.

인식의 날개를 떼어낸 갈로텍은 의식의 무게가 이끄는 대로 정신의 늪 속으로 가라앉았다. 기억이 뒤섞이는 곳. 자의식의 등롱으로 비춰본 경험의 동굴은 욕망의 분출이 남긴 찌꺼기로 뒤덮여 있다. 등롱의 불빛을 받은 찌꺼기들이 시간을 거슬러, 혹은 그저 순서를 왜곡하며 명멸한다. 퇴폐적 반딧불이의 숲. 지나치게 깊이 내려온 것을 깨달은 갈로텍은 인식을 펼쳤다.

나—여기—지금—그게 무엇이든 간에.

갈로텍은 멈췄다.

〈이게 누구야, 갈로텍?〉

맙소사, 이곳까지 내려왔나? 갈로텍은 비늘을 부딪치며 고개를 돌렸다.

화리트가 그에게 등을 보인 모습으로 서 있었다. 갈로텍은 그렇게 느꼈다. 하지만 동시에 갈로텍은 화리트가 자신을 바라보고 있음 또한 깨달았다. 화리트는 전후관계를 뒤죽박죽으로 바꿔놓았다. 그래서 갈로텍은 화리트의 등을 보면서도 그가 빙긋 웃고 있다는 것을 알 수 있었다.

〈공사다망하실 텐데 어인 일로 오셨는지?〉

〈잠시 방해 좀 하려고 온 거야. 그러니 생각하지 말아줘.〉

니름을 끝낸 후에야 갈로텍은 자신의 니름에서 '방해'와 '생각'의 위치가 바뀌어 있음을 깨달았다. 화리트는 어순까지도 혼란스럽게 만들어놓았다. 갈로텍은 화를 냈다.

〈이런 우습지도 않은 짓거리 집어치우지, 그래?〉

〈미안. 고정된 힘과 방향이라는 것이 익숙지 않아서.〉

갈로텍은 화리트가 왜 시간과 공간이라고 니르지 않고 힘과 방향이라고 니르는 건지 알 수 없었다. 화리트는 그를 향해 돌아섰다. 흐릿해지다가 다시 명확해졌다가, 결국 절충적인 모습이 된 화리트는 어깨를 으쓱였다.

〈위쪽 소식은 좀 어때?〉

〈방해하지 말라고 했어.〉

〈방해한 건 그쪽이야. 갈로텍.〉

갈로텍은 눈을 가늘게 떴다. 화리트는 이 지점의 점유권을 주장하고 있었다. 그리고 안타깝게도 갈로텍에겐 그 주장을 무시할 만한 수단이 없었다. 거북한 기분을 감추기 위해 갈로텍은 주위를 둘러보았다. 하지만 그가 둘러보는 곳마다 화리트가 있었다. 화리트는 차갑게 웃었다.

〈그 도깨비의 말이 신경쓰이나 보군.〉

갈로텍은 움찔했다.

〈이곳에 있으면서 어떻게?〉

〈네가 가르쳐줬어. 아니, 가르쳐줄 거야.〉

갈로텍은 멍한 얼굴로 화리트를 바라보다가 가까스로 화리트가 시간의 순서마저 혼란스럽게 해놓았다는 것을 깨달았다. 갈로텍은 화리트가 도대체 무엇이 되어 있는지 짐작할 수도 없었다. 화리트는 장난스럽게 닐렀다.

〈오, 이런. 나는 미처 생각하지 못했어. 이상하다, 정말 이상해. 화가 나서 노새가 어쩌니 하는 말을 해주긴 했지만, 그건 그냥 해 본 말에 불과해. 왜 내 속에 있는 인간이나 도깨비, 레콘은 자기 동족들이 학살당하고 있는데 아무런 저항도 하지 않는 걸까?〉

〈……답을 아나?〉

〈아주 간단한 문제지만, 네가 아직 죽어본 적이 없다는 또 하나의 간단한 문제가 결합됨으로써 대단히 대답하기 복잡한 문제가 되는군.〉

〈죽은 자에겐 동족이고 뭐고가 없다는 건가?〉

〈지나친 단순화야. 갈로텍. 하지만 친구가 몇이냐는 질문을 받았을 때 죽은 친구까지 계산하지는 않는 것을 니르는 거라면, 그럭저럭 제대로 나아가고 있는 추리야.〉

갈로텍은 화리트의 니름에 대해 생각해 보았다. 무슨 니름인지 알 것 같다는 느낌이 들긴 했지만 갈로텍은 확신할 수 없었다.

〈청춘은 젊은이의 것이고 삶은 산 자의 것이고 역사는 절대로 역사가의 것이 아니라는 니름이 있지. 그렇다면 군령자는 왜 이

짓을 계속하는 거지?〉

〈나에게 묻는 거야? 갈로텍. 나는 군령자가 되려 한 적 없어. 네가 납치했잖아. 주퀘도에게 물어보지, 그래?〉

〈그렇다면 네가 바라는 것은 뭐지?〉

〈여신을 해방시켜. 그리고 모든 나가를 한계선 이남으로 물러나게 해. 그 다음 깔끔하게 죽어.〉

〈거절할 것을 알고 있겠지?〉

〈알고 있어. 자, 이제 도깨비가 네게 던진 질문이나 말해 주고 빨리 도망쳐.〉

〈도망치라니?〉

〈그녀가 오고 있거든.〉

갈로텍은 비늘을 곤두세웠다. 그는 무작정 도망치려 했지만 그 순간 자신이 그곳을 벗어날 수 없다는 것을 깨달을 수 있을 뿐이었다. 갈로텍은 도깨비 탄실과의 대화를 화리트에게 들려주지 않고서는 그곳을 벗어날 수 없었다. 화리트가 이미 '들었기' 때문이다. 심각하게 왜곡된 논리에 대해 화를 내는 대신, 갈로텍은 황급하게 화리트에게 탄실과의 대화를 들려주었다.

니름을 끝내고 그곳을 떠날 수 있게 되었을 때 갈로텍은 누군가가 다가오는 것을 느낄 수 있었다.

성난 하늘치 같은 기세로 카린돌 마케로우가 다가오고 있었다.

그녀의 두 눈은 호수 같았다. 크기가 그렇다는 니름이다. 산을 뒤덮는 구름 같은 상반신 뒤로 하반신은 아예 보이지도 않았다. 바야흐로 카린돌은 가장 거대한 하늘치보다 더 거대한 모습으로 돌진해 오고 있었다. 그 갈증으로 대양을 비워버릴 것 같은 초월적인 괴수의 모습으로 날아오는 카린돌을 보며 갈로텍은 질려버리고 말았다. 화리트가 빠르게 닐렀다.

〈그녀를 향해 날아가.〉

〈미쳤나!〉

〈도와주겠어. 그녀를 향해 날아가. 젠장. 네가 어느 방향으로 날아가든 저 팔의 길이를 벗어날 수 있을 것 같아? 그녀에게 날아가!〉

화리트의 니름이 옳았다. 갈로텍은 카린돌의 손가락이 심장탑보다 작다고 니르기 어렵다는 것을 깨달았다. 존재를 태워버릴 것 같은 공포 속에서 갈로텍은 카린돌을 향해 날아갔다. 갈로텍의 모습을 굳이 묘사한다면 하늘치를 향해 돌진하는 파리의 모습과 비슷할 것이다. 갈로텍은 되지도 않는 비명을 내질렀다.

그리고 갈로텍은 자신과 카린돌의 거리가 점점 멀어지는 모습을 보았다.

카린돌은 격노하여 손을 휘저었다. 그 손은 갈로텍을 가루로 만들어버릴 수 있는 방향과 각도로 날아들었지만, 그에게 닿지 않았다. 화리트가 공간을 혼란스럽게 만들고 있음이 분명했지만 갈로텍은 그런 간단한 추리도 하기 힘든 상태였다. 갈로텍은 혼란 속에서 카린돌에게 돌진했다. 카린돌은 울부짖었다.

〈화리트! 그만둬! 죽일 테야! 죽이고 말 테야!〉

갈로텍은 그 절규에 담겨 있는 증오에 비늘을 곤두세웠다. 하지만 화리트는 아랑곳하지 않았다. 그는 씁쓸하게 갈로텍에게 닐렀다.

〈갈로텍. 너 외엔 그렇게 할 수 있는 사람이 없기 때문에 도와주는 거야. 그녀가 얼마나 커졌는지 봤지? 카린돌은 위로 향하는 길을 찾아낼 수 없기에 자신을 무작정 키우고 있어. 좀 무식한 방법이지만 확실한 방법이기도 하지. 거대한 증오나 거대한 욕망 같은 것은 결국 겉으로 드러날 수밖에 없다는 것을 명심해. 그녀도 조만간 '겉으로' 드러날 수밖에 없을 거야. 그때가 되면 나는 더 이상 그녀를 저지할 수 없어.〉

혼란 속에서도 갈로텍은 충격을 받았다.

〈네가 그녀를 저지하고 있었나?〉

〈그래. 길을 감추고 그녀를 혼란스럽게 만들고 있었어. 그녀가 너에게 향하기 전에 여신을 해방시키고 나가들을 남쪽으로 돌아가게 해. 그것이 옳은 일이라는 사실을 받아들여.〉

〈화리트! 그녀는 언제쯤 겉으로 드러날 것 같나?〉

화리트는 대답했지만 이미 거리가 너무 멀었다. 갈로텍은 화리트의 대답을 듣지 못한 채 수면으로 치솟는 물고기처럼 의식의 전면으로 솟구쳤다. 갈로텍에겐 되돌아갈 용기가 없었다. 그는 헐떡거리며 주퀘도를 불렀다.

"주퀘도!"

주퀘도는 반갑게 대답했다.

"오래간만이군. 도대체 뭘 하고 있었던 거지?"

"오래간만? 무슨 말입니까?"

갈로텍은 당황하며 주위를 둘러보았다. 그곳은 조금 전까지 달리고 있던 평원이 아니었다. 주위로는 산봉우리들이 펼쳐져 있었고 머리 위로는 구름이 낮게 드리워져 있었다. 그의 말은 산등성이에 난 길을 따라 걷고 있었다. 갈로텍이 황당해하자 주퀘도는 미심쩍은 투로 말했다.

"열흘만에 보는 거라면 오래간만이라고 해도 되잖아?"

"열흘이라고? 10분이 아니고?"

"도대체 무슨 소리를 하는 거야?"

갈로텍은 의식의 세계에서 화리트가 일으킨 혼란이 실제 세계와의 불가사의한 시간차를 만들어내었음을 깨달았다. 설명하기가 난감했기에 갈로텍은 질문을 던졌다.

"좀 혼란스러운 일이 있었습니다. 그런데 여기는 어디입니까?"

주퀘도는 어이 없다는 듯이 말했다.

"정말 무슨 일이 있었나 보군? 여기는 시구리아트 산맥이야. 자네가 저 아래에 있는 동안 여기까지 그들을 추적해 왔지. 젠장. 도깨비들이 새로운 방법을 사용했어. 대호왕처럼 보이는 도깨비불을 만들어서 우리를 여기저기로 끌고 다녔어. 그런 곤란한 상황인데, 네가 없으니 부하들 다루기도 쉽지 않아서 문제가 정말 많았어. 저 바보들은 내가 고함을 질러도 명령을 듣지 않아. 어깨를 두드리고 청력에 주의를 기울이라고 가르쳐줘야 겨우 알아들으니, 제기랄!"

주퀘도는 꽤 화가 나 있는 듯했다. 그런데 갈로텍은 분노 이외에 다른 것도 느낄 수 있었다. 그것은 초조함 비슷한 것이었다. 갈로텍은 그것이 무엇인지 추측해 보다가 문득 한 가지 사실을 떠올렸다.

"잠깐. 시구리아트 산맥이라고 했습니까? 그렇다면 여기가 시구리아트 유료 도로입니까?"

"그래. 맞아."

주퀘도는 뭔가 켕기는 듯한 목소리로 대답했다. 그제서야 갈로텍은 자신이 느낀 것이 무엇인지 깨달았다.

그것은 죽음을 뛰어넘어 자신을 좌절시켰던 장소에 되돌아온 죽음의 거장이 느끼는 흥분이었다.

사모 페이는 시구리아트 유료 도로당에서 북부를 초토화시키는 무시무시한 전쟁의 흔적을 읽을 수 없었다.

관문 요새는 여전히 위풍당당한 모습으로 산의 정수리를 타고 앉아 있었다. 그리고 징수소장은 몇 년 전 그녀가 이곳을 지나갔을 때와 똑같은 모습으로 앉아 있었다. 심지어 탁자 위에 놓여 있는 아르히 주전자까지 똑같았다. 몇 년 전과 달라진 것은 하나뿐이었는데, 징수소장은 더 이상 여행객의 통행료를 알 수 없어 난처해지지는 않았다. 그는 인간 병사들과 나가 수호 장군들과 마루나래와 두억시니의 통행료를 척척 불렀다. 그가 잠시나마 지체했던 것은 바르사 돌 교위의 얼굴을 보았을 때였다.

"실례합니다만 연세가 어떻게 되십니까?"

"예순둘이오만."

"그렇다면 당신은 면제입니다."

바르사는 너털웃음을 터뜨렸다.

"노인 공경이오?"

"예. 예순이 넘은 인간은 면제됩니다."

징수소장의 설명에 데오늬가 흥미를 느낀 듯했다. 데오늬는 고개를 갸웃했다.

"징수소장님! 그렇다면 도깨비나 레콘의 노인들은 면제되지 않습니까? 왜 그렇지요?"

징수소장은 친절하게 대답했다.

"다른 종족들의 노인들에게도 면제 사유가 있긴 합니다만 나이는 아닙니다. 도깨비는 어르신이 되었을 때, 레콘은 무기를 들수 없을 때입니다."

데오늬는 그럴듯하다고 생각했다. 그때 대호왕이 질문했다.

"나가는?"

징수소장은 대호왕을 바라보다가 가벼운 어조로 대답했다.

"나가의 면제 사유는 아직 결정되지 않았습니다. 이 도로를 이용한 나가 노인이 없었으니까요."

대호왕은 고개를 끄덕였다.

통행료가 책정되었고, 바르사 돌 교위는 미리 준비해 간 산양 열 마리를 내보였다. 징수소장은 그것으로 충분하다는 결론을 내렸다. 산양은 식량으로서의 가치가 있었지만 유료 도로당은 산양에게도 통과세를 물렸기 때문에 차라리 산양을 내어주는 편이 나았다. 징수소장은 관문을 열었다.

거대한 철문이 열리자 그 안으로 무장한 당원들이 좌우로 서있는 모습이 보였다. 바르사는 당황하며 검을 움켜쥐었지만 징수소장이 먼저 설명했다.

"괜찮습니다. 그대로 지나가신다면 아무 일이 없을 겁니다."

"왜 병사들을 배치한 거요?"

"혹 우리의 관문 요새를 점거하여 전쟁에 이용하려는 시도가 있을지 모르기 때문에 배치한 것뿐입니다."

"무슨 말인지 알겠소. 하지만, 이보시오. 당신들이 우리를 붙잡아서 적에게 넘겨주려는 시도를 하고 있다고 생각할 수도 있는 것 아니오?"

징수소장은 재미있다는 듯이 웃었다.

"적? 유료 도로당의 적은 무임 이용자뿐입니다. 그 경우에도 퇴거의 대상에 지나지 않으므로 적이라 부르기도 어렵습니다. 당신들의 적과 우리는 아무 상관이 없습니다."

"나가들은 북부인을 가리지 않고 죽이는데? 당신들이 유료 도로당이건 뭐건 그 전에 인간이잖소. 나가들은 당신들도 공격할 거요. 상관이 없는 것이 아니란 말이오."

"그들은 그렇게 생각할 자유가 있습니다. 하지만 우리에게 그 생각을 존중할 의무는 없습니다."

바르사는 다시 항의하려 했다. 그때 마루나래에 탄 대호왕이 말했다.

"돌 교위. 우리는 이곳을 지나가지 않는다."

"예?"

"여기서 머물도록 하자. 그들은 통행자들이 원하면 침식을 제공해야 하지. 여기서 잠시 쉬도록 하자."

"하지만 폐하. 적들이 뒤통수에 달라붙어 있습니다."

"그러니 이곳에 머물자는 것이다. 이곳을 점거해서 그들을 물리쳐보자."

바르사 돌 교위는 물론이거니와 징수소장도 어이없는 표정을 지었다. 가면에 가려진 대호왕의 표정은 읽을 수 없었기에 징수소장은 미심쩍은 어투로 말했다.

"조금 전 그 말씀 진심이십니까?"

"그래. 다만 창검이 아닌 혀로 점거할 생각이다. 징수소장. 짐은 보좌관에게 회동을 요구한다."

징수소장의 질문에 보좌관은 승낙을 보내어왔다. 그래서 잠시 복잡한 일들이 일어났다.

유료 도로당의 당원들은 무장한 병력 수백 명이 요새에 들어오는 것을 탐탁해할 수 없었다. 그들은 잠시 고민하다가 병력들이 절대로 한 곳에 집결될 수 없도록 여러 군데에 분산시키는 방법을 택했다. 그러자 바르사 돌 교위가 항의했다. 바르사는 왕을 보호해야 하는 병사들이 그렇게 흩어져서는 곤란하다고 응수했다. 결국 그들은 모두 관문 통로에 앉게 되었다. 200명이 넘는 인원에 보통 인간보다 훨씬 체구가 큰 두억시니들과 마루나래까지 있었지만 가까스로 통로 전체에 앉을 수 있었다. 보좌관은 아래로 내려와서 대화하는 것에 동의했다.

대호왕과 보좌관은 중간 지점이라 할 수 있는 계단에서 서로를 마주보며 섰다.

보좌관의 뒤로는 당원들이, 그리고 대호왕의 뒤편으로는 북부군 병사들이 긴장한 표정으로 두 사람을 바라보았다. 보좌관은 사모가 잘 기억하고 있는 냉랭한 목소리로 말했다.

"참관인이 상당히 많군요. 폐하."

"오래간만이군."

"네. 하실 말씀은?"

"이 요새를 빌리려면 얼마나 지불하면 되겠나?"

보좌관은 대호왕을 물끄러미 바라보다가 고개를 가로저었다.

"이 요새는 임대하지 않습니다."

"당신들은 최초의 경우라는 것에 그다지 거부감이 없는 걸로 아는데. 난생 처음 보는 여행객이라도 당신들은 차분하게 통행료를 결정한 다음 징수하잖아. 당신 요새를 빌리려는 사람이 처음이겠지만, 그래도 한 번 고려해 봐. 임대료로 얼마나 지불하면 되겠나?"

"폐하. 뭔가 착각하시나 본데, 우리는 길을 준비하는 사람입니다. 우리는 길을 걷는 사람에게 봉사합니다. 폐하께서 이곳에 머물러 누군가와 싸우는 것은 길을 걷는 행위가 아닙니다. 그리고 아시겠지만 우리의 도로에서 전투 행위는 금지되어 있습니다. 빌려드릴 수 없습니다. 그냥 통과하십시오."

"그렇다면 우리를 사."

"예?"

"우리를 사란 말이다. 우리 뒤로는 나가들이 쫓아오고 있다. 그들은 북부의 모든 사람을 죽이고 있고, 너희들이라고 해서 특별 취급하지는 않을 거다. 그들과 싸워야 할 텐데, 그렇다면 우리 병력이 도움이 되지 않겠나?"

보좌관은 기묘한 얼굴로 대호왕을 바라보다가 고개를 가로저었다.

"사양하겠습니다. 지난 4년 동안 이곳이 나가의 공격을 한번도 받지 않았다고 생각하십니까?"

사모는 놀랐다. 관문 요새의 변함없는 모습 때문에 사모는 이곳이 한번도 공격당하지 않았을 거라 믿었다.

"너희들에게도 그들이 왔었나? 어떻게 싸운 거지? 너희들에겐 수호 장군을 상대할 병력이 없을 텐데."

"우리의 위치가 우리의 병력입니다. 이런 고산 지대에서 나가들의 수호 장군들은 싸울 수 있는 기온을 형성하는 것만으로도 벅찬 모양이더군요. 기껏 작은 폭풍 몇 개를 일으킨 자는 있었습니다만 원래 이 지역엔 폭풍이 많습니다. 따라서 그것은 우리에게 해가 될 수 없었습니다. 수호 장군들의 힘이 없으면 나가들은 그저 귀찮은 적에 불과합니다. 우리는 그들을 물리쳤습니다."

"그랬군. 하지만 이번에는 다를 거다. 그들에겐 갈로텍 대장군이 있다. 판사이를 수장시킨 자 말이다."

"그가 있습니까?"

"그래. 어르신들이 확인했다."

보좌관은 잠시 고민하다가 말했다.

"당주님과 의논해 봐야겠습니다. 함께 가시겠습니까?"

사모의 뒤쪽에 있던 바르사 돌이 불편한 헛기침 소리를 냈다. 하지만 사모는 고개를 끄덕였다.

"좋아. 함께 가지."

그리고 사모는 바르사가 불평할 것을 생각해서 말했다.

"마루나래를 데려가겠다."

하지만 바르사는 만족하지 못했다.

"폐하. 올라가시면 안 됩니다. 그들의 당주에게 내려오라고 하십시오."

보좌관이 고개를 가로저었다.

"저희 당주님께서는 여든 살이 넘으신 이후로 내려오신 적이 없습니다. 20년 전의 일이지요."

"그렇다면 금군이나 병사들을 대동하십시오. 제가 병사들과 함께 폐하를 수행하겠습니다."

"자네는 이 병력을 지휘해야 해. 마루나래. 어서 와."

마루나래는 거대한 몸을 가볍게 일으켰다. 바르사는 한 번 더 반대하려 했지만 그때 보좌관이 말했다.

"당신들에게 열 명의 당원을 맡기겠습니다. 그들의 신병을 구속하십시오. 그러면 되겠습니까?"

인질을 맡기겠다는 제안에 바르사는 더 이상 반대할 수 없었다. 보좌관의 명령에 따라 열 명의 당원들이 무장을 해제하고 북부군 가운데로 걸어들어 갔다.

대호왕은 보좌관에게 감사한 다음 마루나래와 함께 계단을 올라갔다. 마루나래의 거대한 몸을 고려하여 보좌관은 가장 넓은 길을 통해 그들을 인도했다.

잠시 후 그들은 관문 요새의 높은 곳에 위치한 당주의 방 앞에 도달했다.

방 안으로 들어선 대호왕이 처음 느낀 것은 적막이었다. 그것은 나가인 그녀에게 익숙하지 않은 느낌이었다. 그래서 사모는 그 적막감이 단순히 소리의 부재가 아닌 다른 것에 기인할 거라 생각했다. 그녀의 추측을 확인해 주듯 보좌관은 의자를 가리키며 말했다.

"앉으십시오. 당주님은 이곳에 계시지 않습니다."

사모는 고개를 갸웃하며 의자에 앉았다. 보좌관은 탁자 건너편으로 돌아가 사모를 마주보는 자세로 섰다.

"이곳은 당주님의 거처입니다만, 당주님의 건강이 나빠지셔서 보다 조용한 곳으로 옮겼습니다. 폐하를 이곳으로 모신 이유는 조용히 대화를 나누기 위해서입니다. 앉아도 되겠습니까?"

"그렇게 해."

보좌관은 묵례하고는 의자에 앉았다. 사모는 이토록 깨끗한 의자에 앉아본 것이 얼마만인지 모르겠다는 생각을 해보았다. 하지만 마루나래는 자신의 발에서 흙덩이가 떨어지는 것에 아랑곳하지 않았다.

마루나래가 사모의 뒤편에 앉았을 때 보좌관은 청소할 일이 꽤 심각하겠다는 생각을 금할 수 없었다. 가까스로 대호왕의 가면으로 시선을 옮긴 보좌관은 그 가면을 물끄러미 바라보다가 말했다.

"어떻게 지내시냐고 묻는 것은 좀 우스울 것 같군요."

"동감이야."

"폐하. 잠시 옛이야기를 하겠습니다. 몇 년 전 폐하께서는 이곳을 지나가셨습니다. 그때 폐하께서는 뒤를 쫓는 두억시니들의 통행료를 대납하셨습니다. 그런데 왜 오늘은 이곳을 빌리셔서라도 추적자들과 싸우시려는 겁니까?"

사모는 대답했다.

"그때 나는 북쪽으로 가야 했어. 하지만 이번에는 방향이 달라. 나는 남쪽으로 가야 해. 하지만 저 추적자들이 남쪽으로 가는 길을 막고 있어. 그래서 나는 저들을 이끌며 이곳으로 왔다. 이 요새에서라면 저들을 물리칠 수 있을 거라 믿었기 때문이지."

사모는 '짐'이라는 말 대신 '나'라는 말을 사용했다. 그것이 무슨 의미인지 짐작했지만 보좌관은 아무런 반응을 보이지 않았다.

"일부러 이곳으로 유인해 온 거라는 말씀이군요."

"그래."

보좌관은 생각에 잠긴 표정으로 탁자를 내려다보았다.

"판사이를 수장시킨 자가 쫓아온다고 하셨습니까?"

"그래."

"뇌룡공이라 불리는 그 용인은 어디에 있습니까? 그는 당신을 보호한다고 알고 있었습니다만."

사모는 조금 지체한 후에야 대답할 수 있었다.

"그는 하텐그라쥬를 공략하기 위해 남쪽으로 갔어."

보좌관은 고개를 약간 기울인 채 사모의 설명을 들었다. 사모의 설명이 끝나자 보좌관은 차분하게 고개를 끄덕였다.

"라수 규리하는 가까스로 모아들인 북부군을 모조리 소모하는 공격으로 건곤일척에 나섰다는 것이군요. 그는 역시 학자군요.

학자가 전쟁을 하면 그렇게 되는 법이지요."

"무슨 말이지?"

"별 의미는 없습니다. 그건 그렇고, 폐하께서는 왜 그들을 뒤쫓아가려는 겁니까? 그들의 희망대로 즈믄누리로 가시는 대신?"

"나는 그런 자살 공격에 동의한 적이 없어. 나는 언제나 그들에게 말했어. 지고 돌아오는 것은 백 번이라도 용서하겠지만, 이기고 죽어버리는 것은 용서하지 않겠다고. 그런데 그 자들은 이기고 죽어버리려 하고 있어. 그런 것은 절대로 받아들일 수 없어."

"그러신가요. 하지만 군이 폐하께서 뒤따라가셔야겠습니까? 어르신을 보내어 그들을 소환하면 되잖습니까?"

"그렇게 해서 돌아올 거라면 애당초 나를 내버려두고 몰래 떠나지도 않았겠지. 내가 가서 직접 데려와야 해."

"하긴 그렇군요. 그들을 되돌아오게 한 다음에는 어떻게 하실 겁니까? 다른 대안이 있으십니까?"

"그건 몰라. 하지만 방법은 찾아내면 되는 거야."

"군사를 더 모을 수 있습니까? 즈믄누리가 더 이상의 군량을 감당할 수 있습니까? 근거지 없는 군대라는 것은 어불성설입니다. 혹 군사를 더 모을 수 있다 하더라도 근거지도 없는 북부군이 더 이상 커질 수 있을까요?"

"셋이 하나를 상대해!"

사모는 분노하여 외쳤다. 그리고 보좌관은 분노한 목소리마저 아름답다는 생각을 잠시 해보았다. 사모는 가면을 벗어 탁자 위에 내려놓았다. 맨얼굴로 보좌관을 바라보며 사모는 날카롭게 외쳤다.

"이미 수탐자들은 자신을 죽이는 신의 화신을 찾아내었어. 그들이 다른 두 화신을 찾아낼 때까지 기다리면 돼. 그러면 그들이 여신을 구출해 낼 거야!"

"기약이 있습니까, 페이?"

가면마저 사라지자 보좌관은 마침내 '폐하'가 아닌 '페이'로 사모를 지칭했다. 사모는 비늘을 부딪쳤다. 보좌관은 준엄하게 말했다.

"그들이 다른 두 화신을 언제 찾아낼지 알 수 없습니다. 그렇잖습니까?"

탁자 위에 놓인 사모의 두 주먹이 부르르 떨렸다. 보좌관은 한 층 낮은 목소리로 말했다.

"기약 없는 구원이 현존하는 고통의 대가가 될 수 있습니까? 고통을 받는 것은 사람들입니다. 신들이 아닙니다."

"그래서, 너는 내 부하들에게 찬성한다는 거냐?"

"사모 페이. 유료 도로당원은 여행자의 목적을 평가하지 않습니다. 따라서 저는 그들이 잘한다, 혹은 못한다고 말하지 않겠습니다. 하지만 길을 준비하는 자로서, 저는 앉아서 신의 도래를 기다리느니 목적지가 죽음이라도 일단 걸어가는 사람들에게 호의를 느낍니다. 어차피 모든 생의 종착이 죽음이라면 그들이 유달리 특별한 선택을 한 것도 아닙니다."

사모는 위장이 서늘해지는 기분을 느꼈다. 다리에 힘이 빠졌고 앉아 있는 의자를 느끼기도 어려웠다. 보좌관은 담담하게 말을 맺었다.

"즈믄누리로 가십시오. 사모 페이. 그곳에 가서 두 화신을 기다리시면 될 겁니다. 당신에게 우리의 요새를 제공하지는 않겠습니다. 그리고 갈로텍 대장군 또한 우리에게 통행료를 지불하든, 우리와 싸우든 둘 중 하나를 선택해야 할 겁니다. 그건 우리가 알아서 할 일입니다."

긴 침묵 후에, 사모는 나즈막하게 말했다.

"내 동생이 거기 있어."

보좌관은 아무런 말 없이 북부의 왕을 바라보았다. 사모는 탁자 위에 놓인 가면을 바라보았다.

"나는 륜이 용근을 먹는 것도 말릴 수 없었고 아스화리탈을 살인 괴수로 키워내는 것도 말릴 수 없었어. 륜은 용이 제공할 수 있는 모든 것을 다 이용하여 스스로 나가의 악몽으로 탈바꿈해 갔어. 그 애는 그렇지 않았어. 그런 아이가 아니었어. 그런데, 그런데 나는 그것을 보고만 있었어. 말리지 않았어. 가면을 쓴 이후로 나는 더 이상 내 의지대로 행동할 수 없었어. 왕이라는 것은 이상해. 너무 이상해."

가면을 내려다보고 있던 사모는 갑자기 깨달은 것처럼 말했다.

"그래선 안 돼."

"뭐가 안 된다는 겁니까?"

"죽어야 한다면, 그건 나야. 내가 왕이니까. 륜이 아냐. 그래. 알겠어. 륜은 스스로를 파괴하고 있어. 예전의 내 동생이었던 륜 페이라는 나가는 거의 사라져버렸어. 지금 륜의 겉모습 뒤에 남아 있는 것은 나가를 죽이는 괴물, 나가 살육자, 또 한 명의 케이건 드라카야."

베미온에게 물이 접근하는 것을 느낀 륜은 감각을 집중시켰다. 그러나 그 물이 한 인간임을 느낀 륜은 긴장을 풀면서 고개를 돌렸다.

베미온은 땅바닥에 앉아 흙을 집어먹고 있었다. 그리고 키타타 자보로가 그에게 다가가고 있었다. 자보로 장군은 베미온에게 흙을 먹지 말라고 말리고 있었다. 베미온은 별 불평 없이 순순히 그의 말을 따랐다. 베미온의 손에서 흙을 털어내어 준 키타타는 륜의 시선을 느끼고는 그를 돌아보았다. 잠시 어떻게 할까 고민하는 것 같은 얼굴로 서 있던 키타타는 곧 결심을 한 듯 륜에게 걸어왔다. 륜은 가볍게 고개를 끄덕였다.

"제가 잠시 신경을 못 쓰고 있었군요. 감사합니다."

"물기가 별로 없는 흙이더군요."

"예. 나가를 학살할 겁니다."

키타타는 륜을 지그시 바라보다가 턱수염을 만지작거렸다. 륜은 키타타가 말하지 않은 것을 들으며 말했다.

"미안합니다."

"아니요. 우월함이 열등함에게 미안함을 느낄 필요는 없습니다. 공작님. 그런데."

거기까지 말한 다음 키타타는 입을 다물었다. 륜은 고소를 머금었다.

"끝까지 말씀하십시오. 듣겠습니다."

"그런데, 정말 괜찮으시겠습니까?"

"괜찮습니다."

"규리하 상장군의 계획은 나가에게 참혹한 것입니다."

물론 규리하 상장군이라고 부르는 것이 정확하겠지만 그럴 경우 괄하이드와 혼동되기 때문에 대부분의 북부군은 라수 상장군, 괄하이드 대장군으로 부르고 있었다. 빌파 삼부자 또한 그런 규칙에 따라 불리워지고 있었다. 그러나 키타타 자보로는 규리하 대장군, 규리하 상장군이라는 호칭을 고집했으며 빌파 삼부자의 경우 빌파 교위와 빌파 부위, 빌파 부위라고 불러 사람들을 혼란스럽게 만들곤 했다. 그리고 키타타 자보로가 그런 고집을 부리는 이유를 대충 짐작하는 사람들은 그를 키타타 장군이라 부르지 않도록 조심했다. 예민한 륜은 당연히 그런 실수를 범하지 않았다.

"자보로 장군. 저는 그 계획을 이해하고 있습니다."

"규리하 상장군은 나가 병력의 대회군이 일어나지 않을 경우 심장탑을 파괴해서라도 그들을 유인할 생각이십니다. 하텐그라쥬의 심장탑은 공격할 수 없겠지요. 폐하의 심장이 그곳에 보관되어 있을 테니. 하지만 페로그라쥬와 악타그라쥬, 시모그라쥬의 심장탑은 분명한 공격 목표가 될 가능성이 높습니다. 사실, 유인의 목적이 아니더라도 전술적 견지에서 그보다 더 적절한 공격 목표는 있을 수 없습니다. 일거에 적 거점 내의 모든 전투 가능한 병력을 제거할 수 있는 확실한 방법이니까요. 그리고 그것은 잔인한 방법입니다."

륜은 손을 들어 베미온을 가리켰다.

"판사이의 육 형제를 익사시킬 때 그들은 잔인함에 대한 고려를 하지는 않았을 겁니다."

키타타는 륜의 손을 따라 베미온을 돌아보았다. 베미온은 눈을 감고 태양을 향해 입을 벌리고 있었다. 햇빛을 마시는 모습이었다. 류은 계속 말했다.

"그는 아직 물을 마시지 않습니다. 그래서 저는 베미온의 몸 속으로 수분을 이동시켜줍니다. 베미온이 물의 공포를 물리칠 기회를 뺏는 것이 아닌가 싶기도 합니다만 갈증에 목이 타들어가면서도 한사코 물을 거부하는 모습을 보고 있으면 어쩔 수 없이 그렇게 하곤 합니다."

"한 사람만 제외하고 자보로의 모든 씨족을 다 죽였을 때도, 그들은 잔인함에 대해 고려하지는 않았지요. 공작님. 저는 그들의 슬픔에 아무런 동정도 보내지 않을 겁니다. 심장탑이 무너지는 모습을 보며 저는 환희를 느낄 겁니다. 그리고 무너지는 자보로 성벽에 깔려죽은 제 씨족의 비명을 잊을 겁니다. 그들이 소리를 듣지 않는다는 것 때문에 저는 이것을 준비했습니다."

키타타 자보로는 자신의 방패를 들어보였다. 류은 그곳에 무엇이 있는지 잘 알고 있었다. 하지만 류은 키타타가 보아주기를 원한다는 것을 느꼈기에 그것을 보았다. '자보로, 복수.' 나무 방패에 구리로 된 글자를 박아넣어 만들어진 그 선언은 나가의 눈에 선명하게 보였다. 키타타는 이마에 구리선을 박아넣어 금속 문신을 만들고 싶어했지만, 그럴 만한 기술이 있는 유일한 자들인 도깨비 대장장이들이 그것을 거부했다. 대장장이들이 설명을 듣는 것만으로도 기절할 것 같은 반응을 보였기에 키타타 자보로는 하는 수 없이 방패로 만족해야 했다.

"그들은 제 저주를 듣지 못할 테니 죽어가는 그들의 면전에 이것을 보여줄 겁니다. 저는 잔인함에 대한 모든 준비가 되어 있습니다. 제가 알고 싶은 것은 당신이 그럴 준비가 되어 있느냐 하는 점입니다."

"되어 있습니다."

"어째서 그렇습니까? 저는 이해할 수 없습니다. 그들은 물론 심장 적출을 하지 않은 당신을 동족 취급도 하지 않을 테고 당신의 혈육으로 하여금 당신을 죽이게 획책했습니다. 하지만 제가 보기에 당신은 그런 이유로 대학살에 나설 분은 아닌 것 같습니다."

"그건 제 이유가 아닙니다."

"그렇다면 이 전쟁을 끝내기 위해서입니까?"

"그것은 한 이유가 될 수 있을 겁니다."

"그렇다면, 다른 이유는?"

"예. 이해합니다."

"예?"

"나가 녀석은 믿을 수 없다고 생각하는 것이 당연합니다."

키타타 자보로의 얼굴이 약간 굳었다. 하지만 그는 용인을 상대로 거짓말을 늘어놓거나 화를 내어 자신의 졸렬함을 강조해 보일 정도로 아둔하지는 않았다.

"그 나가 녀석을 믿을 수 있게 도와주십시오. 공작님."

륜은 베미온을 물끄러미 바라보았다. 베미온은 손가락으로 땅에 무엇인가를 그리고 있었다. 그림도 아니고 글자도 아닌, 추상적인 선들이 그의 손가락 아래에서 나타났다 사라졌다.

"누님 때문입니다."

키타타 자보로는 륜을 물끄러미 바라보았다. 륜은 베미온을 바라보며 말했다.

"누님은 죽어가고 있습니다."

"무슨 말씀입니까? 폐하께서 병에 걸릴 리도 없는데……."

"당신들이 누님을 죽이고 있었습니다. 언젠가 케이건 드라카가 예언한 대로."

키타타는 입을 다물었다. 류의 눈가에서 은빛이 빠르게 명멸했다.

"누님은 더 이상 제가 알던 누님이 아닙니다. 가면을 쓴 이후로, 그 분은 제 누님은커녕 나가도 아닌 것처럼 되어버렸습니다. 병사들은 그 분의 용모를 보지 못합니다. 하지만 그 분의 음성은 듣지요. 그리고 그들은 저의 음성, 기회가 자주 있지는 않지만 다른 나가의 음성도 들어왔습니다. 하지만 그들은 누님의 목소리가 나가와 비슷하다고 생각하지 않습니다. 말도 안 되는 일이지요. 분명히 비슷합니다. 하지만 그들은 그런 생각 자체를 떠올리지 못합니다. 그들의 주관이 객관을 구축한 거죠. 보늬인지 나늬인지 알려면 두 사람이면 충분하지요. 하지만 두 사람이 보늬라고 우기면 나늬도 보늬가 될 수 있을 겁니다."

"병사들이…… 감히 폐하가 나가일 거라는 상상을 하긴 어렵겠지요. 하지만 죽어간다는 것은……."

"누님은 자멸을 원하고 있습니다."

"그게 무슨 말씀입니까?"

"누님은 꿈을 꾸십니다. 병사들 앞에서 누군지 모를 자에 의해 가면이 벗겨지는 꿈이지요."

키타타는 그런 꿈쯤이야 당연하다고 생각했다. 언제나 가면을 쓴 채 사람을 대해야 하는 자라면 그 답답함 때문에 그 가면을 벗어버리는, 특히 타의에 의해 벗겨지는 꿈을 꾸는 것 쯤은 이상하지 않다고 생각했다. 그러나 그가 그런 말을 하려하자마자 류은 고개를 가로저었다.

"아닙니다."

"……그럼 그건 무슨 의미입니까?"

"실제로 그런 일이 일어날 경우를 상상해 보세요."

"실제로?"

"예. 실제로 병사들 앞에서 누님의 가면이 갑자기 벗겨진다고 생각해 보십시오. 병사들은 어떻게 반응할까요? 당신이 4년 동안 함께 싸운 저를 믿을 수 없다고 속으로 생각하는 것은 차라리 존경스러운 자제력입니다. 저는 그런 당신을 존경합니다. 하지만 병사들은 느닷없이 눈 앞에 나타난 나가를 어떻게 대할까요?"

키타타는 당황했다. 그런데 륜은 갑자기 미소를 지었다.

"마귀의 준동이라고 말할 수도 있겠군요."

"예?"

"예전에 이곳에서 어떤 광인을 만난 적이 있습니다. 제왕병자였던 그는 제 목소리만 듣고는 저를 왕비감으로 삼고 싶어했지요. 결국 저 탑 안으로 들어가 그 안에 있던 저를 목격하게 된 그 광인은 상황을 그렇게 설명하더군요. 어떤 고약한 마귀가 왕비에게 마법을 걸었다고."

륜 페이는 그렇게 말하며 베미온이 기대어 앉아 있는 높새바람 탑을 바라보았다.

"하지만 납득할 수 없는 현실을 거부하는 방법이 환상을 조장하는 온건한 것만 있는 것은 아닙니다. 보다 직접적이고 파괴적인 방법도 있지요."

키타타는 그 방법이 무엇이냐고 묻지 않았다. 그럴 필요가 없었기 때문이다. 륜은 말했다.

"나가들은 저 같은 나가를 비에나가라고 니릅니다. 병신이라는 말로 바꾸면 의미는 통하겠지만, 그 니름이 담고 있는 독특한 색조까지 전달하긴 어려울 겁니다. 많은 나가들이 비에나가라는 니름은 '도깨비의 나가'라는 니름에서 파생되었다고 믿지요. 병신이라는 말이 사람으로서 많이 모자라다는 의미라면, 비에나가는 나가가 아닌데 나가 모습을 하고 있다는 의미 정도가 될 겁니다. 도깨비불처럼 말입니다. 적들이 물러나고 있습니다."

키타타는 흠칫했다. 륜은 조금 전과 똑같은 모습으로 높새바람 탑을 바라보며 말했다.

"흑단 군단이 이제야 결심을 내렸군요. 그들이 보유한 수호 장군은 다섯 명. 시우쇠 님 한 분도 상대하기 힘든 숫자입니다. 게다가 이 메마른 땅에서는 승산이 없습니다."

키타타는 부지불식간에 남쪽을 바라보았다. 그래봐야 평원 저편에 있는 흑단 군단의 모습을 볼 수는 없었지만, 그래도 키타타는 그럴 수밖에 없었다. 륜은 그런 키타타에게 아랑곳하지 않은 채 계속 말했다.

"저는 나가가 아니라 비에나가입니다. 저들과 동족이 아닙니다. 하지만 누님은 저들과 같은 나가입니다. 저는 누님이 왕의 가면을 쓴 채 당신들을 위해 죽는 것이 싫습니다. 북부의 왕으로서 죽는 대신, 그 분은 키보렌으로 돌아가셔야 합니다. 그들의 증오는 저주받을 용인 륜 페이가 받아야 합니다. 저는 그렇게 할 겁니다. 지금 당장."

"당장?"

"흑단 군단이 물러나는 방향이 인상적이군요. 아마도 남쪽 저 멀리에 또 다른 군단이 북진 중인 모양입니다. 그들은 우리를 지나가게 한 다음 그 정체 모를 군단과 함께 전후 포위를 펼칠 작정인 것 같습니다. 뱀단지를 이용하면 작전 범위 50킬로미터 정도에서 그렇게 시간을 맞추는 것도 어려운 일은 아니지요."

키타타는 기막힌 기분을 느꼈다. 나가들이 거의 묘기라 불러야 할 작전을 시도하고 있다는 사실은 분명했다. 50킬로미터 떨어진 두 지점에서 동시에 출발한 군단이 정해진 지점에서 정해진 시간에 만난다는 것은 극히 어려운 일이다. 시간이 조금이라도 빗나간다면 각개격파를 당하게 되므로 두 군단은 반드시 동시에 전장에 도달해야 한다. 그리고 나가들은 그것을 시도하고 있는 것이다.

키타타는 긴장하며 말했다.

"어떻게 하실 생각입니까?"

"흑단 군단의 수호 장군 다섯 명은 제가 감당할 수 있습니다. 제가 그들과 맞서는 동안 아스화리탈이 할 일이 있을 겁니다. 대장군께 전하십시오. 남진 속도를 약간 늦추라고. 그리고 한 가지 부탁이 더 있습니다. 베미온 굴도하가 시우쇠 님 근처에 가지 못하도록 좀 돌봐주십시오."

키타타가 대답하기도 전에 륜은 아스화리탈을 향해 손을 휘저었다. 아스화리탈이 고개를 숙이자 키타타는 뒤로 조금 물러날 수밖에 없었다. 륜은 아스화리탈의 가슴에 있는 뿔들을 붙잡으며 민첩하게 그 목으로 올라갔다. 잠시 후 아스화리탈은 하늘로 뛰어올랐다. 아스화리탈이 날개를 펼침과 동시에 벼락과 돌풍이 뿜어나왔다. 얼굴을 가렸던 키타타가 간신히 팔을 내렸을 때 아스화리탈은 이미 남쪽으로 날아가고 있었다.

익숙해지기 어려운 기적에 한숨을 내쉬며 키타타는 돌풍과 벼락에 겁을 집어먹은 판사이의 마립간이 어디에 숨었을지 고민하기 시작했다. 높새바람 탑 안쪽일 가능성이 가장 높았다.

케이 보좌관은 탁자 위에 놓아둔 두 손을 깍지끼며 말했다.

"동생분이 왜 나가를 그렇게 미워하게 되었다는 말씀입니까?"

"주위에 나가를 증오하는 사람밖에 없으니까."

"동생분이 주위에 휩쓸렸다는 말씀입니까?"

"나는 그 애가 줏대없는 성격이라고 말하는 것이 아니야! 그 애는 용인이야. 용인이 뭔지는 알지?"

"물처럼 예리해진 사람이지요."

사모는 케이 보좌관을 쳐다보았다. 보좌관은 설명을 덧붙였다.

"물은 어디든지 스며듭니다."

"어디든지…… 그래, 맞아. 그 애는 나가를 증오하는 북부군들과 너무 오랫동안 함께 있었어. 내 동생이 그 예민함으로 무엇을 느꼈을지는 여신만이 알아. 가장 소중한 것들을 나가에게 뺏긴 자들 가운데서 4년을 보냈어. 그중 2년은 용인으로서."

"어디든 스며드는 물은 무엇으로든 변하지요. 피가 섞이면 핏물이 되고 독이 섞이면 독물로 변합니다. 동생분이 증오에 휩싸인 북부군들의 마음속에 스며들어 그 스스로 증오로 바뀌었다고 말씀하시는 겁니까?"

"그래."

보좌관은 천천히 고개를 가로저었다.

"제 생각에는 그럴 것 같지 않군요. 또 한 명의 케이건 드라카가 겨우 4년만에 만들어질 거라고는 생각되지 않는군요."

"케이건 드라카를 잘 알아?"

"그 분을 잘 아는 사람은 세상에 아무도 없습니다."

사모는 보좌관의 말투에 섞여 있는 이상한 음색을 느꼈다. 하지만 그 정체는 알 수 없었다. 그때 보좌관이 말했다.

"어쨌든, 당신과 당신의 동생에 관한 일은 제가 상관할 바가 아닙니다. 우리 당이 당신에게 제공할 수 있는 것은 도로와 숙식입니다. 요새를 전투용으로 제공할 수는 없습니다."

사모는 애타는 표정으로 보좌관을 바라보았다.

"제발 재고해 줄 수 없겠어?"

"재고할 수 없습니다. 당신은 우리가 제공하는 것만을 이용해야 합니다."

사모는 다시 한 번 애원하려 했다. 그러나 그때 사모는 보좌관이 또다시 기묘한 표현을 사용했다는 것을 깨달았다. 보좌관은 거절을 말하는 대신 '우리가 제공하는 것만을 이용하라'고 말했다. 사모는 황급히 보좌관의 표정을 살폈고, 그리고 깨달았다.

하늘이 열린 이래 처음으로, 시구리아트 산맥의 고산준령은 더위를 느꼈다.

물은 열을 흡수한다. 하지만 그것이 무엇이든 과도하게 압축되면 열이 발생하게 마련이다. 대지에 떨어지는 햇빛으로부터 욕심껏 열을 훔쳐왔던 물은 과도하게 집중되자 풍성한 열을 내놓았다. 하여, 시구리아트 산맥은 미증유의 더위에 헐떡이게 되었다. 습기는 나무줄기를 따라 흐르는 땀이 되었고 산들이 두르고 있던 안개는 농밀해지다 못해 나가들의 팔다리를 붙잡는 장애물이 되었다. 수영의 경험이 있을 리 없는 나가들은 마치 물 속을 헤엄치는 듯한 그 느낌에 몹시 당혹했다.

그 기상천외한 천재지변은 한 수호 장군의 명령에 의해 일어나고 있었다. 대장군 갈로텍은 보다 낮은 땅에서 닥치는 대로 습기를 끌어모아 산맥 위에 쌓아올렸다. 아쉽게도 나가들에게 쾌적할 정도의 온도는 이룰 수 없었지만, 갈로텍은 일반적인 경우라면 정신을 잃어야 할 곳에서 나가들이 불편함 없이 움직일 수 있게끔 하는데 성공했다.

자신이 이룩한 위업에 기쁨을 느껴도 되련만 안타깝게도 갈로텍에겐 그런 즐거움이 허락되지 않았다. 그는 자신의 요구에 화를 내고 있었다. 군령자에겐 그다지 드문 일도 아니다. 갈로텍은 주퀘도의 요구에 분노를 느낄 지경이었다.

"말도 안 됩니다! 유료 도로당은 통행료만 지불하면 누가 지나가건 신경쓰지 않는다면서요?"

"물론 그래. 음. 그들은 그렇게 하지."

"그렇다면 우리는 통행료를 지불하고 이곳을 지나갈 겁니다. 왜 전투를 벌이자는 겁니까?"

"이봐, 갈로텍. 어차피 북부를 모두 정벌한 다음엔 이곳 또한 정벌해야 하잖아? 그렇다면 그것을 지금 시도해선 안 될 이유가 뭐지? 오동나무 군단과 야자수 군단의 복수를 해야 하잖아."

주퀘도가 거론한 군단들은 언젠가 시구리아트 관문 요새를 공격했다가 고지대의 혹한에 어쩔 수 없이 물러나야 했던 군단들이다. 하지만 갈로텍은 꿈쩍도 하지 않았다.

"이유가 뭐냐고요? 대수호자 키베인을 구출해야 하기 때문입니다. 괜한 전투를 벌여서 시간을 지체할 필요가 없습니다."

주퀘도는 분노를 억누른 채 사정하듯 말했다.

"갈로텍. 갈로텍. 내가 어떤 기분일지 짐작하겠지? 그래. 나는 두 눈 뜬 채 저 요새를 그냥 지나칠 수 없어. 250년 전과는 달라. 2만 명의 병력, 그것도 거의 불사신이며 17분 동안이라면 레콘 외에는 당해 낼 자가 없는 병사들이 여기 있어. 수력을 자유로이 다루는 수호 장군들도 있고. 이런 병력이 있는데 날더러 저기를 그냥 지나치라고 말하는 것은 너무 가혹한 일이야. 그러면 나는 미쳐버릴지도 몰라. 이해할 수 없어?"

갈로텍은 약간 놀라지 않을 수 없었다. 주퀘도가 사정하는 경우를 겪어본 적이 없기 때문이다. 하지만 갈로텍은 싸늘하게 대꾸했다.

"그렇다면 저 아래에 내려가 잠이나 좀 주무시죠."

보통 사람들은 별로 안타까워하지 않을 일이지만 군령자에겐 때론 아쉬운 사실이 있는데, 자기 자신을 쏘아보는 것이 불가능하다는 사실이 바로 그것이다. 어쨌든 주퀘도는 갈로텍을 노려볼 수 없었다. 하지만 갈로텍은 주퀘도가 그런 기분인 것을 알 수 있었다. 갈로텍은 달래듯이 말했다.

"주퀘도. 당신 말대로 언젠가는 저 요새를 함락시켜야 할 겁니다. 그때 당신에게 모든 권리를 드리겠습니다. 하지만 지금은 안 됩니다. 지금은 대수호자를 구출해야 합니다. 그리고 한시 바삐 키보렌으로 돌아가야 합니다. 그 다음엔, 약속하지요. 2만 명이 아니라 20만 명이라도 제공하겠습니다. 지금은 참아주십시오."

"제기랄, 그 약속은 이미 오래 전에 했던 것의 반복에 지나지 않아! 네가 빌어먹을 나가들의 빌어먹을 대장이 되도록 도와주는 대신 북부에서는 내 마음대로 싸우게 해주겠다고 말했잖아! 그런데 후일을 기다리라고? 그 말이 또다시 식언이 되어버리지 않을 거라고 어떻게 보장할 거냐!"

주퀘도의 폭발적인 반응에 갈로텍은 황당함마저 느꼈다. 그 모습은 갈로텍이 아는 주퀘도가 아니었다. 갈로텍은 주퀘도를 무시할지, 그렇잖으면 다시 한 번 달래볼 것인지를 놓고 고민했다.

그리고 갈로텍은 결정을 내리지 못했다. 보라크 군단장이 그에게 닐렀기 때문이다.

〈대장군님. 뱀단지로 연락이 왔습니다.〉

갈로텍은 묻는 눈초리를 보냈다. 보라크는 대답했다.

〈지도그라쥬의 뱀단지입니다. 대장군님과 대화를 원하는군요.〉

갈로텍은 한숨을 내쉬었다.

"주퀘도. 좀 있다 이야기합시다. 뱀단지로 연락이 왔습니다."

〈수호 장군들과 함께 기온을 맡게.〉

보라크 군단장은 겁 먹은 얼굴이 되었다. 군단장이 다른 수호 장군들에게 니름을 보내는 것을 들으며 갈로텍은 뱀단지 수레로 걸어갔다.

수레의 뒤편 계단을 올라간 갈로텍은 문을 열고 내부로 들어갔다.

수레 내부는 마치 약술사의 연구실을 연상케 하는 모습이었다. 사방의 벽을 두른 선반들과 그 선반에 빽빽하게 놓여 있는 단지들 때문에 그런 인상을 주고 있었다. 그 단지들은 나가들의 도시와 군단들과 연결되는 뱀단지들이었다. 그리고 수레 가운데는 일종의 탁자 비슷한 것이 놓여 있었다. 보통의 탁자와 다른 점은 테두리에 작은 벽이 있어 수레가 이동 중이더라도 탁자 위의 물건이 쏟아지지 않게 고안되어 있다는 점이었다.

현재 그 탁자 위에는 뱀들이 가득했다. 그리고 탁자 옆에는 뱀부리미가 서 있었다. 갈로텍은 탁자 옆에 서서 닐렀다.

〈대장군 갈로텍이 왔다고 전하게.〉

정신 억압자인 뱀부리미는 가볍게 묵례한 다음 뱀들에게 의식을 전달했다. 업무 특성상 무수한 비밀을 취급할 수밖에 없는 뱀부리미는 대개 과묵한 편이었다. 정신 억압은 할 수 없지만 사어를 읽을 줄 아는 갈로텍은 지도그라쥬에서 보내오는 회답을 읽었다.

'수호자 오라기입니다. 편안하신지요.'

〈감사합니다. 오라기.〉

'열흘 가까이 대화를 나눌 수 없더군요. 어떻게 된 일입니까?'

〈사르마크 상장군이 저 대신 추적전을 지휘했습니다.〉

'대수호자께서 적의 수중에 계신 이 다급한 상황에서 대장군이 임무를 방기하고 있었다는 니름이십니까?'

〈주퀘도 사르마크는 역사 전체를 통틀어도 찾아보기 힘든 명장 중의 한 사람입니다. 임무를 방기하고 있었던 것이 아니라 저보다 훌륭한 자에게 맡겨두었던 것입니다. 그런데 그 분의 심장병은 어떻습니까?〉

갈로텍은 조금 전 주퀘도와 나눴던 대화를 떠올리며 자신이 무슨 어처구니 없는 니름을 하고 있는 건가 하며 참담한 기분을 느꼈다. 뱀들이 다시 움직였다.

'대수호자님의 심장병에는 별일이 없습니다. 그 분은 애타게 구조를 기다리고 계실 겁니다. 현재 대수호자님을 구출하는 계획은 어떻게 되고 있습니까?'

〈순조롭게 진행중입니다.〉

'대답할 니름이 없으신 모양이군요. 뭔가 좋지 않은 일이라도 있는 겁니까?'

갈로텍은 '불신자들과 싸우는 것은 나니까 너는 닥치고 주는 것이나 받아먹어라'고 닐러줄 수 없다는 사실에 슬픔을 느꼈다. 지도그라쥬는 강대했다. 존경심을 위조해야 할 만큼.

〈현재 저와 대나무 군단은 시구리아트 산맥에 있습니다. 이곳은 대단히 높은 곳이며, 그 때문에 기온 조절에 약간 애를 먹고 있는 것은 사실입니다. 하지만 곧 그들을 붙잡을 수 있을 겁니다.〉

'자꾸 재촉하는 것 같습니다만 대수호자의 실종으로 지금 수호자들은 큰 슬픔에 빠져 있습니다. 대수호자님이 우리에게 귀환하기 전까지는 그들의 슬픔과 공포를 달랠 수단이 없습니다.'

〈대수호자님은 반드시 돌아가실 겁니다. 저는 불가능한 일에 도전하지 않습니다.〉

'당신은 불가능을 인정하지 않는 분으로 알려져 있지요. 하지만 저는 되도록 대수호자의 많은 부분이 구출되었으면 합니다. 다른 수호자들도 그러기를 바라고 있습니다.'

갈로텍은 기어코 폭언을 퍼붓고 말았다.

"그래, 머리가 붙은 채로 데려다주마! 내 누이와 달리!"

마지막 자제력 때문에 갈로텍은 그것을 육성으로 내뱉었고 따라서 그것을 들은 것은 주퀘도 뿐이었다. 뱀부리미가 의아한 표정으로 바라보는 것을 느낀 갈로텍은 곤두선 비늘을 눕히며 닐렀다.

〈최선을 다하겠습니다. 믿어주십시오.〉

144

오라기는 지지부진한 말 몇 마디를 남긴 다음 대화를 끝냈다. 주먹을 움켜쥔 채 뱀부리미가 뱀을 쓸어담는 모습을 바라보던 갈로텍은 뱀부리미에게 닐렀다.

〈하텐그라쥬의 뱀단지를 꺼내어주게.〉

뱀부리미는 하텐그라쥬의 뱀단지를 찾아내었다. 잠시 후 하텐그라쥬의 세리스마가 갈로텍의 소환에 응했다.

'갈로텍.'

〈세리스마. 키베인이 불신자들에게 붙잡힌 것에 대한 사람들의 반응이 궁금합니다. 그 얼빠진 녀석 대신 새로운 대수호자의 선출을 고려해 보는 것이 좋지 않겠습니까? 지도그라쥬의 오라기는 그 얼간이의 행방불명에 세상의 모든 수호자들이 공포에 빠져들었다는 바보 같은 니름을 하던데……〉

'갈로텍. 뱀부리미를 뒤돌아서게 하게.'

〈네?〉

갈로텍이 어리둥절해하는 사이에 뱀부리미는 등을 돌렸다. 그는 자기 일을 잘 아는 사람이었다. 그래서 세리스마가 보내어오는 사어는 갈로텍만이 읽을 수 있게 되었다.

'갈로텍. 그 자의 니름은 과장이 아니야. 오라기가 자네에게 그런 인상을 심어주었다면, 그건 오라기가 자네를 놀린 거야. 자네는 전선에 있어서 알지 못했겠군. 지금 후방에서 키베인은 꽤 이상한 위치에 올라서고 있어.'

대답할 수 없기에 갈로텍은 고개를 갸웃했다. 세리스마의 사어가 계속되었다.

'자네에게 키베인은 지도그라쥬와 맺은 타협의 증거이고 다루기 불편한 수호 장군 한 명에 지나지 않겠지. 하지만 이곳에서는 달라. 여신이 봉인된 지금 키베인은 여신의 빈 자리에 들어갔어. 지도그라쥬가 그런 인상을 만들어내고 있다는 사실은 굳이 확인해 볼 필요가 없겠지.'

갈로텍은 욕설을 내뱉었다. 이번엔 니름이었다. 물론 뒤돌아서 있는 뱀부리미는 그 욕설을 전달하지 않았다. 갈로텍을 화나게 하는 사어는 계속되었다.

'수호자들은 그렇게 여기고 있어. 잊지 말게. 여자들이 모든 것을 쥐고 있는 우리 사회에서 여신은 유일하게 수호자들의 것이었어. 그 여신이 사라진 지금 수호자들은 여신의 대용물이 필요했어. 자네와 다른 수호 장군들은 군사들이라도 다룰 수 있지만, 후방의 수호자들에겐 그런 것도 없어. 그래서 그들은 대수호자를 원하고 있어. 한편 일반인들의 생각은 한층 더 가관이야. 대수호자가 종군했다는 사실이 일반인들에겐 어떻게 받아들여지고 있는지 아나? 일반인들은 키베인을 여신의 구출자로 여기고 있어. 불신자들이 납치해 간 여신을 구출해 낼 구원의 사도인 거지.'

갈로텍은 더 이상 욕설도 니를 수 없었다. 그는 비늘을 사정없이 부딪치며 뱀들을 응시했다.

'자네 기분을 알아. 그래. 직접 군단을 지휘하여 불신자들과 싸우는 것은 자네와 수호 장군들이야. 하지만 이곳의 바보들은 키베인이 그 모든 일을 다 하고 있다고 생각하고 있어. 마귀들에게 붙잡힌 여신을 구출하는 영웅이 된 셈이지. 고전미가 넘친다고 해야 할까. 그런 인상을 좀 바꿔보려고 해도, 내가 직접 군단의 위대함을 니를 수는 없어. 군단은 모두 하텐그라쥬 출신의 수호 장군들이 장악하고 있으니까. 그러니, 갈로텍. 키베인을 꼭 구출해야 해. 무능력한 대수호자가 하텐그라쥬의 위대한 수호 장

군들의 손에 구출되었다는 식의 이야기가 되어야 하는 거야. 무슨 니름인지 알겠지?'

〈뒤로 돌아서서 전해라. 알겠습니다.〉

뱀부리미는 갈로텍의 니름을 전했다. 세리스마는 작별을 고한 다음 대화를 끝냈다. 갈로텍은 수레에 들어섰을 때보다 훨씬 험악해진 기분으로 수레를 나섰다.

안타깝게도, 바깥 상황은 기분 전환에 별 도움이 되지 못했다.

기온이 더 떨어져 있었다. 보라크 군단장과 수호 장군들이 애쓰고 있음은 분명했지만 그들에겐 역부족이었다. 갈로텍은 왈칵 화를 내며 기온을 상승시켰다. 쩔쩔매고 있던 보라크는 반가운 얼굴로 갈로텍을 돌아보았다. 하지만 갈로텍의 굳은 얼굴에 곧 고개를 떨구었다. 갈로텍은 그들을 무시하며 걸어갔다.

시구리아트 관문 요새의 철문이 보였다.

갈로텍에겐 낯설지 않았다. 그곳에서 무참하게 날개를 꺾여야 했던 이백오십여 년 전의 거장이 그의 일부였기에 갈로텍은 난생처음 보는 장소임에도 불구하고 묘한 익숙함, 그리고 정체 모를 증오가 끓어오르는 것을 느꼈다. 그의 입이 움직였다.

"내 분노가 느껴지지, 갈로텍?"

갈로텍은 대답하지 않았다. 주퀘도는 초조하게 말했다.

"너는 누이를 포기했었나? 그러지 않았어. 나도 도저히 포기할 수 없었어. 그래서 은편 열 닢을 내고 저곳을 통과할 수밖에 없었어. 나는 그러면 만족할 수 있을 거라고 믿었지. 바보 같은 믿음이었지. 그것은 결국 저들의 요구를 수용한 것에 지나지 않아. 그런 주제에 '나는 패하지 않았다, 통과했다.'는 식의 망상을 한 거야. 빌어먹을! 나는 저 놈들을 굴복시켜야 해. 그리고 내 은편 열 닢을 되찾아야 해! 그건 너무 싸게 팔아버린 내 자존심이야!"

"나는 피가 차가운 동물입니다. 주퀘도."

"그렇다면 그걸 데워! 이곳의 날씨를 바꿔버린 것처럼 네 피를 끓게 해!"

"우리는 통행료를 지불하고 저곳을 지날 겁니다."

"갈로텍!"

"내려가서 화리트를 만나보세요."

"뭐라고?"

"화리트를 만나보라고 했습니다. 카린돌 마케로우의 행동이 심상치 않습니다. 화리트를 만나보면 설명을 해 줄 겁니다. 대책을 강구하세요."

주퀘도의 표정을 보거나 하는 것은 영원토록 불가능하겠지만 갈로텍은 그의 충격을 느낄 수 있었다. 주퀘도는 격노에 떨리는 목소리를 냈다.

"네가 나를 버리려는 것이군. 나 없이도 해나갈 수 있다고 믿는 거냐?"

"주퀘도. 내 약속은 아직 유효합니다. 나는 저 요새를 당신에게 줄 겁니다. 그러니……."

문득 갈로텍은 말을 멈췄다. 죽음의 거장은 이미 의식의 바닥으로 가라앉은 후였다. 갈로텍은 씁쓸한 기분을 느끼며 보라크 군단장을 불렀다. 군단의 금고를 개방하라는 명령을 내리며 갈로텍은 대금을 꺼내어들었다. 그의 대금 연주를 좋아하는 주퀘도를 위한 것이다.

그런 것을 가리켜 자신을 달랜다고 해도 무방할 것이다.

대나무 군단이 지불해야 하는 통행료는 엄청났다. 2만의 병력은 물론이거니와 그들의 군량에 대해서 통행료를 지불해야 했기 때문이다. 살아 있는 것만을 먹는 나가의 군량은 모두 산 동물들이었다. 유료 도로당은 염소 한 마리까지 꼼꼼히 계산하여 통행료를 책정했고 그 때문에 대나무 군단의 금고가 거의 바닥날 정도였다. 하지만 갈로텍은 물론이거니와 다른 나가들 모두 통행료의 지불에 대해 아쉬워하지는 않았다. 그들은 북부에서 돈을 지불하고 뭔가를 구입할 필요가 없었다. 그들이 지니고 있던 금붙이나 금편 등은 전투에서 얻은 것이며 하텐그라쥬로 보낼 전리품에 지나지 않았다. 오히려 갈로텍은 유료 도로당이 그 돈을 어디에 쓸 건지 의아하게 여겼다. 그 즈음 북부에서는 경제 구조라할 만한 것이 거의 남아 있지 않은 상태였다. 나가의 준동 이후 북부에서 가장 중요한 활동은 생존 활동이었고, 같은 무게의 식량과 금 중에서 식량에 손이 먼저 가는 것이 당연한 시국이었다. 하지만 유료 도로당은 정중하게 통행료를 받았다.

거의 반나절이 소모된 후에야 대나무 군단의 모든 병력이 관문 요새를 통과할 수 있었다.

대나무 군단의 마지막 병사들이 관문을 통과하고 나서 한 시간 후, 요새 내의 한 방에서 누군가가 걸어나왔다. 그 사람은 곧장 당주의 방으로 걸어갔다. 당주의 방을 지키고 있던 경비병들은 별 제지 없이 그 사람을 통과시켰다. 방 안에서는 보좌관이 엄숙한 표정으로 일지를 기록하고 있었다. 그 사람은 보좌관에게 말했다.

"고마워."

보좌관은 웃음기 없는 냉랭한 얼굴을 들어 상대방의 가면을 바라보았다.

"고마워 하실 것은 없습니다. 폐하께서는 도로와 요새의 숙식 시설을 이용하시기 위해 저희들에게 통행료를 지불하셨습니다."

사모 페이는 가면 뒤에서 웃었다.

"그래. 통행료를 지불했기에 그 숙식 시설에 앉아 발 밑으로 추적자들이 지나가게 하는 것도 가능하고."

"저희들이 제공하는 용역에 새로운 의미를 덧붙이는 것은 여행자의 자유겠지요."

그때 바깥에서 경비병이 문을 두드리며 말했다.

"북부군 교위 바르사 돌이 왔습니다."

"들여보내게."

바르사는 수염을 꼿꼿이 세운 채 방 안으로 들어왔다. 아직 해소되지 못한 긴장은 수염 외의 다른 모든 곳에서도 나타나 있었다. 대호왕을 본 바르사는 묵례하며 긴 한숨을 내쉬었다.

"끔찍한 반나절이었습니다. 폐하."

"수고 많았어."

바르사는 새삼 감탄한 표정으로 그의 여왕을 바라보았다.

"정말로 혜안이십니다. 저들은 우리를 찾아헤매겠지요. 도깨비 불을 보며 따라갈 겁니다. 하지만 아무리 추적해 봐도 우리를 붙잡지는 못하겠지요. 우리는 저들의 뒤쪽에 있으니까요! 이제 우리는 대나무 군단의 뒤를 따라가다가 적당한 곳에서 즈믄누리로 향하면 되겠군요."

"짐은 그렇게 생각하지 않아. 돌 교위."

"무슨 말씀이십니까, 폐하?"

"짐은 남쪽으로 가서 북부군을 데려올 생각이다."

"폐하!"

"마루나래는 짐을 따라올 것이다. 그리고 금군 또한. 마루나래와 금군은 사모 페이를 따르는 것이지 왕을 따르는 것은 아니니까."

항의하려던 바르사는 문득 대호왕이 단지 마루나래와 금군의 충성 대상을 재확인하는 의미 이상의 의미를 그 말에 담았다는 느낌을 받았다. 불안에 커진 눈으로 교위는 왕을 바라보았다. 왕은 고개를 끄덕였다.

"짐이 성공하지 못한다면 북부군은 이기든 지든 돌아오지 못할 것이다. 그렇다면 네가 북부군의 최고 선임자다. 자의에 따라 왕을 선출하고 왕통을 잇도록."

"폐하!"

사모는 대명사를 바꿔 말했다.

"내가 원래 있어야 할 곳으로 돌아가는 거야. 나는 동생을 찾아 한계선을 넘어 이곳까지 왔어. 상황의 요구에 따라 왕이 되긴 했지만, 그 전에 나는 내 동생의 곁에 있어야 해. 나는 결코 그들이 죽어가게 내버려두지 않을 거야."

"이해합니다만 그러실 수 없습니다. 폐하께서는 즈믄누리로 가셔야……."

"나는 물론이고, 그대들 또한 즈믄누리로 가지 않을 거야."

"예?"

"즈믄누리로 가는 것보다는 이곳에 남는 편이 좋을 거야. 이곳에서 나의 귀환을 기다려라."

"이곳이라니요?"

사모는 대답 대신 보좌관을 향해 미소지었다. 그녀는 유료 도로당이 제공하는 용역이 그들을 숨겨주는 것에 그치지 않는다는 것을 잘 알고 있었다.

갈로텍이 고통스러운 사실을, 그러니까 대호왕과 키베인이 그들의 앞쪽에 있지 않다는 것을 깨달은 것은 주퀘도의 도움 때문이었다. 도깨비들이 지평선에 만들어내는 열기를 북부군이라고 철석같이 믿고 있던 갈로텍은 주퀘도의 지적에 비늘이 빠질 것 같은 기분을 맛봐야 했다.

"발자국이 없다고요?"

"두억시니들의 발자국이 있었다. 아주 독특해서 알아보기 쉽지. 하지만 그것이 없어졌어. 너희들은 발자국 같은 것에 좀더 신경을 쓰는 편이 좋을 거야."

"언제부터 없어졌습니까!"

"시구리아트 관문 요새를 지나온 뒤부터."

갈로텍은 그들이 대수호자와 대호왕의 발 아래를 지나쳐온 것이라는 사실을 당장 깨달았다. 갈로텍은 분노하여 외쳤다.

"그런데 왜 지금 그걸 알려주시는 겁니까!"

"내가 필요없다고 말한 건 그쪽인데. 대장군."

갈로텍은 주퀘도에게 화를 내느라 시간을 낭비할 수 없었다. 그들이 관문 요새를 지나온 것이 이미 이틀 전의 일이었기 때문이다. 그 즉시 대나무 군단은 회군에 들어갔다. 갈로텍은 대나무 군단에 소드락 복용을 명령했다. 그리고 그 자신도 말에서 내려 소드락을 복용했다. 동물들과 보급부대를 뒤에 남겨둔 채 갈로텍은 정신없이 왔던 길을 되돌아갔다.

탈진할 지경이 되어서 관문 요새로 되돌아온 갈로텍과 대나무 군단을 맞이한 것은 한 인간 사내였다. 사내는 철문 앞쪽에 서서 참 진귀한 꼴도 다 본다는 듯한 눈으로 대나무 군단을 바라보고 있었다. 사실 진귀했다. 이틀 거리를 반나절만에 주파한 나가들은 모두 험상궂은 몰골을 하고 있었다.

말도 제대로 나오지 않는 피로와 분노 속에서 갈로텍은 사내를 노려보았다. 사내는 우아하게 고개를 숙인 다음 말했다.

"저는 하르체 도빈이라고 합니다. 관문 요새를 통과하실 생각입니까?"

"북부군은 어디에 있냐!"

"그 분들이오? 남쪽으로 가셨습니다."

"그렇다면 문을 열어! 이 악당놈들아!"

하르체 도빈은 갈로텍의 폭언에 아랑곳하지 않았다. 그는 팔짱을 낀 채 말했다.

"통과하실 거라는 말씀이군요. 서로간의 편의를 위해서, 저번 통과 이후로 줄어든 동물들의 숫자를 알려주시기 바랍니다. 저번에 지불하신 통행료에서 그 동물들에 해당하는 금액을 차감하면 징수 작업이 간단할 거라 생각합니다."

"이봐! 그때 우리가 가진 돈을 거의 내줬다는 것은 너도 알잖아!"

"압니다. 하지만 그것은 저와는 상관없는 문제입니다."

"왜 상관이 없어! 나는 또 지불할 돈이 없다는 말이야!"

"그러신가요?"

하르체 도빈은 매우 애석하다는 표정으로 갈로텍을 바라보며 말을 이었다.

"거 참 안되셨군요. 유료 도로당은 길을 준비합니다. 그러나 통행료를 내지 않는 여행자에겐 무기를 준비하지요."

갈로텍은 격노를 금할 수 없었다. 하르체가 손짓을 보내자마자 요새에서 쇠뇌가 우박처럼 쏟아져나왔다는 사실 때문만은 아니었다. 그리고 주퀘도가 그런 전투를 원했기에 일부러 늦게 사실을 가르쳐준 거라는 확신 때문만도 아니었다.

갈로텍은 화염의 화신이 하텐그라쥬로 향하는 시점에서 나가 군의 최고 명령권자와 최고 전략가가 북쪽에 묶여 오도가도 못 하게 되었다는 사실을 받아들이는 것이 결코 쉽지 않았다.

제 12 장

네 이웃을 사랑하라.

—사람들 사이를 끝없이 떠도는 케케묵은 충고들 중
가장 무가치한 충고가 무엇이냐는 토론이 벌어지던 중
의견을 요청받은 우슬라 사르마크 부인이 한 대답.

땅의 울음

다스도는 마지막 언덕을 올라섰다. 언덕이 가로막고 있던 차가운 바람이 일순 다스도를 덮쳤다. 살을 후벼파는 듯한 삭풍이었다. 엉겁결에 눈을 찌푸린 다스도는, 그러나 곧 눈을 부릅떴다. 그리고 환호성을 내질렀다.

그토록 긴 여정의 끝에서 마침내 다스도는 두 눈으로 그것을 바라보게 되었다.

다스도의 눈 앞에는 그가 지난 닷새 동안 보아온 것과 똑같은 황량한 빙원이 펼쳐져 있었다. 그러나 다스도가 서 있는 언덕에서 200미터쯤 떨어진 곳에는 지나치게 오랫동안 수평적인 풍경에 익숙해진 다스도의 눈에 거의 기적으로까지 보이는 구조물이 있었다. 빙원 한가운데 돋아난 뿔처럼 서 있는 두 개의 구조물은 거대한 돌기둥들이었다. 기둥 뿌리는 눈과 얼음에 뒤덮여 확인할 수 없었고 기둥의 본체에는 금강석 같은 얼음 가루가 두껍게 뒤덮여 있었다. 그리고 거대한 기둥 머리에는 얼어붙은 눈덩이가 덕지덕지 붙어 있었다. 상인방도 없고 문짝도 없고 담도 없는 문이었다.

두 개의 돌기둥 뒤로는 다시 아무것도 없는 빙원이 계속되었다.

그리고 느닷없이 나타난 얼음산이 빙원을 집어삼켰다.

얼음산의 크기는 추측할 엄두조차 내기 어려울 지경이었다. 빙원 한가운데 외로이 서 있음에도 불구하고 그 얼음산은 지평선을 거의 감추고 있었다. 그랬기에 다스도는 오래 전부터 그 산을 보며 걸어올 수 있었다. 따라서 다스도의 환호는 산의 발견에 의해 촉발된 것이 아니다. 다스도가 보낸 환호의 대상은 산자락 아래 거대한 얼음덩이 사이에 자리잡은 웅장한 건물이었다.

높은 지붕과 거대한 열주들, 그리고 넓은 계단은 모두 희미한 얼룩 무늬가 들어가 있는 흰 빛이었다. 보다 번잡한 색깔들의 세계에서라면 눈에 들어오지도 않을 그 줄무늬들은 이곳 백색의 세계에서는 호랑이처럼 찬연하게 두드러지고 있었다. 그 얼룩 무늬야말로 레콘인 다스도에겐 그 어떤 깃발도 필요 없는 확실한 표식이었다.

다스도는 또다시 환호를 내질렀다. 이번의 환호는 그 자신을 향한 것이었다. 위축되었던 근육이 팽창하며 얼어붙은 깃털들이 일시에 일어났다. 다스도의 몸에서 얼음 가루가 폭발했다. 다스도는 자신이 만든 눈폭풍에서 뛰쳐나왔고, 다음 순간 빙원을 달리고 있었다.

미친 듯이 달리고 있었지만 다스도는 두 개의 돌기둥과 그 뒤의 건물을 잇는 직선의 연장선을 벗어나지 않았다. 두 돌기둥이 문이 될 수 있는 까닭은, 실제로 그 기둥 사이가 아닌 다른 장소로는 이동할 수 없기 때문이다. 육안으로 보면 똑같은 빙원이지만 언덕과 돌기둥, 그리고 건물을 잇는 직선을 벗어나면 그곳은 땅이 아니라 얼음에 뒤덮인 바다다. 물론 혹독한 추위 때문에 얼음은 두꺼웠지만 완벽하게 안전하다고 말하긴 힘들며, 특히나 흥분하여 정신없이 달리는 레콘의 발 아래에서라면 얼음이나 양피지나 큰 차이가 없다. 다스도의 연모의 대상인 건물이 안겨 있는 거대한 얼음산은 산이라기보다는 바다 한가운데 솟아 있는 섬에 가깝다. 그리고 다스도가 올랐던 언덕 역시 일종의 만이라고 해야 할 것이다.

옛날, 레콘들이 얼음 위에서 반미치광이가 된 채 기다시피 걸어가야 했던 시절도 있다고 한다. 극연왕의 4대 경이 중 하나가 이곳에 건설되지 않았다면 다스도 또한 매순간 물에 빠져죽는 악몽에 시달리며 빙판 위를 기어가야 했을 것이다. 고대에 태어나지 않았다는 사실에 크게 기꺼워하던 다스도는, 건물에서 무엇인가가 움직이는 것을 발견했다.

열주 사이에서 무엇인가가 화살인 양 튀쳐나왔다.

그것은 다스도를 향해 곧장 달려오고 있었다. 다스도는 깜짝 놀라서 속도를 늦추고는 그것을 똑바로 바라보았다. 그를 향해 달려오는 것은 어떤 레콘이었다. 그리고 그의 등 뒤로는 기다란 쇠창이 들려 있었다. 다스도는 그 쇠창이 꽤 마음에 든다고 생각했다. 그리고 상대방이 왜 정신없이 달려오는지도 알 것 같다고 생각했다. 얼굴 가득히 축하의 표정을 떠올린 채 다스도는 가까이 다가온 상대방에게 말했다.

"안녕하십니까? 그게 당신이 받은 무기인가요?"

그러나 대답을 듣기 전부터 다스도는 뭔가 이상하다고 생각했다. 달려오는 레콘은 다스도보다 나이가 훨씬 많아 보였다. 그리고 그것은 어울리지 않는 일이었다. 다스도는 고개를 갸웃했다.

그리고 다스도는 하늘과 땅이 뒤집히는 것을 목격했다.

거의 10초가 지난 후에야 다스도는 자신이 철창을 들고 있던 레콘의 어깨에 얹힌 채 건물을 향해 돌진하고 있다는 것을 깨달았다. 다스도가 뭔가 반항을 시도해 보려 했을 때는 이미 건물 안에 들어와 있었다. 그리고 상대방은 다스도를 바닥에 내려놓았다. 다스도는 헐떡이며 어이없는 표정으로 상대를 바라보았다. 하지만 레콘은 그를 쳐다보지도 않았다. 대신 어딘가를 향해 사납게 외쳤다.

"빨리 와!"

화를 내기에 앞서 다스도는 레콘과 같은 방향을 쳐다보았다. 그리고 경악했다.

그들이 서 있는 곳은 열주들이 아름답게 늘어서 있는 거대한 홀이었다. 몇 명의 레콘이 기둥 사이로 오가고 있었고 그중 어떤 레콘들은 그들을 바라보고 있었다. 하지만 다스도를 놀라게 한 것은 그들을 향해 달려오고 있는 두 사람이었다.

그것은 이 거인들의 세계에서 턱없이 작아보이는 도깨비와 인간이었다. 그들 모두 이곳에 있을 리가 없는 종족이었다. 다스도는 자신을 낚아채온 레콘에게 도대체 어떻게 된 일이냐고 물으려 했다. 그러나 레콘은 자기 성질을 이기지 못한 모습으로 외쳤다.

"빨리 오라니까!"

다스도는 도깨비와 인간이 불쌍하다고 생각했다. 레콘에게도 꽤 거대한 그 홀은 도깨비와 인간에겐 전력 질주로 달려도 레콘의 조급증을 달래기 어려운 넓이였다. 게다가 그들은 두꺼운 털옷을 입고 있었다. 깃털이 없는 그들이었기에 그런 옷이 없으면 이곳에서 견디기 어려울 것이다. 도깨비와 인간은 기진맥진하여 도착했다. 인간은 무릎을 짚은 채 거친 숨을 몰아쉬었다. 다스도는 그가 무슨 병에 걸린 것이 아닌가 의심했다. 움푹 들어간 뺨은 창백했고 다리도 단지 달려온 것 때문이라고 보기엔 좀 지나치리만큼 떨리고 있었다. 도깨비 역시 꽤 피로한 모습이었지만,

인간보다는 좀 나은 듯 들고 온 물건을 내놓았다.

그것은 고급스러워 보이는 상자였다. 도깨비는 심호흡을 하여 호흡을 평온하게 한 다음 조심스럽게 상자를 열었다. 레콘 역시 더 이상 고함을 지르지 않았다. 그는 부리를 꽉 다문 채 도깨비의 동작을 바라보았다. 그들의 긴장된 모습에 다스도는 감히 항의나 질문을 꺼낼 엄두를 내지 못했다.

참으로 조심스러운 동작으로 상자의 내용물을 꺼낸 도깨비는 그것을 바닥에 내려놓았다. 그것은 조그만 비단 꾸러미였다. 도깨비는 꾸러미의 매듭을 풀었다. 레콘은 이제 숨도 제대로 내쉬지 못했다. 그리고 인간은 빛나는 눈빛으로 꾸러미와 다스도를 번갈아 쳐다보았다. 다스도는 이해하기 어려울 만큼 엄숙하고 중요한 일이 벌어진 곳에 잘못 들어선 불청객 같은 기분을 느껴야 했다.

마침내 꾸러미가 펼쳐졌다. 그리고 그 안에서 한 무더기의 사금파리가 나타났다.

다스도는 자신의 기분을 뭐라고 정의내려야 할지 알 수 없었다.

그는 먼저 자신의 눈을 비벼보았다. 별로 도움이 안 되는 행동이었다. 그리고 나서 다스도는 자신의 속물 근성을 탓해 보았다. '한 무더기의 사금파리에도 뭔가 귀중한 의미가 있을지 몰라.' 그럴 리가 없다. 그것은 그저 깨진 그릇 조각들일 뿐이었다. 다스도는 그것이 아마도 깨진 접시 조각인 것 같다고 생각했다. 물론 그 발견 역시 그를 만족시키지는 못했다. 차츰 다스도는 분노가 치밀어오르는 것을 느꼈다. 혹 정신 나간 자들에게 붙잡혀 온 것 아닐까? 저 자들은 이제부터 맛있는 과일 좀 드시라고 말하며 저 사금파리들을 권하려는 것 아닐까?

그런 황당한 제안을 하는 대신, 도깨비는 실망스러운 표정으로 레콘을 바라보았다.

병색을 띤 인간 역시 침울한 얼굴이 되었다. 팽팽한 긴장감이 뭔가 실망감 같은 것으로 바뀐 듯했다. 다스도는 자신이 그들에게 실망을 안겨준 것 같다고 생각했지만, 도대체 무엇 때문에 그런 기분이 드는지조차 알 수 없었다. 그때 레콘이 벼락처럼 외쳤다.

"붙—어—!"

레콘의 고함소리가 떨어지자마자 사금파리들이 움직였다. 다스도는 다시 긴장하며 사금파리들을 내려다보았다. 그리고 약간의 시간이 지난 다음, 다스도는 의심에 찬 눈으로 레콘과 도깨비, 그리고 인간을 바라보았다. 그 파편들의 움직임은 레콘이 악에 받혀 내뿜은 계명성 때문에 조금 흔들거린 것에 지나지 않았다.

결국 도깨비가 입맛을 다시며 말했다.

"아닌가 본데요?"

레콘은 수염볏을 부르르 떨며 접시 파편들을 내려다보았다. 그리고 고개도 들지 않은 채 말했다.

"가."

사금파리들이 어딘가로 가지 않을까 기대하던 다스도는 조금 후에야 그것이 자신에게 건네어진 말임을 깨달았다. 다스도는 불쾌함에 볏을 뻣뻣하게 세웠다.

"도대체 이게 무슨 행패입니까?"

"가라고."

"이거 보세요. 설명을 해야……."

"나는 티나한이고! 저기 도깨비는 비형 스라블이다! 저 인간은 케이건 드라카야! 알겠어? 티나한! 비형 스라블! 케이건 드라카! 알겠냐고! 그런데, 그런데 말이야, 너는, 너는, 어, 이런 제기랄! 너, 너, 도대체 너 누구냐!"

다스도는 간신히 대답할 수 있었다.

"다스도라고 합니다만."

"그래! 그럴 줄 알았다! 너 다스도지! 다스도일 수밖에 없어! 제기랄, 내가 네 녀석 이름을 알게 뭐야? 다스도? 좋아. 잘 들어. 너는 다스도야. 다스도일 뿐이라고! 왜 다스도인 거냐! 접시가 안 붙잖아! 그러니 부탁하겠어. 제발 그 덜 여문 수염볏 내 눈 앞에서 당장 치워. 그러지 않으면 때려죽일 테다! 이 다스도 같은 애송아!"

그보다 덜 폭력적인 존재라 해도 참기 어려운 상황에서 다스도 같은 레콘이 참을 리 없었다. 다스도는 깃털을 잔뜩 곤두세우며 티나한을 노려보았다. 그러나 다스도가 티나한의 부리를 그 머리 속으로 쑤셔넣어주려 마음 먹었을 때 두 명의 레콘이 갑자기 다가왔다. 그 두 명의 레콘은 다스도와 티나한 사이에 끼어들 듯이 섰다. 다스도는 그 레콘들이 자신과 비슷한 정도의 연배임을 알아보았다. 그중 한 명이 말했다.

"안녕하십니까. 나는 피고트라고 합니다. 잠시 이야기 좀 나눌 수 있겠습니까?"

"저 작자 손 좀 봐주고 그럽시다!"

피고트는 난처한 표정을 지었다.

"아니, 그 전에 이야기부터 나눠야 합니다. 이리로."

그리고 피고트와 또 다른 젊은 레콘은 다스도의 어깨를 감싸안고 허리를 감았다. 다스도는 그들을 뿌리치려 했지만 두 명이나 되는 레콘의 힘을 당할 수는 없었다. 그들은 정중했지만 완강했다. 또한 다스도는 레콘에게서 볼 수 있을 거라 생각하기 힘든 행동에 당황하지 않을 수 없었다. 싸움을 말리는 레콘이라니? 다스도는 결국 포기한 채 그들에게 끌려갔다. 다스도는 끌려가면서도 티나한을 노려보았지만 티나한은 이미 다스도에 대해 잊은 듯 바닥에 있는 접시 조각만 내려다보고 있었다. 그 표정은 꽤 침통했다. 그리고 비형이라는 도깨비와 케이건이라는 인간도 도저히 행복해 보인다고는 하기 힘든 표정으로 접시 조각을 내려다보았다.

피고트와 젊은 레콘은 몇 개의 기둥을 지나쳐 홀 반대편에 도달한 후에야 다스도의 어깨를 놓아주었다.

"많이 놀랐지요?"

"안 그럴 수 있겠습니까? 도대체 저 정신 나간 작자는 뭡니까? 그리고 어떻게 인간과 도깨비가 여기에 있는 겁니까?"

또 다른 젊은 레콘은 빙긋 웃으며 피고트를 바라보았다.

"자네가 설명해 줘. 나는 이만 가보겠어."

"알았어. 고마워, 헤치카."

헤치카라 불린 레콘은 다스도에게 묵례한 다음 떠났다. 그리고 피고트는, 그런 일을 여러번 겪은 사람처럼 능숙하고 빠르게 말을 꺼냈다.

"다스도라고 했지요? 저 사람들에 대해 설명해 주겠습니다. 저 사람들은 어떤 레콘을 찾아 이곳까지 왔습니다. 그들은 자신들이 찾는 레콘이 누군지 모릅니다만, 만약 그들이 올바른 사람을 찾아내면 저 접시가 도로 하나가 된다는 것은 알고 있습니다."

다스도는 놀랐다.

"지금 농담하는 겁니까?"

"아닙니다. 그들은 이미 한 번 그렇게 했습니다. 저 접시는 즈믄누리의 성주 바우 머리돌이 즈믄누리의 마지막 방에서 가지고 나온 물건입니다. 그들은 즈믄누리에서 저 접시를 깨트렸습니다. 그 파편들 중 하나가 사라졌지요. 그들은 남은 파편을 주워모은 다음 1년 동안이나 사라진 파편을 찾았습니다. 마침내 사라진 파편을 찾아내었을 때 그들은 그곳에서 어떤 도깨비를 만났습니다."

"도대체 그게 무슨 이야기인지……."

"그 도깨비의 이름은 시우쇠였지요."

다스도는 경악했다. 그는 그 유명한 이름을 알고 있었다.

"시우쇠? 그렇다면 저 사람들이 바로……."

피고트는 고개를 끄덕였다.

"예. 화신의 수탐자들입니다."

다스도는 조금 전과 다른 표정으로 그들을 바라보았다. 피고트는 안쓰럽다는 표정을 지은 채 그와 함께 수탐자들을 보며 말했다.

"시우쇠 님을 찾아내었을 때 깨진 접시는 다시 하나가 되었습니다. 그리고 그들은 두 번째 화신을 찾기 위해 다시 접시를 깨트렸습니다. 2년이 지난 후 그들은 이곳에서 겨우 사라진 파편을 발견했지요. 하지만 이곳은 좀 문제가 있는 지점입니다."

다스도는 왜 문제가 있는지 알 수 있었다. 피고트는 안됐다는 듯이 말했다.

"이곳에는 레콘들밖에 없고, 그것도 세상의 모든 레콘이 한번씩 방문하는 곳이지요. 그들은 이곳에서 두 번째 화신을 찾으려

무진 애를 썼지만 끝내 접시는 하나가 되지 않았습니다. 그래서 최후의 대장간을 찾아오는 레콘들마다 붙잡고 화신인지 확인하려 애쓰고 있는 겁니다. 나도 이곳에 처음 도달했을 때 당신과 똑같은 일을 당했습니다. 그리고 사정을 알게 된 다음 저 자를 용서했습니다. 당신은 어쩌겠습니까?"

다스도는 피고트와 똑같은 결정을 내렸다. 그와 피고트는 안타까운 표정으로 수탐자들을 바라보았다.

긴 시간이 지난 후, 비형은 한숨을 내쉬었다.

"다시 주워담아야지요?"

티나한은 아무 말도 하지 않았다. 케이건은 무릎을 꿇고는 천 가장자리를 조심스럽게 움켜쥐었다. 비형이 상자 뚜껑을 열었고 케이건은 꾸러미를 그 안에 집어넣었다. 상자 뚜껑을 닫은 비형은 다시 한숨을 내쉬었다.

"언젠가는 그 분이 오겠지요, 티나한. 방으로 돌아갈까요?"

"으ㅡ아ㅡ아ㅡ아ㅡ!"

메아리가 사라진 다음, 비형은 귀 언저리를 몇 번 두드리고 말했다.

"그건 무슨 뜻인지 알기 어렵군요. 동의한다는 뜻으로 해석해도 될까요?"

"언젠가는 올 거라고? 그 언제가 도대체 언제냐! 북부인들이 다 죽은 후에? 즈믄누리와 최후의 대장간마저 파괴된 후에? 세상의 모든 경치 좋은 땅에 심장탑이 건설된 후에?"

"여기 오는 레콘들의 말로는 시우쇠 님이 나가들의 북진을 상당히 저지하는 것 같더군요. 지나치게 비관적인 생각은 피하도록 하지요. 낙관적인 편이 좋잖아요?"

티나한은 깃털을 부풀렸다 눕혔다 하며 바라보는 비형을 꽤 정신 사납게 만들었다. 그리고 티나한은 지난 1년 동안 그들 사이에서 몇 백 번이나 거론되었던 주제를 다시 꺼내었다.

"이건 뭔가 잘못된 거다. 우리는 헛수고를 하고 있는 것이 분명해. 1년 전 이곳에 도착했을 때 그 사금파리는 이곳에 있었어. 그렇다면 이곳에 있던 레콘 중 한 명이야. 이곳으로 올 레콘이 아니고! 우리는 그 레콘을 놓친 것이 분명해!"

지겹도록 반복된 이야기에 비형과 케이건은 자신도 모르게 이맛살을 찌푸렸다.

티나한의 지적은 타당했다. 즈믄누리에서 사라진 파편은 시우쇠가 사는 마을에 나타났다. 그 마을에 있는 도깨비라곤 시우쇠뿐이었기에 수탐자들은 시우쇠가 자신을 죽이는 신의 신체임을 확신할 수 있었다. 그렇다면 같은 논리에 의해 두 번째로 사라진 파편은 그들의 희망대로 모든 이보다 낮은 여신의 신체가 있는 근방에서 나타나야 할 것이다.

하지만 1년 전 최후의 대장간에 도달했을 때, 인간과 도깨비가 최후의 대장간에 나타났다는 사실에 당황하는 레콘들 중에서, 수탐자들은 신체를 찾아내지 못했다. 최후의 대장간에 있는 모든 레콘을 상대로 실험해 보았지만 접시는 하나로 결합하지 않았다. 그때 레콘이라면 누구나 평생에 한 번은 최후의 대장간에 온다는 사실을 떠올린 수탐자들은 자신들이 조금 일찍 도착한 것이 아닐까 하는 가설을 세웠다.

그리고 그 '조금'은 1년으로 늘어나 있었다. 티나한은 그들이 조금 빨리 온 것이 아니라 조금 늦게 온 것이라고 주장하고 있는 것이다.

"우리는 그 사금파리를 찾는 데 2년이나 걸렸다. 그 2년 사이에 이곳에 왔던 신체는 자기 무기를 받아서 이곳을 떠난 거야! 신체가 떠나고 사금파리만 남아 있는 곳에 우리가 도착한 거라고!"

케이건이 실망과 피로감 모두를 지우지 않은 표정으로 무뚝뚝하게 말했다.

"하지만 확인할 방도가 없소. 티나한. 신체를 찾아내려면 접시를 깨는 방법뿐인데, 복구되지 않은 접시는 깰 수가 없는 거 아니오. 그 때문에 우리는 건너뛸 수도 없고."

티나한은 다시 비명인지 포효인지 딱히 구분지어 말하기 어려운 계명성을 내뿜었다. 그들이 무려 1년 동안이나 최후의 대장간에 주저앉아 있어야 했던 것은, 언젠가 모든 이보다 낮은 여신의 신체가 올지도 모른다는 기대감 때문이기도 했지만, 모든 이보다 낮은 여신의 신체에 대한 수탐을 잠시 접어두고 어디에도 없는 신의 신체를 찾아나설 수 없다는 사실 때문이기도 했다. 티나한은 바우 성주가 왜 접시 세 개를 내주지 않은 거냐는 결과론적인 불평을 터뜨렸지만, 어쨌든 그들에게 주어진 접시는 하나뿐이었고 그것이 복구되지 않았기에 '건너뛰는' 것은 불가능했다. 티나한이 즈믄누리로 돌아가서 접시 하나를 새로 받아오자고 강변할 때 누군가가 티나한을 불렀다. 수탐자들은 고개를 돌렸다.

그들 곁에 늙은 레콘이 다가와 있었다. 모습이 퍽이나 특이했다. 물에 젖은 레콘만큼이나 비참하게 보이는 레콘이 있다면 깃털이 빠진 레콘일진데, 수탐자들 곁에 다가와 있는 레콘의 모습이 바로 그러했다. 특히 두 팔뚝은 인간과 비슷할 지경이었다. 그러나 그 볼품없는 모습에 무례한 미소를 짓는 자는 아무도 없었다. 그 팔뚝은 평생 동안 불을 다루고 얻은 관록의 증거이기 때문이다. 그는 다시 티나한을 부르며 말했다.

"티나한. 또 찾아오는 젊은이를 무례하게 대하는 모습을 봤네."

"죄송합니다. 시루."

"자네가 그렇게 뛰쳐나가서 과부 보쌈하듯이 끌고 오지 않아도 그 젊은이들은 어차피 이곳으로 오네. 이곳에 오기 위해 먼 길을 걸어왔으니까. 그러니 내가 자네에게 그냥 여기 앉아서 그들의 도착을 기다리는 인내력과 도착한 그들에게 간단한 실험 좀 해봐도 되냐고 물어볼 만한 예의를 함양하라고 요청하는 것이 부당하다고는 생각되지 않는군."

티나한은 과부 보쌈이 무슨 말인지 알 수 없었지만 의미는 대충 짐작할 수 있었다. 그는 송구스러워 하며 말했다.

"저, 그렇게 화를 내지는 않던데요."

"내가 보기엔 자네가 그들의 기분에 무관심한 것 같은데. 주위에 무관심한 자들이 보통 주위가 자신을 이해한다고 믿지."

티나한과 시루의 대화는 케이건이나 비형이 참여하기엔 꽤 거북할 정도로 높은 곳에서 이루어졌다. 어차피 케이건과 비형에겐 참여할 권한도 없었다. 인간과 도깨비는──물론, 나가도──최후의 대장간에 올 수 없으며, 따라서 그들 두 사람의 체류는 무시되는 방법으로 허용받고 있었다. 시루는 두 사람에게 눈길 한 번 주지 않은 채 말했다.

"자네도 그랬을 거라고 믿지만, 이곳에 도착하는 그 순간은 그들의 인생에서 가장 기억에 남을 순간이야. 어쩌면 죽을 때까지 못 잊을지도 모르지. 그러니 그 젊은이들을 좀더 존중하고 그들에게 가장 중요한 그 순간을 보다 위엄 있게 맞이할 수 있도록 도와주길 바라네. 알겠나?"

티나한은 어쩔 줄 모르는 모습으로 사과했다. 시루는 다른 두 사람 쪽은 쳐다보지 않은 채 그대로 몸을 돌려 떠났다. 티나한은 시무룩한 얼굴로 동료들을 돌아보며 방에 돌아갈 것을 제의했다.

두어 걸음을 뗀 다음 티나한과 비형은 케이건이 움직이지 않는다는 것을 깨달았다. 비형은 그에게 다가갔다.

케이건은 왼손으로 오른쪽 어깨를 움켜쥔 채 바닥을 내려다보며 조용히 서 있었다. 그곳에서 가장 키가 작은 케이건은 고개를 조금 숙이기만 해도 그의 얼굴을 완전히 감출 수 있었다. 비형이 허리를 숙이려 했을 때 케이건은 약간 쉰 목소리로 말했다.

"먼저들 가시오. 나는 잠시 나갔다 와야겠소."

"밖에 나갔다 오겠다고요?"

"그렇소."

비형과 티나한은 놀라기보다 걱정을 느꼈다. 상식적으로는 놀라는 쪽이 적절할 것이다. 최후의 대장간 바깥은 빙원이며, 동시에 빙원밖에 없다. 어떤 용무를 지닐 만한 장소가 없는 것이다. 하지만 케이건은 이곳에 머문 1년 동안 아무도 나가지 않는 그 빙원에 간혹 나가곤 했다. 때론 며칠 후에야 돌아오기도 했다. 보편적인 레콘으로서 티나한은 발 아래가 바다인 그 빙원으로 나가는 것에 큰 우려를 느꼈다. 그리고 티나한과 다른 이유에서 비형 역시 걱정을 느꼈다. 여름은 끝나고 있었고 길고 길었던 백야의 시절 또한 끝난 후였다. 그랬기에 비형은 거절당할 것을 알면서도 질문했다.

"함께 나갈까요?"

"혼자 가겠소."

"곧 밤이 될 겁니다. 요 며칠 날씨가 좋긴 했지만 혹 눈이라도 오면 길을 잃을지도 모릅니다. 이곳에서 길을 잃는다면 대단히 위험하지 않겠습니까?"

케이건은 간단히 대답했다.

"나는 길잡이요."

잠시 후 케이건은 개썰매에 탄 채 최후의 대장간을 빠져나왔다.

케이건은 레콘들을 질리게 만드는 얼음 위로 몰아갔다. 그 아래가 깊이를 알 수 없는 바다라는 사실은 케이건에게 별 장애가 되지 않았다. 그리고 썰매를 끄는 라호친가히들에게는 상상도 하기 힘든 일이었다. 아무리 영민한 라호친가히라 하더라도 발 디디고 있는 얼음바닥 아래의 바다를 상상할 능력은 없다. 따라서 라호친가히들은 아무런 거부 없이 빙판에 접어들었다. 빙판 위에 올라선 다음부터 케이건이 라호친가히들에게 보낸 것은 달리라는 지시뿐이었다. 방향은 어디라도 좋았다. 그런 목적 없는 질주를 이미 몇 번 경험했기에 우두머리 개는 당황하지 않고 다른 개들을 인도했다.

비형의 우려처럼 밤이 빠르게 다가왔다.

케이건은 썰매를 멈췄다. 비참한 석양이 하늘을 엷게 물들이는 짧은 시간 동안, 라호친가히들은 붉은 암흑 속에서 헐떡이는 그림자가 되어 케이건을 응시했다. 케이건은 왼손으로 얼어붙은 고깃덩이를 꺼내어 개들에게 던져주었다. 개들이 난폭하게 고기를 물어뜯는 동안 케이건은 등롱을 꺼내어 불을 붙였다. 왼손 하나만을 사용했기에 그 동작은 좀 불안했다. 케이건은 서두르지 않고 천천히 움직였다. 썰매 앞쪽에 등롱을 매단 케이건은 개들의 식사가 끝나길 기다려 다시 출발을 지시했다. 썰매날이 다시 얼음 위로 미끄러졌다.

밤이 찾아들었다.

혼란, 매혹, 감금, 은닉, 꿈.

그리고 어마어마하게 많은 별들이 불타올랐다.

한없이 펼쳐져 있던 지면이 등롱의 미약한 빛이 닿는 제한적인 영역 안으로 황급히 축소되었다. 그리고 그 너머 암흑 속에서 무수히 많은 별들이 번득였다. 날지 못하는 동물의 영원한 기준점인 지면이라는 준거는 무성의한 거짓말처럼 별들 사이의 암흑으로 후퇴했다. 케이건과 열두 마리의 라호친가히들은 거짓이 된 땅 위를 달리기보다 별이 빛나는 하늘 아래를 달렸다.

일순, 극야의 침정함 가운데로 하늘이 파랗게 불타올랐다.

하늘 한 자락을 찢으며 나타난 푸른 불기운은 별들을 닥치는 대로 집어삼키며 팽창했다. 뒤이어 초록과 노랑, 보랏빛의 불기운들이 나타났다. 소리 없으나 사나운 불기운들은 밤을 무참하게 불살랐고 상처 입은 밤의 가슴에서 뜨거운 피가 흘러내렸다. 뜨겁게 달아올라 녹아내리는 밤. 극광이 사위를 뒤덮었다.

썰매는 고요히 달렸다.

썰매의 진행 방향 왼쪽 하늘에서 하늘치 한 마리가 나타났다.

실로 거대하고 터무니없이 늙은 놈이었다. 수천 개의 눈 중 대다수는 이미 시력을 상실한 듯 생기를 잃고 검게 물들어 있었다. 한 때 폭풍을 쳐부수고 벼락을 희롱했을 그 가슴지느러미는 갈가리 찢어져 볼품없이 나부꼈다. 멀어버린 눈으로 꿈을 보며 별의 바다를 가로지르는 거대한 퇴락. 그가 밤이 녹아내리는 곳으로 접어들었다.

눈 먼 거수는 갑자기 시간을 거슬러올랐다. 멀어버린 눈에 극광이 닿자 검게 물든 눈이 하나둘씩 깨어났다. 기묘한 성좌를 이루던 눈들이 차츰 불타는 성운으로 변모했고, 어른거리는 극광은 빛의 휘파람이 되어 거대한 몸 위로 미끄러졌다. 극야를 녹여낸 빛으로 몸을 두른 하늘치는 모든 것에 태초의 잔광이 남아 있던 시절 하늘을 치닫던 그 강대하고 위엄 있는 생물로 돌아갔다. 그리고 하늘치는 보이지 않는 눈으로 아래를 내려다보았다. 그 순간 케이건의 개썰매와 하늘치는 서로 가로지르고 있었다.

케이건은 고개를 들었다.

그것도 인사일까? 바위나 산 같은 무정물이나 사용할 수 있을 시간 단위를 어쩔 수 없이 사용해야 하는 황량한 시간의 방랑자들끼리 주고 받은 시선은?

'오래간만이군.'

'그렇군.'

케이건은 다시 고개를 숙였고, 라호친가히들이 이끄는 세계로 돌아갔다. 하늘치 역시 장엄한 극광을 벗어났다. 그들은 자신의 궤도를 다시 나아갔다.

3킬로미터를 더 나아갔을 때, 케이건은 썰매를 멈춰서게 했다.

육리한 극광은 사라졌다. 주위는 완벽한 암흑으로 둘러싸여 있었고 어디에서도 소리는 들려오지 않았다. 그토록 찬란하던 별빛마저 어디론가 사라져버렸고 등롱의 조그만 불빛만이 세계의 마지막 모습을 담아내고 있었다. 직경 5미터 정도의 구체로 축소된 세계. 그 너머로는 가혹한 거짓말들뿐이다. 케이건은 한참 동안 멍하니 앉은 채 무의미한 시간이 흐르도록 내버려두었다.

라호친가히들의 으르렁거림에 케이건은 가까스로 의식을 되찾았다. 라호친가히들은 자신과 주인의 관계를 재설정할 정도로 영특한 몇 안 되는 가축들 중 하나다. 그들은 동사한 주인을 뜯어 먹는다. 소란을 부리는 다른 개들과 달리 우두머리 개는 어둠 속에서 케이건을 물끄러미 노려보았다. 그것은 관계 재설정을 시작해도 되겠냐는 점잖은 질문이었고, 케이건은 어떻게든 그 질문에 대답해야 했다.

케이건은 왼손으로 바라기를 뽑아 썰매 옆의 빙판을 찍었다. 그리고 그것을 지팡이 삼아 천천히 일어났다. 라호친가히들은 약간 미심쩍다는 눈으로 케이건을 바라보았다. 케이건은 썰매 옆에서 다시 고깃덩이를 집어들었다. 팔이 쇳덩이처럼 무겁게 느껴졌지만 케이건은 고깃덩이를 집어 던져줄 수 있었다. 라호친가히들은 그것으로써 자신의 태도를 정립했다. 게걸스러운 식사가 시작되었고 케이건은 겨우 한숨 돌릴 여유를 얻었다. 케이건은 썰매에 걸터앉은 채 숨을 몰아쉬었다. 바라기를 무릎에 얹어놓은 케이건은 왼손으로 다시 오른쪽 어깨를 움켜쥐었다.

고통스러웠지만, 너무 강하게 움켜쥘 수 없었다. 그렇게 했다간 오른쪽 어깨가 뭉개져버릴 테니까.

항상 징후는 오른쪽 어깨부터 나타났다. 감히 옷을 벗고 확인할 수는 없었지만 케이건은 지금 자신의 오른쪽 어깨가 어떤 모습인지 잘 알고 있었다. 윤기와 탄력을 모두 잃은 살은 희게 변해 있을 것이고 세게 누르기라도 하면 싸락눈처럼 뿌드득거리는 소리와 함께 함몰될 것이다. 그렇게 살이 결정화되는 것과 반대로 뼈는 흐물흐물해진다. 필요한 조처를 취하지 않고 내버려두면, 몸은 모조리 결정화된 다음 더 이상 신체를 지탱할 수 없게 된 뼈와 함께 무너져내릴 것이다.

라호친가히들이 얼어붙은 고기를 깨트리고 뼈를 바숴먹는 소리 때문에 그 다음에 일어날 일을 상상하긴 수월했다.

케이건은 거친 숨을 몰아쉬며 왼손을 썰매로 옮겼다. 포장을 묶은 밧줄을 풀어낸 케이건은 등롱의 희미한 빛에 의지한 채 커다란 자루를 찾아내었다. 케이건이 라호친에서 개썰매를 구입한 까닭은, 도보로 감당하기엔 지나치게 가혹한 환경에 대비하기 위해서이기도 하지만, 보다 본질적인 목적은 그 자루를 운반하는 데 있었다. 케이건은 자루의 주둥이를 벌린 다음 그 속으로 손을 집어넣었다. 잠시 후 그의 손에 붙잡힌 큼직한 물체가 끌려나왔다. 왼손 하나만으로는 다루기 힘든 무게였기에 케이건은 그것을 겨우 썰매 위에 내려놓을 수 있을 뿐이었다. 그가 가져왔던 것 중 남은 것은 그것뿐이었다. 손 하나로는 그것을 들어올릴 수 없다는 사실이 케이건을 곤란하게 했다. 케이건은 고개를 돌려 개들을 바라보았다. 사납게 고기를 물어뜯는 개들을 보던 케이건은 상황을 타개할 방법이 있다는 사실을 깨달았다.

"그래, 고마워."

케이건은 허리를 숙였다. 왼손으론 자루에서 꺼낸 나가의 머리를 단단히 누른 채 케이건은 개처럼 그것을 물어뜯었다.

혀가 찢어지고 이가 뽑혀나갈 것 같은 반 시간 가량의 악전고투 끝에 케이건은 비늘 두 장과 살점 몇 조각을 얻는 데 성공했다. 케이건은 화내지 않았다. 겨우 얻은 그 노획물들을 입 안에 넣은 채 케이건은 그것이 흐늘흐늘해지길 기다렸다. 얼어붙은 비늘에 할퀸 케이건의 입과 볼엔 상처가 가득했고 그곳에서 배어나온 피는 그대로 얼어붙어 케이건에게 견디기 힘든 고통을 안겨주었다. 케이건은 눈만 내놓은 모습으로 얼굴을 가린 채 입 안에 있는 것들을 계속 혀로 굴리고 잘근잘근 씹었다.

썰매 주위의 땅에는 심하게 부식된 철판에서 떨어진 것 같은 검붉은 가루가 가득했다. 피와 침이 뒤섞여 얼어붙은 가루였다.

입 안에 든 것이 어느 정도 부드러워졌다. 케이건은 목이 찢어지는 고통을 느끼며 그것을 삼켰다. 그리고 온몸을 떨며 다시 허리를 숙였다.

식사를 끝낸 라호친가히들이 그 모습을 조용히 응시하고 있었다.

깊은 밤, 최후의 대장간은 고요했다. 세계에서 몰려온 레콘들이 아무리 많아도 날림으로 무기를 만들지 않는 대장장이들은 일정 시간 이상 작업하지 않는다. 따라서 밤을 불사르는 용광로의 화광이나 망치질 소리는 최후의 대장간에서는 기대하기 어려운 것이다. 무기를 받기 위해 기다리는 젊은 레콘들 또한 성급하게 만든 무기를 받고 싶은 생각은 조금도 없었기에 대장장이들을 재촉하진 않는다. 하지만 밤은 지루했고 레콘을 즐겁게 할 만한 일은 어디에도 없었다. 주점이 없으니 탁자 다리를 이용한 사교 활동에 매진할 수도 없고 맹수가 없으니 동물 애호의 적성을 드러낼 수도 없었으며 세상에서 가장 사악한 적수가 없으니 존재 증명 또한 힘들 지경이었다. 어쨌든 그곳에 레콘이 즐겨 심취할 만한 일거리는 거의 없었다. 그러나 관심을 둘 일은 꼭 필요했다. 빙판에 둘러싸여 있다지만 그들이 있는 곳은 엄연히 섬이었고 유쾌한 기분으로 그 사실을 상기할 수 있는 레콘은 드물었다.

그래서 그들은 방에 모여 두런두런 이야기를 나누었다. 그날 밤의 회동은 수탐자들이 있는 방에서 이루어졌고 이야기꾼의 소임을 맡은 자는 그날 낮에 도착한 다스도였다. 많은 사람들이,

특히 수탐자들이 듣고 싶어하는 이야기는 전쟁에 관한 것이었고 다스도는 아는 대로 자신이 들은 이야기를 들려주었다. 그 이야기는 두 명의 수탐자들의 상당한 관심을 받았다. 비형은 탄복하여 외쳤다.

"용인이 되었다고요? 륜 페이가?"

"그래. 그렇다. 그런데 하텐그라쥬 공작을 잘 아나?"

대답하려는 비형에게 눈짓을 준 다음 티나한은 케이건의 부재를 아쉬워하며 조심스럽게 말했다.

"어, 좀 알아. 우리가 그를……."

"아, 참. 그렇군요. 당신들이 그 분의 망명을 도왔지요? 이제 기억납니다. 여러분들은 전쟁이 일어나기 직전 그 분의 망명을 도왔고, 그리고 왕의 명령에 따라 화신의 수탐이라는 두 번째 임무에 착수하신 것이지요?"

티나한과 비형은 그 말에 동의했다. 그 외엔 할 일도 없었다. 다스도는 수염볏을 좀 과장된 동작으로 쓰다듬었다. 자신을 무기를 쥘 준비가 된 성인으로 봐달라는 시늉이 분명했지만 불행하게도 티나한은 그렇게 예민하지 못했다.

"아스화리탈이 포자를 뿌렸단 말이지. 그런데 그 용근이 발화했어?"

다스도는 수염볏을 쓰다듬는 것을 포기하고 말했다.

"나가들에게 뺏은 소드락을 뿌리며 성장을 촉진했지만 그중 단 하나가 발화했습니다. 하텐그라쥬 공작은 그것을 왕에게 진상했지만 왕은 거절했지요. 그래서 공작이 그것을 먹었답니다."

비형은 4년 전 륜과 헤어지던 날을 떠올렸다. 비형은 자신이 기억나는 륜과 용인의 관념을 결부시켜보려 했고, 실패했다. 어울리지 않는다는 것이 그 도깨비의 감상이었다. 티나한 또한 목 깃털을 벅벅 긁으며 말했다.

"음. 그, 하텐그라쥬 공작이라고? 그 자가 용인이 되었다는 말이지. 사람들을 마음대로 부리는 초인이 되었다고. 전쟁터에선 쓸만하겠군."

"그렇지 않습니다. 티나한."

"뭐?"

"그렇지 않습니다. 하텐그라쥬 공작은 사람들을 마음대로 다루지 않습니다."

"무슨 소리야? 용인이 되었다면서?"

"글쎄요. 나도 왜 그런지 모르겠습니다만 하텐그라쥬 공작은 그렇게 하지 않는 모양입니다. 그런 능력이 없어도 전쟁터에서 활약을 펼칠 수 있기 때문에 그런지 모르겠습니다. 하텐그라쥬 공작은 나가 수호자들의 물 다루는 기술을 용인의 수준에서 사용합니다. 도깨비의 불 다루는 기술은 상대도 안 될 수준인 것 같습니다."

"허!"

티나한은 그 이상의 감상을 말하기 어려웠다. 비형 또한 눈이 동그래져 다스도를 바라보았다. 이야기를 듣기 위해 방문한 다른 레콘들 또한 긴장하여 수근거렸다. 다스도는 이야기꾼의 쾌감을 만끽하며 말했다.

"그리고 공작에겐 아스화리탈도 있잖습니까? 그 뇌룡은 하늘치를 구워먹습니다."

레콘들은 더 큰 감탄과 관심을 보였지만 티나한과 비형은 그러지 않았다. 풍문의 숙명인 과장이 섞인 이야기가 분명했기 때문

이다. 만에 하나 아스화리탈에게 혹 그럴 능력이 생겼다 하더라
도, 두 사람은 식물에 속한 용이 동물의 고기를 먹는 모습은 생
각하기 어려웠다. 어쨌든 티나한과 비형이 기억하고 있는 아스화
리탈에겐 입도 없었다. 하지만 티나한과 비형은 륜이 용인이 되
었다는 이야기에는 진실성이 있으리라고 생각했다. 그리고 그 사
실이 의미하는 바에 깊은 우려를—티나한의 경우엔 분노를—
느꼈다. 나가들의 골통을 부수어주는 것에서 생의 의미를 찾겠다
고 서원하고 무기를 얻게 되자마자 전쟁터로 달려나가겠다는 청
년 다스도는 신이 나서 말했다.

"우리는 이길 겁니다. 모든 것이 기막힐 정도입니다. 나가들이
한계선을 넘으리라고 누가 상상이나 했겠습니까? 하지만 그런 일
이 일어났습니다. 그런데 바로 그 순간 우리에게 왕이 돌아왔습
니다. 그리고 하텐그라쥬 공작은 이미 사라졌다고 믿은 용과 함
께 우리에게 왔습니다. 그 뿐만이 아닙니다! 그 다음은 바로 이
곳에 계신 수탐자들의 차례겠지요."

비형과 티나한은 놀란 표정으로 다스도를 바라보았다. 다스도
는 환하게 웃었다.

"이 분들은 이미 시우쇠 님을 찾아내어 우리에게 보내주셨습니
다. 이미 나가들은 시우쇠 님의 이름에 오줌을 지릴 정도라고 합
니다. 그리고 이 분들은 곧 다른 두 화신도 찾아내시겠지요. 그
러면 우리는 반드시 이길 겁니다!"

두 사람은 약간 당혹스러운 느낌을 받았다. 그들은 자신의 일
이 위대한 승리의 열쇠가 된다는 식의 생각을 해보지 못했다. 최
후의 대장간에서 보낸 지난 1년은 슬픔보다는 짜증을 유발시키는
것이었다. 그때 무리 중 누군가가 조용히 말했다.

"신은 무보수 만능 하인은 아니지."

단도장(短刀匠) 시루였다. 최후의 대장간에서는 가장 한가한 장인이기도 하다. 기능이 부족해서 그런 것은 아니다. 시루는 의심할 필요 없이 우수한 단도를 만들어내지만, 단지 부리로 쪼는 것으로도 만족할 만한 효과를 얻을 수 있기에 평생의 동반자로 단도를 선택하는 레콘은 별로 없다. 일거리가 별로 없었기에 단도장은 최후의 대장간을 방문하는 젊은이들을 상대하는 일에 쓸 시간이 충분했다. 또한 낮의 피로가 없었기에 밤의 담소에 참가할 여유도 있었다. 단도장 시루는 자신을 바라보는 무리를 못 본 척하며 말했다.

"무보수 용병이라 해도 마찬가지로 어울리지 않을 것 같군."

다스도는 부리를 조금 벌린 채 멍하니 시루를 바라보았다. 그때 이 거인들의 세계에서 꽤나 조그맣게 보이는 비형이 조심스럽게 말했다.

"시우쇠 님은 우리를 위해 싸우시지 않으십니까?"

보다 공적인 자리라면 무시했을 테지만 시루 또한 이런 사적인 소모임에서는 비형의 질문에 선선히 대답했다.

"아니. 너희가 아닌 북부군을 위해 싸우지. 재미있지 않나?"

"재미있다니요?"

시루는 비형을 똑바로 바라보았다.

"시우쇠 님은 너희 도깨비들을 위해 싸우는 것이 아니란 거야."

"도깨비도 북부군에 속해 있는데요? 무기를 제작하고 군량을 대고 포로를 수용하고……."

"싸우지는 않지. 도깨비에겐 어울리는 일도 아니야. 하지만 시우쇠 님은 싸우고 있지. 그 분을 용병이라고 말한다면 도깨비의 용병이 아닌 북부군의 용병이겠지."

비형은 시루가 무슨 말을 하는지 깨달았다. 시루는 그것을 명확하게 말했다.

"자신을 죽이는 신께서 도깨비들을 가호한다면, 내 생각에 그분의 화신인 시우쇠 님의 행동은 싸움 자체를 중단시키는 것에 집중되어야 할 것 같군. 싸움을 원하지 않는 너희 도깨비들의 성격을 고려한다면 그쪽이 더 어울릴 것 같아. 하지만 그 분은 활발하게 싸우고 있지."

비형은 억눌린 목소리로 말했다.

"그렇다면 단도장께서 하시는 말씀은 자신을 죽이는 신께서 도깨비를 가호하지 않으신다는 겁니까?"

"글쎄. 비형. 나는 그렇게, 혹은 그 반대로 말하지는 않겠어. 나는 다만 자네들이 모든 이보다 낮은 여신의 화신을 찾아내었을 때 그 분의 모습이 어떠할지 몹시 궁금하군. 우리 레콘들은 싸움으로 해결해. 나는 그것이 옳다거나 그르다고도 말하지 않겠어. 그저 우리가 그런 종족이라고 말하는 거야. 그런데 모든 이보다 낮은 여신의 화신께서도 그러실까? 다스도. 나는 자네가 아직 발견되지 않은 두 분의 화신이 무조건 북부군의 주력 병력이 되어 주실 거라고 믿는 것은 그야말로 레콘다운 생각이라고 말해 주고 싶군."

흔들거리던 등롱의 불이 사그라들었다.

케이건은 썰매 위에 쓰러져 있었다. 왼팔과 오른쪽 다리는 썰매 바깥으로 내민 볼품없는 자세였다. 그런 모습으로 케이건은 꽤 오랜 시간 동안 움직이지 않았다.

썰매 앞쪽에 앉아 있던 개들 중 한 마리가 터벅터벅 걸어왔다. 개는 썰매 바깥으로 내밀어진 케이건의 오른쪽 다리를 주둥이로 툭 건드렸다.

아무런 반응이 없었다. 개는 한 번 더 케이건의 다리를 건드렸다. 그 행동은 반드시 우려와 애정에 기인한 것은 아닌 듯했다. 썰매 앞쪽에 앉아 있던 개들 중 몇 마리가 더 합류했다. 몸을 부딪힌 개들은 서로를 향해 으르릉거렸다. 서열 낮은 놈의 목을 깨무는 놈도 있었다. 우두머리는 원래 자리에 가만히 앉아 있었지만 다른 개들은 모두 썰매 주위로 몰려들었다. 개들의 소란이 꽤 요란해졌지만 썰매 위에 쓰러진 케이건은 아무 반응도 보이지 않았다. 개들은 차츰 대담해졌다. 그중 어떤 놈이 마침내 이를 드러낸 채 썰매 위로 훌쩍 뛰어올랐다.

케이건의 가슴에 내려서기 직전, 개는 턱이 돌아갈 뻔한 일격을 선물받았다.

호되게 나가떨어진 개는 등부터 빙판에 떨어졌다. 당황하여 썰매에서 물러난 개들은 어깨를 낮춘 채 케이건의 왼손을 응시했다. 위에서부터 떨어지는 라호친가히의 턱을 후려친 그 왼손은 서서히 원래 자리로 돌아가고 있었다. 그때 앞쪽에 있던 우두머리 개가 벌떡 일어서더니 짧고 날카로운 소리로 짖었다. 개들은 도로 썰매 앞쪽으로 돌아갔다. 맞은 개는 침을 흘리며 약간 비틀거리는 동작으로 돌아갔다.

별들의 기묘한 운행이 한동안 계속되었다.

케이건은 눈을 몇 번 깜빡이다가 똑바로 떴다. 날카로운 별빛이 어둠에 익숙해진 그의 눈을 아프게 했다. 케이건은 왼손을 들어 조심스럽게 오른쪽 어깨를 만졌다. 기대하고 있던 감각이 느꺼졌다. 어깨를 만지던 케이건의 손이 배 위로 옮겨졌다. 오른손 또한 그 뒤를 따랐다. 케이건은 두 손으로 배 위에 놓아두었던 물건을 들어올렸다. 그리고 얼굴 가까이로 가져왔다.

살점이 벗겨진 나가의 머리가 그를 내려다보았다.

어둠 속에서, 그 얼굴은 마치 웃고 있는 것 같았다.

케이건은 그 나가의 이름을 알지 못했다. 태어난 곳이 어딘지, 어떤 날씨를 좋아했는지, 어떤 이야기를 즐겼는지도 알지 못했다. 누구를 좋아했고 누구를 싫어했고 어떤 소망을 가졌는지도 알지 못했다. 케이건이 그 나가에 대해 확실하게 말할 수 있는 사실은 세 가지뿐이었다. 그 나가가 여자라는 것, 소드락을 먹었다는 것, 그리고 자신이 극야의 밤 속에서 살점이 다 벗겨진 얼굴로 웃음 아닌 웃음을 보여야 하는 최후를 맞이할 거라고는 절대로 생각하지 않았을 거라는 사실이 그것이었다.

명백한 사실들이었다.

케이건은 머리를 다시 배 위에 올려놓고 하늘을 바라보았다. 극광이 다시 번득였다. 보기 드문 진홍색 극광이 케이건의 시야 가운데서 서서히 피어났다. 그것은 어떤 뚜렷한 의지를 지닌 것처럼 번져나갔다. 케이건은 극광의 움직임을 물끄러미 바라보았다. 거대하게 퍼져나간 극광은 수백 킬로미터짜리 얼굴이 되었다. 아는 얼굴이었기에, 케이건은 조용히 그 이름을 불렀다.

"아젤키버."

살아났구나.

"천년 묵은 시체에겐 어울리지 않는 말씀입니다."

너는 시체가 아니다. 너는 살아 있다. 그리고 살아야 한다.

"제 초상화를 보여드릴까요?"

케이건은 배 위에 놓아두었던 나가의 머리를 집어들어 하늘로 향해 보였다. 살점이 떨어져나간 그 얼굴을 들이대며 케이건은 복화술사처럼 말했다.

"안녕하십니까? 케이건 드라카라고 합니다. 부디 얼간이라고 부르지는 말아 주십시오. 알려주지 않아도 알고 있습니다. 이래 봬도 유명인이랍니다. 변변찮습니다만 제 주요한 업적 두어 가지를 말씀드리자면 왕국 아라짓을 멸망시킨 것. 그리고 키탈저 사냥꾼들을 멸망시킨 것 정도가 있습니다."

그런 건 개에게나 던져줘라.

그것은 수사법이 아니었다. 케이건은 들고 있던 머리를 개들에게 던졌다. 개들은 갑자기 날아온 머리에 당황하다가 곧 검사를 시작했다. 케이건은 거칠게 말했다.

"제가 당신들을 멸망시켰습니다."

키탈저 사냥꾼은 멸망하지 않았다. 네가 있으니까. 그리고 네가 있기에 흑사자의 나라도 멸망하지 않았다.

"멸망했습니다."

멸망하지 않았다. 멸망시키지 마라. 멸망했다고 선언하면 복수의 의무에서도 해방되겠지. 하지만 그럴 수는 없다. 복수는 계속되어야 한다.

케이건은 입을 다문 채 일렁거리는 진홍빛 극광을 바라보았다.

너는 네가 저지른 일에 대한 죄의식에서 그렇게 말하는 것이 아니다. 네 문제는 피로다. 너는 지친 것이다. 그래서 너는 나를 만들어내었다. 그러니 말해 주겠다. 너는 살아 있다. 그리고 네가 살아 있기에 복수 또한 계속되어야 한다.

"꺼져라. 기만하는 기억아."

극광은 사라졌다. 애초에 존재하지 않았던 것이다.

케이건은 몸을 일으켰다. 개들은 아직까지도 머리를 검사하고 있었다. 케이건은 거칠게 그들을 불렀다. 개들을 다시 준비시킨 케이건은 썰매를 뒤돌아서게 했다. 그리고 최후의 대장간을 향해 달렸다.

소메로 마케로우는 창밖을 내다보았다. 그녀는 하텐그라쥬의 그런 모습을 본 적이 없었다.

냉혹의 도시라는 이름에 걸맞게 하텐그라쥬는 차가움마저 느껴질 정도로 고요한 도시였다. 하지만 지금 소메로가 바라보는 하텐그라쥬의 도시는 그 구성원들만 제외하고 본다면 불신자들의 도시나 다름없었다. 비록 소메로는 불신자의 도시를 본 적이 없었지만 그녀가 받은 인상은 그다지 틀리지 않았다. 무수히 많은 수레와 군중, 그리고 상인들. 도시는 모욕적일 만큼 활기에 넘쳐 있었다. 도시에 막대한 부가 밀려들고 있음은 눈으로 확인할 수 있었다. 나가의 군대가 북쪽에서 긁어모은 부였다. 그리고 이곳에는 인간들의 군대가 일으키는 부작용도 존재하지 않았다. 무시무시했던 전쟁터의 기억에 머리가 터질 것 같은 꼴이 되어 돌아와서는 술에 진탕 취했다가 숙취와 두려움에 떨며 다시 전쟁터로 돌아가는, 그런 종류의 병사는 존재하지 않는 것이다. 병사들은 호의적이었고 유쾌했다. 그들은 지니고 온 부를 도시에 풀어놓는 바쁜 작업 중에서도 틈틈이 원하는 모든 사람들에게 전쟁터의 아

름다운 추억——농가를 파괴하고 농부의 아들딸을 도륙한 것 따
위——을 자상하게 들려주거나 인간의 손가락으로 만들어진 소박
한 목걸이를 수줍게 내보이곤 했지만, 사고는 저지르지 않았다.
부작용 없는 깨끗한 부. 일찍이 경험하지 못했던 부의 막대한 유
입은 하텐그라쥬에게 일종의 정신 착란을 선사하고 있는 것 같았
다. 그녀는 감히 소리를 들을 엄두를 내지 못했다. 소메로는 자
신과 같은 구식 여자에겐 지나치게 번잡한 시대라고 생각하면서
도 그런 시대에 마냥 즐거워할 수 없는 자신을 책망했다.

소메로는 몸을 돌렸다.

〈아무래도 그 니름은 받아들일 수 없다.〉

남자들은 난감한 표정으로 서로를 바라보았다. 그 또한 소메로
에겐 낯선 모습이었다. 서로를 바라보는 행위는 동조자를 확인하
는 것이다. 하지만 남자들이 수백 명씩 동의한다 해서 그것이 어
쨌다는 것일까? 소메로는 화를 내고 싶은 것을 억누른 채 자상하
게 설명해 주기로 했다.

〈쥬어가 원하는 것과 같은 일은 가주님의 의지가 필요한 일이
야. 하지만 현재 가주님께서는 부재 중이시다.〉

〈소메로 마케로우 님께서 가문의 책임자이지 않습니까?〉

〈그렇긴 하나 나는 가주가 아니야. 물론 현재 나는 가문 내부
의 일을 결정할 수는 있다. 하지만 외부에 대해 가문을 대표할
수는 없어. 그런데 쥬어가 원하는 것은 마케로우 가문의 의향을
표명해 달라는 것 아니냐? 그런 것은 외부에 대해 가문을 대표할
수 있는 가주님, 혹은 그 대리인의 일이다. 나는 그럴 수 없어.
따라서 너희들의 요청은 받아들일 수 없다.〉

남자들 중 하나가 약간 주저하듯이 닐렀다.

〈소메로 마케로우. 쥬어는 이미 많은 유력한 가문의 내락을 받았습니다.〉

〈그러냐? 그에겐 참 다행스러운 일이구나.〉

진심으로 기뻐해 주기로 마음먹었던 소메로는 남자들의 반응에서 뭔가가 잘못되었다는 것을 깨달았다. 남자들은 약간 미심쩍은 표정으로 소메로를 바라보았다. 잠시 어리둥절해하던 소메로는 곧 자신이 오해했다는 사실을 알게 되었다. 그녀의 옷 아래에서 비늘이 부딪쳤다.

남자들은 그녀에게 협박을 하고 있었다. 그들은 자신들에게 유력한 동조자가 많다는 것을 내보인 다음 적이 될 것인지 같은 편이 될 것인지를 명확히 하라고 니른 것이었다. 자신이 영리하다고 믿지는 않는 소메로라 하더라도 만약 니른 상대가 여자였다면 별 어려움 없이 그 속뜻을 이해했을 것이다. 하지만 소메로는 남자가 자신에게 협박을 하는 상황을 상상할 수 없었다.

소메로는 분노에 차서 남자들을 쏘아보았다. 감히 여자, 비록 가주가 아니라 하더라도 한 가문을 책임지고 있는 여자에게 협박을 감행할 수 있었던 그 남자들도 여자의 그런 분노에는 겁을 집어먹을 수밖에 없었다. 남자들의 불안해하는 모습에 소메로는 겨우 자신을 추슬렀다.

〈많은 가문이 쥬어의 뜻에 동의한다면 쥬어는 원하는 것을 얻는 것이 그리 어렵지 않겠군. 우리 가문의 사정이 여의치 않아 그를 도와줄 수 없다는 것에 너무 애석해하지 말라고 전해 주길 바란다.〉

남자들은 구태의연한 니름을 몇 마디 중얼거렸다. 소메로는 화를 내기 전에 그들을 쫓아버리려 마음먹었다. 그때 누군가가 문밖에서 닐렀다.

〈소메로 마케로우 님?〉

〈들어오거라. 무슨 일이냐?〉

하인이 안으로 들어섰다. 소메로는 마침 잘되었다고 생각했다. 하인에게 남자들을 배웅하라고 니를 작정을 하던 소메로는 하인의 얼굴이 지나치게 밝다는 것을 깨달았다. 의아해하던 소메로에게 하인은 기쁨에 찬 니름을 보내었다.

〈소메로 마케로우 님. 가주님께서 돌아오셨습니다.〉

〈가주님께서!〉

〈그렇습니다.〉

소메로는 반가움에 당장 달려 나가려 했다. 그러나 남자들이 있다는 것을 깨달은 소메로는 잠시 멈춰섰다.

〈들으신 대로 가주님께서 돌아오셨구나. 어쩌겠느냐? 며칠 내에 다시 방문해 주겠느냐? 가주님께 너희들의 요청을 전해 드리겠다.〉

남자들은 감사를 표했다. 소메로는 하인에게 남자들을 배웅하라고 니른 다음 문을 나섰다.

밖으로 나오자 바쁘게 달려가는 하인들과 사용인들의 모습이 보였다. 그들 또한 반가운 얼굴을 하고 있었고 소메로에게 축하를 보내는 사람도 있었다. 소메로는 그들에게 웃음으로 화답하며 황급히 현관으로 통하는 계단을 달려 내려갔다. 그때 한 여인이 현관으로 들어섰다. 소메로는 반가움에 울음을 터뜨릴 뻔했다. 그러나 그녀가 고개를 들어 소메로를 올려다본 순간 소메로는 계단 중간에 굳어버리고 말았다.

어깨의 먼지를 떨어내며 그녀를 올려다보고 있는 나가는 비아스 마케로우였다.

비아스 마케로우는 소메로의 화난 모습에서 자신의 입장을 정리해야 하는 귀찮은 일이 발생했음을 알게 되었다. 소메로는, 과장없이, 미친 듯이 화를 내었다. '마케로우 가문의 가주는 두세나 마케로우'라는 선언은 하인들의 악몽이 될 것 같았다. 하인들이 불만스러운 표정으로나마 물러가는 모습을 보며 비아스는 전투에 대비했다. 소메로는 화가 덜 풀렸다는 것을 명확히 보여주는 표정으로 닐렀다.

〈돌아와서 반갑구나. 전쟁터에서 고생한 너를 좀더 따뜻하게 맞아줬어야 하는데, 어리석은 하인 때문에 못 볼 꼴을 보이게 되어 정말 미안하게 생각해.〉

그때까지 마음을 결정하지 못했던 비아스는 결국 언니에게 기회를 주기로 결정했다. 소메로를 사랑했기 때문은 아니다. 영악한 하인들이 이미 깨닫고 있는 사실을 소메로로 하여금 스스로 인정하게 만드는 것도 즐거울 거라는 생각과, 마케로우 가문에 여인들이 별로 남지 않았다는 사실 때문이다.

〈우스꽝스러운 실수지만, 그래도 덕분에 한 가지 사실은 알게 되었군. 가주님께서는 아직 돌아오시지 않은 것이군? 나를 가주로 착각하는 걸 보니.〉

소메로는 당장이라도 울 것 같은 얼굴로 닐렀다.

〈그건 내가 묻고 싶은 질문이야. 수호자들은 가주님과 카린돌이 어느 군단에 계신지도 가르쳐주지 않아. 비밀이라고. 하지만 세상에 나가의 니름을 들을 수 있는 불신자가 있어? 난 도무지 이해가 안 돼. 이 전쟁에서 절대로 신경 쓸 필요가 없는 것이 있다면 첩자가 아닌가 싶어. 넌 혹시 가주님이 어디 계신지 알고 있니? 그리고 카린돌은?〉

비아스는 소메로를 외면하며 닐렀다.

〈수호 장군들이 가르쳐주지 않았다면 나도 가르쳐줄 수 없어. 난 여자고 수호자가 아니잖아. 그리고 첩자에 대해서는 어쩌면 그들의 걱정이 맞을지도 몰라. 뇌룡공의 이야기 못 들어봤어?〉

〈그 용인 니름이니?〉

〈그래. 그 녀석은 포로에게서 뭐든 짜내.〉

〈나도 그런 이야기는 들었어. 전쟁터에서 온 사람들이 하는 이야기는 전부 시우쇠와 용인, 그리고 그의 용 이야기니까. 그 사람들은 그 용이 한번 화가 나면 세상의 모습까지도 바꿔버린다는 식으로들 니르더라. 하지만 그렇다고 해서 나에게까지 비밀로 해야 해? 전쟁터에서 이렇게 멀리 떨어진 이곳까지 용인이 나를 잡으러 올 리도 없잖아.〉

〈확신하지 않는 쪽이 좋을걸.〉

소메로는 어리둥절해졌다.

〈무슨 니름이야?〉

〈그건 천천히 이야기하지.〉

비아스는 화제를 바꿨다.

〈그런데 아까 나와 스쳐 지나가면서 나를 흘끔흘끔 쳐다보던 그 남자들은 누구야? 방문자인가?〉

소메로는 다시 화가 치밀어오르는 것을 느꼈다. 가족들만 있는 자리였기에 소메로는 분노를 여과없이 표출했다. 비아스는 언니의 장황한 설명을 들으며 그 남자들이 실로 건방지고 오만하고 무례하며 무서운 것을 모르는 뻔뻔한 자들이라는 것을 알게 되었다. 하지만 그들이 누군지는 여전히 알 수 없었고, 그래서 비아스는 언니의 설명——이라기보다는 성토를 중단시켰다.

〈정말 못된 놈들이군. 그런데 누군데?〉

〈내가 지금껏 설명하……지 않았나? 이런, 미안해. 너무 화가 나서. 그 놈들은 쥬어라는 남자의 하수인들이야. 쥬어라는 녀석이 하려는 일에 대해 가문의 양해와 지지를 얻으려고 돌아다니고 있어. 이 집에 온 것도 우리 가문의 동의를 얻으려고 온 거야.〉

〈그 쥬어라는 자가 남자라고?〉

〈그래.〉

〈남자가 하려는 일에 가문의 양해와 지지가 필요하다니, 그게 도대체 무슨 일이기에?〉

〈어처구니 없는 일이지.〉

소메로는 격노를 참을 수 없어 벌떡 일어섰다. 그리고 놀라는 동생을 향해 닐렀다.

〈가문을 계승하고 싶다는 거야. 남자 주제에!〉

비아스는 분노보다는 흥미를 느꼈다. 소메로는 그런 동생에 대해 어이없다는 반응을 보였다. 그래서 비아스는 자신이 얼마 전까지 남자인 수호 장군을 모시던 부관이었음을 닐러주며 상황에 대한 설명을 요구했다. 소메로는 폭언을 남용하며 설명했다.

쥬어의 어릴 적 이름은 쥬어 센이었다. 그를 낳은 여인은 저 유명한 센 가문의 최연장자 수이신 센이었다. 스물두 살이 되었을 때 쥬어는 심장을 적출했고, 그 다음 하텐그라쥬를 떠났다. 그런데 그 쥬어가 얼마 전 하텐그라쥬로 돌아와서는 센 가문의 계승을 조심스럽게 주장함으로써 하텐그라쥬 사람들을 당황하게 만든 것이다.

그런 어처구니없는 요청이 나올 수 있었던 배경은 첫째, 센 가문의 거의 모든 여인들이 전쟁터에 나가서 전사했다는 것. 둘째,

현재 센 가문에 남아 있는 여인들 중 계승권을 주장할 수 있는 사람은 라디올 센뿐이라는 것. ——비아스는 그 부분에서 쓴웃음을 지을 수밖에 없었다. ——셋째, 쥬어에게는 아마도 북부에서 가져온 것으로 추정되는 막대한 재산이 있으며 그 재산을 대가문들에게 바치는 선물로 바꾸는 것에 막대한 열정을 소비하고 있다는 점 등이었다. 비아스는 동정심 없이 닐렀다.

〈가엾은 라디올에겐 더없이 황당한 일이겠군.〉

〈쥬어는 교활해. 그 영악한 녀석이 내세우는 것은 센 가문을 다시 부흥시킨다는 명분이야. 사실 지금 센 가문의 꼴은 니름이 아니야. 라디올 센은 센 가문의 재산을 그 황당한 예술에 다 퍼부어댄 끝에 꽤 난처한 재정난에 처해 있거든. 쥬어는 유서 깊은 센 가문을 부흥시키기 위해 단 한 번만 남자의 계승을 허락해 달라고 요청하고 있어.〉

〈출가외인의 신분에서는 가문을 도울 수 없으니까?〉

〈정확해. 지금 상태에서는 가문 근처에도 갈 수 없지. 아무리 많은 재산을 가지고 있다 하더라도 그걸 건네줄 수 없는 거야. 쥬어는 자신이 가문을 맡아 재건한 다음 라디올 센의 딸에게 가문을 넘겨주면 된다고 주장하고 있지. 그러니까 차기 계승자의 후견인이 되겠다는 거야. 하지만 그런 주장에는 두 가지 문제가 있어. 우선, 라디올에겐 아직 딸이 없어. 그리고 또 한 가지 누구나 깨달을 수 있는 문제가 있지.〉

〈바보가 아니라면 알 수 있는 문제군. 전례를 만든다는 거지?〉

〈그래. 실제로 센 가문 같은 유서 깊은 가문이 사라지는 것을 탐탁해하지 않는 여자들도 그런 전례를 만든다는 것에는 난색을 표하고 있어. 남자들이 걸핏하면 후견인이니 뭐니 하면서 가문의 일에 끼어들게 되는 빌미를 만들게 될지도 모르니까. 그래서 쥬어는 북부에서 가져온 귀한 물건들을 닥치는 대로 대가문에 보내고 자기를 따르는 남자들을 풀어 가문을 회유하고 있어. 괘씸하게도 그런 작업에 어느 정도 성과를 얻긴 했나봐. 감히 협박 비슷한 니름까지 할 정도인 걸 보니.〉

〈정말 재미있는 남자로군. 그런데 수하의 남자들이 많다고?〉

〈주로 남자들이고, 여자도 좀 있어. 대장장이 같은 자들.〉

〈대장장이?〉

〈그래. 아무리 천한 것들이라지만 그렇게 수치를 모르다니, 어이가 없을 지경이야. 페니나 같은 자는 아예 충복이라고 불러야 될 것 같아. 아, 그런데 너 피곤하겠구나.〉

소메로는 쉬어야 할 사람에게 마음 어지러운 이야기를 늘어놓은 것에 대해 사과하며 그녀에게 쉬라고 권했다. 비아스는 소메로에게 나올 때까지 깨우지 말라고 부탁한 다음 자신의 방으로 갔다.

방 안의 묵은 공기는 비아스를 언짢게 했다. 미리 연락을 취했다면 소메로는 방을 깨끗이 치워두었을 것이다. 하지만 비아스는 잠시 뒤돌아볼 여유도 없이 달려와야 했다. 병력이라고 니르기도 민망한 그녀의 군대는 며칠 후에야 도착할 것이다. 그리고 페로그라쥬의 파괴 소식도.

갑옷과 사이커를 벗은 비아스는 침대에 쓰러졌다.

발칵 뒤집힌 하텐그라쥬를 예상하고 왔던 비아스는 평온하기 짝이 없는 도시의 모습과 한가롭게 불평을 늘어놓는 소메로의 모습에서 페로그라쥬의 수호자들이 뱀단지를 통해 연락할 겨를도 없이 당했음을 깨달았다. 그리고 비아스는 슬픈 소식을 전하는 전령의 역할에는 관심이 없었다. 그보다는 사람들이 상황의 심각성을 깨닫고 불안과 혼란에 빠졌을 때 나서고 싶었다. 비아스는 그럼으로써 하텐그라쥬 사람들을 단숨에 휘어잡을 수 있을 거라 생각했다. 하텐그라쥬를 방어하기 위해선 시민들의 적극적인 협력이 필요할 테니⋯⋯.

비아스는 벌떡 일어났다.

침대에 앉은 채 비아스는 벽을 뚫어지게 바라보았다. 그녀는 스스로에 대해 분노를 느꼈다.

〈내가 왜 수호자들을 위해 머리를 쓰고 있는 거지?〉

비아스는 그런 자신을 견딜 수 없었다. 가능하다면 그런 기억 자체를 지워버리고 싶었다. 수호자는 그녀의 적이었다. 그들은 카린돌을 납치하기 위해서 그녀를 이용했었고 비아스에게 있어 그것은 도저히 용서할 수 없는 짓이었다. 짧은 순간 비아스는 자신이 단지 동생 살해를 위해 필요하다는 이유로 수호자 유벡스를 난도질했다는 사실을 떠올리기는 했지만, 그 사실에 영향을 받기 위해서는 아니었다. 비아스가 유벡스를 떠올린 것은 그것이 갈로 텍에게 주어야 하는 교훈의 좋은 모범이라고 생각했기 때문이다.

그다지 윤리적이라고 보긴 힘든 일련의 사고의 결과로서 비아스는 자신의 상황을 재평가해 볼 수 있게 되었다. 그녀는 자신이 수호자의 명령에 의해 하텐그라쥬 방어를 맡는다는 식으로 생각하는 것을 거부했다. 그러자 상황은 전혀 다른 의미로 그녀에게 다가왔다.

〈하텐그라쥬가 내 손에 들어와 있단 니름이지.〉

하텐그라쥬의 수호자들은 군권의 대부분을 움켜쥐고 있다. 그 것은 뒤집어 닐러서 하텐그라쥬의 수호자들 대다수가 도시를 떠나 있다는 의미가 된다. 그리고 모든 수호자들의 힘의 원천은 카린돌 마케로우에게 있다. 그 카린돌은 냉동 장치 안에 있으며, 그 냉동 장치는 심장탑에 있다. 그리고 그 심장탑은 하텐그라쥬에 있다.

비아스는 그 사실이 마음에 들었다.

쥬어 셴은 공정당당한 사람이었다. 그는 부탁받은 약속은 반드시 지키는 성격의 소유자였다. 나가 군대로부터의 보호를 애원하는 불신자들에게 돈을 받고 그들의 주의가 다른 곳으로 돌아간 틈을 타 그들을 살해한 쥬어의 사업도 그런 그의 성격으로 설명된다.

〈그것이 불신자들과 맺은 약속이라도 저는 반드시 지켰습니다. 이제 아무도 그들을 죽일 수 없게 되었지요.〉

비아스는 미소를 지었다. 그것은 가벼운 농담이었다.

〈그런 식으로 돈을 모으셨군. 그런데 겨우 그 정도로 하텐그라쥬의 선량한 여인들을 놀라게 할 만한 치부가 가능했다는 건가?〉

〈그건 시작이었지요. 그 돈으로 무기와 장비를 사서 의용군을 조직했습니다.〉

〈의용군이라고?〉

〈저도 이 위대한 전쟁에서 일익을 담당하고 싶었거든요.〉

〈그래서, 실제로 한 일은?〉

〈원래 하던 사업을 대규모로 확장했지요.〉

비아스는 알 것 같았다. 불신자들은 인본주의자로 태어난 것 같은 나가들의 등장에 감동했을 것이다. 무의미한 학살을 막기 위해 당신들과 함께 싸우겠노라고, 정의와 양심을 위해 동족의 가슴에 칼을 겨누겠노라고 강변하는 고매한 나가들에게 자기 고향의 방비를 맡긴 불신자들은, 그들의 성벽과 울타리 안에서 신속하게 살해되었다. 낭만적인 이야기를 지나치게 좋아했던 것이 그들의 문제였다.

〈약속을 지킨 것이군.〉

〈아무도 그들의 마을을 침범할 수 없게 되었지요.〉

〈불신자들은 도대체 무엇으로 생각을 하는지 모르겠군. 절대로 머리로 생각하는 것은 아닌 것 같은데. 그런 멍청한 이야기를 정말 믿는다는 말이야?〉

〈아, 모르십니까? 그들에게 우리의 목소리는 꽤 인상적으로 들립니다.〉

〈무슨 니름인지 알겠군.〉

쥬어는 빙긋 웃었다. 비아스는 주위를 한번 쓱 둘러보았다.

〈그런 사업으로 이 모든 재산을 다 모았나?〉

〈그외에도 많은 일을 했습니다.〉

비아스는 주위를 한 번 둘러보는 것만으로 쥬어의 재산을 가늠할 수 있었다. 쥬어는 어느 가문을 방문하는 대신 자신의 거처를 만들었다. 물론 그가 하텐그라쥬에 자신의 집을 짓는다면 그것은 참을 수 없는 오만으로 비춰질 것이다. 그렇기에 쥬어는 하텐그라쥬 외곽의 공터에 야영지를 만들었다. 니름이 야영지였지, 바깥 생활의 불편함이라는 것을 찾아볼 수가 없는 수준이었다. 웬만한 집 한 채를 덮을 수 있는 크기의 천막이 쥬어의 거처였고 그 주위로도 무수히 많은 천막이 쥬어의 '의용군'이라는 패거리들을 수용하고 있었다. 그들의 생활은 모두 풍족해 보였다. 하텐그라쥬의 다른 여인들은 아마도 그 모습에서 '남자 주제에 하인을 많이 데리고 있다'는 불쾌감을 느낄 것이다. 하지만 전쟁터에서 몇 년을 보낸 덕분에 비아스는 다른 여인들이 감히 상상할 수 없었던 사실을 간파할 수 있었다. 쥬어는 그 시점에서 하텐그라 쥬에서 가장 많은 병력을 보유하고 있는 사람이었다. 그 패거리들은 분명히 실전 경험이 풍부할 것이라는 판단은 비아스에게 많은 상념을 불러일으켰다.

〈어떤 일을 했는데?〉

〈글쎄요. 마케로우. 상당히 많은 일을 했다고만 닐러드리겠습니다.〉

〈재미있는 것을 많이 얻었겠군. 내게 흥미 있을 만한 것도 있을까?〉

쥬어는 고개를 숙이며 웃었다. 쥬어는 소메로 마케로우가 겪어야 했던 갈등 같은 것은 가지고 있지 않았다. 그래서 쥬어는 마케로우 가문의 실제적인 가주를 향해 닐렀다.

〈제 보잘 것 없는 수집품을 보아주신다면 더없이 영광이겠습니다.〉

쥬어는 몇 사람을 시켜 그의 천막에서 상자를 들고 나오게 했다. 상자는 크고 묵직한 것이었다. 쥬어는 직접 상자를 열었다.

휘황찬란한 광경이 펼쳐졌다. 온갖 진귀한 물건들이 상자 안에 가득했다. 비아스는 특별히 고른 물건들로 내용물을 채웠음을 짐작했다. 모두 가볍게 집어갈 수 있는 물건들이었다. 쥬어는 그녀의 짐작대로 닐렀다.

〈마음에 드시는 것이 있으시면 가지십시오.〉

비아스는 쥬어를 바라보며 미소지었다.

〈그래도 되나?〉

〈물론입니다.〉

비아스는 다시 미소지었다. 쥬어는 보물을 하나씩 들어보이며 그것을 어디에서 가져왔다는 등의 이야기를 꺼냈고 비아스는 매우 관심이 동한다는 표정으로 그 설명을 들었다. 선물용으로 준비된 물건들이 이 정도이니 쥬어의 실제 보물은 몇 배로 막대할 것이다. 비아스는 그 사실에 만족했다. 그리고 유창하게 이어지던 쥬어의 설명이 갑자기 중단되었을 때는 더욱 만족스러웠다.

쥬어는 당황하여 야영지 저편을 바라보았다. 완전히 무장한 나가들이 야영지 입구로 들어서고 있었다. 지저분한 의복에 지친 모습들이었지만, 숫자가 많았다. 야영지 곳곳에서 쥬어의 패거리들이 당황하여 일어서거나 무기를 집어들었지만 병사들은 그쪽에 눈길도 주지 않았다. 쥬어는 비아스를 돌아보았다. 그리고 침착하게 앉아 있는 비아스를 보며 뭔가를 깨달았다.

〈저 자들은 누굽니까, 마케로우?〉

〈저건 내 군단이다.〉

〈당신의 군단이요?〉

〈음. 널러주지 않았던가? 나는 마호가니 군단의 군단장이다. 쥬어. 하텐그라쥬 방어를 위해 돌아왔지.〉

쥬어는 허를 찔린 표정으로 비아스를 바라보았다. 비아스는 쥬어의 보물 상자에서 단검 하나를 꺼내어 바라보았다. 용의 모습으로 도안된 손잡이에 그 머리의 뿔이 칼날을 이루고 있었다. 닮은 점이 거의 없었지만 그 모습은 비아스에게 아스화리탈을 상기시켰다.

〈재미있게 생긴 물건이군.〉

〈저들은 도대체 무슨 일로…….〉

〈이 전쟁에서 일익을 담당하게 된 자네에게 축하를 보내지. 쥬어. 내가 가지고 싶은 것이 여기 다 있군. 자네 야영지를 징발하고 자네의 의용군을 내 군단에 편입시키겠다. 자네 부하들 중 쓸만한 자들을 추려주게. 그리고 자넨 내 부관으로 삼겠다.〉

〈마케로우. 저는…….〉

〈센 가문에는 분명히 기지와 추진력을 갖춘 가주가 필요하겠지.〉

예상치 못한 일을 맞아 준비된 대응이 없을 땐 보통 그렇듯이, 쥬어는 정신을 닫았다. 그리고 생각했다. 그러나 아무리 생각해 보아도 쥬어가 취할 수 있는 대응은 제한적이었다. 쥬어는 비늘을 눕히려 애쓰며 닐렀다.

〈진심으로 감사합니다. 마케로우. 성심을 다해 모시겠습니다.〉

비아스는, 비록 근엄하게 대답하긴 했지만, 쥬어의 충성 선언에는 크게 신경 쓰지 않았다. 하텐그라쥬의 여인들은 건방진 남자를 다루는 비아스의 솜씨에 감명을 받을 것이다. 언젠가 사모페이를 추방했을 때와 같은 찬사가 돌아올 것을 예상하며 비아스는 흥겨운 기분마저 느꼈다. 비아스는 그런 찬사가 정말 좋았다.

빙원 어디에서도 닭 우는 소리는 없었지만 해는 떠올랐다. 모진 추위에 겁을 잔뜩 집어먹은 것 같은 태양이다. 지평선에서는 몇 개의 폭풍이 자라나고 있었기에 한낮의 날씨는 그렇게 좋지 못할 듯했다.

최후의 대장간에 스며든 햇빛은 꽤 진귀한 손님의 눈꺼풀에 가까스로 이르렀다. 비형은 눈꺼풀이 제발 얼어붙지 않았기를 바라며 눈을 떴다. 채 씻겨지지 않은 밤의 잔재들이 방 안 곳곳에 묻어 있었다. 눈을 비비며 일어난 비형은 방을 둘러보았다. 케이건이 방 가운데 있었다.

"케이건! 좋은 꿈 꾸셨습니까? 언제 돌아왔습니까?"

"새벽쯤에 돌아왔소."

비형은 활기차게 이부자리에서 뛰쳐나온 다음 케이건의 부러움을 불어일으킬 만한 세수를 했다. 도깨비는 손에 불을 일으켜 얼굴을 가볍게 쓸어만졌다. 레콘들을 위한 건물인 이 건물에는 세면 시설 같은 것은 없었고 설령 있다 하더라도 이곳의 추위에서 세면은 꽤나 위험한 모험이 되어버리지만, 도깨비에겐 문제가 되지 않았다. 비형은 말쑥해진 얼굴로 케이건 앞에 앉았다.

"그럼 아직 자지 않은 겁니까? 피곤하실 텐데요. 괜찮으시겠습니까?"

"괜찮소. 그건 그렇고, 돌아오는 길에 먼 곳의 불빛을 보았소. 오늘도 방문자가 한 명 있을 것 같소. 티나한에겐 알려주지 마시오."

별 소용은 없었다. 지평선을 노려보는 것으로 하루를 보내곤 하는 티나한은 사납게 몰아치는 폭풍 속에서도 접근하는 레콘을 알아차렸다. 그리고 또다시 단도장 시루의 우려를 살 만한 마중을 나가버렸다. 티나한의 마중을 당한 것은 티나한과 비슷한 연배의 여인이었고, 신체가 아님이 밝혀지고 모든 사태를 이해하게 되자 티나한의 따귀를 보기 좋게 올려붙였다. 그녀가 이해심이 부족했기 때문에 그런 것은 아니다. 다음 방문자를 위해 티나한에게 교훈을 남겨줄 작정이었으니 오히려 사려 깊다 해야 할 것이다. 하지만 실망과 분노 때문에 제정신이 아니었던 티나한은 그런 교훈을 수용할 마음의 준비가 되어 있지 않았다. 두 사람이 일으킨 무지스러운 소란은 비형을 혼비백산하여 도망치게 만들고 시루의 근심을 더욱 깊어지게 했다. 결국 수십 명의 젊은 레콘들이 달려들어 두 사람을 떼어놓았지만 두 사람은 몸을 억류당한 채 서로에게 육두문자를 계명성으로 뿜어대었다. '녹은 얼음을 뒤집어 쓸 놈아!'라든가 '붕어 저택에 빠져 죽을 년아!' 같은 특정 액체를 우회적으로 거론하는 욕설의 방식들은 숨어서 듣고 있던 비형의 흥미를 제법 자극했다. 결국 더 참을 수 없게 된 시루가 수탐자의 방으로 찾아왔다.

피투성이가 된 티나한—도깨비나 인간 기준으로는 험악하기 이를 데 없는 모습이었지만 레콘 기준으로는 그저 몇 군데 긁힌 것에 불과한—에게 비형이 접근하는 것을 거부했기에 치료는 케이건이 맡아야 했다. 케이건은 앉아 있는 티나한의 거대한 몸 주위를 선 채로 돌아다니며 피를 닦아내고 깃털이 빠진 부위에 붕대를 감았다. 그리고 시루는 티나한의 앞쪽에 앉아 사나운 시선으로 티나한을 주눅들게 했다. 바깥의 폭풍 소리를 듣는 시늉을 하며 딴청을 피우던 티나한은 더 견디지 못하고 항복했다.

"잘못했습니다."

시루는 팔짱을 꼈다.

"나는 지금 자네들의 퇴거를 요청할까 고민 중일세. 티나한."

티나한은 기겁하며 몸을 움직여 케이건의 눈꼬리가 올라가게 했다.

"무슨 말씀입니까! 저희는 신체를 찾아야 합니다. 사금파리는 여기 있었습니다!"

"그건 알아. 그런데 내가 보기에 자네들이 하는 일에 특별히 숙련된 기술이 필요한 것 같지는 않던데."

티나한은 어리둥절했다. 한쪽 발로 티나한의 등을 밟은 채 붕대를 잡아당기던 케이건이 대신 질문했다.

"말씀하시는 대로 신체를 확인하는 것은 접시요. 우리야 접시 조각을 들고 왔다갔다 하는 것뿐이지. 그런데 그 질문을 하시는 이유가 무엇이오?"

피를 보지 않기 위해 뒤돌아 앉아 있던 비형도 꽤 관심이 동한다는 몸짓을 해보였다. 잠시 고민하던 시루는 조금 어렵게 말을 꺼냈다.

"그렇다면 그 확인을 내가 대신할 수도 있겠군?"

"대신?"

"내가 그 접시 조각들을 보관하고 있다가 방문하는 젊은이들 앞에 내보이면 되지 않을까? 그리고 신체를 찾아내어 자네들에게 연락해 주면……."

"연락이라면, 그동안 떠나 있으라는 말씀이시오?"

시루는 말을 돌리지 않았다.

"단도직입적으로 말해서, 그래."

수탐자들은 당황하지 않을 수 없었다. 사방으로 며칠 거리 내에 인가라고는 최후의 대장간뿐이니, 결국 시루는 그들에게 라호친으로 떠나 있으라고 말하는 셈이었다.

"물론 티나한이 손님다운 거동을 보여주지 못한 것은 나도 인정하겠소. 주인은 그런 손님에게 떠나라고 명령할 수도 있겠지. 하지만 빙판과 설원을 넘어 열흘 가까이 달려가야 하는 곳으로 우리를 쫓아내는 대신 우리의 사과와 경거망동하지 않겠다는 약속을 받는 쪽을 택하실 생각은 없으시오?"

"나도 그렇게 냉담한 사람은 아닐세. 자네가 손님의 예의를 말하는데, 나도 주인의 예는 알고 있네. 그렇게 쫓아내는 것은 좀 너무하지. 하지만 우리에게 문제가 좀 있다네."

"어떤 문제요?"

"자네들 요즘 최후의 대장장이님을 뵌 적 있나?"

티나한과 비형은 어리둥절하여 서로를 바라보았다. 케이건은 가만히 생각해 보았다. 최후의 대장간에 도착했을 때 모든 레콘을 조사하는 과정에서 수탐자들은 최후의 대장장이도 만날 수 있었다. 그리고 최후의 대장장이 또한 신체가 아니라는 것이 판명되었기에 그들은 그 이후로는 더 관심을 두지 않았다.

"그러고 보니 최근에는 뵌 적이 없는 것 같소. 용무도 없는 저희들이 바쁘신 그 분을 방해할 필요는 없으니까."

시루는 약간 주저하며 말했다.

"그 분께서 요즘 좀 편찮으시다네."

"몸이 많이 안 좋으시오?"

"아니, 곧 나으실 거야. 하지만 지금은 좀 거동이 불편하시지. 그래서 대장간에도 나오지 못하고 계셔. 뭐 꼭 탓하고 싶진 않지만, 티나한이 일으키는 소란이 그 분께 도움이 되는 것 같지는 않아."

집 안에 환자가 있으니 떠들지 말고 나가달라는 요청이었다. 티나한은 그 붕어 저택에 빠져죽을 년 때문에 쫓겨나게 생겼노라고 투덜거렸고 아무도 그 투덜거림에 신경쓰지 않았다. 씁쓸해하는 수탐자들을 달래듯 시루는 말을 덧붙였다.

"화신을 찾는 즉시 그 분을 라호친으로 보내겠네. 그러면 자네들은 거기서 그 분을 만나뵌 다음 곧장 어디에도 없는 신의 화신을 찾아 떠나면 되지 않겠나? 그리고 내 생각에 케이건 자네나 비형에겐 이곳보다는 라호친이 여러 모로 더 편리할 것 같아. 거기엔 인간들이 사니까."

케이건은 그런 요청에 대해 거절할 명분을 떠올릴 수 없었다. 다른 자들도 마찬가지였기에 케이건은 폭풍이 그치는 대로 떠나겠노라고, 그리고 최후의 대장장이의 조속한 쾌유를 바라노라고 대답했다. 시루는 고마워하며 떠났다. 시루가 떠나고나자 티나한은 더욱 열성적으로 예의 여인을 헐뜯었다. 듣다 지친 비형이 끼어들었다.

"티나한. 아무리 레콘이라지만, 여자와 그렇게 싸워야 되는 겁니까?"

"성질머리 지랄 같잖아. 그런 성질머리를 가지고 있으니 그 나이 되도록 결혼도 못 하는 거지."

비형은 한숨을 내쉬다가 문득 이상한 것을 느꼈다.

"결혼도 못 하다니, 그 여자분을 아세요?"

"알게 뭐냐? 오늘 처음 봤는데."

"그런데 어떻게 결혼을 못 한다느니 하는 말을 하는 거지요?"

"무기 받으러 왔잖아? 보나마나 웃기는 것임이 분명한 무슨 숙원이 있으신 것이겠지. 결혼한 여자에게 무기가 뭐가 필요하냐? 신랑 탐색이라는 것도 있냐? 아, 아니지. 그 여자 아마도 남편을 암살하려고 무기 받으러 온 건지도 몰라. 그래! 분명해! 눈빛이 이상하지 않았어?"

비형은 좀 점잖은 단어를 떠올려보려다가 실패하고는 그냥 티나한이 '삐쳤다'고 판단했다. 치료가 끝난 케이건은 비형에게 돌아앉아도 된다고 알려주고서 말했다.

"폭풍이 더 심해지는 것 같소. 아무래도 이런 폭풍을 뚫고 누가 올 것 같지는 않고, 티나한 당신 또한 몸조리를 좀 하는 편이 좋을 테니 그냥 잠이나 자둡시다. 이곳을 떠나면 꽤 오랫동안 제대로 자긴 어려울 테니."

비형은 동의했다. 티나한 역시 잠자리에 들 준비를 했다. 그러나 잠드는 대신 티나한은 고개를 갸웃거렸다.

"아무래도 이상하단 말이야."

이부자리를 정돈하던 케이건이 한숨을 내쉬었다.

"티나한. 나는 그 여인의 눈빛이 남편 암살할 눈빛이라고는 생각지 않소."

"응? 그거 말고, 시루가 말한 것."

"뭐가 말씀이오?"

"왜 아프다는 걸 인정하는 거지? 아프다는 것이 자랑인가?"

케이건은 티나한이 무슨 말을 하는 것인지 알 수 있었다.

"단도장의 성격이 솔직해서 그런 것 아니겠소? 그렇잖으면 우리를 존중한다는 뜻일 수도 있을 테고."

"존중하다니?"

"그도 레콘이니 약한 소리 하는 것 싫겠지만 우리를 존중해서 사실대로 말한 것일 수도 있다는 거요."

티나한은 그런가 보다고 생각하며 잠자리에 들었다.

폭풍은 다음 날 그쳤고, 수탐자들은 단도장 시루의 배웅을 받으며 최후의 대장간을 떠났다. 티나한은 걸었고 비형은 나늬에 올라탔다. 그리고 케이건은 라호친가히들이 끄는 썰매에 탔다.

도깨비불로 주위를 감싼 비형이 가장 빠르게 날아갔다. 그는 라호친에 먼저 도착한 다음 중간에 두 번 식량과 연료 등을 수송했다. 티나한은 걷는 것이 지겨워지면 간혹 썰매에 걸터앉았지만 라호친가히들의 원성 때문에 자주 그러지는 않았다.

아흐레가 지났을 때 티나한과 케이건은 별다른 문제 없이 라호친에 도달했다. 먼저 도착했던 비형은 묵을 곳을 잡아둔 채 그들을 기다리고 있었다. 그리고 비형이 준비해 둔 것은 그것만이 아니었다. 그래서 케이건은, 티나한이라면 차라리 팔을 베어줄지언정 절대로 하지 않겠다고 선언하는 행위, 즉 목욕을 할 수 있었다. 몇 번인가 눈(雪)을 집어 얼굴에 문지른 경험을 제외한다면 1년 만의 목욕이었다.

바깥의 차가운 공기 때문에 목욕통에 들어가 있는 것은 빗속을 거니는 것과 비슷했다. 무럭무럭 피어난 김은 차가운 천장에 닿자마자 응결되어 후두둑 떨어졌다. 레콘에게 그 목욕탕은 고문실일 것이다. 그다지 쓸 일이 없어 부드러워진 근육을 쓸어만지던 케이건은 오른팔을 내려다보았다.

인간의 몸은 바라기 같은 무거운 검을 다룰 수 있도록 되어 있지 않다. 케이건은 아직까지 자신을 인간이라 할 수 있는 건지 의문스러웠지만 그의 오른팔에 일어나는 일에 대해서는 정확히 알고 있었다. 쓰면 쓸수록 단련되는 몸의 신화는, 그야말로 신화일 뿐이다. 어쨌든 말과 같은 허파를 얻는 광부는 없다. 케이건에게 일어나는 일도 그와 같다. 자연이 그의 오른팔에 허용해 둔 것 이상의 충격이 수백 만 번이나 되풀이해서 가해진 끝에 그의 오른팔은 파괴되기 직전의 상태였다.

그리고 케이건은 그 사실에 별다른 감정을 느끼지 않았다.

아마도 나는 흩어져 먼지가 될 것이다.

칼을 휘두르며 피를 찾아 걷고 또 걷는 사이

깨지고 부서진 넋, 바람에 맡긴다.

쓰러져 죽는 대신, 걸으며 먼지가 될 것이다.

"아라짓 전사의 노래군."

류 페이는 고개를 돌렸다. 시우쇠가 그를 내려다보고 있었다. 시우쇠를 바라보던 류은 문득 화염의 화신 어깨 너머로 가늘게 피어오르는 연기를 목격했다. 류은 가슴이 서늘해지는 것을 느꼈다. 그 연기는 며칠이 지난 지금까지도 피어오르고 있었다.

시우쇠는 불꽃의 눈동자로 류을 응시했다.

"고목에 기대어 과거의 일들을 생각하던 전사는 마침내 쓰러져 죽기를 거부하고 일어난다. 썩어들어 가는 수족을 흩뿌리며 세상을 방랑하기로 한다. 도무지 나가에게 어울리는 노래라고 할 수 없어. 노래를 부른다는 것부터가 나가다운 일은 아니지만."

"제가 아는 노래라곤 그것뿐입니다."

류은 베미온을 가리켰다. 베미온은 류의 무릎을 벤 채 정신없이 자고 있었다. 시우쇠는 싱긋 웃었다.

"자장가로도 어울리진 않아. 그런데 뭣 때문에 보자고 했지?"

"저와 함께 어디를 좀 가주셨으면 해서입니다. 이 근처에 두억시니의 피라미드가 있습니다."

"그 질질 흐르는 녀석? 그렇군. 태워줘야겠군."

시우쇠는 그렇게 말하며 류이 일어나길 기다렸다. 하지만 류은 꿈쩍도 하지 않은 채 시우쇠를 쏘아보았다. 시우쇠는 귀찮다는 어투로 말했다.

"뭐냐?"

"태우는 것이 아닙니다. 그 유해의 폭포는 당신이 발견되었다는 소식을 들은 이후로 지금까지 기다려왔습니다. 두억시니가 왜 신을 잃었는지에 대한 대답을 듣기 위해. 당신은 직접 말해야 되는 거라고 하면서 지금까지 그를 기다리게 하지 않았습니까."

"내 대답이 바로 저거야."

시우쇠는 엄지손가락으로 어깨 너머를 가리켰다. 시우쇠가 페로그라쥬에서 피어오르고 있는 연기를 가리킨 것임을 깨달은 륜은 고개를 홱 돌렸다. 그는 비늘을 곤두세운 채 베미온을 내려다보았다.

그것은 살육 현장을 나타내는 알림판이었고 페로그라쥬가 스스로를 태워 키보렌의 하늘에 써보이는 고발이었다. 공격의 날, 차마 눈을 뜰 수 없었기에 륜은 살려달라는 니름이 가장 거세게 들려오는 곳을 겨냥했다. 그리고 죽어가는 모든 나가를 느꼈다. 아이를 끌어안으며 몸을 구부리는 어머니를 느꼈고 물항아리에 뛰어들었다가 그 혹한에 정신을 잃어가는 나가를 느꼈다.

하지만 무엇보다도 륜의 마음을 뒤흔든 것은 어떤 늙은 여인이었다. 하늘에 용이 나타나 불을 뿜어대고 있음에도 불구하고 그 여인은 차분하게 화로를 들고 정원으로 나왔다. 정원에 화로를 내려놓은 여인은 륜을 올려다보았다. 그녀의 모든 것을 느끼고 있던 륜은 여인의 다음 행동에 자신도 모르게 눈을 뜨고 말았다. 여인은 물그릇에 손을 담궜다가 화로에 물방울을 던졌다. 충격 때문에 륜이 얼떨떨해하고 있을 때 아스화리탈이 그쪽으로 고개

를 돌렸다. 류은 황급히 아스화리탈을 멈추려 했지만 이미 여인
은 뿜어져나간 불의 격류에 휩쓸린 후였다.

　그 모든 기억이 류을 뒤흔들었고 류은 정신이 아득해지는 기분
을 느꼈다. 갑자기 시우쇠의 목소리가 들려왔다.

　"그래서 직접 만나야 된다고 한 거지."

　"예?"

　"태우려면 직접 만나야 된다고."

　류은 한동안 시우쇠의 말을 이해하지 못했다. 가까스로 그것을
이해했을 때 류은 분노했다.

　"왜 태워야 한다는 겁니까!"

　류의 고함에 베미온은 깜짝 놀랐다. 공포스러운 경외감으로 이
대화를 훔쳐보던 북부군 병사들도 황급히 다른 곳을 바라보았다.
류은 놀라서 눈을 뜬 베미온을 다독이며 시우쇠를 노려보았다.
시우쇠는 어떤 대답을 해야 할지 고민하는 것처럼 보였다. 그리
고 그 화신이 무슨 생각을 하는지는 용인의 감각으로도 도저히
짐작할 수 없었다.

　마침내 시우쇠의 입에서 흘러나온 대답은 류을 경악시켰다.

　"네가 관련된 이유가 좋겠군. 대호왕 때문에."

　류은 놀라서 말도 꺼내지 못했다. 시우쇠는 류의 대답을 기다
리지 않았다.

　"그 변태 두억시니는 대답을 듣고나면 분노할 거다. 나를 어떻
게 할 수는 없겠지만, 그 녀석과 연결되어 있는 스물두 명의 두
억시니가 있지. 금군 말이야. 그 두억시니들이 대호왕을 공격할
거다. 이제 알겠나, 갇힌 여신의 신랑?"

　겨우 류의 말문이 트였다.

"왜 분노한다는 거죠? 두억시니들이 신을 잃은 것이 범죄와 연관되어 있는 겁니까?"

"범죄라. 모호한 표현이로군. 페로그라쥬가 불탄 것은 아스화리탈의 범죄냐? 그렇잖다면 아스화리탈에게 그런 명령을 한 네 범죄냐?"

류은 다시 화로와, 거기 던져진 물방울을 떠올렸다. 볼 수 없는 거리였지만 류에겐 본 것이나 다름없었다. 류은 베미온을 내려다보며 힘겹게 말했다.

"먼저 전쟁을 일으킨 것은 한계선 이남의 나가들입니다. 설마 피가 차가운 제 동족들이 적은 죽고 자신은 죽지 않는 것이 전쟁이라고 생각하지는 않았을 겁니다. 전쟁을 시작했을 때부터 그들은 그런 각오가 되어 있었던 겁니다."

"또 이것 저것 끼워 맞추는군."

"뭐라고요?"

"불은 네 거다. 그리고 네가 그러고 싶어서 태운 거지. '불 탈 만한 짓을 했다. 그렇게 되는 것도 당연하다.' 너절해. 집어치우라고. 그냥 속시원하게 '이유 따위 묻지 마라, 불을 가진 것은 나다.'라고 외치며 태워줄 수는 없나? 칼을 가진 사람은 찔러죽이고 불을 가진 사람은 태워죽이는 거다. 갇힌 여신의 신랑. 이빨 달린 놈이 물어뜯고 발톱 달린 놈이 할퀴듯이. 그것뿐이야."

"불은 무엇이든 삼키지요. 하지만 우리는 아닙니다. 맹수들이 물고 할퀴는 것에는 배를 채운다는 이유가 있습니다. 아무런 이유가 필요없다는 식의 그런 말씀은 인정할 수 없습니다."

"인정하지 않겠다고?"

"예."

"우리가 너희들을 그렇게 만들었는데?"

류은 소스라치게 놀라 시우쇠를 바라보았다. 그제야 류은 그가 느끼고 있는 것처럼 그저 대책없이 유쾌하기만 한 도깨비를 상대하고 있는 것이 아니라 신을 상대하고 있음을 깨달았다. 류은 비늘을 부딪치며 말했다.

"당신들께서……, 우리를 이유 없이 살육하는 생물로 만들었다는 말입니까?"

"그렇지는 않다. 이유는 있지. 하지만 네가 말하는 것 같은 너절한 이유는 아니야."

"그럼 어떤 이유입니까?"

"우리는 너희들을 먹어야 하는 존재로 만들었지."

"먹는다고요?"

"그래. 먹는 것. 그게 너희야. 그게 생명이지. 모든 동물들이, 식물들이, 생명이라는 생명은 모두 먹는다. 먹지 않으면 생명이 아니지. 우리가 만든 것은 그런 것이다. 너희들이 벌이는 모든 짓거리의 경계엔 큰 글씨로 뚜렷하게 적혀 있지. '일단, 먹고 나서'."

류은 거친 숨을 몰아쉬며 시우쇠를 바라보았다. 그와 반대로 시우쇠의 목소리는 점점 차분해졌다.

"산다는 것은 먹는다는 것이지. 일단 먹어야 살아 있는 것이 저지르는 모든 웃기는 일이 가능해지지. 먹지 못하면 소용없어."

"누구나 다 아는 그런 이야기를……."

"누구나 다 아는 이야기가 가장 중요한 이야기야. 류 페이. 먹는다는 것은 자기를 유지하기 위해 자기 외의 것을 파괴한다는 것이지. 그렇기에 바위를 뚫는 낙수는 바위를 먹는 것이 아니야.

바위가 낙수를 유지시켜 주는 것은 아니니까. 나무를 찍는 도끼도 나무를 먹는 것이 아니야. 도끼의 유지에 나무는 아무런 영향도 주지 못하니까. 그것이 먹는 파괴와 보통의 파괴의 차이점이지. 하지만 둘 다 파괴야. 알겠냐? 우리는 너희들을 다른 모든 것들과 마찬가지로 파괴하는 것으로 만들었어. 하지만 생명은 파괴를 일으켜서 자신을 유지하지. 그런 것을 가리켜 '먹는다'고 하는 거야. 무생물은 그렇지 못하지. 낙수가, 파도가, 태풍이 아무리 파괴를 일으켜도 그것은 자신의 유지와는 상관없어. 그것들은 먹는다고 하지 않아. 파괴한다고 할 뿐이지."

"우리를 파괴하는…… 것으로 만들었다고? 그래서 태우고 찌르고 들이받으라는 식으로 말씀하신 겁니까?"

시우쇠는 미소지었다. 하지만 류의 질문에 대답하지는 않았다.

"범죄 같은 것은 없다. 류. 두억시니가 신을 잃은 것도 범죄와는 관련없어. 하지만 그 질질 흐르는 녀석은 화를 낼 거다. 그게 싫으면 네가 그걸 먹어야 해. 그걸 먹어서 네 누나의 모습을 유지시켜 주라고. 하지만 먹기 싫은 것, 먹으면 안 되는 것은 다른 사람 먹이는 방법도 있지. 그러니 입 다물고 안내나 해라. 그 피라미드엔 네 아스화리탈이 들어갈 수 없을 테니 내가 먹어주지. 네 말처럼 뭐든 삼키는 불인 내가. 가자."

류과 시우쇠는 피라미드로 걸어갔다.

류은 자신이 어떻게 피라미드까지 걸어가고 있는지 알 수 없었다. 바늘로 짠 옷을 입고 가시덤불을 헤치며 걷는 것 같은 날카로운 감각의 시간들을 살아온 류 페이에게 주위를 망각한 경험은 낯설었다. 어렴풋이 기억나는 경험들은 한결같이 황당한 것들이었다. 류은 자신이 진흙탕에서 미끄러질 뻔한 경험이 있다는 것을 분명하게 떠올릴 수 있었다. 그것은 물을 감지할 수 없는, 그리고 용인이 아닌 자라도 밟기 힘들 정도로 뚜렷하게 보이는 진흙탕이었다. 비슷한 경우로 눈 바로 앞에 있는 나뭇가지에 이마를 부딪힌 일도 있었다. 결국 류은 마치 눈을 감고 밀림을 달린 것 같은 초라한 모습이 되어 피라미드의 도시에 도달했다.

퇴락한 유적을 가로지르고 피라미드를 걸어 올라가는 모든 과정이 꿈속의 일처럼 흐릿했다. 도시의 모습에는 변화가 없었고 피라미드 내부의 복잡한 모습도 그대로였다. 그러나 멍한 상태에 있는 류도 느낄 수 있을 만큼 뚜렷한 차이가 있었다. 미로는 더 이상 미로가 아니었다. 지독한 예민함으로 류은 모든 통로의 차이를 구별해 버렸다. 화신의 뜨거운 발자국이 돌 위에 남겨질 때마다 류은 돌의 생김새와 마모된 정도, 그리고 돌들의 배치를 읽었다. 그것은 류에게는 뚜렷하게 표시된 기호나 다름없었다.

피라미드 중간쯤에 이르렀을 때 처음으로 두억시니가 나타났다.

그것은 평범한 두억시니였다. 그러니까, 매우 특이하게 생겼다는 의미다. 통로 가운데 서 있는 두억시니는 세 개의 팔을 가지고 있었고 네 개의 어깨를 가지고 있었다. 두억시니는 모든 어깨에 팔이 있기를 원하는 듯했고 그것이 두억시니의 문제였다. 두억시니의 첫 번째 팔이 두 번째 팔을 뽑아 비어 있는 네 번째 팔의 자리에 붙였다. 그러자 두 번째 팔의 자리가 비게 되었다. 네 번째 팔이 된 두 번째 팔은 세 번째 팔을 뽑아 두 번째 팔의 자리에 붙였다. 그러자 세 번째 팔의 자리가 비게 되었다. 두 번째 팔이 된 세 번째 팔은 첫 번째 팔을 뽑아 세 번째 자리에 붙였다. 그러자 첫 번째 팔의 자리가 비게 되었다. 그래서 세 번째 팔이 된 첫 번째 팔은 네 번째 팔이 된 두 번째 팔을 뽑아 첫 번째 팔의 자리에 붙였다. 그러자 네 번째 팔의 자리가 비게 되었다. 그것이 계속되었다. 륜은 홀린 듯이 그 광경을 바라보았다. 그러나 시우쇠는 무심히 두억시니의 곁을 지나쳤다. 두억시니는 팔을 붙였다 뗐다 하느라 바빠서 륜과 시우쇠에겐 눈길도 주지 않았다. 륜은 시우쇠의 뒤를 따라가면서도 자꾸만 두억시니를 돌아보았다.

몇 명의 두억시니가 더 나타났다. 하지만 지난 번 륜이 지나갔을 때보다 현격하게 적은 숫자였다. 륜은 유해의 폭포가 자신들의 접근을 알아차리고 다른 두억시니를 비켜나게 한 것이 아닐까 추측했다.

깊은 수직 통로가 나타났다.

어둠 속에서 뿜어져나오는 음울한 열에 의지하여 보던 지난 번과는 달랐다. 륜은 유해의 폭포에 함유되어 있는 습기를 민감하게 느끼며 그 전체적인 모습을 보았다. 놀랍도록 슬픈 모습이었지만 륜은 그것이 흥분하고 있음 또한 예민하게 느꼈다.

〈오는 것을 봤다. 륜 페이. 옆에 계신 분이 바로 시우쇠 님이시겠지?〉

륜은 대답할 수 없었다. 그는 시우쇠의 앞을 막아섰다. 화염의 화신은 작렬하는 눈으로 내려다봤다.

"정말 태우실 겁니까? 대답을 듣기 위해 천년을 기다려왔는데? 당신에게 그 시간은 별 것이 아니겠지만 제겐 그렇지 않습니다."

"대호왕이 위험해져도 괜찮은 건가?"

"그 이유뿐입니까? 다른 이유는 없는 겁니까? 아까 당신은 제게 관련된 이유가 좋겠다고 하셨지요. 그렇다면 저와는 관련이 없는 이유도 있다는 겁니까?"

"그래."

"그건 어떤 이유입니까?"

"너와는 관련이 없어."

"그래도 말씀해 주십시오."

륜에게 다시 유해의 폭포가 니름을 걸어왔다.

〈륜 페이. 방해하는 것이라면 미안한데, 뭐가 중요한 이야기를 나누고 있는 건가? 그렇다면 기다리겠어.〉

〈잠시만 그래주십시오.〉"그 이유가 뭡니까?"

"설명하지 않겠다. 비켜."

"제가 비키면 태울 생각이군요. 그렇지요?"

"그래."

륜은 비늘을 세우며 신의 명령을 거부하는 행위에 대해 생각해 보았다. 그것은 그로 하여금 신을 감금한 수호자들의 행위를 연상케 했다. '나가는 이런 종족인 것일까?'

"설명해 주십시오. 그러지 않으면 비켜드릴 수 없습니다."

시우쇠는 고개를 약간 기울이며 웃었다. 그가 내뿜는 코웃음은 불길이었다.

"나에게 대적하겠다는 거냐?"

"설득하려고 애쓸 겁니다."

"왜 설득하려는 건지부터 설명해 봐. 페로그라쥬의 파괴자."

시우쇠가 사용하는 호칭들은 언제나 단순하지 않았다. 그리고 '페로그라쥬의 파괴자'라는 호칭이 의미하는 바는 '갇힌 여신의 신랑'보다 훨씬 적대적이었다. 륜은 요란하게 부딪히는 비늘을 눕히려 한참 동안 애써야 했다. 시우쇠는 빙긋 웃으며 그런 륜을 바라보았다.

류은 시우쇠를, 그리고 통로를 바라보았다. 시우쇠의 몸에서 흘러나오는 열기는 피라미드 내부의 차가운 공기를 격렬히 춤추게 했다. 팔짱을 낀 채 가만히 서 있었지만 류의 눈에 보이는 시우쇠는 끝없이 움직이는 것처럼 보였다.

"저에겐 아버지가 없습니다."

류의 목소리는 나직했다.

"15년 전, 아버지는 제 눈 앞에서 돌아가셨습니다. 심장 파괴를 당하신 겁니다. 저는 사람이 쉽게 죽지 않는 세상에서 자라났습니다. 가족이 죽을까봐, 친구가 죽을까봐, 자신이 죽을까봐 매 순간 두려워할 필요가 없는 세상에서 자라난 나가입니다. 그런데 아버지가 돌아가셨습니다. 저는 도저히 심장을 적출할 수 없었습니다. 주위의 모든 사람들에게 심장 적출은 불사를 담보받는 것이었지만 제겐 그 반대였습니다. 제게 심장 적출은 돌이킬 수 없는 죽음을 선택하는 것이었습니다. 그리고 친구가 죽었습니다. 그날 저는 제 세상에서 도망쳤습니다. 비에나가가 되었습니다. 살고 싶었기 때문입니다."

류은 주먹을 움켜쥐었다. 그리고 손가락 끝의 거센 맥박을 느꼈다.

"거룩한 신이여. 당신들이 우리를 '먹는 존재'로 만들었다고 하셨습니까? 그렇군요. 생명은 유지입니다. 지속입니다. 생명의 틀이 깨어지지 않도록 틀 밖의 것을 파괴하는 것이 생명입니다. 그것이 '먹는' 것이군요. 사는 것은 먹는 것이군요. 잘 알겠습니다."

류은 손을 펴 가슴을 만졌다. 그 느린 동작은 많은 의미를 담고 있는 무의미한 동작이었다. 류은 울음을 터뜨렸다.

"왜 이 이야기를 하는 건지 모르겠습니다. 저는 왜 당신을 설득하고 싶은 것인지 설명할 수가 없습니다."

"설명할 수 없나?"

시우쇠는 주의 깊은 태도로 질문했다. 그의 본성에 어울리지 않는 일이었다. 류은 그 목소리가 마치 잘 떠올려보라고 부드럽게 권유하는 것 같다고 생각했다. 하지만 류은 떠올릴 수 없었다. 은루로 얼굴을 적신 채 류은 고개를 가로저었다.

"못 하겠습니다."

시우쇠는 턱을 만지작거렸다. 손가락과 턱 사이에서 불꽃이 튕겼다. 그는 결심한 듯 말했다.

"한 가지 정도 네게 줄 것이 있다. 다른 것을 더 원하지는 마. 내가 저 눈물처럼 흐르는 죽음을 태우는 것은 어떤 자를 구출하기 위해서다. 갇혀 있기에 그 힘을 타인에게 빼앗기고 있는 자를."

류은 기겁하여 시우쇠를 바라보았다.

"도대체…… 여신과 저 유해의 폭포가 무슨 관계가 있는 겁니까?"

"더 원하지 말라고 했다. 류 페이. 용인인 너는 돌아갈 길을 다 알고 있겠지. 돌아가라."

류은 항변하려 했다. 그러나 시우쇠는 신의 음성으로 말했다.

"돌아가라."

거부가 불가능한 명령이었다. 류은 고개를 떨구었다. 시우쇠의 옆을 지나친 류의 발걸음이 서서히 빨라졌다. 마침내 류은 정신없이 달려갔다.

홀로 남겨진 시우쇠는 유해의 폭포를 바라보았다. 그것은 당황하고 있었다. 긴긴 세월의 기다림 끝에 답을 줄 수 있는 자가 도래했지만, 그의 말을 전해 줄 통역자가 사라졌기 때문이다. 언젠가처럼 그 폭포는 서서히 몸을 일으켰다. 유해의 뱀으로 바뀐 폭포는 시우쇠를 바라보며 안타까움이 담긴 여러 동작들을 취해 보였다. 허리에 손을 얹은 채 그 모습을 바라보던 시우쇠가 갑자기 표현했다. 유해의 뱀은 깜짝 놀랐다.

〈니르실 수 있군요!〉

시우쇠는 표현했다. 유해의 뱀은 온몸을 진동시키며 격렬하게 닐렀다.

〈아니라고요? 아니, 상관없습니다. 의미를 알 수 있으니까. 대답해 주십시오, 대답해 주십시오, 대답해 주십시오! 두억시니가 왜 신을 잃었습니까?〉

〈네? 잃지 않았다니, 그게 무슨 뜻입니까?〉

〈연결을 끊으라고요?〉

유해의 뱀은 대호왕의 곁에 있는 스물두 명의 두억시니들과의 연결을 끊었다. 다음 순간 유해의 뱀은 다시 연결할 수 없다는 것을 알게 되었다. 시우쇠는 표현했다.

〈묶였다고요? 무슨 뜻인지 모르겠습니다. 어쨌든 연결을 끊었으니, 가르쳐주십시오. 잃지 않았다는 것은 무슨 의미입니까?〉

시우쇠는 가르쳐주었다.

티나한이 뛰쳐나가며 열어젖힌 문이 바람에 흔들렸다. 거친 바람은 방 안의 물건들을 닥치는 대로 흔들고 쓰러뜨렸다. 어떻게 할까 고민하던 비형은 일단 문부터 닫기로 했다. 문을 닫고 돌아온 비형은 케이건을 바라보며 말했다.

"글쎄요. 왁! 하고 놀래키는 것과 비슷한 거라고 생각되기는 한데, 그런 취미가 있으십니까?"

"티나한을 불러오시오."

"당신이 몸 닦고 옷을 갖춰입기 전에는 절대로 돌아오지 않을 텐데요?"

케이건은 이미 그 사실을 알고 있었기에 몸을 닦았다. 하지만 마음이 성급했기에 케이건은 제대로 닦지 않은 채 바지에 다리를 끼워넣었다. 당연히 젖은 다리에 바지가 달라붙어 케이건을 쩔쩔매게 했다. 비형은 어이없어하며 말했다.

"당신을 만난 이후로 처음 보는 광경인 것 같군요. 왜 그렇게 침착을 잃으신 겁니까?"

티나한도 마찬가지 의견인 듯했다. 멀리 도망가지 않았는지 바깥에서 고함 소리가 들려왔다.

"동감이다! 도대체 왜 갑자기 목욕탕에서 뛰쳐나오고 난리인 거냐?"

"바깥에 있는 거요, 티나한? 잘됐군. 주인에게 가서 개썰매를 준비해 두라고 하시오. 우리는 최후의 대장간으로 돌아가야 하오. 당장!"

어처구니가 없는 것인지, 혹은 케이건의 말을 따르기 위해 달려가버린 것인지 밖에서는 아무 말도 들려오지 않았다. 비형은 마음을 가라앉히려 애쓰며 말했다.

"뭔가 급한 일이 있는 모양이군요. 하지만 개썰매로 가려면 시간이 많이 걸릴 텐데요. 제가 날아서 가는 편이 빠르지 않겠습니까?"

웃옷에 팔을 끼워넣으려 애쓰던 케이건은 멈칫하며 비형을 바라보았다. 그러나 곧 고개를 가로저었다.

"당신은 안 되오. 티나한이 달려간다면…… 아냐. 역시 우리 셋이 함께 가야겠소."

"왜 제가 가면 안 되지요?"

"어쩌면 피를 볼 일이 있을지도 모르니까."

대답을 끝낸 케이건은 자신이 방 안에 홀로 남겨진 것을 알게 되었다.

바라기와 다른 짐까지 챙겨들고 밖으로 나온 케이건은 기대하던 개썰매 대신 부풀어오른 티나한이 기다리고 있다는 사실에 실망했다. 마당 한가운데서 기다리고 있던 티나한은 조심스럽게 질문했다.

"비형에게 이상한 말을 들었는데, 너 혹시 최후의 대장간을 상대로 전쟁이라도 벌이겠다는 거냐?"

"정신 나가지 않고서야 도대체 누가 그런 짓을 벌이겠소?"

"그렇다면 비형에게 한 말은 도대체 무슨 의미야?"

"그건 말 그대로의 의미요. 하지만 폭력적인 사태는 절대로 없을 거요. 시간이 없소. 티나한. 우리는 신체를 찾았소."

티나한과 비형은 깜짝 놀랐다. 티나한은 말까지 더듬었다.

"시, 신체를? 신체를 찾았다고?"

"그렇소. 조금 전 갑자기 깨달았소. 그 사금파리는 틀리지 않았소. 신체는 최후의 대장간에 있었던 거요. 당신과 싸웠던 그 여인 기억나시오? 그 여자가 왜 거기 왔겠소?"

불쌍한 티나한은 완전히 넋이 나갔다.

"남편 암살할 여자……! 그 여자가?"

이번에는 케이건이 넋이 나가버렸다. 어처구니 없다는 표정으로 티나한을 바라보던 케이건은 곧 자신을 돕기로 결정했다. 케이건은 개썰매를 준비하기 위해 달려갔다. 케이건의 뒷모습을 바라보던 티나한과 비형은 허둥지둥 자신의 짐을 챙기기 위해 달려갔다. 불과 몇 분도 지나지 않아 티나한과 케이건은 대단히 전격적인 동작으로 라호친을 떠났다. 그리고 라호친 시내를 뛰어다니며 보급품을 구입한 비형은 조금 늦게야 출발했다.

시구리아트 관문 요새의 은밀한 방에서, 데오늬 달비는 초조하게 왔다갔다 하고 있었다. 반 시간 가까이 그러느라 방의 폭이 열일곱 걸음에 해당한다는 것을 알게 된 데오늬는 문득 달린다면 몇 걸음일까 궁금해하게 되었다.

예순이 넘은 나이에도 불구하고 바르사 돌 교위는 자신이 뭔가 새로운 것을 익히기엔 너무 나이를 많이 먹었다는 식의 생각을 해본 적이 없었다. 그리고 그런 믿음은 잘못된 것이 아니었다. 아무런 경고가 없었음에도 불구하고 바르사는 데오늬가 달리기를 시작하자마자 벽에 등을 붙였다. 그의 앞을 지나치던 데오늬는 감탄하며 교위를 바라보았다. 바르사는 그만 외면하고 말았다.

잠시 후 바르사는 그녀에게 걸어갔다. 옆을 보고 달리느라 벽을 들이받고 쓰러진 데오늬에게 손을 건네며 바르사는 한숨을 내쉬었다.

"참견하고 싶진 않지만, 되도록 앞을 보며 달리게."

"감사합니다, 교위님!"

"별 말을. 그런데 '이번에는' 왜 달린 거지?"

데오늬의 설명을 들은 바르사는 우울한 표정이 되었다. 5분 전, 그러니까 갑자기 달리기를 시작한 데오늬가 바르사의 발을 밟고 지나가는 사건이 벌어졌을 때 설명을 요구받은 그녀는 '방 안의 온도가 높아지지 않을까 하여' 그렇게 했다고 대답했다. 그래서 바르사는 기특한 생각이지만 무리할 필요는 없다고 말해 줄 수 있었다. '하지만 방의 폭이 얼마인지 궁금해졌다는 부하는 어떻게 다뤄야 할까?' 바르사는 알 수 없었고, 그래서 별 지시를 못내리고는 떨떠름한 표정으로 방 가운데를 바라보았다.

방 가운데는 탁자가 놓여 있었고 그 위에는 다섯 명의 수호 장군들이 누워 있었다. 한 명을 제외하고는 모두 배 위에 천이 덮여 있었다. 그리고 그 천은 탁자 옆으로 늘어져 물독에 담겨 있었다.

간단하면서도 효과적인 장치였다. 천은 물독에서 물을 빨아들여 계속 젖어 있게 된다. 그럼으로써 수호 장군들의 체온을 낮게 유지한다. 이 추운 곳에서는 그런 정도의 조치로도 수호 장군들을 가사 상태에 빠트리는 것이 가능했다. 그것은 그들을 물독에 집어넣어 익사의 위험을 감수하는 것보다 훨씬 안전한 방법이기도 하다.

다른 네 수호자는 그런 식으로 잠들어 있었다. 하지만 한 명의 수호 장군에게서는 천이 제거되어 있었다. 그들은 그 수호 장군이 의식을 회복하기를 기다리고 있었다.

수호 장군이 눈을 떴다. 바르사는 눈짓을 보내었고 대기하고 있던 북부군 병사들이 작살검을 뽑아들었다. 수호 장군은 서서히 정신을 차리고는 주위를 둘러보았다. 바르사는 그가 상황을 이해할 시간을 주었다. 마침내 수호 장군이 입을 열었다.

"깨운 것을 보니 대나무 군단이 지나갔나 보군요. 그런데 왜 나만 깨운 겁니까?"

"그들은 다시 돌아왔소. 키베인. 움직일 수 있다는 것이 이상하지 않소?"

키베인은 가사 상태의 후유증 때문에 약간 혼란스러운 상태였다. 냉기에서 해방된 지 얼마 되지 않은 몸에는 아직 힘이 들어가지 않았고 입을 움직여 목소리를 만드는 것에도 과도한 노력이 필요했다. 키베인은 한참 동안 바르사의 말을 생각해 보고 나서야 대답했다.

"그러고 보니 춥긴 하지만 움직일 수 있을 정도의 날씨군요. 갈로텍 대장군이 가까이 있나 보군요?"

"그렇소. 그리고 이 요새와 전투 중이오. 지금은 잠시 물러나 있지만."

"대장군이 다시 돌아왔다면 당신들의 속임수가 탄로났나 보군요."

"그런 것 같소. 당신네들은 우리 생각보다 더 도깨비불에 익숙해졌나 보오."

"알겠습니다. 그런데 왜 나를 깨운 겁니까? 내게 뭘 바라는 겁니까?"

"당신들의 대장군이 벌이고 있는 이상한 일 때문이오. 어르신들의 보고에 의하면 대나무 군단은 지금 나무를 닥치는 대로 잘라서 대형 공성 병기를 만들고 있소. 나는 믿을 수 없었소."

키베인은 놀랐다.

"나무를?"

"음? 아, 그렇소. 나무를 자른다는 것도 놀라운 일이군. 하지만 내가 놀란 것은 당신들에게 그런 것을 제작할 기술이 있다는 사실이었소. 그런데 알고 보니 당신들의 대장군은 군령자더군. 어떻게 나가가 군령자가 될 수 있는 건지는 여전히 모르겠소만. 혹시 알고 있으시오?"

"나가가 군령자가 된 것이 아니라 군령자가 나가를 선택한 겁니다. 어떤 군령자가 한계선을 넘어왔습니다. 나가로 사는 것은 어떨까 하는 생각에. 그리고 만난 것이 갈로텍 대장군입니다. 이로써 당신은 내가 알고 있는 것을 다 알게 되었습니다."

"흐음……, 알겠소. 그들에게 그럴 능력이 있다는 것은 이해했지만, 그 의도는 여전히 짐작이 가지 않소. 당신들은 나무를 베는 것을 그다지 좋아하지 않지요? 그런데 지금 대나무 군단은 그렇게 하고 있소."

"이상한 일이군요."

"나는 이상하다고 생각하지 않소. 설명할 방법이 있거든."

키베인은 미심쩍은 표정으로 바르사를 바라보았다. 바르사는 씩 웃었다.

"나가들이 어떤 희생을 하더라도 구출해야 하는 대단히 중요한 인물이 당신들 다섯 명 중에 있다고."

키베인은 긴장했다. 바르사는 손을 들어 그를 가리켰다.

"그리고 그 자는 아마 당신일 거요. 당신들 다섯 명 중 항상 당신이 대표로 이야기하더군."

"물론 내겐 나 자신이 중요하지만, 글쎄요. 당신은 뭔가 착각을 하고 있는 것 같군요."

"시치미 떼봐야 소용없소. 키베인. 나가들이 나무를 찍어 베어

내다니, 어처구니 없는 소리지."

"그들에겐 뭔가 다른 이유가 있을 겁니다."

"나는 그 이유를 알고 있소. 당신을 구하려는 거지. 그러니 제안 한 가지 하겠소."

키베인은 잠자코 듣기로 했다. 바르사는 창밖을 가리키는 시늉을 하며 말했다.

"우리는 빨리 즈믄누리로 돌아가야 하오. 그런데 밖에 저렇게 나가 군단이 버티고 있으니 이곳을 떠날 수가 없소. 그래서 우리는 당신을 그들에게 돌려주고 대신 길을 얻을 작정이오."

"길을 얻는다고?"

"그렇소. 이곳에서 좀 떨어진 곳에 도로왕의 옛길이라 불리는 곳이 있소. 산맥을 넘는 옛날 길인데, 지금은 상태가 별로 좋지 않아서 대규모 인원이 다가오긴 힘들지. 우리는 오늘밤 그 길로 해서 산맥을 넘어갈 거요. 그동안 대나무 군단은 요새에서 볼 수 있는 곳에 모여 있어야 하오. 만일 대나무 군단이 사라진다면 유료 도로당의 당원들이 즉각 당신을 처형할 거요. 무슨 말인지 알겠소? 우리가 다 넘어간 다음 당신을 풀어줄 거요. 그러면 그들은 당신을 데리고 천천히 산맥 옆을 돌아서 이곳을 떠날 수 있겠지."

키베인은 어떻게 대답해야 할지 알 수 없었다. 그에겐 다행스럽게도 바르사는 그에게 대답할 시간도 주지 않았다.

"몸을 좀 녹이면서 기다리도록 하시오. 잠시 후 당신을 요새 꼭대기의 창문으로 데려가겠소. 그곳에서 내가 말한대로 전달하시오. 어르신을 보내어 전해도 되겠지만 당신이 직접 말하는 편이 더 호소력이 있겠지. 알겠소?"

그리고 바르사는 데오늬와 함께 방을 나갔다. 작살검을 든 병사들은 방 안에 남아서 키베인을 감시했다. 자신의 처신에 대해 고민하던 키베인은 머리가 아파오는 것을 느꼈다.

요새의 복도를 걸으며 데오늬는 자꾸만 달려가고 싶은 것을 억누르려 애썼다. 이야기를 하면 좀 나아질 거라고 생각한 데오늬는 바르사에게 말을 걸었다.

"교위님. 질문이 있습니다."

"하게. 데오늬."

"조금 전의 추리에 정말 감탄했습니다. 그런데 키베인 수호 장군님이 어떤 분이기에 나가들에게 그렇게 중요한 것일까요?"

바르사는 데오늬를 바라보다가 갑자기 너털웃음을 터뜨렸다. 그는 고개를 절레절레 흔들었다.

"그 녀석은 다른 수호 장군들과 똑같은 정도로 중요하겠지."

데오늬는 눈을 동그랗게 뜬 채 바르사를 바라보았다.

"무슨 말씀입니까? 그 분이 중요하기 때문에 다른 나가들이 나무를 베면서까지 하면서 구출하려고 애쓰고 있는 것 아닙니까?"

"그렇지 않아. 저 녀석들이 이 요새를 통과하려 애쓰는 것은 키베인이나 다른 수호 장군을 구하기 위해서가 아니라 빨리 남쪽으로 돌아가기 위해서다. 북부군이 하텐그라쥬로 향하고 있으니 갈로텍은 빨리 남쪽으로 돌아가 그들을 상대해야겠지. 그래서 공격을 서두르고 있는 거다."

"그러면 교위님께서는 왜 키베인 장군이 중요 인물이라고 하셨습니까?"

바르사는 빙긋 웃었다.

"달비 부위. 조금 전 그들이 남쪽으로 가고 싶어한다고 말했다. 그런 그들에게 이 산맥을 넘는 다른 길이 있다고 알려준다면 어떻게 행동할까? 내 생각이지만 오늘밤 갈로텍은 군단 전체를 이끌고 도로왕의 옛길에 나타날 거다. 그러고는 키베인을 중요 인물이라고 믿고 있는 우리의 멍청함을 비웃으며 산맥을 넘어가려 하겠지."

데오늬는 미간을 찡그린 채 바르사의 말을 생각하다가 곧 탄성을 질렀다. 바르사는 고개를 끄덕였다.

"시구리아트 유료 도로당의 당원들이 가르쳐줬다. 그 길은 상태가 좀 좋지 않은 정도가 아니라 완전히 끊어져 있어. 레콘들도 당의 유료 도로를 이용할 정도이니, 뻔하잖아? 하지만 갈로텍은 그것을 모르지. 우리는 그들이 요새 앞에서 사라지면 저기로 나가서 그들의 뒤를 따라가다가 끊어진 길에 대나무 군단을 모두 몰아넣은 다음 기습하는 거다. 갈로텍은 날씨 조절하느라 꼼짝도 못할 거다. 우리를 공격하기 위해 날씨 조절을 포기해 버리면 나가들이 얼어붙을 테고. 갈로텍이 남쪽으로 돌아가고 싶어하는 것만큼이나 우리는 그들을 보내줄 수 없어. 갈로텍이 절대로 시구리아트 산맥을 벗어날 수 없도록 해야 해. 알겠나?"

"잘 알겠습니다!"

키베인은 결국 바르사의 요청대로 요새 꼭대기에 올라가야 했다. 바르사는 미리 어르신을 보내어 갈로텍으로 하여금 요새 가까이로 오게 했다.

북부군 병사들에게 포위당한 채 키베인은 창문 앞에 섰다. 잠시 후 먼 곳, 길이 굽이치는 곳에서 갈로텍이 말에 탄 채 나타났다. 키베인은 갈로텍이 가까이 다가옴에 따라 날씨가 더 따뜻해지는 것 같은 느낌을 받았다. 물론 갈로텍 자신이 열원이거나 한 것은 아니기에 그것은 키베인의 착각이었다.

갈로텍은 쇠뇌의 사정 거리 안쪽까지 들어오는 호기를 보였다. 그가 도로 가운데 멈춰섰을 때 키베인은 그를 향해 닐렀다. 키베인은 되도록 간략히 니르자고 결심하고 있었다. 인질이 되어 있는 것도 모자라 정체까지 탄로났다는 사실이 창피했기 때문이다. 바르사는 창문 옆에 서서 키베인과 갈로텍을 번갈아 쳐다보았다.

갈로텍은 잠자코 키베인의 니름을 들었다. 그리고 한참 동안 아무 말이 없었다. 키베인이나 바르사 돌, 그리고 데오늬가 초조함을 이기지 못하고 어쩔 줄 몰라할 때 갈로텍은 대답했다. 그런데, 그것은 육성이었다.

"무슨 속임수를 쓰려는 것이냐? 이 산에 사람이 넘을 수 있는 길은 이 길 외에는 없다."

키베인은 어리둥절하여 바르사를 쳐다보았다. 해명을 요구하는 눈빛이었지만 바르사는 그 요구를 들어주는 대신 놀란 표정으로 갈로텍을 바라보았다. 갈로텍의 말은 계속되었다.

"도로왕의 옛길은 끊어져 있지. 당원이 분명히 가르쳐줬을 거야. 그런데 그런 길로 넘겠다니? 그렇다면, 흐음. 그렇군. 이중의 속임수군. 우리를 그 끊어진 옛길로 몰아넣으려는 것이군. 누구인지 모르겠지만 머리를 꽤 쓰는 친구가 있는 모양인데."

바르사는 이를 갈며 속삭였다.

"제기랄! 저 녀석 군령자라더니 당원의 영도 가지고 있는 건가?"

주퀘도가 관문 요새를 향해 외치는 동안 갈로텍은 키베인을 향해 닐렀다.

〈대수호자님. 죄송합니다만 당신이 아무것도 아니라는 식으로 이야기하겠습니다. 만일 당신이 키보렌의 대수호자라는 것이 밝혀지면 저들에게 큰 화를 입을 수도 있습니다. 저들도 당신이 대단한 인물이라고 생각하고 있는 것은 아닙니다. 조금 전 이곳의 지리를 잘 아는 사르마크 상장군과 의논해 본 바 저들은 이중의 속임수를 쓴 것입니다.〉

그리고 갈로텍은 바르사의 계략을 간략하게 정리해서 들려주었다. 키베인은 감탄의 느름을 보내었다. 그 속 편한 반응에 비늘이 부딪칠 지경이었지만 갈로텍은 꾹 참으며 닐렀다.

〈꼭 구출해 드리겠습니다. 하지만 그러기 위해선 저들이 당신에게 크게 신경쓰지 않는 편이 좋습니다. 아무 걱정 마시고 기다리십시오.〉

주퀘도는 비아냥을 잔뜩 섞은 어투로 바르사의 계략을 떠벌렸다. 바르사는 미간을 찌푸린 채 그것을 들으며 대응을 고심했다. 그런데 주퀘도의 말이 점점 그 대상을 바꿔갔다. 바르사, 혹은 북부군을 겨냥하여 외치던 말은 어느새 유료 도로당을 향해 있었다.

"이 짐승의 굴 같은 요새에 기대어 만인에게 오만을 부리는 짓에도 이제 고별을 해야 할 것이다! 너희들의 수의는 오래 전에 결정되어 있었다. 너희들은 산양의 가죽에 싸인 채 계곡에 버려질 것이다!"

요새의 다른 부분들에서 당원들의 거친 욕설과 저주가 터져나왔다. 그것은 북부군과 나가들의 일, 즉 여행자들 간의 일이었고 거기에 참견하는 것은 유료 도로당의 정신에 맞지 않았지만, 주퀘도의 폭언은 용납할 수 없는 것이었다. 하지만 당주의 방에서 창문을 통해 아래를 내려다보던 케이 보좌관은 나가임에 분명한 자가 토해 내는 증오에 미심쩍은 기분을 느꼈다.

요새에서 들려오는 폭언에 주퀘도는 사납게 웃었다.

"개자식들. 250년 전 내게 은편 열 닢을 받아낼 때의 그 거만함은 어떻게 된 거냐?"

당원들과 북부군은 엉뚱한 숫자에 당황했다. 그러나 케이 보좌관은 섬뜩한 기분을 느꼈다. 그는 눈을 비비며 나가를 바라보았다.

"설마?"

그때 주퀘도가 목이 터져라 외쳤다. 나가의 목을 빈 그 목소리는 처절하면서도 아름다웠다.

"이 산적놈들아, 귀를 씻고 잘 들어라! 죽음을 뛰어넘어 내가 돌아왔다! 주퀘도 사르마크가 시구리아트 관문 요새에 돌아온 것이다!"

바르사 돌은 그 이름을 알고 있었다. 그는 창턱을 짚으며 비명처럼 외쳤다.

"죽음의 거장!"

유료 도로당의 당원들도 충격 때문에 침묵했다. 죽음의 거장은 그 침묵에 만족하며 오른손을 높이 들어올렸다. 그러자 하늘 저편에서 돌덩이들이 폭풍처럼 날아왔다. 대수호자를 구출하기 위한 일념으로 나가 병사들이 슬픔을 억누른 채 만든 투석기들이 일제히 발사된 것이다.

머리 위로 수천 개의 돌덩이들이 비명을 지르며 날아갔지만, 주퀘도는 꿈쩍도 하지 않은 채 무한히 차가운 미소를 흘렸다.

최후의 대장간의 계단에서, 시루는 눈을 찌푸린 채 빙원을 노려보고 있었다. 그리고 그의 곁에는 비형 스라블이 어쩔 줄 모르는 모습으로 서 있었다. 비형은 그 자리가 거북했다. 다른 두 사람보다 먼저 도착했지만 아무것도 설명할 말이 없었기 때문이다. 비형은 주저하며 말했다.

"곧 올 것 같은데…… 한 번 더 날아 가볼까요?"

"됐네. 저기 오고 있으니까."

비형은 지평선을 바라보았다. 과연 시루의 말처럼 무엇인가가 언덕을 넘어오고 있었다. 잠시 후 그 무엇인가는 완전히 지쳐버린 레콘과 인간으로 바뀌었다. 꼴이 말이 아니었다. 개썰매는 티나한이 끌고 있었고 그 자리에 있어야 할 라호친가히들은 케이건과 함께 썰매에 실려 있었다. 물어보지 않아도 대충 무슨 일이 있었던 건지 알 수 있는 모습이었다.

최후의 대장간 앞에 도달하자마자 티나한은 쓰러졌다. 그리고 케이건은 부들부들 떨리는 다리로 힘겹게 썰매에서 걸어나왔다. 화를 내어주리라 마음먹고 있던 시루는 그 모습에 차마 언성을 높일 수 없었다.

"정말 오늘 도착할 줄은 몰랐네. 닷새만에 오다니. 고생 많이 했겠군."

케이건은 얼굴에 붙은 얼음 조각들을 떼어내느라 말을 제대로 못했다. 시루는 어눌하게 말했다.

"정말 미안하지만 대장간에는 들어갈 수 없네."

놀란 티나한은 피로에도 불구하고 벌떡 일어나 앉았다. 하지만 비형은 놀라는 대신 빙원 한쪽을 바라보았다. 그곳에는 큼직한 얼음집이 있었다. 라호친 사람들이 만드는 반구형의 얼음집이었다. 시루 역시 그쪽을 가리키며 말했다.

"내가 밖에 얼음집을 만들어 두었네. 저곳에서 머물도록 하게. 보기에는 을씨년스럽지만 그래도 꽤 지낼 만하다네. 비형은 이미 지난 밤 저곳에서 머물렀네."

비형은 지난밤에 저 안에서 도깨비불 피워놓고 자보았더니 꽤 괜찮더라는 식으로 시루를 거들었다. 묵묵히 듣고 있던 케이건은 간신히 입을 열어 잔뜩 쉰 목소리로 말했다.

"들어갈 거요."

"이해하기 어렵겠지만 그럴 수가 없네."

케이건은 쉰 목소리로 말했다.

"이해하오."

"뭐? 이해하다니, 무슨 말인가?"

"왜 못 들어가는지 이해하오."

시루는 미심쩍은 표정으로 케이건을 바라보았다. 말을 하기가 퍽 힘든 듯 케이건은 몇 번이나 숨을 몰아쉰 다음에야 다시 말을 이었다.

"하지만 그런 금기도 잠시 접어두어야겠소."

"자네 도대체 무슨 말을 하는 건가?"

"그런다고 해서 마귀가 붙거나 하지는 않소. 신체에 마귀가 붙을 리도 없고."

이 대화에 참여할 수 없다는 사실에 매우 애석해하던 티나한과 비형은 시루의 반응에 놀라고 말았다. 시루는 세 배로 부풀어오른 채 케이건을 바라보았다. 시루가 분노하여 케이건을 때려 죽이려 마음 먹은 것은 아닌가 하며 긴장한 두 사람은 곧 자신들의 생각이 틀렸음을 알 수 있었다. 시루는 경악하고 있었다. 말도 못할 정도로.

"그, 그, 그럼 자네 말은……?"

"그렇소."

티나한은 결국 끼여들고 싶은 마음을 억누르지 못했다.

"케이건. 그럼 진짜 그 남편 암살할 여자가 신체인 거야?"

케이건은 힘이 쭉 빠졌다. 그가 진력이 났다는 것은 분명했지만, 티나한이나 비형은 케이건이 화를 낼 거라고는 생각하지 않았다. 그들의 예상대로 케이건은 친절하게 말했다.

"티나한. 접시가 안 붙었잖소."

"그래. 그랬지. 그러면?"

"그 여인은 결혼 못 한 것이 아니오. 아마 오래 전에 결혼했을 거요. 그것도 첫째 부인이겠지."

"결혼한 여자가 뭐하러 무기를 받으러 오냐?"

"받으러 오긴 했지만, 무기는 아니오. 그 여인은 아기를 받으러 왔소."

비형은 해괴한 비명을 지르며 시루를 돌아보았고 티나한은 깃털을 사정없이 부풀렸다. 시루는 수염볏을 떨며 케이건을 보고 있었다. 케이건은 차분하게 말했다.

"진작 말해 주지 않은 것에 대해 화를 낼 수도 있지만 관두겠소. 어차피 태어날 때까지 기다려야 했던 것은 마찬가지일 테니. 사금파리는 이곳에 나타났소. 그렇소, 시루. 우리가 찾던 신체는 요즘 대장간에 못나오게 되었다는 최후의 대장장이의 태내에 있었던 거요. 지금쯤은 나왔을지도 모르겠군. 어떻게 되었소?"

시루는 어지러운 듯 기둥을 짚었다. 케이건은 무뚝뚝하게 말했다.

"어떻게 되었소?"

"어제······ 태어나셨네."

케이건은 안도했다.

"다행이군. 그러면 숯이나 준비해 주시오. 대장간이니 많이 있겠지."

티나한은 신생아가 있는 집에 부득이하게 외인을 들일 경우 취해야 하는 수단이 그렇게 많다는 사실에 놀랐다.

시루는 케이건의 요구대로 숯을 가져왔다. 티나한은 케이건이 시키는 대로 버슬에 숯을 문질렀다. 그리고 케이건과 비형은 각자 이마에 문질렀다. 하지만 그들이 그런 행동을 하는 동안 다른 대장장이가 사태를 깨닫고 밖으로 나왔다. 그가 제기한 '소금을 몸에 뿌리지 않고 어떻게 외인이 들어올 수 있느냐'는 주장에 케이건은 묵묵히 소금을 부탁했다. 시루가 황급히 소금을 가지러 달려간 후에 또 다른 대장장이가 나왔다. 무슨 요구를 듣게 될지 두려워하고 있던 비형과 티나한은 곧 질문의 홍수에 빠지고 말았다. '근래에 상가에 들른 적이 있느냐, 동쪽으로 흐르는 물을 건넌 적이 있느냐, 뱀허물을 만진 적이 있느냐, 기타등등.' 대장장이는 그 질문들이 대단히 중요하다는 태도를 취했고, 그래서 티나한과 비형은 성심껏 대답했다. 하지만 그들은 속으로 도대체 왜 그런 것을 알아야 하는지를 설명해 주면 더 좋겠다고 생각했다. 그러는 와중에 소금이 도착했고 수탐자들은 몸에 소금을 뿌렸다. 그러나 대장간 입장은 허락되지 않았는데, 복숭아 나무로 어깨를 몇 번 두드려야 한다는 의견을 제시한 자가 있었기 때문이다. 시루는 어쩔 줄 몰라하는 표정으로 황급히 목재 창고로 달려갔고 티나한과 비형은 슬슬 약이 오른다고 생각했다. 하지만 케이건은 강철 같은 표정으로 묵묵히 기다렸다. 케이건의 냉엄한 얼굴은 어떤 고집스러운 레콘이 그런 모든 조치를 취하더라도 외인은 출입 금지라고 주장했을 때조차 바뀌지 않았다. 그러나 티나한은 더 참지 못했다.

"제기랄, 정말 같은 레콘으로서 인간 볼 낯이 없군, 그래. 케이건은 하라는 짓 꼬박꼬박 다 했잖소! 그런데 이제 와서 안 된다고? 젠장, 그렇다면 전쟁이다!"

꽤나 험악한 사태가 벌어질 뻔했지만 다행히도 먼저 여러 가지 처방을 제시했던 자들이 그렇게까지 별짓을 다 시킨 다음에 못 들어온다고 말하는 것은 지나치다고 생각했다. 그들이 티나한을 거들고 나서자 고집스러운 레콘도 한 발 물러났다.

그리하여 그들은 간신히 최후의 대장간에 들어섰다.

대장간 내부의 공기는 긴장되어 있었다. 젊은 레콘들은 모두 행동을 조심하고 있었다. 티나한은 저들은 외인이 아니냐고 외칠 뻔했지만 그들이 일정 구역 이상을 벗어나지 못하는 것을 깨닫고는 항의를 삼켰다. 젊은이들은 모두 숙소 근방에만 머물러 있었다. 하지만 수탐자들은 보다 내밀한 곳까지 안내되었다. 주위의 엄숙하기까지 한 분위기에 비형은 목소리를 낮추었다.

"그런데 케이건. 물어볼 것이 있는데요. 왜 시간이 없다고 하신 겁니까?"

"무슨 말이오?"

"급히 이곳으로 오자고 하셨잖습니까. 하지만 그 아기가 어디로 갈 리도 없잖습니까?"

"바로 그게 문제요."

"예?"

"그 아기는 어디로 갈 수가 없소. 방금 태어난 신생아를 그 어미에게서 떼내어 전쟁터로 데리고 갈 수는 없는 노릇이오. 하필이면 신생아라니, 기박하다고 할밖에."

듣고 있던 티나한의 안색이 어두워졌다. 비형 또한 걱정스러운 얼굴로 케이건을 바라보았다.

"내가 서두른 것은 그 아기보다 다음 신체 때문이오. 그 아기가 북부군에 아무런 도움이 못 될 가능성이 있는 이상, 빨리 접시를 복구한 다음 어디에도 없는 신의 신체를 찾아나서야 하오. 그리고 그 수탐이 이루어지는 동안 그 아기가 걸을 수나 있게 되기를 바라야겠지. 레콘은 빨리 크니 그나마 다행이라고 해야겠소."

"그렇군요. 그런데 어떻게 최후의 대장장이가 임신 중이라는 것, 그리고 그 아기가 신체라는 사실을 추리해 내신 겁니까?"

케이건은 잠시 침묵했다가 말했다.

"1년 만에 목욕을 하던 중 인간의 신생아 또한 1년 가까이 모친의 태내에 있다가 나와서 씻겨진다는 사실이 떠올랐소. 그러자 모든 사실을 알게 된 거요."

비형은 탄복하려 했다. 그러나 그때 그들을 안내하던 레콘들이 걸음을 멈췄다. 그들이 안내된 곳은 응접실 같은 곳이었다. 수탐자들은 방 안에 앉았고 레콘들은 떠났다. 잠시 후 시루가 그들에게 왔다. 시루는 사금파리들을 담아둔 상자를 내보였다.

"여기서 기다리게. 최후의 대장장이께서 아기를 데리고 오실 걸세."

"고맙소. 그런데 다른 것 하나를 더 부탁하고 싶소만."

"뭔가?"

케이건은 필요한 것을 말했다. 시루는 의아해하다가 곧 케이건이 요청한 것을 가져다주었다. 그것은 물이 담긴 작은 주전자였다. 시루가 물러간 다음 케이건은 상자와 주전자를 방바닥에 내려놓고는 피로를 떨쳐내기 위해 애썼다. 티나한 또한 어디에도 없는 신의 신체를 찾아나서기는커녕 그대로 쓰러져 이틀쯤 잤으면 좋겠다는 생각을 했다. 상대적으로 덜 피로한 비형만이 조바심을 내며 기다렸다. 그때 몽롱한 표정으로 앉아 있던 티나한이 화들짝 놀라며 말했다.

"그런데 아이 아버지가 누구지?"

케이건은 피로한 눈을 들어 티나한을 바라보았다. 티나한은 수염볏을 비틀며 말했다.

"아기가 생기려면 아버지가 있어야 하잖아. 그런데 최후의 대장장이가 결혼했을 리가 없지. 결혼을 했다면 대장장이 일을 할 리가 없으니."

케이건은 어쩔 수 없이 약간 심드렁한 어조로 말했다.

"티나한. 꼭 결혼해야 아기가 생기는 것은 아니오."

티나한은 큰 충격을 받은 얼굴로 케이건을 바라보았다. 그가 케이건의 부도덕한 말에 대해 준엄한 질책을 하려 마음 먹었을 때 문가에서 다른 목소리가 들려왔다.

"나도 그 말에 동의해."

수탐자들은 강보에 싸인 아기를 품에 안은 채 방 안으로 들어서는 레콘 여인을 발견했다. 수탐자들은 일어서려 했지만 최후의 대장장이는 고갯짓으로 앉아 있도록 한 다음 자신 또한 방바닥에 앉았다.

비형은 거의 1년만에 보는 최후의 대장장이의 모습을 유심히 바라보았다. 산고 때문인지 약간 피로해 보였지만 억센 팔뚝과 강인한 어깨는 여전했다. 다른 모든 대장장이들의 동의를 얻어 최후의 대장장이가 된 그녀의 위대한 경력은 쉬 지워지지 않는 것이다. 하지만 그녀의 얼굴을 가득 채우고 있는 것은 어머니가 된 여인의 충만한 기쁨이었다. 한편 티나한은 의심스러운 눈으로 최후의 대장장이를 바라보았다.

최후의 대장장이는 웃으며 말했다.

"그래. 티나한. 무기를 받으러 왔던 어떤 젊은 레콘이 이 애의 아버지야."

티나한은 수염볏을 빳빳하게 세웠다. 최후의 대장장이는 부리를 딱 부딪쳤다.

"나는 아기를 가지고 싶었다."

"아기를 가지고 싶으셨으면 결혼을 하셨으면 될 거 아닙니까."

"하지만 숙원도 소중했지. 최후의 대장장이가 되겠다는 숙원."

티나한은 수염볏을 붉히며 다시 항의하려 했다. 그때 이야기를 늘일 생각이 없었던 케이건이 불쑥 끼어들었다.

"내가 아는 어떤 레콘도 숙원과 결혼을 모두 달성하겠다는 야심을 갖고 있었소."

티나한은 그만 할 말이 없어졌다. 그 레콘이 누군지 짐작한 최후의 대장장이는 다시 웃으며 티나한을 바라보았고 티나한은 헛기침을 하며 외면했다. 케이건은 상자를 가리키며 말했다.

"출산 축하드립니다. 아드님이오, 따님이오?"

"딸이야."

"이야기는 다 들으셨습니까?"

"들었다."

"잘됐군. 그럼 시험해 봐도 되겠소?"

최후의 대장장이의 얼굴에서 기쁨이 사라졌다. 그녀는 불안한 표정으로 강보에 싸인 아기를 내려다보았다. 깃털 대신 솜털로 뒤덮여 있는 그 어린 것은 깊이 잠들어 있었다.

"내가 낳은 것이……, 정말 모든 이보다 낮은 여신이라는 거냐?"

"당신이 낳은 것은 레콘이오. 먼젓번 신체였던 자가 죽기 직전 그 신체에 깃들어 있던 모든 이보다 낮은 여신이 따님에게로 전령한 것이오. 물론 이것은 내 추측이 맞다는 전제 하의 이야기지만, 나는 맞을 거라고 생각하오. 하지만 확인해 봅시다."

"먼저 말해 줘. 만약 이 아기가 신체가 맞다면, 너희들은 이 아기를 화신으로 바꿀 거지?"

"아마도 그렇게 될 것 같소."

"나는 평범한 도깨비였던 시우쇠가 너희들을 만난 다음 괴물 같은 자가 되었다고 들었다. 미안해, 도깨비. 하지만 시우쇠에 대해 들려오는 것은 모두 험악한 이야기들이었다."

비형은 수긍한다는 듯이 고개를 끄덕였다. 최후의 대장장이는 케이건을 노려보며 말했다.

"내 아기도 그렇게 변하는 거냐?"

"변하긴 할 거라 생각되지만, 어떻게 변할지는 나도 모르오."

"이 아이가 더 이상 내 아기가 아니게 된다는 것이군?"

케이건은 짙은 피로감을 느꼈다. 그는 신체를 찾을 각오가 되어 있었지만 신체의 어머니를 설득할 각오는 해두지 않았다. 그는 지금 이 순간에도 나가에게 살해당하고 있는 북부인들을 생각해 보라고 말하지는 않았다. 그리고 대의(大義)와 운명에 대해서도 말하지 않았다. 그것은 최후의 대장장이를 지나치게 모욕하는 행위였다.

대신, 케이건은 속삭이듯 말했다.

"미안하오."

케이건은 자신이 세계를, 신을, 운명을 대신할 수 없다는 것을 알고 있었다. 하지만 너무 빨리 자식과 헤어져야 하는 어머니가 원하기에 잠시 그들을 대신했다. 그녀 또한 케이건이 그들을 대신하여 사과할 수 없다는 것을 알고 있었지만 그 대역을 용인했다.

최후의 대장장이는 긴 한숨을 내쉬고 말했다.

"일어나라."

케이건은 상자와 주전자를 들고 일어섰다. 최후의 대장장이는 수탐자들을 데리고 방을 나왔다.

그녀는 대장간의 가장 비밀스러운 장소로 수탐자들을 인도했다. 대장장이들이 그들을 보며 놀라거나 혹은 다가서려는 몸짓을 했지만 최후의 대장장이는 그들의 접근을 허락지 않았다. 얼마 후 그들은 대장간의 중심부에 도달했다. 대장장이가 아닌 자들은 들어올 수 없는 곳이다.

비형과 티나한은 경외감에 사로잡힌 채 주위를 둘러보았다.

그들이 들어선 곳에만 벽이 있었다. 다른 벽들은 모두 수십 미터에 달하는 얼음이었다. 비형은 그것이 얼음산의 일부임을 깨달았다. 천장은 까마득한데다 투명한 얼음으로 되어 있어 높이를 짐작키 어려웠다. 바닥 또한 매끄러운 얼음이었다.

그 중심부에 별빛로가 있었다.

얼음으로 만들어진 노였다. 상식을 완전히 깨트리는 그 노의 내부에는 불이 피워지지 않는다. 대신 천장과 얼음벽을 통해 미끄러져 들어온 별빛이 모여든다. 그곳에서 최후의 대장장이는 강철을 제련한다. 그리고 그 강철은 대장장이들의 손을 거쳐 천년이라도 버티는 레콘의 무기가 된다. 최후의 대장장이는 수탐자들을 돌아보았다.

"이곳이 어디인지 짐작하겠지. 그래. 이곳에서 철은 별철로 바뀐다."

최후의 대장장이는 한팔로 강보를 받쳐들며 다른 손으로는 별빛로를 쓰다듬었다.

"내 딸이 변하는 모습을 보기엔 가장 좋은 장소라고 생각되는군. 시작해라."

케이건은 상자를 들고 앞으로 나섰다.

"바닥에 앉아주시겠소?"

최후의 대장장이는 그렇게 했다. 케이건은 그녀의 무릎 앞에서 상자를 열고 꾸러미를 펼쳤다. 그러자 사금파리들이 모습을 드러내었다.

사금파리들이 달그락거리며 움직였다.

티나한과 비형은 숨을 죽인 채 그 모습을 바라보았다. 몇 년 전 시우쇠 앞에서 그러했던 것처럼 사금파리들은 서로의 깨진 면을 찾아 움직였다. 하나둘씩 엉겨 큰 조각을 이루던 사금파리는 마침내 접시의 모습을 이루었다. 최후의 대장장이는 슬픈 미소를 지었다.

"맞는 거냐?"

"그 아이는 신체요."

최후의 대장장이는 무겁게 고개를 끄덕였다. 케이건이 말했다.

"잠시만 기다려주시오."

"뭔가가 더 남았느냐?"

케이건은 가져왔던 주전자를 접시 위로 가져갔다. 그리고 하나가 된 접시에 조심스럽게 물을 부었다. 최후의 대장장이는 약간 흠칫하는 모습을 보였고 그래서 케이건은 안심시키듯 말했다.

"시우쇠 앞에서도 이렇게 했소. 그러자 접시에 있던 액체는 다른 액체로 바뀌었소. 도깨비들이 가까이 하기 싫어하는 어떤 액체로. 아시겠소?"

최후의 대장장이는 가벼운 탄성을 질렀다. 비형은 그 날의 기억을 떠올리며 진저리를 쳤다. 물이 붉은 기를 띠다가 마침내 피로 바뀌었을 때 비형은 질겁하며 도망쳤다. 하지만 그때까지 평범한 도깨비였던 시우쇠는 홀린 표정으로 접시를 내려다볼 뿐 움직이지 않았다. 그리고 케이건의 요구에 따라 그 피를 마시고 화신으로 바뀌었다.

케이건은 주전자를 내려놓고 기다렸다. 하지만 한참 동안 기다려도 물은 그대로였다. 케이건은 고개를 끄덕였다.

"이럴지도 모른다고 생각했소. 시우쇠 앞에서 도깨비가 싫어하는 어떤 액체로 바뀌었으니, 같은 맥락에서 이번에 나타나야 하는 것은 레콘이 싫어하는 액체일 가능성이 있소. 그런데 레콘이 싫어하는 것은 바로 이 액체지."

최후의 대장장이는 자제력을 잃지 않은 채 질문했다.

"그걸 어쩔 생각이냐?"

"따님에게 마시게 할까 합니다만."

"알았다."

티나한은 당황하지 않는 그녀에게 놀랐다. 최후의 대장장이는 티나한에게 웃었다.

"대장장이는 불만 다루는 것이 아니야. 담금질을 하려면 물도 필요하지."

최후의 대장장이는 아기를 조심스럽게 깨웠다. 아기는 칭얼거리다가 눈을 크게 떴다. 최후의 대장장이는 손수 접시를 들어올려 다시 티나한을 놀라게 한 다음 그것을 아기의 부드러운 부리로 가져갔다. 아기는 몇 번 도리질을 쳤지만 최후의 대장장이는 차분하게 아기를 달랬다. 마침내 아기는 접시에 담긴 물을 받아 마셨다. 최후의 대장장이는 빈 접시를 내려놓고는 흥분과 불안에 휩싸인 눈으로 아기를 내려다보았다.

부리를 몇 번 부딪치던 아기는 갑자기 울음을 터뜨렸다. 대장장이는 극도로 불안한 표정으로 아기를 내려다보았다. 티나한과 비형은 아기의 울음이 세상에서 가장 진귀한 소리라도 되는 양 주의 깊게 들었다. 아기는 점점 더 크게 울었다. 불안에 떨리던 대장장이의 눈이 어느덧 놀라움으로 바뀌었다. 아기의 울음은 끝을 모르고 커졌다. 그것은 곧 계명성의 수준을 뛰어넘었다. 더 견딜 수 없었던 비형과 케이건은 귀를 틀어막으며 뒤로 물러났다. 조금 후에는 티나한마저 주춤하며 뒤로 물러났다. 아기의 울음은 끝을 모르고 커졌다. 최후의 대장간이 통째로 진동하는 것 같은 거대한 울음이었다.

사모 페이는 천천히 가면을 붙잡았다. 가면 없이 개방된 장소에 섰던 것이 오래간만이었기에 사모는 자신도 모르게 눈을 감았다. 가면을 손에 든 그녀는 자신이 충분히 침착해질 때까지 기다리기로 했다. 그녀의 주위에 있던 두억시니들은 각자 편한 자세로 앉거나 눕거나 접은 채 기다렸다.

사모는 눈을 떴다.

아찔할 정도로 반가운 열기가 그녀의 맨얼굴에 와닿았다. 태양이 뿌리는 찬란한 축복 속에 그녀는 키보렌을 보았다.

눈 높이 이상의 공간에는 자신을 체념해 버린 듯한 잎들이 나뭇가지에 가당찮은 부담을 주며 관능적으로 늘어져 있다. 그러나 물기가 잔뜩 오른 그 싱그러움을 보지 않더라도 길 잃은 바람이 실수로 다가올 냥이면 어김없이 몸을 살랑살랑 흔들어대는 모습은 참으로 생기가 넘친다. 말라 바스러진 후에도 땅에 닿지 못한 채 숲의 머리에 널브러진 나뭇잎들은 조그마한 바람에도 호들갑스러워진다. 비가 올 모양이야! 그러나 요괴처럼 빛나며 이글거리는 태양 때문에 오히려 검푸르게 보이는 하늘 어디에도 구름 한 점 찾아볼 수 없다. 하지만 일사병에 걸린 바람이라면 잔뜩 있다. 나뭇잎을 희롱하는 것으로 모자라 바람은 재를 퍼올렸다.

날아든 재가 사모와 마루나래, 그리고 두억시니들을 휘감아돌다가 사라졌다. 사모는 시선을 눈높이 아래로 낮추었다.

잿더미와 그을린 돌, 그리고 가차없이 녹아내려 원래 무엇이었을지 짐작키도 어려운, 혹은 짐작하고 싶지 않은 물체들이 혼돈스럽게 쌓여 있었다. 그 모든 것들은 아직껏 뜨거웠다.

사모 페이는 죽은 페로그라쥬를 밟고 서 있었다.

돌무더기 사이에서 살을 뚫고 튀어나온 뼈처럼 불쑥 솟은 목재 끝에서는 조그마한 불이 타오르고 있었다. 마치 불의 꽃잎을 피운 한떨기 꽃처럼 보였다. 일반적으로 횃불과 같이 특별히 처리된 경우가 아니라면 그런 목재가 끝에 불을 달고 있을 수는 없지만, 그 목재는 기괴하고 복잡한 재난의 순간들을 거쳐 자연스러운 횃불로 바뀌어 있었다. 즉 반쯤 탄화된 목재는 돌무더기에 파묻힌 아래쪽으로부터 연료를 그 머리부분에서 타오르는 불에 공급하고 있는 것이다. 들기름을 빨아올려 불을 태우는 등잔의 심지와 같은 원리다. 사모는 돌무더기에 감춰져 있는 연료가 무엇일지 상상하지 않았다.

고개를 돌린 사모의 눈에 무엇인가를 열심히 뜯어먹고 있는 쥐한 마리가 들어왔다. 불에 타 무너진 사육장에서 뛰쳐나온 것임이 분명한 그 쥐도 페로그라쥬를 덮친 재앙에서 나름의 전상(戰傷)을 얻은 모양이었다. 등의 털이 타버려 분홍빛 살갗이 드러나 있었다. 상처에서 진물이 배어나오고 있었지만 아랑곳하지 않은 채 쥐가 열심히 뜯어먹고 있는 것은 새카맣게 타버린 쥐였다. 사모는 비늘을 부딪쳤고 쥐는 못마땅하다는 듯 사모를 쏘아보고는 곧 어딘가로 달려갔다. 사모는 고개를 돌렸다.

페로그라쥬의 심장탑이 어디 있었는지는 분명히 알 수 있었다. 하늘을 찌를 듯한 그 높이 때문이 아니다. 무너진 심장탑은 언덕과 같은 돌무더기로 바뀌어 있었다. 다만 돌의 양이 워낙 많기에 무너진 후에도 인상적인 규모를 유지하고 있었다. 그곳에서 풍겨나오는 고기 굽는 냄새는 마루나래를 유혹하고 있었다. 하지만 사모는 마루나래를 엄격하게 제지했다. 그녀는 페로그라쥬 사람들의 심장이 불타버렸던 장소에 다가가고 싶지 않았다. 사모는 도시 외곽에서 보았던 시체들을 떠올렸다. 무슨 일이 일어났던 것인지는 분명했다. 불타는 도시에서 가까스로 빠져나온 사람들도 심장탑이 무너진 순간 온몸에서 피를 흘리며 쓰러졌을 것이다. 그 때문에 사모는 생존자에 대한 기대를 거의 하지 않았다. 적출을 하지 않은 어린 나가라면 심장탑의 붕괴에서도 안전했겠지만 자기 집 밖으로 별로 나와보지 못했을 그런 어린 나가들이 도시를 덮친 미증유의 환란에서 살아남았으리라 생각하기 어려웠다. 그녀의 예상대로 어디에서도 니름은 들려오지 않았다. 소음에 묻혀버리는 비명과 달리 니름을 방해하는 것은 거의 없었음에도 불구하고.

좋은 나무가 많이 나기에 고급 서판을 생산해 내던 페로그라쥬의 마지막 모습 앞에서, 사모는 질문을 던졌다.

〈류. 이것이 북부인들에게 저지른 나가의 죄에 대해 네가 집행한 징벌이니?〉

사모는 서글픔을 느꼈다. 페로그라쥬의 처참한 마지막 모습 때문에 그런 감정을 느낀 것은 아니었다. 북부에서 보낸 4년 동안 그녀는 나가의 손에 자행된 처참한 살육을 수도 없이 보았다. 낭자한 유혈과 피냄새로 뒤범벅이 된 그런 광경에 비해 소각된 페로그라쥬의 모습에는 불이 가져다주는 묘한 깨끗함이 있었다. 사모가 느낀 서글픔은 그 폐허의 모든 곳에 남겨져 있는 무감각함에서 비롯된 것이다.

〈집행은 네가 했지만 판결을 내린 것은 네가 아니겠지. 류. 나는 누가 이 참상을 원했는지 알고 있어. 베미온 굴도하, 키타타 자보로, 그리고 귀하츠 신뷰레가 이것을 원한 것이겠지. 너는 그들의 도구야. 하지만, 하지만 너는 생각할 수 있는 도구야. 그런데 이 무감각함은 뭐지? 저주받을 용인의 감각 같으니! 너무도 예민하게 주위를 느끼는 네겐 더 이상 너 자신을 느낄 힘이 남아

있지 않아.〉

사모는 마루나래의 갈기를 움켜쥐었다. 마루나래는 떨리는 그
녀의 손길에 불안함을 느낀 듯 사모의 얼굴을 들여다보았다.

〈그들을 위해 죽는 것은 왕인 나의 일이야. 네가 아니야! 너는
케이건 드라카가 되어선 안 돼.〉

사모는 가면을 다시 착용했다. 마루나래에 오른 사모는 금군들
이 일어나기를 기다렸다.

〈그렇게 놔두지 않겠어.〉

마루나래가 걸음을 뗐다. 두억시니들은 서서히 그 뒤를 따라
움직였다.

페로그라쥬의 잔혹한 폐허는 끝이 없는 것 같았다. 사모는 그
안으로 들어온 것을 후회했다. 뒤로 돌아서 지금이라도 도시를
우회하는 것이 낫지 않을까 하는 생각을 떠올렸을 때 비로소 사
모는 페로그라쥬를 벗어났다. 도시에 지나치게 가까웠기에 숲의
청신함은 부족했지만 사모는 최악의 악몽 같은 도시를 빠져나온
것만으로도 살 것 같은 기분을 느꼈다. 그녀는 남쪽을 향해 달
렸다.

수호자 세리스마는 침중한 표정을 짓고 있었다. 수호자 보트린
은 조심스럽게 닐렀다.

〈갈로텍은 곧 그 관문 요새를 통과할 수 있을 겁니다.〉

세리스마는 침울하게 닐렀다.

〈그렇게 상황이 녹록지 않아. 갈로텍은 그 높은 곳의 날씨를
바꾸는 것에 힘을 다 소모하고 있어. 휘하의 수호 장군들이 일으
키는 폭풍은 관문 요새에 아무런 해도 끼치지 못해. 그곳은 원래

날씨가 험악한 곳이니까. 게다가 갈로텍이 그곳의 수력을 거의 다 장악하고 있기 때문에 수호 장군들은 다른 곳에서 폭풍을 만들어와야 하지. 또한 그 폭풍은 갈로텍의 날씨 조절을 방해할 수도 있어.〉

〈그렇다면 결국 병사 대 병사의 싸움이잖습니까? 그곳에는 주퀘도 사르마크도 있습니다. 그 자는 전쟁의 달인이잖습니까.〉

〈그런데 관문 요새는 그 달인을 거꾸러뜨린 유일한 상대지. 아무래도 통행료를 보내주는 방법을 생각해 봐야겠군.〉

보트린은 비늘을 약간 세웠다. 세리스마의 제안은 처음 나온 것이 아니었다. 갈로텍이 시구리아트 유료 도로에 묶여 있다는 이야기가 전해졌을 때 세리스마는 곧 그들에게 통행료로 쓸 대금을 보내줄 방도를 궁리했다.

하지만 그들에게 접근하여 통행료를 건네줄 수 있는 부대들은 모두 남진 중인 북부군을 막기 위해 급히 회군 중이었다. 통행료를 전달하는 데 많은 인원이 필요한 것은 아니다. 하지만 그들이 있는 위치가 몇 명의 수호 장군들이 기온을 조절하지 않는 이상 접근하기도 힘든 추운 지방이라는 점이 문제였다. 그런데 남진하는 북부군을 상대하기 위해 가장 필요한 것이 바로 수호 장군이었다. 시우쇠와 뇌룡공을 저지할 수호 장군이 없다면 병사가 수십 명이든 수십만 명이든 별 차이가 없다. 세리스마가 내놓은 해결책은 하텐그라쥬의 수호자들을 모조리 모아 통행료 수송 부대를 꾸린다는 방법이었다. 하지만 대부분의 수호자들이 수호 장군이 되어 떠났기 때문에 하텐그라쥬에는 수호자들의 숫자가 많지 않았다. 하텐그라쥬를 떠나고 싶은 생각이 조금도 없었던 보트린은 그 의견에 반대했다.

〈얼마 남지 않은 수호자들까지 이곳을 떠난다면 도시는 누가 지킵니까? 지도그라쥬가 이 도시를 보호해 주겠다고 나설지도 모릅니다.〉

세리스마의 심기가 불편해졌다. 하텐그라쥬에 대한 지도그라쥬의 영향력이 커진다면 차기 대수호자의 자리가 누구에게 돌아갈지는 분명했다. 세리스마는 지도그라쥬의 오라기를 떠올리며 비늘을 부딪쳤다. 10년이 넘는 세월을 투자하여 이 모든 일을 준비하고 실행해 온 그는 도저히 그런 결과를 받아들일 수 없었다. 세리스마는 단호하게 닐렀다.

〈수호자들을 보내지는 않아.〉

〈그러면 다른 방도가 없습니다.〉

〈북부에 대해 우리보다 잘 아는 자가 필요해. 우리는 이곳을 떠난 적이 없어. 하지만 지금 이 도시에는 북부에 가 본 나가들이 많이 들어와 있잖아? 그중엔 우리보다 더 나은 생각을 해낼 수 있는 자가 있을 거야.〉

보트린은 안도했다. 할 니름이 있었기 때문이다.

〈쥬어라는 남자가 있습니다. 셴 가문에서 태어난 남자인데, 그 가문의 가주 자리를 원하고 있습니다.〉

〈남자가? 무슨 니름인가?〉

〈그는 모험가라고 불러야 할 만한 사람입니다.〉

보트린은 쥬어에 대해 알고 있는 사실들을 닐렀다. 세리스마는 의아해했다.

〈그 녀석은 어떻게 북부를 돌아다닌 거지?〉

〈군단을 따라다닌 거죠. 나가들로부터 불신자를 지켜주려는 척했다고 말씀드리지 않았습니까? 즉 나가의 공격이 임박한 장소에

서 주로 활동했다는 니름이지요.〉

〈그렇군. 공격하기 위해 수호 장군들이 기후를 바꿔놓은 곳이
군. 하지만 그러려면 재주가 비상해야겠군.〉

〈그렇습니다. 군단과 항상 적당한 거리를 두는 재주가 있어야
하지요. 자칫 잘못하면 차가운 지역에 고립될 수도 있으니까요.〉

〈그 녀석이 좋겠군. 그렇게 비상한 자라면 뭔가 괜찮은 생각을
떠올릴 수 있을지도 모르겠어. 그 자를 만나봐. 보트린.〉

〈알겠습니다.〉

보트린은 세리스마에게 인사한 다음 그의 방에서 물러났다.

계단을 내려오던 보트린은 어느 층계참에서 잠시 걸음을 멈췄
다. 그곳은 심장탑의 특별한 부분이었다. 내려가는 계단과 옆을
번갈아 보며 고민하던 보트린은 결국 몸을 돌렸다.

문 앞에는 두 명의 수련자들이 자리를 지키고 있었다. 수련자
들은 그 곳의 책임자를 알아보고 가볍게 인사를 건넸다. 보트린
은 간단히 화답한 다음 열쇠를 꺼내었다. 잠긴 문을 연 보트린은
안으로 들어가 빗장을 질렀다.

방 저편에는 거대한 금속 상자가 차갑게 번득이고 있었다. 카
린돌 마케로우의 몸을 구속하고 있는 냉동 장치였다. 보트린은
냉동 장치의 한쪽에서 뿜어져나오는 열기만 보고서도 그 장치가
이상 없이 움직이고 있음을 확인했다. 무수한 시간 동안 이미 익
숙해진 동작으로 보트린은 일상적인 점검을 시작했다. 냉동 장치
의 냉기가 새는 부분이 없는지 조사하는 것은 나가의 눈에는 간
단한 일이었다. 줄어든 약품을 보충하고 모든 것이 정상임을 확
인하자 점검은 완료되었다.

하지만 보트린은 점검이 불충분하다는 느낌을 받았다. 고개를

돌려 빗장을 확인한 보트린은 다시 냉동 장치를 바라보았다. 우물거릴 시간은 없었다. 밖에서 지키고 있는 수련자들은 일상적인 점검에 필요한 시간을 잘 알고 있었다. 보트린은 결심을 굳히고는 벽으로 다가갔다. 그곳에 걸려 있는 털옷을 걸친 보트린은 다시 냉동 장치로 돌아가 그 문을 붙잡았다. 그리고 주저없이 열었다.

냉기가 그를 엄습했다. 보트린은 털옷을 단단히 여미면서 어두운 내부를 들여다보았다. 점차 윤곽과 빛깔이 뚜렷해졌다. 헤아릴 수 없이 많이 경험한 일이었지만 보트린은 언제나처럼 흥분과 긴장을 느꼈다.

보트린은 자신의 신부를 바라보았다.

'왜 그들은 여신을 민감하게 느끼는 내 능력을 단지 쓸모 있는 능력으로밖에 생각하지 못하는 것일까? 그들도 이 분의 신랑들인데!'

보트린은 왜 그런지 알고 있었다. 신랑이니 신부니 하고 니르지만, 그것은 나가의 세계와 무관한 명칭이었다. 그들의 세계에는 남녀의 항구적인 결합이라는 것이 존재하지 않았다. 하지만······.

보트린은 공상에 빠져들었다. 불신자들의 풍습인 결혼이 그 공상의 주된 내용이었다. 결혼. 한 남자와 한 여자의 결합. 보트린은 나가들이 가지고 있지 않은 이국적인 풍습에 자신과 여신을 대입했다. 어처구니 없지만, 그렇기에 매혹적인 상상이었다. 그는 여신을 느꼈다. 그랬기에 여신을 동정했다.

그는 여신을 사랑했다.

많은 시간이 흘렀다는 것을 깨달은 보트린은 소스라치게 놀랐다.

　냉동 장치 안의 냉기가 희미해져 있었다. 보트린은 황급히 문을 움켜쥐었다. 그러나 그것을 닫는 대신 보트린은 멍한 표정으로 카린돌 마케로우를 바라보았다. 냉기가 사라지자 그 모습은 더욱 뚜렷하게 보였다. 그 눈꺼풀은 금방이라도 열려 보트린을 바라볼 것 같았다.

　가까스로 보트린은 문을 닫았다.

　뒤로 물러나 털옷을 벗으면서 보트린은 비늘을 곤두세웠다. 채 가시지 않은 흥분과 공상의 즐거움, 그리고 다음 번에는 정말 그런 일이 벌어질지도 모른다는 걱정 때문이었다.

　하텐그라쥬 외곽의 공터에서, 쥬어의 의용군들은 한 자리에 모여앉아 자신들의 어제와 오늘, 그리고 내일에 대해 고민했다.

　처음 자신들이 마호가니 군단에 편입되었다는 사실을 알게 되었을 때 그들은 큰 충격을 받지는 않았다. 북부의 경험이 풍부한 그 자들은 군단과 그들의 행동에 커다란 차이가 없음을 잘 알고 있었다. 굳이 차이를 둔다면 군단은 불신자들을 죽이고 나서 전리품이 될 만한 것이 있는지 알아보지만 그들은 전리품이 될 만한 것이 있는지 알아본 다음에 죽인다는 점이 다를 뿐이었다. 그들 중 일부는 오히려 군단에 편입된다는 사실을 반기기까지 했다. 그 사실을 반기는 자들은 쥬어가 사업을 그만두고 센 가문인지 뭔지를 계승하겠다고 나서는 것을 못마땅하게 생각하고 있던 자들로서, 그런 축들은 군단에 들어갔으니 다시 북부로 돌아갈 수 있을 거라고 생각했다.

　하지만 비아스는 하텐그라쥬를 떠날 생각이 없는 듯했다. 그들은 이제 동료가 된 군단병들에게 질문을 던졌고 자신들이 하텐그라쥬 방어를 담당하게 되었다는 사실을 알게 되자 어리둥절해졌다. '하텐그라쥬를 방어하다니, 지도그라쥬가 쳐들어오기라도 한다는 건가?' 그런 추리는 그들을 질겁하게 했다. 마음껏 쳐죽일 수 있는 불신자들과 나가는 분명히 다른 상대였다. 군단을 따라다녔기에 그들은 수호 장군들의 능력과 군단의 힘을 충분히 목격할 수 있었다. 그런 자들을 적으로 두게 된다는 것은 도저히 반길 수 없는 일이었다.

당연한 반응으로서 그들은 쥬어에게 찾아갔다. 그리고 서로 가는 길이 달라도 함께 했던 나날의 추억을 되새길 수 있다면 그 어찌 아름다운 일이 아니겠느냐는 취지의 니름을 전달했다. 떠날 테니 북부에서 얻은 보물을 나눠달라고 니른 것이다. 하지만 무섭도록 추운 북쪽에 있다가 따뜻한 남쪽으로 돌아오자 정신이 어떻게 되기라도 한 것인지 쥬어는 그들을 몹시 당혹시키는 대답을 했다. 그들은 탈영하는 자는 사형이라는 니름에 동의했지만 그것이 자신들에게 해당하는 니름이라는 사실은 이해하기 힘들어했다. 결국 그들은 실망하고 의기소침해져서 모였지만, 별다른 뾰족한 수가 떠오르지 않았다.

번잡하고 황당한 니름들이 오가는 있는 곳에서 조금 떨어진 곳에 그들의 니름에 별 관심이 없다는 태도로 누워 있는 두 사람이 있었다. 그들은 의용군에 들어온 지 얼마 되지 않았기에 의용군의 사업에 별 애정이 없었고, 따라서 군단에 편입되는 것에도 별다른 거부감은 없는 듯했다. 의용군들은 그들도 논의에 포함시켜야 되지 않나 생각했지만 두 사람은 지도그라쥬와 싸우든 누구와 싸우든 배만 곯지 않으면 상관없다는 무신경한 태도로 다른 자들의 호의를 거부했다. 그들이 태평하게 잠든 모습을 보자 다른 자들은 호의를 베풀 마음도 없어졌다.

만약 그들 중 청력에 주의를 기울인 자가 있었다면 두 사람이 옆으로 돌아누운 채 육성으로 대화를 나누고 있다는 기묘한 사실을 알게 되었을 것이다. 하지만 그런 자는 없었고, 그래서 두 사람은 아무 방해도 받지 않고 대화를 나누었다.

"카루. 정말 지도그라쥬가 여길 공격하려는 것일까?"

"내 생각에는 그렇지 않아. 스바치. 마호가니 군단에는 가장 많은 수호 장군이 있지. 만약 지도그라쥬가 내습한다면 수호 장군들이 절실하게 필요해. 하지만 저 꼴을 봐. 병사들의 숫자도 부족하지만, 무엇보다도 수호 장군들이 하나도 보이지 않아. 지휘를 맡고 있는 것은 비아스 마케로우였어."

"제기랄, 비아스라니. 우리를 알아보면 어떻게 하지?"

스바치는 비늘이 곤두서는 것을 느꼈다. 입 모양이 보이지 않도록 돌아누워 있었지만 비늘이 움직인다면 다른 자들이 의아해할 것이기 때문에 스바치는 자신을 억누르려 애썼다. 쉽진 않았다. 카루는 우울하게 대답했다.

"그런 일이 일어나기 전에 여신을 해방시켜야지. 이 웃기는 패거리들 덕분에 하텐그라쥬에 돌아오는 데는 성공했어. 이젠 우리가 미루어두었던 그 마지막 단계를 생각해 봐야겠는데, 도대체 어떻게 하지?"

스바치는 자신감 있게 말했다.

"그 점에 대해서는 약간 떠오른 것이 있어. 만약 이곳에 대한 공격이, 그게 어떤 세력에 의한 공격인지 모르겠지만 어쨌든 공격이 일어난다면 심장탑의 방어가 약해질 거야. 수호자들도 모두

254

방어에 나설지도 모르니까."

"그 틈에 심장탑에 잠입한다?"

"바로 그래."

"그렇다면 여기를 떠나야겠군. 이곳에 계속 있는다면 바로 그 방어에 끌려나가게 될 테니까. 하지만 쥬어가 우리를 떠나게 해줄까? 그 악독한 녀석은 오랫동안 함께 했던 동료들의 요청도 거절한 것 같은데."

"몰래 떠나는, 그러니까 도망치는 것은 어떨까? 밀림에 숨어 있는다면……."

"그러면 전투가 벌어졌을 때 잠입하기 쉽지 않을 거야. 그 시점에 우리는 심장탑 가까이에 있어야 해."

"그렇다면 도시 쪽으로 도망쳐서 아무 가문이나 방문한다면? 여기는 하텐그라쥬야. 이렇게 큰 도시에서 우리가 어느 집을 방문 중인지 어떻게 찾아내겠어?"

카루는 한숨을 내쉬었다.

"그것도 쉽지 않아. 하텐그라쥬가 지나치게 소란스러워졌어. 사람들은 집 밖으로 너무 자주 나오더군. 우리는 여자들을 호위하기 위해 계속 밖으로 나와야 할걸. 그러면 발각될 가능성이 높지. 출입을 별로 하지 않는 가문을 알아낼 수 있다면 좋겠지만 지금 상태에서는 알아낼 방법이 없어. 자네 혹시 그런 가문 아나?"

스바치는 특별히 떠오르는 가문이 없다고 대답했다. 카루 역시 마찬가지였기에 그들의 대화는 중단되었다. 잠시 후 카루가 다시 입을 열었다.

"쥬어에게 비밀을 알려주면 어떨까?"

"비아스가 화리트를 죽였다는 것? 물론 쥬어가 그 비밀을 알면 비아스를 조종하는 데 쓸 수 있으니 좋아하겠지. 하지만 증거가 없어. 증인이 될 수 있는 것은 우리뿐이고."

"아니, 내가 말한 것은 그것이 아냐. 수호자들이 여신을 구속하고 있다는 비밀 말이야."

"음? 그걸?"

"그래. 우리가 나서서 니르는 것은 소용이 없겠지. 수호자들은 당장 우리를 눌러죽일 테니까. 하지만 쥬어는 대가문들에게 호의를 얻으려 애쓰고 있어. 어느 정도 성공한 것 같기도 하고. 잠간. 생각 좀 해보자. 뭔가 계획이 될 것도 같아."

카루와 스바치는 긴 시간 동안 이야기를 나눴다. 차츰, 그들의 머릿속에 모호하나마 어떤 계획이 떠오르기 시작했다.

티나한은 격분하여 외쳤다.

"이리줘! 내가 해보겠다!"

"그러시오."

케이건은 선선히 고개를 끄덕이며 접시를 내밀었다. 티나한은 그것을 두 손으로 움켜쥐었다. 최후의 대장간에서 철창을 처음 쥐었을 때 그랬을까 싶은 신중한 동작이었다. 티나한은 허리를 숙여 접시를 바닥에 내려놓았다. 그는 신중하게 접시를 오른쪽으로 약간 돌렸다가, 다시 왼쪽으로 조금 돌렸다. 마침내 만족할 만한 상태가 되었는지 티나한은 똑바로 일어섰다. 그는 제자리에서 잠시 호흡을 골랐다.

그리고 티나한은 아무도 예상치 못한 행동을 했다. 티나한은 위로 뛰어올랐다. 삽시간에 티나한은 수십 미터 높이로 솟구쳤다. 비형이 감탄하며 위를 올려다보았을 때 케이건이 그의 손을 낚아챘다.

"비형. 이리로."

티나한은 정점에서 우레 같은 소리를 내질렀다. 온몸이 세 배로 부풀어올랐고 그 눈은 전의로 불타올랐다. 그리고 티나한은 바닥에 놓인 접시를 향해 똑바로 내려떨어졌다.

충돌의 순간 굉음과 함께 바닥의 석판들이 박살이 났다. 미리 대피했던 케이건과 비형은 최후의 대장장이의 등 뒤에서 천천히 걸어나왔다. 티나한은 박살난 바닥 옆에서 오른쪽 다리를 움켜쥔 채 한쪽 발로 팔짝팔짝 뛰고 있었다. 꽤나 아픈 듯했지만, 두 명의 수탐자들은 무정하게도 티나한 대신 접시가 있던 쪽을 바라보았다. 티나한도 바닥에 주저앉아 발목을 주무르며 그 쪽을 바라보았다. 바닥에서 피어난 먼지가 사라진 곳에서는 접시가 빙글빙글 돌고 있었다. 잠시 후 접시는 회전을 멈추었다.

티나한은 비명을 질렀다. 접시는 잔금 하나 없이 깨끗했다.

손에서 놓아도, 집어던져도, 발로 짓밟아도 깨지지 않았던 접시는 분노한 레콘의 혼이 담긴 일격마저 견뎌내었다. 최후의 대장장이는 떨떠름하게 말했다.

"저걸 무기로 써도 되겠군. 대단한 강도인데. 도대체 앞의 두 번은 어떻게 깬 거냐?"

"가슴 높이에 들고 있다가 놓는 방법으로."

"그럼, 이번에는 왜?"

"그렇게 물을 줄 알았소."

최후의 대장장이는 피식거리며 웃었다.

"모르겠다는 말이군."

케이건은 한숨을 내쉬었다. 저편에서는 티나한이 비형에게 접시를 강제로 쥐어주고 있었다. 비형은 영문을 모른 채 티나한이 시키는 대로 접시를 머리 위에 들어올렸다. 그러나 곧 도깨비는 사색이 되었다. 티나한은 수십 걸음 정도 물러난 후 철창을 단단히 움켜쥐었다.

"간다!"

비형은 접시를 내팽개치고 도망쳤다.

그 이후로 온갖 방법이 동원되었다. 한가하다는 이유로 구경을 하던 단도장 시루가 약이 올라 앞으로 나섰다가 자신의 모루를 두 개 깨버리고는, 뒤늦게야 대장장이에게 가장 불길한 일을 한 번도 아닌 두 번이나 저질렀다는 사실에 질겁하여 '대장장이의 모루가 깨졌을 경우 취해야 하는 비방'을 물어보기 위해 동료 대장장이들에게 달려간 다음, 케이건은 그 소동을 중단시켰다.

"소용이 없소. 그만둡시다."

티나한은 헐떡거리며 접시를 노려보았다. 아무도 만지고 싶어 하지 않았기에 그것은 여전히 깨진 모루 위에 놓여 있었다.

"도대체 왜 안 깨지는 거지? 전에는 퍼석퍼석 잘만 깨지더니."

"어디에도 없는 신은 어디에도 없어서 그런 것 아닐까요?"

푸념을 내뱉은 비형은 동료 수탐자들이 진지한 표정으로 바라보는 것을 느끼곤 당황했다. 도깨비는 농담이라고 말했고 잠시 생각하던 케이건 역시 고개를 가로질렀다.

"어디에도 없는 신께서는 어디에도 없을지 몰라도, 그 신체는 어딘가에 있긴 있어야 할 거요. 그렇게 생각하는 것이 합리적일 것 같소. 사실 지금 같은 상황에서 뭐가 합리적인지 말하긴 어렵지만."

"저게 깨지지 않는 이상 어디에도 없는 신의 신체를 찾아나설 수 없는데, 어떻게 하면 좋을까요?"

케이건은 잠시 생각에 잠겼다가 별 도리 없다는 듯이 말했다.

"가이너 카쉬냅은 신이 전일 근무 가능한 무보수 만능 하인은 아니라고 했지만, 기왕 근처에 계신 신을 모른 체할 필요도 없을 것 같소. 아기에게 갑시다."

아기에게는 이름이 없었다. 최후의 대장장이가 그 이름을 지어야겠지만 그녀는 여신의 이름을 짓는다는 것에 부담감을 느꼈다. 혹은 사람들이 괴로움 속에 추측하는 것처럼 아기를 자신의 딸로 여기지 않게 된 것인지도 모른다. 하지만 그 누구도 추측을 질문으로 바꾸지는 않았다. 출산할 때 느꼈던 고통의 앙금이 아직껏 몸 곳곳에 엉겨 있을 테지만 최후의 대장장이는 의연하게 행동했다. 아기가 누워 있는 요람을 가리키며 "저 요람을 만들면서 제단을 만들고 있는 거라 생각한 적은 없었는데."라고 말한 것이 그녀의 유일한 감정 표현이었다. 비형의 동정 어린 눈빛을 외면하며 최후의 대장장이는 요람으로 허리를 숙였다.

"모든 이보다 낮은 여신이여, 일어나소서."

아기는 눈을 떴다. 그녀는 눈을 크게 끔뻑거리다가 부리를 좍 벌려 하품했다. 그 모습은 보통의 어린 레콘이었다. 하지만 솜털에 뒤덮인 몸을 꿈틀거리던 아기는 케이건들을 발견하고는 말을 했다.

"수탐자들이 왔구나. 앉혀주겠니?"

비형과 케이건은 머리가 울린다고 생각했다. 아기의 목소리는 보통으로 말할 때조차 지나치게 크고 울리는 목소리였다. 대장장이는 아기를 앉혔다. 땅이 울리는 목소리로 말을 한다는 실로 놀라운 능력을 제외한다면 아기는 보살핌이 필요한 보통의 아기였다. 불덩이의 모습으로 변해 버린 시우쇠를 기억하는 비형과 티나한은 아기에게 가시적인 변화가 없다는 사실이 퍽 이상하게 느껴졌다.

아기는 노란 색 솜털뭉치 같은 머리를 여기저기로 돌리다가 누구 한 사람에게 시선을 맞추지 않은 채 벽이 흔들거릴 정도의 목소리로 말했다.

"접시를 깼느냐?"

"깨지지 않았습니다."

아기는 의아해하며 설명을 요구했다. 케이건은 별의별 짓을 다 해보았지만 접시가 깨지지 않았음을 설명했다. 설명을 다 들은 아기는 여전히 누구에게도 시선을 맞추지 않는 그 묘한 눈빛으로 말했다.

"그럴 수도 있겠구나."

"그럴 수도 있다니, 어떻게 된 일인지 설명해 주시겠습니까?"

"그는 빠른 것을 좋아하니까. 나와는 반대로. 나는 느린 쪽을 선호하지."

잠시 고민해 본 케이건은 어렵지 않게 '그'가 자신을 죽이는 신을 가리키는 말임을 깨달았다. 접시는 즈믄누리의 마지막 방에서 나왔다. 케이건은 아기가 땅처럼 태평하다면 그것도 큰일이라고 생각했다. 어쨌든 아기가 한 말은 그의 질문에 대한 대답이 아니었다. 케이건이나 다른 수탐자들의 조바심과 상관없이 아기는 단조로운 태도로 흥얼거리듯이 말했다. 지나치게 큰 목소리로.

"몇 십만 년쯤 써서 철을 만들어내면 그는 당장 그걸 칼로 바꿔서 녹을 잔뜩 슬게 한 다음 내게 돌려주지. 심할 경우 몇 년만에 그 지경으로 만들어서 돌려주더군. 왜 그렇게 성격이 급한지. 그러니 어떻게 내 아이들에게 줄 철에 그가 손 댈 수 있도록 하겠어."

수탐자들은 어리둥절한 표정으로 서로를 쳐다보았다. 그때 최후의 대장장이가 갑자기 탄성을 질렀다. 그 순간 케이건도 깨달았다.

별빛로에는 불이 없다. 최후의 대장간에서 철은 불이 아닌 별빛으로 제련된다. 별철이 무기로 태어날 때는 불이 사용되지만 최초의 광석이 선철로 바뀌는 과정에는 불이 관련되지 않는다. 문득 케이건은 한 가지 사실을 더 떠올렸다.

"당신은 무기를 주시는 겁니까?"

아기는 잔잔한 미소를 떠올렸다.

"그래."

"그렇다면 발자국 없는 여신은……?"

"짐작하는 것 같은데, 말해 보지?"

"이름입니까?"

"잘 맞췄구나."

"감사합니다. 그럼 저희는 무엇입니까?"

아기는 잠시 침묵한 다음 다시 방을 흔들었다.

"네가 이미 아는 것을 말해 줄 수는 있지만 내가 먼저 가르쳐주긴 어렵구나. 그것은 그의 일이기 때문에."

케이건은 아기의 얼굴을 바라보다가 말했다.

"알겠습니다. 그런데 접시가 깨지지 않는 것은 어떻게 해결해야겠습니까? 그건 저희들이 알지 못합니다."

"시우쇠에게 가자."

"네?"

"그 접시를 만든 시우쇠에게 가자. 최후의 대장장이야."

최후의 대장장이는 주춤거리며 허리를 숙였다. 아기는 그녀에게 시선을 맞추지 않은 채 말했다.

"저 티나한이라는 아이가 등에 멜 수 있는 물건을 하나 만들거라. 저 아이가 나를 업어야겠다. 하지만 저 아이가 팔을 쓸 수 있어야 될 테니 적절한 장치가 필요하겠구나. 만들 수 있겠지?"

티나한은 기겁했다. 그는 그 모습이 자신의 전사적 풍모를 심히 훼손시킬 것임을 분명히 깨달을 수 있었다. 그러나 그가 뭐라 항의하기도 전에 아기는 다시 잠들고 말았다. 아기가 잠든 것을 확인한 최후의 대장장이는 똑바로 서더니 꽤 의미 깊어 보이는 웃음으로 티나한을 바라보았다. 티나한은 그만 울고 싶은 기분을 느꼈다. 비형이 눈을 빛내며 바라보는 것은 그를 더욱 슬프게 만들었다.

티나한의 결사적인 반대 때문에 대장장이들은 안장에 딸랑이를 부착하는 것을 포기했다. 티나한은 안장이라는 이름조차 반대했지만 그보다 더 적당한 이름이 없었기에 그냥 그 이름으로 확정되고 말았다. 제작된 '안장'은 티나한의 어깨에 걸릴 멜빵과 허리에 묶일 허리띠가 달린 질통 비슷한 모양이 되었다. 보통의 질통과 달리 바람이 잘 통하도록 뼈대만으로 구성된 점이 달랐지만. 비형은 착용감이 중요하다고 말하며 한번 메어보라고 열성적으로 권했지만 티나한은 때가 되면 메겠다고 극구 사양했다. 물론 그때가 반드시 오고야 말리라는 것은 분명했다. 그들의 출발을 지체시키고 있는 폭풍이 멈추면 티나한은 안장을 메어야 할 것이다.

그랬기에 비형은 티나한을 자폐 증상으로 몰아가는 것을 그만두고 케이건에게 찾아갔다.

케이건은 두터운 털옷을 입은 채 대장간의 입구에 서서 폭풍의 추이를 관찰하고 있었다. 날이 어두워지고 있었기 때문에 비형은 폭풍이 그치더라도 오늘은 출발하기 어려울 거라 생각했지만 케이건의 의견은 달랐다.

"대장장이들의 말을 들어보니 맑은 기간이 점점 줄어들 거라더군. 그러니 날씨만 좋으면 밤이라도 출발해야 할 것 같소. 티나한이 좋아하겠군. 이곳을 방문하고 있는 젊은이들의 눈을 피할 수 있을 테니."

"대장장이들이 아기를 참 좋아하는 것 같죠?"

"여기선 어린 아기를 볼 일이 없으니까."

"그렇겠군요. 아, 그런데 아기와 나눈 이야기 중에서 이해하기 힘든 말이 있었습니다. 무기를 준다는 것은 무슨 말입니까? 그리고 이름을 준다고도 하셨는데?"

케이건은 잠시 침묵했다. 설명할 말을 찾아내는 것이리라 생각하며 비형은 가만히 기다렸다. 사정없이 질타하는 폭풍이 어두워지는 하늘의 빛깔을 기괴한 빛으로 물들이고 있었다. 밤의 도움으로 쌓인 거성에 적을 두고 있었지만 비형은 밤이 그토록 다채로운 색깔로 자신을 치장할 수 있으리라고는 생각지 못했다.

케이건이 천천히 입을 열었다.

"시우쇠 님의 능력이 보통의 도깨비와 같다는 것을 알았을 때 나는 좀 묘한 생각을 하게 되었소."

"예? 무슨 말씀입니까?"

"도깨비들은 이미 자신을 죽이는 신과 같은 능력을 가지고 있소. 그렇다면 자신을 죽이는 신은 도깨비들에게 불을 준 거라 가정할 수 있을 거요. 한편 나가들의 수호자를 생각해 보면 그들 또한 발자국 없는 여신에게 받는 것이 있소. 여신의 신랑이라는 지위요. 그것은 그들이 받는 이름, 즉 신명에 포함되어 있소. 두 신이 각자 자신이 보살피는 선민 종족에게 불과 이름을 주었다면 다른 신들도 뭔가를 주었을 거라는 가정 또한 가능하오."

비형은 놀란 눈으로 케이건을 바라보았다. 케이건은 손을 움직여 대장간을 가리키듯하며 말했다.

"이곳 최후의 대장간에서 레콘들은 무기를 받소. 나가들은 쉬크톨이라는 위대한 검을 만들어내고 도깨비 대장장이들은 다른 종족들이 감히 상상하는 것조차 두려운 방식으로 철을 다룰 수 있소. 하지만 레콘은 최후의 대장간으로 와서 자신의 무기를 받소."

"그렇다면?"

"무기요. 비형. 모든 이보다 낮은 여신이 그녀의 아이들, 선민 종족 레콘에게 주는 것은 별빛으로 제련된 철로 만들어진 무기였소. 그것은 불로 만들어졌기에 곧 녹스는 도깨비들의 무기와도 다르고 히참마에 의해 부러지는 쉬크톨과도 다르오. 시험해 볼 수는 없지만, 아마 히참마로도 별철은 파괴할 수 없을 거라 생각되오. 그것은 여신이 그녀의 선민 종족에게 주는 것이니까."

케이건은 옆의 기둥에 손을 짚었다. 얼음산에 부딪힌 거센 폭풍이 갈가리 찢어지고 있었다.

"사람들은 모든 이보다 낮은 여신의 사원이 어디에 있는지 모르지. 하지만 나는 이제 알 것 같소. 그 분이 자신의 선민종족에게 무기를 만들어 주시는 곳. 이곳 최후의 대장간이 바로 모든 이보다 낮은 여신의 사원이었소. 그리고 이곳에 있는 대장장이들은, 자신들도 알지 못하지만 여신의 사제들이었던 거요."

비형은 주위를 빙글 둘러보았다. 그리고 경외감에 빠져 외쳤다.

"그렇군요! 그럴듯합니다. 당연합니다! 우리는 여신의 사원에 있는 것이었군요! 이럴 수가. 왜 아무도 깨닫지 못했던 건지 이해할 수가 없군요. 어, 그런데……?"

케이건은 무겁게 고개를 끄덕였다.

"그렇소."

비형은 어떻게 표현해야 좋을지 모르겠다는 표정으로 허둥거렸다. 케이건이 그를 도와주었다.

"그렇소. 그런 사실들을 놓고 본다면, 그것이 궁금해지는 것이 당연하오. 하지만 여신은 내가 알아내어야 한다고 하셨소. 그런데 아무리 생각해 보아도 나는 그것이 무엇일지 짐작이 되지 않소."

비형은 약간 어렵게 고개를 끄덕였다. 그 또한 도무지 짐작할 수 없었다. 도깨비는 깊이 생각했다.

'어디에도 없는 신이 킴들에게 준 것은 도대체 무엇일까?'

티나한의 간절한 희망이 하늘에 닿았는지 폭풍은 새벽쯤에 수그러들었다. 하지만 젊은 레콘들은 위대한 수탐의 길을 떠나는 수탐자들을 전송하는 영광을 포기하지 않았다. 그들의 진지한 태도 때문에 티나한은 차마 '이 잡것들아, 구경났냐! 잠이나 자라!'고 외칠 수는 없었다.

마침내 시루가 엄숙한 동작으로 안장을 들고 왔다. 티나한은 수염볏을 벌겋게 물들인 채 등을 돌렸고 시루는 그 어깨에 안장을 메도록 도와주었다. 젊은 레콘들 사이로 그다지 예의 바르다고는 보기 힘든 미소들이 번졌다. 그 미소들이 소음을 동반하기 시작할 때 강보에 싸인 아기를 안은 최후의 대장장이가 걸어나왔다. 젊은 레콘들은 침묵했다.

최후의 대장장이는 티나한의 안장에 아기를 넣고 고정시켰다. 비형이 앞으로 나서 안장에 도깨비불을 붙였다. 이제 안장은 매서운 추위에서도 아기를 보호할 것이다. 하지만 최후의 대장장이는 안심이 되지 않는 듯 안장을 손으로 쓸어만졌다.

그때 아기가 말했다.

"고마워요. 어머니."

티나한을 제외한 모든 사람들의 눈이 안장에 집중되었다. 그것은 쾅쾅 울리는 여신의 목소리가 아니었다. 최후의 대장장이는 안장을 꽉 움켜쥔 채 떨리는 눈으로 아기를 내려다보았다. 그녀는 믿는 것도 믿지 않는 것도 모두 두렵다는 표정으로 한참 동안 그렇게 서 있었다.

마침내 그녀의 부리가 열렸다.

"그러실 필요 없습니다. 여신이여."

아기는 빙긋 웃었다.

"대신 말하는 것이 아닙니다. 저는 어머니의 딸이에요. 물론 지금 이렇게 조리 있게 말할 수 있는 것은 여신의 도움 덕분입니다만."

다른 대장장이들과 달리 불이 없는 작업장에서 일하는 최후의 대장장이에겐 풍성한 깃털이 돋아나 있었다. 그 깃털들이 곤두서 최후의 대장장이의 몸이 부풀어올랐다.

"정말…… 정말 네가 내 딸이냐?"

"그래요. 어머니. 이 모든 일이 끝났을 때 저는 어머니에게 돌아올 거예요."

"돌—아—온—다—고—!"

예상치 못한 계명성에 비형은 뒤로 쓰러질 뻔했다. 아기는 다시 웃었다.

"네. 신이 어디에 있는지 안다면 사람들이 어떻게 행동할까요? 난감한 일들이 많겠지요. 그래서 이 모든 혼란이 종식되면 여신께서는 제 몸에서 벗어나 다른 레콘에게로 전령하실 생각이십니다. 저는 보통의 레콘으로 돌아올 수 있겠지요."

수탐자들은 왜 아기의 모습에 아무런 변화가 없는 것인지 깨달았다. 훗날 그 주인에게 돌려주기 위해서였다. 케이건이 질문했다.

"잠깐, 죄송합니다. 그러면 시우쇠는 어떻게 되는 겁니까? 그의 몸은 불덩이로 변해서……."

질문하던 케이건은 곧 그것이 쓸데없는 질문임을 깨달았다. 시우쇠, 그러니까 도깨비 시우쇠의 육은 불로 변했지만 그 영은 다른 도깨비들과 '화신과 함께 했던 추억'들을 신나게 이야기할 수 있을 것이다. 그들은 육의 죽음에 크게 신경쓰지 않는다. 비형의 얼굴을 본 케이건은 자신의 추측이 맞았음을 알 수 있었다. 홀에 있던 거인들은 반가운 표정으로 최후의 대장장이를 바라보았다. 아기가 말했다.

"그때가 되면, 제게 이름을 주세요. 어머니."

최후의 대장장이는 가슴이 벅차 말을 제대로 꺼내지 못했다.

그녀가 겨우 부리를 열 수 있게 되었을 때는 이미 아기가 잠든 후였다. 최후의 대장장이는 조심스럽게 손을 뻗어 솜털로 덮인 아기의 머리를 쓰다듬었다. 그리고 조심스럽게 강보로 그 머리를 덮었다. 강보를 단단히 여민 최후의 대장장이는 갑자기 번개처럼 몸을 움직였다.

티나한은 갑자기 자신의 얼굴 바로 앞에 나타난 최후의 대장장이를 보고 깜짝 놀랐다. 최후의 대장장이는 희열에 찬 표정으로, 그러나 여차하면 티나한의 수염볏이라도 잡아당길 듯한 기세로 말했다.

"잘 들었냐?"

"예?"

"잘 들었냐? 이 아이는 내 딸이다. 네 목숨을 걸고 보호해라! 상처 하나만 냈단 봐라. '물'에 빠트려 죽이겠다!"

기절에서 깨어난 다음 티나한은 그러겠노라고 약속했다. 모든 사람들이 그 약속의 진실성을 확신할 수 있었다.

밖으로 나온 수탐자들은 각자의 자리에 섰다. 케이건은 개썰매에 올라탔고 비형은 나늬의 등에 앉았다. 하지만 티나한은 떠날 준비를 갖추는 데 많은 시간이 걸렸다. 최후의 대장간에 있던 대장장이들과 젊은 레콘들이 모두 그와 인사를 나누고 싶어했기 때문이다. 물론 육아의 어려움에 대해 몇 마디를 꺼내어 티나한을 통제 불능의 상태로 빠트릴 뻔한 자들도 몇 있었지만 대부분의 레콘들은 그들의 행운을 빌었다. 티나한이 겨우 그들에게서 풀려나자 케이건은 별 말 없이 출발했다. 채찍이 휘둘러지고 라호친가히들이 얼음을 박찼다.

수탐자들은 남쪽을 향해 달려갔다.

제 13 장

하나는 셋을 부른다. ─알려지지 않은 해묵은 금언.

파국으로의 수령

강철의 날개를 활짝 편 전투 도끼가 유혈의 파도를 박차고 날아올랐다. 핏방울이 포말처럼 번져나가지만, 도끼의 비상은 가볍다. 도끼는 열기와 피비린내 사이로 유유히 날았다.

즈라더의 오른손에서 도끼가 벗어났을 때 상대방은 그가 도끼를 놓쳤다고 판단했다. 애석한 오해였다. 즈라더는 자유로워진 주먹으로 도끼로 치기에는 지나치게 가까이 다가온 나가의 얼굴을 으깨버렸다. 한편, 그의 머리 위를 날아 넘어간 도끼는 기다리고 있던 왼손과 협력하여 쇄도해 오던 나가의 두개골을 박살냈다. 즈라더는 양손잡이였던 것이다. 그리고 세 번째 나가는 세손잡이를 상대하고 있다는 인상을 받았다. 즈라더의 세 번째 상대는 장닭과 조우한 지렁이의 심정을 완전히 이해했다.

주위의 나가 셋을 단숨에 쓰러뜨리는 즈라더의 묘기를 본 나가들은 비늘을 세우며 주춤 물러났다. 즈라더는 나가들을 비웃으며 기이한 짓을 했다. 그는 왼쪽 손목을 도끼날 아래에 걸었다. 그러고는 손목만으로 도끼를 빙글빙글 돌리며 오른손 검지를 까딱거렸다.

"뜨겁게 덤벼봐!"

나가들은 그 외침을 듣지는 못했지만 그 방자한 동작은 똑똑히 보았다. 비늘을 부딪치는 나가들을 보며 즈라더는 부리를 딱 부

세미쿼는 직감적으로 알 수 있었다. 그 자였다. 세미쿼를 죽일 자였다. 그런 결말을 피하는 길은 하나뿐이다.

'내가 먼저 죽인다!'

세미쿼는 작살검과 가위를 단단히 움켜쥔 채 돌진했다. 그의 접근을 알아차린 나가가 시체에서 사이커를 뽑았지만, 너무 늦었다. 날아오는 사이커는 좌절과 실망을 담아 서툰 직선을 그렸고 세미쿼는 여유 있게 가위를 벌려 사이커를 낚아챘다. 그 순간 작살검이 상대방의 목을 파고들었다.

나가는 목을 움켜쥔 채 빙글 돌아 쓰러졌다. 상대의 사이커를 주워든 세미쿼는 쓰러진 상대의 척추를 후려쳤다. 몇 번이고 내려치자 마침내 등이 쩍 갈라지며 척추가 끊어졌다. 세미쿼는 가위를 쥔 손등으로 이마의 땀을 닦았다.

이제 오늘 전투에서 그가 죽을 일은 없다. 세미쿼는 완벽하게 확신했고, 다음 상대를 향해 돌진하면서 아무런 두려움도 느끼지 않았다.

악타그라쥬 공방전에서 나가들이 들고 나온 것은 여섯 개 군단 연환 공격이었다. 악타그라쥬를 지근거리에 둔 시점에서 북부군은 벚나무, 끈끈이주걱, 선인장, 고무나무, 듀리언, 바나나의 여섯 개 군단을 맞닥뜨리게 되었다. 여섯 개 군단에서 동원된 스물두 명의 수호 장군은 시우쇠를 효과적으로 봉쇄했다. 그리고 매일 하나의 군단이 북부군을 공격했다. 여섯 개 군단이 일시에 공격하는 수단은 밀림에서는 사용하기 힘들고 한꺼번에 격퇴당할 위험도 있지만 모든 군단이 닷새씩 휴식하며 공격하는 방법은 충분한 활동성과 함께 최악의 경우에도 전체 병력의 6분의 1밖에 소모되지 않는다는 이점이 있었다. 그리고 경이적인 재생 능력에 의해 나가들은 닷새만에 상당한 군세를 회복한 채 전선에 돌아올 수 있었다. 하지만 북부군은 닷새는커녕 하루도 쉴 수 없었다. 설령 쉴 틈이 있었다 하더라도 닷새만에 경미한 부상은 깨끗이 회복해버리는 나가의 흉내를 낼 수는 없었을 것이다.

오래 전에 패주하는 것이 당연한 상황에서 북부군이 14일째 버티고 있었던 것은 기적에 가깝다. 그런 기적을 가능하게 하는 요인은 크게 세 가지다. 그 첫 번째 요인은 군단의 중심부에 앉아 수호 장군들이 비를 뿌리지 못하도록 방해하고 있는 류 페이였다. 레콘들이 싸울 수 있도록 류은 비를 용납하지 않았다. 시우쇠를 상대하고 있던 수호 장군들은 그런 류의 방해를 돌파할 수 없었다.

신명의 힘으로 수호 장군을 방해하는 것과 동시에, 류은 용인의 힘으로 라수를 보조했다. 류은 땅바닥에 거칠게 그려진 그림을 가리키며 중얼거렸다.

"예순네 명이 이쪽으로 접근하고 있습니다. 연락선을 끊어버릴 생각인가 봅니다."

라수 규리하는 고개를 한번 끄덕이는 것으로 대답을 대신한 다음 옆에 있는 레콘을 돌아보았다.

"순다리와 그룸 빌파가 왼쪽의 언덕으로 이동. 매복했다가 다가오는 나가 분견대를 되도록 조용히 처리. 소시아 교위와 나세 교위의 부대는 반 킬로미터쯤 후퇴. 코네도 빌파는 현 위치에서 지시를 기다리며 대기. 지시가 있을 시 곧장 오른쪽으로 이동. 조우하는 첫 번째 나가를 되도록 잔인하게 처리. 혼란을 일으킨다. 즈라더, 그 시점에서 혼란 지점으로 이동해서 합류. 소시아와 나세에게 경고한다. 재정비할 시간을 지난 번처럼 어이없게 소모하면 목숨을 부지하기 어렵다."

다리가 부러진 덕에 사령부에 앉아 있던 레콘은 쩌렁쩌렁 울리는 계명성으로 라수 규리하의 작전을 전달했다. 전황 전체를 정확하고 빠르게 파악할 수 있는 능력은 지휘관의 능력에 따라 수천의 병력에 값한다. 그리고 륜 페이와 라수 규리하는 그것을 수만의 능력으로 증폭시킬 수 있는 조합이었다. 륜의 감각과 라수의 판단, 그리고 나가들은 별로 듣지 않는 계명성의 지휘에 따라 북부군 전체는 하나의 생명체처럼 움직였다. 끊임없이 형태를 바꾸어버리기에 그 파괴력—혹은 약점—이 어디에 있는지 짐작도 하기 힘든 맹수였다. 더군다나 그 야수는 레콘이라는 강력한 이빨과 빌파 삼부자라는 보이지 않는 발톱으로 무장하고 있었다.

륜은 라수가 북부군을 승리시키기 위해, 최소한 궤멸적인 패배를 피하기 위해 모든 노력을 기울이고 있다는 것을 확신했다. 하지만 북부군 전체의 움직임을 꿰뚫어볼 수 있는 그에게 그 움직임은 기묘하게 보였다. 륜은 의아한 듯 말했다.

"이해하기 힘든 움직임이군요."

"이해해 줄 필요는 없소. 뇌룡공. 움직임이나 알려주시오."

퉁명스러운 대답이었지만 륜은 당황하지 않았다. 라수의 입이 열렸을 때 이미 대답을 알고 있었기 때문이다. 륜은 이기기 위한 모든 가능성을 검토하는 라수의 긴장된 정신을 느꼈다. 륜은 라수를 믿고 죽음의 땅에 들어온 북부군에 대해 그가 느끼는 책임감과 부담감을 알았다.

그리고 륜은 나가에 대한 라수의 순결한 증오를 보았다.

"이곳에서 물러나고 있습니다. 157명입니다."

라수는 생각하는 것과 거의 비슷한 속도로 빠르게 말했다. 잠시 후 류이 지적한 지점으로 매서운 공격이 가해졌다. 라수는 그런 행동으로써 추격에 동원할 만큼 예비대가 충분하다는 인상을 주고 싶었다. 도무지 중요한 지점이라 볼 수 없는 곳에서 북부군이 돌출하는 것을 목격한 나가는 불안과 의심을 느꼈다.

결국 라수는 기적을 하루 더 연장시키는 데 성공했다. 악타그라쥬 공방전 14일째의 전투는 또다시 나가들의 후퇴로 끝났다. 그러나 후퇴하는 끈끈이주걱 군단의 나가들은 자신들이 이기고 있는 도중이라고 생각했다. 그리고 라수에겐 그런 생각을 반박할 만한 수단이 없었다. 이가 갈리는 일이었다.

부상병들의 신음 속에 밤이 찾아들었다.

다음 날의 일출을 보지 못할 것임을 직감하며 떨고 있는 그들 사이로 류은 고개를 떨군 채 걸음을 뗐다. 피냄새 흠뻑 배인 바람이 그를 어루만지고 사라졌다. 용인의 감각은 날카롭다. 류은 부상병들의 신음과 절망을 들을 수 있었다. 그는 어떻게 해서 자신이 죽지 않는지 설명하는 세미쿼 장군의 호호탕탕한 목소리를 들었다.

"적이 수십 만 명이 있다 하더라도 그중에 나를 죽일 녀석은 하나뿐이야. 설마 두 녀석이 나를 죽이겠나? 내가 두 번 죽나? 분명히 한 놈이야. 그 한 놈만 찾아서 먼저 처치하면 되는 거야. 그러면 어떤 전쟁터에서도 절대로 죽을 일이 없지. 그리고 나는 그 한 놈을 찾아내는 육감을 가지고 있지. 그래서 나는 죽지 않아."

그 말에 논리는 없었다.

어차피 논리는 사선에 선 전사가 선택할 무기는 아니다.

약간 으슥한 언덕을 넘어선 륜은 그의 등장에 당황하는 병사들을 목격했다. 모닥불 주위에 모여앉아 있던 병사들은 무엇인가를 구워먹고 있는 듯했다. 륜을 발견한 병사들의 얼굴에는 경계와 적대감, 그리고 비참한 간구가 차례로 떠올랐다. 륜은 잠시 그들을 바라보았다. 필요한 것은 다 '보였다'.

륜은 모닥불 위의 그것이 무엇이냐고 묻지 않았다. 그리고 사냥을 할 시간이 있었냐고도 묻지 않았다. 전리품 위에 군림하는 것은 승자의 논리뿐이다.

륜은 말없이 그들을 지나쳐 걸어갔다.

등 뒤에서 간구가 경멸로 바뀌는 것을 보지 않고서도 느낄 수 있었다. 그렇다면 화를 낼까? 동포의 살을 구워먹는 당신들의 피를 끓어오르게 만들까? 몸에 있는 모든 구멍으로 물을 뿜어내고 바싹 마른 미라가 되어 쓰러지게 할까?

그것은 잘 구워진 내 동포들에게 바치는 경의가 될까?

보다 조용한 곳에 도달한 륜은 나무 밑동에 기대어 앉았다. 그리고 전장의 날씨를 냉각시켰다. 키보렌에서는 작열하는 태양이 없는 밤이 기온 조절에 더 유리하다. 륜은 여신의 이름을 불렀다. 그리고 그가 느끼는 광대한 영역 내부의 습기에 접근했다.

키보렌이 습기 짙은 한숨을 토해 내기 시작했다.

풀잎 끝에서, 거미줄의 복잡한 통로들에서, 타버린 나무 우듬지에서 습기가 뿜어져나왔다. 유혈을 머금은 땅이 습기를 잃어 딱딱해졌다. 키보렌은 열을 상실했다. 물 묻은 살갗에 입김을 부는 것과 비슷하다. 물은 증발하기 위해 열을 삼킨다. 륜은 거리낌없이 물을 증발시켰다. 노호하여 물을 꾸짖고 거부를 허용치 않으며 습기를 추방했다. 키보렌의 축축한 한숨이 하늘을 어지럽혔다.

 그것은 지난 보름 동안 북부군이 가까스로 유지해 온 기적의 마지막 요건이다. 시우쇠를 상대하느라 륜의 방해를 돌파할 수 없는 수호 장군들은 키보렌의 기온을 원래대로 돌려놓는 일도 태양에게 맡겨둘 수밖에 없었다. 그리고 밀림의 기온이 회복되는 것은 언제나 늦은 오후였다. 륜이 높은 하늘로 추방해 버린 습기들이 쏟아지는 태양열을 중간에서 가로채기 때문이다. 매몰차게 습기를 추방하며 륜은 다가오는 자의 이름을 불렀다.

 "베미온."

 주인의 부름을 받은 충견인 양 베미온 굴도하가 빠르게 달려왔다. 베미온은 그의 옆에 주저앉았고 그것으로써 모든 것에 만족했다. 륜은 본능처럼 베미온의 발을 보았다. 그 발이 말라 있음을 확인한 륜은 다시 나무에 등을 기댔다.

 "베미온 마립간."

 베미온은 대답하지 않았다. 그의 정신은 판사이의 육형제 탑 사이를 뛰놀던 어린 시절로 되돌아가 있었다. 륜은 상관하지 않았다.

 "저는 당신을 죽여야 할까요?"

 륜은 시우쇠를 떠올렸다. 그리고 피라미드의 내벽을 타고 흐르던 유해의 폭포를 생각했다.

 "이 전쟁의 끝에서 제가 살아남을 수 있을지 확신할 수 없습니다. 만약 제가 없다면 당신은 죽을 겁니다. 혹 나가들의 손을 피해 어딘가로 달아난다고 해도 물을 마시지 않으니 죽음을 피할 수 없습니다. 저는 나가들에게 도륙당하거나 목이 말라 죽는 것보다는 더 편안한 죽음을 드릴 수 있습니다. 그렇다면 제가 그렇게 해야 할까요?"

베미온은 여전히 아무 말도 하지 않았다. 륜은 갑자기 격정에 사로잡혀 베미온의 어깨를 붙잡았다. 베미온의 시커먼 얼굴 가득히 당혹감이 떠올랐다.

"베미온 마립간!"

"왜 그러세요? 놔줘요."

"베미온 굴도하! 제 말을 들어요. 당신은 상고토의 맹주입니다! 판사이의 위대한 마립간이었고 육 형제탑의 여섯 열쇠 모두를 소환할 수 있었던 유일한 자입니다! 당신은 제가 말한 것과 같은 사람입니다. 그래야 합니다!"

"놔줘요. 아파요."

"저는 그게 무슨 뜻인지 몰라요. 하지만 당신이 그런 사람이라는 것은 알고 있어요! 지금의 당신은 당신이 아니에요! 누님을 생각하는 것만으로도 저는 머리가 터질 것 같아요. 저는, 제기랄, 당신까지 간수할 수는 없단 말입니다!"

죽여.

"그래야 합니까? 누님을 살리려는 륜 페이를 유지하기 위해 저는 당신을 파괴해야 합니까? 당신을 먹어야 합니까!"

그러라고. 먹어.

"그것이 생명이니까……."

그래. 맞아.

륜은 손을 놓았다. 그의 몸에서 비늘이 정신없이 부딪혔다. 그는 자신의 손을 질린 듯이 내려다보았다. 고개를 들기 전, 륜은 이미 베미온이 도망쳐버렸다는 것을 알았다. 베미온을 불러들이는 대신 륜은 어둠 속을 향해 사납게 닐렀다.

〈시우쇠!〉

파괴해. 자기를 유지하기 위해 자기 이외의 것을 파괴하는 것은 생명의 본성이야. 베미온도 그것을 원해.

〈저는 싫어요.〉

네가 죽으면 베미온도 어차피 죽어. 잔혹하게 죽도록 내버려두겠다는 것이군.

〈그렇게 니르지 않았어요! 저는 그것을 원하지 않아요!〉

대답이 없었다.

륜은 어둠을 정신없이 바라보았다. 시우쇠의 열기는 보이지 않았다. 그리고 륜은 그를 추적할 수도 없었다. 륜은 허리를 꺾으며 땅에 얼굴을 묻었다. 두 손을 은루로 적신 채 륜은 숨이 막히도록 울었다.

하텐그라쥬의 기록 보관소장 콘수마 발텐의 몸 어디에서도 전상은 찾아볼 수 없었다. 전사가 어루만지며 전투의 추억을 되새겨볼 만한 상처는, 재생 능력을 가진 나가에게는 해당되지 않는 니름이다. 그리고 콘수마의 정신에서도 바뀐 점은 찾아볼 수 없었다. 따라서 비아스 마케로우는 몇 년 전과 완전히 똑같은 모습의 콘수마를 만날 수 있었다.

〈그 저주받을 요새에서 물러날 때는 정말 가슴이 찢어지는 것 같더군요. 하지만 우리는 군단장의 결정을 존중합니다. 군단장께서도 추위에 고통받는 병사들 때문에 그런 힘든 결정을 내리신 것이 분명하니까요.〉

달라진 점이 있기는 했다. 교위로 예편한 콘수마는 장군인 비아스에게 하대를 하라고 강권했다. 비아스는 그렇게 했다.

〈그것은 절대로 야자수 군단의 불명예가 아니야. 발텐 교위. 오동나무 군단 또한 결국 물러나야 했지.〉

〈그렇습니다. 군단장님. 오동나무 군단은 대단한 군단이지요. 저희들은 자보로 공격에서 함께 싸운 적이 있습니다. 마호가니 군단은 그때 슈라도스에 있었지요? 그곳의 전투도 대단했다고 들었습니다만, 군단장님. 자보로의 성벽은 정말 악몽 같은 것이었습니다. 그러니까 전투 사흘째……〉

콘수마 발텐이 전상 대신 전우와 함께 전선의 추억을 되새기고 싶어한다는 것은 분명했다. 비아스는 무관심하다는 사실을 들키지 않도록 애쓰며 콘수마의 이야기를 경청했다. 그녀는 꽤 많은 시간을 할애해야 했다. 콘수마가 불쾌해하지 않을 것이라는 충분한 확신이 있은 후에야 비아스는 조심스럽게 용건을 꺼내었다.

비아스가 꺼낸 니름은 콘수마를, 그러니까 기록 보관소장이 아닌 늙고 충직한 전사인 콘수마를 경악시켰다.

〈발자국 없는 여신께서 한계선 남쪽에 계시다고요!〉

〈나는 그렇게 생각한다. 발텐 교위.〉

〈마케로우 장군님. 물론 전쟁터는 참혹합니다……〉

〈그만. 교위. 나는 전쟁의 충격 때문에 정신이 이상해진 사람으로 취급당하기 위해 찾아온 것이 아니다. 생각해 봐. 수호 장군들은 왜 저런 기적과도 같은 능력을 얻게 되었지?〉

〈네? 그거야 불신자들이 여신을 감금했기 때문이지요. 그래서 주인을 잃은 힘이 여신의 신랑들에게 복종하는 것 아닙니까?〉

〈만약 그렇다면, 불신자들은 왜 여신을 풀어주지 않는 걸까?〉

〈네?〉

〈수호 장군들이 여신의 힘을 이용해서 그들의 땅을 짓밟고 있는데 왜 불신자들은 여신을 풀어주지 않는 걸까? 여신을 풀어준다면 수호 장군들이 힘을 잃게 될 것이 뻔하잖아.〉

콘수마는 기절할 것 같았다. 비아스의 설명은 합리적이었다.

〈그, 그, 그렇다면…….〉

〈맞아. 그들이 그렇게 하지 않는 까닭은, 여신을 감금하고 있는 것이 그들이 아니기 때문이야. 나는 하텐그라쥬 방어를 위해 돌아왔다고 닐렀지. 자신들의 땅을 지키기에도 급급한 불신자들이 목숨을 걸고 하텐그라쥬로 오고 있단 니름이야. 그리고 나는 조금 전 불신자들에겐 여신을 풀어줘야 할 절실한 이유가 있다고 닐렀어. 자, 이 두 사실을 놓고 생각해 본다면 뭔가 불쾌한 결론이 떠오르지 않나?〉

콘수마는 대답할 수 없었다. 비아스는 기다리지 않았다.

〈그래. 여신은 하텐그라쥬에 감금되어 있어. 수호자들이 여신을 감금하고 신부의 힘을 강탈하여 사용하고 있는 거야. 그리고 불신자들은, 여신의 힘을 여신에게 돌려주는 것만이 그들이 살아날 방법이기에 목숨을 걸고 하텐그라쥬로 오고 있는 거야!〉

콘수마의 첫 번째 반응은, 이해하려는 마음가짐이었다.

비아스는 당황했다. 니름으로 표현된 것은 아니지만 거의 그에 준하는 정신적 경향으로써, 콘수마는 수호 장군들을 이해하려는 시도를 하고 있었다. 비아스가 분개하여 니르려 할 때 콘수마가 닐렀다.

〈그렇게 된 것이군요.〉

〈자네 반응이 좀 묘하다고 생각되는군. 발텐 교위.〉

〈무슨 니름이신지 알겠습니다. 마케로우 장군님. 수호자들이 그런 짓을 저지른 것이군요. 하지만 장군님. 그 때문에 우리들은 대확장 전쟁을 재개할 수 있게 되었잖습니까? 수호 장군들의 힘이 있었기에 우리는 감히 구경할 수 있을 것이라고 생각도 해본 적이 없던 저 북부의 땅을 밟아볼 수 있었습니다. 그 전쟁의 결과로 하텐그라쥬가 누리는 풍족이 어느 정도인지 아십니까?〉

〈나도 눈이 있어. 발텐 교위. 이곳에 와서 다 보았어. 그 때문에 남자가 가문을 계승하려드는 황당한 일이 일어나고 있다는 것까지 알아.〉

콘수마는 미소지었다.

〈쥬어 니름이시군요. 별일도 다 있지요. 하지만 저는 그것이 유쾌한 부작용이라고 생각됩니다.〉

〈유쾌한 부작용이라고?〉

〈장군님. 이 전쟁은 부를 낳고 있습니다. 그리고 여자들에게 선택할 길을 하나 더 열어주었습니다. 지금껏 가주를 계승할 수 없었던 여자들은 자신의 자식들에게 이모라는 말을 들으며 살아야 했지요. 그것이 싫다면 정찰 대원이 되어 떠나는 방법이 고작이었습니다. 물론 대장간에 들어가는 방법 같은 것은 거론하지 않겠습니다. 하지만 이 전쟁 이후 여자들의 선택이 하나 더 늘어났습니다. 그리고 그 길은 풍요로 가득한 길이지요. 여자들은 북부에서 무엇이든 얻을 수 있습니다. 물론 레콘을 만난다거나 하는 고약한 일도 생기긴 합니다만, 대부분의 적은 별것 아닌 인간들입니다. 저는 그것이 나쁘다고 생각되지 않습니다.〉

문득 비아스는 콘수마의 의복을 살폈다. 그리고 비아스는 기록 보관소장의 옷이 동사(銅絲)가 삽입된 호사스러운 것임을 깨달았다. 물론 그것을 못 본 것은 아니지만 비아스는 현역 장군의 방문 예고를 받은 예비역 교위가 예의를 갖추기 위해 고급 옷을 입었겠거니 생각했다. 하지만 이제 그 옷의 의미는 전혀 다른 것으로 다가왔다.

몇 년 전, 성전에 종군하기 위해 목숨이라도 내놓겠다고 강변하던 전사는 그곳에 없었다. 북부에서 충분한 피를 마시고 넘치는 부를 얻은 콘수마는 더 이상 비아스가 기대하던 사람이 아니었다. 둘 중 어느 것이 변화의 보다 직접적인 이유일까? 비아스는 그것을 알아내는 것이 중요하다는 것을 깨달았다. 피의 제전이 콘수마를 변화시킨 것이라면 그녀는 여신을 빼앗긴 분노를 피로 씻어낸 것이다. 따라서 분노는 더 이상 존재하지 않는 것이다. 하지만 북부에서 획득한 부가 원인이라면 분노는 여전히 콘수마의 내부에 존재할 것이다. 감춰지고 기만되고 변형된 형태로나마. 비아스는 조심스럽게 닐렀다.

〈자네 니름대로라면 여신은 계속 갇혀 있을수록 좋겠군.〉

비아스는 정신이 어지러워질 만큼 집중하여 콘수마의 정신을 살폈다. 콘수마는 약간 지체한 다음 닐렀다.

〈그렇게 니르지는 않았습니다.〉

〈그런 의미로 들었는데. 여신이 풀려나면 나가들은 다시 옛날로 돌아가게 될 거야. 북부로 가는 길이 막히는 거지. 그렇잖아?〉

〈그렇긴 합니다만…….〉

콘수마는 니름을 잇지 않은 채 정신을 닫았다. 비아스는 자신이 사람을 억압할 수 있는 정신 억압자라면 좋겠다고 생각하며 닐렀다.

〈갇혀 있는 여신은 어쩌면 우리를 포기하게 될지도 몰라. 그런 일이 일어난다면 저 두억시니의 운명이 꼭 남의 일은 아니게 될

텐데.〉

콘수마는 기겁하여 닐렀다.

〈그런 일까지 생길까요?〉

비아스는 속으로 쾌재를 올렸다.

까마득한 바위 표면에서 석양이 미끄러졌다.

바위는 거대했다. 억겁의 세월 동안 바람과 비는 바위를 침식
했다. 물론 바위의 자존심을 완전히 무너뜨리려면 바람과 비는
지금껏 투자한 시간의 몇 배에 해당하는 시간을 소모해야 할 것
이다. 하지만 비바람은 지금껏 그래왔던 것처럼 앞으로도 억겁의
시간 동안 바위를 긁고 쪼고 깨트릴 것이다. 최후의 승자가 자신
일 것을 알기 때문이다.

그러나 그 순간 승자가 누구인지는 불분명하다. 패배가 그 숙
명임에도 불구하고 바위의 자존심은 드높아 보였다. 하늘을 떠받
치는 그 오만한 이마는, 언제까지라도 비바람에 맞서 자신의 자
존심을 지킬 수 있다고 선언하는 듯하다. 물론 그런 일은 없을
것이다. 하지만 바위는 그 순간 고고했다.

바위 앞쪽에는 긴 그림자를 드리우는 세 그림자가 있었다. 그
중 한 그림자의 주인이었던 케이건은 고개를 돌려 티나한을 바라
보았다. 그 시선의 의미를 알 수 없었던 티나한은 질문했다.

"왜?"

"당신이 아니라 모든 이보다 낮은 여신을 보고 있었소."

"이봐. 케. 케이건. 너. 너. 그러니까 말이야! 내 말은!"

"보모와 관련된 농담을 할 생각은 없었소. 티나한."

케이건이 비형의 악습을 답습하기 시작한 것이 아닌가 우려했던 티나한은 겨우 안도할 수 있었다. 비형은 왜 갑자기 여신을 쳐다보는 거냐고 질문했다. 케이건은 다시 바위를 돌아보았다.

"저 바위가 보이오?"

티나한은 고개를 끄덕였다. 거대한 바위 중간쯤에 음각으로 된 글자들이 정교하게 배열되어 있었다. 억겁의 시간을 존재 포기의 조건으로 삼는 바위와 달리, 바위보다 훨씬 젊은 나이일 것이 분명한 사람의 창조물은 바위보다 훨씬 비참한 모습으로 풍화되어 있었다. 따라서 고인들이 바위에 새겨서라도 전하고 싶었던 뜻이 무엇인지 짐작하는 것은 어려웠다. 비형이 그 글자들을 읽어보려 애쓰는 동안 티나한이 말했다.

"그래. 카시다에도 저런 것이 있다고 하던데. 직접 본 적은 없지만."

케이건은 약간 짓눌린 음성으로 말했다.

"당신은 봤소."

"뭐?"

"당신은 카시다를 봤소. 여기가 카시다니까. 그리고 저건 카시다 암각문이고."

"그럴 리가 있나?"

"동감이오."

"진짜야?"

"저것이 카시다 암각문이라는 것도, 그리고 동감이라는 것도."

티나한과 비형은 놀란 표정으로 바위를 쳐다보았다. 하지만 그들 또한 도착하려면 몇 달은 걸어와야 할 곳에 자신들이 서 있다는 사실을 설명할 방법이 없었다. 그때 케이건이 다시 말했다.

"혹 내가 언제부터 걷고 있었는지 기억하시오?"

"예? 무슨 말씀입니까?"

케이건은 약간 창백해진 얼굴로 말했다.

"최후의 대장간을 출발했을 때 나는 개썰매에 타고 있었소. 그런데 나는 지금 걷고 있소. 개썰매는 어디로 갔는지 보이지도 않고. 도대체 내가 언제부터 걷고 있었던 거요? 어처구니없게 들리겠지만, 나는 기억나지 않소."

비형과 티나한은 질겁했다. 그들은 케이건의 질문에 대답할 수 없었다.

그들은 황급히 서로의 기억을 대조해 보았다. 그런 대조의 결론은 그들을 경악시켰다. 그들은 자신들이 최후의 대장간을 떠난 것이 얼마 전인지 알 수 없었다. 비형은 황급히 나늬를 찾았고 그의 다리 옆에 앉아 있는 나늬의 모습에 안도했다. 하지만 비형은 언제부터 자신이 나늬에서 내려 걸어온 것인지 알 수 없었다. 비형은 수화로 나늬에게 질문했지만 나늬의 대답 또한 신통치 않았다. 그들이 확신할 수 있었던 것은 최후의 대장간을 떠난 것이 최근의 일이라는 모호한 인상뿐이었다. 그들은 당황했다. 그래서 비형이 내놓은 질문은 다른 두 사람에게 꽤 이상하게 느껴졌다.

"여기가 카시다라면, 우리는 즈믄누리로 가는 길에서 한참 멀어진 거잖아요? 즈믄누리로 가야만 북부군이 어디에 있는지 알수 있을 텐데, 어떻게 해야 하죠?"

케이건과 티나한은 비형의 미래 지향적인 질문에 잠시 혼란스러워하다가 겨우 그런 질문도 일리가 있다는 것을 인정했다. 케이건은 티나한의 등 뒤를 바라보았다.

"현재의 이 기막힌 상황은 여신께서 일으킨 일이라고 믿는 것이 좋을 것 같소. 여신께서 기침하시면 그때 여쭈어보도록 합시다. 혹 일출을 보고 있는 것이 아닌가 하는 의심도 들지만, 아무래도 저건 황혼인 것 같으니, 걸음을 멈추고 여기서 잠자리를 폅시다."

더 나은 의견을 제시할 수 없었기에 수탐자들은 벼랑 앞에 잠자리를 마련했다. 잠자리라고 해봐야 그다지 대단한 것은 없었다. 비형이 도깨비불을 피워놓고 케이건은 방풍복을 꺼내어 몸에 감았다. 그것으로써 하늘을 천장 삼은 훌륭한 침실이 만들어졌다. 그들이 유일하게 신경을 쓴 부분은 강보를 내려놓을 자리였다. 케이건은 나뭇가지를 쌓아놓고 그 위에 풀잎과 이끼를 깔았다. 그리고 티나한은 조심스럽게 강보를 그 위에 내려놓았다. 이로써 사원 또한 완성되었다.

뭔가를 먹어야 한다는 사실을 떠올린 티나한은 배낭을 열어보았고 그 안에 식량이 가득 들어 있음을 발견했다. 티나한은 별로 소비되지 않은 식량을 놓고 볼 때 최후의 대장간을 떠난 것이 그리 오래 전이 아님은 확실하다고 말했다. 케이건과 비형은 그 의견에 동의하며 또다시 강보를 바라보았다. 하지만 여신은 깨어나지 않았다. 그때 케이건이 자리에서 일어났다.

"아기가 먹을 것을 구해 와야겠소."

"응? 무슨 말이야?"

"시우쇠 님의 경우엔 불덩이로 바뀌었기에 음식이 필요치 않았지만, 모든 이보다 낮은 여신이 깃든 저 이름없는 아기는 보통의 레콘 아기잖소. 저 아기가 우리 식량을 먹기는 힘들 것 같소."

다른 수탐자들은 케이건의 말을 이해했다.

"그럼 어디서 구해 올 거야?"

"예전에 이곳에 와 본 적이 있소. 카시다 암각문이 여기 있다면 카시다가 어디쯤 있을지 짐작이 가오. 그곳에 가면 뭔가를 구할 수 있을지도 모르겠소."

"그러면 모두 함께 가지. 가까운 곳에 도시가 있다면 밖에서 잘 필요는 없잖아."

케이건은 반대했다.

"아니오. 이곳에 있으시오. 카시다가 어떤 모습일지 알 수 없소. 기온이 그다지 높지 않은 걸로 보아 이 근처에 나가들이 있을 것 같지는 않소만, 만약 그곳이 전쟁을 경험했다면 당신들에게 위험한 곳이 되어 있을지도 모르오. 그러니 혼자 다녀오겠소."

물바다, 혹은 피바다가 되어 있을지도 모른다는 암시에 두 사람은 겁에 질려 고개를 끄덕였다. 케이건은 그대로 야영지를 떠났다. 그의 확고한 발걸음을 본 수탐자들은 케이건이 근방의 지리를 잘 알고 있다는 것을 깨달았다. 그렇다면 큰 문제는 없을 거라 믿으며, 두 사람은 케이건의 암시를 뇌리에서 지워버리기 위해 애썼다.

카시다 암각문이 있는 바위에서 2킬로미터쯤 걸어온 케이건은 잠시 제자리에 멈춰서서 주위를 둘러보았다. 곧 케이건은 어렵지 않게 옛기억 속의 길을 찾아내었다. 케이건은 길을 따라 카시다로 향했다.

얼마 후 카시다의 모습이 어둠 속에서 불쑥 나타났다.

불빛이 없었기에 그것은 갑자기 나타나는 것처럼 보였다. 케이건은 도시의 불빛이 없다는 사실이 의미하는 바를 마음속에 새겨두었다. 그랬기에 케이건은 길 한가운데 쓰러진 인간을 보았을 때 그를 고주망태가 되어 쓰러진 신세 좋은 술꾼이라고 판단하는 우를 범하지 않았다. 케이건은 별 감흥 없이 드러난 갈비뼈 위로 넘어갔다.

달이 떠올랐다. 핏내음과 암흑으로 그 불운한 종말을 증거하던 카시다가 오래간만에 나타난 비(非) 나가 방문자에게 그 참상을 드러내어 보였다.

염세주의자의 낙원이었다.

부패한 시체에서 뿜어져나오는 독기가 폐허 곳곳에서 흘러나오고 있었다. 케이건은 말뚝에 매달린 시체 옆을 지나쳐 걸어갔다. 나가들은 약간의 오락을 즐겼던 듯하다. 골목 안쪽에서는 상반신만 남은 시체가 밤하늘을 바라보며 무엇인가를 끊임없이 중얼거리고 있었다. 죽은 후에도 주장하는 그 숭고한 선언의 정체는 시체의 입 안에서 꿈틀거리는 구더기들이었다. 달빛을 받아 반짝거리는 구더기들의 모습은 끊임없이 움직이는 치아처럼 보였다. 케이건은 가죽이 벗겨진 젊은 처녀의 곁을 지나쳤다. 어쩌면 그녀의 자랑거리였을지도 모르는 그 피부는 지금쯤 사이커 칼집 정도로 바뀌어있을 것이다. 그 재활용 정신이 풍부한 나가는 허물벗기와 인간의 피부를 벗기는 일의 차이를 고찰하며 지적 흥분을 느꼈을지도 모른다.

케이건은 한 소년 앞에서 걸음을 멈췄다.

소년은, 보통은 장점으로 분류되지 않지만 그 시점의 카시다에서는 장점이라 할 수 있는 특징을 가지고 있었다. 그래서 케이건은 소년에게 말을 걸었다.

"살아 있는 건 너뿐이냐?"

열두어 살쯤 되어 보이는 소년이었다. 머리는 굳은 피 때문에 기이한 모습으로 뻗쳐 있었고 옷은 갈기갈기 찢어져 아직껏 몸에 걸쳐져 있는 것이 신기할 지경이었다. 드러난 팔다리는 뼈마디가 툭툭 불거져 있었고 살갗에는 피딱지가 잔뜩 있었다. 주위를 둘러본 케이건은 파헤쳐진 돌무더기를 발견하고는 소년의 상처가 왜 생겼는지 알게 되었다.

아마도 소년의 부모는 땅 속의 은신처에 소년을 숨겼을 것이다. 그 직후 건물이 무너져 은신처의 입구를 뒤덮었다. 나가들이 그런 사실을 알았다 해도 돌무더기를 치우는 수고까지는 하고 싶지 않았을 것이다. 긴 시간 동안 은신처에 숨어 있던 소년은 마침내 굶어죽을 지경이 되자 돌무더기를 헤치고 나왔다. 나가들은 들어갈 수 없었지만, 굶주림 때문에 깡마른 소년은 돌무더기의 틈을 헤치고 나올 수 있었다.

케이건은 똑같은 질문을 다시 던졌다. 하지만 소년은 무릎을 끌어안은 채 담벼락에 기대어 앉은 자세를 조금도 바꾸지 않았다. 초점이 맞지 않는 눈 또한 꼼짝도 하지 않았기에 그 눈은 케이건의 무릎을 향해 있었다. 케이건의 말을 들은 기색이 없었다.

케이건은 허리 춤에서 단검을 꺼내들었다. 그리고 한쪽 무릎을 구부렸다.

케이건은 소년의 발 앞에 단검을 내려놓았다.

"사냥을 하겠다는 황당한 생각은 소용없다. 사냥감이 너를 죽일 거다. 자고 있는 난민의 음식을 노려라. 물론 레콘을 건드려서는 안 된다. 그리고 혼자 있는 자도 안 된다. 그쪽이 쉬울 것 같지만, 별로 그렇지 않다. 도와줄 자가 아무도 없다는 것을 알기 때문에 그들은 필사적으로 덤빈다. 그보다는 가족을 데리고 있는 남자가 좋다. 그들은 가족을 지키기 위해 너를 쫓아오지 않을 거다. 하지만 어쩔 수 없이 혼자 있는 자를 노려야 할 때도 있을 거다."

케이건은 손을 뻗었다. 손가락이 목에 닿았지만 소년은 여전히 움직이지 않았다.

"여기를 찔러라. 깊이 찔러야 된다. 그리고 도망쳐라. 칼을 도로 뽑으려고 애쓸 필요는 없다. 깊이 찌른 칼은 뽑기 어려우니 그냥 놓고 도망쳐도 된다. 혹 쫓아온다 해도 얼마 못 가 죽을 거다. 여자들은 죽이지 마라."

케이건은 신사도를 말하고 있는 것이 아니었다.

"너와 만날 때까지 살아 있는 여자들이라면 틀림없이 먹을 것을 가지고 있을 거다. 여자들은 항상 그렇지. 가지고 있는 것을 계산하는 좋은 버릇이 있기 때문이다. 도와주겠다는 식으로 잘 말하면 가진 것을 내놓을 거다. 그것들을 챙긴 다음 밤에 도망치면 된다. 간단한 방법이 있으니 굳이 힘들게 죽일 필요는 없다."

소년은 여전히 미동도 하지 않았다. 케이건은 무릎을 펴 일어났다.

"그리고, 명심해라. 세상에 완전히 믿어도 되는 사람은 죽은 사람뿐이다."

케이건은 몸을 돌렸다. 그때 등 뒤에서 쉰 목소리가 들려왔다.

"당신도 살아 있는데?"

케이건은 뒤돌아보지 않았다.

"그렇게 보이나?"

대답은 없었다. 케이건은 다시 걸음을 옮겼다. 집 두어 채를 지날 때쯤 케이건은 더 이상 소년에 대해 생각하지 않았다.

잠시 후 케이건은 적당한 곳간을 가진 집을 발견했다. 물론 곳간은 비어 있었다. 곡물에 별 관심이 없는 나가들이지만 식용으로 데리고 다니는 동물들을 먹이기 위해 가져간 것이다. 하지만 케이건은 빗자루를 찾아내어 곳간 바닥을 쓸었고 얼마 후 몇 됫박은 되는 낱알을 모을 수 있었다. 케이건은 그것을 들고 부엌으로 향했다. 쥐똥과 썩은 것들을 골라낸 케이건은 그것을 깨끗이 씻은 다음 아궁이에 불을 지폈다. 그리고 죽 비슷한 것을 만들기 시작했다.

불을 살피던 케이건은 달빛 가득한 마당에 그림자가 지는 것을 발견했다.

"저리 가라."

케이건의 말을 따르는 대신 소년은 부엌 입구에 섰다. 소년이 쥔 단검이 달빛에 기묘하게 반짝였다. 소년이 말했다.

"저를 데려가 주세요."

"실습으로는 좋지 않은 시작이다. 우선, 나는 여자가 아니다. 그리고 접근해서 목을 딸 생각이라면 단검은 숨기는 편이 좋다. 무엇보다도, 혼자 있는 상대는 노리지 말라고 했다."

"그런 거 아니에요. 데려가 주세요."

"싫어."

"데려가 주지 않으면 여기서 죽어버릴 거예요."

케이건은 대답하지 않았다. 그는 부젓가락으로 아궁이를 헤집었다. 소년이 앙칼지게 외쳤다.

"죽어버릴 거라고요!"

296

"들었다."

소년은 침묵했다. 케이건은 일어나 솥 안에 숟가락을 담아 저었다. 한 동안 숟가락이 솥에 부딪히는 소리만이 들렸다. 소년이 힘겹게 말했다.

"당신은 평생 죄책감을 느낄 거예요."

"내 생각은 그렇지 않아."

"그럴 거예요."

"그렇지 않아. 네가 특별한 존재라고 생각하지? 전혀 그렇지 않아. 넌 살아서도 별 볼 일 없는 보통 꼬마야. 그리고 죽은 다음에도 특별한 시체 같은 건 될 수 없어. 별 볼 일 없는 보통 시체가 될 뿐이다."

"제가, 제가 조금도 특별하지 않다면 단검은 왜 준 거예요!"

"나가의 작품을 망치기 위해서다. 네가 굶어죽게 되면 그것은 이 도시를 파괴한 나가의 의도를 만족시키는 것이 되겠지. 나는 그런 나가들의 의도에 작은 파괴를 일으킨 것이다. 너와는 아무 상관이 없는 이유다."

만약 그 자리에 다른 수탐자들이 있었다면 케이건이 언제나처럼 '친절하게' 대답하고 있다 생각할 것이다. 물론 그 내용엔 경악했겠지만. 소년은 입을 다물었다.

죽이 끓고 있는 솥을 바라보고 있었지만, 케이건은 소년이 사라졌다는 것을 알 수 있었다.

적당한 그릇을 찾아 죽을 옮겨담은 케이건은 새끼줄로 그릇 뚜껑을 잘 묶은 다음 허리춤에 매달았다. 마당으로 나왔을 때 케이건은 보이지 않는 누군가가 실망하는 것을 깨달았다. 케이건은 빈 공간을 향해 중얼거렸다.

"그래. 두 손으로 솥을 쥐면 손이 자유롭지 않게 되지. 좋은 발상이었다."

대답은 없었다. 케이건은 달빛을 밟으며 그 집을 빠져나왔다.

케이건이 야영지로 돌아왔을 때 여신은 여전히 자고 있었다. 그리고 비형 또한 이미 곯아떨어져 있었다. 불침번을 서던 티나한에게 묵례한 다음 케이건은 아기가 깨어나면 먹이기로 하고 솥을 불 옆에 내려놓았다. 도깨비불 옆에 앉은 케이건은, 티나한이 자신을 훔쳐보고 있음을 깨달았다.

비형이 잠들었기에 홀로 생각에 잠겨 있던 티나한은 케이건에게 물어봐야 확인될 수 있는 질문을 하나 떠올려 놓고 있었다. 그 질문은 케이건에게 관련된 것이었다. 하지만 그 질문은 티나한이라도 꺼내기 쉬운 것이 아니었다. 티나한은 한동안 케이건의 눈치를 살폈다.

실눈을 뜬 채 도깨비불을 바라보던 케이건이 나직이 말했다.

"질문하시오."

"독심술이냐!"

"당신이 풍부한 표정을 가지고 있는 거요."

"그런가? 으음. 여기 앉아 있다 보니 별 생각을 다했어. 그러다가 좀 이상한 사실 하나를 떠올렸어. 어, 기분 나쁘지 않았으면 좋겠는데, 네 아내에 대한 이야기야. 괜찮을까?"

케이건은 고개를 들었다. 티나한은 긴장했지만 케이건의 얼굴은 평온했다.

"아내에 대한 이야기는 그다지 하고 싶지 않소만."

"말을 잘못했다. 그러니까 네 아내에 대한 이야기가 아니라 너에 대한 질문인데."

"해보시오."

"음, 음. 너는 아라짓 전사라고 했지? 그것 때문에 나가들에게 복수하지. 그리고 너는 키탈저 사냥꾼이기도 하다고 했지. 그것도 네 복수의 이유고. 그리고, 어, 음. 네 아내가⋯⋯."

티나한은 어떻게 말해야 할지 알 수 없어 허둥거렸다. 케이건이 짧게 말했다.

"다 맞소. 그런데?"

"아라짓 전사인 네가 어떻게 아내를 얻은 거지?"

케이건은 고개를 갸웃했다. 티나한은 더듬거리며 말했다.

"아라짓 전사는 왕의 허락 없이 자식을 얻을 수 없다고 했잖아. 젠장, 최후의 대장장이께서는 결혼하지 않고도 자식을 얻었지. 좋아. 그런 경우는 인정하겠어. 그렇지만 그 반대의 경우, 그러니까 자식을 얻지 않으면서 결혼하는 것은? 그건 불가능하겠지."

"결혼하고도 자식을 얻지 못하는 부부도 많소."

"그야 그렇지. 하지만 결혼하기 전부터 그런 일이 있을 거라 예상할 수는 없는 거 아냐. 그렇다면 아라짓 전사는 왕의 허락 없이 자식을 얻을 수 없다는 말은, 다시 말해서 아라짓 전사는 왕의 허락 없이 결혼할 수 없다는 말도 되는 거지. 맞지?"

"맞소."

"그래. 그런데, 대호왕이 즉위한 건 4년 전의 일이야. 그 전에는 왕이 없었지. 그렇다면, 네가 800살이 넘지 않은 바에야 왕의 허락을 받을 수는 없어. 그렇지? 그러면 너는 상처한 다음에 아라짓 전사가 된 거야?"

잠깐 침묵하던 케이건은 어둠 속을 바라보며 말했다.

"상심하지 않았으면 좋겠소. 티나한. 그 질문에는 대답할 수 없소."

"아, 괜찮아. 그냥 앞뒤가 안 맞는 것 같아서 의아해진 거야. 대답하지 않아도 돼. 그런데, 그 질문 하다보니 떠오른 것이 있어. 아라짓 전사의 전통은 어떻게 이어진 거야?"

"전통?"

"그래. 인간들은 부모가 자식에게 직업이나 재산 같은 것을 물려주곤 하지. 어, 비웃는 것은 아냐. 너희들은 약하니까 혼자서 뭔가를 시작하는 것이 어려울 거야. 그러니까 부모가 만들어놓은 걸 자식이 이어받으면 좀 편하겠지. 너희들이 약하다는 것은 불가항력에 해당하는 거니까 비웃을 필요는 없지. 하지만 아라짓 전사들은 그럴 수 없을 텐데? 800년 동안 왕이 없었으니까 아라짓 전사들은 전사의 지위를 물려줄 자식을 만들 수 없었을 거 아냐. 그런데 너에게까지 전통이 이어졌잖아. 어떻게 해서 그렇게 된 거야? 도제야?"

"역시 대답할 수 없는 질문이오. 티나한."

"그러냐? 이거 오늘은 내가 곤란한 질문만 떠올리는 날인 모양이군."

티나한은 머쓱한 미소를 지어보였다. 타고난 개인주의자라고 한다면 그것은 레콘일 가능성이 높으며, 평범한 레콘인 티나한은 상대방이 말하기 싫어하는 것을 캐묻는 것에 별 관심이 없었다. 그래서 티나한은 케이건이 불침번을 서겠다고 말했을 때 별 반대 없이 잠자리에 들었다.

도깨비불을 바라보며 케이건은 생각에 잠겼다. 여러 가지 생각이 그의 머릿속을 어지럽혔지만, 그중에 이름 모를 소년에 대한 것은 없었다.

케이건에게 그 소년은 조금도 특별하지 않았다.

아기가 깨어난 것은 한밤중이었다. 케이건은 죽을 데웠고 아기는 그것을 바라보지 않았다. 케이건이 끓인 죽을 숟가락으로 떠 후후 불어가며 아기에게 먹일 때도 아기는 숟가락을 바라보지 않았다. 결국 케이건은 마음속에 있던 의심을 질문했다.

"혹 앞이 보이지 않으시는 겁니까? 시선을 맞추시는 것을 본 적이 없군요."

아기는 죽을 삼키고 말했다.

"그렇지 않아. 다 보이니까 시선을 맞출 필요가 없는 거지. 나는 모든 이보다 낮아. 내게는 다 보이지. 너도 네 어깨와 팔과 손가락들을 모두 보면서 그 죽을 뜨지는 않잖아?"

"숟가락과 솥은 봅니다. 당신 부리도 보아야 하고."

"네가 말한 것들은 너보다 낮아질 수 있는 것들이지. 그러면 내려다봐야겠지. 하지만 나는 모든 이보다 낮아. 굳이 애쓰지 않아도 내게는 다 보여."

케이건은 입을 다문 채 그 말에 대해 생각했다. 죽이 바닥났을 때 케이건은 아기의 말을 대충 이해할 수 있을 것 같다고 생각했다. 솥을 치운 케이건은 아기의 요청에 따라 그녀를 앉혔다. 그리고 그 등을 두드리며 궁금해하던 것을 질문했다. 그는 자신들의 여행이 이유를 알 수 없는 방법으로 빨라져 있음을 설명하고 그 현상의 원인이 여신인지를 질문했다.

여신은 간단히 긍정했다. 아기의 등을 조심스럽게 두드리며 케이건은 말했다.

"당신은 느린 쪽을 선호한다고 하셨던 것 같은데요."

"음? 아아, 나는 움직이지 않았어."

케이건은 잠깐 고민했다.

"그렇군요. 최후의 대장간도, 카시다도 모두 땅 위에 있는 것이군요. 움직이지 않으신 것이군요."

"그래."

"덕분에 저희는 놀라운 속도로 움직였습니다. 그런데 제 개썰매는 어떻게 된 것입니까?"

"그 개들은 전 주인에게 돌아갔다."

"알겠습니다. 그러면 앞으로 어떻게 하면 좋겠습니까? 시우쇠님을 찾아내려면 즈믄누리로 가야 합니다. 북부군의 현재 위치를 아는 것은 도깨비들이니까요."

"그리고 시우쇠가 딛고 있는 땅이 아마 알겠지. 시우쇠가 어디 있는지."

케이건은 졌다는 심정이 되었다. 아기가 트림을 하자 케이건은 아기를 조심스럽게 눕혔다. 강보를 매만진 케이건은 확인했다.

"그러면 저희는 그냥 걸어가면 되겠습니까?"

"그냥 걸어가."

"알겠습니다."

"뭐가 불만인 거지?"

"불만 같은 것은 없습니다. 그저 이제 길잡이가 아니구나 하고 생각했습니다. 그냥 걸어가기만 하는 거라면 길잡이의 일은 없지요."

"그렇게 확신하지 마. 너는 여전히 길잡이야. 그 아이에게 그랬던 것처럼."

"그 아이?"

"카시다에서 아이를 만났지?"

케이건의 반응은 조금 늦었다. 기억을 떠올려야 했기 때문이다.

"예. 그러고보니 그건 땅 위에서 일어난 일이군요."

"훔치고 속이고 죽이라고 했었지?"

"그렇게 말했습니다."

"만인이 만인을 상대로 훔치고 속이고 죽이기 시작하게 되는 것을 원하니?"

"그 아이에게 그렇게 말해 준 것은 그런 방법들이 먹거리를 구하는 가장 손쉬운 방법이기 때문입니다. 저는 만인에 대해 원하는 것이 없습니다. 제가 원하는 것은 하나뿐입니다. 모두 보신다면, 땅 위에서 일어난 제 모든 과거도 아시겠군요. 제가 무엇을 원하는지도."

"나는 오래 전의 너를 안다."

"제 발 아래엔 항상 당신이 있었겠군요."

"그래. 그때 너에겐 만인에 대해 원하는 것이 있었어."

"……그런 기억이 납니다."

"너에겐 신념과 소망이 있었다. 케이건."

"그만하십시오. 당신은 자부심을 소중히 여기는 어떤 전사를 지나치게 괴롭히고 계십니다."

아기는 티나한을 바라보지 않았다. 하지만 케이건은 그렇게 했고, 잠자리에 누워 있는 티나한이 움찔하는 것을 담담하게 바라보았다.

"당신의 목소리는 너무 큽니다. 누군가로 하여금 잠든 척하며 이야기를 엿들을 것인지, 그렇잖으면 깨어났음을 정직하게 고백할 것인지 고민하게 할 정도로."

"젠장, 미안하다, 미안해! 그런 생각 좀 했었다! 하지만 나를 엿듣는 놈으로 몰아붙이려는 거라면! 엉? 만약 그러려는 거라면!"

"안 그러겠소. 주무시오, 티나한."

티나한은 투덜거리며 다시 누웠다. 케이건은 아기를 돌아보았다. 아기는 눈을 감은 채 쓴웃음을 짓고 있었다.

"길잡이인지 아닌지 모르겠습니다만 앞으로의 일은 대충 알아두고 싶습니다. 저희들은 얼마쯤 후에 목적지에 도달하겠습니까?"

"내일이라고 불러야 할 시간쯤에는 너희들이 시구리아트라고 부르는 산맥에 도달할 거다. 그리고 이틀 정도가 지나면 너희들이 엔거라고 부르는 평원에 도달하게 될 거다."

거리를 가늠해 본 케이건은 그 속도에 놀라지 않을 수 없었다. 그야말로 번개 같은 속도였다. 그때 여신이 다시 말했다.

"시구리아트에 너를 찾는 사람이 있구나. 거기서 잠시 머물러야겠다."

"저를 찾는 사람이오?"

대답은 없었다. 아기답게 여신은 다시 잠들었다. 케이건은 강보를 한 번 더 매만진 다음 도깨비불 옆의 자리로 돌아왔다.

카시다의 마지막 시민인 이름 모를 소년은 덤불 아래에 몸을 숨긴 채 바위 아래에 모여 있는 사람들을 바라보았다. 이해하기 힘든 모습의 일행이었다. 도깨비와 인간, 레콘이 있었고 딱정벌레가 있었으며 레콘은, 분명히 남자로 보이는데도 불구하고 등에 레콘 아기를 업고 있었다. 소년은 아마도 레콘의 아내가 죽었기 때문에 아이의 새엄마가 될 여자를 탐색하려는 것이리라 추측했다. 그렇다면 그 레콘에겐 동정심이 있을지도 모른다. 소년은 그렇기를 원했다. 그는 그 일행에 합류하고 싶었다.

하지만 소년은 어젯밤에 만났던 무서운 사내가 마음에 걸렸다. 그래서 소년은 일행이 출발하면 그 뒤를 따라갈 생각이었다. 그렇게 따라다니다가 그들에게 받아들여질 기회를 얻는 것이 소년의 계획이었다. 어쩌면 그 무서운 남자 외에 다른 일행들은 부모 잃은 소년을 불쌍히 여겨 거두어줄지도 모른다. 무서운 남자는 소년이 특별하지 않다고 말했지만, 소년은 모든 가족을 잃고 세상에 홀로 내몰린 남자애만큼 특별한 것이 있는지 의심스러웠다. 동정과 사랑은 그런 자에게 보내어져야 하지 않는가?

일행이 걸음을 뗐다. 소년은 그들의 등을 바라보았다.

곧 소년은 덤불을 박차고 나왔다.

실망과 좌절, 그리고 혼란에 소년은 비명을 질렀다. 그 일행은 분명히 걸어가고 있었다. 하지만 번개 같은 속도로 그렇게 하고 있었다. 소년은 앞으로 달렸다. 하지만 굶주림 때문에 후들거리는 소년의 다리가 소년을 배신했고 소년은 요란하게 쓰러졌다. 눈 앞이 새하얗게 바뀌었다. 입술이 터졌는지 혀 끝에 짭짤한 피맛이 느껴졌다. 허둥거리던 소년은 간신히 눈을 떠 일행이 사라진 방향을 바라보았다. 이미 일행은 지평선을 넘어서고 있었다.

소년은 어이가 없었다. 누가 버린 쓰레기마냥 팽개쳐진 모습으로 땅 위에 엎드린 소년은, 지독한 장난에 말려든 것 같은 억울함에 울음을 터뜨렸다.

한참을 울던 소년이 다시 땅을 짚고 일어섰을 때, 그 얼굴에는 덤불 속에 숨어 있을 때와는 다른 표정이 떠올라 있었다.

결국 소년은 특별하지 않았다.

일어서는 것마저 힘들었기에 소년은 바위에 등을 기댔다. 소년은 걸어갈 자신이 없었다. 한참 동안 바위에 기대어 있던 소년은 결국 바위를 짚었다. 그의 손바닥에 음각된 글씨의 일부가 만져졌다. 소년에겐 익숙한 글자들이었다. 글자를 배우던 시절 소년은 카시다 암각문을 하나씩 읽어나갈 수 있게 되었을 때 흥분을 느꼈다. 그것은 불과 얼마 전의 일이었다. 그때 소년에게는 이름을 불러주는 부모와 유치한 별명을 불러주는 친구들이 있었다. 지금은 그렇지 않았다.

소년은 단검을 뽑아들었다.

카시다 암각문이 새겨진 바위는 오랜 세월 동안 경험해 보지 못했던 독특한 침식을 경험하게 되었다. 소년의 단검은 결국 끌과 망치에 필적할 수 없었지만, 소년은 손톱 아래에서 피가 배어나오도록 거칠게 단검을 내리찍었다. 겨우 한 단어를 새겨넣는 동안 소년은 몇 번이나 손을 허벅지 사이에 끼운 채 휴식해야 했다.

마침내 목적을 달성한 소년은 비틀거리며 바위를 떠났다. 소년이 떠난 바위에는 새로 새겨진 암각문이 다가올 풍화의 세월을 조용히 기다리고 있었다. 소년이 새겨넣은 단어는 '미움'이었다. 그 단어는 암벽에 있던 글자들과 어울려 완전한 문장을 이루었다.

'사람들의 마음이 역시 미움으로 가득하다는 사실을 확인할 수 있다.'

안개가 티나한을 기분 나쁘게 했다. 어처구니없을 정도로 짙은 안개는 손에 만져질 듯했고, 티나한에게 마치 물 속을 걷고 있는 것 같은 깃털 부푸는 느낌을 선사했다. 티나한은 그곳이 싫었다. 하지만 티나한이 탈 경우 딱정벌레에는 한 사람밖에 탈 수 없었다. 어쩔 수 없이 티나한은 케이건의 뒤를 따라 걸었다.

"도대체 이 황당한 안개는 뭐야?"

"아무래도 나가들이 기온을 높이기 위해 이곳에 뭔가를 지나치게 모아놓은 모양이오."

티나한은 그 '뭔가'가 무엇인지 질문하지 않았다. 그는 원망스러운 눈빛으로 케이건의 뒤통수를 노려보며 그 말을 잊으려 애썼다. 케이건은 티나한의 고충에 신경쓰지 않은 채 발 앞의 폐허를 가로질렀다.

폐허의 규모는 놀라웠다. 시구리아트 유료 도로 위에는 돌들이 무수히 쌓여 있었다. 비탈진 산의 경사 때문에 굴러내린 거석들은 수백 미터 이상 되는 넓은 범위에 걸쳐 흩어져 있었다. 케이건은 안개 속에서 마치 괴물의 뼈대처럼 보이는 공성병기들을 바라보았다.

한 때 폭풍 같은 기세로 거석들을 날려보냈을 그 공성병기들은 무관심하게 방치되어 있었다. 그중 어떤 것은 단지 튼튼한 지지력을 위해 땅에 뿌리를 박은 나무를 그대로 이용하여 만들어진 초대형의 것도 있었다. 처음부터 가지고 떠날 생각은 없었던 모양이다. 나가들이 사용하고 버린 것임이 분명했지만, 그것은 케이건의 상식에 맞지 않는 일이었다. 티나한조차도 나무를 무분별하게 사용하여 제작된 그 대형 병기들의 모습에 놀랐다.

"나가들이 미친 걸까?"

"모르겠소."

길을 가로막는 거석의 크기가 차츰 거대해졌다. 무게 때문에 아래로 굴러내릴 수 없는 거석들이 길 위에 내팽개쳐져 두 사람의 걸음을 방해했다. 자욱한 안개와 거대한 돌더미 때문에 두 사람은 우윳빛 미로를 헤매는 느낌을 받았다. 케이건은 가까스로 길을 찾아내었다. 그리고 길이 완전히 막혔을 때는 티나한이 괴력을 발휘하여 바위를 밀었다.

악전고투 끝에 그들은 관문 요새에 도달했다. 최소한 관문 요새가 있던 자리에는 도달했다. 두 사람은 말을 잃은 채 눈앞에 펼쳐진 참상을 바라보았다.

자연암을 이용하여 만들어진 관문 요새는 벽돌로 만들어진 건물 등과는 달리 완전히 무너져내리지 않았다. 바위를 관통하는 통로 또한 그대로였다. 하지만 그 때문에 관문 요새는 자신의 참상을 폐허 속에 숨길 수 없었다. 두 사람의 머릿속에서 시구리아트 관문 요새가 겪어야 했던 일이 선명하게 재구성되었다.

투석기에서 날아든 거석들은 암벽을 수백, 수천 번 이상 강타했을 것이다. 그런 무참한 공격에 그토록 단단한 암벽도 더 이상 견딜 수 없었을 것이다. 굵은 금이 간 바위들이 깨진 얼굴 마냥 흉측한 모습으로 그들을 내려다보고 있었다. 원래 교묘하게 숨겨져 있었을 투석구들은 흉하게 드러나 있었다. 그중 어떤 투석구에는 인간의 머리와 팔 하나가 삐죽 튀어나와 있었다. 꽉 끼여 있는 그 유해는 그가 경험해야 했던 무서운 사건을 생생하게 증언하고 있었다. 내부로 침입한 적에게서 도망치기 위해 투석수는 도저히 빠져나갈 수 없는, 그리고 설령 빠져나왔다 하더라도 추락사할 그 구멍으로 자신의 몸을 집어넣었다. 하지만 머리와 팔

하나를 꺼내는 것이 고작이었기에 투석수는 그런 무시무시한 높이에서 아래를 내려다보며 굶어죽었다.

통로를 메우고 있는 안개 속에서 누군가가 걸어나왔다.

티나한은 흠칫하며 철창을 꼬나쥐었다. 그러나 케이건은 가만히 선 채 상대를 기다렸다. 나가가 움직일 기온이 아니었다. 케이건의 예상대로 안개 속에서 나타난 것은 나가가 아니었다.

초라하고 더러운 모습으로 나타난 인간은 잠시 두 사람을 바라보았다. 행색이 말이 아니게 초라했기에 두 사람은 눈 앞의 상대가 누군지 알 수 없었다. 그때 그 인간이 입을 열었다.

"은편 열다섯 닢 내시오."

티나한은 신음을 흘렸다. 케이건은 여전히 무표정한 얼굴로 보좌관을 물끄러미 바라보았다. 보좌관은 설명을 덧붙였다.

"당신과 그 아기는 면제요. 그러니 레콘의 통행료만 지불하면 되겠습니다. 도깨비도 있었는데, 그는 어떻게 된 겁니까?"

"……안개 속에서 피비린내가 진동하기에 딱정벌레에 태워 산맥 건너편으로 날아가게 했소. 반대편에서 기다리고 있소."

"잘 생각하셨군요."

그리고 보좌관은 손을 내밀었다. 완전히 무감각한 그 동작을 바라보던 케이건은 은편 대신 질문을 꺼냈다.

"당주님은 어떻게 되었소?"

"지불하시오."

케이건은 말없이 은편을 꺼내어 보좌관에게 쥐어주었다. 보좌관은 더러운 옷가지 사이에 그것을 챙겨넣고는 몸을 돌려 걸어갔다. 케이건과 티나한은 그 뒤를 따라 걸었다.

통로 안으로 들어온 보좌관은 걸음을 멈추었다. 케이건과 티나한은 다시 충격을 받았다.

통로 안쪽에는 단 하나의 햇불만이 불타고 있었다. 그리고 햇불걸이의 반대쪽 벽 일부는 무너져 있었다. 그 때문에 벽에 기다란 틈이 나 있었다. 그 틈은 보좌관의 무릎 높이 쯤에서 가장 넓게 벌어져 있었는데 수탐자들은 그 뒤쪽에서 노파의 얼굴을 발견했다. 거미줄 같은 가느다란 머리카락 사이로 드러나 있는 얼굴은 시구리아트 유료 도로당의 보늬 당주의 얼굴이었다.

케이 보좌관은 무릎을 꿇었다. 그리고 목이 메어 말했다.

"저 방은 비밀 방이었소. 당주님을 저곳에 숨겨두었는데, 그만 방이 무너지고 말았소. 당주께서는 저 안에 선 채로 파묻혀 계시는 거요. 간신히 이런 틈이 있어 제가 먹을 것을 드리고 있소. 망치로 벽을 깨어볼까 하는 생각도 해봤지만 저 방 안에서 붕괴가 일어날까봐 그렇게 할 수 없었소."

티나한이 깃털을 부풀린 채 앞으로 성큼 걸어갔다. 그는 벽을 쓰다듬고 홈을 어루만졌다. 하지만 그런 방법으로는 내부의 상태가 어떤지 알 수 없었다. 티나한은 다시 케이건을 돌아보았다. 케이건은 무릎을 꿇고 갈라진 부분 안쪽을 바라보았다. 보늬 당주는 기절한 것인지 잠든 것인지 아무 반응이 없었다. 케이건은 그녀의 코 아래에 조심스럽게 손가락을 가져갔다.

당주는 숨을 쉬고 있었다. 티나한은 뒤를 돌아보려 애쓰며 말했다.

"저 방 안의 상태가 어떻습니까? 저희들이 당주를 구출할 방도가 있을까요?"

케이 보좌관은 멍한 표정으로 티나한을 바라보았다. 아기가 부리를 열어 말했을 때, 그 속마음이야 어쨌는지 알 수 없지만 보좌관의 얼굴에는 아무런 변화도 없었다. 아기는 말했다.

"글쎄. 티나한. 내가 말해 줄 수 있는 건 당주가 재채기만 좀 심하게 하더라도 깔려죽고 말 거라는 사실뿐이군."

"이런, 빌어먹을! ……당신에게 한 말은 아닙니다."

아기는 웃으며 노란 머리를 다시 강보에 파묻었다. 케이건은 당주의 얼굴을 가만히 들여다보며 말했다.

"그 오랜 세월 동안 산적과 제왕병자와 각종 악당들의 공격을 버텨온 이 요새가 어떻게 해서 이렇게 된 거요?"

"갈로텍 대장군이 왔소."

"갈로텍이?"

"예. 놀랍게도 그 자는 군령자더군요. 오면서 투석기들을 봤을 거요. 나가들이 그런 것을 만들 수는 없소. 하지만 군령자인 그 자는 그렇게 하더군. 그 자는 그걸로 이 요새를 공격하여 쇠뇌 배출구와 투석구, 기타 이 요새의 공격 수단을 초토화시켰소."

"하지만 250년 전에도 똑같은 일이 있었소. 주퀘도 사르마크가 이곳을 공격했을 때 그 또한 비슷한 방법을 썼소. 그때 당신들은 그 공격을 버텼소."

"그 자였소."

"그 자라니?"

"죽음의 거장. 군령자 갈로텍의 군령 중에는 주퀘도 사르마크의 영도 있었소."

케이건의 눈썹이 꿈틀거렸다.

그는 의아하게 여겨왔던 것이 정리되는 것을 느꼈다. 케이건은 어떻게 전쟁 경험이 없는 나가들이 그토록 훌륭한 작전 수행 능력을 보여준 것인지 알게 되었다. 그리고 용인이 아닌 갈로텍이 어떻게 륜 페이에게 필적하는 수력 통제력을 발휘한 것인지도 깨달았다. 군령자는 타인의 지식과 기억을 이용하는 것에 익숙하다. 갈로텍은 다른 이보다 훨씬 쉽게 여신의 힘에 적응했을 것이다.

"당신들을 잘 아는 적이 온 것이군. 하지만 그 자가 250년 전의 실패에서 어떤 교훈을 얻은 거였소?"

"그 자의 공격 자체는 별로 달라진 것이 없었소. 문제는 수호장군들이 요새 내부의 우물을 마르게 하고 수도관의 위치를 파악해서 오폐수를 역류시키고 금속 도구에 습기를 몰아넣었다는 점이오. 그들이 주로 힘을 집중시킨 부분은 철문의 돌쩌귀였소."

"녹슬게 한 것이군."

"그렇소. 우리는 긴 시간을 버텼소. 한 순간도 멈추지 않고 요새를 두드리는 돌 때문에 많은 당원들이 귀머거리가 되었소. 그들이 우리에게 날려보낸 돌은 거의 산 하나에 필적할 거요. 어느 날 철문이 더 이상 견디지 못하고 무너졌고, 보병들이 요새 안쪽으로 난입했소. 그 다음은 미친 듯한 살육이었소. 그 다음 그들은 나가 포로를 찾아 떠났소."

"포로?"

"즈믄누리로 호송되던 포로들 중 일부가 이곳에 있었소. 그리고 대호왕 또한."

케이건은 고개를 들어 보좌관을 바라보았다. 보좌관은 자신이 알고 있는 것을 설명했고, 그 설명은 티나한과 케이건을 긴장하게 했다. 티나한은 벼슬을 빳빳하게 세우며 말했다.

"어, 그렇다면 북부군이 우리를 기다리지 않고 하텐그라쥬 공격에 나섰다는 것이군?"

"그렇소."

"이런 빌어먹을!"

티나한은 주먹을 서로 부딪치며 분해했다. 보좌관은 차분하게 설명을 끝내었다.

"전투가 끝난 후 그들은 포로들과 요새에 남아 있던 북부군을 끌고 남쪽으로 떠났소. 나는 다른 비밀 장소에 숨어 있다가 나온 것이고."

티나한은 격분하느라 보좌관의 설명을 제대로 듣지 못했다. 케이건은 다시 고개를 숙여 바위틈에 갇혀 있는 당주를 바라보았다.

"당주님은 언제부터 이런 모습으로?"

"스무이레째요."

"스무이레?"

"그렇소."

케이건은 놀랐다. 건장한 젊은이라도 꼼짝할 수 없는 이런 모습으로 그 긴 시간을 버틸 수는 없다. 하물며 보니 당주는 백 살이 넘은 노인이었다. 그때 케이건은 보좌관이 뜻 있는 눈으로 바라보는 것을 느꼈다. 케이건은 보좌관을 바라보았고 그러자 보좌관은 그의 시선을 외면하며 말했다.

"아마도 당신을 기다리신 것 같소. 어째서 그런지 모르겠지만, 당신이 돌아올 거라 확신하셨던 모양이오."

티나한은 놀란 표정으로 보좌관과 케이건을 번갈아 바라보았다. 케이건은 천천히 고개를 떨구었다. 그리고 땅 속에 파묻힌 당주를 바라보았다.

당주의 쪼글쪼글한 얼굴은 그나마 핏기조차 없어 뭉쳐놓은 걸레처럼 보였다. 유료 도로를 가득 메운 안개에서 흘러내린 이슬

들이 그녀의 부서지기 쉬운 몸을 서른 날 이상 적셔왔고 그 위에
돌가루와 먼지, 그리고 머리카락들이 뭉쳐져 다시 없이 끔찍한
모습을 하고 있었다. 하지만 케이건은 당주의 다른 모습을 알고
있었다. 그리고 케이건은 다른 모습의 그녀를 부를 때와 같은 목
소리로 시구리아트 유료 도로당의 당주를 불렀다.

"보늬."

당주의 몸이 미세하게 움직였다. 케이건은 한 번 더 불렀다.

"보늬."

당주는 눈을 떴다. 티나한은 놀라서 무릎을 굽혔지만 그러자
그의 거대한 몸 때문에 횃불의 빛이 가려지며 틈 앞에 그림자가
졌다. 티나한은 황급히 다시 일어섰다. 눈이 부신 듯 몇 번 눈꺼
풀을 떨던 당주는 가까스로 케이건에게 시선을 맞추었다. 그녀의
함몰된 입술이 힘겹게 움직였다.

"어엿브 소드락이요?"

티나한은 어리둥절하여 다른 사람들을 바라보았다. 하지만 보
좌관은 무표정한 얼굴 그대로였다. 게다가 케이건은 그 기묘한
말을 알아듣는 것 같은 얼굴을 하고 있었다. 심지어 그는 대답까
지 했다.

"그렇습니다."

"너므 너즈러비 오셨소."

"그렇군요."

당주의 눈에서 눈물이 흘러내렸다. 하염없이 흘러내리는 눈물
은 흙먼지로 뒤덮인 볼에 긴 자국을 남겼다. 보좌관이 그것을 닦
아주려 했지만 당주는 눈짓으로 그것을 거부했다. 보좌관은 다시
물러났다.

소리없이 울던 당주는 겨우 숨을 골라 말했다.

"바라믄 롱호미라 호나 모딘 길혜 뻐러디여 그우니난 곳니픈 엇디호리오."

"원하실지 모르겠습니다만, 용서해 달라고 말하지는 않겠습니다."

보좌관의 얼굴이 일그러졌다. 내용을 알 수 없었던 티나한은 당혹하여 모든 사람들을 바라보려 애썼다. 바위 틈에 갇혀 있는 당주가 긴 한숨을 내쉬었다.

"원치 아니하오."

케이건은 대답하지 않았다. 말하는 것이 힘든 듯 당주는 한참 동안 침묵했다. 그동안 세 남자와 여신은 조용히 기다렸다. 당주는 가까스로 입을 열어 말했다.

"이 늘근 겨지베 소망은 네와 이졔왜 혼가지요."

케이건은 침묵했다. 당주는 갑자기 또렷하게 말했다.

"어양쓰난 겨지블 어위키 용서하오. 드위힐훠 니르노이다. 다시 태어나 당신을 사랑하겠습니다."

티나한은 갑자기 당주의 말을 알아들을 수 있다는 사실, 그리고 그 내용에 놀랐다. 하지만 뒤이어 일어난 일 때문에 그의 놀람은 묻혀지고 말았다.

당주는 갑자기 머리를 뒤로 힘껏 젖혔다. 보좌관이 비명을 내질렀지만 당주는 다시 한 번 그렇게 했다. 순간 틈이 벌어지다가 다시 함몰되었다. 틈 저편에서 무엇인가가 요란한 소리를 내며 무너졌다. 피어오른 흙먼지가 모든 사람의 눈을 가렸다. 보좌관은 미친 듯이 손을 휘저었다. 가까스로 흙먼지가 가라앉았을 때 사람들은 벽의 틈이 흙과 파석으로 완전히 메워졌음을 발견했다.

보좌관은 무릎을 꿇었다. 그는 두 손으로 벽을 짚은 채 믿을 수 없다는 표정으로 틈을 바라보았다. 갑자기 보좌관은 머리를 벽에 부딪쳤다. 머리를 벽에 댄 채 보좌관은 짐승 같은 울음을 터뜨렸다.

하텐그라쥬의 외곽, 마호가니 군단의 군영이 된 곳에서, 쥬어는 의자에 앉은 채 세 가지 사건에 대해 생각하고 있었다. 그 세 사건 중 두 가지는 각자 어젯밤과 조금 전에 일어났다. 그리고 하나는 아직 일어나지 않았다. 각각의 사건들은 서로 관련이 없는 것처럼 쥬어에게 다가왔지만, 그것은 명백한 관련성을 지니고 있었다. 그래서 쥬어는 아직 일어나지 않은 세 번째 사건에 어떻게 대응할 것인가를 결정해 두고 싶었다.

어젯밤 비아스 마케로우가 들려준 이야기는 그를 당혹시켰다. 쥬어는 솔직히 그 점을 인정했다. 그는 정말 놀랐다. 물론 비아스는 충분히 합리적인 설명을 통해 자신의 주장을 입증하려 노력했다. 어쨌든 쥬어 또한 불신자들이 여신을 가두고 있는 거라면 왜 자신들이 그렇게 큰 피해를 입으면서도 여신을 풀어주지 않는 거냐는 질문에 대해 대답할 수 없는 것은 마찬가지였다. 하지만 그 음모의 규모가 지나치게 거대했기에 쥬어는 받아들이는 것에 어려움을 느꼈다. 그래서 쥬어는 비아스의 요구를 들어주겠노라고 닐렀지만 마음속으로는 그 요청을 조금 보류해 둔 상태였다.

그런데 조금 전, 아직 충분히 낯익지 않은 부하 두 명이 쥬어를 찾아왔다. 자신을 스바치와 카루라고 밝힌 두 사람을, 쥬어는 경계심을 가지고 맞이했다. 쥬어는 그 두 명이 보물을 나눠달라는 요청을 하러 온 것이라 지레짐작했다. 하지만 두 사람의 용건이 수호자들이 꾸민 어떤 음모에 대한 것임을 알게 되었을 때 쥬어는 기겁하지 않을 수 없었다.

카루와 스바치는 비아스보다 훨씬 많은 것을 알고 있었다. 비아스가 정확하게 알지 못하는 세부 사항을 두 사람은 모두 설명할 수 있었다. 쥬어는 잠깐 동안 두 사람이 비아스에게 고용되어 자신을 설득하기 위해 온 것이 아닌가 하는 생각마저 떠올렸다. 하지만 스바치와 카루는 비아스에 대한 끔찍한 혐오감을 드러내었다. 그리고 비아스가 수호자 한 명을 살해했다는 니름까지 들려주었다. 쥬어는 비늘이 서는 것을 느끼면서도 그 이야기에 설득력이 있다고 생각했다.

"그렇다면 그 카린돌 마케로우라는 여자가 수호자들에게 억류되어 있기 때문에, 그리고 발자국 없는 여신은 영이 빠져버린 카린돌 마케로우에게 억류되어 있기 때문에 수호자들은 여신의 힘을 마음대로 쓰고 있다는 것이군?"

비밀 유지를 위해 대화는 육성으로 이루어지고 있었다. 스바치는 고개를 끄덕였다.

"그렇습니다. 쥬어. 물론 당신은 수호 장군들 덕분에 북부에서 많은 재산을 모았지요. 하지만 당신이 고마워해야 하는 것은 행운을 찾아내는 당신의 능력입니다. 수호자들에게 고마워해서는 안 됩니다. 그들은 신성한 여신을 냉혹한 감방의 수인으로 전락시켰습니다. 그것은 더할 수 없이 끔찍한 배신입니다."

쥬어는 그 주장에 동감했다. 스바치는 열성적으로 말했다.

"생각해 보세요. 당신이 만약 수호자들의 저 끔찍한 음모를 폭로한다면, 대가문들은 당신에게 고마워할 겁니다. 그것은 당신이 대가문의 가주들에게 줄 수 있는 최상의 선물일 겁니다."

"글쎄. 스바치. 내 생각은 조금 다른데. 대가문들은 북부에서 들어오는 부를 사랑해."

"그 말에는 동감합니다. 하지만 언제까지 그 부가 계속되겠습니까? 그 부는 북부인들이 오랜 시간에 걸쳐 쌓은 것입니다. 우리는 그것을 몇 년 만에 강탈해 왔지요. 이제 북부인들은 그 부를 쌓을 수 없습니다. 우리가 죽여버렸으니까요. 보나마나 북부에서의 수입은 줄어들 겁니다. 당신도 그것을 짐작했기에 하텐그라쥬로 돌아온 것 아닙니까?"

쥬어는 쓴웃음을 지었다. 스바치의 말대로였다. 살육을 목적으로 삼은 군단들과 달리 쥬어의 의용군은 부의 수집을 목적으로 삼고 있었고, 따라서 수입이 줄어들고 있다는 것을 피부로 느낄 수 있었다.

"보나마나 가문들과 군대 사이의 알력이 시작될 겁니다. 지금껏 그들의 재산을 불려주었기에 대가문들은 저 끔찍한 무장 집단을 용인했습니다. 하지만 군단들이 더 이상 재화를 벌어들이지 못한다면? 그렇다면 대가문들은 겁을 낼 겁니다. 지금껏 내전이라는 이야기는 몇 번이나 나왔습니다. 그것이 실제화될 겁니다. 다만 도시와 도시가 아닌, 군단과 가문의 내전이지요."

"비늘 서는 말이군. 그래서 자네가 제안하는 것은? 수호자들의 비밀을 폭로하고 그들에 맞서 전쟁을 벌이자는 건가?"

카루가 말했다.

"천만에요. 수호자 집단은 존속되어야 합니다. 다만 그들은 여신의 힘을 휘두르는 초인이 아니라 심장병의 관리자 수준으로 되돌아가야 합니다. 그러기 위해서는 심장탑에 갇혀 있는 카린돌 마케로우를 구출해야 합니다. 그러면 힘은 여신에게 되돌아갈 테고, 수호자들은 힘을 잃을 겁니다."

"수호 장군들이 힘을 잃는다면, 전쟁은?"

"전쟁은 끝내는 겁니다."

"하지만 북부인들은 이 전쟁 때문에 세 가지를 찾아내었어. 시우쇠, 뇌룡공, 그리고 오랫동안 잃어버렸던 그들의 왕. 그 정체 모를 대호왕 말이야. 그 세 가지를 막아내려면 수호자들에게 힘이 있어야 할 텐데."

"아니오. 북부는 우리를 공격할 수 없습니다. 수호자들에게 힘이 없을 때도 그들은 감히 키보렌에 다가서지 못했습니다. 더군다나 지금처럼 약해졌을 때는 절대로 덤빌 수 없습니다. 그들이 비록 당신이 말한 세 가지를 갖추고 있다 하더라도 지금처럼 북부가 황폐해진 상황에서는 자신들의 살길을 찾는 것도 벅찰 겁니다. 우리는 그저 물러나기만 하면 됩니다. 그것이 승리입니다."

쥬어는 북부군이 이미 하텐그라쥬로 진격 중이라고 말하지는 않았다. 상대가 정보를 내놓는다고 해서 자신 또한 그래야 한다는 법은 없다.

"그럴듯한 말이군. 수호자들이 힘을 잃어도 문제 될 것은 수호자 자신들 뿐이라는 건가?"

"그렇습니다. 그리고 당신은 대가문들의 호의를 받겠지요."

"그렇다면 너희들은 무엇을 얻는 거지?"

스바치와 카루는 진지한 표정이 되었다. 스바치가 말했다.

"이미 말씀드렸듯이 우리는 수호자가 아닙니다. 하지만 여신을 위해 목숨을 바치기로 맹세한 자들입니다. 비록 악당에게 속아 그의 수족으로 활동했지만, 우리들의 맹세는 여전히 유효합니다. 그 분이 풀려나는 것이 우리의 유일한 희망입니다."

쥬어는 감동한 표정으로 두 사람을 바라보았다. 실제로 그의 마음 어디에서도 감동 비슷한 감정은 찾아볼 수 없었지만. 쥬어는 아무런 감동 없이 두 사람의 뜻을 받아들이겠노라고 맹세할 수도 있었고, 실제로 그렇게 했다. 두 사람은 만족하며 떠났다.

그리고 쥬어는 홀로 앉아서 다가올 세 번째 사건을 기다리고 있었다. 그의 고민거리는 비아스의 요청과 카루와 스바치의 요청이 서로 상치된다는 점이었다. 카루와 스바치의 요청은 대가문들에게 수호자들의 음모를 폭로하고 그들과 협력하여 심장탑에 감금된 여신을 구출하자는 것이었다. 비아스의 요청도 두 사람의 요청과 비슷했지만, 작은 차이가 있었다. 그리고 그 작은 차이는 다가올 세 번째 사건에 대한 쥬어의 대응을 완전히 다른 두 가지로 나눠놓았다. 쥬어는 쉽게 결정할 수 없었다.

마침내 그가 결정을 내린 것은 세 번째 사건이 천막 앞까지 다가왔을 때였다. 쥬어는 예의바르게 방문자를 받아들였고 겸손하게 닐렀다.

〈수호자 보트린. 저같이 천한 자를 친히 찾아주셔서 몸 둘 바를 모르겠습니다. 무슨 일로 저를 찾으셨는지요.〉

전선을 질타하며 병사들을 부려본 경험이 없는, 그리고 냉동장치 근처를 떠나본 적도 별로 없는 보트린은 수호자들의 위세가 얼마나 높아졌는지 실감할 수 있다고 생각하며 우쭐해졌다. 보트린은 권위 있는 단어를 떠올리려 애쓰며 닐렀다.

〈쥬어. 근래 자네의 이름은 심장탑에 고독하게 앉아 세상과 무관하게 살아가는 나에게까지 들려오더군. 여신에 대한 경애의 마음으로 자네는 몸소 의용군을 조직하여 북부에서 놀라운 활약을 펼쳤다고 하더군. 참으로 고맙고 기쁜 일이야.〉

쥬어는 어쩔 줄 몰라하며 겸손을 떨었다. 보트린은 만족한 표정으로 닐렀다.

〈자네가 이룩한 업적들에 대해서 나와 모든 수호자들은 진심으로 감사하네. 그런데 근래 나에겐 북부에 대해 잘 아는 사람이 필요해졌네. 물론 나는 자네 이상 가는 적임자가 없다는 것을 당장 깨달을 수 있었지. 자네는 한 번 더 여신에 대한 사랑과 존경의 마음으로 어려운 일에 나서주겠나?〉

〈그것은 어떤 일입니까? 아니, 잠시만요. 주위에 누가 있는지 좀 봐야겠습니다.〉

보트린은 쥬어가 주의 깊은 성격이라고 생각하며 고개를 끄덕였다. 쥬어는 자리에서 일어나 천막 입구로 향했다. 몸을 내밀어 주위에 아무도 없다는 것을 확인한 쥬어는 천막을 가로질러 반대편으로 걸어갔다. 그러는 도중 쥬어는 보트린의 뒤쪽을 지나가게 되었다.

수호자의 뒤를 지나치는 대신, 쥬어는 비아스에 대해 생각했다. 수호자를 죽일 정도의 여자라면 이런 일을 요청하는 것도 당연하다는 것이 그의 생각이었다. 그 생각이 완료되었을 때 그의 손에 쥐어진 쇠망치는 이미 보트린의 뒤통수에 도달해 있었다.

누군가가 보트린을 불렀다.
〈스보트리넌 레졸디 이세리도.〉
〈내 이름이야. 내 신명은 레졸디. 레졸디는 나의 여신. 나의

〈신부.〉

〈스보트리넌.〉

〈차가운 그곳에 갇혀계신…… 오오, 신부여. 내가 어떻게 당신을 그곳에 내버려둘 수 있을까. 당신의 신랑인 내가.〉

〈보트린.〉

〈나를 용서하지 말아요. 나는 용서받을 수 없어.〉

〈보트린!〉

완전히 추상적인 세계에서 보트린은 갑자기 구상적인 세계로 떨어졌다 — 솟아올랐다 — 나왔다 — 들어갔다. 보트린은 눈을 떴다. 무서운 통증이 뒤통수에서 전해져 왔고 보트린은 비늘을 부딪치며 머리를 감싸쥐려 했다. 하지만 그의 팔은 움직이지 않았다. 당황한 보트린은 아래를 내려다보았다.

그는 조금 전과 같은 장소에 있었다. 하지만 약간 다른 점이 있었는데, 튼튼해 보이는 밧줄이 그의 몸을 의자에 단단히 묶어두고 있었다. 보트린은 경악하여 고개를 들었다. 장군의 옷을 입은 여인이 손에 사이커를 든 채 그를 내려다보고 있었다.

〈좋아. 육성으로 말하겠어.〉"대답해, 보트린. 육성으로."

〈당신은…… 비아스 마케로우?〉

비아스는 주저없이 사이커를 내찔렀다. 허벅지를 찔린 보트린은 정신적 비명을 내질렀다. 비아스는 다시 말했다.

"육성으로. 그러지 않으면 뽑지 않겠다."

보트린은 겨우 대답할 수 있었다.

"아, 알겠습니다."

비아스는 사이커를 뽑았다. 보트린은 그것이 대단한 포상이 아님을 알 수 있었다. 상처는 여전히 까무러칠 만큼 아팠다. 하지만 비아스의 냉혹한 목소리는 계속되었다.

"여신의 힘을 사용할 생각은 하지 마라. 약간만 의심스러워도 나는 신호를 보낼 테고, 그러면 네 뒤에 있는 자가 쇠망치로 너를 잠재울 거다. 그리고 다시 깨운 다음, 모든 걸 새로 시작하는 거야. 별로 내키지 않지? 나도 그래. 그러니 유벡스를 기억하고 지혜롭게 행동하도록."

허벅지의 통증 때문에 보트린은 비아스의 말을 집중해서 듣기 어려웠다. 그는 계속 허벅지를 내려다보았다. 그러자 비아스는 사이커를 뻗어 보트린의 턱을 받쳐 올렸다. 보트린은 비늘을 부딪치며 비아스를 바라보았다.

"자, 보트린. 밤은 짧고 할 이야기는 많아. 그러니 빨리 끝내자구. 누가 신체를 찾아낸 거지?"

"무슨 말입니까?"

"누군가가 내 여동생이 신체라는 것을 깨달았잖아. 우연히 그렇게 되었다고 말하지는 마. 너희들은 최소한 15년 전부터 그걸 알았어."

보트린은 통증을 잊었다. 그는 경악하여 비아스를 바라보았다. 말이 목구멍으로 튀쳐나오기 전, 보트린은 간신히 그 말을 바꿨다.

"도대체 무슨 말을 하시는 건지 모르겠습니다."

비아스는 격노하며 사이커를 쳐들었다. 보트린은 엉겁결에 비명을 지를 뻔했다. 하지만 비아스는 사이커를 휘두르지 않았다. 무서운 눈초리로 보트린을 쏘아보던 비아스는 천천히 사이커를 내려놓았다. 그리고 가까이 있던 의자 하나를 끌어당겨 그 위에 앉았다. 무릎을 꼰 비아스는 그 위에 사이커를 쥔 팔을 올려놓은 자세로 말했다.

"좋아. 그럼 15년 전에 죽은 요스비라는 이름의 남자에 대한 이야기부터 해볼까."

보트린은 나락으로 떨어지는 것 같은 느낌을 받았다. 비아스는 그런 보트린의 표정을 뚫어지게 바라보며 말했다.

"15년 전, 하텐그라쥬에서 이상한 죽음이 발생했어. 페이 가문을 방문하고 있던 요스비라는 남자가 갑자기 온몸의 피를 뿜으며 죽었지. 당시 가주였던 지커엔 페이는 남자가 정체를 알 수 없는 기이한 병으로 죽었다고 생각했어. 그녀는 그것이 혹 전염병이 아닐까 의심했지. 그런데 다른 가문의 가주들의 생각은 조금 달랐지. 그들은 지커엔 페이 가주가 예의 없는 남자를 제거한 거라 생각했어. 그 남자는 특이하게도 자신이 지커엔 페이의 아들딸의 아버지라고 주장했거든. 미친놈이라고 할 수 있지. 그런 미친놈 하나 없어져봐야 아무런 문제될 것은 없었기에 가주들은 지커엔 페이의 니름을 믿는 척하며 그 남자를 불태웠지. 여기까지는, 약간 관심이 있다면 누구나 알 수 있는 이야기지."

보트린은 애써 비늘을 억누르며 비아스의 시선을 피하려 했다. 하지만 비아스는 보트린이 그러도록 내버려두지 않았다. 사이커가 다가와 보트린의 얼굴을 비아스를 향해 고정시켜 놓았다. 보트린은 체념하며 비아스를 바라보았다.

"그런데 내겐 당시 그 자리에 있었던 목격자가 남긴 증언이 있지. 내 여동생, 카린돌 마케로우가 그 자리에 있었어. 그리고 또 한 명, 당시 수련자였던 륜 페이가 그곳에 있었어. 요스비는 륜 페이의 어머니의 짝이었지. 아버지 말이야. 그리고 순진했던 륜 페이는 아버지라는 웃기는 니름을 소중하게 받아들였어. 그런데 그 꼬마의 눈 앞에서 아버지가 괴상한 모습으로 죽은 거야. 무슨 일이 일어났는 줄 알아? 류 페이의 정신이 열려버렸지. 마침 그곳에 있던 카린돌은 류 페이의 정신을 들여다볼 수 있었어. 그리고 그것이 심장 파괴라는 것을 알게 되었지."

"저, 정신이 열렸다고?"

"그래. 내 여동생에 대해 특별히 호감은 없고, 지금 그 멍청한 년의 처지에 대해서도 한 점 애석함을 느끼지 못하지만, 나는 카린돌의 용기에 대해선 보증할 수 있어. 카린돌은 심장 파괴라는 것의 존재를 알면서도 몇 년 후에 심장 적출에 응했지. 대단하지?"

보트린은 냉동 장치 안에 갇혀 있는 카린돌을 떠올렸다. 그녀는 보트린의 여신 레졸디였다. 비아스는 계속 말했다.

"자. 이제 요스비의 살해자가 누군지 밝혀졌어. 정체 모를 전염병도 아니고 가문의 좋은 분위기를 유지하려는 가주도 아냐. 요스비를 죽인 것은 너희 수호자들이지. 자, 그런데 왜 너희들이 한 남자를 죽여야 했던 걸까? 그것도 그렇게 이상한 방법으로? 다른 방법도 얼마든지 있어."

냉동 장치 안에 있는 용감한 카린돌을 떠올린 보트린은 스스로도 용기를 끌어모았다.

"물론 당신이라면 많은 방법을 생각해 낼 수 있겠지요."

비아스는 웃음을 터뜨렸다.

"좋아. 기세가 마음에 드는군. 그럼 계속해 볼까. 세월이 흐르고 요스비의 죽음이 잊혀질 무렵이 되었을 때, 그러니까 4년 전, 우리들의 세계는 놀라운 일을 경험하게 되지. 여신이 사라진 거야. 그건 물론 너희들이 신체인 카린돌을 감금했기 때문에 일어난 일이야."

"부정할 필요는 없겠군요. 그런데요?"

"그런데 왜 4년 전이고 왜 카린돌일까?"

"무슨 말입니까?"

"4년 전은 류 페이가 심장을 적출하는 해였지. 물론 류은 그것을 거부했지만. 자, 생각해 봐. 4년 전이라는 시간에서 우리는 류 페이를 떠올릴 수 있어. 그리고 신체는 카린돌이었어. 그런데 류 페이와 카린돌에겐 공통점이 있지. 그들은 하나의 사건을 같은 장소에서 함께 목격한 사람들이라고."

보트린은 입을 벌렸다. 비아스는 그 표정에 기뻐했다.

"마음에 드는 표정이군. 그 표정 되도록 유지해 주면 좋겠어. 자, 그들은 요스비의 죽음을 함께 목격했던 사람들이야. 그들 중 하나가 심장을 적출할 나이가 되었을 때 또 한 명이 너희들에게 감금되었지. 그런데 그 일은 원래 한 명에게 일어나야 하는 일이야. 뜻하지 않은 사건에 의해 두 사람에게 각자 따로따로 일어난 거지. 너희들의 그 냉동 장치에 처넣어져도 살아 있으려면, 그건 심장을 적출한 나가여야 해. 그렇지 않은 나가를 냉동시키면 죽어버리겠지."

보트린의 등 뒤에서 신음이 흘러나왔다. 비아스의 경고대로 누군가가 쇠망치를 든 채 뒤에 대기하고 있는 것이다. 보트린은 그것이 쥬어일 거라 생각했다. 하지만 그는 비아스의 말에 집중했다.

"너희들은 류 페이를 냉동시키고 싶었던 거야. 그래서 류 페이가 적출할 나이가 될 때까지 기다렸지. 그 말은, 너희들이 류 페이가 신체일 거라 생각하고 있었다는 거지. 어떻게 해서 그런 확신을 가지게 된 걸까? 그건, 너희들이 류 페이를 신체로 만들려고 했기 때문이야. 여신을 류 페이에게 전령시키려 했던 거지. 류은 여러 가지로 편리하지. 우선 남자야. 카린돌에게 했던 것처럼 복잡한 납치극 따위 벌이지 않아도 돼. 게다가 수련자였지. 그러니 류은 너희들의 통제 아래에 있는 셈이지. 그래서 너희들은 류을 신체로 만들려고 했어. 어떻게? 신체를 류 앞에서 죽여서 여신이 류에게 깃들게 하려 했던 거야. 여신이 천천히 전령을 준비할 수 없도록 급격하게. 그래서 가장 가까이 있는 사람에게 전령할 수밖에 없도록. 요스비. 그가 바로 먼젓번 신체였던 거지!"

보트린은 어지러움을 느꼈다. 보트린의 상태를 눈치 챈 비아스는 빠르게 말했다.

"하지만 문제가 몇 가지 생겼지. 우선, 그 사건에 충격을 받은 류이 수련자를 그만두고 집에 틀어박혔어. 그래서 너희들은 류과 접촉할 수 없었어. 자신들의 계획이 성공했는지 확인할 수 없었지. 하지만 별 의심없이 기다렸겠지. 그런데 어쩌다 알게 된 거야. 류이 신체가 아니라는 것을. 너희들이 그걸 어떻게 해서 알게 되었는지는 모르겠어. 어쨌든 너희들은 황급히 여신이 누구에게 전령했는지 조사했지. 그 결과 요스비가 죽었던 장소에 류 이외에 다른 자가 있었다는 것을 알게 되었지. 그 사람이 바로 카린돌 마케로우야. 요스비가 죽게 되자 여신은 카린돌에게 깃든 거지."

비아스는 잠시 숨을 고른 다음 말했다.

"할 수만 있다면 너희들은 카린돌을 죽여서 또 만만한 수련자 한 명에게 전령시키고 싶었을 거야. 그러려고 하면 방법은 있지. 우리 가문에는 화리트가 있었으니까. 하지만 남자를 죽이는 것과 여자를 죽이는 것은 다르지. 카린돌이 갑자기 죽게 되면 사건이 걷잡을 수 없게 될 거야. 너희들은 카린돌이 자연사해서 다른 자에게 전령될 때까지 기다릴 수도 없어. 심장 적출을 한 카린돌이 죽으려면 몇 십 년이나 기다려야 할 테니까. 그래서 너희들은 어쩔 수 없이 카린돌을 냉동시키기로 결심했어."

비아스는 고개를 돌려 심장탑이 있는 방향을 흘깃 바라보았다. 그녀의 입매에 차가운 미소가 흘렀다. 비아스는 다시 보트린을 똑바로 노려보며 말했다.

"자, 이 모든 가설이 성립되려면 어떤 한 사람의 존재가 필수적이라는 것은 너도 짐작하겠지? 그는 바로 누가 신체인지 알 수 있는 자야. 너희들 중에 그런 사람이 있어. 누가 신체인지 감지할 수 있는 자 말이야. 그런 사람이 없다면 이 계획은 처음부터 성립이 불가능하지. 그러니, 보트린. 이제 말해 보겠어? 누가 그 예민한 녀석이지?"

보트린의 어지러움이 더욱 심해졌다.

보트린의 정신은 과거로 거슬러 올라갔다. 비아스가 이야기하는 15년 전이 아니었다. 보트린은 10년 전의 기억에 도달했다.

그날, 샤나가가 달 뒤로 숨는 날, 두려움과 기대, 흥분 등 스물두 살이 된 나가에게 볼 수 있는 보편적인——그리고 도깨비 같은——감정을 주위에 잔뜩 퍼뜨리며 심장탑 안으로 걸어들어오는 젊은 나가들 가운데서, 카린돌의 모습은 까불거리는 대나무숲 가운데 한 그루 물푸레나무 같았다.

물푸레나무는 그 가지를 물에 담그면 물이 푸르게 변하기에 물푸레나무라 한다. 불신자들에게 푸르게 보이는 그 물빛은 나가에 겐 물보다 짙은 물빛이라는 묘한 말로밖에 설명할 수 없는 신비

한 빛깔이다. 그 고요함, 침착함, 무관심함으로 오인될 법한 차가움. 보트린은 그 첫인상을 결코 잊을 수 없을 것이다. 그리고 보트린은 이제 그 날의 카린돌이 어떻게 그렇게 냉정할 수 있었는지 알 수 있었다.

'심장 파괴에 대해 알면서도 찾아왔다고?'

죽으러 온 셈이나 마찬가지다. 그녀가 어떻게 주위의 얼간이들처럼 불사의 생명을 얻는다는 착각에 흥분할 수 있었겠는가.

당시 보트린은 젊은이들의 순서를 정하고 그들을 통제하는 역할을 맡고 있었다. 그는 자신의 행운을 십분 즐길 수 있었다. 카린돌에게 들키지 않으려 애쓰면서 보트린이 그녀를 얼마나 훔쳐보았는지는 그조차도 제대로 알지 못했다. 두려움 속에서 보트린은 그것을 정념이라고 불러야 할지 고민했다. 그리고 보트린은 자신의 불운을 슬퍼했다. 보트린은 여신의 신랑이었다. 살아 있는 여인의 침대에 그의 자리는 없는 것이다. 보트린의 곁에는 심장 적출을 기다리고 있는 무수한 청년들이 있었다. 그리고 그중에는 그가 들 수 없는 침대에 들어갈 청년도 틀림없이 있을 것이다. 수많은 청년을 보며, 보트린은 폭력적인 충동을 느꼈다. 그들을 노려보는 보트린의 시선은 신부 강탈자를 노려보는 신랑의 눈빛이었다.

카린돌은 그의 레졸디였다. 분명히.

그가 혼란에서 헤어나온 것은 카린돌이 적출을 받을 차례가 다가왔을 때였다. 카린돌이 그의 곁을 떠날 시점이 다가옴에 따라 보트린은 초조함에 어쩔 줄을 몰라했다. 보트린은 이제 그의 여신인 처녀를 다시 볼 수 없다는 사실에 좌절했다. 주위에 아무도 없었다면 보트린은 카린돌에게 다가가 니름을 걸고 말았을 것이다. 문득 보트린은 그렇게 해서 안 될 게 뭐냐는 광포한 기분을 느꼈다. 그는 적출을 기다리는 처녀에게 수호자가 건넬 만한 니름을 떠올리려 애썼다.

그의 머리가 차가워지고, 그 때문에 놀랄 만한 사실을 깨달은 것은 바로 그때였다.

보트린은 충격 속에서 카린돌을 바라보았다. 그가 착각한 것이 아니었다. 카린돌은 '정말로' 그의 신부 레졸디였다.

카린돌에게서 느껴지는 느낌은 세페린을 처음 만났을 때의 느낌과 똑같았다. 그리고 보트린은 그 느낌이 무엇인지 알고 있었다. 신체를 감지하는 그의 감각이 자극받은 것이었다. 하지만 보트린은 자신의 감각을 믿을 수 없었다. 카린돌은 신체일 수 없기 때문이다. 신체는 류 페이여야 했다. 보트린은 거의 공포에 가까운 느낌 속에서 허우적거렸다.

그가 정신을 되찾았을 때 카린돌은 사라진 후였다. 적출을 받기 위해 떠난 것이다. 보트린은 제정신이 아닌 상태에서 남아 있는 젊은이들을 통제했다. 어떤 결론도 조심스러웠기에 보트린은 카린돌이 적출을 마치고 집으로 돌아갈 때 한번 더 확인하리라 결심했다. 그런 확인을 확실하게 하기 위해, 보트린은 가지고 있지 않은 재능까지 끌어모았다. 그는 계략을 꾸몄다. 사실 계략이라 말하기도 뭣한 유치한 수준이었지만, 어쨌든 보트린은 특수 도서관에 가서 책 한 권을 꺼내왔다. 책을 꼭 쥔 보트린은 통로에 숨어 있다가 적출을 마치고 약간 피로한 표정을 한 채 걸어나오는 카린돌에게 다가갔다.

〈실례합니다. 혹 마케로우 님 아니십니까?〉

카린돌은 천천히 고개를 돌려 보트린을 바라보았다.

〈그렇습니다만. 무슨 일이신지요.〉

아마도 정념이 부린 조화겠지만 보트린에게 그 니름은 정신을 후벼파는 회오리처럼 느껴졌다. 제발, 졸도하지 않게 해주세요! 보트린은 어쩔 줄 몰라하다가 성급하게 쥐고 있던 책을 내밀었다. 카린돌은 물끄러미 책을 바라보다가 다시 보트린을 쳐다보았다. 그리고 닐렀다.

〈책.〉

〈네?〉

〈그건 책이라고요. 다음에는 뭘 꺼내실 거죠? 이름을 기억하는지는 물어보셨으니, 오늘이 몇 일인지 물으실 건가요? 저는 심장을 뽑았지 두뇌를 뽑지는 않았습니다만.〉

카린돌의 니름에 섞여 있던 약간의 짜증스러움이 보트린에겐 격노에 찬 질책처럼 들렸다는 것은 두말할 필요가 없다. 보트린은 가까스로 준비했던 니름을 꺼냈다.

〈죄송합니다. 저, 수련자 화리트에게 이것을 전해 주시길 바랍니다. 수련자에게 큰 도움이 될 책입니다. 저는 그가 이것을 읽고 내용 요약을 해오길 바랍니다.〉

〈그런가요? 알겠습니다.〉

여담이지만 화리트는 상당한 학식을 쌓은 고위 수호자들이나 읽을 불신자 가이너 카쉬냅의 저 악몽 같은 책을 받아들고 죽을 고생을 했다 한다. 보트린은 급한 마음에 들고 나온 책이 무엇인지 제대로 확인하지도 않았다. 카린돌은 그 책을 받아든 다음 예의바르게 닐렀다.

〈동생에게 베풀어주신 호의에 감사드립니다. 성함이?〉

〈수호자 보트린입니다.〉

〈그렇게 전하겠습니다.〉

카린돌은 떠났다. 그리고 보트린은 확신했다. 그의 느낌은 틀리지 않았다. 그 사실은 그에게 복잡한 감정을 선사했다.

결국 보트린은 그 일을 세리스마에게 보고했다. 그들은 조용히, 끈질기게 조사했고 결국 5년 전의 요스비 살해가 예상치 못했던 결과를 낳았다는 것을 알게 되었다.

계획의 변경은 불가피했다.

보트린의 정신은 다시 이동했다. 이번에는 4년 전의 과거였다. 그는 마케로우 저택에 있었고 카린돌을 납치하기 위한 준비를 갖춘 채 그 사실에 대한 자신의 느낌을 정리하려 애쓰고 있었다. 화리트 마케로우가 죽었을 때 계획은 완전히 수포로 돌아갈 뻔했지만, 엉뚱하게도 륜 페이가 화리트 마케로우의 임무를 대신해 주고 있었다. 그것은 그들을 고무시키는 행운이었고 보트린 또한 다른 수호자들과 마찬가지로 즐거워 했다. 노기 하수언이 설계하고 페니나 시에도가 제작한 냉동 장치 또한 완벽하게 작동했다. 이제 냉동 장치에 집어넣을 여자만 납치하면 되는 상태였고, 그래서 보트린은 다른 세 명의 수호자들과 함께 비아스의 방으로 간 그로스가 보내올 신호를 기다리고 있었다.

계획의 가장 중요한 일원이었지만 음모에 대한 감각이 부족한 보트린이 카린돌 납치에 나선 것은 그의 강력한 요구 때문이었다. 보트린은 동료들이 그의 신부 레졸디를 거칠게 다루지 않을까 걱정했다. 그래서 보트린은 떼를 쓰다시피 하여 다른 세 명의 수호자들과 함께 그로스를 따라왔다.

약속된 신호가 왔다. 고요한 마케로우 저택 어디선가에서 목소리가 들려왔다. 보트린은 그 목소리가 무엇인지 생각해 보지도 않은 채 잠자리를 뛰쳐나왔다. 그의 신부 레졸디를 정중하게 모실 수 있도록, 보트린은 다른 수호자들보다 먼저 레졸디에게 도달하고 싶었다. 바람대로 보트린은 가장 먼저 비아스의 방 앞에 도달했다. 하지만 비아스의 방 앞에 도달했을 때 보트린은 기절할 만큼 놀랐다.

"내가 얼마나 필사적인지 알고 싶어?"

뒤늦게 도착한 다른 수호자들도 뜻하지 않은 목소리에 놀라 보트린을 바라보았다. 보트린은 조심스럽게 방 안을 훔쳐보았다. 하마터면 보트린은 들고 있던 철퇴를 놓칠 뻔했다. 카린돌이 등을 보인 모습으로 방 안에 서 있었다. 그리고 그 너머에는 그로스가 난처한 표정을 한 채 서 있었다.

"알려주시지 않아도 됩니다. 기름과 불과 칼을 들고 오신 지금의 모습만 보아도 충분합니다. 하지만 당신이 간과하고 있는 것이 있습니다."

그로스의 말은 신호였다. 수호자 하나가 사이커를 움켜쥐며 앞으로 나섰다. 보트린은 무의식 중에 그를 밀쳐냈다. 수호자는 어리둥절하여 보트린을 바라보았다. 보트린은 황급히 자신의 철퇴를 가리켰다. 동료들은 보트린의 뜻이 무엇인지 알았다고 생각했다. 카린돌이 말했다.

"그게 뭔데?"

사이커보다는 철퇴가 기절시키기 좋은 무기라고 생각한 동료들은 보트린에게 길을 내주었다. 물론 보트린의 의도는 동료들의 추측과는 전혀 다른 것이었다. 다른 자들이 내 신부를 공격할 수는 없다고 생각하며 보트린은 철퇴를 움켜쥐었다. 그로스 또한 보트린이 나서는 것을 보며 말했다.

"예를 들자면, 지금 당신의 머리를 겨냥하고 있는 철퇴 같은 것."

보트린은 기겁했다. 그는 그로스가 좀더 시간을 줄 것이라 생각했다. 카린돌이 뒤를 돌아볼 거라 생각한 보트린은 뭔가 다른 생각을 해 볼 겨를도 없이 철퇴를 휘둘렀다. 동작을 완료한 후에야 보트린은 자신이 저지르는 일에 기겁했다. '안 돼! 내가 무슨 짓을?' 하지만 철구는 끔찍한 소리를 내며 카린돌의 머리에 충돌했고 카린돌은 그대로 허물어졌다. 보트린은 넋이 나간 채 카린돌을 내려다보았다.

"제기랄, 좀더 빨리 올 수 없었나? 시간 끄느라고 미치는 줄 알았어."

그로스의 투덜거림이 있었지만 보트린은 듣지 못했다. 보트린은 철퇴를 통해 전달된 느낌의 여운에 비늘을 부딪쳤고 자신이 저지른 일에 경악했다. 다른 수호자들 또한 눈 앞에서 여자가 그렇게 쓰러지는 모습에 당황했기에 보트린의 경악을 눈치채지 못했다. 그때 그로스가 다가와 보트린의 어깨를 툭 쳤다. 보트린은 움찔하며 그로스를 쳐다보았다. 경악에 사로잡힌 신랑은 사라졌고 그 자리엔 비겁한 보트린이 남았다.

나는 네 편이야. 그로스. 나는 몇 번이라도 더 이렇게 할 수 있어. 나를 의심하지 마…….

"잘했어. 고마워, 보트린."

보트린은 격한 자기 혐오에 빠졌다. 하지만 그의 입매는 미소를 지었고 보트린은 자신의 귀에도 기이하게 들리는 말을 꺼냈다.

"이 여자가 도대체 왜 여기에 있는 거지? 이상한 소리가 나기에 따라오긴 했지만, 공격해야 된다고 결정한 이후로 이 여자가 하는 말은 거의 듣지 않았어."

신부를 공격한 신랑은 슬퍼할 수 없었다. 패거리에게 받아들여
지는 것이 우선이기 때문이었다.

보트린은 현재로 돌아왔다.

수호자 보트린은 비아스를 바라보았다. 비아스는 조금 전까지
의 살기등등한 모습이 아니었다. 그녀는 어이없다는 표정으로 보
트린을 바라보고 있었다. 문득 보트린은 자신의 두 볼이 축축하
다는 것을 느꼈다.

"울기는 왜 우는 거냐?"

"접니다."

"뭐야?"

"접니다. 당신이 말한 그 예민한 나가는 접니다."

비아스는 환호를 지르며 일어나려 했다. 하지만 보트린의 말은
아직 끝난 것이 아니었다.

"세페린, 요스비, 카린돌. 그들을 알아본 것은 접니다."

비아스는 세페린이 누구인지 알 수 없었다. 하지만 그녀에겐
다른 질문이 있었다.

"그렇다면 왜 요스비를 죽여서라도 류 페이를 신체로 만들려고
한 거지? 그냥 요스비를 곧장 냉동시키면 되는 것 아닌가? 왜 15년
전에 요스비를 냉동시키는 대신 죽인 거지?"

"세페린 때문입니다. 갈로텍이 그것을 원했습니다."

다시 세페린인가. 결국 비아스는 그게 누구냐고 질문했다. 보
트린은 흐느끼며 말했다.

"갈로텍의 누이입니다."

태양이 키보렌에 쏟아붓는 충만한 열기는 대나무 군단병들의 몸에도 넘치도록 흘러들어갔다. 지난 한 달 가까이 계속된 지독한 질주 동안에도 그들은 비슷한 온도 속에 있을 수 있었다. 하지만 지금 그들은 키보렌의 열기 속에 있었고 그것은 어떤 수호장군도 줄 수 없는 고향의 열기였다. 군단병들은 한 달 동안의 피로가 싹 가시는 기분을 느꼈다. 특히 북부군의 포로로 붙잡혀 있던 대수호자 키베인과 다른 네 명의 수호자들이 느끼는 감정은 각별한 것이었다. 시구리아트 관문 요새의 낙성 당시에는 너무나 다급하고 충격적인 사건의 연속이었기에 자유를 되찾았다는 느낌은 그다지 분명하지 않았다. 그리고 그 직후 이어진 숨가쁜 남진은 그들을 두렵게 만들었다. 정신없는 행군 때문에 그들은 자신들이 아직 누군가에게 쫓기고 있다는 느낌을 받지 않을 수 없었다.

하지만 키보렌의 열기는 다른 무엇보다도 확실하게 자유의 감각을 일깨워주었다. 그들은 자신들이 마침내 구출되었다는 사실을 체감했다. 즐거워하는 병사들과 마찬가지로 그들 또한 즐거워하며 농담을 나누었고 한 가지 농담이 끝날 때마다 반드시 폭발적인 정신적 웃음이 터져나왔다.

하지만 니름을 듣지 못하는 바르사 돌 교위와 데오늬 달비 부위는 나가들이 즐거워하고 있다는 것을 알 도리가 없었다. 그래서 그들과 함께 걷고 있던 키베인은 나가들이 즐거워하고 있으니 그렇게 주눅들어 있을 필요는 없다고 세심하게 설명해 주었다. 바르사는 주눅들었다는 말에 왈칵 화를 내었고 데오늬 달비는 나가들이 즐거워하는 것이 사실인지 알아보려 애썼다. 키베인은 머쓱하게 웃었다.

시구리아트 관문 요새의 전투 당시 바르사 돌 교위는 도깨비와 어르신들을 모두 즈믄누리로 보냈다. 전쟁터에 도깨비를 두어서 좋을 것이 없기 때문이다. 그리고 바르사는 그 도깨비들 편에 포로들을 보내려고 했다. 그러나 마지막 순간 바르사는 그 결정을 번복했다. 포로들이 인질이 될 수 있다고 판단했기 때문이다. 만약 바르사가 결정을 번복하지 않았더라면 지금쯤 키베인과 다른 네 명의 수호 장군들은 도깨비들의 농담을 들어가며 즈믄누리에서 빠져나오려 애쓰고 있을 것이다. 물론 그곳이 그렇게까지 비늘 서는 곳은 아니다. 도무지 믿기 힘든 소문에 따르면 도깨비들은 즈믄누리 안에 포로들을 풀어놓은 다음 마음대로 행동하도록 내버려둔다고 한다. 절대로 빠져나가는 길을 찾지 못하기 때문이다. 하지만 도깨비들이 아무리 친절하다 한들 키베인은 즈믄누리와 키보렌을 바꿀 생각은 조금도 없었다. 그런 번복 때문에, 또한 북부군이 그들에게 보여준 경의와 존중 때문에 키베인은 입장이 바뀌자 그 또한 경의와 존중으로 그들을 대하기로 결심했다. 쇠투구에 도깨비불을 담아서 가져온 데오늬의 행동을 잊을 수 없었던 다른 네 수호 장군들도 대수호자의 의지에 동의했다. 그래서 그들은 대나무 군단이 유료 도로당의 당원들을 학살하고 북부군마저 학살하려 왔을 때 목숨을 걸고 그들을 지켜주었다. 대나무 군단 또한 다른 나가의 군단과 마찬가지로 포로라는 개념을 그다지 알지 못했지만 그들 중에는——갈로텍까지 포함하여——대수호자의 의지를 거스르고 싶은 사람은 없었다. 키베인은 대수호자라고 불리게 된 이후 처음으로 그 지위에 고마워했다.

정신 없는 한달 동안의 질주 이후 대나무 군단은 더 이상 포로들에게 특별히 적개심을 품지 않았다. 언제나 대수호자와 다른 네 수호 장군들이 포로들 곁에 있었기 때문에 적개심을 표현할래야 할 수도 없는 형편이었다. 게다가 그들은 데오늬 달비에게 감탄했다. 키베인조차도 당황하며 질문했다.

"달비 부위. 도대체 당신은 언제 지칩니까?"

"잘 모르겠습니다, 대수호자님. 그런데 왜 그런 질문을 하십니까, 대수호자님?"

"글쎄요. 물론 당신에겐 무기도 없고 짐도 별로 없지만, 그래도 모두가 지쳐 있는 지금도 당신은 조금도 지쳐보이지 않는군요. 당신은 마치 몸에서 소드락이 샘솟는 나가 같습니다."

데오늬 곁에서 걷고 있던 바르사는 키베인의 말에 어깨를 폈다. 씩씩하게 걸으려 애쓰는 교위의 모습을 보며 키베인은 싱긋웃었다. 데오늬는 눈이 동그래져서 말했다.

"소드락이 샘솟는 나가도 있습니까? 대수호자님?"

"예? 아, 그건 그냥 비유였습니다."

"그렇습니까? 저는 대수호자라는 이름도 들어보지 못했습니다. 하지만 대수호자님은 분명히 계셨습니다. 그래서 저는 몸에서 소드락이 샘솟는 나가도 있지 않을까 생각했습니다."

키베인은 도대체 그것이 어떻게 성립될 수 있는 논법인지 질문하지 않았다. 질문했다가는 더 혼란스러워진다는 것을 경험으로 알기 때문이다. 그래서 키베인은 그냥 웃으며 말했다.

"저도 이 전쟁 이전에는 대수호자라는 니름을 들어보지 못했습니다. 대수호자라는 지위는 최근에 생긴 겁니다. 보통 주의 깊은 사람들은 최신품을 별로 좋아하지 않지요. 저같이 주의력 없는 사람이나 그런 지위에 오르는 겁니다."

"대수호자는 무엇입니까, 대수호자님?"

"굳이 말하자면 모든 수호자들의 대표입니다."

가볍게 말하던 키베인은 바르사가 눈을 가늘게 뜬 채 자신을 바라보는 것을 느꼈다. 바르사는 혀를 차며 말했다.

"당신 정말 중요한 나가였군?"

"그때는 정말 놀랐습니다. 돌 교위."

데오늬는 반색하며 바르사에게 뭔가를 잘 맞춘 경험이 없었냐고 질문했다. 바르사는 그런 질문들에 대충 대답해서 데오늬로 하여금 경애하는 교위가 사실은 마법사였다고 생각하게 만들어준 다음 다시 키베인에게 말했다.

"그럼, 왕이오? 나가의 왕?"

"글쎄요. 저는 아닙니다. 제 다음 대수호자는 그럴지도 모르겠습니다만."

"다음 대수호자?"

"예. 아마 빨리 정해질 것 같습니다. 신명이 묶인 수호자가 더 이상 대수호자일 수는 없을 테니까요."

키베인은 쾌활하게 말했다. 바르사는 조금 생각한 후에야 키베인이 무슨 말을 하는지 알게 되었고, 그래서 키베인의 쾌활함이 이상하게 느껴졌다. 그러나 바르사는 키베인의 입장에 대해 질문할 틈이 없었다. 키베인은 어느새 앞쪽으로 한참 달려 가버린 데오늬를 따라갔기 때문이다.

"달비 부위, 달비 부위! 제발 천천히 걸어요!"

대나무 군단의 다른 구성원들과 마찬가지로 갈로텍 대장군 또한 키보렌에 돌아온 것에 만족하고 있었다. 그의 경우에는 더 이상 기온을 조절할 필요가 없게 되었기 때문이다. 군단의 지휘를 보라크 군단장에게 맡긴 채 갈로텍은 말 위에서 대금을 불었다.

대나무 군단은 자신들의 군단명과 같은 나무로 만들어진 그 악기에 어떤 행운을 부르는 힘이 있다고 믿었다. 그래서 일반적인 나가들이라면 의아해하거나 심지어 불쾌해할 그 모습에도 괘념치 않았을 뿐만 아니라 오히려 반기기까지 했다. 하지만 그 연주를 듣기까지 하는 나가는 없었다. 그래서 갈로텍의 연주를 듣는 청중은 항상 그랬듯이 한 명뿐이었다.

군령의 지식을 통해 갈로텍은 지음(知音)이라는 말을 알고 있었지만 나가들에게 썩 어울리는 단어라 하긴 어려웠기에 그 상황에 그 단어를 적용하지는 않았다. 사실 갈로텍은 자신의 연주를 들어주는 자를 친구라고 생각하지도 않았다. 결국 갈로텍은 대금을 입에서 뗐다. 그의 입이 다른 자의 의도를 담아 움직였다.

"계속해, 갈로텍."

"몇 시간 동안 했습니다. 이제 그만하렵니다."

"이제 키보렌에 들어왔으니 기온 조절할 필요도 없잖아. 연주해."

"당신에게 할 말이 있습니다."

"연주하면서 말해."

갈로텍은 기가 막혔다.

"당신은 나가가 아니잖습니까! 상대가 나가라면 연주하면서 니를 수 있지만, 주퀘도 당신에게 말하려면 연주는 중단해야 합니다."

그의 입이 한참 후에 움직였다.

"나가가 아니다. 맞아. 나는 나가가 아니야."

갈로텍은 비늘을 거세게 부딪쳤다. 시구리아트 산맥을 떠나온 이후 주퀘도는 갑자기 바보가 된 것처럼 행동했다. 그는 무엇에도 무관심했고 합리적으로 생각하는 것조차 포기해 버린 듯했다. 일체의 사고 활동을 거부하는 주퀘도가 원하는 것은 오직 대금 연주를 듣는 것뿐이었다. 그러나 갈로텍은 그나마도 귀기울여 듣지 않는 것 같다고 생각했다. 갈로텍은 애써 화를 참으며 말했다.

"주퀘도. 뱀단지에 따르면 현재 북부군은 악타그라쥬 앞에서 아군의 여섯 개 군단과 대치 중입니다. 선인장 군단의 세키리 군단장 아시지요? 그가 여섯 개 군단의 수호 장군 전원이 시우쇠를 봉쇄하고 군단들이 매일 번갈아가며 북부군을 공격한다는 계책을 세워 그들의 전진을 묶어놓고 있습니다."

주퀘도는 한숨처럼 말했다.

"뇌룡공은?"

"뇌룡공은 레콘들을 위해 비를 막고 있습니다. 그리고 기온을 나가에게 곤란한 수준으로 떨어뜨리고 있고요."

"그런가. 잘하고 있군. 이제 네가 도착해서 그들을 밀어버리면 되겠군."

"그런데 문제가 있습니다. 그들 가운데 대호왕이 보이지 않습니다."

"그런가."

"그런가가 아닙니다! 세키리 군단장은 대호왕이 보이지 않는다는 사실에 꽤 신경 쓰고 있습니다. 이것은 어쩌면 기만 전술이 아닐까요? 우리가 알지 못하는 군세가 어딘가에 있어서 대호왕이 그 병력을 지휘하고 있는 것 아닐까요? 만약 그것이 기만 전술이라면 대호왕은 북부군이 우리의 주의를 끌어주는 틈을 타서 그

미지의 병력과 함께 하텐그라쥬 근방에 도달했을지도 모릅니다. 그렇다면 우리는 비아스에게 뭔가 지시를 보내줘야 하지 않겠습니까?"

"그렇겠군."

갈로텍은 결국 주퀘도의 무기력한 태도를 참지 못했다.

"주퀘도!"

"응? 왜?"

"도대체 무엇이 당신을 그렇게 녹슬게 하고 있는 겁니까. 당신이 그렇게 원하던 것처럼 유료 도로당을 파괴했잖습니까! 장례식도 치뤄주지 못하고 나무들을 학살한 것 때문에 병사들의 불만이 이만저만이 아니었습니다. 대수호자를 구출한다는 명분이 있어서 겨우 불만을 무마시킬 수 있었던 겁니다. 그리고 당신은 소망을 이루었습니다! 당신은 누구도 정복할 수 없었던, 심지어 당신 자신도 정복할 수 없었던 것을 정복했습니다! 그런데 왜 그런 얼간이 같은 꼴을 하고 있는 겁니까?"

"내가 그랬지?"

"당신은 시구리아트 관문 요새를 무너뜨렸습니다."

"그게 나인가?"

"무슨 말입니까?"

"그게 난가? 아니면 너인가? 그라쉐인가? 화리트인가? 노기인가? 모르겠어. 그걸 내가 한 거야?"

"당신입니다. 그 긴 세월 동안 그것을 원한 것은 당신입니다."

주퀘도는 침묵했다. 갈로텍은 참을 수 없는 기분을 느꼈다. 그때 주퀘도가 입을 열었다.

"돌아가자."

"예?"

"시구리아트 유료 도로로 돌아가자."

갈로텍은 기가 막혀 고함을 빽 질렀다.

"주퀘도! 돌아가서 뭘 어쩌자는 겁니까!"

"사과해야 해. 그래서는 안 되는 거였어. 그런 짓을 해서는 안 되는 거였어."

"이런 어이가 없는 소릴! 도대체 누구에게 사과한다는 겁니까, 당원들은 다 죽었습니다."

"한 명이라도 남아 있을 거야."

"그런 자가 있을지 모르지만, 설령 그렇다 해도 그 생존자는 이미 그곳을 떠났을 겁니다."

"그렇지 않아. 그 놈들은 떠나지 않아. 내 사과를 받아야 하니까. 떠나지 않을 거야. 분명히 나를 기다리고 있을 거야. 갈로텍. 돌아가자."

갈로텍은 넌더리를 내며 입의 권리를 주퀘도에게서 박탈했다. 그 결과는 그다지 바람직한 것이 못 되었다. 주퀘도는 격분하여 그의 몸 여기저기를 움직였다. 그 때문에 갈로텍은 갑자기 얼굴을 향해 날아오는 오른손이라든가 알지 못하는 새 호흡을 중단해 버려 숨막히게 만드는 호흡기 등에 의해 난처한 지경을 겪게 되었다. 보라크 군단장과 대나무 군단의 병사들은 넋이 나간 얼굴로 경애하는 대장군을 바라보았다. 갈로텍은 비늘이 뽑힐 만큼 긴장한 채 온몸을 통제했다. 꽤 긴 시간이 지난 다음에 갈로텍은 겨우 노력의 결과를 얻을 수 있었다.

주퀘도를 잠잠하게 만들고 나서, 갈로텍은 난폭해지는 기분을 가누기 위해 한동안 애써야 했다. 보라크 군단장과 병사들이 궁금함을 견딜 수 없다는 듯이 바라보았지만 갈로텍은 험악한 표정으로 그 시선의 방향들을 바꿔놓았다.

갈로텍은 주퀘도를 포기해야 되는 것인가를 놓고 고민했다. 이제 나가들은 주퀘도가 없이도 군대를 만들고 그것을 유지할 수 있는 대부분의 기술을 익혔다. 실상 주퀘도가 가장 큰 도움을 준 부분은 바로 그런 부분들이었다. 전략가로서의 주퀘도를 폄하할 수는 없지만 그 즈음 갈로텍은 자신이 언제나 주퀘도를 따라다녀야 한다는 사실에 불편함을 느끼고 있었다. 주퀘도를 어딘가로 파견하려면 갈로텍 또한 그곳으로 가야 했다. 물론 거꾸로 말한다면 주퀘도는 언제라도 그를 보조해 줄 수 있는 참모라 할 수 있지만, 갈로텍은 주퀘도보다 좀 능력이 부족한 자라도 그와 별개로 움직일 수 있는 수하에 대해 생각해 보지 않을 수 없었다. 예를 들어 선인장 군단의 세키리 같은 경우가 그렇다. 세키리에겐 갈로텍도 주퀘도도 없었지만 그 자신의 창의력으로 륜 페이와 시우쇠가 함께 있는 북부군을 막아내고 있었다. 그런 부하가 있다면 갈로텍은 그들에게 전쟁의 많은 부분들을 맡겨 놓고 자신의 일을 처리할 시간을 낼 수 있을 것이다. 갈로텍은 짙은 아쉬움 속에서 자신이 아직 착수조차 하지 못한 일에 대해 생각했다.

전쟁이 4년째에 접어들고 있었지만, 갈로텍은 아직도 세페린의 목을 자른 나가 살육자의 희미한 단서조차 찾아내지 못했다.

비아스는 비웃음 섞인 말투로 말했다.

"갈로텍의 누이라면, 나가 살육자에게 목이 잘렸다는? 그런데 그 여자가 왜?"

"세페린은 신체였습니다."

"뭐? 요스비가 아니고?"

"세피린은 요스비의 선대 신체였습니다. 제가 파악하고 있는 신체는 모두 세 명이었습니다. 처음이 갈로텍의 누이 세피린, 그리고 요스비, 그리고 카린돌 마케로우입니다. 마케로우. 당신은 우리의 계획이 15년 전에 시작되었을 거라고 말했지요? 그렇지 않습니다."

"그럼 도대체 언제부터 시작된 거냐?"

보트린은 설명했다.

보트린이 자신의 능력을 정확하게 알게 된 것은 심장탑으로 갈로텍을 만나러 온 세피린을 보았을 때였다. 당시 정찰대에 들어가게 된 세피린은 하텐그라쥬를 떠나기 전 인사를 나누기 위해 심장탑으로 갈로텍을 찾아왔다. 심장은 적출했지만 아직 수호자가 되지 못했던 수련자 보트린은 그녀를 갈로텍에게 안내해 주게 되었다. 그때 보트린은 기묘한 느낌을 받게 되었다. 그는 그것이 사악한 정념 같은 것이 아닌가 하고 겁을 집어먹었지만 그것은 그런 것과는 거리가 먼 감정이었다. 세피린이 하텐그라쥬를 떠난 뒤, 며칠 동안 고민하던 보트린은 결국 그의 스승이었던 세리스마를 찾았다. 세리스마는 보트린의 이야기를 진지하게 들었고, 그의 경험과 인상을 세심하게 표현하도록 했다. 그 결과로 보트린은 자신이 신체를 찾아내는 능력을 가지고 있음을 알게 되었다. 비아스는 고개를 갸웃했다.

"그래서 계획이 시작되었나?"

"그렇습니다."

"갈로텍은 반대하지 않았나? 자기 누이를 냉동시켜야 되는 거잖아."

갈로텍은 반대하지 않았다. 오히려 열성적으로 나섰다. 수호자들은 갈로텍이 누이에 대해 비뚤어진 소유욕을 가지고 있음을 알게 되었다. 갈로텍은 세페린의 영을 자신에게 합류시키기를 원했다.

"그래서 요스비가 북쪽으로 떠나게 되었습니다. 스바치와 카루를 기억하십니까?"

보트린의 뒤쪽에 있던 쥬어는 수호자의 말에 흠칫했다. 보트린의 말에 집중하고 있던 비아스는 그런 쥬어의 반응을 깨닫지 못했다.

"요스비는, 말하자면 스바치와 카루의 선배쯤 되는 자입니다. 그는 쾌활한 모험가였고 놀라운 정신 억압자였습니다. 세리스마는 그를 속여 뱀단지를 하인샤 대사원에 전달하는 임무를 맡게 했습니다. 요스비는 그것이 한계선으로 나뉘어진 두 집단 사이에 대화의 장을 만드는 일이라고 믿었지요."

"심장탑의 늙은 뱀이 속인 자가 도대체 몇 명인지 짐작도 안 되는군."

"수도 없습니다. 인간들의 하인샤 대사원 또한 세리스마에게 속았지요. 이야기가 앞서 가는군요. 그 이야기는 좀 천천히 하겠습니다. 요스비는 뱀단지를 가지고 용감하게 한계선을 향해 걸어 갔습니다. 그런데 도중에 요스비는 세페린을 만나게 되었습니다. 정확하게 말하면 나가 살육자에게 공격당해 죽어가던 세페린을 발견한 것이지요."

"나가 살육자? 그 전설 말이야?"

보트린은 갑자기 비늘을 세웠다.

"그것은 전설이 아닙니다. 나가 살육자는 실제로 존재합니다.

당시 그 나가 살육자는 추위로 느려진 정찰대를 모조리 살해하고 마지막으로 세페린을 죽이고 있었습니다. 요스비가 도착하여 본 것은 그런 광경이었지요. 요스비를 본 나가 살육자는 세페린의 목을 가지고 도망쳤습니다. 요스비는 잠시 고민하다가 뱀단지를 꺼내었지요. 그리고 하텐그라쥬로 연락했습니다. 요스비는 세페린이 갈로텍의 누이라는 것을 알고 있었으니까요."

"그래서 갈로텍은 목이 잘린 누이의 시체를 하텐그라쥬로 가져올 수 있었던 것이군."

"그렇습니다. 갈로텍에게 연락한 다음 요스비는 다시 나가 살육자를 추적했습니다. 한편 우리들은 큰 낭패에 빠졌습니다. 신체가 죽었으니 여신이 누구에게 전령했는지 알 수 없게 되었지요. 우리는 요스비를 돌아오게 할까 했습니다. 하지만 뱀단지를 하인샤 대사원에 놓아두는 것도 나쁘지는 않을 거라는 판단 때문에 요스비를 계속 가게 놔두었습니다. 요스비는 그 일에 성공했습니다. 그리고 그가 하텐그라쥬로 돌아왔을 때, 저는 요스비가 신체임을 알게 되었습니다."

"세페린이 죽었을 때 여신은 그 곁을 지나던 요스비에게 전령하신 것이로군."

"그렇습니다."

"그러면 왜 그대로 요스비를 냉동시키지 않았지?"

"갈로텍이 의심을 제기했습니다. 이미 말했듯이 나가 살육자는 정찰대를 모두 죽였습니다. 그런데 왜 요스비는 죽이지 않았을까요? 물론 요스비는 상당한 수준의 정신 억압자이고 칼솜씨도 만만찮았습니다. 하지만 정찰대를 전멸시킨 나가 살육자가 왜 요스비 한 명에게 놀라 도망쳐야겠습니까?"

비아스는 그 의심이 타당하다고 생각했다.

"그렇군. 어떻게 된 거지?"

"요스비와 나가 살육자는 서로 아는 사이였기 때문입니다. 그
들은 친구였죠."

"뭐라고?"

비아스는 놀란 나머지 입을 벌렸다. 보트린은 침울하게 설명
했다.

"요스비는 뱀단지를 가지고 하텐그라쥬를 떠나기 몇 년 전에
나가 살육자를 만난 적이 있습니다. 그건 아마도 세페린이 죽기
3년 전쯤의 일인 것 같습니다. 그들은 삼 년 만에 다시 만난 친
구였고, 그 자리에서 나가 살육자는 친구의 동족을 살해하고 있
었습니다. 나가 살육자는 요스비에게 그런 모습을 보인 것에 당
황하여 도망쳐버린 겁니다. 하지만 그들은 다시 만났고, 나가 살
육자는 요스비가 하인샤 대사원에 도달하도록 도와주었습니다.
그런 도움이 있었기에 요스비는 임무에 성공할 수 있었던 거지요."

"나가 살육자는 도대체 뭐야, 두억시니야?"

"아니요. 인간인 것 같습니다."

"인간?"

"그렇습니다."

"나가와 인간이 친구라. 그 요스비라는 녀석은 확실히 미친놈
인가 보군."

"그건 저도 모르겠습니다. 그런데 계속 말할까요?"

"계속해."

"갈로텍은 그런 요스비를 용서할 수 없었습니다. 여신을 감금
하기 위해선 군령자가 꼭 필요했고, 우리에게 군령자는 갈로텍뿐

이었습니다. 그런데 갈로텍은 절대로 요스비를 자기 속에 받아들이지 않겠다고 주장했습니다. 갈로텍은 세페린을 죽인 나가 살육자와 그것을 방조한 요스비를 자기 손으로 죽이겠다고 강력하게 주장했습니다. 그래서 우리는 요스비를 죽여 류 페이에게 여신을 전령시킨다는 계획을 세웠습니다. 말씀하신대로 류 페이는 수련자였기에 우리가 다루기 훨씬 쉽다고 생각했지요. 세페린에게서 요스비에게로 전령된 전례를 보아 가까이에 있는 나가에게 전령될 거라는 확신도 있었습니다. 그래서 우리는 요스비를 죽였습니다. 갈로텍이 직접 요스비의 심장병을 파괴했습니다."

보트린은 피로한 표정으로 긴 설명을 끝마쳤다.

"그 다음은, 당신이 말한대로입니다. 이제 갈로텍에겐 죽여야 할 원수가 한 명 남았지요. 그는 반드시 나가 살육자를 없앨 겁니다. 전쟁 때문에 아직 그 일에 착수하지는 못했지만 언젠가는 반드시 원한을 갚을 겁니다."

밤이 깊었지만 하텐그라쥬의 밤은 나가들을 얼어붙게 하지는 않는다. 따라서 비아스 마케로우는 사고 활동을 유지하는 데 아무런 육체적 어려움이 없었다. 하지만 지나치게 짧은 시간 동안 과도한 정보를 받아들이게 되었기에 비아스에게는 그것을 정리할 시간이 필요했다. 그래서 비아스는 눈앞에 여신의 힘을 자유로이 다루는 위험한 적을 앉혀둔 상황이었음에도 불구하고 생각에 잠겼다.

그 정보들은 흥미롭기는 하지만 비아스의 당면 과제에는 큰 도움이 되지 않는 것들이었다. 비아스가 알아야 하는 것은 신체를 감지할 수 있는 자가 누구인가 하는 것이었고 그것은 이미 드러났다. 그녀의 앞에 묶여 있는 보트린이 바로 그 자였다. 하지만 비아스는 4년 전 카린돌의 비망록을 수중에 넣었을 때의 경험을 잊지 않았다. 당시 비아스는 그 비망록이 그녀에게 아무런 도움이 되지 않는다 생각했다. 하지만 그 비망록이 고발하는 사건, 즉 카린돌 마케로우가 류 페이와 함께 요스비의 기묘한 죽음을 목격했다는 정보는 결국 그녀가 보트린에게 이를 수 있는 길을 찾아내게 해주었다. 4년 동안의 맹렬한 추리의 결과로 얻어낸 그 정보는 분명히 그녀에게 유익한 기회를 부여했다. 그래서 비아스는 보트린에게 들었던 사건들을 시간 순서대로, 그리고 인과관계대로 정리해 두어야겠다고 마음먹었다.

그것은 꽤 긴 시간이 필요한 일이었다. 비아스의 침묵이 길어지자 쥬어가 투덜거리듯 말했다.

"나도 정의로운 사람이라고 말하긴 어렵겠지만 당신들은 정말 지독하군. 그 긴 시간을 통해 당신들은 사람을 마구 죽이고 여신을 여기서 저기로 옮긴 끝에 끝내 그 분을 가두었다는 말이군? 당신들의 무도함에 놀라야 할지 지독한 인내심에 놀라야 할지 결정하기 어렵군."

보트린은 가시 돋친 말투로 말했다.

"쥬어. 당신 말이 틀렸다고는 말하지 않겠지만, 그 말을 내 앞에 있는 이 씩씩한 여자에게도 나눠주지 않겠나? 우리에겐 그래도 희생을 감수할 만한 목적이, 물론 그 희생이 정말 감수할 만한 것인지에 대해서는 논란이 많겠지만, 어쨌든 목적이라는 것이 있었어. 하지만 내 앞의 이 여자는 어떤 줄 아나? 자기에게 아이를 만들어주지 않는다 해서 남동생을 죽이고 그 일에 방해가 된다 해서 수호자를 죽인 여자야. 그 정도면 어디 내놔도 빠지지 않을 이력이잖은가."

쥬어는 놀란 표정으로 비아스를 바라보았다. 비아스는 차가운 미소를 지은 채 보트린을 노려보았다. 보트린은 주눅이 들었지만, 다시 용기를 끌어모아 말했다.

"쥬어 당신에게도 아마 목적이 있겠지? 마케로우가 당신에게 무엇을 약속했지? 뭔가 대단한 것을 약속했으니 수호자를 공격하는 것에 동의한 것이겠지. 하지만 그것이 정말 지불될 거라고 생각하나? 나는 회의적이야. 저 여자에게 말려든 것을 후회하는 날이 올 거야. 쥬어."

비아스는 흥미를 잃은 표정으로 말했다.

"쥬어. 쳐."

쥬어는 쇠망치를 들어올렸다. 보트린이 고함질렀다.

"그러지 마, 쥬어! 뭘 몰랐으니까 실수한 거야. 하지만 끝까지 실수할 필요는 없어! 나를 풀어주고 함께 저 여자를 상대하자고. 하텐그라쥬 방어를 맡아야 할 저 여자가 수호자를 감금하고 고문하는 이유가 뭐겠나? 그 이유가 무엇이든, 그건 무서운 이유야. 내 말 들어, 쥬어!"

쥬어는 움찔했다. 비아스는 냉혹한 표정으로 외쳤다.

"쥬어!"

쥬어는 눈을 질끈 감으며 보트린의 머리를 내려쳤다. 보트린은 의자와 함께 쓰러져 기절했다.

눈을 뜬 쥬어는 쇠망치에 묻은 피와 비늘을 보며 비늘을 세웠다. 그러고는 뭐라 말할 수 없는 표정으로 비아스를 쳐다보았다. 비아스는 고개를 조금 가로저었다.

"좀 늦군, 쥬어."

"······죄송합니다. 그런데 이제 어쩌실 겁니까? 아까도 닐러드렸다시피 보트린이 돌아가지 않으면 심장탑에서는 의아하게 생각할 텐데요."

"보트린은 살아 있어서는 안 돼."

"예?"

"이 녀석은 살아 있어서는 안 돼. 우리는 수호자들에게서 힘을 도로 뺏을 거야. 여신을 풀어주는 거지."

거기까지는 카루와 스바치의 요구와 똑같았다. 하지만 카루와 스바치는 대가문들과 함께 심장탑의 수호자들을 압박하여 그들 스스로 여신을 풀어주게끔 유도하자고 닐렀다. 목적이 비슷했지만, 비아스의 수단은 정반대였다.

"오늘 우리는 심장탑의 수호자들을 체포한다. 4년 전 그 놈들이 야밤에 우리에게 했던 것처럼."

"체포한다고요!"

"그래. 그리고 여신을 풀어주는 거야. 하지만 보트린 같은 자가 있다면 수호자들은 언젠가 또다시 여신의 신체를 찾아낼 거야. 바로 이 자의 존재 때문에 이 모든 일이 일어났어. 한 번은 괜찮아. 덕분에 우리는 불신자들을 혼내줬고 우리의 재산을 불렸으니까. 하지만 두 번 일어날 필요는 없어. 또다시 수호자들에게 굽신거릴 필요는 없다고."

쥬어는 쓰러진 보트린을 내려다보았다. 비아스의 말이 암시하는 바가 그를 질리게 했다. 비아스는 웃었다.

"음. 미안하지만 그 영광은 내 것이야. 나는 언제나 이 날을 기다려왔어."

그것은 사실이었다. 비아스는 수호자라는 이름을 가진 자를 처리하는 방식의 세부 계획을 짜며 4년을 보냈다.

"이미 한 번 해 본 일이니 연습도 끝낸 셈이야. 보고 싶다면 보고, 그러기 싫으면 천막을 나가."

"보트린을…… 수호자 보트린을 죽일 겁니까?"

"쥬어 센. 밖으로 나가."

'센'이라는 말은 쥬어에게 마법의 언어처럼 들렸다. 쥬어는 거의 의식하지 못하는 새 몸을 움직였다. 쥬어가 비아스의 곁을 지나칠 때 그녀는 말했다.

"밖에서 누가 오는지 망을 봐."

쥬어는 얼떨떨한 얼굴로 고개를 끄덕였다. 그리고 그녀의 곁을 지나쳐 천막 밖으로 나왔다. 천막의 휘장을 내릴 때 쥬어는 비아스가 사이커를 꼬나쥔 채 보트린에게 다가가는 것을 보았다.

자신도 모르게 비늘을 부딪치며, 쥬어는 휘장을 거칠게 잡아당겼다.

시구리아트 관문 요새의 통로를 메우던 통곡이 사라졌다. 힘겹게 몸을 일으킨 보좌관은 케이건과 티나한을 바라보지도 않은 채 걸어갔다. 케이건이 그를 불렀다.

"어쩔 거요, 보좌관?"

보좌관은 걸음을 멈췄다. 천천히 몸을 돌린 보좌관은 뒤엉킨 머리를 쓸어넘겨 붉게 충혈된 눈을 드러냈다. 보좌관은 그 눈으로 케이건을 바라보며 말했다.

"어쩔 거냐니, 무슨 말이오?"

"당은 사라졌소. 이곳에 혼자 남아 있기는 어려울 거요. 원한다면 산맥 아래까지 동행해도 좋소. 산을 내려간다 한들 나가의 공격으로 피폐해진 것은 마찬가지지만, 그래도 이곳보다는 견디기 쉬울 거요."

"나는 남을 거요."

"……그렇소?"

"그래요. 나는 남을 거요. 당은 사라지지 않았소. 아직 내가 살아 있소. 당은 길을 준비하오. 길은 여행자를 따라가지 않소. 나는 남을 거요."

"뭔가 도움이 될 것이 없겠소?"

보좌관은 입을 다문 채 케이건을 쏘아보았다. 티나한은 그것이 경멸이라는 것을 깨닫고는 어리둥절해졌다. 보좌관은 말하기 힘들다는 투로 말했다.

"당주님의 마지막 말을 기억하오?"

"기억하오."

"그 말에 대해 아무런 느낌도 없는 거요?"

케이건은 입을 다물었다. 보좌관은 깡마른 주먹을 힘껏 움켜쥐며 말했다.

"정말 아무런 느낌도 없습니까? 당신에겐 몇 번이나 경험해서 별다른 특별함도 없는 권태로운 경험에 불과했을지 모르지만, 어머님은 그것을 평생 동안 기억했습니다. 저는 차라리 그 분이 저를 당신의 모조품으로 대해 주기를 바랐습니다. 흔히들 과부가 유복자에게 그러듯이 말입니다! 그러면 저는 어머님께 그 분이 당신에게 받지 못한 것을 드리려 했습니다. 사랑 말입니다! 하지만 누구도 당신의 모조품이 될 수 없었습니다. 이제 그 분은 다시 태어나 당신을 찾아가겠노라 말씀하시고 돌아가셨습니다. 결국 저는 당신의 대신이 될 수 없었습니다. 그 말씀에 아무런 느낌이 없는 겁니까, 아버지!"

티나한은 질겁했다. 도무지 어찌할 수 없는 놀라움에 티나한의 깃털이 사정없이 부풀어올랐다. 그 때문에 아기는 깃털에 파묻혀 버렸다. 티나한은 그 큰 머리를 휙휙 움직이며 보좌관과 케이건을 번갈아 바라보았다. 하지만 두 사람은 서로를 바라보며 꼼작도 하지 않았다. 문득 티나한은 케이건이 늙으면 보좌관과 비슷한 얼굴이 될지도 모른다는 느낌을 받았다. 그리고 그 느낌에 소스라쳤다.

무표정한 얼굴로 보좌관을 바라보던 케이건이 겨우 입을 열어 말했다.

"케이. 그렇게 기억하는데, 그 이름이 맞지?"

보좌관은 아무런 대답도 하지 않았다. 케이건은 무너진 벽을 돌아보았다가 다시 보좌관을 바라보았다.

"네가 그것을 원하는 것 같지만, 나는 사과하지 않겠다."

보좌관의 어깨가 진동했다. 그는 당장이라도 달려들 듯한 무시무시한 표정으로 케이건을 바라보았다. 케이건은 그대로 몸을 돌렸다. 그리고 작별 인사조차 없이 걸어갔다.

홀로 남게 된 티나한은 어쩔 줄 모르며 케이건과 보좌관을 번갈아 쳐다보았다. 보좌관은 갑자기 주저앉았다. 그는 무너진 틈을 바라보며 꼼짝도 하지 않았다. 마침내 티나한은 더 이상 지체할 수 없게 되었다. 티나한은 몇 걸음을 달려서 케이건의 뒤에 따라붙었다. 고개를 돌리자 이미 관문 요새의 모습은 조그마하게 변해 있었다. 티나한은 가까스로 보좌관의 모습을 확인할 수 있었다. 그는 같은 자리에 주저앉은 채 꼼짝도 하지 않았다.

케이건의 뒤를 따라가며 티나한은 질문이 끊임없이 샘솟는 것을 느꼈다. 어떤 질문부터 해야 하는지부터 묻고 싶을 정도로 많은 질문에 티나한은 머리가 어지러울 지경이었다. 하지만 티나한은 겨우 질문을 꺼내는 데 성공했다.

"어엿븐 소드락이가 무슨 뜻이야?"

자신의 질문을 들은 티나한은 도대체 왜 그런 질문을 한 건지 황당해졌다. 케이건은 묵묵히 발만 옮길 뿐 티나한의 질문에 대답하지 않았다. 대신 티나한의 등뒤에 있던 아기가 부리를 열어 말했다.

"티나한. 그건 아라짓 어란다."

"아라짓 어요?"

"그래. '어엿브다'는 것은 불쌍하다, 가엾다는 뜻이야. 그리고 '소드락이'는 '소드락질'하는 사람을 말하지. 그리고 '소드락질'이라는 것은 도둑질을 말하지."

"그러면, 어, 가엾은 도둑놈이라는 말입니까?"

"맞아."

케이건은 고개를 돌리지도, 걸음을 멈추지도 않은 채 말했다.

"여신님. 그만해 주십시오."

아기는 부리를 닫았다. 등 뒤에 있는 아기를 돌아볼 수 없었던 티나한은 불만을 느끼며 케이건의 등을 바라보았다.

"이봐, 정말 궁금한데, 도대체 저 늙은 인간이 왜 너를 아버지라고 부르는 거야? 의붓아버지라도 이렇게 나이 차가 나는 경우는 없겠다. 어떻게 된 거야? 네가 정말 저 늙은이의 아버지야?"

케이건은 말없이 발만 놀렸다. 티나한은 하루 반나절을 기다릴 것인지 그냥 대답 듣는 것을 포기해야 할지를 놓고 고민했다. 케이건이 다시 입을 연 것은 티나한이 둘 다 선택하기 싫다는 생각을 떠올렸을 때였다.

"나가에게는 아버지가 없소."

티나한은 긴장했다. 그러나 조금 후 티나한은 그것이 완전히 무의미한 대답이라는 것을 알게 되었다. 그는 불만스러운 신음을 흘리며 케이건의 뒤통수를 내려다보았다. 한참 후에 케이건은 다시 말했다.

"정말 이상한 일 아니오?"

티나한은 그만 화가 치밀어오르는 것을 느꼈다. 도무지 문장들이 어떤 통일된 의미를 이루지 못하고 있었다. 그로서는 정말 약오르게도 케이건이 세 번째로 꺼낸 말 또한 앞의 두 문장과 전혀 연결되지 않는 말이었다. 하지만 다행히도 그것은 티나한에게 약간 관련된 말이었다.

"저기 비형이 있소."

티나한은 고개를 들었고, 그들이 어느새 산을 넘어왔다는 것을 알게 되었다. 비형은 나늬와 함께 그들을 기다리고 있었다. 비형을 향해 걸어가며 케이건은 나직이 속삭였다.

"티나한. 다 잊어주시오."

"잊으라고?"

"그래주시오. 이 모든 일이 끝나면, 그리고 더 이상 길잡이와 대적자, 요술쟁이가 함께 있을 필요가 없게 되면, 나는 당신들을 영원히 떠나겠소. 아마도 당신들이 살아 있는 동안 다시는 만날 일이 없을 거요. 그러니 그때 말해 주겠소. 지금은 그냥 잊어주시오."

티나한은 그것이 만족스러운 거래인지 확신할 수 없었다. 그러나 비형과의 거리가 계속 가까워지고 있었고 더 이상 도깨비의 귀를 피해 속삭이기도 어려웠다. 티나한은 짧게 말했다.

"좋아."

악타그라쥬 공방전이 또 다른 하루를 맞이했다. 하지만 그날 차례를 맞아 전선에 등장한 벚나무 군단의 군단병들은 당황했다. 전투가 쉬워졌기 때문이다.

그들 앞에 있는 북부군은 비할 바를 찾기 어려운 정교함으로 여섯 개 군단의 연환 공격을 물리치던 어제까지의 북부군이 아니었다. 불신자들은 허둥거렸고 당황했으며 악에 받쳐 발광했다. 그 모습은 벚나무 군단이 북부에서 싸우곤 했던 보통의 불신자들과 비슷했다. 더군다나 그들을 둘러싸고 있는 대기의 기온마저 낯설었다. 아니, 낯익은 것이라고 해야 할까. 키보렌의 기온은 나가들에게 익숙한 원래의 기온으로 되돌아가 있었다. 움직이기 좋은 더운 날씨였다.

도깨비 감투를 쓴 암살자들을 저지하기 위해 빽빽하게 밀집한 호위병들 사이에 서 있던 수호 장군들은 그 사태에 당황했다. 뇌룡공 류 페이가 지난 밤 기온을 낮추지 않았음은 분명했다. 또한 북부군의 병사들이 중구난방으로 움직인다는 것은 그들이 용인의 통제를 받고 있지 못하다는 것을 드러내고 있었다. 결국 전황은 류 페이가 '할 일을 하지 않아서' 그들에게 낯선 것이 되고 있었다. 수호 장군들은 전쟁터 한가운데서 발악하며 화산 같은 불길을 끌어올리고 있는 시우쇠에게 국소적 폭풍을 쏟아부으며 짬짬이 니름을 교환했다.

〈류 페이가 어떻게 된 걸까요?〉

〈글쎄요. 하지만 만약 그런 일이 있다면 물러나야 하지 않겠습니까? 왜 전투에 응한 것이지요?〉

〈꺼림칙하군요. 기온에 신경쓰도록 합시다. 좀 추워지는 느낌이 없는지.〉

그런 일은 일어나지 않았다. 태양이 떠오름과 함께 기온은 자연스럽게 높아질 뿐이었다. 나가들은 오래간만에 뜨거워진 몸으로 기세가 흐트러진 적을 상대로 싸울 수 있었다. 나가들의 기세는 드높아졌다. 전선 곳곳에서 피에 젖은 비명이 터져나왔다.

숲에서 기병은 무의미한 집단이 되어버린다. 그래서 기병들은 보병들과 마찬가지로 작살검을 휘두르며 나가들과 싸워야 했다. 그들의 선두에서, 괄하이드 규리하는 평생의 기술을 다 해 대도를 휘두르고 있었다. 그 기량의 출중함은 북부군과 벚나무 군단을 통틀어 단연 발군이다. 회전하고 돌진하고 파헤치며 쑤신다. 찍어내고 잘라내고 끊어내며 부러뜨린다. 이미 오래 전에 몸에 꽂은 채 싸울 수 있는 작살검과 괄하이드의 대도를 똑같이 취급하면 안 된다는 것을 숙지하게 된 나가들이었지만, 그들의 육신을 탐하는 대도에게서 몸을 빼내긴 어려웠다. 분노에 찬 동작으로 사이커를 마주 대어 보건만 그 단단함 때문에 부러지지는 않을지언정 가벼움 때문에 튕기는 것은 어쩔 수 없다.

다가오는 나가의 머리를 턱 아랫부분까지 쪼개어놓은 괄하이드는 잠시 호흡을 가누기 위해 대도를 당기며 물러났다. 그의 주위에 나가는 더 이상 존재하지 않았고 다가올 수 있는 거리의 나가들은 보다 정상적인 상대를 원하고 있었다. 그래서 괄하이드는 피투성이가 된 손을 옷에 닦을 틈을 얻을 수 있었다.

갑자기 못 견딜 정도의 더위가 노장군을 짜증스럽게 했다. 괄하이드는 투구를 벗어 팽개쳤다. 투구 아래에 있던 머리카락은 피에 젖은 수염과 달리 아직 흰빛을 간직하고 있다. 노장군은 머리카락을 묶었던 끈마저 풀어버렸다. 하지만 땀에 젖은 머리카락은 목과 어깨에 달라붙어 괄하이드를 괴롭혔다.

키보렌은 숨이 막히도록 더웠다.

흉악한 전투 때문에 날짐승들이 모두 도망간 밀림에서는 자연적인 소리라곤 찾아볼 수 없었다. 들려오는 것은 병장기 부딪히는 살벌한 소리와 북부군의 비명뿐이다. 맞부딪치는 병장기들은 섬광과 소음뿐만 아니라 지독한 쇠비린내도 풍겼다. 피냄새와 땀냄새에 쇠비린내까지 합쳐진 그 묘한 냄새는 괄하이드에겐 낯설지 않은 것이다. 하지만 그곳 키보렌에는 괄하이드의 신경을 자극하는 냄새가 하나 더 있었다. 짓눌러버릴 것처럼 다가오는 숲의 향기. 그것이 전투의 향취와 뒤섞이자 형언키 어려울 정도로 불길한 냄새로 바뀌었다.

이마에 달라붙는 백발을 떼어내며 괄하이드는 한숨을 내쉬었다. 대도의 넓은 날 곳곳에는 부서진 비늘들이 묻어 있었다. 그것을 닦아내려던 괄하이드는 손을 대자마자 다시 떼었다. 무수한 사이커와 충돌했던 대도는 손을 댈 수 없을 만큼 뜨거웠다.

주위가 약간 고요해졌다. 전투의 중심이 그에게서 약간 멀어진 듯했다. 다시 그 싸움터로 복귀해야겠지만 괄하이드는 그러지 않았다. 대신 나무에 몸을 기대었다. 그리고 괄하이드는 검게 탄 목과 팔뚝에 흐르는 구슬땀을 계속 훔쳐내었다.

보다 젊고 자신의 삶에 정당성을 부여하려는 욕구도 강했던 시절, 괄하이드는 왕의 변경백이라는 지위가 과연 살인 면허장이 될 수 있는가에 대해 고민했던 적이 있었다. 그 지위의 정당성이 언제나 불완전했기에 고민은 더욱 컸다.

그러나 몸의 터럭이 희게 변하고 혹 청춘으로 되돌아갈 수 있다 해도 그 모든 어리석은 짓을 다시 반복해야 한다는 사실에 질려 정중히 거부해 버릴 나이가 된 지금, 괄하이드는 더 이상 그런 문제가 자신을 괴롭히지 않는 것을 깨달았다.

살인의 허락을 요구하는 자는 살아가는 것의 허락도 요구해야 할 것이다.

'죄는 내가 이고 가지.'

맹금의 날개처럼 대도를 뿌린 다음 격전의 한가운데로 뛰어들며, 괄하이드는 하늘을 흘끔 바라보았다.

하늘은 맑았다. 키보렌은 이글거리는 폭염 속에 흔들리고 있었다.

견디기 힘든 더위였다.

시우쇠가 불길을 거둬들였다. 수호 장군들은 당황했고 그 틈을 타 시우쇠는 뒤로 훌쩍 뛰었다. 몸을 돌린 시우쇠는 마치 도망치는 듯한 모습으로 북부군을 헤치며 달려갔다. 통제되지 못한 모습으로 나가들에게 살육 당하던 북부군은 시우쇠의 열기에 다시 고통받았다. 시우쇠의 도주 때문에 북부군의 전열은 크게 흐트러졌다.

수호 장군들 중 누구나 다 아는 사실을 꼭 닐러야만 직성이 풀리는 누군가가 어이없다는 듯이 닐렀다.

〈시우쇠가 물러갑니다.〉

수호 장군들은 어리둥절하여 서로를 바라보았다.

〈도대체 어쩌려는 거지요? 류 페이가 사라지더니 시우쇠까지?〉

〈어쨌든 잘됐군요. 레콘들을 위해 비를 뿌려볼까요.〉

〈글쎄요. 모처럼 좋은 기온이라 병사들이 힘을 내고 있는데요. 비를 뿌리면 체온이 떨어지지 않겠습니까.〉

수호 장군들은 빠르게 숙의한 다음 시우쇠, 혹은 류 페이가 돌아올 것을 대비하며 기다리는 것이 낫다는 판단을 내렸다. 그들이 나서지 않아도 전황은 북부군에게 치명적이었다. 간혹 레콘이 용력을 발휘하여 나가들을 밀어붙이는 장면들이 있었지만, 곳곳에서 전투는 소규모 학살로 바뀌고 있었다. 북부군의 수뇌부가 지휘를 포기해 버린 것처럼 보일 지경이었다. 결국 수호 장군들은 세키리를 바라보았다.

〈아무래도 패주할 것처럼 보입니다. 대기하고 있던 다섯 개 군단을 투입하여 섬멸전을 펼치는 것이 좋지 않겠습니까?〉

세키리 군단장은 미심쩍은 표정으로 숲을 바라보았다. 전황은 분명 수호 장군들이 닐른 대로였다. 하지만 세키리는 북부군이 궤멸해 버릴 만큼의 타격을 입었다고 생각하기 어려웠다. 세키리는 아직까지 나타나지 않는 류 페이가 걱정스러웠다. 하지만 찌는 듯이 더운 날씨는 그대로였고 어디서도 류 페이가 기온을 하강시키고 있다는 증거는 포착되지 않았다. 설령 류 페이가 갑작스럽게 나타나 기온을 떨어뜨리려 해도 오늘 안에 나가를 불편하게 만들기는 어려울 정도였다.

〈좋습니다. 연락을 취하지요.〉

전장에서 멀리 떨어져 있던 다섯 개 군단은 모두 만약의 사태를 대비하고 있었고 따라서 세키리의 명령이 전달되자 곧 전장에 나타났다. 적의 숫자가 여섯 배로 늘어나자 북부군의 전열은 순식간에 함몰되었다. 홍수에 휘말린 것처럼 물러나는 북부군을 보며 수호 장군들은 북부군의 운명이 오늘로 마감되리라는 것을 의심치 않았다. 그러나 세키리는 긴장을 늦추지 않았다.

〈도대체 왜 저렇게 느린 건가!〉

전선에 도착한 다섯 개 군단이 벚나무 군단과 합류하여 사정없이 북부군을 밀어붙이고 있었지만, 세키리는 북부군의 붕괴가 예상만큼 빠르지 않다고 생각했다. 세키리는 이해할 수 없다는 표정으로 나가 병사들을 살펴보았다. 수호 장군 한 명이 닐렀다.

〈날씨가 오래간만에 더워지니 당황했나 봅니다.〉

다른 수호 장군이 맞장구쳤다.

〈그렇군요. 항상 쌀쌀하다가 갑자기 더워지니 견디기 어려울 정도군요. 병사들도 더워하고 있습니다.〉

수호 장군들은 모두 그 니름에 동의했다. 거의 스무 날 가까이 쌀쌀한 기온에서 전투했기에 오늘의 날씨는 견디기 어려울 정도였다. 그때였다. 어디선가 정신을 찌르는 듯한 니름이 들려왔다.

수호 장군들은 놀란 표정으로 세키리를 돌아보았다. 세키리 군단장은 충격과 고통, 그리고 경악의 니름들을 쏟아내며 하늘을 보고 있었다.

〈왜 그러십니까?〉

세키리 군단장은 무서운 것을 보는 얼굴로 닐렀다.

〈해, 해가!〉

〈예? 해가 어쨌다는 겁니까?〉

〈두 개입니다!〉

수호 장군들은 기겁하여 하늘을 쳐다보았다. 머리 위를 덮은 나뭇잎과 가지들 사이로 빈틈을 찾아낸 장군들은 눈을 부릅뜬 채 하늘을 응시했다. 그리고 그들은 세키리의 심정을 완전히 이해했다.

키보렌의 하늘에 뜬 두 개의 태양이 그들을 내려다보고 있었다.

북부군의 뒤편에서, 시우쇠는 허리를 약간 구부리고 두 팔을 앞으로 늘어뜨린 채 서 있었다. 움직임이라곤 하나도 없었지만, 먼 곳에서 화신을 보는 사람들은 모두 그가 끝없이 움직이고 있다는 느낌을 받아야 했다. 시우쇠의 온몸에서 불길이 끝없이 흐르고 있었기 때문이다.

화신의 몸 곳곳에서 흘러나오는 불은 모두 위쪽으로 흘렀다. 시우쇠의 배와 가슴, 그리고 목과 얼굴을 타고 흘러오른 불길은 그 정수리에 도달하여 시우쇠와 분리되었다. 그리고 그 머리 위 하늘에서 하나로 엉기었다. 그 불덩어리가 거대해질수록 시우쇠의 몸은 조금씩 줄어들고 있었다. 시우쇠는 그의 몸 자체를 짜내어 불덩이를 만들어내고 있는 듯했다. 지독한 열기 때문에 다가갈 수 없었던 사람들은 한참 떨어진 곳에서 공포에 질려 그것을 바라보았다.

시우쇠의 머리 위에 형성되던 불덩어리는 점점 커져 마침내 직경 수십 미터에 달하는 구가 되었다. 시우쇠 근처의 나무들은 이미 새카맣게 불타 재가 되어버렸다. 하지만 시우쇠는 멈추지 않앗다. 불덩어리가 커짐에 따라 공기가 난폭하게 불탔고 시우쇠를 향해 사방의 모든 바람이 몰려들었다. 웅왕거리던 나뭇가지들이 정신없이 떨리다가 우지끈 소리를 내며 부러졌다. 떠오른 풀잎과 나뭇잎이 시우쇠를 향해 휘몰아쳤다. 숲은 기묘하게 처절한 비명을 내질렀다. 바람은 창백해진 모습으로 떠돌았다. 땅이 덜덜 떨렸고 공기는 그대로 폭발해 버릴 것만 같았다. 마침내 직경이 100미터도 넘을 것 같은 불덩이를 만들어낸 시우쇠는 불의 포효를 뿜어내며 오른손을 쳐올렸다. 순간 불덩이는 모든 구속에서 해방되어 둥실 떠올랐다. 그리고 그것은 먼저 떠올랐던 형제와 함께 키보렌의 하늘을 불사르는 세 번째 태양이 되었다.

산더미 같은 불 두 개를 하늘에 띄워보낸 시우쇠는 땅바닥에 주저앉았다. 불을 지나치게 뿜어내어 그의 몸이 오그라든 것처럼 보였다. 시우쇠의 코에서는 새파란 불꽃이 빠르게 드나들었다. 시우쇠는 낮게 으르렁거리며 옆을 돌아보았다.

그곳에는 륜 페이가 서 있었다. 륜 페이는 두 손을 가볍게 맞잡은 모습으로 서 있었다. 하늘을 향하고 있는 그 두 눈은 감겨 있었다. 시우쇠가 불처럼 말했다.

"끝나가나?"

륜 페이는 천천히 고개를 숙였다. 눈을 뜬 륜은 고개를 끄덕였다. 옆에 두었던 물통을 집어든 륜은 그것을 들어올리며 말했다.

"끝났습니다."

전투가 시작된 이래로 저 높은 곳의 하늘에서 태양의 열기를 머금은 습기를 계속해서 강하시키고 있던 륜은 마침내 그 강하를 돌이킬 수 없는 것으로 만들었다. 륜은 물통을 머리 위부터 뒤집어썼다. 물 또한 미지근하게 바뀌어 있어 추위에 얼어붙는 일은 없었다. 류은 턱을 타고 흐르는 물을 훔쳐내며 말했다.

"앞으로 세 시간 동안 열기는 계속 쏟아지고, 다른 곳으로는 이동하지 않을 겁니다."

바닥을 본 류은 그림자가 기묘한 모습으로 흩어져 있음을 깨달았다. 하늘을 흘끔 본 류은, 주의 깊게 곁눈질한 것임에도 불구하고 고통을 느꼈다. 세 개의 불타는 태양은 하늘의 빛깔을 바꿔버렸다. 마귀 같은 열기가 하늘을 치달아 류이 끌어내린 습기를 광분하게 만들었다. 두억시니 같은 하늘이었다.

"무서운 태양이군요. 열이 지나치게 집중되었습니다. 오늘 낮이나, 적어도 내일은 육지에서 태풍이 발생하는 것을 보게될 것 같군요. 전투가 끝난 후에는 비를 만들어서 열기를 좀 줄여야겠습니다."

"내버려둬."

"내버려두라고요?"

"싹 쓸어버리도록."

멀리서 거대한 계명성이 터져나오는 것을 들으며 류은 고개를 끄덕였다.

"라수에게 가보겠습니다."

라수는 핏발 선 눈으로 외쳤다.

"땀 흘릴 줄 모르는 짐승들, 다 뎌져버려라!"

라수의 곁에 있던 레콘은 그의 말을 몇 배나 부풀려서 외쳤다. 전장 전체에 그 거대한 목소리가 울려퍼졌고 북부군 병사들은 이제야 반격의 기회가 돌아왔음을 깨달았다. 그들은 노호했다.

나가들이 한계선 이북으로 올라올 수 없는 까닭은 변온 동물인 그들에게 한계선 이북의 땅이 지나치게 춥기 때문이다. 하지만 변온 동물은 그 체온을 유지할 수 없는, 혹은 유지하기 힘든 동물이지 피가 차가운 동물은 아니다. 라수는 그 점에 착안하여 발상의 전환에 성공했다. 추위가 나가들을 둔하게 만든다면, 정도 이상의 더위 또한 나가들에게 같은 작용을 일으키는 것이다. 그래서 라수는 세계에서 가장 더운 그 지방을 '더 덥게' 만들기로 결심했다. 인간들이나 레콘들이 일사병을 일으킬지도 모르지만 라수는 그보다는 땀 흘릴 수 없는 나가들이 먼저 쓰러질 거라 믿었다.

작열하는 세 개의 태양 아래에서 북부군 병사들은 나가를 향해 돌격했다.

이글거리는 세 개의 태양은 바라보는 것만으로 나가들을 얼어붙게 만들었다. 거세게 치닫는 열류의 흐름은 나가들을 미치게 만들었다. 라수의 예상과 달리 나가들을 정말 당혹하게 만든 것은 더위가 아닌 시야의 혼란이었다. 세 개의 태양은 키보렌의 그림자를 대폭 줄여버렸고 얼마 남지 않은 음지와 광활한 양지 사이에서는 무서운 속도로 열교환이 이루어졌다. 그 결과로, 집결한 나가의 여섯 개 군단은 시각적 회오리라 할 수 있는 상황에 빠졌다. 만약 심장이 있었다면 그들은 맥박이 무서운 속도로 높아지는 것을 느꼈을 것이다. 나가들의 몸은, 그리고 그 피는 계속 뜨거워졌다. 그리고 열배출은 이루어지지 않았다. 잔혹한 고온과 압도적인 혼란 속에서 10만 명에 가까운 나가들은 단체로 정신착란을 일으켰다. 나가들은 좌절과 공포 속에서 무기력함을 느꼈다. 이성의 샘은 잔혹한 삼 형제 태양 앞에 말라붙었다. 그리하여, 나가들은 옆에 서 있는 것이 아군인지 적군인지도 구분할 수 없었다.

나가들에게 돌격하던 북부군은 서로를 찔러대는 나가들의 모습에 경악했다.

나가의 눈에 주위의 모든 사람이 뜨겁게 보였다. 혼미해진 정신 속에 나가들은 자신이 불신자에게 포위되어 있다는 착각을 일으키고 말았다. 나가들은 정신적 비명을 내지르며 사이커를 휘둘렀다. 예리한 칼날이 비늘을 파고들어 피를 갈취했고 칼날에 묻어나는 피의 뜨거움은 나가에게 확신을 부여했다. '불신자다, 불신자다!' 그들은 서로를 무참하게 베고 찔렀다. 어떤 나가는 자신의 왼팔에 놀라 엉겁결에 그것을 베어내고는 비명을 지르며 쓰러졌다. 그런 나가의 등 위로 무수한 사이커가 쏟아졌다.

전선 뒤편에서, 륜은 다시 물을 뒤집어쓰며 그 참상을 보지 않으려 했다. 불가능한 일이었다. 그의 감각은 지나치게 예민했다. 눈을 감아도 륜은 그것을 볼 수 있었다. 비늘을 부딪치는 륜에게 라수가 외쳤다.

"공작!"

륜은 몸의 물기가 마르는 것을 느끼며 라수를 바라보았다. 라수의 눈은 여전히 붉게 물들어 있었지만 그 두뇌는 놀라운 속도로 움직였다.

"공작! 악타그라쥬로 가시오!"

"악타그라쥬? 전황을 파악하는 것이 아닙니까?"

라수의 얼굴엔 그림자가 줄어들어 있었다. 그리고 얼마 남지 않은 그림자들은 지나치게 어둡게 보였다. 밝은 부분이 평소의 세 배나 되는 빛에 노출되어 있었기 때문이다. 숯으로 그린 괴이한 초상화 같은 모습으로 라수는 고함 질렀다.

"그렇소. 지금 용인의 감각은 필요없소. 필요한 것은 용의 화염이오. 악타그라쥬로 곧장 날아가시오! 그곳의 시민들 또한 더위 때문에 제정신이 아닐 거요. 제기랄, 추위보다 더위가 훨씬 효과적이군. 그들은 당신을 방해할 수 없을 거요. 그 틈을 타 심장탑을 부숴버리시오!"

"심장탑을…… 왜?"

"그러면 악타그라쥬 시민들뿐만 아니라 저기 있는 악타그라쥬 출신의 병사들도 다 죽을 테니까!"

몽롱한 정신 속에서도 륜은 라수의 사고 속도에 비늘 서는 느낌을 받았다. 륜은 이런 더위 속에서 어떻게 차가운 생각이 가능한 것인지 이해할 수 없었다. 륜은 거의 무의식 중에 아스화리탈을 불러들였다. 아스화리탈이 목을 내밀었지만, 륜은 가만히 선 채 용을 바라보기만 했다. 라수는 직접 달려가 물동이를 들고 왔다. 그리고 륜의 몸에 사정없이 끼얹었다. 물벼락을 맞은 륜은 성난 표정으로 라수를 돌아보았다. 라수는 빈 물동이를 집어던지며 외쳤다.

"가시오, 륜 페이!"

"알겠습니다."

륜은 아스화리탈의 등에 올랐다. 아스화리탈은 힘차게 날아올랐다. 푸르게 녹아흐르는 듯한 숲의 머리 위로, 세 개의 태양이 작열하는 하늘을 가로질러 용은 벼락을 뿌리며 날아갔다.

세리스마는 당황하여 뱀들을 바라보았다. 사어를 익힌 이후로 세리스마는 그런 모습을 본 적이 없었다.

뱀들은 마치 달군 철판 위에 오른 것처럼 배를 보이며 몸을 비

들었다. 간혹 뱀들의 움직임이 의미를 형성하기도 했지만 세리스
마는 그것이 사어인지 고통의 몸부림인지 구분할 수 없었다. 늙
은 수호자 세리스마가 깨달을 수 있는 것은 하나뿐이었다. 악타
그라쥬에 무언가 심상찮은 일이 벌어지고 있는 것이다. 세리스마
는 온힘을 기울여 강력하게 의지를 전달했다.

　'무슨 일인가, 짧게 닐러!'

　'덥다. 뜨겁다. 불신자다! 사방에 불신……'

　뱀들의 움직임이 멈췄다.

　세리스마는 충격에 빠져 뱀들을 바라보았다. 기나긴 고통에서
해방된 뱀들은 기운이 다 빠진 듯 꿈쩍하지 않았다. 세리스마는
그것을 다시 뱀단지에 담을 생각도 하지 못했다. 악타그라쥬의
심장탑에 불신자들이 들어왔단 말인가? 그렇다면 악타그라쥬가
이미 정복되었다는 건가? 세리스마는 황급히 일어나 뱀들을 집어
들었다. 축 늘어진 뱀을 주워 쑤셔넣듯이 뱀단지에 담은 세리스
마는 선인장 군단과 연결된 뱀단지를 꺼내들었다.

　하지만 세리스마의 거듭된 호출에도 선인장 군단은 대답하지
않았다. 세리스마는 뱀을 다시 주워담지도 않은 채 다른 다섯 개
군단의 뱀단지를 모조리 바닥에 쏟았다. 방 전체에 수백 마리의
뱀들이 꿈틀거렸다. 하지만 그중 세리스마의 의지 이외에 다른
의지를 담아 움직이는 뱀은 한 마리도 없었다. 세리스마는 무릎
에 힘이 빠지는 것을 느끼며 의자에 주저앉았다. 그러고는 화를
내며 일어났다. 뱀 한 마리가 의자를 타고 올라와 있었다. 세리
스마는 그 뱀을 집어 내동댕이치고는 다시 의자에 앉았다.

　'여섯 개 군단이 모조리 격퇴되었다는 말인가?'

　세리스마는 도저히 그것을 믿을 수 없었다. 고작 한 명의 화신

과 한 명의 용인이 불사의 나가로 이루어진 여섯 개 군단을 몰살한다는 것은 상식적으로 납득이 되지 않았다. 혹 시우쇠가 그 옛날 페시론 섬과 아킨스로우 협곡에서 일어난 일을 재현해 보인 것일까? 하지만 그 또한 받아들이기 어려운 추측이었다. 그런 대재난을 일으킬 경우 북부군의 안전 또한 보장할 수 없다.

'그러면 도대체 어떻게!'

공포가 세리스마를 짓눌렀다.

심장탑의 55층, 하텐그라쥬 전체를 내려다보는 그 높은 곳에서, 세리스마는 뱀단지를 통해 하텐그라쥬뿐만 아니라 키보렌 전체, 그리고 한계선 너머 하인샤 대사원까지 손아귀에 든 물건처럼 다루었다. 그 노회한 수호자가 해온 일들은 그가 위치하고 있는 높이와 어우러져 세리스마에게 세계를 통제한다는 느낌을 갖게 하기에 충분했다. 일반적인 사람이라면 생각하기 힘든 수십 년의 시간을 주저없이 '계획'에 투자하며 마침내 목표의 정수리를 밟고 선 그 순간에도, 세리스마는 심장탑 55층에 있었다. 그곳을 떠날 필요가 없었다.

하지만 뱀단지들이 불길한 사어를 마지막으로 더 이상의 응답을 거부하고 있는 그 시점에서 세리스마는 갑자기 세계가 한없이 축소되는 느낌을 받았다. 55층이라는 압도적인 높이는 이제 고소공포증과도 비슷한 아찔한 불안감으로 다가왔고 지나치게 오랜 세월 동안 익숙해진 그의 방은 폐소공포증을 일으키는 협소한 감옥으로 바뀌었다.

세리스마는 일어섰다. 늙은 수호자는 바닥에 깔려 있는 뱀들을 짓밟으며 창문으로 뛰어갔다. 빗물을 받아들이는 저수 장치를 망가뜨릴 뻔하며 세리스마는 가까스로 창문 밖으로 머리를 내밀었다. 그리고 하늘을 바라보며 크게 심호흡했다. 도저히 아래를 내려다볼 엄두가 나지 않았다.

그러나 세리스마의 견고한 정신은 굴복을 쉽사리 용납하지 않았다. 세리스마는 거칠게 부딪치는 비늘을 눕히려 애썼다. 한참 동안 스스로를 꾸짖던 세리스마는 마침내 결심했다.

'결국, 모든 것은 뜻대로 될 것이다. 결과는 그 누구도 번복할 수 없다. 내가 그것을 원하기에!'

세리스마는 아래를 내려다보았다.

실로 비늘 서는 높이였다. 세리스마는 창턱을 꽉 부여잡았다. 언제나 아무런 불안 없이 내다보던 그 높이가, 권력욕을 보채기도 하고 달래기도 하던 그 풍경이 그를 겁나게 했다. 세리스마는 아무런 지지물도 없이 낙하한다는 느낌에 질겁했다. 그러나 결국 세리스마는 침착을 되찾았다. 세리스마는 모든 지붕과 대로를 바라보았다. 자신의 발로 걸어본 것이 십수 년 전이건만 그곳은 그에겐 너무도 익숙한 거리와 지붕들이었다. 세리스마는 안도했다.

그리고 세리스마는 기묘한 모습을 보게 되었다.

일단의 병사들이 심장탑을 향해 다가오고 있었다. 소규모로 나뉘어 여기저기로 흩어진 채 다가오고 있었지만 세리스마의 위치에서는 그 전체적인 움직임을 파악할 수 있었다. 그것은 분명 심장탑을 목표로 몰려드는 병사들이었다.

불안 때문에 세리스마는 어처구니 없는 상상을 하고 말았다. 즉 세리스마는 이미 북부군이 하텐그라쥬까지 도달하여 마호가니 군단이 심장탑을 수호하기 위해 달려오는 것이라고 생각해 버렸다. 그러나 곧 세리스마는 그것이 니름도 안 된다는 것을 깨달았다. 가능성이 없는 일이기도 하거니와, 만약 그런 일이 발생했면 병사들이 저렇게 나뉘어서 올 리가 없는 것이다.

어떤 불쾌한 단어가 세리스마의 뇌리에 떠올랐다. 세리스마는 그 또한 자신의 불안감이 조장해 낸 니름도 안 되는 상상을 나타내는 단어로 치부하려 했다. 하지만 그 단어는 쉽게 잊혀지지 않았다. 문득 세리스마는 보트린이 아직 돌아오지 않았다는 사실을 떠올렸다. 쥬어와 밤을 함께 보내고 돌아오려는 거라고 생각했지만 지금 보트린의 미귀환은 불안하게만 느껴졌다. 거의 대부분의 수호자들이 군단을 지휘하기 위해 떠난 지금, 하텐그라쥬의 심장탑에는 여신의 힘을 다루는 수호자들의 숫자가 턱없이 부족했다. 세리스마는 낙관적으로 생각하려 해보았다.

하지만 아무리 낙관적으로 보려 애써도, 세리스마에게 그 병사들의 모습은 심장탑을 '기습 점거'하기 위해 다가오는 것처럼 보였다.

몸을 돌린 세리스마는 문으로 다가갔다. 문을 연 세리스마는 잠시 낯선 풍경에 당황했다. 그러나 세리스마는 자신의 신명을 니르며 스스로를 다잡았다.

수호자 세리스마는 자신의 방 밖으로 나왔다.

병사들의 모습이 하텐그라쥬 시민들을 당황하게 하지는 않을 거라는 비아스의 생각은 맞아들어 갔다. 하텐그라쥬 시민들은 몇 명씩 무리를 지어 돌아 다니는 병사들의 모습에 익숙했다. 따라서 서너 명, 혹은 예닐곱 명씩 나뉘어진 마호가니 군단과 쥬어의 의용군이 심장탑 근처에 이르는 동안 그들이 누군가의 주의를 끄는 일은 일어나지 않았다. 속으로 안도하며, 쥬어는 어느 방물장수의 좌판을 구경하는 순박한 병사의 모습을 취했다. 그리고 방물장수의 니름에 넋이 나간 듯한 표정을 지으며 심장탑을 훔쳐보았다. 심장탑의 모습에서는 아무런 이상을 찾아볼 수 없었다. 하지만 쥬어는 자신이 저지르려는 일에 약간 질려 있는 상태였다. 그는 감히 하텐그라쥬의 심장탑을 공격하는 무도한 일이 저질러져도 우주가 제대로 유지될지 의문스러웠다.

'카루와 스바치의 니름을 들을 걸 그랬나.'

생각할수록 쥬어는 스바치와 카루의 계획 쪽이 사리에 맞는 것처럼 보였다. 그 계획을 따른다면 수많은 대가문들과 함께 당당하게 수호자들을 찾아가 여신을 풀어주라고 니를 수 있는 것이다. 그 과정에서 쥬어가 감당해야 하는 위험은 거의 존재하지 않았다. 오히려 여신의 감금을 폭로한 그의 공이 대가문들을 흡족하게 할 것이다.

하지만 쥬어는 결국 비아스의 니름을 따르고 말았다. 만약 스바치와 카루의 계획대로 행동한다면 심장탑으로 걸어가 당당하게 여신을 풀어주라고 말하는 역할은 절대로 그에게 허락되지 않을 것이다. 그것은 강대한 가문의 가주들이——그러니까, 그가 아닌——맡을 일이었다. 쥬어는 그들 가주들이 베풀어줄 호의를 무시하지는 않았지만 과대평가하지도 않았다. 가주들은 틀림없이 자신의 공을 추켜세울 것이며 그런 과정에서 점차 근본도 없는 전쟁터의 승냥이를 방해물로 생각하게 될 것이다. 하지만 비아스의 니름을 따른다면 여신 구출의 모든 영광은 오로지 그의 것이 된다. '여신의 감금을 폭로한다'는 것과 '여신을 구출한다'는 것의 의미차는 막대했다. 방물장수의 설명에 완전히 빠져버린 것 같은 표정을 지으며 쥬어는 허리 뒤에 숨겨둔 쇠망치를 어루만졌다. 그리고 비아스의 신호를 기다렸다.

소메로 마케로우는 난처한 표정으로 모든 이의 시선을 피하려 애쓰고 있었다. 실제로 그녀를 바라보는 시선은 하나도 없었다. 평의회장에 모인 각 가문의 대표자들은 모두 소메로의 성격에 대해 알고 있었고 따라서 그 덕 있는 여인이 그들을 모아들였다면 뭔가 진지하게 고려해야 하는 일이 있는 것임이 분명하다고 생각했다. 따라서 회의가 지연되는 것은 분명히 피치 못할 사정이 있는 것이라 생각하며 가주들과 가주 대리인들은 평온한 마음으로 기다리고 있었다. 하지만 평의회 의장은 소메로 마케로우와 마찬가지로 회의 시작이 지연되는 것에 신경이 쓰였다. 의장석에 앉아 있던 드리고 이세리도는 걱정스러운 눈빛으로 소메로를 바라보았다. 이세리도 의장은 다른 자들의 주의를 끌지 않는 무개성한 니름으로 소메로를 불렀다.

〈소메로 마케로우. 아직 멀었소?〉

〈정말 죄송합니다. 의장님. 잠시만 더 기다려주시면 비아스가 올 것입니다.〉

당황한 나머지 소메로는 니름을 무개성하게 바꾸는 것도 잊은 채 닐렀다. 그래서 그녀의 니름은 대부분의 의원들에게 들렸다. 의원들은 예의바르게 짐짓 소메로의 니름을 듣지 못한 척했다.

이세리도 의장이 한 번 더 질문해야 할 것인지 고민하고 있을 때 문이 열렸다. 문을 바라보고 있던 소메로는 하마터면 벌떡 일어설 뻔했다. 안으로 들어온 것이 비아스임을 깨달은 소메로는 반가움과 안도감을 느꼈다. 그러나 이세리도 의장과 다른 의원들은 약간 의아한 기분을 느꼈다. 비아스의 입장 선언이 없었기 때문이다.

하지만 비아스의 뒤편으로 사이커를 뽑아든 병사들이 차례로 들어서자 그들의 의아함은 혼란으로 바뀌었다.

의원들은 어쩔 줄 모르는 표정으로 의장을 바라보았다. 하지만 평의회장의 무력 진입은 나가의 역사에 없었던 일이었기에 의장 또한 당혹에 빠졌다. 그녀들이 어찌할 줄 몰라하고 있을 때 병사들은 일사불란하게 움직여 벽쪽에 붙어섰다. 그리고 비아스는 평의회장 한가운데를 가로질러 의장석으로 걸어갔다. 도중에 비아스는 소메로를 잠시 돌아보았다. 소메로는 당황 때문에 비늘을 세운 채 그녀를 쏘아보고 있었다. 비아스는 씩 웃어준 다음 다시 의장을 바라보았다. 의장석 앞에 선 비아스는 닐렀다.

〈의장님. 마호가니 군단의 군단장인 마케로우 가문의 비아스 마케로우입니다. 연설을 할 수 있도록 허락해 주십시오.〉

이세리도 의장은 겨우 한 마디를 니를 수 있었다.

〈감히 남자를!〉

비아스는 잠깐 동안 그게 무슨 뜻인지 알 수 없어 어리둥절해졌다. 그러나 벽에 붙어선 병사들 사이에서 사나운 미소에 해당하는 감정들이 흘러나오자 비아스는 이세리도 의장의 니름이 무슨 뜻인지 깨달았다. 비아스가 데려온 병사들 중에는 남자들이 상당수 섞여 있었다. 비아스는 이세리도 의장이 병사들을 데리고 입장한 것을 탓하는 대신 남자를 데려온 것을 탓하는 것이 꽤 재미있다고 생각했다.

〈글쎄요. 의장님. 군단에서 남자들에게 지휘를 받아온 저는 의장님의 니름을 이해하기 어렵군요.〉

〈그들은 수호자들이잖은가! 여신의 신랑들이야!〉

〈여신의 간수지요.〉

〈뭐라고?〉

〈여신의 간수라고 했습니다. 여신의 납치자라는 호칭 또한 가능할 것 같습니다.〉

의원들은 당황의 니름들을 쏟아내었다. 그리고 벽에 붙어 있던 병사들 또한 엄격한 자세를 유지하고 있었지만 비아스의 니름에 놀란 표정까지는 감추지 못했다. 하지만 몇몇 의원들은 놀라는 대신 긴장된 표정으로 비아스를 바라보았다. 비아스는 그들 가운데서 콘수마 발텐의 모습을 발견할 수 있었다. 콘수마는 비아스의 요구대로 몇몇 의원들을 회유하는 것에 성공한 것이다. 의원들의 반응을 확인한 비아스는 웃으며 의장석을 돌아보았다. 이세리도 의장은 비아스를 뚫어지게 바라보았다. 비아스는 닐렀다.

〈제 언니를 통해 의회 개회를 요청한 것은 바로 그런 사실들을 설명드리기 위해서였습니다. 여러분들은 발자국 없는 여신의 실종에 대한 알려지지 않은 사실들을 꼭 알아야 합니다.〉

그리고 비아스는 의장의 허락도 받지 않은 채 연단에 올랐다. 최초의 혼란이 사라진 지금 이세리도 의장은 이미 비아스를 저지하거나 할 수 없다는 것을 깨달았다. 그녀의 병사들이 사이커를 든 채 평의회장을 장악하고 있는 상황에서 '허락을 받고 연설하라.'고 요구하는 것은 웃음거리가 되는 것을 자초하는 일에 지나지 않을 것이다. 다른 의원들 또한 같은 사실을 깨달았다. 또한 비아스가 니른 심상치 않은 니름들 또한 그녀들을 제자리에 앉아 있게끔 만들었다. 그래서 이세리도 의장과 의원들은 비늘을 높이려 애쓰며 비아스의 니름에 주의를 기울였다.

모든 청중들의 주의가 집중되었지만 비아스는 쉽게 니를 수 없었다. 그녀는 그것이 너무도 좋았다. 모든 사람들이 그녀만을 바라보며 그녀의 니름을 기다리고 있는 상황은 그녀를 무한히 행복하게 했다. 생각 같아서는 그 상황을 끝없이 즐기고 싶었다. 하지만 비아스는 심장탑 근처에서 기다리고 있을 쥬어를 생각하지 않을 수 없었다. 애석한 마음을 억누르며 비아스는 빠르게 닐렀다.

비아스의 설명이 끝나자 의원들은, 그리고 병사들은 모두 합의하기라도 한 것처럼 정신을 닫아버렸다. 이세리도 의장을 비롯하여 모든 의원들은 그 경악할 만한 내용이 던져준 충격에 그런 대응을 보일 수밖에 없었다. 소메로 마케로우만은 비아스에게 계속 눈길을 보내며 니름을 걸려 애썼다. 하지만 그녀의 니름이 뻔한 것이리라 생각한 비아스는 언니의 시선을 무시했다. 의원들과 병사들이 모두 사태를 이해했다고 생각한 비아스는 천천히 닐렀다.

〈우리들이 그토록 찾아헤맸던 여신께서는 바로 우리 곁에 갇혀 계셨던 겁니다. 그 분이 우리들의 눈 어두움을 얼마나 탓하셨을까요. 따라서 우리가 취할 행동은 자명합니다. 존경하는 의원 여러분. 저들 간특하고 어리석은 수호자들이 스스로의 분수를 모르고 일으킨 끔찍한 사태를 바로잡아야 합니다.〉

비아스는 열렬한 찬성이 일어나지 않는다는 사실에 실망하지는 않았다. 이미 콘수마 발텐의 반응을 경험했기 때문이다. 가주들과 그녀의 대리인들은 군대가 북부로부터 거둬들이는 부의 감소를 생각하며 걱정스러운 낯빛을 지어보였다. 그런 그들을 향해 비아스는 준비했던 미소를 보내주었다.

〈물론 지금 당장 여신을 풀어드릴 필요는 없습니다.〉

의원들은 넋이 나간 얼굴로 비아스를 바라보았다. 가공할 충격이 평의회장을 휩쓸고 지나갔다. 그 충격의 진원지에서 비아스는 모의자의 미소를 지어보였다.

〈우리는 여신께서 수호자들에게 억류되어 있는 사태를 시정해야 합니다. 하지만 전쟁이 한창인 상황에서 당장 여신의 힘을 포기하는 것은 절대로 현명한 결정이 아닙니다. 더군다나 북부군이 이곳을 향해 진격해 오는 상황에서 우리들의 가장 강력한 무기를 포기하는 것은 어리석기까지 합니다.〉

의원들 가운데서 콘수마 발텐이 조심스럽게 손을 들었다. 기다리고 있던 일이지만 비아스는 마치 기대하지 않았다는 듯한 표정으로 콘수마를 바라보았다.

〈그렇다면, 마케로우. 당신이 니르고자 하는 바는 뭡니까?〉

〈심장탑을 점거해야 합니다.〉

〈여신을 풀어드리지 않을 거라면 심장탑을 왜 점거해야 합니까?〉

〈그곳에는 심장병이 있기 때문입니다. 수호자들의 심장병 또한 보관되어 있지요. 우리는 수호자들에게 보다 나은 통찰력을 받아들일 수 있도록 강제할 수단을 얻어야 합니다.〉

의원들은 어리둥절한 표정으로 서로를 바라보았다. 비아스는 빠르고 단호하게 닐렀다.

〈여러분들은 심장 파괴라는 니름을 들어보셨습니까?〉

비아스의 두 번째 설명은 훨씬 빠르게 끝났다. 그리고 두 번째 설명이 야기한 혼란과 충격은 먼젓번과는 비교도 하기 힘든 것이었다. 의원들은 발자국 없는 여신이 수호자들에게 감금되었다는 사실보다 자신들의 목숨이 수호자들에게 좌지우지될 수 있는 것이라는 사실에 더 큰 충격을 받은 것이다. 병사들 또한 심장을 적출한 것은 마찬가지였기에 의원들과 분노를 공유할 수 있었다. 비아스는 그들이 통제하기 힘들 정도의 혼란을 일으키기 직전에 단호하게 닐렀다.

차츰 의원들은 비아스의 니름을 이해했다. 비아스의 계획은 단순했다. 비아스는, 다른 자들이 그렇게 오해하도록 유도했지만, 결코 여신을 풀어주는 것을 원하지 않았다. 대신 심장탑을 점거함으로써 심장 파괴라는 강력한 무기를 얻기를 원하고 있었다. 그리고 그것이 의미하는 바는 의원들 모두에게 분명했다. 심장병을 손에 넣었음으로써 그들은 수호자들, 여신의 힘을 자유로이 사용하는 수호자들을 통제할 수 있게 되는 것이다. 마침내 그녀들의 얼굴에 만족감이 피어올랐다. 콘수마 발텐은 완전히 매혹된 표정을 지어보이며 닐렀다.

〈그렇다면 어떻게 해야겠습니까, 비아스 마케로우?〉

〈여러분들이 나설 필요는 없습니다. 저는 이미 병사들을 준비해 두었습니다. 저는 여러분들의 동의와 허락을 얻고자 이렇게 찾아온 것입니다.〉

의원들이 당혹과 불쾌감을 느낄 여유는 없었다. 콘수마 발텐이 비아스의 준비성과 겸손함에 대해 아낌없는 찬사를 보내었고 그 찬사는 다른 자들의 동의를 요구하는 종류의 것이었다. 모든 의원들이 콘수마의 예를 본받았다.

다만 소메로 마케로우만은 불안한 표정으로 비아스를 바라보았다. 그녀를 아는 대부분의 사람들에게 덕밖에 가지고 있지 않다는 평을 받는 여인이지만 소메로는 그곳에서 비아스를 가장 잘 아는 사람이기도 했다. 그래서 소메로는 비아스가 무엇을 원하는지 꿰뚫어보았다.

'그러니까, 비아스. 내 동생아.' 연단에 선 비아스는 실로 빛나고 있었다. 소메로는 한없이 어두워지는 기분으로 생각했다.

'심장 파괴는 우리가 가지게 되는 것이 아니지? 네가 가지게 되는 것이지? 그리고 저 여자들이 그것을 방해하지 못하게 하려고 이렇게 찾아와서 그들을 오해하도록 만드는 거지? 네가 자의 대로 심장탑을 공격했다면 저 여인들이 가만 있지 않았겠지. 하지만 이제 그녀들은 심장 파괴를 가지게 되었다고, 수호자들을 마음대로 부릴 수 있게 되었다고 착각하며 너에게 칭찬을 보내는구나. 정말 무섭구나.'

자매끼리 통하는 감각 같은 것이었을까. 비아스는 짧은 순간 소메로를 바라보았다. 하지만 그때 소메로는 고개를 떨구고 있었다. 비아스는 그녀의 표정을 보지 못했다. 그리고 언니의 안색을 살필 여유 같은 것은 가지고 있지도 못했다. 비아스는 그녀를 향해 쏟아지는 찬사에 대답하는 것만으로도 정신이 없었다. 소메로는 고개를 떨군 채 카린돌과 죽은 것이 뻔한 어머니 두세나에 대해 생각했다. 참을 수 없는 서러움이 왈칵 일어났다. 그러나 소메로는 자리에서 일어나 비아스를 성토하지 못했다. 카린돌이었다면, 혹 화리트였다면 그렇게 행동했겠지만 소메로는 그럴 수 없었다. 그것이 그녀의 성격이었다.

소메로는 다만 짙은 슬픔 속에서 생각했다.

'예전부터 너는 칭찬을 너무 좋아했지. 그걸 싫어하는 사람이야 없겠지만, 네 경우엔 심했어. 너는 너를 칭찬하지 않거나 반대로 경멸하는 사람은 죽여버릴 만큼 싫어했지. 지금 빛나고 있구나. 동생아. 순진하게 즐거워하고 있구나. 그것을 되도록 즐기길 바라. 나는 우리가, 마케로우가 파국으로 수렴되고 있다는 느낌밖에 받을 수 없으니.'

공회당 쪽에서 달려오는 병사를 보자마자, 쥬어는 그것이 기다리던 신호임을 직감했다. 그래서 쥬어는 병사의 도착을 기다리지 않고 곧장 쇠망치를 뽑아들었다. 그와 홍정을 하며 상대를 거의 녹여버렸다고 자신하던 방물장수는 기겁하며 물건 값을 깎아주겠노라고 닐렀다. 물론 쥬어는 그 호의에 대해 아무런 감사 표시도 하지 않았다.

다른 손으로 소드락을 꺼내들며 쥬어는 강력한 니름을 토했다.

사방의 골목길과 대로에서 기다리고 있던 병사들이 일제히 심장탑을 향해 돌진했다.

하텐그라쥬 시민들은 당혹할 겨를도 없었다. 병사들은 소드락을 복용하고 돌격했다. 따라서 극히 짧은 시간이 지났을 때 심장탑은 병사들에 의해 완전히 포위되었다. 쥬어는 특별히 선별해 둔 돌격조와 함께 심장탑의 정문 앞에 도달했다. 쥬어는 신호를 보냈고 그 즉시 돌격조는 심장탑 안으로 뛰어들었다.

심장탑 안에는 아무도 없었다. 쥬어는 약간 당황했지만 주저없이 계단을 뛰어올랐다. 길고 지긋지긋한 계단임을 알고 있기에 쥬어와 돌격조는 모두 소드락의 효과가 사라지기 전에 수호자들을 모두 체포해 버릴 생각이었다. 10층에 오를 때까지 쥬어는 자신이 여신을 구출해 내는 영웅이라는 가없은 믿음을 견지하고 있었다. 그래서 쥬어는 비아스의 당부를 무시할 계획이었다. 비아스는 그녀 자신이 도착할 때까지 냉동 장치를 함부로 건드리지 말라고 그에게 닐렀다.

'당신이 영웅이 되고 싶은 거지? 홍. 그럴 거라면 왜 평의회 따위에 간 거냐? 여자들끼리 다 해먹겠다는 수작이겠지만, 비아스. 그렇게는 안 될걸.'

쥬어는 가슴 가득히 치밀어오르는 통쾌함에 비늘을 부딪쳤다. 지나치게 흥분한 탓에 쥬어는 탑이 진동하고 있다는 사실을 좀 늦게 깨달았다. 12층에 도달했을 때 쥬어는 마침내 그 진동을 깨달았다. 돌격조의 다른 나가가 그를 붙잡아 세웠기 때문이다.

〈이상합니다. 탑이 진동하고 있습니다.〉

소드락의 효과 지속 시간이 줄어들고 있었지만 쥬어는 어쩔 수 없이 걸음을 멈췄다. 벽에 손을 짚어본 쥬어는 그 니름이 사실이라는 것을 알게 되었다. 심장탑은 기묘한 진동을 일으키고 있었다. 쥬어는 청력에 집중해 보았다.

쥬어의 온몸에서 비늘이 솟구쳤다.

〈내려가! 내려가!〉

쥬어의 니름이 끝나자마자 다른 돌격조원들도 그 소리를 들었다. 심장탑 저 높은 곳에서 무시무시한 소리가 아래로 치달아오고 있었다. 몸을 돌리기 직전, 그들은 자신들을 향해 다가오는 소리의 정체를 목격했다.

실로 교묘한 솜씨였다. 심장병이 보관된 벽감을 강타할 정도로 높지는 않았지만 계단을 걸어올라오는 나가들을 휩쓸어버리기에는 충분한 크기의 파도가 계단을 타고 쇄도해 오고 있었다. 쥬어는 이미 도망치는 것이 불가능함을 깨달았다. 눈으로 보지 못했지만, 쥬어는 심장탑의 저 까마득한 꼭대기에서 무슨 일이 일어나고 있는지 분명히 알 수 있었다. 밖에서 들려오는 아스라한 니름이 그의 추측을 뒷받침했다.

200미터라는 무시무시한 높이에 고독하게 서서, 수호자 세리스마는 광대한 하텐그라쥬를 둘러싼 키보렌과 그 하늘로부터 습기를 가차없이 끌어모으고 있었다. 구름이 그에게 호응하여 움직였고 광포하게 치달아 하텐그라쥬의 하늘을 시커멓게 뒤덮었다. 살아 꿈틀거리며 몰려드는 구름의 모습에 하텐그라쥬의 시민들은 넋을 잃거나 공포의 니름을 토했다.

세리스마는 그 구름에서 비를 뽑아내어 심장탑에 집중시키고 있었다. 비는 그대로 200미터의 높이를 타고 흘러내리며 격류가 되었다.

제 14 장

극연왕 6년, 칼리도에 한 어르신이 출현했다. 자신의 이름을 수수깨비라 칭한 이 어르신은 칼리도 사람들을 상대로 한 수수께끼를 내었다. 그리고 수수께끼를 맞추는 자에게는 막대한 보상을 하겠다고 약속했다. 수수께끼의 내용은 단순했다. '신을 잃은 종족은 누구인가.' 대답은 분명했다. 사람들은 모두 '두억시니'라고 대답했다. 하지만 수수깨비는 그 대답이 틀렸다고 말했다. 그리고 수수께끼에 응했다가 틀린 사람들을 괴롭혔다. 어르신은 사람들에게 실질적인 피해를 줄 수는 없지만, 한밤중에 잠을 깬 사람이 천장에서 자신을 내려다보고 있는 4미터 크기의 얼굴을 보게 되면 그것도 대단한 피해라고 할 수 있다. 수수깨비는 그렇듯 사람을 기겁하게 만드는 장난으로 칼리도 사람들을 괴롭혔다. 지쳐버린 사람들은 수수깨비에게 인간, 도깨비, 레콘, 나가 등 닥치는 대로 선민 종족의 이름을 주워섬겼다. 하지만 수수깨비는 설명을 요구했고 아무렇게나 대답한 말에 설명을 덧붙일 수 있는 사람은 없었다. 수수깨비의 장난은 점점 심각해졌고 그 대상은 모든 칼리도 사람들에게로 확대되었다. 더 견딜 수 없게 된 칼리도 사람들은 수수깨비를 쫓아낼 방도를 고려했다. 하지만 어떤 접촉도

할 수 없는 어르신을 쫓아내는 방법은 근처의 도깨비를 모두 쫓아버리는 방법뿐인데, 당시 칼리도에는 꽤 많은 수의 도깨비가 살고 있었고 그들 모두를 쫓아낸다는 것은 불가능한 일이었다. 그 시기는 아직 대확장 전쟁의 초기였고 훗날의 모습과는 달리 많은 도깨비들이 세상에 흩어져 살던 시절이었다.

그 무렵, 피로워하던 칼리도 사람들에게 극연왕이 왕의 특사를 파견했다는 소식이 들려왔다. 칼리도 사람들은 황송해하면서도 당황했다. 그들은 전쟁이나 반역 같은 국가적 재난도 아닌 상황에서 왕의 특사가 온다는 것은 격에 맞지 않는다고 생각되었다. 하지만 경기를 일으키는 아이들의 어머니들과 사흘에 한 번 꼴로 기절해야 했던 처녀들은 왕의 결정을 크게 반겼다.

하지만 막상 도착한 왕의 특사는 칼리도 사람들을 또다시 당황하게 만들었다. 도착한 것은 레콘이었다. 레누카라는 이름의 그 레콘은 극연왕이 훗날 4대 경이라 불리워진 건설을 하던 도중 왕의 친구가 된 자였다. 사람들은 수수께끼를 푸는 일에 왜 레콘이 온 것인지 이해할 수 없었다. 또한 제아무리 레콘의 용맹이 출중하다 하더라도 물질적인 피해를 줄 수 없는 어르신에게 그것이 무슨 소용인지도 알 수 없었다. 하지만 칼리도에 도착한 레누카는 별다른 설명없이 곧장 수수깨비를 찾아갔다. 수수깨비는 레누카에게도 같은 수수께끼를 내었다. 레누카는 지그시 수수깨비를 바라보다가 벽력처럼 외쳤다.

"꺼—져—라—!"

수수깨비는 사라졌고 다시는 돌아오지 않았다. 레누카는 어처구니없어하는 칼리도 사람들을 내버려둔 채 왕에게로 돌아갔다. 레누카가 돌아가고 나서 얼마 후 기이한 풍문이 나타났다. 수수깨비가 사라진 직후 레누카가 혼잣말로 '그래. 두억시니는 아니지.'라고 중얼거린 것을 들은 사람이 있다는 풍문이었다. 하지만 그 소문은 사실로 확인되진 않았다. 그리고 칼리도 사람들에겐 다른 고민거리가 남겨졌다.

아무도 그 정답을 말하지 못했기에 칼리도 사람들은 수수깨비가 어떤 보상을 할 작정이었는지 알 수가 없었다.

—칼리도 지방의 오래된 민담 中

혈루(血淚)

키준 산맥의 바이소 계곡, 박명조차 요원한 꼭두새벽이었지만 계곡 바닥에선 몇 개의 횃불이 부산하게 움직이고 있었다. 꽤나 바빠 보이는 횃불들은 이리 뛰고 저리 돌고 제자리에 가만히 서 있을 때마저 까딱거려 뭔가 상당히 분주한 일이 일어나고 있음을 웅변적으로 나타내고 있었다.

그들 가운데 커다란 횃불을 움켜쥔 채 정신없이 뛰어 다니는 한 사내가 있다. 인간의 모습을 하고 있지만 정신없이 달리는 꼴은 도깨비요, 사람들에게 뭔가를 을러대는 형상은 영락없이 레콘이다. 그에게 필요한 것은 나가의 침착함일 듯하지만 아쉽게도 그런 미덕은 함양하지 못한 듯하다. 사내는 지금도 머리카락이 곤두설 정도로 흥분하여 한 동료를 다그치고 있었다.

"날이 벌써 밝아오고 있잖아! 도대체 왜 안 나타나는 거냐?"

질문을 받은 사내는 어처구니없다는 듯이 동쪽 하늘을 바라보았다. 별은 새파랗게 빛나고 있었고 그 빛이 묽어지는 징조는 어디서도 보이지 않았다.

"기다려 보쇼, 롭스. 그리고 날이 밝는 문제에 관해서라면, 좀 여유를 가지고 이야기해도 될 것 같은데. 아직 별이 새파랗소."

동쪽 하늘을 돌아본 롭스는 사내의 말에 동의할 수밖에 없었다. 하지만 초조함은 쉽게 사라지지 않았다.

"제기랄, 그 빌어도 못 먹고 뱉어야 할 도르래가 제때에 도착하지 않으면 만사휴의란 말이다. 다음 하늘치는 몇 개월이나 기다려야 해. 그때도 나가들이 없을 거라고 누가 보장하냐?"

사내는 '빌어도 못 먹고 뱉어야 할' 물건은 '빌어먹을' 물건보다 얼마나 나쁜 것인지 생각하며 대답했다.

"때 되면 도착할 거요. 그 놈도 바이소 계곡으로 오라고 말하니 정말 좋아했소. 꼭 가지고 올 거요."

롭스는 끙 하는 소리를 내며 입을 다물었다. 그의 초조함은 특출한 것은 아니다. 그곳에 모인 사내들 모두 내심 초조함과 긴장을 짙게 맛보고 있었다.

그들은 하늘치 유적 발굴대였다. 하늘로 오르는 그 형태에서부터 땅 속으로 파들어가는 보통의 발굴과는 상이한 하늘치 발굴은, 오늘 그 속도에서도 전무후무함을 강조해 보일 예정이었다. 롭스의 계획에 따르면 발굴은 겨우 여섯 시간만에 완료될 것이다. 계획은 대충 이러하다. 먼저 세상 곳곳에 흩어져 있던 발굴자들이 각자의 장비를 챙겨들고 새벽에 바이소 계곡에 모인다. 그리고 일출 전까지 장비 설치를 마칠 것이다. 롭스는 일출 후 한 시간쯤에 하늘치가 나타날 것이라 예견했다. 미리 준비하고 있던 발굴대는 하늘치가 나타나자마자 벼락같이 그 등에 오르는 것이다. 그 속도만 놓고 본다면 발굴이 아닌 도굴의 속도다. 하지만 발굴 대상이 고정된 것이 아닌 움직이는 것이며, 나가의 준동 때문에 북부를 오가는 것이 위험해진 상황에서 롭스는 쓸데없는 시간의 낭비는 완전히 무익하다고 판단했다.

다행히 유적 발굴자들은 모두 해당 작업의 경험을 충분히 가지고 있는 자들이었기에 작업은 신속했다. 롭스가 짜증을 부리고 안달을 내는 것도 그들에게 별로 지시할 것이 없었기 때문일지도 모른다. 하지만 롭스는 곧 자신의 짜증이 그들을 방해하고 있다는 것을 깨달았다.

"도르래 도착하면 알려줘. 좀 쉬어야겠다."

"엊저녁에 왔죠? 쉬는 게 아니라 눈 좀 붙이는 편이 좋지 않겠소?"

어젯밤 발굴자들 중 가장 먼저 바이소 계곡에 도달했던, 그리고 그때부터 도착하는 동료들에게 반가움의 인사를 건네다가 시간이 지남에 따라 초조감에 짜증을 부리고 있던 사내는 고개를 가로저었다.

"잠이 오냐? 이런 상황에서?"

상대방은 피식 웃어버렸다.

나가들의 진격은 키준 산맥까지 이르지는 못했다. 하지만 대부분의 발굴자들이 고향의 안위를 걱정하게 되었다. 일반적인 유적들처럼 한 자리에 가만히 있는 것이 대상이라면 그것을 꾸준히 파들어갈 수도 있겠지만 하늘치 유적 발굴은 하늘치가 바이소 계곡을 통과하는 짧은 시간 동안만 가능하기에 무턱대고 기다릴 수도 없는 노릇이었다. 롭스는 상황을 인정하고 발굴대의 해산을 명령했다.

군령자인 롭스에게 특별히 돌아가고 싶은 고향 같은 것은 없었다. 충분한 고민 끝에 롭스는 규리하 지방으로 방향을 정했다. 규리하는 차가운 북쪽 땅이고 그 땅의 사람들은 강맹하다. 규리하에 도달한 롭스는 손수 오두막을 지은 다음 사냥과 채집으로 먹거리를 장만했다. 군령자는 당연히 팔방미인일 수밖에 없고 그들 대부분은 아침에 알몸으로 세상에 던져져도 저녁엔 옷가지와 잠자리와 다음날 아침에 먹을 것을 준비해 둘 수 있는 수완 좋은 자들이다. 롭스는 어려움 없이 규리하에 정착했다. 그리고 자신의 기록을 검토하고 군령들과 노닥거리며 전쟁이 끝나기를 참을성 있게 기다렸다.

보름쯤 전, 나가들이 전선 전체에서 물러나고 있다는 소식을 전해 들었을 때 기뻐하는, 혹은 의문스러워하는 사람들 사이에서 롭스는 두 번 생각하지도 않고 자신의 기록들을 챙겨들었다. 그리고 롭스는 당장 쓸 몇 가지 물건 이외에 나머지 재산을 모조리 알고 지내던 나뭇꾼에게 넘겨주었다. 잘 만들어진 오두막과 막대한 저장 식량, 그리고 질 좋은 모피들을 얻게 된 나뭇꾼은 롭스의 작은 부탁을 쾌히 들어주었다. 전 발굴 대원에게 보내는 서한들을 발송하는 일을 나뭇꾼에게 떠맡긴 롭스는 규리하에 도착했을 때처럼 간편한 차림으로 그곳을 떠났다. 그리고 긴 시간을 걸어 바이소 계곡에 도달했다.

모든 기록을 검토하여 하늘치가 오늘 바이소 계곡을 지나칠 것을 예견하고 발굴 대원들에게 소환 명령을 보낸 사람은 롭스였지만 당장 그에겐 할 일이 없었다. 대원들은 익숙한 과정들을 밟아나가고 있었고 그들에겐 어떤 종류의 참견도 필요없었다. 다행히 그곳에는 롭스 이외에 당장 할 일이 없었던 사람이 한 명 더 있었다. 롭스는 그 사람에게 다가갔다.

"스님. 추우시지 않으십니까?"

화톳불 곁에 앉아 있던 오레놀 대덕이 고개를 들었다. 대덕은 롭스를 보자마자 눈을 비볐는데, 아무래도 졸고 있었던 기색이다. 하지만 오레놀은 곧 정신을 차렸다.

"아직 날이 밝진 않았군요. 일출 후 한 시간쯤에 시작된다고 하셨지요?"

롭스는 그렇다고 대답한 다음 횃불을 땅에 거꾸로 꽂아 불을 껐다. 오레놀의 곁에 앉은 롭스는 초조함을 감추지 못하는 목소리로 말했다.

"큰일입니다. 도르래를 가져와야 할 녀석이 아직 도착하지 않았습니다. 연은 조립을 다 끝냈고 말들도 준비되었는데, 도르래가 없어서 연결을 못 하고 있습니다. 어쩌면 시험 비행을 해 볼 시간이 없을지도 모르겠습니다."

오레놀은 당신들이 언제부터 그렇게 꼼꼼하고 계획성 있었던 사람들이었냐고 말해 주고 싶은 것을 꾹 참았다.

"옛날에 여러 번 연습해 보았으니 괜찮지 않을까요?"

"연에 탈 녀석들이야 여러 번 이 짓을 해봤으니 상관없습니다만, 문제는 연입니다. 조립이 제대로 되었는지 알아보려면 가볍게 날려봐야 합니다. 하늘치 배 아래에서 연이 부서지기라도 하면 저는 실망 때문에 두억시니가 되고 말 겁니다."

오레놀은 빙긋 웃었다.

"사실 저는 놀랐습니다."

"놀라다니요?"

"참관하러 오라는 서한을 받고 오긴 했습니다만, 보나마나 당신에게 위로나 건네고 돌아가는 것이 고작일 거라 생각했습니다. 아무도 안 올 거라고 믿었지요. 세상이 이렇게 각박하고 무서운데 하늘치 등 위에 올라가 본다는 목적 때문에 위험한 길을 찾아오실 분이 몇 명이나 있을지 의심스러웠습니다. 그런데 어젯밤부터 지금까지 보고 있으니 제 예상이 완전히 틀렸더군요."

"나가들이 남쪽으로 물러갔잖습니까. 모르십니까?"

"그건 알고 있습니다. 제 말은 그런 뜻이 아닙니다."

오레놀은 생존 자체가 최우선의 목적이 되고 있는 이 험악한 북부 땅에서 꿈을 이루려고 모여드는 사람이 있을 거라고는 생각하지 못했다. 그것이 아무리 반나절 동안의 전격적인 발굴이라 하더라도 이곳에 모여들기 위해 사람들이 소비해야 되는 시간은 결코 짧지 않다. 또한 그들이 포기하거나 잠시 방기해 두었어야 할 일들 또한 작지 않을 것이다. 모든 것을 홀홀 털어버리고 떠날 수 있는 룹스 같은 자가 예외적인 경우일 뿐, 대부분의 사람들에겐 하루를 버티는 것이 힘든 시기일 것이다. 오레놀은 그런 생각을 어떻게 표현할지 잠시 고민했다.

오레놀이 간신히 괜찮은 말을 떠올렸을 때 어둠 저편이 갑작스레 소란스러워졌다.

룹스는 벌떡 일어나 달려갔고 오레놀 또한 몸을 일으켰다. 룹스를 향해 걸어가던 오레놀은 잠시 후 그의 환호를 듣게 되었다. 횃불이 모여든 곳에 도착한 오레놀은 큼직한 달구지를 보게 되었다. 그 옆에는 한 남자가 흥분한 투로 외치고 있었다.

"그 썩을 주인놈이 때려죽여도 달구지 못 주겠다잖아. 저 도르래들을 들고 가라는 말이냐고 물었더니 뭐라고 했는지 알아? 나보고 미쳤대. 정작 미친 놈이 누군데? 나 떠나고 나면 어차피 이 달구지 쓸모도 없단 말씀이야. 그 녀석 달구지가 두 개거든. 4년 동안 일해 준 새경 대신에 이걸 받겠다고 말한 내가 은인인데 도대체 무슨 미친 지랄을 부리는 건지. 결국 내 돈 주고 사왔어."

"새경도 안 주고 거기에 달구지 값을 받았다고? 그 자식 완전히 나가 같은 놈일세."

"흥. 그래도 염치는 있는지 반값만 받더라."

"그런데 새경도 안 받았는데 반값이나 줄 돈은 어디서 난 거냐?"

"같이 머슴살이 하던 친구들이 상당히 협조적이었지."

"노름했구나. 그런데 너 떠날 땐 달구지 가지고 있었잖아. 도르래 싣고 떠났으니까. 그건 어떻게 됐는데?"

"말 마라. 그거 사라진 것이 4년 전이다. 주막에 밥값 대신 줘버렸다. 그러고 나니 그냥 그 마을에 죽치고 있는 수밖에 없더라고. 저 도르래들을 어떻게 움직일 수가 있어야지. 그래서 그 짜증나는 주인놈 집에서 4년 동안 머슴살이 해야 했지. 야야, 말하면 가슴 아프니 이거 내리는 거나 도와다오."

사내들은 사납게 웃으며 도르래를 끌어내렸다. 거대한 연을 지탱하기 위한 도르래들인지라 여간 우악스러운 물건이 아니었다. 사내들은 끙끙거리며 그것을 옮겼다. 놓일 자리는 미리 다져져 있었고 사내들은 곧 말뚝을 가져와 그것들을 고정시켰다.

그 과정을 바라보며 오레놀은 조금 전 느꼈던 기분을 다시 느꼈다. 오레놀은 그저 도르래 하나를 간수하기 위해 4년 동안 머슴살이를 하다가 아무것도 얻지 못한 채 돌아와서도 웃을 수 있는 사람이 어떤 사람인지 알 수 없었다. 나이가 적다면 모를까, 마흔은 되어 보이는 사내가 그런다는 것은 오레놀로서는 이해하기 힘들었다.

물론 하늘치의 등 위에서 믿을 수 없는 보물이 나올 수도 있지만, 그저 그 높은 곳의 전경이나 구경한 다음 빈손으로 내려와야 할지도 모른다. 거기 올라가 본 자가 아무도 없기에, 게다가 그것이 무엇인지 아는 사람도 없기에 하늘치 유적에서 그들이 맞닥뜨리게 될 것이 무엇인지는 아무도 짐작할 수 없다. 오레놀은 문득 이들에게 주의를 주어야 한다는 충동을 느꼈다. 이들이 혹 성공하더라도 아무것도 얻지 못한다면 엄청나게 실망할 것이다.

그러나 적당히 말을 건넬 기회를 기다리던 오레놀 대덕은 아무도 보물이나 재화에 대한 이야기를 하지 않는다는 것을 깨달았다. 바이소 계곡에 모여든 사람들은 모두 하늘치 등에 올라간다는 사실에 대해서만 관심이 있는 것처럼 보였다. 오레놀이 뭔가 말을 붙여보기도 전에 어느새 도르래와 연, 말들, 그리고 밧줄들이 연결되었다. 그들은 밧줄이 엉키지 않도록 늘어놓느라 신경이 잔뜩 곤두서 있었고 근처에 다가갔다가는 조언자는커녕 훼방꾼 취급을 당하기 십상인지라 오레놀은 멀찌감치 떨어져 있어야 했다.

마침내 모든 준비가 만족할 만한 수준으로 이루어지자 롭스는 안도의 한숨을 내쉬며 동쪽 하늘을 바라보았다. 오레놀은 그가 하는 말을 들었다.

"어떻게 한 번쯤 시험 비행을 해 볼 수 있을 것 같기도 하다만, 그건 그냥 포기하자. 지금부터 밥 지어먹는 쪽이 낫겠다. 배가 고파서는 큰 일 못하지."

열심히 일하던 사내들은 군말없이 삭정이를 모으러 떠났다. 몇 명은 음식을 꺼내어 조리할 준비를 갖추었다. 롭스는 이마의 땀을 닦으며 오레놀에게 다가왔다.

"스님. 시장하시죠? 식사 준비가 될 동안 곡차라도 한 잔 하시겠습니까? 그걸 들고온 녀석이 있군요."

오레놀은 도저히 질문하지 않을 수 없었다.

"여기에 음식을 가져오기 위해 모든 일을 팽개치고 온 분도 있는 겁니까?"

"예? 어, 그런 셈이지요."

"롭스. 지금 벌어지고 있는 전쟁이 어쩌면 북부의 멸망으로 끝나게 될지도 모르는 거대하고 위험한 것이라는 걸 당신들에게 말해 준 사람이 아무도 없는 겁니까?"

롭스는 히죽 웃었다. 곡차 동이를 찾아내자 그의 얼굴은 더욱 밝아졌다. 사발을 집어들며, 롭스는 지나가는 투로 말했다.

"그러니 북부가 끝장나기 전에 발굴에 성공해야지요."

딱히 대답할 말이 없는 오레놀은 입을 다물었다. 롭스는 곡차를 떠 대덕에게 내밀었고 오레놀은 그것을 받아마셨다.

발굴대의 태도에 대해 비난하고 싶은 생각은 없었지만, 오레놀은 그들처럼 행동할 수는 없었다. 참관하기 위해 이 먼 곳까지 위험한 여행을 떠날 수 있는 사람이 그밖에 없었기에 하인샤 대사원은 대덕을 파견했다. 하지만 이곳에 있어도 오레놀은 하늘치 유적보다는 남쪽에서 벌어지고 있는 전쟁에 대한 생각으로 머리가 가득했다.

물론 사람은 변화하게 마련이다. 한 시간 후, 오레놀은 전쟁에 대해서는 아무 생각도 못 하게 되었다.

차가운 밤하늘을 향해 열기가 치솟아 오르고 있었다.

곁눈으로 보았을 때 사모는 그것을 바위산이라고 생각했다. 조금 후, 사모는 그것이 아마도 화산일 거라 여겼다. 그러나 사모는 그 결론에 만족할 수 없었다. 결국 사모는 그것이 산더미 같은 크기로 치솟아 오르고 있는 뜨거운 공기라는 판단을 내려야 했고, 그 판단에 놀랐다.

환상적인 광경이었다. 밀림에서 하늘을 향해 치뻗은 열기는 차가운 암흑과 뒤섞이며 희미해졌지만 터무니없이 높은 곳에서도 미약하나마 열기를 느낄 수 있었다. 거대하게 꿈틀거리는 열류의 가느다란 가지마저 몇 백 미터는 넘을 듯하다.

잠깐 고민하던 사모는 마루나래의 목을 살짝 두드리며 몇 마디 단어를 중얼거렸다. 마루나래는 주위를 둘러보다가 길 비슷한 것을 찾아내었다. 대호는 그곳으로 접어들었고 그 뒤를 따라 스물 두 명의 두억시니가 쿵쾅거리며 걸었다.

사모는 숲 속을 흐르는 열기를 보았다. 가까이 다가갈수록 열기는 더욱 짙어졌다. 하지만 사모는 그 열이 불에서 나오는 것으로 생각하기 어려웠다. 어쩌면 시우쇠에게 가까이 온 것일지도 모른다는 생각은 점점 가능성을 잃었다. 하지만 사모는 시우쇠 이외에 무엇이 그토록 놀라운 열기를 발생시키고 있는 것인지 궁금했다.

나가의 시력을 가지지 못한 자라도 피부로 그 열기를 느낄 수 있게 되었을 때 사모는 누군가가 등을 툭 치는 것을 느꼈다. 사모는 뒤를 돌아보았다.

"갈바마리?"

머리 둘 달린 두억시니가 그녀를 바라보고 있었다. 사모는 갈바마리가 왜 등을 쳤는지 깨달았다. 하고 싶은 말이 있었던 갈바마리는 왕에게 청력에 주의를 기울일 것을 촉구하고 있었다. 사모는 그렇게 했다.

"뜨겁다."

"안 좋다."

"잘 모르겠어. 한 번 더 말해 봐."

갈바마리는 잠시 고민하는 듯했다. 그 고민하는 모습은 장관이었다. 양팔의 기다란 뿔이 돋아나와 각자 양쪽의 턱을 긁적거렸다. 갈바마리는 잠시 후 자신 있게 말했다.

"뜨겁다. 안 좋다."

"안 좋다. 좋게 하다."

"미안하지만 이게 내 최선이야. 뜨거우니 접근하지 말자는 거야?"

그녀의 해석은 틀린 듯했다. 갈바마리는 두 팔의 뿔을 모두 꺼내어 진행 방향을 다급하게 가리켜보였다. 사모는 다시 해석했다.

"뜨거운 것은 좋지 않으니 저기로 가서 좋게, 그러니까 뜨겁지 않게 만들자?"

갈바마리는 만족했다. 사모는 마루나래에게 걸음을 재촉하게 하며 왜 뜨거운 것이 좋지 않은지에 대해 고민했다. 그녀의 머릿속에 어떤 해답이 떠오를 무렵, 숲이 사라지며 후끈한 열기가 그들을 엄습했다.

사모가 말하기도 전에 마루나래는 걸음을 멈췄다.

사모가 느낀 첫 번째 인상은 아름답다는 것이었다. 그녀는 지금껏 '뜨거운' 건물을 본 적이 없었다. 온돌이 설치된 북부의 건물들의 경우 방 안에서는 그 열을 볼 수 있었지만 건물 밖에서 열기를 보기는 어렵다. 하지만 그녀의 눈 앞에는 불타는 직선과 뜨거운 면들이 건물을 이루고 있었다. 먼 곳에서도 하늘까지 치솟는 열기를 볼 수 있었지만, 정면에 나타난 그 건물은 어둠 속에서 찬란할 정도였다. 건물 전체에서 아지랑이처럼, 혹은 번민처럼 피어오르는 열기는 그것을 마치 알려지지 않은 심해의 괴수처럼 보이게 했다.

꽤 긴 시간이 지난 후에야 사모는 그것의 인상이 눈에 익다는 것을 깨달을 수 있었다. 사모는 다시금 당황했다. 그것은 유해의 폭포가 흐르던 피라미드였다.

〈도대체 무슨〉 "일이 일어난 거지?"

사모는 니르던 것을 도중에 말로 바꿨다. 두억시니들 역시 당황한 듯 규칙 없이 놀라움을 표시했다. 놀라움 속에서 사모는 왜 갈바마리가 '뜨거우니 좋지 않다'고 한 것인지 이해했다. 갈바마리는 이곳이 어디인지 알고 있었고 피라미드가 그토록 뜨겁다는 사실에 걱정을 하고 있었다. 사모는 손을 가볍게 들어올린 다음 피라미드를 향해 조심스럽게 접근했다.

강렬한 첫인상 때문에 깨닫지 못했지만 피라미드까지의 거리는 꽤 멀었다. 거리가 줄어들수록 사모의 불안은 커졌다. 사모는 그 열기가 건물 내부에서부터 전해져 오는 것임을 깨달았다. 거대한 피라미드 전체가 뜨겁게 달구어져 있다면 그 내부의 온도는 상상조차 하기 힘든 수준일 것이다. 사모는 유해의 폭포가 무사할 가능성이 거의 없다고 생각했다.

마침내 사모는 두억시니들과 함께 체념한 심정으로 피라미드 앞에 섰다. 더 이상 다가가기도 어려웠다. 고통을 각오한다면 피라미드 내부까지 들어갈 수도 있겠지만 무의미한 고통일 뿐이었다. 사모는 열을 보지 못하는 두억시니들에게 말했다.

"햇빛이나 외부의 열로 달궈진 것이 아냐. 열은 내부에서 나오고 있어. 두려운 상상이지만, 저 안쪽 가장 깊은 곳에서는 돌이 녹아내리고 있을지도 모르겠어."

갈바마리는 신중한 태도로 사모의 말을 경청했다. 다른 두억시니들은 각자의 방식으로 난처함을 표시하기 위해 각종 부속지들을 기웃거렸다. 사모는 갈바마리를 도와주었다.

"유해의 폭포는 죽었을 거야."

"죽을 수 없다."

"살아 있지 않으니."

갈바마리의 대답에 사모는 고개를 끄덕였다.

"그런가. 하긴 그렇구나. 그런데 너는 슬프지 않은 거야?"

갈바마리는 다시 한참 동안 고민했다.

"슬픈 것인지"

"잘 모르겠다."

"이상하다."

"좋지 않다."

사모 또한 갈바마리의 기분을 어떻게 이해해야 할지 알 수 없었다. 어머니라고 불러야 할까, 그렇지 않으면 본체라고 해야 할까? 그녀가 기억하던 유해의 폭포는 다른 두억시니들을 항상 1인칭으로 지칭했다. 사모는 자신이 유해의 폭포와 여전히 함께 있는 것이 아닌가 하는 생각을 해보았다. 갈바마리는 두 개의 머리로 피라미드를 물끄러미 바라보며 말했다.

"시우쇠 님은"

"가르쳐주었을까?"

"두억시니가 왜"

"신을 잃었는지."

사모는 놀란 표정으로 갈바마리를 바라보았다. 갈바마리는 그녀가 알면서도 생각하고 싶지 않았던 것을 정확하게 지적했다.

피라미드가 통째로 달궈질 정도의 고온은 시우쇠만이 만들어낼 수 있다. 시우쇠는 이곳에, 피라미드에 왔던 것이다.

"그래. 시우쇠 님이 저렇게 하셨겠지. 하지만 왜 그러셨을까? 그리고 저런 일을 하시기 전에 시우쇠 님은 두억시니가 신을 잃은 이유를 가르쳐주셨을까? 아무것도 짐작되지 않는군."

갈바마리는 뿔 달린 두 팔을 높이 들어올렸다. 다른 두억시니들이 모두 돌아보았다. 갈바마리는 크게 외쳤다.

"물어보자."

"물어보자."

두억시니들은 민첩하게 움직였다. 사모는 고개를 갸웃한 채 그들의 모습을 보았다. 두억시니들은 그녀를 중심으로 둔 채 원진을 형성했다. 그리고 서서히 돌기 시작했다. 사모는 그들이 유해의 폭포와 연결할 때의 자세를 취한 것임을 깨달았다. '하지만 그것은 무사하기 힘들 텐데.' 사모는 두억시니들을 말려야 하는 것이 아닌가 하는 생각을 해보았다. 하지만 쉽게 결정을 내릴 수 없었다. 그녀 또한 혹시나 하는 마음을 떨쳐내기 어려웠다. 그래서 사모는 마루나래에게서 내려왔다.

"마루나래. 좀 기다려야겠구나. 배 고프지? 사냥하고 와. 그리고 기회가 되면 내 것도 좀 가져다줘."

마루나래는 빙글빙글 돌고 있는 두억시니들을 바라보다가 몸을 훌쩍 날렸다. 단숨에 두억시니들을 뛰어넘은 마루나래는 어두운 밀림 속으로 뛰어 들어갔다.

사모는 쉬크톨을 뽑아들고는 바닥에 앉았다. 그리고 왼팔 위에 쉬크톨을 얹었다.

소임을 다하지 못한 쉬크톨은 여전히 예리했다. 암살자로서,

그리고 왕으로서 사모는 수도 없이 쉬크톨을 휘둘러야 했지만 완전무결한 칼날은 그녀가 처음 그것을 쥐었을 때와 똑같았다. 칼을 잡아당겼을 때 사모는 거의 통증을 느끼지 못했다. 칼날에 피가 묻은 것을 확인한 사모는 그것을 들어 한 방향을 겨냥했다. 곧 손잡이가 따스해졌다.

사모는 칼날 위에 시선을 얹어 손잡이가 따스해진 방향을 바라보았다. 잠시 후 사모는 쉬크톨을 닦아낸 다음 다시 칼집에 꽂아넣었다. 그리고 눈을 감은 채 두억시니의 윈무가 끝나기를 기다렸다.

단순한 사고는 때로 매우 복잡하고 엉뚱한 모습으로 발전하는데, 바이소 계곡에서 국냄비가 쏟아진 사소한 사고 같은 경우가 바로 그러하다. 그 단순한 사고는 한 유적 발굴자로 하여금 약간의 임기응변 능력을 발휘하게 만들었고 결과적으로 장래가 촉망되는 한 대덕을 자포자기 상태로 몰아넣는 매우 특이한 발전 양상을 보였다.

롭스의 제안은 오레놀을 파랗게 질리게 만들었다. 하지만 롭스는 무조건적으로 거부하는 대덕을 끈덕지게 설득했다.

"스님. 스님 이외엔 적임자가 없습니다. 툭 터놓고 말해서, 연에 탈 사람은 좀 멍청해도 된단 말입니다."

"지금 저더러 연에 타라고 설득하는 것 맞습니까?"

"맞습니다. 사실만 말할 거라는 뜻도 되고요. 저 망할 국냄비가 쏟아지지 않았다면 쉬허츠가 손을 데진 않았을 겁니다. 하지만 쉬허츠는 손을 데었고, 연에 탈 수 없게 되었습니다. 누군가 다른 사람이 연에 타지 않으면 안 됩니다."

"그러면 다른 사람이 타면 되잖습니까. 사람이 없는 것 같지는 않은데요."

"물론 사람들은 있습니다. 그런데 지금 여기에 있는 사람들 중에 연을 타고 저 위에 올라갈 자격이 되는 사람들 대부분은 연에 타는 것보다는 연을 조종해야 하는 사람들입니다. 짐작되시겠지만, 연에 매달려 있는 것보다는 아래쪽에서 말을 달리고 도르래를 조종하는 쪽이 훨씬 중요합니다. 저 위에 올라갈 자격이 되는 사람 중에서 연을 조종하는 것보다 연에 타는 것이 나은 사람은 스님뿐입니다."

"그 자격이라는 것이 도대체 뭡니까? 설마 멍청해야 한다는 것은 아니겠지요?"

롭스는 낄낄 웃었다.

"아니요. 그렇지 않습니다. 그 자격은 첫째, 글을 읽을 줄 알 것. 둘째, 고소공포증이 없을 것입니다."

"두 번째 자격은 이해가 되는데, 첫 번째는 뭡니까?"

"우리는 유적 발굴자입니다. 저 위에 도착한 다음 대문짝만 하게 씌어져 있는 간단한 경고문을 읽을 줄 몰라서 위험에 빠지게 되고 싶지는 않습니다. 물론 저 유적에 우리가 아는 글이 없을 수도 있습니다만, 그래도 모르는 일이지요."

오레놀은 다급하게 연들을 가리켰다

"혹 연 하나가 날아가지 못하더라도 다른 연이 세 개나 있잖습니까?"

오레놀의 지적대로 연은 모두 네 개였다. 하지만 롭스는 고개를 가로저었다.

"세 개뿐이라고 해야 합니다. 최소한 네 사람은 올라가야 합니다. 네 사람이 아니면 소용이 없습니다."

"네? 왜 그렇다는 겁니까? 무슨 미신입니까?"

"천만에요. 미신과는 아무 상관이 없는 문제입니다. 저 위에 도착한 다음 도로 내려오려면 길이가 거의 1킬로미터에 가까운 밧줄을 다룰 수 있어야 합니다. 그렇잖으면 저 위에서 굶어죽는 수밖에 없으니까요. 그런데 저 밧줄이 연줄로 쓰기 위해 만들어진 것이어서 가볍고 질긴 것이긴 하지만 그래도 길이가 1킬로미터라면 그 무게는 엄청납니다. 게다가 하늘치 자체도 움직이고 바람도 방해하기 때문에 세 사람의 힘으로는 다루기 어렵습니다. 티나한 대장이 있다면 그 대책 없는 힘이 있으니 세 명으로 충분했을 테지만, 지금 우리의 경애하는 대장은 이곳에 없습니다. 그러니 네 사람이 올라가야 합니다."

"잠깐만요. 그렇다면 제가 거절하면 시도가 아예 불가능하다는 말인 겁니까?"

"정확하게 요점을 집어내셨습니다. 스님."

오레놀은 난처하다는 얼굴로 롭스의 시선을 피했다. 그리고 소스라치게 놀랐다. 어느새 주위가 제법 밝아졌기에 오레놀은 다른 발굴 대원들을 볼 수 있었다. 그리고 그들 전부는 대덕을 물끄러미 바라보고 있었다. 그 표정이라는 것이 실로 기막힌 것이었는데, 날이 밝아온다는 것이 그들의 초조감을 증대시키고 있음이 분명했다. 말없는 압박감에 대덕은 정신이 혼미해질 지경이었다.

안된 일이지만 대덕에겐 모든 것을 포기하고 오직 하늘치 등에 오르기 위해 달려온 자들을 실망시킬 배짱이 없었다. 주위에서 갑자기 환호가 터져나왔을 때 오레놀은 자신이 무의식 중에 고개를 끄덕이고 만 것을 깨달았다. 기뻐하는 사람들 가운데서 오레놀은 자신이 이렇게 황당하게 죽을 거라는 생각은 한 번도 못해 봤다는 생각만 되풀이했다.

계곡에 모인 사람들 모두가 그를 연에 묶어 죽음의 하늘로 추방하려 안달하고 있는 상황 하에서 오레놀이 '잠깐만'이나 '그러니까', 혹은 '생각해 보니' 등의 말을 할 겨를은 없었다. 오레놀은 전격적으로 옷을 갈아입을 것을 요구받았고 그러자마자 연으로 끌려갔다. 그리고 거기서 롭스로부터 연에 매달릴 때의 주의 사항에 대한 쾌속 강의를 들어야 했다. 오레놀은 롭스의 이야기를 거의 이해하지 못했지만 단 한 마디만은 충격적으로 다가왔다.

"엉뚱한 밧줄을 자르면 티나한 대장처럼 추락합니다."

오레놀은 벌벌 떨며 자신이 잘라야 할 밧줄에 표시를 해달라고 애원했다. 롭스는 '칼자국을 내드릴까요.'라고 말해서 오레놀을 폭력적인 충동에 빠져들게 한 다음 낄낄거리며 밧줄 하나에 천조각을 묶어놓았다.

"이 밧줄을 자르십시오."

오레놀은 자신이 기필코 천이 묶이지 않은 밧줄을 자르고야 말거라는 확신을 느꼈다. '표시를 한다는 것은 보통 중요하다는 의미지. 혼란에 빠진 나는 중요하지 않은 밧줄을 자르려고 할 거야. 그런데 그 밧줄을 자르면 나는 죽는 것이잖아.' 오레놀이 그런 자기 의심에 빠져 있는 동안 사람들은 밧줄과 연, 그리고 말들을 정해진 위치로 끌고가 버렸다. 그리고 롭스는 오레놀의 연을 지탱하는 사내들과 함께 남아서 말했다.

"스님이 정말 부럽습니다. 전 지휘해야 하기 때문에 올라갈 수가 없지요. 꼭 성공하셔서 저를 끌어 올려주십시오."

입을 열면 승려의 신분에 어울리지 않는 말들이 쏟아져나올 것 같았기에 오레놀은 잠자코 고개만 끄덕였다. 오레놀은 지금껏 굼벵이처럼 흘러가던 시간이 왜 갑자기 빨라진 것인지 이해할 수 없었다. 그가 고개를 돌릴 때마다 동쪽 하늘은 화가 치밀어 오를 만큼 밝아져 있었다. 오레놀은 아직 태양이 보이지 않는다는 사실에 안도하려 했지만 롭스는 그런 희망마저도 날려보냈다.

"여기는 계곡이라서 해가 늦게 뜨지요. 사실 해는 벌써 떴습니다. 곧 하늘치가 나타날 겁니다."

오레놀은 경악했다.

"곧? 곧이라고요? 한 시간 뒤가 아니고?"

"곧 나타납니다."

"다, 당신 일부러 그 사실을─"

"예. 말씀드리지 않았습니다. 쓸데없이 고민할 시간이 길어서 뭣하겠습니까? 아, 옵니다!"

오레놀은 고개를 돌렸고, 4년 전과 마찬가지로 주위에 대한 모든 것을 잊어버리고 말았다.

저편 계곡에서 하늘치의 거대한 모습이 떠오르고 있었다. 하늘치의 출현 아래 장엄함을 뽐내고 있던 키준 산맥은 숨을 죽일 수밖에 없었다. 다가오던 아침은 갑자기 실종되었고 하늘치의 배 아래에서부터 저녁이 되돌아왔다. 그 충격적인 광경을 바라보며, 오레놀은 모든 것을 포기하고서라도 저 위에 올라가려는 사람들이 있는 이유를 알 것 같다고 생각했다.

오레놀은 그런 심정을 표현하기 위해 롭스를 돌아보았다. 하지만 롭스는 조금 전의 자리에 있지 않았다. 당황하여 주위를 둘러본 오레놀은 롭스가 저만치 떨어져 있음을 발견했다. 롭스는 두 손을 입 앞에 모아 외쳤다.

"티나한 대장은 스님을 정말 부러워할 겁니다! 준비하십시오!"

'준비? 준비라니, 뭘? 무엇을? 잠깐. 이거 아무래도 내가 잘못 결정한 것 같아. 내게 이런 일을 시킬 수는 없어.'

갑자기 다가왔던 이해의 감정은 갑자기 떠나갔다. 오레놀은 뭔가 큰 실수가 벌어지고 있다고 생각했다. 오레놀은 그의 연을 지탱하고 있던 사내들을 다급하게 바라보았지만 사내들은 모두 롭스만을 바라보고 있었다. 입을 제대로 움직이지 못하던 오레놀이 가까스로 비명을 내지를 수 있게 되었을 때 롭스는 무자비하게 신호를 보냈다.

"달려!"

"에—하!" 말들이 출발했다. 갑자기 몸이 당겨진 오레놀은 숨이 턱 막히는 느낌에 비명을 도로 삼켰다. 연을 지탱하던 사내들은 무서운 속도로 달렸지만 말의 속도를 따라잡을 수는 없었다. 곧 연은 그들의 손을 벗어났고 사내들은 우당탕 쓰러졌다. 연이 머리를 치고 지나가는 것을 피하기 위한 동작이기도 하다. 그 순간 오레놀은 땅이 발 아래로 쑥 내려가는 것을 보았다.

몸이 떠오르고 있었다.

'가지 마!' 땅을 향해 외친, 오레놀의 소리 없는 비명이었다. 헛되이 꿈틀거리는 두 발은 허공을 찰 뿐이었고 땅은 가차없이 낮아졌다. 오레놀이 고정 장치를 풀고 연에서 뛰어내리려고 마음먹었을 때 이미 연은 뛰어내렸다간 뼈가 박살이 날 속도로 치솟았다. 얼굴을 때리는 바람에 볼이 아파왔고 꽉 깨문 어금니에서는 열이 치솟았다. 사람들이, 계곡이, 마침내 산이 그의 발 아래로 내려갔다. 오레놀은 더 이상 당혹할 수도 없게 되었다.

그때 저 아래에서 다급한 신호가 왔다. 롭스가 두 팔을 휘젓고 있었다. 밧줄을 끊으라는 신호가 분명했다. 오레놀은 바람의 압력에 힘겹게 저항하며 단검을 뽑았다. 그리고 대덕은 무서운 고민을 직시하게 되었다.

'어느 밧줄이더라?'

그의 연에서부터 시작되어 저 아래로 까마득하게 사라지는 밧줄은 두 개였고 그중 하나에는 천조각이 묶여 있었다. 정신없이 펄럭거리는 천을 보며 오레놀은 멀미가 일어날 것 같았다.

'이걸 자르라는 표시인가? 아니면, 이걸 자르지 말라는 표시인가? 어느 거였더라? 이런! 천에 글을 적어두는 건데! 어디에도 없는 신이여, 제발! 분명히 말해 줬는데. 들었는데. 칼자국? 칼자국이 무슨 말이더라? 그게 어쨌다는 거지? 아, 그래. 칼자국을 내면 어떻겠냐고 했지. 망할 자식! 아, 이런. 내 죄가 크구나. 용서하십시오. 롭스. 그런데, 젠장! 어느 걸 잘라야 하지? 어느 거야! 어, 너무 늦으면 안 돼! 내가 도대체 뭣 때문에 이러고 있는 거야? 자르자! 빨리 잘라야 해! 잠깐. 그런데, 이게 도르래와 연결된 밧줄이라면?'

오레놀은 밧줄 하나에 단검을 가져갔다. 팽팽하게 당겨지고 있는 밧줄이었지만 질긴 것이라 단번에 잘려지지는 않았다. 조금씩 밧줄을 썰어내며 오레놀은 자신의 목을 조심스럽게 베어내는 기분을 느껴야 했다. 그러나 어느 순간, 밧줄에 가해지는 장력이 한계를 넘었고 단검 아랫부분의 밧줄이 갑자기 사라졌다. 무시무시한 속도로 당겨졌기 때문에 그렇게 보인 것이다. 그리고 남은 부분은 거세게 튕겨져 오레놀의 뺨을 때렸다. 이 어처구니 없는 모욕에 오레놀은 갑자기 정신을 차렸다.

"네가 정확한 밧줄이라면, 뺨 때린 것은 용서해 주겠다. 천조각 묶여 있는 밧줄! 그걸 자르는 것이 맞는 거지?"

그것이 맞는 밧줄이었다.

연이 갑자기 뒤로 불쑥 치솟았다. 갑자기 치솟아오른 오레놀은 눈앞이 캄캄해지는 것을 느꼈다. 연은 격심하게 요동쳤고 영원히 솟아오를 것 같았다. 오레놀은 자신이 땅에 떨어지기도 전에 죽으리라 생각했다. 하지만 연은 곧 자세를 회복했다.

겁에 잔뜩 질린 채 눈을 뜬 오레놀은 환희에 찬 외침을 터뜨렸다.

연을 잡아당기던 말 대신 이제 도르래가 연을 떠맡고 있었다. 계곡 아래에 있는 사람들이 개미만 하게 보였지만 오레놀은 그들이 박수를 보내어오는 모습을 본 것 같다고 생각했다. 도르래에 매달린 사내들은 주의 깊게 밧줄을 늦췄다 풀었다 하며 연이 안정적으로 상승하도록 유도하고 있었다. 오레놀은 가슴이 벅찼다.

"날고 있다!"

펄럭거리는 옷이 살갗을 아프게 했다. 귀는 얼얼해지고 눈꺼풀이 무거웠다. 하지만 오레놀은 바람에 의지하여 날고 있었다. 풍경은 기가 막혔다. 키준 산맥 전체가 그의 눈에 들어왔고 아스라한 지평선이 내려앉은 자리로 하늘이 새파랗게 불타올랐다. 때는 아침인지라 태양은 옆에서 비춰오고 있었고 그것마저 오레놀을 행복하게 했다. 어쩌면 그는 조금 더 그 광경을 즐길 권리가 있을지도 모른다. 연에 타고 줄 하나에 의지한 채 산마루 위로 치솟아 오르는 것을 승낙했으니. 하지만 함께 날고 있을 동료들을 돌아보기 위해 시선을 옮긴 오레놀은 하늘치와 눈이 마주치고 말았다.

수사적인 표현일 뿐이다. 하늘치의 눈은 수천 개였고 오레놀을 직시하는 것은 그중 몇 개에 지나지 않았다. 하지만 오레놀이 전무후무한 사건의 피해자로 전락하고 있는 자신을 깨닫기엔 충분했다. '하늘치와 정면 충돌해서 죽은 승려에 대한 이야기는 행자들에게 어떻게 받아들여질까?' 사회학적으로, 심리학적으로, 서사학적으로, 어쨌든 대단히 흥미로운 질문이었지만, 오레놀은 그 질문에 대한 대답을 고구해 볼 시간이 없었다. 시야의 모든 부분을 가려버리며 박력 있게 다가오는 하늘치는 지나치게 위협적이었다. 산이 갑자기 기지개를 켜고 일어나 발 앞의 도시로 산책을 시작한다면 그 시민들은 지금 오레놀이 느끼는 기분과 비슷한 기분을 느낄 수 있을 것이다. 오레놀은 고함쳤다.

"어떻게 좀 해 줘요!"

오레놀의 외침이 들리지는 않았지만 승려를 하늘치와 충돌시킬 생각이 조금도 없었던 롭스는 주의 깊게 바람을 살폈다. 물론 바람을 볼 수야 없으니 롭스가 본 것은 밧줄과 연의 움직임이었다. 마침내 적당한 순간이 왔다. 롭스는 찢어지는 목소리로 외쳤다. 그러자 도르래에 붙어 있던 사내들이 한꺼번에 손을 놓았다. 도르래들은 불꽃을 튀기며 회전했다. 도르래와 줄다리기를 하던 바람은 갑작스러운 승리에 당황한 것이 틀림없다. 줄이 풀려나며 연이 맹렬하게 치솟았다.

오레놀은 연이 떠오르는 것을 느꼈다. 아래에 있는 자들이 자신을 하늘치의 위쪽으로 올라가게 하려는 의도임을 알 수 있었지만, 오레놀은 그 결심이 늦은 것이 아닌가 하는 의심을 더럭 느껐다. 분명 빠른 속도로 상승하고 있었지만 하늘치는 너무도 거대했다. 한참을 상승했음에도 불구하고 오레놀은 여전히 하늘치와의 충돌 궤도 안에 있었다. 오레놀이 모든 것을 포기해 버렸을 때였다.

갑자기 하늘이 나타났다.

오레놀은 비로소 거리가 충분히 남아 있었음을 깨달았다. 그는 하늘치보다 더 높은 하늘에 있었고 하늘치의 등 너머로 보이는 하늘은 눈이 시릴 만큼 푸르렀다. 그리고 오레놀은 그 누구도 볼 수 없었던 각도에서 하늘치 유적을 보았다. 거리는 멀었지만 그것은 마치 지평선에 있는 고대의 유적 같았다. 물론 그 지평선은 지상 1,000미터 이상에 있는 좀 특별한 지평선이긴 하지만.

광활한 하늘치의 등을 내려다보던 오레놀은 차츰 착륙에 대해 걱정하기 시작했다. 그는 하늘치의 등에 내려서는 방법에 대해 들었던 것인지 듣지 않았던 것인지조차 알 수 없었고, 특별히 떠오르는 계획도 없었다. 어쨌든 그는 지상 1,000미터 위치에 외롭게 매달려 버둥거리고 있을 뿐이었다.

'설마 고정 장치를 풀고 아래로 뛰어내려야 하나?'

다행히도 롭스는 그보다 나은 계획을 가지고 있었다. 그래서 롭스는, 그리고 그의 지상 동료들은 아무 짓도 하지 않았다. 밧줄을 정확한 순간에 풀었기 때문이다. 그리하여 키준 산맥의 상공에서는 매우 거대하고 극적인 곡예가 펼쳐졌다.

풀려나고 있던 밧줄에 하늘치의 거대한 지느러미가 걸렸다. 그 순간 상승하던 연들은 갑자기 방향을 바꿨다. 급격한 충격에 오레놀은 토할 뻔했다. 간신히 정신을 차린 오레놀은 하늘치의 등이 서서히 가까워지고 있음을 깨달았다. 연줄이 하늘치에게 걸리는 바람에 연은 하늘치의 등을 향해 곤두박질쳤다. 그 속도가 살인적이지 않은 까닭은 아래쪽에서 도르래를 놔버렸기 때문이다. 그래서 연은 계속 풀려나면서 서서히 하늘치의 등으로 다가갔다. 하지만 오레놀은 발 앞으로 미지의 땅이 다가오는 것을 볼 배짱이 없었다. 그는 눈을 감았다.

그리고 연은, 마침내 하늘치의 등 위에 내려앉았다.

깃털처럼 내려앉았다고는 말하기 어려운 착륙이었다.

충격 때문에 오레놀은 잠시 숨을 쉬지 못했다. 거대한 연에 깔린 채 낑낑거리는 것이 고작일 뿐, 오레놀은 아무 행동도 취하지 못했다. 그러나 어떤 조치를 취해야 한다는 것은 분명했다. 계속 밧줄에 매달려 있다면 그는 다시 하늘치의 등에서 끌어내려져 무시무시한 속도로 추락할 것이 뻔하기 때문이다. 오레놀은 일어나기 위해 무진 애를 썼다. 고정 장치를 풀어내려다가 손가락을 부러뜨릴 뻔했지만 오레놀은 간신히 그것을 풀어내고 연 아래에서 기어나왔다.

오레놀은 다른 세 사람이 달려오는 것을 보았다.

세 사람은 연을 내버려둔 채 뛰어오고 있었다. 그들은 달려오면서 고함을 질렀지만 오레놀은 그것이 무슨 의미인지 알 수 없었다. 오레놀은 멍하니 그들의 뒤쪽을 바라보았다. 세 사람의 연은 서서히 미끄러지고 있었다. 밧줄이 아래에 연결되어 있기 때문이다. 오레놀은 문득 밧줄이 없으면 아래로 내려갈 수 없다는 사실을 깨달았다. 자신의 연으로 돌아보았을 때 오레놀은 겨우 사내들의 외침을 이해했다.

"그걸 잡아요! 제기랄!"

연은 이미 오레놀의 발 근처까지 미끄러지고 있었다. 어떻게 그렇게 할 수 있었는지 모르겠지만 오레놀은 몸을 던졌다. 연 위에 엎드린 오레놀은 그것을 꽉 붙잡았다. 하지만 미끄러지는 속도가 느려졌을 뿐 연은 오레놀을 태운 채 끌려갔다. 함께 끌려가면 죽는다는 생각이 들었지만 오레놀은 연을 놓을 수 없었다. 그때 세 사람이 간신히 당도했다.

그들 중 한 사람이 오레놀처럼 연 위에 올라탔다. 그리고 다른 두 사람은 밧줄을 움켜쥐었다. 각자 밧줄을 손목에 감은 두 사람은 있는 힘을 다해 그것을 끌어당겼다. 하지만 밧줄은 연과 네 사람을 한꺼번에 끌어당겼다. 복부가 쓸리는 고통 속에서 오레놀은 도대체 이들에게 무슨 계획이 있기나 한 것인지 의문스러워졌다.

그때 앞쪽에 있던 두 남자가 갑자기 우당탕 쓰러졌다.

오레놀은 끌려가던 것이 멈춰진 것을 깨달았다. 영문을 알 수 없었던 오레놀을 내버려둔 채 연 위에 올라탔던 남자가 앞으로 달려갔다. 그는 앞쪽에 있던 두 사람과 함께 밧줄을 움켜쥐었다. 그리고 그것을 힘껏 끌어당기며 외쳤다.

"스님! 정신 차렸으면 와서 좀 도와주쇼! 밧줄을 감아올려야 하니까!"

"밧줄을 감아올려요? 도르래가……."

"젠장, 당연히 끊었지! 롭스가 제때 끊었을 거요. 이걸 놓치면 우리는 끝장이란 말이요! 와서 도와요!"

조금 전 도끼로 밧줄을 후려쳤던 롭스는 도르래에 도끼를 가져다댄 자세 그대로 하늘을 바라보았다.

줄이 끊어지지 않은 다른 세 개의 연은 하늘치의 등에서 미끄러졌다. 소임을 다한 연들은 불우한 모습으로 추락했다. 하지만 발굴대는 하늘치만을 바라보았다. 롭스가 끊은 줄은 하늘치의 등에서 길게 늘어진 채 끌려가고 있었다. 그 엄청난 무게를 지탱하고 있는 것은 고작 네 사람의 힘이다. 롭스는 눈을 부릅뜬 채 밧줄이 짧아지는 징후를 찾았다.

마침내 밧줄이 서서히 움직였다.

하늘치가 계곡 끝에 도달했을 때 밧줄 끝은 이미 숲의 머리 위로 올라가 있었다. 하지만 롭스는 안심하지 않았다. 최소한 밧줄의 절반 이상이 하늘치의 등 위에 올라가지 않는다면 밧줄은 언제고 아래로 풀려내릴 수 있다. 롭스는 도끼를 어떻게 하지도 못한 채 그 모습을 뚫어지게 바라보았다.

잠시 후 롭스는, 그리고 다른 사람들은 환호를 올렸다.

밧줄의 절반 이상이 하늘치의 등 위로 올라간 것이다. 이제 네 사람이 밧줄을 놓는다 하더라도 이미 끌어올려진 무게가 밧줄이 풀리는 것을 저지할 것이다. 롭스는 고함을 질렀다.

"성공이다!"

다른 자들도 모두 비슷한 말들을 외쳤다. 서로 얼싸안고 팔짝 팔짝 뛰는 자들도 있었고 한바탕 춤을 추는 자들도 있었다. 롭스 또한 기쁨에 목이 메어 말도 되지 않는 소리를 고래고래 외치며 그들 가운데 끼어들었다. 눈 앞이 부옇게 흐려지는 것을 느꼈지만 롭스는 눈을 닦지 않았다.

밧줄의 절반을 끌어올린 시점에서 세 남자는 오레놀에게 쉬라고 권했다. 흥분과 충격, 그리고 격심한 노동의 후유증 때문에 오레놀은 그 권유를 무시할 수 없었다. 오레놀은 거친 숨을 몰아쉬며 연 위에 걸터앉았다. 다른 세 사람은 그런 오레놀을 보곤 빙긋 웃으며 일을 나누었다. 두 사람이 밧줄을 끌어당겼고 한 사람은 끌어올려진 밧줄을 둥글게 사렸다. 사려진 밧줄 무더기의 크기는 대단했다. 밧줄이 아래로 끌려내려 갈 일은 절대로 없어 보였다. 내려갈 방도가 마련되었다는 사실에 안도한 오레놀은 체면 불고하고 드러누웠다. 너무나도 가깝게 느껴지는 하늘이 그의 눈을 부시게 했다.

그리고 오레놀은 펄쩍 뛰듯이 일어나 섰다.

그는 감격에 겨운 눈으로 주위를 둘러보았다. 그곳은 피곤하다고 그냥 드러누워 씩씩거려도 되는 장소가 아니었다. 오레놀은 떨리는 목소리로 외쳤다.

"하늘치 등이야!"

오레놀의 외침에 고개를 돌린 세 남자는 다시 씩 웃었다. 오레놀은 벅찬 감동을 어쩌지 못해 또다시 외쳤다.

"그렇죠? 예? 우리는 하늘치 등에 올라왔습니다!"

"그렇습니다. 스님. 마침내 올라왔습니다."

사내들의 목소리도 떨리고 있었다. 그중 특히 마음이 여려보이는 남자는 밧줄 사리 위에 주저앉아 한숨을 내쉬다가 기어코 울음을 터뜨렸다. 오레놀은 떨리는 손을 손목으로 가져가 염주를 꺼내어 들었다.

오레놀은 하늘치의 등 위에 무릎을 꿇고 염주를 헤아렸다. 손이 떨려 자꾸만 염주알이 미끄러졌지만 대덕은 아랑곳하지 않았다. 그의 입에서 끊임없이 감사의 말들이 흘러나왔다.

비약에 가까운 단순화를 적용시킨다면 하늘치의 등에 오르는 것과 말 등에 오르는 것은 비슷한 일이다. 어쨌든 둘 다 살아 있는 동물의 등에 오르는 것이니까. 그리고 그런 단순화는 오레놀과 다른 세 사람에게 아무런 도움도 되지 않았다.

그들은 눈앞에 펼쳐진 전인미답의 풍경을 바라보며 넋을 잃었다.

언덕과 구릉. 매우 평범하고 편안한 단어들이지만, 그들 근처에 있는 언덕과 구릉은 모두 살아 있는 생명체의 일부였다. 그래서 그 평범한 단어의 느낌은 매우 기묘한 것으로 바뀌었다. 네 사람 모두 시선을 돌려 아래쪽에 있는 진짜 언덕과 산을 보는 것이 좋은 생각일 거라 여겼지만 그들 중 누구도 가장자리쪽으로는 다가가지 않았다. 점점 가팔라지는 하늘치의 허리에서 갑자기 미끄러지는 일이 발생할 것이 두려웠기 때문이다. 그래서 별천지라고 해야 할 그 풍경 속에서 그들에게 익숙한 것은 그들 자신들뿐이었다. 결과적으로 오레놀은 갑자기 동료들에 대한 관심이 증대되는 것을 느꼈다. 그리고 오레놀은 그들의 이름을 아직 모른다는 사실도 깨달았다. 오레놀의 질문에 사내들은 고개를 끄덕였다.

"그러고 보니 급하게 설치느라 통성명도 못 했군요. 스님. 저는 킬소 펜이라고 합니다."

"막타드 신뷰레입니다. 슈라도스 출신입니다."

"주키 네미입니다. 발케네에서 왔지요. 그리고 제 고향 풍습에 따라 하늘치 유적의 유물을 훔쳐볼 작정입니다."

오레놀은 당황하여 주키 네미를 바라보았고 주키는 웃음을 터뜨렸다. 그제야 오레놀은 상대가 농담을 한 것임을 알 수 있었다. 통성명을 마친 네 남자는 다시 주위를 둘러보았다. 별로 나아진 것은 없었다. 풍경은 여전히 압도적으로 이국적이었다. 결국 킬소 펜이 힘겹게 입을 열었다.

"올라오기 전에, 저는 일단 이곳에 발을 디디면 하늘치에게 말이라도 한 번 걸어보려고 작심하고 있었습니다. 하지만 이래가지고서야……, 땅에 대고 말을 거는 기분일 것 같은데요. 스님. 움직이는 느낌이 있습니까?"

다른 세 사람은 고개를 가로저었다. 분명 하늘치는 느리게 움직이고 있을 테지만 그들은 그런 느낌을 받을 수 없었다. 킬소는 어깨를 으쓱였다.

"유적 쪽으로 가봐야겠지요?"

"그럽시다. 그런데 어느 쪽이지요?"

그들은 지느러미에 가까운 등쪽에 있었고 그곳의 전망은 그렇게 좋은 것이 되지 못했다. 또한 하늘치의 등 위는 완전한 평면이 아니었다. 생명체이니 당연한 일이겠지만, 하늘치의 등에는 구릉이라고 부르는 것이 적합할 듯한 요철들이 많았다. 그래서 그들은 유적을 볼 수 없었다. 살아 있는 생명체의 등 위에서 길을 찾아 헤맨다는 사실에 그들은 다시 충격을 받았다. 막타드 신뷰레가 머리를 긁적거리며 말했다.

"흐음. 특별한 경우는 아닙니다. 벼룩은 아마 개 털 속에서 어느 쪽이 머리가 있는 쪽인지 가끔 헷갈리겠지요. 제 기억이 맞다면 저쪽입니다. 저쪽에 지느러미가 있으니. 하지만 저 언덕, 아니, 육봉이라고 해야 하나? 어쨌든 저 위로 올라가 보면 시야가 좀더 확보될 것 같습니다."

방향이 정해지자 세 사람은 오레놀의 연을 신속하게 해체했다. 오레놀이 보고 있는 가운데 세 사람은 연살을 구성하고 있는 막대기들을 뽑아 밧줄 사리에 끼웠다. 주키와 막타드가 그것을 어깨에 목도처럼 매었다. 그리고 킬소는 연을 구성하고 있던 천을 차곡차곡 접어 봇짐처럼 만들어 어깨에 메었다. 꽤나 조직적으로 움직이는 그들을 보며 오레놀은 그들이 많은 시간을 준비했음을 알 수 있었다. 킬소는 남아 있는 자질구레한 물건들을 운반하기 좋게 묶어 오레놀에게 건넨 다음 일행을 출발시켰다.

하늘치의 몸 위를 걸어가며 오레놀은 계속 머리를 떠나지 않는 질문을 건네었다.

"그런데. 내려갈 때는 정말 밧줄 하나에 매달려 내려가는 겁니까?"

킬소는 어이없다는 듯이 말했다.

"스님. 방금 올라왔는데 벌써 내려갈 생각을 하십니까? 내려가는 것은 좀 천천히 해도 될 겁니다. 일단 아래쪽에서 몇 사람이 보급품을 가지고 올라올 겁니다. 우리가 끌어올려야 하지요. 처음에는 한 사람이 또 다른 밧줄을 가지고 올라올 겁니다. 그리고 차차 다음 단계로 넘어갈 겁니다."

오레놀은 그제야 롭스가 끌어올려 달라고 말했던 것을 떠올렸다.

"하늘치는 계속 움직이는데요?"

"롭스는 이 하늘치가 어떻게 움직일지 잘 알고 있습니다. 지금 지상의 동료들은 열심히 짐 챙겨서 다음 접선 지점으로 움직일 겁니다. 우리는 준비를 많이 했습니다. 음. 이런 건 생각 못 해 보셨겠지요? 후발대가 가지고 올라올 것 중엔 분뇨 자루도 있습니다. 우리는, 험, 하늘치 등 위에 변을 남겨두는 문제에 대해 좀 고민했지요. 그러고는 역시 그래서는 안 된다는 결론을 내렸지요. 저라도 누가 제 등에 변을 무더기로 싸놓고 가면 기분이 좋을 것 같지는 않거든요."

오레놀은 당연히 그래서는 안 된다고 생각하며 떨떠름하게 고개를 끄덕였다. 발굴대가 많은 준비를 한 것이 분명하기에 오레놀은 더 이상 질문하지 않기로 했다. 그리고 그런 추측은 잠시 후 주키가 꺼낸 말에 의해 확인되었다. 주키는 발 아래를 보며 말했다.

"역시 이 녀석은 간지럼을 안 타. 그렇지?"

킬소와 막타드는 씩 웃었다. 무슨 이야기인지 알 수 없었던 오레놀은 질문했고 막타드가 대답했다.

"아, 우리는 이 녀석이 우리 때문에 간지럼을 타서 몸을 뒤척이게 될지도 모른다고 생각했지요."

생각하는 것만으로 오레놀은 소름이 돋았다. 막타드는 그를 안심시켰다.

"물론 이렇게 거대한 녀석이 간지럼을 탈 리도 없거니와 만약 그렇게 예민하다면 새나 구름 따위와 부딪혀도 견디기 어려웠을 겁니다."

오레놀은 발굴대가 별의별 시시콜콜한 것까지 다 고려했음을 확신하며 안도했다. 그러는 동안 일행은 목표했던 육봉의 꼭대기에 도달했다. 네 사람은 그곳에서 주위를 둘러보았다.

오레놀은 자신이 등뼈쯤에 해당하는 부위에 도달했다고 생각했지만 시야에 들어오는 풍경은 그의 추측이 완전히 잘못된 것임을 가르쳐주고 있었다. 하늘치의 등은 상상하기 힘들 정도로 광활했고 주위에는 그들이 올라선 것과 비슷한 언덕이 잔뜩 있었다. 약간의 당황 속에서 오레놀은 자신들이 하늘치의 여드름에 해당하는 부위에 올라선 것이 아닌가 하는 생각을 해보았다. 물론 그것

420

은 지나친 과장이다. 그들은 곧 유적을 발견했다. 일행은 그쪽으로 방향을 잡아 걸어갔다. 킬소는 걸어가며 계속 설명했다.

"밧줄은 유적에 묶어야 합니다. 이 친구의 등 위에는 밧줄을 묶을 장소가 없으니까요. 그렇다고 해서 이 친구의 몸에 못을 박을 수도 없는 노릇이고요. 하지만 저 유적은 수천 년 동안 이 위에서 비바람을 맞으며 버틴 것이니만큼 충분히 견고할 겁니다."

"저 유적에 묶고도 밧줄이 아래까지 닿을까요? 저는 한참 동안 걸어온 것 같은 기분이 듭니다."

"충분히 닿습니다. 롭스는 넉넉하게 잘랐습니다. 그리고 그 때문에 사람이 네 명 필요한 겁니다."

다시 질문하려던 오레놀은 자신이 뒤처져 있다는 것을 발견했다. 세 사람은 어느새 빠른 속도로 걸어가고 있었다. 오레놀이 그들에게 보조를 맞추었을 때 그들은 빠른 걸음과 느린 달리기의 중간쯤 되는 속도로 이동하고 있었다. 오레놀은 그들의 흥분을 이해했다. 그리고 대덕 또한 조금씩 흥분되는 것을 어쩔 수 없었다. 수천 년 동안 그들을 기다려온 유적이 이제 몇 걸음 앞인 것이다.

그리고 갑자기 그것이 나타났다.

일행은 급격하게 멈춰섰다. 눈 앞에는 언덕이 있었지만 유적의 높은 부분들은 언덕 너머까지 보였다. 일행은 서로를 돌아보았지만 아무도 입을 열지는 않았다. 킬소는 손짓만으로 일행을 다시 전진하게 했다. 네 사람은 두려움마저 느끼며 언덕을 올랐다.

일행이 언덕 위에 올라섰을 때, 유적은 모든 모습을 드러내었다.

아름다웠다.

그것은 폐허였다. 하지만 그 짝을 찾아볼 수 없을 만큼 아름다운 폐허였다. 그것은 반 정도만 남아 있는 지붕들, 이가 빠지듯 군데군데 부러진 열주들, 기묘한 모습으로 무너진 벽과 담장들로 이루어진 예술이었다. 일행은 감격에 말문이 막혔다. 오레놀은 폐허가 그토록 아름답다는 사실에 기이함을 느꼈다.

　그리고 잠시 후, 오레놀은 그것이 정말 기이한 폐허임을 깨달았다.

　오레놀은 다른 사람들을 돌아보았다. 다른 사람들도 당혹한 표정으로 서로를 쳐다보았다. 그들은 이해할 수 없는 형태의 폐허를 마주하고 있었다. 예를 들어, 오레놀은 왼쪽에 있는 반쯤 무너진 박공 지붕이 참으로 아름답다고 생각했다. 사실 그것은 오레놀이 예전에 한 번도 보지 못한 형식이었고 따라서 박공 지붕이라는 말은 그저 인상이 그러하다는 의미일 뿐이다. 그런데 그 박공 지붕은 겨우 세 개의 기둥에 의해 받쳐지고 있었다. 그리고 그 기둥들은 일반적인 경우라면 도저히 지붕의 무게를 지탱할 수 없는 형태로 배열되어 있었다. 더욱 놀라운 것은 그 기둥 중 하나가 가운데 부분이 없는 상태라는 점이다. 그 세 번째 기둥의 윗부분은 천장에 붙어 있었고 아랫부분은 땅을, 아니, 하늘치의 등을 단단히 디디고 있었지만 중간 부분은 부러지기라도 한 것처럼 사라져 있었다. 그런데 오레놀이 보기에 그 기둥이 세 기둥 중 가장 많은 무게를 받는 기둥이었다.

　그 뒤편에 있는 탑 또한 매한가지였다. 아름답다는 점에서도, 당혹스러운 형태라는 점에서도. 그 탑은 진작에 무너졌어야 마땅한 탑이었다. 기단에 해당하는 부분이 9할 이상 파괴되었다면 그렇게 되는 것이 당연하다. 하지만 그 탑은 약간의 기울어짐조차

없이 꼿꼿하게 서 있었다. 여기저기를 둘러본 네 사람은 곧 그 아름다운 풍경 속에서 이치에 맞지 않는 장면들을 꽤 많이 찾아낼 수 있었다. 주키는 그 장면을 꽤 재치 있게 표현해 내었다.

"무너진 폐허가 아니라 군데군데 지워져…… 뒷배경이 보이는 풍경화를 보는 것 같은데. 물론 진짜 풍경화는 지워진다고 해서 뒷배경이 보이지는 않지만."

세 사람은 주키의 말에 동감했다. 그런 모습들을 설명할 수 있는 이론은 두 가지뿐이었다. 건물들이 상상하기도 어려울 만큼 강인한 재료로 만들어져 있다거나, 혹은 무게가 거의 없는 소재로 이루어졌다는 것. 두 가지 이론 모두 상식을 상당히 괴롭히는 이론이었다. 고심하던 킬소가 말했다.

"저기 광장에 늘어서 있는 기둥들, 저게 상당히 튼튼해 보이는군요. 저기에 밧줄을 묶으면 될 테니 짐은 모두 저곳에 내려놓고 좀 가볍게 돌아다녀보지요."

킬소는 기둥이라고 했지만 그것은 기둥이 아니었다. 열주처럼 늘어서 있지만 그것은 원래 건물의 일부를 받치거나 하는 목적으로 만들어진 것이 아니었기 때문이다. 그것은 광장 가운데를 가로질러 나란히 배열되어 있었다. 발굴대는 왜 건물을 받치지도 않는 기둥들을 야외에 죽 늘어세웠는가에 대해 의아해했지만 오레놀은 그것이 무엇인지 짐작할 수 있었다. 그것은 기념비였다.

"고대풍이군요. 저 기둥들에는 중요한 역사적 사실들이, 아마 그림이나 글로 새겨져 있을 겁니다. 판사이의 육 형제 탑과 비슷한 겁니다. 물론 그 탑들은 건물 안쪽 벽면에 부조가 있고 저건 바깥쪽에 있다는 점이 다릅니다만."

"그런가요. 안쪽에 있는 것이 비바람 따위에 안전하지 않겠습니까?"

"그렇긴 합니다만 그 대신 많은 사람들이 볼 수 없지요. 그래서 그런 형태일 경우에는 좀 비밀스러운 내용들이 선택되지요. 판사이의 육형제 탑에 있는 내용은 아무나 볼 수 없었잖습니까. 지금은 아무도 볼 수 없게 되었지만. 어쨌든 저 기둥들은 공개되어 있는 것이니, 이 유적의 건설자들에 대한 정보를 가지고 있을지도 모르겠습니다."

오레놀은 가슴이 뛰는 것을 느꼈다. 이 유적을 누가 만들었는지, 왜 만들었는지, 어떻게 만들었는지를 알 수 있게 될지도 모른다. 대덕은 기둥에 그림이 아닌 글이 있으면 좋겠다고 생각했다. 기둥에 새긴 그림이 아름답기는 하지만, 글 쪽이 더 많은 정보를 전달해 주기 때문이다. 그래서 오레놀은 기둥에 뭔가 글자처럼 보이는 것이 새겨져 있다는 것을 알게 되었을 때 기쁨을 느꼈다.

그러나 잠시 후 오레놀은 큰 실망을 느꼈다. 롭스가 자격 요건을 말해 주었기 때문에 오레놀은 다른 세 사람도 실망하리라는 것을 알 수 있었다. 20미터는 족히 넘을 것 같은 기둥들에는 정교한 솜씨로 글자들이 새겨져 있었다. 하지만 그것은 그들이 읽을 수 없는 글자였다.

네 사람은 막막한 심정으로 기둥들을 바라보았다. 오레놀은 이제 차라리 그림이었다면 좋았겠다고 생각했다. 그림이라면 최소한 이해할 수는 있으며, 따라서 이토록 막대한 정보를 눈 앞에 둔 채 그것을 받아들이지 못하는 환장할 꼴은 겪지 않아도 되니까. 주키는 마치 계속 노려보면 글자들 속에서 문법의 신비가 떠오르기라도 할 것처럼 기둥들을 노려보았고 킬소는 머리를 계속 움직이며 입 안으로 뭔가를 웅얼거리는 모습이 글자 수를 세는 것 같았다. 모두들 읽을 수 없는 글 앞에서 당혹한 것이다. 하지만 막타드는 빨리 체념한 듯 들고 온 사리에서 밧줄 끝을 찾아내어 풀어내고 있었다. 오레놀은 그에게 다가갔고 킬소 또한 포기한 듯 걸어왔다. 밧줄 끝을 붙잡고 기둥 쪽으로 다가갔을 때 그들은 주키가 기둥에 얼굴이 닿을 듯한 모습으로 글자들을 뚫어지게 바라보고 있는 모습을 발견했다.

킬소가 말했다.

"가까이서 보면 모르던 걸 알게 되냐?"

주키는 천천히 고개를 돌려 세 사람을 돌아보았다. 그 표정이 묘했다. 세 사람이 들고 오는 밧줄을 본 주키는 웃음, 혹은 울음을 터뜨릴 것 같은 얼굴로 말했다.

"그 밧줄 여기에 묶으려고?"

"그래."

"정말 그럴 거야?"

"당연하잖아. 도대체 무슨 소리를 하는 거야?"

"내 생각에는, 그럴 필요가 없는 것 같은데."

세 사람은 의심스러운 눈빛으로 주키를 바라보았다. 주키가 혹 어떻게 된 것이 아닌가 생각한 오레놀이 말했다.

"왜 그럴 필요가 없다는 것인지 설명해 주겠습니까?"

주키는 오레놀의 요구를 따랐다.

뒤이어 터져나온 오레놀의 비명은 하늘치의 머리 끝에서 꼬리 끝까지 울려퍼졌다.

수레는 요동치고 있었다. 뱀부리미는 뱀단지들이 쏟아지지 않도록 선반에 줄을 묶는 작업에 여념이 없었다. 수레가 흔들릴 때마다 갈로텍의 몸 또한 흔들렸다. 탁자 곁에 서 있던 갈로텍은 탁자에 매달리다시피 해야 했다.

태풍 한가운데 있는 그들의 처지도 그다지 곱다고 말하긴 어려웠지만 뱀들이 전해 오는 소식 또한 끔찍한 것이었다. 갈로텍의 몸에서 비늘이 부딪치는 소리가 우레 같았다. 갈로텍은 무한한 독기를 품은 눈으로 탁자 위의 뱀들을 노려보았다.

'비아스 마케로우, 비아스 마케로우! 이 은혜도 모르는 년!'

뱀부리미가 바빴기에 갈로텍의 의사는 상대편으로 전달되지 못했다. 어차피 내용이 내용인지라 갈로텍은 뱀부리미에게 그것을 보여줄 생각도 없었다. 수레의 진동 때문에 계속 움직이면서도 뱀들은 간신히 읽을 수 있는 사어를 형성했다.

'빨리 하텐그라쥬로 돌아와 주게. 비아스는 대가문들과 완전히 결탁했어. 심장병을 가지게 되면 우리를 마음대로 다룰 수 있게 된다는 거지. 그녀들에게 상당히 많은 수의 심장병의 이름들이 먹으로 지워졌다는 것을 닐러줘서 지금은 잠시 소강 상태야. 하지만 그녀들은 그것이 거짓니름이라고 생각하는 것 같아.'

"심장병 하나를 깨버려요! 이름이 지워지지 않은 것 중 하나를 골라서 파괴하라고요! 본보기를 보여주십시오! 그러면 아무도 비아스를 따르지 않게 될 겁니다!"

아무도 듣지 않는 말이 수레 안에 울려퍼졌다. 뱀들의 움직임은 계속되었다.

'그 도깨비 같은 비아스가 설마 가장 중요한 비밀을 닐러버릴 정도로 생각 없는 여자일 줄은 정말 몰랐어. 젠장! 도대체 지성이라는 것이 있는 걸까? 도대체 뭘 생각하는 걸까? 그녀의 계획이 성공하면 뭐가 남는 건 줄 모르는 걸까? 이제 아무도 심장을 적출하지 않으려들 거야. 모든 나가들이 이성적일 수는 없단 말이야. 갈로텍. 이젠 북부 정복이 문제가 아니야. 갈로텍. 우리는 하텐그라쥬를 공격해야 돼!'

강렬한 충격에 갈로텍은 무릎이 풀리는 기분을 느꼈다. 사어의 준엄함은 공포스러웠다.

'알겠나? 다시 반복하겠어. 우리는 하텐그라쥬를 정복해야 돼. 그래서 다른 나가들의 도시까지 심장 파괴의 비밀이 전해지는 것을 막아야 돼. 그러지 못하면 나가는 끝장이야! 1,500년 전으로 돌아가게 되는 거라고! 최대한 빨리 하텐그라쥬로 돌아와. 그리고 알겠나? 하텐그라쥬의 나가들을 제압해.'

그 명령이 암시하는 바는 명확했다. 세리스마는 친절하게도 그 암시까지 설명했다.

'북부군과 협력하게.'

"오, 제기랄."

갈로텍은 한 번 더 말했다.

"제기랄!"

'여신을 풀어주겠다고 약속하고 북부군과 손을 잡아. 거짓니름이 아냐. 륜 페이는 용인이니까 거짓니름을 알아볼 거야. 우리는 진심으로 그렇게 해야 돼. 여신의 힘을 포기해서라도 심장 적출만은 지켜야 해. 만약 자네와 북부군이 실패한다면, 나는 이 심장탑의 모든 심장병을 깨버리고 죽겠어. 미안하지만 자네 심장병

을 보호하겠다는 약속은 못 하겠군.'

필사적인 조사에도 불구하고 이름이 지워지지 않은 심장병 중에는 갈로텍의 심장병이 없었다. 그의 심장병은 어느 것인지 알 수 없게 된 상태였다. 탁자 위의 뱀들은 불길함을 표현했다.

'더 이상 니르지 못하겠군. 또 공격이 시작되었어. 이만 가봐야겠어. 갈로텍. 나는 그런 일이 일어나기를 바라지 않아. 그러니, 제발 성공하게! 북부군과 손을 잡고 이 도시를 점령해!'

뱀의 움직임이 멎었다. 하지만 갈로텍은 탁자를 움켜쥔 채 꼼짝도 하지 않았다.

태풍은 수그러들 기미가 보이지 않았다.

4년 전, 손에 넣은 힘의 가공함에 전율한 이래로 갈로텍은 그것의 이용에 대해 어떤 감정적 어려움도 느껴보지 못했다. 하지만 지금 근시안적인 얼간이가 저지른 추악한 실수 때문에 갈로텍은 다른 도시도 아닌 냉혹의 도시를 상대로 그 힘을 사용해야 하는 처지에 빠져 있었다. 판사이를 수장시킨 그조차도 그런 일을 무감각하게 받아들일 수는 없었다.

나가들에게 심장 적출을 필요 불가결한 것으로 인식시킬 방법이 없을까? 심장 파괴를 절대로 사용하지 않겠다는 엄숙한 맹세를 한다면? 회의적이었다. 갈로텍은 나가들의 이성을 믿었지만, 바로 그렇기에 제2의 비아스나 제3의 비아스가 등장하리라는 것도 충분히 짐작할 수 있었다. 여신의 힘은 신명을 가진 수호자들만이 사용할 수 있는 힘이다. 하지만 심장 파괴는 병을 깰 수 있는 힘만 있으면 사용할 수 있는 힘이다. 모든 자들이 심장병의 통제권을 원하게 될 것이며, 바로 그렇기에 모든 자들은 심장 적출을 거부할 것이다. 갈로텍은 그런 모순을 해결할 방법을 떠올릴 수 없었다.

뱀단지들을 고정시켜둔 뱀부리미가 그의 눈치를 살피다가 탁자 위의 뱀에 손을 뻗었다. 갈로텍은 뱀부리미가 일을 할 수 있도록 탁자에서 물러났다. 그때 수레가 또다시 진동했다. 폭언이 튀어나오는 것을 억누르며 갈로텍은 수레 밖으로 걸어나왔다.

대장군이 수레 밖으로 나오는 것을 보자 보라크 군단장과 수호 장군들이 반가워하며 달려왔다. 그러나 갈로텍은 강렬하게 닐렀다.

〈니름 걸지 마! 도대체 아직까지 이 태풍 하나 어쩌지 못하나!〉

보라크 군단장과 수호 장군들은 억울하다는 표정으로 대장군을 바라보았다. 육상에서 발생한 이 황당한 태풍은 나가들에겐 익숙하지 않은 것이다. 만약 기적적으로 살아난 선인장 군단의 세키리 군단장이 그들에게 합류하지 않았다면 그들은 어디에도 없는 신의 화신이 출현한 것이 아닌가 하는 결론을 내렸을 것이다. 하지만 세키리 군단장은 여섯 개 군단 몰살과 악타그라쥬 파괴의 비보 이외에도 이 태풍이 류 페이와 시우쇠가 집중시킨 열의 잔재에 불과하다는 사실도 가르쳐주었다. 두 개의 인공 태양이 뿜어낸 열과 류 페이가 강제로 끌어내린 뜨거운 수증기는 태풍을 발생시키기에 충분했다.

보라크는 자존심의 반란을 억누르며 닐렀다.

〈대장군님. 저희들의 힘으로는 이 태풍을 어떻게 할 수 없습니다.〉

〈그러면 내버려둬! 4년 동안 물을 다뤄왔으면서도 물에 대해 모르나? 열을 보관하는 것은 물이다. 바다가 아닌 이곳에서는 태풍에게 열을 공급해 줄 수 있는 거대한 물이 없어. 여기 나타났다는 그 가짜 태양도 없어진 마당이니 태풍은 곧 사그라들 거다!〉

수호 장군들은 군령자가 뿜어대는 지식의 급류에 힘겨워했다. 보라크는 고심 끝에 다시 닐렀다.

〈하지만 군단병들은 몹시 불안해하고 있습니다. 대수호자님과 마호가니 군단의 수호 장군들이 도와줄 수 있으면 좋겠지만 그 분들은 현재 신명이 묶여서…….〉

〈잠깐! 자네 지금 뭐라고 닐렀나?〉

〈예? 아닙니다. 저는 대수호자님의 위엄을 깎아내리려는 것이 아니라 사실을 니른 겁니다.〉

그리고 보라크는 한참 동안 횡설수설했다. 그의 니름에 따른다면 보라크는 대수호자 없는 세상은 상상조차 할 수 없으며 만약 그런 세상에 내팽개쳐졌다가는 죽어버리고 말 대수호자의 첫째가는 추종자임에 틀림없었다. 하지만 갈로텍은 보라크의 니름을 듣지 않았다.

갈로텍은 자신이 처해 있는 끔찍한 상황을 타파할 수단을 찾아내었음을 직감했다.

그리고 그 끔찍한 상황이란 당연히 태풍 따위를 니르는 것은 아니다.

만약 키보렌의 대수호자에게 모든 심장병의 통제권을 넘기겠다고 니른다면?

타협과 야합, 그리고 견제의 산물이긴 하지만 어쨌든 중첩된 우연의 결과로 대수호자 키베인은 현재 키보렌의 그 누구보다 높은 권위를 가진 자가 되어 있다. 실제로 키베인에겐 단순한 돌출 행동만으로 하텐그라쥬와 지도그라쥬의 두 도시를 긴장하게 만든 전력이 있다. 만약, 그 키베인의 권위라는 것이 감히 여신의 신랑을 사도구화하려는 발칙한 생각을 할 수 있는 대가문의 가주들의 권위마저 넘어서는 것이라면, 그렇다면 대가문의 가주들은 감히 키보렌의 대수호자를 상대로 심장병의 통제권을 주장할 수 없을 것이다. 그리고 그 대수호자는 현재 신명이 묶여 무력하기 짝이 없는 상태다. 갈로텍은 점점 빨라지는 사고의 속도에 현기증을 느꼈다.

'그런데 내가 어떻게 이런 생각들을 할 수 있게 된 거지?'

갈로텍은 문득 자신이 생각하고 있는 것인지 다른 누군가가 ─예를 들어, 정치 감각을 가지고 있는 어떤 군령이─생각하고 있는 것인지 알 수 없다는 기분을 느꼈다. 그 느낌은 기묘했다. 자신에게 존재하지 않는 재능이 발휘되는 것을 바로 곁에서, 아니, 그 내부에서 바라보는 느낌. 갈로텍은 혼란스러웠다. 그가 혼란스러워하자마자 곧 사고가 흐트러졌다. 그래서 갈로텍은 다시 사고의 흐름에 집중했다. 주의력을 여러 군데로 분산시켜도 무방한 상황이 아니었다.

지금껏 그는 자신의 힘이 아닌 힘을 자유롭게 써왔다. 다른 군령의 재능을 이용하는 것 또한 마찬가지라 생각하며 갈로텍은 키베인에게 집중했다. 가장 강대한 자이며, 동시에 가장 무력한 자, 그리고 그의 손 안에 들어와 있는 키보렌의 대수호자. 갈로텍은 머릿속에 계획이 정리되는 것을 느끼며 그 느낌에 푹 빠져들었다.

막타드 신뷰레는 어이없다는 듯이 말했다.

"스님. 정말 대단한 목청이십니다. 하늘치가 놀라면 어쩌려고 그러십니까?"

오레놀은 뻣뻣하게 굳은 모습으로 발 아래를 바라보았다. 킬소가 대덕을 안심시키기 위해 말했다.

"그럴 리는 없습니다. 스님. 그러면 천둥이 칠 때마다 하늘치가 놀라는 모습이 목격되었을 테니까요. 막타드는 농담을 한 것입니다."

오레놀은 원망이 담긴 눈으로 막타드를 바라보았고 막타드는 웃으며 사과했다. 오레놀은 다시 주키에게 시선을 옮겼다. 그러고는 아직까지 두근거리는 가슴을 손으로 누른 채 말했다.

"저는 당신 팔이 잘린 줄 알았습니다. 어떻게 알아차렸습니까?"

"글자를 만져보려고 하다가 알게 되었습니다."

주키는 오레놀을 돌아보지 않은 채 대답했다. 그리고 주키는 조금 전 오레놀을 기겁하게 한 행동을 다시 취했다. 손을 앞으로 쑥 내민 것이다. 오레놀은 홀린 표정으로 그 모습을 바라보았다.

마치 물 속에 담그는 것처럼 주키의 팔은 기둥 속으로 사라졌다. 주키는 팔을 이리저리 흔들었지만 그 팔은 어디에도 걸리지 않았다. 하지만 기둥의 모습은 여전했다.

팔을 도로 뺀 주키는 손바닥을 내려다보았다. 낯선 것을 바라보는 눈으로 손바닥을 들여다보던 주키가 투덜거렸다.

"이 유적의 이상한 점들이 설명되는 것 같은데. 아까 그 탑 같은 것이 왜 안 무너진 건지 알겠군. 하지만 작은 의문이 큰 의문으로 바뀐 것뿐이야. 도대체 이게 뭐지? 뜨겁지 않으니 도깨비불은 아닌 것 같은데. 물론 온도를 최대로 낮춘 도깨비불이라면 가능할지도 모르겠지만."

"도깨비불은 아니야. 나는 이렇게 정교한 가짜를 만들어낼 수 있는 도깨비가 있다는 말을 들어본 적이 없어."

"정말 이상하군. 우리 네 사람이 동시에 환상을 볼 리도 없거니와, 환상에는 보통 그림자가 없어야 하는 것 아니야? 하지만 이 기둥에는 그림자가 있는데."

주키의 말대로 기둥들은 훌륭한 그림자를 드리우고 있었다. 그때 막타드가 앞으로 걸어갔다. 주키는 그림자를 보라는 듯 손으로 가리켜보였지만 막타드는 그 쪽을 보지 않았다. 대신 막타드는 태양의 방향을 확인했다. 태양은 어느새 꽤 높아져 있었지만 아직 하늘 중앙에서는 먼 곳에 있었다. 태양의 위치를 파악한 막타드는 오른손을 쫙 펴서 기둥 근처로 가져가 흔들었다. 다른 세 사람은 침묵한 채 막타드의 동작을 바라보았다.

막타드의 손이 기둥에 닿는 태양빛을 몇 번이나 가렸지만 기둥에는 막타드의 손 그림자가 생기지 않았다. 막타드는 손을 흔들던 것을 멈추고는 기둥의 그림자를 가리켰다.

"저 그림자도 가짜야. 이 기둥처럼."

주키는 맥풀린 웃음을 지어보였다.

"그렇게 힘들게 찾아온 것이 허상이란 말이군. 수천년 동안 사람들을 속여온 허상이라? 흐음."

미소는 거기까지였다.

주키는 갑자기 기둥을 향해 주먹을 휘둘렀다. 그 주먹은 어디에도 부딪히지 않았다. 주키는 근처의 유적들에게 닥치는 대로 주먹을 휘두르고 발길질을 했다. 금방이라도 주키의 뼈가 부서지고 살이 으깨질 것 같은 기분에 오레놀은 깜짝깜짝 놀랐다. 하지만 주키의 손발은 벽과 계단, 기둥을 통과할 뿐이었다.

"젠장! 딱딱한 건 하나도 없는 거냔 말이다! 이게 도대체 뭐야!"

그리고 주키는 괴성을 지르며 몸을 날렸다. 꽤나 멋진 동작으로 날아올라 벽을 걷어찬, 아니, 차려 했던 주키는 그대로 벽 저편으로 사라졌다. 그리고 잠시 후 주키는 벽을 통해서 당황한 동료들에게 돌아왔다. 킬소 펜이 한숨을 내쉬었다.

"티나한 대장은 좋아할 것 같군. 환상 폐허라니. 사람들 몰려오는 발소리가 들리는 것 같지 않아?"

주키는 킬소처럼 체념할 수 없었던 모양이다. 그는 증오에 찬 눈으로 유적을 둘러보았다.

"나는 이게 뭔지 알고 싶었어. 만져보고 느껴보고 싶었다고. 그런데 이 꼴이라니. 에라이!"

주키는 또다시 주먹을 휘둘렀다.

그리고 주키는 자지러지는 비명을 지르며 주저앉았다.

허탈한 심정으로 주키를 바라보던 세 사람은 깜짝 놀라 그에게로 달려갔다. 주키는 주먹을 움켜쥔 채 눈물이 그렁해진 눈으로 벽을 바라보았다. 상당한 통증을 느끼는 듯했지만 그의 표정은 고통보다는 놀라움을 드러내고 있었다.

"뭐, 뭐가 있었어! 내 주먹이 부딪쳤어."

주키는 벌떡 일어났다. 그리고 세 사람도 주키가 후려친 벽 앞에 모여섰다. 막타드가 먼저 조심스럽게 손을 내밀었다.

실망스럽게도 막타드의 손은 벽을 통과했다. 막타드는 어이없는 표정으로 주키를 돌아보았다. 주키 또한 당황함이 역력한 얼굴로 손을 내뻗었다. 그런데 그의 손은 벽에 닿아 더 이상 움직이지 않았다. 킬소는 화를 버럭 내었다.

"그게 재미있냐!"

"장난 치는 것 아냐! 젠장. 내 손등을 밀어봐."

킬소는 그렇게 했다. 그리고는 당황한 얼굴로 막타드와 오레놀 대덕을 돌아보았다.

"어, 진짜 안 움직이는데?"

오레놀과 막타드도 번갈아 그렇게 해보았다. 그들은 있는 힘껏 주키의 손을 밀었지만 그 손은 '진짜' 벽에 붙어 있는 것처럼 꿈쩍도 하지 않았다. 하지만 다른 사람들의 손은 여전히 벽을 그냥 지나쳤다. 혹시나 하는 마음에 그들은 주키의 손이 닿았던 자리를 시험해 보았지만 아무런 소득도 얻을 수 없었다. 벽은 무던하게도 다른 자들의 손을 통과시켰다. 세 사람은 이제 주키를 묘한 눈으로 바라보았다. 주키 또한 자신이 의심스럽다는 표정을 짓고 있었기에 그를 변호해 줄 자는 아무도 없었다.

주키는 도저히 못 믿겠다는 듯이 벽 여기저기를 더듬었다. 놀랍게도 그런 현상은 벽 전체에서 일어나고 있었다. 조금 전 뛰어서 통과할 수 있던 그 벽이 이제는 주키의 몸을 완전히 거부하고 있었다. 주키가 다른 특별한 대책이 떠오르지 않아서 무턱대고 고함이나 한 번 질러보면 기분이 좀 좋아지지 않을까 하는 생각을 떠올렸을 때였다.

갑자기 오레놀이 주키의 곁으로 다가갔다. 입술을 깨문 대덕의 표정은 진지했다. 가벼운 흥분 상태임이 분명했다. 벽 앞에 선 오레놀은 목소리를 가다듬고는 또렷하게 말했다.

"나는 만지고 싶다. 느껴보고 싶다."

킬소와 막타드, 주키의 눈이 커졌다. 오레놀은 차분하게 손을 뻗었다.

그의 손은 더 이상 벽을 통과하지 않았다.

네 남자는 번갈아가며 오레놀과 같은 시도를 해보았다. 벽은 그들의 소망대로 변했다. 오레놀과 같은 방식으로 벽을 만지는데 성공한 막타드는 주저하며 말했다.

"나는 만지고 싶지 않다."

막타드는 다시 벽을 통과할 수 있게 되었다. 그 결과에 놀라는 사람들 가운데서 킬소가 조심스럽게 말했다.

"나는 이 벽을 보고 싶지 않다."

그리고 킬소는 깜짝 놀랐다. 다른 세 사람은 킬소의 놀라움에 참여할 수 없었는데, 그들의 눈에는 여전히 벽이 보였기 때문이다. 하지만 킬소는 벽이 보이지 않는다고 맹세했다. 킬소를 따라 해 본 세 사람은 그의 말이 사실임을 알게 되었다. 그들은 더 이상 벽을 볼 수 없었다. 그들은 황급히 "나는 벽을 보고 싶다!"고 외쳤다. 유적을 파손한다는 느낌이 들었기 때문이다.

다시 벽을 보게 된 네 남자는 두려움 속에 뒤로 물러났다. 그리고 서로에게 입을 열어보라는 눈짓을 보내었다. 결국 킬소가 입을 열었다.

"일단 한 가지 확실히 해두고 싶은 것이 있습니다. 확실치 않은 상태에서 아무 거나 소망하지 말도록 합시다. 저 벽이 사라졌을 때 저는 정말 놀랐습니다. 수천 년 동안 이곳에 있었던 것을 제가 없애버렸다고 생각하자 눈앞이 캄캄해지더군요."

"하지만 그때 제 눈에는 여전히 벽이 보였습니다."

오레놀의 지적에 킬소는 동의했다.

"그렇군요. 똑같은 벽이 어떤 사람은 통과시키고 어떤 사람은 통과시키지 않기도 했지요. 아무래도 소망한 당사자에게만 결과가 나타나는 것 같습니다."

킬소의 설명에 오레놀은 충격을 느꼈다.

"그렇……군요. 정말 조심해야겠군요."

오레놀의 표정은 심각했다. 킬소는 미심쩍은 표정으로 대덕을 바라보았다.

"무슨 말씀입니까?"

"벽이 바뀐 것이 아니라 어떤 사람은 통과하고 어떤 사람은 통과하지 못하게 된 것이라면, 그렇다면 소망의 말이 변화시키는 것은 유적이 아니라 소망한 사람 자신인 것 같습니다. 어쩌면, 어, 농담으로라도 자기가 어떻게 되었으면 좋겠다고 말하면 그대로 될지도 모르겠군요."

세 사람은 등골이 오싹해지는 기분을 느꼈다. 그러나 오레놀은 다시 말했다.

"아니, 아닙니다. 어쩌면 바뀌는 것은 이 유적과 우리의 관계라고 말하는 것이 더 정확할 것 같군요. 하지만 만약 우리 자신이 바뀌는 것이라면…… 확인해 봐야겠는데요."

"어떻게 확인합니까?"

오레놀은 갑자기 고개를 숙여 발 아래를 바라보았다.

"내 발 앞에 곡차 한 동이가 나타나기를 원한다."

킬소와 주키, 막타드는 숨도 제대로 쉬지 못하며 오레놀의 발 앞을 바라보았다. 그들의 눈에는 아무것도 보이지 않았다. 주키가 조심스럽게 말했다.

"스님. 나타났습니까?"

오레놀은 고개를 들었다. 그리고 멋쩍은 듯이 말했다.

"변하는 것은 이 유적과 우리의 관계입니다. 나타나지 않았습니다."

세 남자는 안도의 한숨을 내쉬었다. 좀 웃을 수 있게 된 막타드는 밝은 표정으로 말했다.

"그런데, 스님. 겨우 곡차 한 동이가 뭡니까. 저라면 금편 백상자라고 말했을 겁니다."

오레놀은 멋쩍게 웃으려다가 주키와 킬소가 몹시 괴로워하는 것을 보고는 폭소를 터뜨렸다. 킬소는 분통이 터진다는 듯이 말했다.

"이런, 젠장! 차라리 변하는 것이 우리였으면 좋겠군. 금편 백상자라고?"

주키 또한 비슷한 표정이었다. 그때 주키가 갑자기 오레놀에게 달려왔다.

"어, 잠깐. 스님. 이 유적과 우리의 관계가 변한다고요? 만지고 싶다, 만지고 싶지 않다? 보고 싶지 않다, 보고 싶다? 그러니까 이 유적을 대상으로 하는 소망은 된다는 거지요?"

"예? 음. 그런 것 같습니다만."

"나는 이 벽이 황금으로 이루어진 것이면 좋겠다!"

주키의 고함에 세 사람은 정신이 번쩍 들었다. 그들은 황급히 벽을 바라보았다. 그 벽은 조금 전과 똑같은 모습이었다. 하지만 주키는 완전히 얼빠진 발케네 사내의 표정을 짓고 있었다. 다른 자들이 조바심을 참지 못하게 되었을 때 주키는 비로소 환호를 내질렀다.

"금! 금이다! 황금벽이다!"

"진짜야? 금이라고?"

"그래! 금이라고! 오, 맙소사!"

킬소와 막타드는 황급히 똑같은 소망을 외쳤다. 그리고 그들은 황금으로 만들어진 벽을 보게 되었다. 눈이 부셔 똑바로 바라보기도 힘든 막대한 황금이었다. 햇빛을 가리는 것이 별로 없는 하늘치의 등 위에서 그 황금벽의 광채는 엄청났다. 환호를 내지르던 막타드는 오레놀이 빙그레 웃고 있는 것을 보았다.

"스님! 스님도 한 번 해보시죠?"

"아뇨. 저는 됐습니다. 그런데 혹 그 금을 어떻게 하실 생각입니까?"

주키가 기세좋게 외쳤다.

"물론 가져가야지요! 유물은 유적 발굴자의 것 아닙니까."

"기념품은 되겠군요."

"예? 기념품이라니오? 스님. 저는 황금을 기념품 삼을 만큼 대범한 사람이 아닙니다."

오레놀은 다시 웃으며 고개를 가로저었다.

"주키. 뭔가 착각하고 있는 것 같군요. 아마도 부자가 되셨다고 좋아하시는 것 같은데, 정말 죄송합니다만 그렇지 않습니다. 당신이 그걸 떼어갈 수 있을지도 모르지요. 하지만 그건 당신에게만 황금입니다. 다른 사람에겐 그냥 벽돌로 보일 겁니다."

충격이 이해로, 그리고 이해가 실망으로 바뀌었다. 주키는 그만 울 것 같은 얼굴이 되었고 킬소와 막타드 역시 정도는 다르지만 실망감을 감추지 못했다. 주키는 포기하기 힘들다는 듯이 '그러면 다른 사람들도 이것이 황금이기를 소망하면 되는 것 아니냐?'고 반론을 펼쳤지만 오레놀은 '누구 하나라도 그것이 벽돌이기를 바란다면 그것은 그 사람에겐 벽돌이 될 텐데, 그런 물건은 보물로서 가치가 없다. 또한 하늘치의 등 위를 벗어나서도 똑같은 일이 일어날 거라는 보장은 어디에도 없다.'는 논리로써 주키의 반론을 간단히 격파했다. 주키는 눈 앞에 있는 수천 톤의 금덩어리가 똥덩어리로 바뀐 것을 본 사람의 표정을 지었는데, 사실 그에게 일어난 일이 바로 그런 일이었다. 주키는 최후의 수단으로 "이 벽이 모든 자에게 황금인 황금벽이 되길 원한다!"고 외친 다음 기대감에 차서 킬소와 막타드를 바라보았다. 하지만 킬소와 막타드는 고개를 가로저을 수밖에 없었다. 오레놀은 다시 웃었다.

"재미있군요. 물론 사람들은 다른 사람에게 소망을 품을 수야 있지만, 그 소망이 모두 이루어지는 것은 아니지요. 상대방도 같은 소망을 품어야만 가능하지요. 정말 재미있는데요."

"스님. 속물이라 하셔도 할 말 없습니다만, 저는 하나도 재미없습니다."

주키는 볼멘 목소리로 말했다. 킬소는 미소를 지었고 막타드는 어깨를 으쓱였다.

"뭐, 그래도 이 정도면 그 고생을 감수하고 올라와 볼만하군. 정말 놀라운 유적 아니야? 자기가 원하는 대로 바뀌는 유적이라니. 아쉽게도 그 변화를 다른 사람과는 공유할 수 없다는 것이 문제이지만, 나는 만족감이 드는데."

주키 또한 곧 밝은 표정을 되찾았다. 그 역시 이곳에 올라와 유적을 느껴보는 것이 소망이었던 유적 발굴자로 빠르게 되돌아왔다.

"네 말 맞다. 막타드. 정말 올라와 볼만한 곳이야. 흐음. 이거 아무래도 계속 티나한 대장 좋은 일만 되는 것 같지 않아? 티나 한 대장의 사업은 잘 될 것 같군. 하지만 만족감에 대해서는, 나 는 아직 그렇지가 못해. 도대체 어떻게 해서 이런 일이 일어나는 건지를 아직 모르거든."

"그거라면 내가 도와줄 수 있을 것 같은데."

오레놀과 주키, 그리고 막타드는 킬소를 돌아보았다. 킬소는 뭔가 비밀을 간직한 표정으로 세 사람을 차례로 돌아보고는 손을 들어 말없이 그들에게 따라오라는 손짓을 했다. 그리고 킬소는 걸어갔다.

킬소가 도착한 곳은 광장 가운데의 기둥들이었다. 킬소는 기둥 을 한 번 올려다보고는, 씩 웃으며 오레놀을 돌아보았다. 오레놀 또한 킬소가 무슨 일을 할 작정인지 깨닫고는 탄성을 질렀다.

"이 기둥에는 스님 말씀대로 중요한 역사적 사실들이 적혀 있 겠지요. 물론 자기 자랑에 불과한 별 볼 일 없는 내용일지도 모 르지만, 그래도 이렇게 광장 한가운데 서 있는 물건에 새빨간 거 짓말을 새겨넣지는 않았겠지요. 따라서 우리는 이 기둥에 있는 내용을 읽어볼 필요가 있습니다."

오레놀은 기대감 속에 말했다.

"그렇게 될까요?"

"시험해 봐야지요."

그리고 킬소는 기둥을 향해 말했다.

"나는 이 기둥의 글을 읽기를 원한다."

오레놀과 주키, 막타드의 눈에 기둥은 아무런 변화도 보이지 않았다. 하지만 킬소는 탄성을 지르며 기둥을 정신없이 바라보았다. 지금까지의 경험을 떠올린 다른 세 사람은 앞다투어 같은 소망을 말했다. 그러자 다른 세 사람도 그 글을 읽을 수 있게 되었다.

그들은 정신없이 기둥의 글을 읽었다.

대수호자 키베인이 자기 자신을 정의하기 위해 사용하는 단어들 중에는 호의적인 것이 별로 없다. 멍청하기 때문에 대수호자가 되었다고 간단히 인정해 버리는 키베인의 성격은, 그러나 자기 혐오나 패배주의 같은 것과는 상관이 없다. 자칫 그런 경향으로 넘어가버릴 수 있지만 그러지 않는 것은 그가 재미를 좋아하는 사람이기 때문이다. 재미를 아는 자는 패배주의자가 될 수 없다.

그래서 키베인은 갈로텍으로부터 그가 위대하고 현명하고 어쨌든 가로 세로 재어보기도 힘들 만큼 잘났다는 평가를 받게 되자 그런 평가에 도취되는 대신 흥미를 느꼈다. 키베인은 왜 갈로텍이 형용사를 낭비해 가며 스스로도 믿지 않는 사실을 날조해 내려 애쓰는 것인지 정말 궁금했다. 그리고 마침내 갈로텍이 그에게 모든 나가들의 생사여탈권을 주겠다고 닐렀을 때조차 키베인은 그것을 어떻게 쓰겠다는 생각이 아닌, 그것을 왜 주는 것인지에 대한 생각을 했다.

대답은 그다지 어렵지 않았다. 갈로텍에게는 대수호자라는 지위에 나가들의 생사여탈권이라는 막강한 권능까지 가진 초월적인 지도자가 필요해진 것이다. 그리고 그런 초월적인 지도자는 막강한 적이 있기 때문에 필요한 것이다. 그 막강한 적은, 초월적인 지도자가 하텐그라쥬 출신이 아니라 지도그라쥬 출신이라는 것이 아무런 문제가 되지 않을 만큼 위험한 적이다. 키베인은 거기까지 추리할 수 있었다. 하지만 그 시점에서 키베인은 갈로텍에게 도대체 어떤 적이 생긴 거냐고 묻는 대신 생각 좀 해보겠다고 닐렀다. 그것이 더 재미있을 것 같았기 때문이다. 갈로텍은 집요하게 달려들었고 그래서 키베인은 신명을 잃은 수호자의 슬픔을 연기해 보여야 했다. 갈로텍은 대수호자가 상실감 때문에 자포자기 상태에 빠져 무엇 하나도 제대로 결정하기 힘든 상태라고 판단하고는 일단 물러나기로 했다.

갈로텍이 떠나고 나서 키베인은 제자리에 앉아서 생각에 잠겼다. 키베인은 심장병의 통제권이라는 것에는 아무런 흥미를 느끼지 않았다. 재미를 아는 자는 힘의 노예가 되지 않기 때문이다. 그래서 키베인이 주로 생각한 것은 갈로텍에게 어떤 적이 생긴 것인지, 그리고 왜 갈로텍이 전대 대수호자의 장례식을 주관하고 차기 대수호자의 자리에 오르지 않는 것인지에 대한 생각이었다. 하지만 둘 다 쉽게 해답이 나오지 않는 질문들이었다. 주의력을 잃은 키베인은 멍한 기분 속에서 갈로텍에게 모든 심장병의 통제권을 넘기는 일이 재미있을 것인가에 대해 생각했다.

그의 시야 한구석에서 뜨거운 것이 움직였다.

키베인은 그곳을 바라보았다. 그 뜨거운 것은 빠른 속도로 움직이고 있었다. 키베인은 별 생각 없이 말해 보았다.

"달비 부위?"

뜨거운 것이 방향을 바꿨다. 키베인은 자신의 추측이 맞은 것에 즐거워 했다. 잠시 후 그의 눈앞에 데오늬 달비가 나타났다.

"부르셨습니까, 대수호자님?"

"예. 왜 그렇게 뛰어다니고 있는 거죠?"

"삭정이를 모으고 있었습니다. 대수호자님. 저희들은 요리를 해야만 먹을 수 있습니다. 대수호자님."

"아아, 그렇지요. 그런데 삭정이를 모으기 위해 그렇게 뛰어다녀야 합니까?"

"태풍 때문에 나무들이 젖어 있습니다. 대수호자님."

데오늬는 그 정도면 훌륭한 설명이라 생각했다. 그리고 키베인은 아무것도 이해할 수 없었다. 조금 생각한 후에야 키베인은 '나무들이 젖어 있다. 젖어 있지 않은 나무를 찾으려면 많이 돌아다녀야 한다. 많이 돌아다니면서도 식사 준비가 늦지 않으려면 달려야 한다.' 라는 일련의 논리를 떠올릴 수 있었다.

"아, 저는 당신이 병사들의 눈을 피하기 위해 뛰어 다니는 줄 알았습니다."

"눈을 피한다고 하셨습니까, 대수호자님?"

"어, 당신들이 나무를 태우는 것에 대해 병사들이 싫은 눈치를 주지 않던가요?"

"눈치를 준다고요, 대수호자님?"

키베인은 슬슬 그만하는 것이 좋겠다고 생각했다. 뛰어다니느라 눈치 볼 새도 없나 보다고 생각한 키베인은 손을 내저었다.

"아뇨, 됐습니다. 가보십시오. 방해가 되었군요. 아, 참. 그런데 말입니다."

"예. 대수호자님."

키베인은 싱긋 웃었다.

"데오늬 달비. 만약 당신에게 모든 인간들의 목숨을 좌우할 수 있는 능력이 생기면 어떻게 하겠습니까?"

"모든 인간의 목숨을 좌우할 능력이요? 그것이 무엇입니까, 대수호자님?"

"그런 능력이 있다고 치고 그게 손에 들어온다면 어쩌시겠냐는 질문입니다."

데오늬는 고개를 왼쪽으로 조금 기울였다. 잠시 후 데오늬는 고개를 똑바로 들었다. 대답을 기다리던 키보렌의 대수호자는, 데오늬의 고개가 오른쪽으로 기우는 것을 보며 한숨을 내쉬었다. 데오늬는 한참 후에야 입을 열어 말했다.

"그건 죽은 자를 살아나게도 할 수 있는 능력입니까, 대수호자님?"

"아니요. 제가 말을 잘못했군요. 정확하게 말하자면 모든 자를 간단히 죽일 수 있는 능력이라고 해야겠군요."

"그렇다면 아무 쓸모가 없는 능력이군요, 대수호자님?"

"제 생각에도 그렇습니다만, 음. 달비 부위. 그런 능력이 있다면 당신을 해치려는 자를 먼저 제거할 수도 있잖습니까?"

데오늬는 자신없는 태도로 고개를 끄덕였다. 키베인은 약간의 조바심을 느꼈다.

"그렇지 않습니까. 달비 부위?"

"모르겠습니다. 대수호자님. 누가 저를 해친다면, 제가 죽습니다. 그래서 그를 먼저 해친다면, 그가 죽습니다. 어느 경우에도 한 사람은 죽습니다. 하지만 그 사람에게 그러지 말라고 설득하면, 그러면 아무도 죽지 않습니다."

데오늬는 자신이 말한 내용에 감동했음이 분명했다. 그리고 키베인은 어떻게 병사가 설득이라는 미덕에 대해 이야기할 수 있는 것인지 짐작도 되지 않았다.

"글쎄요. 달비 부위. 그러면 좋겠지만, 지금 저와 당신이 참가하고 있는 이 전쟁처럼 사람들의 대립에는 화해나 양보가 불가능한 경우가 있습니다. 사람이 다른 사람에게 소망을 품는 거야 얼마든지 가능합니다만 그 소망은 이루어지는 경우 만큼이나 이루어지지 못하는 경우도 많습니다."

데오늬는 또다시 자신없게 고개를 끄덕였다. 문득 키베인은 자신이 무의미한 짓을 하고 있음을 깨달았다. 그의 고민을 같은 나가도 아닌 인간과 나눌 수는 없는 노릇이다. 키베인은 물러가 보라고 말했다. 데오늬는 인사하고 달려갔다.

홀로 남은 키베인은 다시 생각에 잠겼다. 조금 전과 달라진 것이 있기는 했다. 키베인은 이제 누구의 도움도 없이 홀로 그 문제에 대해 생각해 보기로 결심하고 있었다.

꾸벅꾸벅 졸고 있던 사모를 깨운 것은 니름이었다. 그랬기에 사모는 정신을 차리자마자 쉬크톨을 움켜쥐었다. 그녀에게 또다시 니름이 들려왔다.

〈대호왕 사모 페이.〉

사모는 긴장했다. 대호왕이 곧 사모 페이라는 것을 알고 있는 자들은 북부군의 수뇌들 뿐이었고 그중에서 니를 줄 아는 자는 륜 페이뿐이다. 하지만 그 니름은 륜의 것이 아니었다. 쉬크톨을 든 채 일어났을 때 사모는 가까스로 그 조건에 해당되는 자를 하나 더 떠올렸다.

〈유해의 폭포?〉

사모는 주위를 둘러보았다. 두억시니들의 회전은 계속되고 있었다. 그리고 사모는 그들에게서 전해져 오는 정신을 느낄 수 있었다.

〈옛날에는 그런 존재였지.〉

〈그렇다면 지금은 아니라는 건가?〉

〈지금은 아니야. 자신을 죽이는 신의 화신께서 나를 바꿔놓았지.〉

사모는 뜨거운 피라미드를 바라보았다.

〈시우쇠 님이…… 너를 불태운 건가?〉

〈그래.〉

돌아오는 대답에는 슬픔이나 분노 같은 것이 섞여 있지 않았다. 사모는 쉬크톨을 다시 꽂아넣으며 질문했다.

〈그런데, 그 사실에 대해 화내고 있는 것 같지는 않군. 괜찮은 거야?〉

〈나는 괜찮아. 시우쇠 님은 내게 대답해 주셨어.〉

〈대답? 두억시니가 왜 신을 잃었는지 설명해 주셨다는 건가?〉

〈응. 하지만 그걸 네게 닐러줄 수는 없어. 시우쇠 님이 그걸 원하지 않으니까. 수수께비도 그것을 무척 말하고 싶었을 거야. 그러니 그런 괴팍한 장난을 친 것이겠지. 결국 모든 이보다 낮은 여신께서 그 어르신을 닥치게 해야 했지.〉

사모는 유해의 폭포가 니르는 이야기를 알아들을 수 없었다.

〈미안하지만 네 니름 중에 내가 모르는 단어들이 섞여 있는데. 수수께비가 뭐지?〉

〈수수께비는 옛날 북부에 살았던 어르신이야. 미안하군. 이제

다시는 대화를 할 수 없다는 사실 때문에 아무 이야기나 하게 되었어.〉

〈다시는 대화할 수 없다고?〉

〈그래. 시우쇠 님이 내게 남겨준 것은 단 한 번의 대화야. 그래서 나는 너를 기다렸어. 그 분이 내가 훔쳐쓰고 있던 것을 모두 가져가셨기 때문에 네가 도착할 때까지 기다릴 수밖에 없었어. 그런데 무척 빨리 왔군. 나는 오랫동안 기다려야 될 거라고 생각했어. 너는 북부군과 시우쇠 님을 뒤쫓아온 건가?〉

유해의 폭포가 보내어오는 니름은 여전히 알아듣기 어려웠다. 하지만 그중 일부분은 사모를 놀라게 했다. 그래서 사모는 유해의 폭포의 질문에 대답하기 전에 먼저 질문했다.

〈단 한 번의 대화라니, 그게 무슨 니름이지?〉

〈니름 그대로야. 이 대화가 끝나면 나는 사라질 거야.〉

〈사라진다고?〉

〈정확하게 니르면 사라지는 것은 없어. 지금껏 그래왔던 것처럼 두억시니는 여전히 남아 있을 거야. 하지만 이 어두운 암흑 속에서 흘러내리며 너와 대화를 나누던 나는 사라질 거야.〉

사모는 놀랐다.

〈그렇다면 죽는 거잖아?〉

〈하긴 그렇군. 사람이 죽어도 사라지는 것은 아니지. 시체가 남으니까.〉

유해의 폭포는 그것이 재미있다는 듯이 웃었다. 사모는 그렇게 즐거워할 수는 없었다.

〈솔직히 잘 모르겠군. 만족하는 것처럼 보이는데, 그러면서 죽는 거라면 그 죽음에 대해 슬퍼할 필요는 없겠지. 너는 만족하는

거야?〉

되돌아온 대답은 사모를 놀라게 할 정도로 강렬했다.

〈오오, 사모 페이. 나는 만족해. 더 이상 만족할 수 없을 만큼 만족해!〉

그리고 유해의 폭포는 한 마디를 덧붙였다.

〈그리고, 지금 나는 불쌍한 너희들에 대해 미칠 것 같은 동정심을 느껴.〉

사모는 잠시 아무 니름도 할 수 없었다.

사모 페이는 불쌍하다는 니름을 다른 자들도 아닌 두억시니에게서 듣는다는 사실에 놀라움밖에 느낄 수 없었다. 그녀가 아는 두억시니는 삶의 모든 기쁨을 박탈당한 자, 생을 아름답게 하는 어떤 규칙조차 구성할 수 없는 자, 신을 잃은 자들이다. 그런 자에게 동정을 받는다는 것은 사모에겐 불쾌함보다 더 큰 놀라움을 선사했다.

꽤 긴 시간의 침묵 다음에 사모는 간신히 닐렀다.

〈내 처지를 니르는 거야? 동생과 나를 얽어매고 있는 이 끔찍한 운명? 하지만, 네가 니르는 너희라는 단어는 아무래도 우리 남매를 가리키는 것 같지는 않은데.〉

〈물론 너와 네 동생에 대해서도 나는 동정심을 느껴. 네 동생과 네가 제발 행복해지기를 바라. 그리고 너희 남매를 동정하는 것은 세상에 오직 나뿐이지. 아니, 그 대호와 용도 있군. 하지만 그들은 너희들을 동정하지 않아. 그렇다고 해서 그들을 원망해서는 안 돼. 사모 페이. 아, 나는 더 이상 니를 수가 없어. 하지만 모든 사실이 사실로 존재할 수 있게 될 때, 오랫동안 무시되었던 권리가 자신을 주장할 수 있게 되었을 때, 셋이 하나를 상대하게

될 때, 사모. 너는 모든 것을 알게 될 거야. 내가 니른 너희가 누구인지도.〉

갑자기 유해의 폭포가 보내오는 니름에 묘한 느낌이 덧붙여졌다. 육성을 사용하는 자들의 표현을 따른다면 숨죽여 속삭이는 것과 비슷한 방식으로 유해의 폭포는 닐렀다.

〈그리고 사모 페이. 그들이 미처 예견하지 못했지만, 그때 너에겐 할 수 있는 일이 있을 거야.〉

〈할 수 있는 일?〉

〈그래. 나는 그것을 닐러주기 위해 기다렸어. 내가 감히 이런 엄청난 일을 저지를 수 있는 것은 도저히 어떻게 해볼 수 없는 동정심 때문이야. 사모 페이. 언젠가 때가 올 거야. 그때가 오면 너는 알 수 있을 테니 그때가 언제인지는 니르지 않겠어. 다만 그때가 오면 너는 자신이 누구인지 알아야 해.〉

사모는 그 니름을 되풀이할 수밖에 없었다.

〈내가 누구인지 알아야 한다고?〉

〈그래. 그걸 알아야 해. 그들은 나를 징벌할까? 그렇지 않을 거야. 나는 사라질 테니. 하지만 이 이상 그들의 일에 참견하는 것도 부당한 일이겠지. 사모 페이. 그 두억시니들은 끝까지 너를 따를 거야. 그리고 너를 보호할 거야. 그 두억시니들은 너희 가 없은 남매에게 주는 내 유산이 될 거야.〉

사모는 유해의 폭포가 '그 두억시니들'이라고 니른 것에 또다시 충격을 받았다. 유해의 폭포는 그렇게 표현하지 않았다. '나들'이라는 괴상하면서도 묘하게 사실을 정확히 표현하는 단어를 사용했다. 하지만 이제 유해의 폭포는 스물두 명의 두억시니들과 관련이 없어진, 객관적 거리감을 두는 표현을 사용했다. 유해의 폭포는 다시 닐렀다.

〈이제 사라져야겠어.〉

〈사라진다고? 잠깐. 나는 네 니름을 하나도 이해하지 못했어.〉

〈이해할 필요는 없어. 나는 오히려 네가 이해할까봐, 멍청한 이성으로 이해할까봐 무서워.〉

사모는 더 이상 니를 수 없었다. 참으로 거대한 니름이 그녀를 향해 노도처럼 쏟아져왔다.

〈살아가, 제발. 살아가!〉

거기에 애정이 있었다. 사모는 받아본 적 없는 거대한 애정에 놀랐다. 니름이 담아낼 수 있을 것 같지 않은 애정과 관심이, 그리고 수단이 아닌 목적인 호의가 있었다. 웃음, 즐거움, 사라지는 것에 대한 완전한 기쁨. 사모는 이해할 수 없었다. 멍청한 이성으로는 이해할 수 없었다. 그러나 그녀에게 다가와 그녀를 온통 적셔버리는 환희는 사모마저도 즐거움에 넘치게끔 만들었다. 유해의 폭포는 영원히 사라지지만 그것은 절대로 슬픈 일이 아니었다. 정신적 홍소, 폭소라도 터뜨리고 싶은 기분 좋은 소멸. 유해의 폭포는 마지막으로 농담처럼 닐렀다.

〈제발, 자기 완성을 위해 살아간다는 자를 조심해……. 하하하!〉

사모는 커다란 미소를 지었다. 그것은 지복에 찬 소멸이었다.

마루나래가 가볍게 울었다.

사모는 눈을 떠 주위를 둘러보았다. 두억시니들은 빙글빙글 도는 것을 멈춘 채 한쪽 방향을 바라보고 있었다. 그리고 마루나래 또한 그쪽을 바라보며 긴장한 듯 어깨를 경직시키고 있었다. 사모는 그쪽을 바라보았다.

어둠 저편에서 뜨거움이 다가오고 있었다. 두드러지는 뜨거움은 세 개였고 그 크기는 모두 달랐다. 그런데 사모에게 그 세 개의 서로 다른 뜨거움은 익숙했다. 사모는 아직 채 가시지 않은 기쁨 속에서 또 다른 기쁨이 부풀어오르는 것을 느꼈다. 마침내 그들이 그녀 앞에 도달했고 마루나래는 긴장을 풀었다.

"폐하?"

"케이건!"

숲 속에서 걸어나온 케이건은 의아하다는 얼굴로 사모를 바라보았다. 그리고 그 뒤편으로 비형과 나늬, 티나한의 모습이 보였다. 티나한과 비형 또한 놀라움이 가득한 표정으로 사모를 바라보았다. 케이건은 가볍게 주위를 둘러보고는 말했다.

"폐하의 종복 케이건 드라카가 문후를 여쭙습니다. 그런데 폐하, 이곳은 키보렌입니까?"

사모는 그 질문이 이상하다는 것을 느꼈지만 당장은 그것에 대해 대답하지 못했다. 그녀를 채우고 있는 기쁨의 여운은 짙었고, 그래서 사모는 앞으로 걸어갔다. 케이건은 조용히 그녀를 바라보았다. 사모가 두 손을 내밀었을 때 케이건의 무표정이 약간 흔들렸지만 그 흔들림은 곧 사라졌다. 사모는 말했다.

"다시 만나서 반가워."

케이건은 약간 지체하다가 차분하게 손을 내밀어 사모의 손을 마주 쥐었다. 사모는 티나한과 비형과도 차례로 손을 마주잡았다. 비형은 웃으며 말했다.

"폐하. 즐거워 보이시네요? 뭔가 좋은 일이 있으셨습니까?"

자신의 대답이 그들을 당황시킬 것을 짐작했지만, 사모는 대답할 수밖에 없었다.

"그래. 조금 전에 친구 한 명이 죽었어."

그녀의 예상대로 되었다.

그들이 나눌 이야기는 대단히 많았다. 그리고 그곳은 그들이 겪어야 했던 기묘한 이야기들을 나누기에 더할 나위 없이 적합한 장소이기도 했다.

별들이 흩뿌려진 열대의 청명한 밤은 불과 얼마 전까지 살을 에는 추위의 세계를 떠나온 수탐자들에게 낯선 기분을 선사했다. 숲은, 밀림은 조용한 꿈 속에 숨 쉬고 있었다. 도깨비는 일어나 커다란 도깨비불 하나를 만들어 하늘에 던졌다. 그러자 고대의 건물들이 빛 속에 되살아났다. 그곳에서 그림자들이 피어나 까불 거렸다. 그 모습은 마치 고대의 건물을 구성하는 돌들이 놀란 것 처럼 보였다. 그들로서는 상상하기도 힘들 만큼 빠른 시간의 단위를 사용하는, 거의 명멸하는 것처럼 보이는 사람들의 모습에 놀란 돌들이 빛과 그림자로 자신의 놀라움을 표현하는 것 같았다. 목향에 젖은 바람은 부드러웠고 사위는 고요했다.

북부의 왕 사모 페이는 모든 이보다 낮은 여신에게 배례했다.

"거룩한 여신이여. 저희들의 부덕함으로 여신을 귀찮게 해드린 것을 진심으로 사과드립니다."

아기는 웃었다.

"나가의 여인이여. 그대가 걸어야 했던 길은 지나치게 험난했 고 그대 어깨에 지워진 짐 또한 너무 무겁다. 불평하지 않는 여 인이여. 그대는 누구를 대신하여 사과할 필요가 없다. 이 모든 일에 대해 사과할 자는 아무도 없을 것이다."

"저희 동포들이 발자국 없는 여신을 능멸했습니다."

"너희들은 그러기 어려울 거다."

사모는 옛기억을 떠올렸다.

"시우쇠 님과 같은 말씀을 하시는군요. 그 분은 보다 거칠게 말씀하셨습니다만."

"아아, 알고 있어. 세퀴라도라고 불리는 곳에서였지?"

"땅 위에서 일어나는 모든 일을 아시는 겁니까? 그렇다면, 여신이여. 한 가지 여쭈어도 될까요? 제 동생이 살아 있는지 알려 주실 수 있습니까?"

아기는 부드러운 표정으로 대호왕을 바라보았다.

"그 아이는 용인의 감각과 여신의 힘, 그리고 고대에도 비슷한 예를 찾기 힘든 강력한 용이라는 보호자와 함께 있지 않느냐."

"그리고 심장도 가지고 있습니다."

"그렇구나. 네 동생은 살아 있다."

사모의 얼굴이 환해졌다. 아기는 다시 말했다.

"그리고 우리는 그들에게 갈 것이다. 시우쇠가 그곳에 있으니. 티나한?"

티나한은 다시 아기를 업었다. 멜빵을 고치던 티나한은 북부의 왕이 그를 물끄러미 바라보고 있는 것을 깨닫고는 그만 흥분해 버렸다.

"왕! 왕! 너, 너 그러니까!"

"뭐?"

"그러니까, 제기랄! 야, 케이건! 나 대신 말 좀 해!"

케이건은 친절하게 티나한의 요구를 따랐다.

"보모나 유모에 관련된 농담은 티나한을 화나게 할 겁니다. 폐

454

하."

사모는 빙긋 웃으며 고개를 가로저었다.

"그렇지 않아. 티나한. 나 자신에 대해 생각하고 있었으니까. 내 고향에서 나는 아기를 가질 생각이 없는 여자로 알려져 있었지. 그런데 나는 지금 내 아기는 아니지만 아기를 데리고 그곳으로 돌아가는군. 그리고 그 아기는 레콘이며, 모든 이보다 낮은 여신의 화신이시지. 참 기묘하다고 생각했어."

티나한은 부리를 조금 벌린 채 고개를 끄덕였다. 사모는 부드럽게 말했다.

"내 아기는 아니지만, 티나한. 왕의 용감한 전사여. 그 아기를 잘 보살펴."

티나한은 밝게 웃으며 그러겠노라 말하려 했다. 하지만 그때 티나한은 비형이 소리 죽여 웃는 것을 보게 되었다. 문득 긴장하게 된 티나한은 곧 사모가 조금 전 보모 노릇을 잘 하라고 말한 것임을 알게 되었다. 그가 자기조절이 불가능한 상태에 빠지기 직전, 사모는 쾌활한 동작으로 마루나래에 뛰어올랐다.

"가자!"

소메로 마케로우는 자신의 방에 앉아 자신을 괴롭히는 파국의 느낌을 분석해 보려 애쓰고 있었다. 그리고 체념하는 기분 속에서 비아스의 대담함이나 카린돌의 명석함이 자신에게 있었으면 좋겠다고 생각했다. 사람들이 그녀를 어떻게 부르는지 알고 있고 그 평가에 고마워하는 그녀였지만, 그 순간 소메로는 덕 이외에 다른 것도 좀 가졌더라면 좋았을 거라고 생각했다.

공회당이 건설된 이래로 가장 화려한 방법으로 입장한 비아스가 그 무례함에 대해 어떤 처벌도 받지 않고 오히려 찬사를 받았을 때, 마케로우 가문의 일원이고 비아스의 언니인 소메로는 당연히 동생의 성공에 기뻐해야 된다고 생각했다. 하지만 그 순간 그녀를 엄습한 것은 파국의 예감이었다. 소메로는 자신이 어떤 몹쓸 질투심에서 그런 무도한 감정을 품게 된 것이 아닌가 의심해 보았지만 그렇게 여기기엔 파국의 예감이 지나치게 강했다. 그랬기에 소메로는, 거의 성과를 기대하지 않으면서도 다시 한 번 제반 상황들에 대해 검토해 보았다.

그녀가 또다시 다 포기하고 싶은 기분을 느꼈을 때 남자들이 찾아왔다는 전갈이 왔다. 소메로는 '방문자라면 방을 내주고 쉬도록 해주라.'고 명령했지만 그 남자들은 소메로를 만나기 위해 찾아온 쥬어의 의용병이라는 설명을 듣게 되었다. 소메로는 의아했다. 하지만 또다시 사고 활동에 얽매이는 것이 두려웠기에 소메로는 일어나 응접실로 갔다.

응접실에서는 두 남자가 그녀를 기다리고 있었다. 일어나려는 남자들에게 손짓을 하여 도로 앉게 한 소메로는 그들의 맞은편에 앉았다. 그리고 한동안 니름없이 남자들을 바라보았다. 남자들은 그녀와 얼굴을 마주치고 싶지 않다는, 하지만 동시에 얼굴을 마주치고 싶다는 듯한 이상한 기색을 띠고 있었다. 소메로는 차분하게 닐렀다.

〈이상한 일이군. 쥬어가 왜 나에게 따로 사람들을 보낸 거지? 나는 이미 쥬어에게 마케로우 가문의 가주가 없다는 사실을 설명했어. 혹 마케로우 가문에 대해 다른 것을 원한다면, 왜 비아스에게 니르지 않고 나를 찾아온 거지?〉

두 남자는 서로를 잠시 쳐다보았다. 그중 한 명이 닐렀다.

〈마케로우. 저희들이 쥬어의 의용군에 속해 있긴 합니다만, 쥬어의 명령 때문에 온 것은 아닙니다. 저희들은 자의로 마케로우 님을 찾아온 것입니다.〉

〈자의로? 설명해 보거라.〉

〈먼저 옛기억을 더듬어보시길 부탁드립니다. 물론 이 저택을 스쳐지나간 모든 남자들을 기억하실 수는 없으실 겁니다. 하지만 4년 전, 화리트가 죽고 카린돌 마케로우께서 실종되셨을 때 이 집에 있었던 두 남자를 기억하실 수 있으시겠습니까?〉

소메로는 눈을 찌푸렸다. 그러나 곧 그녀의 눈이 크게 벌어졌다.

〈기억나! 너희들, 그때 우리 집에 있었어! 이름이?〉

〈저는 카루입니다. 그리고 여기 제 동료는 스바치라고 합니다.〉

소메로는 두 남자를 뚫어지게 바라보았다. 옛기억들이 되살아나며 그녀는 괴로웠던 과거를 바라보게 되었다. 모든 것은 그 날 일어났다.

전선에 나가지 않은 소메로에게 전쟁의 공포는 피상적인 것이었다. 하지만 소메로에게 피부로 다가오는 고통은 충분했다. 가주가 실종되었고 두 명의 동생들이 사라졌다. 그리고 남은 한 명의 동생은 전선으로 떠났다. 갑자기 가문을 떠맡게 된 소메로는, 모든 이들이 그것을 원했지만 가주처럼 행동할 수는 없었다. 그 때문에 그녀는 가주의 책임감을 두 배로 느껴야 했다. 가주가 아니라고 생각했기 때문이다. 그리고 지금, 실종되었던 동생 중 한 명은 지척에 있는 심장탑에 냉동되어 있음이 밝혀졌고 전선으로 떠났던 동생은 그녀가 사랑하는 사회를 뒤집어버리려 하고 있었다. 그들 중 누구도 '마케로우 가문'이라는 소박한 것에 대해서는 신경쓸 수도, 신경쓰지도 않았기에 그 가문은 일종의 퇴물, 쓰레기, 구차한 짐 같은 것이 되어 소메로에게 맡겨졌다. 그럼에도 불구하고 소메로는 여전히 그것의 주인이 아니었다.

〈너희들이 이 가문에 온 이후로 그 모든 일이 일어났지. 그래, 왜 돌아온 거지?〉

〈죄송합니다만 육성으로 말해도 되겠습니까?〉

소메로는 약간 불쾌함을 느꼈지만 선선히 대답했다.

"그렇게 해."

"감사합니다. 저희들은 나가 사회를 덮쳐오고 있는 파국에 대해 의논하고 싶어서 찾아왔습니다."

소메로의 몸에서 비늘이 섰다. 청력에 집중하고 있던 두 남자는 그 소리를 들었다. 소메로는 그것을 눕히려 애쓰며 말했다.

"무서운 말을 하는군. 어떤 파국이지? 나가들은 지금 그 어느 때보다 더 큰 승리를 거두고 있고 전세계의 불신자들은 나가라는 이름에 벌벌 떨고 있어."

"수호자 계급과 대가문들이 대립을 넘어서 본격적인 격돌을 시작했고 모든 나가들의 목숨을 좌우할 수 있는 무서운 권한은 주인을 잃은 채 절대로 그 권한을 제대로 사용할 리가 없는 자들의 사냥감이 되어 쫓기고 있습니다."

"……설명해 봐."

카루는 쫓겨나지 않은 것에 안도하며 말했다.

"먼저, 비아스 마케로우가 최근에 저지른 실수에 대해 말하겠습니다. 그녀는 심장 파괴에 대해 고발했습니다. 다시 없는 어리석은 짓입니다. 지금 대가문들은 비아스와 마찬가지로 그 힘을 이용하여 수호자들을 마음대로 다룰 수 있다고 생각하고 있습니다. 그것은 전일 근무 가능한 무보수 만능 하인인 신의 신화가 약간 변형되어 도래한 것에 불과합니다. 생각 부족한 자들은 신은 만능이며 또한 우리를 사랑하니까 우리가 원하는 것은 무엇이든 들어준다고 생각합니다. 가주들은 수호자들이 만능이며 또한 그 심장을 틀어쥐면 그녀들이 원하는 것은 무엇이든 들어줄 거라고 생각하는 겁니다. 하지만 심장 적출은 스물두 살 이상의 모든 나가들이 받는 것입니다. 그 절대적인 규칙을 깬 사람은 제가 아는 한에는 한 명밖에 없습니다."

"륜 페이."

"예. 그렇습니다. 그외의 다른 나가들은 모두 심장을 적출했습니다. 심장병의 통제권을 얻는 자는 수호자들뿐만이 아니라 모든 나가들을 위협할 수 있습니다. 누가 그것을 가지게 될지 알 수 없지만 그것을 쥔 자는 키보렌에서 짝을 찾아볼 수 없는 강력한 힘을 가지게 됩니다. 지금 비아스에게 협력하고 있는 가주들도 내심 모두 심장병의 통제권을 자신이 가지길 원하고 있을 겁니다."

"그렇겠지. 그런데?"

"만일 그것이 성공한다면, 이후부터 누가 심장을 적출하겠습니까? 아무도 그러려 하지 않을 겁니다."

"그렇겠지. 하지만 강제로 그렇게 하게 할 수 있을 텐데. 네가 말한대로 심장병의 통제권을 얻은 자는 무소불위의 힘을 가지니까 그 힘으로 어린 나가들을 강제로 적출하게 할 수 있어. '저 아이를 데려와서 심장을 적출하라. 그러지 않으면 네 심장을 파괴하겠다.'는 식이라면 가능하지."

카루는 격하게 고개를 가로저었다.

"그런데, 그것이 마음대로 다룰 수 있는 아이가 아닙니다. 류 페이를 생각해 보십시오. 그는 이미 성공했습니다."

"그건 특별한 예외……."

"그런 것이 아닙니다!"

카루는 버럭 고함을 내질렀다. 소메로는 이 어처구니없는 무례에 격분했지만 끝까지 들어보기로 결심했다. 그렇게 고함을 지를 정도라면 뭔가 생각하고 있는 바가 있을 것이라 여겼기 때문이다. 카루는 말했다.

"우리들 사회는 엄연한 사실을 지나치게 무시하고 있습니다! 남자와 심장 적출을 받지 않은 아이들은 아무런 권한도 가지고 있지 못하며 그래서 당신들은 그들을 은근히 사람 축에도 들지 못하는, 마음대로 다룰 수 있는 장난감이나 되는 것처럼 생각합니다. 하지만 그렇지 않습니다. 쥬어를 생각해 보십시오! 류 페이를 생각해 보십시오! 남자인 쥬어는 감히 당신들에게 남자의 가주 계승을 요구할 수 있게 되었습니다. 그리고 심장 적출을 받지 않은 어린애인 류 페이는 나가 군단의 최대의 적이 되어 있습니다. 하지만 당신들은 그런 자들에 대해 신경쓰는 것 자체가 위엄을 잃는 일이라고 생각하기에 거론하지 않습니다. 엄연한 사실에 정면으로 대응하는 대신 무시하는 겁니다! 남자와 어린애도 원한다면 얼마든지 당신들을 위협할 수 있습니다! 비에나가 같은 경우엔 심장을 적출한 당신들 고귀한 여자들과 같은 약점도 없습니다!"

화가 치밀어오르는 것을 억누르며, 소메로는 이해심을 계속 불러일으켰다. 카루의 말에는 분명히 새겨들을 구석이 있었다. 카루는 격한 호흡을 가눈 다음 다시 말했다.

"마케로우. 그렇게 되지는 않을 겁니다. 숲으로 도망치면 아무도 나가를 잡을 수 없습니다. 우리들은 숲에서도 얼마든지 살 수 있으니까요. 점점 더 심장 적출을 받지 않은 비에나가가 늘어날 겁니다. 그리고 언젠가 모든 자들이 그렇게 되겠지요. 사회 구조는 붕괴되고 도시들은 텅텅 비게 될 겁니다. 모든 나가들이 야만의 시대로 돌아갈 겁니다. 그러면? 그때 대확장 전쟁이 다시 벌어질 겁니다. 하지만 그때는 나가들이 아닌 불신자들에 의한 대확장 전쟁이겠지요. 곡물을 먹는 불신자들은 야만인이 되어 있는. 그리고 더 이상 불사의 몸을 가지고 있지도 않은 나가들을 마음껏 유린할 겁니다. 우리들은 영웅왕 시대까지 후퇴해 버릴 겁니다. 그것이 나가의 파국입니다."

소메로는 한참 동안 침묵했다. 카루와 스바치는 조바심을 참기 어려웠다. 하지만 이미 범한 무례가 카루를 걱정시키고 있었기에 카루는 더 이상 무례하게 굴 수 없었다. 소메로가 보여주는 인내심은 놀라운 것이었다.

겨우 소메로의 입이 열렸다.

"무서운 예언이군. 하지만 가능성이 완전히 없는 말은 아니군."

"이해해 주셔서 감사합니다. 마케로우."

"그래. 그런 이야기를 내게 한 것은 대책 또한 가지고 있기 때문일 거라 생각되는군. 내 생각이 맞나? 그렇다면 그 대책에 대해 설명해 주겠나?"

카루는 안도의 한숨을 내쉬었다. 소메로에 대한 평을 믿었기에 찾아왔지만 그는 솔직히 첫 번째 고비를 넘을 수 있을지 알기 어려웠다. 하지만 이제 그 고비는 넘어갔다. 카루는 열성적으로 말했다.

"먼저, 여신이 풀려나야 합니다."

"여신이?"

"예. 수호자들이 뺏어간 그녀의 힘이 다시 그녀에게 되돌아가야 합니다. 그렇게 되면 수호자들은 대가문의 가주들이 탐낼 만한 무기가 아니게 됩니다. 그러면 그들은 다시 여신을 모시고 심장병을 관리하는 원래의 역할로 돌아갈 수 있을 것입니다."

"잠깐, 카루. 내가 제대로 이해를 했다면, 그들은 그럼에도 불구하고 여전히 심장병의 통제권을 얻고 싶어할 것 같은데. 그걸 가지면 모든 나가들을 좌지우지할 수 있으니까. 최소한 수호자들에게 그런 힘을 넘겨줄 수 없다는 이유만으로도 그것을 획득하기를 원할 것 같군. 그렇잖아?"

"맞습니다. 하지만 돌이켜 생각해 보십시오. 수호자들은 심장 파괴를 함부로 사용하지 않았습니다. 그들은 그것이 얼마나 위험한 것인지 알고 있었기 때문입니다. 여신의 힘도 없는 상태에서 수호자들이 함부로 심장 파괴를 휘두를 수는 없습니다."

"그렇다면 두 번째 이유는 철회하겠어. 하지만 그 통제권을 가지면 다른 가주들을 마음대로 다룰 수 있다는 가능성에 대해서는? 다른 가주가 그것을 가지게 될까봐 두려워서 자기가 가지려 나서게 되는 모든 가주들을, 어떻게 말릴 생각이지?"

카루는 갑자기 빙긋 웃었다. 그리고 스바치 또한 비슷한 표정을 지었다.

"거기에 대해서는 대책이 있습니다. 저는 진작 그런 방법이 사용되었어야 한다고 생각합니다."

"어떤 대책인지 말해 봐."

"마케로우. 지금 심장탑에서는 세리스마가 농성 중입니다. 그런데 세리스마는 왜 비아스 마케로우를 처벌하지 않을까요?"

"처벌이라고?"

"세리스마는 언제든지 비아스 마케로우의 심장병을 파괴할 수 있습니다. 그러면 고약한 선동자를 제거하고 가주들을 두렵게 할 수 있습니다."

소메로는 탄성을 내질렀다. 카루의 말대로였다. 소메로는 놀랍다는 듯이 말했다.

"수호자들이 그토록이나 심장 파괴를 사용하는 것을 꺼리는 것이냐?"

"그렇지 않을 겁니다. 세리스마가 비아스 마케로우를 처벌하지 않는 것은, 그럴 수 없어서일 겁니다."

"그럴 수 없다니, 왜 그렇지?"

"그녀의 심장병에는, 아마 먹칠이 되어 있을 겁니다."

소메로는 입을 벌린 채 두 사람을 멍하니 바라보았다. 카루는 쾌활하게 말했다.

"예. 언젠가 저희들은 저 탑에 억류되었다가 탈출한 적이 있습니다. 하지만 저희들은 탈출한 다음에도 심장 파괴를 당할까봐 두려웠습니다. 그래서 저희들은 탈출하기 직전 닥치는 대로 심장병의 이름을 지웠습니다. 마케로우. 저희들은 장차 심장 적출이 실시될 때 그런 절차가 덧붙여지기를 원합니다. 아니, 아예 처음부터 심장병에 이름을 적지 않으면 되겠군요. 그러면 누구도 심장 파괴를 사용할 수 없습니다. 그렇게 되면 심장 적출은 유지되면서 모든 자들이 원하는 위험한 힘은 사라지는 겁니다."

소메로 마케로우가 행하는 사고의 중심에는 언제나 마케로우 가문이 있었다. 그녀가 가장 관심 있어 하는 것들은 가문의 복지, 평화, 안정이다. 그리고 사실 나가 여인들은 그보다 더 큰 규모의 일에 대해 생각할 필요가 거의 없었다. 그들의 정치 단위는 도시이며 그 도시에서조차 가주들의 회의——회의이지 일방적 집행이 아니라는 점에 주의해야 한다.——에 의해 간단히 처리될 수 있는 것 이상의 문제는 일어나지 않는다. 쇼자인테쉬크톨이라는 무서운 해결책이 있는 상황 하에서 가문들이 정도 이상의 대립을 일으키는 일은 없으며, 대립을 일으킬 사안조차 별로 존재하지 않는다. 가문들이 필요로 하는 외부의 것이 있다면 남자들이지만, 거리로 나가서 남자들을 끌어들인 카린돌에게 쏟아진 악평과 사모 페이에 대한 직접적인 공격이 없었다는 점에서 알 수 있듯이 남자들이 어느 가문을 방문할 것인지에 대한 문제는 가문이 어떻게 할 수 있는 문제가 아니다. 그들의 사회는 갈등의 요소가 배제된 사회였다.

하지만 지금 소메로는 전세계의 모든 나가들이 관련된 거대한 문제에 대해 참여할 것을 요구받고 있었다. 예전의 그녀였다면 오래 전에 물러나 버렸을 테지만, 공교롭게도 파국의 예감에 대해 고민하고 있었던 소메로는 그것에서 물러나는 대신 조심스럽게 접근했다. 하지만 카루와 스바치를 만족시킬 만한 접근 속도는 아니었다.

"재미있는 방법이군. 누구의 심장병인지 아무도 모른다면, 아무도 심장 파괴를 사용할 수 없겠군. 너희 말대로 진작 그런 방법이 사용되는 것이 마땅해. 왜 지금까지 그러지 않았을까."

"사용하지 않으려 조심하고 있었지만, 그래도 수호자들은 심장 파괴의 수단을 완전히 없애버리고 싶지는 않았던 거지요."

"그렇군. 그렇다면 너희들의 그 계획에 나는 어떤 식으로 포함되어 있는 거지?"

스바치가 처음으로 입을 열었다.

"마케로우. 당신은 마케로우 가문의 가주가 되셔야 합니다."

거의 분노를 일으키기 직전 소메로는 간신히 자신을 참아내었다. 그녀는 싸늘하게 스바치를 바라보았다.

"참 묘한 일이군. 남자에게서 가문의 일에 대한 참견을 이렇게 정면으로 당하고도 내가 아직 너의 입을 찢어버리지 않는다는 것이."

스바치는 약간 슬픈 표정으로 그녀를 바라보았지만, 공포를 떠올리지는 않았다. 만약 그랬다면 소메로는 참기 어려웠을 것이다. 소메로는 말했다.

"계속해 봐."

"감사합니다. 현재 마케로우 가문에는 가주가 없습니다. 하지만 당신은 이 가문의 최연장자입니다. 당신이 가주가 되는 것에는 아무 문제가 없습니다. 그러면 비아스 마케로우는 당신의 명령을 따를 수밖에 없습니다. 아무리 수호 장군들이 우리 세계를 좌지우지하게 되었다 하더라도 오랜 전통이 4년 만에 무너지지는 않습니다. 당신이 가주가 되신다면, 당신은 비아스에게 정찰 대원이 되라고 명령하실 수도 있습니다. 사이커 한 자루 들고 밀림으로 떠나라고 할 수 있으신 거지요."

"그래서?"

"그러면 잠시 동안 심장탑에 대한 공격이 중단되겠지요. 그때 저희 두 사람이 심장탑에 들어가서 여신을 구출하는 겁니다."

"흐음. 그리고?"

"먼저 심장탑의 세리스마가 당신에게 고마워하겠지요. 대가문과 수호자들의 알력을 선동한 비아스 마케로우를 쫓아내신 거니. 그리고 나가들에게 닥쳐온 위험을 일깨운 당신에게 가주들도 고마워할 겁니다. 그리고 이미 여신이 구출된 이상 아무 힘도 가지지 못하게 된 수호 장군들이 돌아오겠지요."

스바치는 말을 잠시 끊었다가 다시 말했다.

"그들에게 심장병의 관리를 맡기면 됩니다. 물론 앞으로는 심장병에 이름을 표시할 수 없게 해야겠지요."

소메로는 스바치를 물끄러미 바라보다가 말했다.

"네가 하지 않은 말이 뭐지?"

"네?"

"'수호 장군들이 돌아오겠지요.'라고 말한 다음 네가 하지 않은 말이 있는 것 같군. 그게 뭐지?"

스바치는 갑자기 고개를 조금 돌렸다. 벽을 바라보던, 정확히 말하자면 어느 곳도 바라보지 않던 스바치는 그렇게 소메로를 외면한 채 말했다.

"갈로텍이 돌아오면, 카린돌 마케로우의 영을 다시 카린돌 마케로우의 육에게 돌려줄 수 있을지도 모른다고 생각했습니다. 하지만 군령자에게서 한 명의 영만을 다시 빠져나오게 하는 것이 가능한 일인지는 잘 모르겠습니다."

"여신을 구출하면서 동시에 내 동생도 살려낼 수 있을 거라는 말이군."

"불가능할지도 모릅니다. 그래서 말하지 않았습니다."

소메로는 과거의 기억을 더듬었다.

"그러고 보니 4년 전, 너는 주로 카린돌과 함께 있었지. 그렇지?"

"……그렇습니다."

소메로는 스바치를 바라보았다. 그 시선은 마치 동생을 바라보는 것 같은 시선이었다. 카루는 두 사람을 번갈아 쳐다보다가 고개를 숙였다. 소메로가 다시 말했다.

"나는 마케로우 가문의 가주가 될 수 없다."

카루는 고개를 들었고 스바치는 고개를 돌렸다. 소메로는 그 모습이 우습다고 생각했다.

"마케로우 가문의 가주는 두세나 마케로우 님이야. 그 분의 죽음이 확실하지 않은 이상 내가 감히 그 분의 자리에 오를 수는 없어."

카루는 다급하게 말했다.

"죄송합니다. 하지만 두세나 마케로우 님이 무사하실 가능성은…… 거의 없다고 생각됩니다."

"나도 그렇게 생각해."

"예?"

"그렇게 생각한다고. 수호자들은 아마도 가주님을 해쳤을 거야. 그것은, 틀림없이, 비아스의 요구에 의한 것이겠지."

소메로의 덕성스러운 얼굴에서 무서운 분노가 피어올랐다. 카루와 스바치는 긴장했다. 하지만 소메로는 곧 차분하게 말했다.

"하지만 그것은 추측일 뿐이야. 사실로 확인되지 않은 이상 두세나 마케로우 님은 실종된 것이지 돌아가신 것이 아니야."

스바치는 불안한 얼굴로 말했다.

"마케로우. 하지만 수호자들이나 비아스 마케로우가 인정하지 않는다면 그것은 사실이 될 수 없는데, 그들이 그것을 인정하겠습니까?"

"인정하는지 알아봐야지."

"무슨 말씀입니까?"

"수호자에게 물어봐야겠어."

스바치와 카루는 황당하다는 얼굴이 되었다. 소메로는 어떻게 그렇게 순진한 생각을 할 수 있는지 모르겠다는 말이 들려오는 것 같다고 생각했다. 하지만 카루와 스바치는 소메로 마케로우를 과소평가하고 있었다. 그녀 또한 나가의 여인이었다.

"일어나. 두 사람. 나를 따라와."

두 사람은 엉거주춤 일어났다. 소메로는 그들을 쳐다보지도 않은 채 걸어갔다. 카루와 스바치는 황급히 그 뒤를 따랐다.

2층으로 올라간 소메로는 잠시 멈추지도 않은 채 걸어갔다. 그리고 어느 방문 앞에 도달했을 때에야 걸음을 멈추고 두 사람을 돌아보았다. 옛기억을 떠올린 스바치는 그곳이 어디인지 알 수 있었다. 그의 가슴 한 구석이 저릿해졌다. 소메로는 스바치의 표정을 한번 확인한 다음 나직하게 말했다.

"이곳은 카린돌의 방이야. 지금은 비아스가 쓰고 있지."

스바치는 격분을 숨기려 했지만 실패했다. 카루는 소메로의 주의를 자신에게 돌리기 위해 황급히 말했다.

"왜지요? 자신의 방에 모든 연구 시설이 있는 걸로 압니다만."

"그래. 비아스는 이곳에서 자지는 않아. 다른 용도로 사용하고 있지."

소메로는 품에서 열쇠 꾸러미를 꺼내었다. 가주가 아니었지만 그녀는 4년 동안 이 저택의 주인 역할을 했고 그래서 열쇠를 지니고 있었다. 그녀는 거침없이 문을 열고 안으로 들어섰다.

소메로를 따라 들어가려던 두 사람은 갑자기 확 풍겨오는 피비린내에 흠칫했다.

도저히 참기 어려운 탁한 공기가 복도로 흘러나왔다. 험한 일에 어지간히 익숙해져 있는 두 사람조차도 그 안에서 풍겨나오는 공기에는 비늘이 서는 것을 느꼈다. 정신이 혼미해질 것 같은 냄새에 두 사람이 주춤거리자 먼저 들어갔던 소메로가 말했다.

"빨리 들어와. 이 냄새를 온 저택에 퍼지게 하고 싶지는 않군."

부드러운 부탁이었지만 어쨌든 여자의 명령이었고 두 사람은 황급히 방 안으로 들어섰다. 소메로의 명령에 따라 카루는 안으로 들어서자마자 몸을 돌려 문을 닫았다. 그때 카루는 스바치의 무시무시한 비명을 들었다.

카루는 재빨리 몸을 돌렸다. 스바치의 모습이 보이지 않았다. 당황하여 주먹을 움켜쥐었을 때 카루는 스바치가 무릎을 꿇은 것을 깨달았다.

"왜 그래, 스바치?"

스바치는 말하지도, 니르지도 못한 채 팔을 들었다. 그가 비늘이 뻣뻣하게 선 팔로 가리키는 방향을 본 카루는 숨이 멎는 것 같은 충격을 느꼈다.

그것을 무엇이라고 불러야 할까?

얼핏 보기에 그것은 의자에 꽁꽁 묶여 있는 나가 남자였다. 하지만 그 참혹한 꼴은 살아 있는 해부도를 연상시켰다. 갈라진 배에서 쏟아져나온 내장은 무릎 위에서 썩고 있었고 그 내장 무더기에서는 구더기가 기어다니고 있었다. 내장 무더기 아래의 두 다리는 각자 독특한 처지가 되어 있었다. 왼쪽 다리는 살을 발라

내어 뼈만 남아 있었고 그 뼈는 의자 다리에 묶여 있었다. 그리
고 오른쪽 다리는 모루 위에 올려져 있었고 망치로 수없이 내려
친 듯 잘 다져져 있었다. 온몸에 있는 별의별 상처들을 다 거론
하자면 끝이 없을 정도였다. 하지만 그들을 정말 전율하게 한 것
은 두 눈이었다. 그 자의 두 눈에는 안구가 없었다. 대신 꼭 맞
는 굵기의 말뚝이 꽂혀 있었다. 그곳에서는 진득한 피눈물이 흘
러내리고 있었다.

카루는 벽에 몸을 기댄 채 비늘을 부딪쳤다. 소메로는 꽉 잠긴
목소리로 말했다.

"내 동생은 학자지. 그 애는 어떻게 하면 가장 큰 고통을 주는
지 시험하고 있어. 언젠가 수호자들에게 베풀어줄 신속하고 효과
적인 처벌을 찾아내기 위해서. 재생력이 좋은 나가가 시험 대상
이니 재료로는 그만이지. 어떤 짓을 하더라도 재생하니까. 나가
의 몸은 썩지 않는다고 알고 있지? 여기 그 애가 올린 개가를
봐. 그 고명한 약술사가 거둔 부분적인 성공을. 내장이 썩고 있
지. 오, 여신이여. 내가 왜 이런 꼴이 이 집안에서 벌어지는 것
을 좌시하고 있었습니까. 이토록 무서운 일을!"

카루는 마치 물 속으로 빠지는 사람 같았다. 계속해서 손으로
벽을 밀어대며 카루는 간신히 말했다.

"그, 그 자는 누굽니까."

"직접 물어봐."

"살아 있는 겁니까?"

"그러니까 실험을 하는 거지."

카루는 도저히 그럴 수 없었다. 그 대신 무릎을 꿇고 있던 스
바치가 힘겹게 닐렀다.

〈당신은 누구입니까?〉

놀랍게도 차분한 니름이 돌아왔다.

〈수호자 보트린입니다.〉

카루는 깜짝 놀라서 소메로를 바라보았다. 하지만 소메로는 그 꼴을 더 볼 수 없다는 듯이 몸을 돌려 벽을 향해 서 있었다. 스바치가 다시 닐렀다.

〈우리는 스바치와 카루입니다. 우리를 기억합니까?〉

〈아아, 물론 잘 기억합니다. 우리에게 속았던 분들이지요?〉

〈그렇습니다. 도대체 어쩌다가 이런 일을 당하신 건지……, 아니, 잠시만요. 일단 당신을 풀어드리겠습니다.〉

〈그러지 마십시오.〉

일어서서 걸어가려던 스바치는 멈춰섰다. 살아 있는 해부도가 다시 닐렀다.

〈그러지 마십시오. 이건 제 벌입니다.〉

〈벌이라니오?〉

〈신부를 보호하지 않은 신랑이 받아야 할 벌입니다. 비아스는 처벌자로서는 최고지요. 풍부한 상상력과 좋은 기술, 그리고 과감성을 가지고 있습니다. 운이 좋다고 생각합니다.〉

〈니름도 안 됩니다! 이런 꼴을 당해서는 안 됩니다. 풀어드리겠습니다. 재생하도록 도와드리겠습니다!〉

〈그러지 마십시오!〉

강력한 니름에 머리가 아파올 정도였다. 스바치는 자신도 모르게 물러났다. 보트린의 니름이 다시 부드러워졌다.

〈당신들도 내게 이러고 싶지 않습니까? 나를 증오하지 않습니까?〉

스바치는 할 니름이 없었다. 그는 냉동 장치 안에 갇혀 있는 카린돌을 생각했다. 카루가 닐렀다.

〈여신을 가둔 당신들을 증오합니다. 하지만 이런 것을 원하지는 않습니다. 우리는 여신을 풀어드리고 당신들이 그 분께 사과하기를 바랍니다.〉

〈글쎄요. 사람들의 마음은 미움으로 가득합니다.〉

〈그렇지 않습니다, 보트린.〉

보트린은 웃음에 가까운 니름을 보내어왔다. 카루는 주위를 둘러보며 닐렀다.

〈왜 여신의 힘으로 저항하지 않는 겁니까? 당신은 신명을 가지고 있을 텐데요.〉

〈눈이 보이지 않아서 불가능합니다. 그리고 이미 닐렀다시피 이건 제 벌입니다.〉

〈당신이 벌을 받아야 한다면 그 벌을 주실 수 있는 것은 여신입니다! 저 미친 비아스가 아닙니다!〉

〈저는 그 분께 벌을 받을 자격도 없습니다. 하지만 이왕 오셨으니 부탁 하나 해야겠습니다.〉

보트린의 내장이 꿈틀거리며 비어져나왔다. 카루는 토하고 싶은 기분을 느꼈다. 보트린이 긴장하고 있음이 분명했다.

〈카린돌을 구출해 주십시오.〉

〈그렇게 할 겁니다. 먼저 당신을 구하고 나서.〉

〈저에 대해서는 신경 쓰지 마십시오. 문제는 카린돌입니다.〉

카루와 스바치는 왜 여신이라고 하지 않고 카린돌이라고 니르는 건지 알 수 없었다. 보트린은 설명했다.

〈카린돌은 임신했습니다.〉

스바치의 몸에서 비늘이 사납게 부딪쳤다.

〈저는 냉동 장치를 돌보는 일을 하고 있었습니다. 그러던 중 카린돌의 발 아래에서 비늘을 발견했습니다. 카린돌은 임신한 채 납치된 겁니다. 냉동 장치의 영향 때문인지 알의 성장 속도는 매우 느립니다.〉

설명하던 보트린은 아예 자신의 기억을 모두 보냈다. 그래서 두 사람은 보트린이 보고 느낀 것을 모두 전달받았다.

〈여신께서 카린돌의 육에 갇혀 계신 까닭은 그 육이 살아 있으면서도 영이 없기 때문입니다. 육 없는 영은 존재할 수 있지만 영 없는 육은 존재할 수 없습니다. 그런데 임신이라는 것은 기묘한 문제입니다. 알껍질이 형성되기 전까지 알과 모체는 하나의 몸이라고 볼 수도 있고 두 개의 몸이라고 볼 수도 있습니다. 하지만 영은 분명히 두 개입니다. 만약 그것이 하나의 육이라면, 임신 상태에서 여인은 하나의 육에 두 개의 영이 있는 셈입니다. 그 상황에서 카린돌의 영이 빠져나가더라도 영 하나가 남게 됩니다.〉

〈아기의 영!〉

〈그렇습니다. 그렇다면 여신은 그 육에서 다시 빠져나오실 수 있습니다. 힘은 그 분께 돌아갈 겁니다. 하지만 아직 그런 일은 일어나지 않았습니다. 설명할 수 있는 방법은 두 가지입니다. 첫째, 모체와 알은 별도의 육이라고 생각하는 것. 둘째, 아직 그 아기의 영이 충분히 발달하지 못했다는 것. 전자라면 여신이 풀려날 방법은 카린돌을 꺼낸 다음 죽이는 방법뿐입니다. 만약 후자라면, 아기의 영이 충분히 발달하면 여신은 풀려납니다. 그런데 그 경우 카린돌의 몸에는 아기의 영만이 남게 됩니다. 어쩌면 사산이 일어날지도 모르겠습니다. 저는 카린돌을 구해 달라고 닐렀지만, 정확하게 니르자면 그 아기를 구해 달라는 니름입니다.〉

흘깃 스바치를 돌아본 카루는 그가 지독한 흥분 상태임을 확인했다. 카루는 재빨리 닐렀다.

〈가장 좋은 방법은…….〉

〈예. 갈로텍에게서 카린돌의 영이 빠져나와 그녀의 육으로 돌아가는 방법입니다. 가능할지 모르겠습니다만.〉

〈무슨 니름인지 알겠습니다.〉

〈감사합니다. 이제 저는 제 벌을 편히 받을 수 있겠군요.〉

〈안 됩니다. 이런 일은 용납할 수 없습니다.〉

보트린은 정신을 닫았다. 카루가 아무리 닐러도 그의 니름은 보트린에게 전달되지 않았다. 보트린의 얼굴은 웃고 있었다. 그의 눈에서 끝없이 흘러나오는 혈루를 제외한다면, 그는 행복해 보이기까지 했다.

〈4권에서 계속〉

눈물을 마시는 새 3

1판 1쇄 펴냄 2003년 1월 18일
1판 47쇄 펴냄 2024년 7월 16일

지은이 | 이영도
발행인 | 박근섭
편집인 | 김준혁
펴낸곳 | 황금가지

출판등록 | 2009. 10. 8 (제2009-000273호)
주소 | 06027 서울 강남구 도산대로 1길 62 강남출판문화센터 6층
전화 | **영업부** 515-2000 **편집부** 3446-8774 **팩시밀리** 515-2007
홈페이지 | www.goldenbough.co.kr

도서 파본 등의 이유로 반송이 필요할 경우에는 구매처에서 교환하시고
출판사 교환이 필요할 경우에는 아래 주소로 반송 사유를 적어 도서와 함께 보내주세요.
06027 서울 강남구 도산대로 1길 62 강남출판문화센터 6층 민음인 마케팅부

ISBN 978-89-8273-576-9 04810
ISBN 978-89-8273-573-8 04810 (세트)

㈜민음인은 민음사 출판 그룹의 자회사입니다.
황금가지는 ㈜민음인의 픽션 전문 출간 브랜드입니다.